Zoé Oldenbourg

La Joie-Souffrance

II

Gallimard

Troisième partie

I

DANSES AUX COUTEAUX

La vie folle de Myrrha Zarnitzine. Non, au fait, de Myrrha Thal. Rue Lecourbe il y a une chambre d'amis, avec un lit et un divan démontable, Georges avait fait la grimace : tu le prends toujours pour un bébé ? il peut coucher au salon. Mais au salon on s'attarde jusqu'à une heure du matin à écouter des disques ou la radio, sans parler des jours où il y a des visites.

... Décidément. Il est temps que je loue un appartement de dix pièces dans le dix-septième. « Je pense, dit Myrrha, que tu en aurais les moyens. » « — *Sancta Simplicitas*[1]. Les moyens — dix fois. » Mais voilà — il attend d'en avoir encore davantage. Jamais assez. Le jour où il sera *vraiment* riche. Et le *vraiment* grandit à mesure qu'augmentent les revenus, donc il mène ce qui, selon lui, est une « petite » vie, juste assez somptueuse pour jeter de la poudre aux yeux de l'émigré moyen, mais minable comparée à celle qu'il se prépare. « Car il ne s'agit pas, Mour, de me reposer sur mes lauriers, il faut prévoir les aléas et les risques, parti de zéro ne l'oublie pas, et je te dirai que sur mes cinq ateliers deux servent proprement de couverture et couvrent à peine les frais, c'est-à-dire : devant le Percepteur je peux justifier pour cette année d'un

---

1. Sainte Simplicité...

déficit de plus d'un demi-million... » — Seigneur ! tu en es à ces chiffres-là ? » — Mais qu'est-ce que tu croyais ? Avec deux comptables et un avocat-conseil si je n'arrivais pas à brouiller les pistes... L'artisanat tout seul, même sur une grande échelle, est un métier de père de famille, autrement dit un métier d'exploité. Avec une seule commission en sous-main sur un lot de fourrures de Sibérie tu gagnes plus qu'avec la poterie en un an. Et Nisboïm est un gars honnête, ne crois pas. Mais il a besoin de moi. »

Myrrha ne comprend rien à ces histoires de commission mais déteste entendre son frère parler de Nisboïm. « *Vraiment*, Georges, tu ne pourrais pas lui expliquer ?... » — Expliquer quoi ? Un chien peut regarder un évêque. » — C'est un gentil garçon. Je ne veux pas qu'il se fasse des idées. »

Donc Myrrha prend cinq fois par semaine le train pour Meudon, où elle continue à exercer son honnête mais peu honorifique métier. Entre deux ménages elle court rendre visite à ses beaux-parents et à ses filles, déjeune ou prend le thé avec eux, et passe encore une fois en fin d'après-midi. Elle revient rue Lecourbe le soir, dîner avec Georges, sa femme et Pierre, puis révise avec l'enfant ses cours d'histoire et d'anglais. Pierre couché, elle bavarde jusqu'à une ou deux heures du matin avec Georges, la princesse et des visiteurs. Elle se lève tôt pour aider sa belle-sœur à préparer le petit déjeuner car la servante russe ne vient qu'à neuf heures. Elle reste avec Pierre (les cours n'ont pas encore commencé) jusqu'à neuf heures et demie, puis prend l'autobus pour le Pont-Mirabeau, Pierre l'accompagne parfois... « et si tu prenais le train avec moi, tu m'attendrais chez grand-père ? » — Pas envie. » Il va voir « des copains ».

Le samedi soir, après les Grandes Vêpres, elle passe la nuit au 33 ter, et ne revient rue Lecourbe que dimanche après la messe. Mais il ne faut pas laisser croire à Pierre qu'elle l'abandonne juste le seul jour où elle ne travaille pas : dimanche après-midi est *leur* jour, ils flânent dans les musées, les jardins zoologiques, ou simplement au Luxembourg. Un dimanche sur deux Georges emmène toute la famille au spectacle ; il aime aussi les boîtes de nuit, si bien qu'après la fin du spectacle, après une halte dans un grand café des Boulevards, il ramène sa sœur et son neveu rue Lecourbe dans sa Chevrolet blanche, puis repart chercher ses dames et quelques amis, et ces dimanches-là Myrrha les entend rentrer à l'aube, et la princesse parle haut, claque les portes, et se fait brutalement rappeler à l'ordre par Georges : « Tu te crois au cabaret ! l'enfant dort ! » La réponse de la belle-mère est, à coup sûr, peu amène, mais à travers la porte du couloir à peine audible. Et Myrrha se sent gênée et coupable.

La chambre est plaisante, claire, la cour est vaste et par la fenêtre on voit les cuisines et les fenêtres d'escalier de l'immeuble voisin, des toits d'ardoises, des cheminées roses, un ciel enfumé. Très parisien. Meubles clairs et vernis, tapis chinois blanc et bleu, charme doux et banal de chambre d'enfants qui a manqué sa destination et cherche à ne pas heurter le goût d'amis de passage. Sur les murs couleur crème à pâles rayures satinées des eaux-fortes de Rouault et une vue de Venise par Dunoyer de Segonzac, et une glace vénitienne à cadre en verre doré. Dès le premier jour Pierre renversait de l'encre sur le tapis, ébréchait une fleur bleue sur le candélabre en verre de Murano converti en lampe de bureau, déboîtait l'accoudoir de son divan-lit, et, devant ces méfaits bien involontaires, éclatait en sanglots comme un enfant. Car cette chambre l'émerveillait. Pour la première fois depuis le cauchemar du mois de mai Myrrha le voyait rire, elle le voyait retrouver ses gestes rapides et légers, ses « chic alors ! » ses « bath ! » ses « vise-moi ça ! », sa voix claironnante. « Oh, ce que ce sera bath ici, maman ! » « Ça, ce sera l'étagère pour mes bouquins, tu verras, je ne laisserai rien traîner ! » « Tu ne mettras pas de paravent, dis ? J'en avais tellement marre du paravent ! »

Les dégâts — l'encre sur le tapis, surtout — l'avaient effrayé, comme s'il avait cinq ans. A dîner, Georges, lui voyant les yeux rouges, s'était mépris sur la cause de ses larmes ; il était devenu tout sombre. Il avait pris Pierre par l'épaule pour l'entraîner vers le grand fauteuil près de la fenêtre. « Alors ? parlons entre hommes, mon gars. Ça ne va pas ? » et Pierre devenait de plus en plus rouge. « Bon. Je comprends. C'était une tentative. Je comprends... En visite c'est bien, chez soi c'est mieux, comme on dit. » Et quand il eut enfin compris que son neveu avait abîmé le tapis chinois, il éclata de son rire tonnant et abattit, avec prudence tout de même, sa lourde main sur l'épaule de Pierre. « Mais, bravo mon gars ! Comment t'a-t-on élevé ? Un garçon qui ne ferait pas de taches sur les tapis, je ne l'estimerais pas ! Mais la prochaine fois ne pleure pas pour ça. » Et Pierre se jeta à son cou en pleurant.

Il était presque aussi grand que Georges. « A quatorze ans, tu te rends compte ? Arrête-toi. Il n'y a pas encore eu de gigantisme dans la famille. » « Là, plus de larmes, tu m'entends, et pour les embrassades, ça passe pour cette fois-ci, tant pis. » Il était bouleversé. Jamais le garçon n'avait eu pour lui ce geste de tendresse spontanée. Il ne se comprenait pas lui-même, car son affection pour Pierre était celle de l' « oncle » pour le « neveu » qui se trouve être le seul rejeton mâle de la famille. Et à vrai dire il regrettait l'angélique enfant frêle et blond, en costume de velours à col de dentelle. Et voir cet énorme dadais trop maigre à pattes de girafe et à visage informe lui sauter au cou n'avait rien de plaisant en soi, et pourtant son cœur s'était retourné, avait bêtement bondi en cet instant-là... et que le diable l'emporte, quel énergumène, quel âge a-t-il donc ?

« Tu l'as trop tenu dans tes jupes, Mour. Et maintenant : cette façon de coucher dans la même chambre... » — C'est vrai, soupire-t-elle, on pourrait disposer un lit de camp dans le vestibule, il a un sommeil de plomb. » — Tu n'as pas fini de m'exaspérer. Toujours à jouer à la pauvre fille. » Pierre ne parvient pas à s'empêcher de couvrir de taches d'encre et même d'entailles au canif le petit bureau de noyer verni mis à sa disposition, il a déjà fait tomber quatre fleurs bleues du candélabre de Murano, étalé une toile cirée sur la moitié du tapis de Chine, taché il ne sait comment le papier peint au-dessus de son lit-divan, fini par accrocher sur le mur avec des punaises des photographies de Georges Carpentier, de Jules Ladoumègue, d'Errol Flynn, de Jean Harlow, la tête de la *Primavera* de Botticelli (parce qu'elle ressemble à sa mère), un portrait de Pierre le Grand, un portrait de Lermontov, une photographie du *Condottiere* de Verrocchio... une carte géographique de l'Europe et une autre représentant le Monde Méditerranéen au Ier siècle après Jésus-Christ.

« Des goûts éclectiques ! dit Georges, et je parie que le vrai but de cet étalage est de faire passer *ça !* » il pointe son doigt sur le menton à fossette de la blonde Jean Harlow. — Tiens, non ! dit Pierre, contrarié, c'est par hasard, pour boucher un trou. » — Ha ha ha ! pour boucher un trou ! C'est que ça ne te manquera pas, plus tard, les trous à boucher, mais ceci dit, mon gars, mets-en dix au lieu d'en mettre une seule, à ton âge rêver sur une seule ne mène à rien. » Pierre ne sait pas s'il est content de la perspicacité de son oncle — il est trop facile à un adulte d'être intelligent et de deviner les choses, et ils ne devinent qu'à moitié, ou le moins important, et vous l'épinglent sur la veste. Peu importe, il comprend que Georges a la raillerie dure mais pas méchante ; toujours sa manie de faire de toi un *homme*. Le blanc et doux visage de Jean Harlow disparaît, remplacé par Laurel et Hardy, puis par *la Retraite de Russie* de Meissonnier.

Le cœur sauvage qui se débat contre ses faiblesses secrètes, projeté de l'une à l'autre comme un ballon entre les jambes des joueurs de football. Maman est la perle qui se laisse piétiner par les pourceaux. Car Pierre sait très bien qu'elle est la seule perle, l'humanité est à 99 % composée de pourceaux, pourceaux à divers degrés, et dont lui, Pierre, n'est pas un des moindres — ah ! et qu'a dit le Seigneur ? « ne jetez pas vos perles devant les pourceaux », elle n'obéit pas à Jésus-Christ.

Tandis que l'oncle Georges, pourceau de première grandeur, mais franc, peut au moins vous apprendre à vivre parmi ses semblables — pas comme le pauvre grand-père qui compte les allumettes et les grains de café et parle d'Epictète — et savent-ils seulement, eux tous, que lui Pierre eût bien fait volontiers à pied le chemin de la rue Lecourbe jusqu'à Meudon pour aller embrasser grand-père et lui demander pardon ? Et il ne le fait pas.

... « Et il paraît, dit l'oncle, que tu es devenu un batailleur émérite ? j'aime ça. » (pardi ! tu croyais que je ne le savais pas ?) « J'aime ça, mais il faut prendre des leçons de *jiu-jitsu* et de boxe... et je te les paierai si tu as de bonnes notes à la fin du premier trimestre. *Mens sana in corpore sano*[1], mais le *mens* n'est pas à

1. Proverbe latin. Un esprit sain dans un corps sain.

négliger, n'est-ce pas ? » — Je ne veux pas que tu me les paies. »

— Ah ah ! mon cher, si tu prends ce ton-là avec moi je me demande ce que tu fais ici. Je pensais que nous étions copains. » — Non ; la preuve, tu me parles comme à un gosse. Copains et quoi encore ? » — Bon. Je pensais que tu m'aimais bien. Ça, je peux le dire sans te vexer ? » Et Pierre sourit. Franchement. Et encore une fois Georges a le choc au cœur.

— ... En fin de compte, c'était une bonne idée... » Torturée pendant plus de trois mois par un regard de louveteau prisonnier, Myrrha respire, se sent presque heureuse, des sept ou huit plaies la plus vive est peut-être en train de se cicatriser — non qu'il faille négliger les autres. — Oui, heureuse d'entendre des notes d'enfantine insouciance exploser dans la voix de basse éraillée du garçon. « Changement de décor, dit Georges, modeste ; cette histoire lui était tombée sur la tête en pleine crise de croissance... Le changement de lycée est aussi une bonne dose. Un nouveau départ. Tu as vu ? il s'est déjà fait des amis. »

La princesse aime bien Myrrha mais semble regarder Pierre comme un animal à la fois précieux et un peu dangereux, et lui parle à peine, non par hostilité mais parce qu'elle le croit incapable de parler. « Tu ne crois pas, Youra, que ce garçon a besoin de camarades de son âge ? » Il n'en manque pas, au lycée. « Chère belle-mère, tu trouveras bon que j'aie, *à mon tour*, quelque distraction dans ma propre maison. » — Tu as de ces mots, Youra... » La princesse n'a rien à dire, elle n'a pas le sou, jamais eu le sou, jamais depuis la mort du prince, femme achetée, toutes deux achetées et entretenues, Sacha s'est fait offrir un manteau de vison noir et un diamant bleu monté sur platine, pour l'anniversaire du mariage, et Georges a plusieurs fois rappelé que le diamant lui avait coûté le montant d'une transaction importante avec Nisboïm — d'ailleurs, il exagère, mais la pierre a de la valeur, la princesse s'y connaît.

Une femme douce, la sœur, une aristocrate-née bien que les Zarnitzine fussent à peine nobles « ... Et tu as tort, Sacha, tu ne devrais pas lui faire la tête, une vraie colombe cette femme-là, vous pourriez être amies. » Sacha ne dit rien. Colombe serpent, voleuse de cœur, et si encore elle le faisait exprès. A quoi vous sert la jalousie quand la seule vraie rivale est inattaquable ? Et il m'a forcée, pense-t-elle, à tuer douze fois les enfants que je pouvais avoir de lui, pour me reprocher ensuite d'être un sac vide, et pour m'imposer l'enfant de son âme-sœur. « Puisqu'il s'agit d'un *sauvetage*, Sacha ! La vie d'un gosse, c'est sérieux — nos délicatesses de sentiment, rangeons-les dans un placard. A notre âge... »

Il le dit également à Myrrha : « Les sentiments d'un enfant — c'est sacré. Impose-toi ce remords comme une pénitence, mais pour Dieu ne prends pas de mines de chien battu. Si ton imbécile de mari a provoqué ce gâchis monumental et compromis l'équilibre moral de son fils, est-ce à toi de baisser la tête ? » Faut-il, se demande Myrrha, que Sacha devienne victime à son tour ? et que l'on soit à tout moment obligé de remettre à jour une comptabilité de souffrances et de dommages causés, aux uns et aux autres, par les uns et par les autres à travers les autres... une seule action, peut-être absurde mais somme toute simple, entraînant des répercussions à n'en plus finir, et si le pauvre Milou avait prévu cela, et à coup sûr il avait prévu pas mal de choses — eh bien, cela n'eût pas pour un iota changé sa ligne de conduite.

Et elle se souvenait d'un soir de la fin septembre — un vendredi, et il faisait déjà noir autour de la gare de Pont-Mirabeau ; aux Pompes Funèbres elle ne finissait

16

jamais son travail avant neuf heures. Noir, froid, il bruinait et elle se sentait fatiguée et avait la tête pleine de cercueils, d'angelots pleurants, et de regrets éternels dont il fallait faire briller les lettres d'or. Un homme l'avait abordée, alors qu'elle traversait la place. Elle ne se retournait jamais sur ces gens-là. « Oh non monsieur, c'est inutile. » Elle leur parlait toujours assez gentiment. Mais il lui pose la main sur le bras. Il dit en russe : « N'ayez pas peur. Vous êtes Mme Thal. »

— Ah... excusez-moi. » Elle le regarde : « oh excusez-moi, je ne me souviens pas de votre visage. » Il dit : « Pas étonnant. Moi, je vous connais. J'ai surveillé votre maison. » — Ah ! surveillé ? » Elle observe, en connaisseur, les lignes nettes et dures du visage pâle, marqué avant l'âge par l'alcool. Sous le réverbère un filet de pluie brille sur un nez fort un peu lourd à la base. Il dit : « Je suis Klimentiev. » Elle recule — avec un soupir, est-ce de frayeur ou de pitié elle ne sait pas. « ... Ah je comprends, je comprends. Très heureuse... » ce qui est ridicule, pas de quoi être heureuse. Presque un assassin.

— Venez, dit-il, ce café au coin est encore ouvert. Un quart d'heure. » — Excusez-moi, je suis pressée. » — Cinq minutes. »

— Bon, allons-y. » Ils s'installent face à face, devant une petite table ronde. Elle prend un café noir, lui un verre de vin rouge. « Excusez-moi, l'habitude, n'est-ce pas. » Il se met à parler. Elle devrait le comprendre, elle. Il sait. Elle croit en Dieu. Il aimerait bien lui aussi croire en Dieu. Y a-t-il une justice en ce monde ? Elle connaît l'histoire du roi David et de la petite brebis. Il n'avait que ça dans la vie, une fille. Un homme qui avait tout la lui a prise. Pas moyen de se faire justice. La police ne fait rien faute de preuves. Disparue comme une pierre dans l'eau — Vica.

Myrrha l'écoute avec la plus profonde compassion.

« Oh oui, je comprends. C'est... cruel. » — Cruel, c'est bien le mot ! Je n'en dis pas d'autres, par respect. Vos beaux-parents m'ont presque chassé, ils ont été impolis. »

— Je le regrette. » — Vous — vous devez faire quelque chose. »

— Faire quoi ? » — Influencer votre mari. »

Elle a un haussement d'épaules résigné. Elle ne peut rien, elle ne le voit plus, d'ailleurs elle a déjà demandé le divorce... elle est assez surprise de voir l'homme se raidir comme si cette nouvelle le prenait au dépourvu. « Oui... je comprends, marmonne-t-il, oui bien sûr. Une femme digne. J'approuve. Bien sûr. Vous ne pouviez pas tolérer. Un père, n'est-ce pas », — il a un rire bref comme un hoquet — « ne peut pas divorcer ? c'est pour la vie. Si vous essayiez tout de même ? J'ai droit à une réparation, non ? »

Mais, explique-t-elle, toutes les réparations possibles, M. Thal épousera Mlle Victoria au lendemain du jugement de divorce...

— Mais, dit-il, je ne veux pas qu'il l'épouse, pas de mon vivant. » Et il devient rouge, et son dur poing crispé posé sur la table rougit également — « vous croyez que je la laisserais l'épouser ? »

— Ce serait plus raisonnable n'est-ce pas ? »

— Je ne suis pas raisonnable, Madame Thal. Pas comme vous dites. Je suis un père. J'ai des devoirs. Je respecte le mariage. Une... excusez-moi, une coucherie avec un homme qui pourrait être son père n'est pas un mariage. La loi n'est pas faite pour les chiens, non ? L'autorisation paternelle, ça sert à quoi ? »

— Mais vous ne pourrez pas l'empêcher, une fois majeure... » Il lève les bras au ciel, comme si la majorité de sa fille se situait dans un avenir infiniment lointain. « Vous ne pensez tout de même pas, que je vais attendre pendant plus de trois ans, et qu'il lui arrive Dieu sait quoi entre-temps, et qu'elle roule, qui sait, de Pierre à Paul... »

Myrrha oscille entre la sympathie, l'agacement, une vague mauvaise conscience d'intellectuelle, le souvenir douloureux de la brutalité de cet homme, et — tout de même — la révolte devant l'offense. M. Klimentiev, dit-elle, est victime d'un malentendu, il se méprend sur les intentions de M. Thal, lequel a pour Mlle Victoria le plus grand respect... on a vu des couples heureux malgré une différence d'âge plus grande encore... Et seule la gêne qu'il éprouve devant une dame distinguée empêche Klimentiev de pousser des exclamations de colère.

— Je vois, dit-il enfin en se levant, que vous êtes une personne... une personne sans principes moraux, excusez-moi. Ou vraiment *trop* bonne. Excusez-moi. Une femme. Trop femme. Vous le défendez. »

— J'essaie d'être juste, monsieur Klimentiev. » Il manque de suffoquer. — Juste ! De quel côté est la justice ? Dites-moi : si je vous citais comme témoin pour appuyer ma plainte à la police, vous leur diriez ce que vous m'avez dit ? » Myrrha se lève à son tour. Hésitante et pas très fière d'elle-même. « J'aimerais mieux que vous ne me le demandiez pas. Je suis — c'est une excuse — couverte par la loi, une femme n'est pas obligée de témoigner contre son mari. » Et, après une brève discussion, elle paie son café et lui son verre de vin, et ils se séparent.

Elle n'avait pas parlé de cette scène — répugnant à trahir ce qui, chez cet être naïf, pouvait passer pour de la confiance. Un pauvre homme — « et à celui qui a peu, ce peu sera enlevé », il ne lui restait qu'à ajouter le nom d'Alexandre Klimentiev aux noms de ceux pour qui elle priait pendant la messe. Un homme pauvre. Malheureux ? oui, à coup sûr, mais elle ne croyait pas trop à la sincérité de cet amour paternel. Après tout —

19

Vladimir aimait ses enfants. Après tout — sait-on jamais ? elle en parlait le samedi soir à Pierre Barnev, les limites de notre conscience sont peut-être si étroites que nous ne mesurons pas le dixième de notre capacité d'amour, et comme dans un livre lisons-nous l'histoire de notre cœur page par page, ne pouvant les appréhender toutes d'un seul coup, et pourtant le livre est là tout entier.

« Je n'avais jamais cru, vois-tu Pierre — je n'avais pas cru que je l'aimais à ce point. Donc — il y fallait l'absence, il y fallait, je n'ai pas honte de te l'avouer à toi qui es prêtre, la jalousie, pour que je ressente un amour qui vivait sans doute en moi recouvert par les eaux calmes d'une tendresse distraite ; j'aurais pu vivre toute ma vie sans imaginer que je tenais si fort à lui... Et l'absence, je crois, est une chose plus cruelle que la jalousie. » — Le cœur de l'homme, dit le père Pierre, est fait de chair — *nephesh* — changeant et fragile. On s'habitue à tout Dieu merci, tu t'habitueras même à l'absence. Ne te laisse surtout pas aller à la tentation de rêver de rencontres possibles. Car au point où vous en êtes, il ne peut y avoir entre vous que des rapports adultères, équivoques, qui ne feraient que vous troubler inutilement tous les deux. »

Absurde, n'est-ce pas ? se disait-elle, être adultère tout en étant épouse légitime selon la loi. O Seigneur, divorcer le plus vite possible ! Je ferai toutes les démarches, j'invoquerai des prétextes... Abandon de famille, injures graves ?... mais je ne vois pas Vladimir m'injuriant en public, même pour le bon motif.

... Tatiana Pavlovna tentait d'imaginer des mises en scènes dramatiques et cocasses. « Sais-tu ? il devrait te traîner par les cheveux en pleine église et te rouer de coups de poing devant la Porte Royale... » tout en riant Myrrha se disait qu'une telle scène ne manquerait pas d'agrément, qui sait ? « Je n'ai jamais réussi à le mettre en colère. Est-ce une preuve de sa bonté ou de mon insignifiance ? » — Tu n'as pas essayé. Ilya Pétrovitch et moi, dans nos premières années, étions des amants terribles. Tu te souviens, Iliouche ? quand tu m'as saisie par les cheveux et m'as cogné la tête contre le marbre de la cheminée ? »

— Oui : tu avais jeté dans cette même cheminée le manuscrit de mon article sur Kropotkine — après une scène, Myrrha, où nous nous étions mutuellement juré une dizaine de divorces pour raisons idéologiques — car à l'époque nous ne concevions pas de passions autres qu'idéologiques — et Tania donnait en ce temps-là dans l'anarchisme, sous l'influence de qui ? ha ! me diras-tu ? ou le dirai-je ?... »

— Oh ! veux-tu... veux-tu !... Tatiana esquissait le geste de lancer un couteau à la tête de son époux, riant, et prête à pleurer de colère à demi simulée. Si je ne le tue pas, un de ces jours !... Myrrha, tu es témoin : il a inventé tout cela après coup, et ne croit pas un mot de ce qu'il dit et ne l'a jamais cru, mais pour garder son prestige viril il invente on ne sait quelle plate et vulgaire histoire de jalousie et d''influence' sur la faible femme que je suis, influence de *qui*, justement, je te le demande !...

« ... Et tout cela parce qu'il est aigri, Myrrha, et affecte de tourner en dérision un... passé dont nous n'avons pas à rougir, non — et de dégrader mes plus beaux souvenirs... »

— Comme ' beau souvenir ', dit Ilya Pétrovitch, avec un sourire involontaire, léger, et dont Myrrha fut bouleversée tant ce sourire lui rappelait brusquement son mari — comme beau souvenir, Tania, la peau éclatée sur cette énorme bosse que tu t'étais faite... »

— Que *tu* m'avais faite — »

— Contre la tête de lion de la cheminée, si bien qu'il

a fallu te raser cinq centimètres carrés de tes cheveux... »

Les yeux d'or de Tatiana figés, perdus, couvaient une flamme pareille à celle qu'on voit dans les prunelles rousses des chiens, et Myrrha imaginait assez bien la suite de la scène — en ce temps-là ils n'avaient pas trente ans,

et moi qui n'ai jamais songé à brûler de manuscrits... serait-il possible Seigneur que jamais nous n'en soyons Milou et moi, comme ces deux-là, à revivre ensemble notre jeunesse en nous encore intacte à soixante-cinq ans passés ?

Mais c'est un malentendu... je dors, je ne suis pas réveillée, je le verrai rentrer tout à l'heure, par cette même porte, secouant son chapeau trempé, disant : « Nous nous sommes attardés à bavarder au *Sélect* », je le verrai allumer le gaz sous la bouilloire et son père dira : « Le vieux thé est encore fort, il suffira d'y ajouter de l'eau chaude. » Elle rêve, en regardant la porte.

Tatiana Pavlovna dit : « Oh oui, les filles devraient être rentrées. » Elles sont au Central Cinéma. — Oh, mais des garçons les raccompagnent. » Mes filles ! et moi qui n'y pensais même pas. Bravo, une bonne mère. — Des garçons ? »— Puisque leur père ne leur sert plus de chevalier servant. Attends, que je t'explique. Deux garçons. Tous deux ' soupirent ' pour Tala. Mais l'un des garçons jette des coups d'œil sur Gala, sans oser l'avouer. Ceci d'autant plus que, selon leur éthique non écrite, il faut être deux après la même fille — à qui l'emportera, tu comprends ? rien n'est plus ridicule que de ' sortir ' comme les Français, par paires de petits couples... Donc, tout ceci, comme tu vois, est très innocent. »

— Je ne mettrais pas ma main au feu pour l'inno-

cence du petit Rakitine, dit Ilya Pétrovitch. Il ne me
plaît pas. »

— A moi non plus. Mais en présence de Gala, rien à
craindre. Donc, le nommé Rakitine l'admire (Gala), et
se montre avec elle aussi désagréable qu'il le peut,
c'est-à-dire charmant sans excès et secrètement
rageur, car s'il se permettait la moindre insolence il
devrait du même coup se brouiller avec Tala et laisser
le champ libre à son rival... lequel est un joli garçon
timide, plein de complexes à cause d'une situation
familiale pénible, ce qui aux yeux d'une fille est un
atout — bref, ma chère, j'observe en vieille femme que
je suis ce joli ballet — le ' vert Paradis '. Rakitine ne
tient nullement à venir saluer les parents, mais l'autre,
il s'appelle Igor Martynov, y tient au contraire beaucoup — pour bien montrer qu'il a des intentions
sérieuses. »

— Oh, ils en sont déjà aux intentions ? » dit Myrrha.
— Mais comment donc ! A dix-neuf ans... l'âge où l'on
joue au petit homme. Il est dans sa première année de
Beaux-Arts et veut devenir architecte. Il m'a déjà
expliqué à quel point il était sérieux et capable. »

— Un peu tôt, tout de même », dit le grand-père. —
Mais bien sûr, Iliouche ! *Calf love*[1]. Et Tala n'a pas l'air
d'y voir autre chose. »

— Les voici ! s'écrie la grand-mère, et elle court vers
la porte. Des voix gutturales, des voix aiguës. Les
quatre grands oiseaux, brillants de pluie, secouant les
ailes de leurs manteaux trempés, envahissent la pièce.
« Ouf ! grand-mère, tu nous feras du thé *frais*, nous
sommes trempés ! Oh ! ma petite maman, tu es là ! »
Gala court, se précipite, embrasse. « Oh ! et Pierre ?
comment va Pierre ? »

Les deux jeunes gens saluent dignement, après avoir

1. *Amour de veaux* (expression courante anglaise).

jeté leurs manteaux sur une chaise. Igor Martynov baise gravement la main de Myrrha, claquant les deux pieds l'un contre l'autre, comme un petit garçon. Rakitine se contente de serrer la main tendue. Et tous les quatre discutent des mérites du film — *Le Roman de Marguerite Gautier.* Serge Rakitine, qui a la voix forte et des allures virilement dédaigneuses imitées de Clark Gable, déclare qu'il s'agit d'un lamentable mélo, dont il se fait fort d'écrire une parodie *désopilante* pour le prochain spectacle de feu de camp... — Pas nouveau! dit Gala, et jusqu'au prochain feu de camp tu auras dix mois à attendre. » — Mais pourquoi attendre le feu de camp, demande Tala. A Noël! Avec les anciennes de notre groupe de La Croix et tu amènerais quelques étudiants... » Voyant que son rival marque un point le jeune Igor déclare que le film était excellent, grâce au jeu de Garbo, et tant qu'à donner dans la parodie celle du *Cid* serait plus drôle...

Tala, debout, sur le fond du rideau de toile cirée rouge suspendu devant l'évier-lavabo, lève les bras au ciel et déclame d'une voix sépulcrale :

Pleurez mes yeux pleurez et fondez-vous en eau !
La moitié de ma vie a mis l'autre au tombeau !

— Oh! Oh! quelle tragédienne, dit Serge Rakitine, tout juste si elle n'a pas de vraies larmes. » Igor Martynov cherche à faire sa cour à Myrrha et lui dit à quel point il admire sa peinture. ... Et pourquoi pas ? se dit Myrrha, ils se ressemblent un peu. Deux oiseaux blessés. Parents séparés. Igor (Tala le lui avait confié quelques semaines plus tôt) avait tenté de se suicider le jour où son père avait quitté la maison, sept ans de cela déjà — parti avec une dactylo du bureau où il travaillait, une Française âgée de vingt ans. Igor s'était tailladé les veines des poignets. « Moi, maman, j'avais voulu me jeter du haut des tours de Notre-Dame. Mais j'ai pensé à toi... à vous tous. »

A présent la voici, *pâle et pourtant rose* comme autrefois, coquette, et elle attire les garçons par son indifférence provocante — et — c'est incroyable, à quel point elle a changé : cette volonté de faire le pitre avec grâce, ces rires désabusés, cette affectation de frivolité. « Papa ? oh ! je n'y pense plus. Je n'étais pas mariée avec lui, n'est-ce pas ?... Oh maman, pardon, je te fais de la peine. »

Les deux garçons prennent congé. « Ouf, dit Gala. *Enfin seuls !* Maman chérie ! » — Et je parie, dit Tala, que nos deux cavaliers vont se disputer en cours de route. Dire que j'étais folle de ce Rakitine quand j'avais douze ans. »

— C'est un beau garçon », dit Myrrha. — Et il le sait ! Rien de plus ridicule, tu ne trouves pas ? »

— Ce que je me demande, dit le grand-père, c'est pourquoi vous autres filles, vous perdez votre temps à sortir avec des garçons ridicules ?... »

— Oh ! mais Igor n'est pas ridicule, grand-père ! »

— Un mauvais point pour lui. » — Oh non, grand-père, oh non je t'assure, je l'aime bien. » — De mieux en mieux : mort et enterré. »

Tala hausse les épaules, faisant semblant d'être vexée. A quel point les adultes, avec leur finesse, sont faciles à tromper.

« ... Maman dit Gala, grand-père nous taquine toujours à propos de garçons, et je ne sais comment tu étais à notre âge, mais nous n'y pensons pas *du tout !* D'abord, si tu voyais les notes de Tala, elle va te montrer son carnet, un 17 sur 20 en dissertation de philo cette semaine ! J'ai hâte d'être en classe de philo, ça m'a l'air *formidable !*

— Je pensais, ma chérie, intervient la grand-mère, que tu ferais math élém. » — J'aimerais faire les deux. »

On bavarde et il est une heure du matin. Tant pis, demain c'est dimanche, la grasse matinée. Et elles parleront encore, dans la chambre de Myrrha, à elles trois — dans cette chambre que Tala, par délicatesse, n'a pas voulu prendre pour elle.

« A propos, tu sais que Vladimir a perdu sa place ?... »

— O mon Dieu c'est affreux... »

— Affreux pour nous surtout, dit Ilya Pétrovitch, car il aura, lui, son allocation de chômage. »

Myrrha tente de limiter les dégâts. « Mais nous aurons toujours les Allocations familiales c'est mieux que rien... et il trouvera sûrement un autre travail bientôt. »

— A quarante ans ? »

Gala dit : « Je plains papa. Etre mis à la porte parce qu'on est persécuté par un cinglé. »

— Un cinglé, dit Tala, pourquoi ? Et s'il aime sa fille ? »

— Ah ! dit Ilya Pétrovitch. Myrrha, celle-ci est bien ta fille à toi. »

Myrrha emmène ses filles au premier étage, heureuse de les avoir à elle tant qu'elles ne tombent pas de sommeil. « Maman, dit Gala, je parie que tu te fais du souci pour papa. » — Mais bien sûr, ma chérie. »

Et la belle petite brune la serre de toutes ses forces dans ses minces bras nerveux. « Oh, tu es bonne, maman. Je veux être comme toi. » Tala s'approche d'elles, et caresse les cheveux de sa mère, comme si elle ne voulait pas laisser à sa sœur le bénéfice de la scène d'attendrissement. — Trop bonne. Pauvre maman. Au moins *pour nous* tu n'as pas à te faire de souci. » N'écoute pas grand-père, dit Gala. Nous n'avons pas tellement besoin d'argent. Nous ne grandissons même plus. »

— Maman, je te dirai un secret, dit Tala. Tassia va nous prêter de l'argent, nous lui rendrons à notre majorité. Grand-père n'en sait rien, mais c'est une affaire entre elle et nous, n'est-ce pas ? »

— Tu avais promis de ne pas le dire... »

— Mais à maman, *on peut !* Il faut, même. Tu diras que c'est toi qui l'as gagné. Cet argent. Nous te le donnons et tu le donnes à grand-père. »

— Je n'aime pas du tout ça, mes enfants. »

Gala est fâchée contre sa sœur. « Ecoute, dit Tala, grand-père compte les sous, comment tu lui ferais avaler... C'est pour nos livres, maman. Et même pour les chaussures, comment veux-tu ? Je ne veux pas qu'on me regarde au lycée comme la pauvre petite, toute la classe est au courant... »

— Tu avais promis, répète Gala. Tu me prends en traître. »

— Tu ne vois pas que c'est la seule solution ? »

Voici Myrrha assise sur le lit déserté, entre ses deux filles dont l'une avait voulu lui cacher une vérité déplaisante, et l'autre veut la pousser à une action malhonnête. — Mes trésors. Paul Bourget a dit, je ne sais où, que la psychologie commence avec je ne sais combien de livres de rente... il n'y connaissait rien : la psychologie commence là où manque l'argent. Nous sommes en pleine psychologie. Je m'y perds. De combien d'argent s'agit-il ? »

Gala, tête basse, dit : « Cinq cents francs par mois. »

— ... Et je ferais croire à grand-père que mes gains ont à ce point augmenté ? »

— N... non, dit Tala. Disons, deux ou trois cents francs... le reste, on le garderait comme argent de poche. Nous n'en avons jamais eu. »

— Oh ! je sais. » C'est à elle de baisser la tête.

— Tu dirais que l'oncle Georges veut t'aider. »

— Votre grand-père n'accepterait pas l'argent de Georges. Et il ne me croirait pas. »

— Oh si, dit Tala, avec un sourire dur. Il croira. Il sera trop content de croire. »

— Et votre grand-mère est au courant ? » Silence. A la fin Gala dit : « Plus ou moins. Elle devine. »

— Vous êtes donc si... intimes avec Tassia, maintenant ? »

Elles parlent ensemble. Mais Tassia est très gentille, elle dîne chez nous trois fois par semaine, elle nous a emmenées au théâtre jeudi, à la Comédie Française, voir *Le Cid* et *Fantasio*... c'est une amie à nous, ça nous regarde. Les vieilles histoires... oui, ce qui s'est passé avant notre naissance... nous n'y sommes pour rien — et elle a des relations, dit Tala, tous ses amis à la Sorbonne, elle est même une amie du Recteur... — Si tu crois que je l'ignore ! »

Myrrha sent que sa voix est un peu amère, et que les filles vont tirer parti de cette amertume : maman n'est pas si parfaite que cela, jalouse, aigrie ?... « Mais elle est gentille tu sais, maman » plaide Gala. — Gala est toute droite, sa voix vient du cœur... Mais c'est vrai maman. Elle ne cherche pas à dominer, à influencer, elle est très modeste. Malgré tous ses titres. »

— Je ne savais pas que vous la voyiez si souvent. » — Oh maman ! » Ce qui veut dire : les filles abandonnées que nous sommes — ce qui veut dire : ne nous force pas à nous sentir coupables, nous qui sommes les victimes... Ne nous punis pas de notre franchise. — Maman, dit Tala, et elle prend un air d'adulte raisonnable qui parle à un enfant, ce qui jure de façon attendrissante avec son visage enfantin — maman, il faut regarder les choses en face : nous avons notre vie à nous. Il ne faut pas nous mêler à des... à des drames d'il y a dix, vingt, trente ans, et même à ce qui arrive maintenant, pardon maman je sais que tu souffres beaucoup. Mais nous aussi. Si quelqu'un veut nous aider, en toute amitié... »

28

— C'est une fille de valeur, une fille généreuse, ajoute Gala, et je t'assure qu'elle t'admire beaucoup... »

— Et qui donc, demande Myrrha, ne m'admire pas ?... »

— Oh maman... »

Elles veulent — quoi exactement ? lui remettre à elle deux cents francs dit Tala, trois cents francs dit Gala, pour qu'elle les donne à Ilya Pétrovitch. « Tu diras que tu as trouvé un nouveau ménage à faire, rue Lecourbe ?... »

— Non, rien à faire mes enfants. Rien à faire. J'estime que Tassia a tort, que vous avez tort. Je ne pourrais plus regarder votre grand-père dans les yeux. » Un long silence.

Les filles n'osent pas se regarder. Gala, assise à la turque aux pieds de sa mère, lève vers elle ses noires et brillantes prunelles de faucon. — Maman. Nous allons rendre ces cinq cents francs à Tassia. »

Et Tala se redresse, très rouge, quitte le lit, quitte sa mère, court vers la fenêtre ; se mordant les lèvres, se tordant les doigts, secouée par des sanglots de rage. Et sa mère court vers elle. Ma petite, ma chérie, voyons.

— Oh ! tu ne m'auras pas, tu ne m'auras plus ! J'en ai assez, j'en ai marre ! Tu auras Gala mais pas moi ! Tout est de ta faute. Si tu n'avais pas été aussi sainte femme papa ne t'aurait jamais abandonnée ! »

— Tala ! » crie sa sœur.

— Gueule pas comme ça, tu vas réveiller les vieux. D'abord, c'est moi qui ai les cinq cents francs, et si tu n'en veux pas je les garde. Et je m'achète une montre en or !

« Ne pas regarder grand-père dans les yeux. Toi tu regardes tout le monde dans les yeux, maman, tu es bien avancée. Moi, je ne peux plus regarder personne. Pierre n'est pas le seul à avoir des problèmes figure-toi.

« Et ne te mets pas à pleurer, surtout... » — Je ne pleure pas », dit la mère. — Tu vois, tu ne pleures *même* pas. » Myrrha revient vers le lit et s'y recroqueville comme une bête blessée, oh non ne pas pleurer, surtout ne pas pleurer. « Voyons maman, dit Gala en lui caressant les mains, Tala ne pense pas ce qu'elle dit, elle est énervée. » O le maudit argent, comme tout serait plus facile... et tout d'un coup elle a une folle envie de se retrouver dans le clair salon Louis XV de la rue Lecourbe, envie d'entendre le rire de lionne de la vieille princesse, de boire du champagne avec elle en écoutant les disques de chansons tziganes, d'échanger avec Georges ces plaisanteries en langage chiffré qui la replongent dans sa folle et heureuse enfance.

Oh oui, je suis lâche je vous ai abandonnées mes pauvres enfants, je ne sais plus où donner de la tête. « Tala. Il est tard. Nous sommes fatiguées. Viens. Ne nous séparons pas sans nous embrasser. » Tala l'embrasse en pleurant et demande pardon. Mais elles sont déjà au-delà du pardon, Tala n'oubliera jamais les mots qu'elle a dits. C'est la petite fille d'autrefois qui demande pardon. Parce qu'il faut bien.

Et les cinq cents francs, pense Myrrha. Tala, avec son chantage au cœur brisé est à présent la plus forte des deux sœurs.

*

Ils sont assis côte à côte sur le divan-lit, face au portrait de Nicolas II, écoutant le disque de Paul Robeson, *Old Man River*.

Puisque nous sommes en chômage, profitons-en. Tout Paris à nos pieds, dommage qu'il fasse froid, dommage que l'entrée des musées ne soit gratuite que le dimanche, et que même les cafés noirs pris trop souvent finissent par revenir cher, d'amour et d'eau fraîche, un cœur et une chaumière, voyons et réfléchissons, mon amour, de quelle façon nous allons fêter aujourd'hui, demain, après-demain notre glorieux défi à la société.

O notre fête Victoria, tes seins si fermes qu'ils laissent des creux sur l'oreiller, tes flancs si doux que l'os de la hanche ne s'y devine pas, et la légère Toison d'Or au-dessus des cuisses de sable chaud, la fête sans fin Victoria car ils ont tous oublié, s'ils l'ont jamais su, que toute vie vient de ce chant solaire, de ce champ de soleils, le sacré du sacré et le saint des saints, qui se cherche par impuissance ou pudeur d'autres noms

et que jaillissement de sources et vagues marines et cimes neigeuses et douceur du calice des fleurs n'auraient jamais existé à nos yeux s'ils n'étaient l'image de la première et vraie beauté. Le corps d'amour épris, la chaleur de la fleur fruit arbre de vie aux branches faites de lait et de miel,

l'arbre aux soleils multiples gardien du puits où gît la lumière, puits de lumières Victoria un homme peut-il être assez fou pour hésiter entre la nourriture et la faim,

Victoria lumière, une seule peur est concevable — que tu changes que tu te détournes. Impensable et cela n'arrivera jamais. « Non cela n'arrivera jamais, dit Victoria, je mourrai avant. »

Et puisque nous avons tant de journées libres, il faut que j'en profite pour explorer et contempler à loisir mon Royaume, centimètre par centimètre, battement de veine par battement de veine — cil par cil, et chaque petite paillette verdâtre sur le fond bleu vif des prunelles, et les pétales rose perle des paupières et la transparence de corail des ailes du nez et la petite fourrure drue et fauve des sourcils vivants comme deux jeunes bêtes — as-tu remarqué comme dans le folklore russe on parle souvent de la beauté des sourcils ? — Oui, dit-elle, on les veut toujours noirs. »

— Fausse modeste, essaie de les noircir et tu verras ! et je ne te laisse pas la liberté d'en épiler un seul poil, et je vais les compter tous. Tous miens.

Compter, puisque je suis comptable, tous les petits grains roses autour des pointes des seins, compter les rainures des lèvres, tu verras le nombre de chiffres sacrés que je vais retenir par cœur — dis-moi quand tu en auras assez de mes divagations je passerai à d'autres sujets. — Lesquels ? » — Toi. Le goût de ta veine au poignet, l'odeur de ta nuque, tu croyais qu'on se lasse et qu'on s'habitue ? Tu n'as qu'à remuer les lèvres, j'ai déjà le vertige.

Il est des moments où elle devient grave. « Est-ce que c'est possible ? j'ai peur. » — Cela ne changera pas. Nous avons à tel point besoin l'un de l'autre que nous trouverons notre chemin à travers tous les traquenards, regarde, il me suffit de mettre la main sur ton cœur pour qu'il se mette à battre plus fort. »

Et tu verras comme nous allons organiser notre Troisième Ciel. » — Pourquoi troisième ? tu veux encore déménager ? » — Non, nous sommes bien ici. Mais puisque le cher Piotr Ivanytch a jugé bon de me rendre ma liberté, décrétons que c'est une nouvelle époque de notre vie qui commence, en attendant le Septième Ciel et le Septante fois septième.

Il n'y avait guère de place pour danser, dans la chambre — même en pliant la table et en la posant sur le lit. Il n'y faisait pas chaud : le poêle de fonte s'allumait difficilement, et les sacs de charbon de terre coûtaient cher, les boulets se changeaient vite en cendres et donnaient peu de chaleur, et il fallait sans cesse faire bouillir sur le gaz des casseroles d'eau, ce qui réchauffait l'air mais donnait de l'humidité. Des cloques se formaient au plafond, le papier peint au-dessus du réchaud se décollait, et la maîtresse de maison, brave dame d'une soixantaine d'années à cheveux blonds, gris et frisés, poussait des soupirs chaque fois qu'elle rendait visite à ses locataires.

Gens sérieux, et même instruits — M. Tchelinsky avant la Révolution travaillait dans une banque — ils étaient des amis d'un ex-collègue de Vladimir, et avaient accepté de loger le couple parce qu'on leur avait dit que Victoria avait vingt ans.

« Oh ! mais vous avez des livres de classe de 1re — vous allez encore au lycée ? » — Non je n'y vais plus. » — Vous auriez du mal à tromper une vieille femme : vous avez tout au plus dix-huit ans. » — Euh !... oui, mais je suis très mûre de caractère. » Elle se croit obligée de dire cela à tout le monde. « ... Et que pensent vos parents de ?... » — Je suis orpheline. » — Mais... quels sont vos projets d'avenir ? » — Je veux être cantatrice ! » elle rit « non, je plaisantais. Je veux faire du théâtre, je me prépare au concours du Conservatoire. » Dieu sait pourquoi, elle n'a pas envie de répondre : je veux épouser M. Thal.

D'abord, ce n'est pas tellement vrai : épouser, pourquoi faire, elle l'a déjà et ne veut rien d'autre — un jour, plus tard, peut-être, et même sûrement, quelque chose arrivera qui sera magnifique — mais formuler cela aussi platement est une dérision, leur mariage à eux portera un autre nom, oh une apothéose, un feu d'artifice à mille couleurs —

et d'ailleurs si jamais cela arrive mais cela arrivera sûrement, ce n'est ni un projet ni un avenir, et il est des moments où, quand elle se trouve seule, elle fait rapidement trois signes de croix, des signes de croix pour rien, pour conjurer l'amour, pour dire : voilà comme je l'aime, et que rien ne change, aujourd'hui et à jamais et dans les siècles des siècles amen.

Elle referme un livre de *Morceaux Choisis* de Montaigne. « Tiens, mets-moi un disque. » — Lequel ? » — Oh ! encore une fois *Old Man River*. »

33

— Non, choisis autre chose. » — Pourquoi ? » — C'est une voix d'homme. Ça me rend jaloux. » Il ne plaisante qu'à moitié.

— Bon. Et si, moi, je me mets à être jalouse des voix de femmes, nous ne pourrons plus mettre aucun disque de chant. »

— Pas pareil. J'ai le complexe d'Othello. Pas toujours, mais ça me prend de temps à autre. Car Othello, vois-tu, comme l'a découvert Pouchkine et comme Dostoïevski à sa suite l'a souligné... »

— Oh j'adore ce ton doctoral. » — Comme l'a dit Pouchkine : *Othello n'est pas jaloux, il est confiant.* Son 'complexe' est de ne pas comprendre qu'on puisse l'aimer. Il est d'une telle modestie que le premier venu peut lui faire croire que, pour être tombée amoureuse de lui, il fallait que Desdémone fût particulièrement vicieuse. »

— Merci, la belle opinion que tu as de moi. » Il ne lui déplaît pas de jouer le rôle de la fille vicieuse.

— Mais ne ris pas. Beaucoup d'hommes sont comme ça. Othello n'est qu'un cas extrême. Et c'est pourquoi on voit de beaux garçons s'accrocher aux filles les plus insignifiantes, et des génies épouser leurs cuisinières... car l'amour vrai est un tel miracle qu'à moins d'être stupide un homme a du mal à croire qu'il le mérite. Donc, mets-toi à ma place, quand il s'agit d'une fille comme toi... »

Elle l'observe. Pensive, un petit sourire amusé et tendre aux coins des lèvres. « Je ne crois pas un mot de ton 'complexe'. C'est de la coquetterie, et de la provocation, pour que je te prouve à quel point je suis vicieuse — tiens, tu veux que je te le prouve tout de suite ? » — Pas le moins du monde, Victoire de Samothrace. Tu me prends pour un obsédé sexuel ? » Elle s'étire doucement, elle dit d'une voix amollie : « Ah ! parce qu'il paraît que tu ne l'es pas ? » Les

34

avantages, ou inconvénients, du Troisième Ciel : les tentatives de revenir à Montaigne, Cicéron, Napoléon, etc. finissent par des leçons d'un tout autre genre. « Et me croiras-tu, qu'avant de te connaître, j'étais un homme plutôt ignorant. »

Là, elle est sérieuse et secoue lentement la tête. « Je ne te crois pas. » Est-il possible, pense-t-il, ce visage d'ange rêveur, la gravité de ces lèvres avides. — Vi mon amour, c'est peut-être vrai, que je te pervertis ? » — Non. C'est moi. Tous les deux. »

Et cela finit quelquefois par un coup plus ou moins discret dans la porte, et l'obligation, une minute après, d'aller ouvrir en s'excusant : « ... j'étais en train de me raser... » A quatre heures de l'après-midi. « J'avais pensé — si vous vouliez prendre une tasse de thé avec nous ? » — Euh... nous en avons déjà pris, merci. » Et Victoria, avec sa rapidité de changement d'humeur, dit parfois : « Oh comme vous êtes gentille » et accepte. Il faut bien, dit-elle, on doit rester en bons termes.

Assise sur une chaise cannée à haut dossier, dans la salle à manger pleine de napperons brodés, Victoria cherche à prendre des airs de matrone, et s'applique à ne pas écarter le petit doigt en tenant sa tasse — sa mère le faisait, et Vladimir lui avait dit que c'était un geste petit-bourgeois. Le vieux M. Tchelinsky regarde ses longs cheveux défaits et ses fières épaules avec un visible plaisir (les hommes... pense Vladimir, des cochons même à cet âge-là, il doit être plus vieux que mon père) et Nathalie Andreievna plaint la pauvre petite (les hommes... des cochons, rien à dire, à cet âge-là, il a sûrement plus de trente-cinq ans. Et la nuit ne leur suffit pas). « Vous avez des projets pour un nouveau travail ? » — Des traductions à domicile — la semaine prochaine j'essaierai les petites annonces. » — Et là, dit Mme Tchelinsky, il faut se lever de bonne heure. » — Oh ! mais, dit Vladimir, je ne me décourage pas : mon patron m'a délivré un certificat *dithyrambique* — il faut dire que je l'ai composé et tapé à la machine moi-même. Mais il en eût rajouté s'il l'avait pu, il n'était pas fier de lui. »

— Oui, ces réductions de personnel, c'est bien pénible, soupire Tchelinsky. En toute justice, ils devraient plutôt licencier les jeunes — mon fils, tenez, à trente-deux ans, il a déjà du mal... naturalisé, pourtant ! Nous allons vers une nouvelle crise. »

— Ou vers la guerre », intervient Victoria, sombre, et au fond plutôt contente.

— Il n'y aura pas de guerre avant 1960, déclare Tchelinsky. Trop d'hommes se souviennent encore. Et si même les gouvernements étaient assez fous... les soldats refuseraient de marcher. Et Hitler le sait bien. Il prendra tout ce qu'il voudra. Le chantage à la guerre lui suffit. »

Nathalie Andreïevna quitte la table et reprend son petit tambour à broder. Ses maigres mains tremblent un peu. « Je vous en supplie, messieurs, n'en parlez pas. Dieu fasse que ça n'arrive plus. Je ne survivrai pas à une autre guerre. »

— Mais une seconde guerre mondiale, dit Victoria, une petite flamme belliqueuse dans les yeux, peut amener la fin du bolchevisme. C'est même la seule chance... »

— Vous ne savez pas ce que vous dites, chère Victoria... Mais rendez-vous compte qu'avec les progrès de la chimie dans ce domaine, et un Hitler ne se gênerait pas, ils auraient les moyens d'arroser en une heure tout Paris avec des gaz dix fois plus mortels que l'ypérite. »

Les hommes estimaient qu'on ne se servirait pas des gaz — par la loi de l'assurance réciproque : même un Hitler n'ira pas jusqu'au suicide de son pays. « Sait-on jamais ? Poussé à bout... » Le vieil homme hausse les épaules. Bavardages. Il ne *peut* pas y avoir de guerre. Cela coûte trop cher, l'humanité n'est pas folle. Et *justement* parce qu'il y a les gaz, menace d'une arme de mort presque absolue... Victoria est forcée de reconnaître que Gheorghi Victorovitch a raison, et pense que c'est un peu dommage.

Elle est une déplorable ménagère, elle laisse brûler les pâtes, met régulièrement trop de sel dans les plats (signe que je suis amoureuse, ne t'en plains pas), laisse s'accumuler des moutons jusque sous la table, ses corsages et même ses pantoufles traînent sur le divan-lit; le linge lavé roussit, étalé trop près du poêle; la seule chose qu'elle sache faire est repasser. — Tu sais: je me 'défoule' comme on dit. Le ménage, ça me rappelle trop papa. Il était ordonné. Est-ce que tu me feras un jour des scènes pour mon désordre ? » Il rêve, coudes sur la table, contemplant distraitement la cheminée, où sous le portrait de Nicolas II s'entassent livres, journaux, chaussettes et verres vides. « J'aime les moutons — et même les brosses à dents sur la table. Quand je te ferai des scènes tu sauras que je suis devenu gâteux. »

Elle ne lui laisse pas la paix, elle adore les taquineries tournant à l'analyse psychologique. « Mais tu sais — peut-être que j'attends justement que tu te fâches, que je veux t'exaspérer ? Une femme a peut-être besoin d'autorité ? » — Pas toi, Victoire. Et je ne suis pas patient. » — Qu'est-ce que tu es ? » — Un Adorateur du Soleil. »

Il fait froid. Economisons le charbon. C'est-à-dire: sortons le soir. Le jour où il avait perdu son travail Vladimir avait envoyé à son père un mandat de 980 F, exactement la moitié du salaire mensuel versé à lui par Bobrov à titre d'indemnité de licenciement (et pour que le vieux ait décidé de sacrifier 1 960 F il fallait qu'il fût vraiment à bout de patience). Les 980 F restants allaient être consacrés au *superflu*, le nécessaire devant être assuré par l'allocation de chômage. Et ils rencontraient leur bande d'amis au *Sélect*. Il s'en trouvait toujours une demi-douzaine à se réunir autour de deux tables, et à empiler chacun plusieurs soucoupes l'une sur l'autre, café ou alcools, et à minuit on divisait la somme totale par le nombre des hommes. — Tiens ! Boris. Ça fait un moment, dis donc... » — Vous savez bien, mon cher, dit Irina d'un air entendu — que samedi est son jour de congé... » — Ah ! depuis quand ? » Ce n'est plus Josyane, c'est une autre, qu'il n'amène pas dans les cafés. « Alors ? dis-moi. Elle est belle, au moins ? » Boris hausse les épaules.

Le peintre Grinévitch est là, avec une grande et belle Suédoise. « Inutile de passer votre temps à traduire dans toutes les langues, Ragnid ne parle que suédois... » — Comment ? vous le parlez aussi ? » s'étonne Victoria. — Le strict nécessaire. » La belle fille cligne de l'œil ; en fait, elle comprend tout. Même un peu de russe. — Vous êtes peintre ? » demande Irina. — Non, modèle. » Deux journalistes, l'un travaillant aux *Dernières Nouvelles*, l'autre dans diverses revues littéraires, soulèvent la question de l' « Année Pouchkine ». — Honteux, dit le premier (Grigori Arkadiev), honteux, lamentable, nous voici à la fin de l'année pour ainsi dire, et qu'avons-nous donné ? La grosse *Revue* du Mémorial, d'une désolante platitude, conçue pour être mise entre les mains des enfants... »

— Mais pourquoi ce mépris des enfants ? » — Chère Irina Grigorievna, ce sont nos anciens et modernes hagiographes de tous bords qui les méprisent — survivance de mentalité religieuse et d'obscurantisme tzariste, et il est normal que chacun cherche à ' récupérer ' Pouchkine et à en faire le saint de sa propre église, mais *nous*, justement, nous nous devions de faire mieux, et nous avons très peu fait. »

— Manque de moyens, dit Vladimir, et en général ceux qui ont des moyens manquent soit d'intelligence, soit de culture, soit d'honnêteté intellectuelle. »

— Et le plus souvent, dit Arkadiev, il leur manque les trois. Nous avons toujours traité les pays slaves en barbares et nous en récoltons le fruit, à présent l'émigration de Belgrade, de Sofia, de Prague, en est réduite à flatter l''intelligentzia' serbe, bulgare ou tchèque... » — Nous sont-ils donc inférieurs ? » demande la pacifique Irina. — Chère, dit Grinévitch, probablement pas, mais vous connaissez l'orgueil russe, et surtout l'orgueil émigré, et par-dessus tout l'orgueil de l'homme de lettres émigré... Et puis, rien à dire : Pouchkine est des *nôtres*. En ce moment, nous sommes les seuls à pouvoir parler de lui. »

— Et nous nous abaissons à une polémique avec les pouchkinistes de *là-bas*, dont les tonnes de louanges officielles, d'exégèse aussi méticuleuse que tendancieuse, d'hagiographie bêtifiante, n'ont rien ajouté à ce qui a été écrit au XIXe siècle, sinon une falsification éhontée de détails biographiques tendant à prouver qu'il était un poète *engagé*, et qu'il a été assassiné sur l'ordre de Nicolas, lequel de surcroît aurait été l'amant de Mme Pouchkine — ce qui est une calomnie qui déshonore non seulement Nathalie mais Pouchkine lui-même... »

— Et qu'un Khodassiévitch, dit Vladimir, se range dans le camp des défenseurs de Nicolas — pas explicitement, mais enfin il sert d'alibi moral à ses collègues de la *Renaissance*... » La *Renaissance* est un journal mort, depuis qu'elle est devenue un hebdomadaire... » — Pas mort : le venin, si l'on peut dire, est plus concentré, pas moins nocif — et tant qu'ils ont Khodassiévitch, justement... » Le chapeau, dégoulinant de pluie, d'Hippolyte Hippolytovitch Berséniev, se penche au-dessus des petits verres de café. — Je viens m'abriter — et qui vois-je ? Chers amis, jusqu'à quand, ces querelles de chapelle ? Vous parliez de la *Renaissance* ? »

— Ah ! Polyte Polytytch ! dit Arkadiev. Alors ? Où en est votre *Pierre le Grand* ? Prenez une chaise. » — Toujours dans les limbes. Et, *by the way*, Vladimir Iliitch, ces recherches sur la cour de France et le Régent... » — Bon : même pour Pierre le Grand il vous faut d'abord la chronique scandaleuse. » — Eh ! qui a été plus scandaleux que le cher Pierre ? Le grand public aime ça. »

— Nous parlions, en principe, de Pouchkine », rappelle Vladimir.

— Encore un homme scandaleux. » Installé à côté de Vladimir, Hippolyte secoue son chapeau trempé, s'essuie le visage, adresse à toute la compagnie des sourires qu'il veut amicaux.

Sec, ratatiné, le visage plus aigu et vulpin que jamais. Vladimir aime bien parler avec cet homme, ils ont des goûts communs, et une vieille habitude d'échange des pensées qui n'a rien à voir avec leurs rapports personnels, pas tellement bons. « Je prépare, voyez-vous, dit Vladimir, pour la *Pensée Nouvelle*, un article sur ' Pouchkine et la Vieillesse '. Modeste contribution » — Un sujet de thèse, non ? » — De méditation poétique, dirais-je. » — Thème riche, en effet. » Hippolyte serre ses lèvres minces, plisse ses yeux. « Et pensez-vous vous servir, pour rénover le thème, des découvertes de la psychanalyse ? »

— Presque inévitable, non ? Je le ferais, en passant. Mais Pouchkine, semble-t-il, a liquidé son ' Œdipe ' en sortant des langes. »

— Tout se passe, dit Hippolyte, comme si Pouchkine, sautant par-dessus la tête du Père, s'en soit pris directement au grand-père — à l'Ancêtre — objet soit de raillerie insolente (dans les œuvres de jeunesse), soit d'amour, de fascination, puis de tendre vénération... »

— Très juste. Et avez-vous remarqué que chez lui, le vieillard — l'homme chenu, *blanc*, affligé de tous les attributs de l'âge — est traité en homme à part entière. Il possède le cœur ardent de la jeunesse, mais ' *lentement, âprement*

Chauffé à rouge dans le feu des passions '... et la vieillesse n'est pas présentée comme une dégradation, mais comme un couronnement. »

— La couronne de cheveux blancs, rêve Hippolyte — la moustache ' blanche comme neige ', et le vieillard ' cacochyme ' adoré comme aucun jeune homme ne l'a été... tiens, tiens, serait-ce une réflexion en rapport avec votre vie personnelle ? » Ils rient tous deux.

— Même pas. D'ici que j'aie les cheveux blancs comme neige... Non, Mazeppa et le Chevalier Avare sont grands par leur *grand* âge. Et — notez-le — la Vieille Femme : la Comtesse de la *Dame de Pique*, figure de femme d'une ampleur... vertigineuse. Elle a plus de quatre-vingts ans. Un cadavre vivant — les âges successifs de la Femme défilent devant nous en un saisissant raccourci, et le poète passe de l'horreur à la tendresse, de la crainte sacrée à la simple pitié humaine, sans oublier la légèreté de la caricature... »

— Ses ' vieilles femmes '... et, la Comtesse mise à part, songez-vous que ces ' vieilles ' sont tout au plus des quinquagénaires ? Il est vrai que l'on vieillissait vite, à l'époque. »

— Oui. Et lui-même se croyait vieux à trente ans. Ce qui n'est déjà pas normal, avouez-le. Une véritable hantise de la vieillesse. Une hantise presque amoureuse. Et... est-ce divagation pseudo-mystique de ma part ? ne croirait-on pas que, se sentant destiné à mourir jeune, il cherchait à s'emparer d'avance de ce grand âge comme d'un trésor qu'il ne posséderait jamais — émouvant comme un bien *déjà* perdu ? »

— Qui sait, qui sait ? soupire Hippolyte. Possible après tout. *La hâte de vivre*... Trente-huit ans. Vous aussi, mon cher, vous avez déjà dépassé cet âge. On se demande ce qu'il nous eût encore donné, sans la balle de Dantès ? Il nous fait honte à tous, comme si nous n'étions que des survivants. »

A ce moment-là, Vladimir leva la tête, il lui semblait avoir entendu — et comment l'avait-il entendu à travers ce qui n'est pas un vacarme mais un solide bruit de fond, voix animées, rires, grincements de chaises, cliquetis de cuillers et de verres sur le comptoir, cris de garçons « verse, un ! », cris de clients « garçon ! », sifflement mouillé de la pluie, clapotis de pas sur le trottoir, grondement de voitures démarrant sur les flaques d'eau mouvante — entendu un coup sec et léger contre la grande vitre de la terrasse, à un mètre au-dessus de lui.

A travers les reflets pâles qui sur la vitre éclairée de l'intérieur projetaient les lampes blanchâtres et l'image de groupes de consommateurs brouillée et trouée par la flamme blanche ruisselante d'eau du réverbère et des cafés d'en face, il voyait un long visage pâle collé à la vitre. Déformé par l'eau et les reflets mouvants, mais aussitôt reconnu. Et pendant une seconde, il eut peur. Hippolyte leva la tête et cilla, un peu inquiet.

Vladimir vit son propre reflet se lever d'un bond, masquant les têtes, à demi noyées d'ombre et traversées de feux jaunes, de Victoria, Boris, Irina, la Suédoise... « Excusez-moi, dit-il, j'ai deux mots à dire à ce monsieur. » Et il prit juste le temps de se pencher vers Boris pour lui souffler : « Emmène-la où tu veux, on se retrouve tout à l'heure », et sortit du café pour se heurter à Klimentiev — face à face devant la porte de verre refermée avec un claquement mouillé.

Et l'autre voulait entrer, répétant la scène tant de fois jouée déjà, de l'homme qu'on ne laisse pas ouvrir une porte. Si bien qu'au premier instant il avait presque oublié *qui,* cette fois-ci, se trouvait être le gêneur. « Pas de blagues, dit-il, j'ai le droit d'entrer. »

« Non, pas de blagues cette fois-ci, dit Vladimir, nous nous expliquerons mais pas là. » Et l'autre eut cette parole absurdement innocente : « Par cette pluie... » Il était trempé, et son béret noir pendait sur un côté de son visage, luisant comme un disque de phonographe qu'on aurait tordu. Sur tous deux de lourds filets d'eau s'écoulaient de l'auvent de toile portant le nom *Le Sélect.* Un groupe de passants, fuyant l'averse, les bouscula, « Bon Dieu, vous entrez ou vous sortez », et Vladimir avait ainsi gagné au moins trois mètres. Ils reculaient vers le bord du trottoir, puis se rapprochaient, offrant le spectacle bizarre de deux danseurs qui esquissent face à face des pas d'une danse saccadée et tournoyante — l'un cherchant à s'avancer vers la porte, l'autre lui barrant le passage. « Enfin bon sang, j'ai le droit ! » — On verra ça, pas de blagues, non tu n'as pas le droit. »

« Enfin, j'ai le droit », il eût bien pris à témoins les passants mais à cause de l'averse il n'y en avait plus sur le trottoir. De l'intérieur du café, des consommateurs suivaient la scène, curieux et blasés et se disant : « Qu'est-ce qu'ils se font arroser, et celui-là qui n'a même pas de chapeau. » Victoria et Boris semblaient s'être retirés vers le fond du café.

« Allez, disait Vladimir, allez, expliquons-nous une fois pour toutes mais plus loin, on gêne la circulation... » en fait il ne savait trop quoi dire, et il n'y avait guère de « circulation » — comme l'oiseau qui défend son nid il ne pensait qu'à éloigner l'homme le plus possible, à le distraire pour laisser à Victoria le temps de s'échapper sans être vue — car il avait été bien entendu, entre eux, qu'en cas de rencontre elle s'éclipserait quelles que fussent les circonstances.

« Mais espèce de salaud, c'est ma fille. Je vais appeler un agent. » — Vas-y. » Il n'y en avait pas en vue, à part celui qui, au milieu de la place, brillait des feux blancs de sa cape de toile cirée luisante de pluie en réglant la circulation avec son bâton blanc. « Mais vas-y, appelle-le. » Klimentiev se gardait bien de le faire : d'ici qu'il coure jusqu'au milieu de la place Vavin, la fille aurait largement le temps de filer, pas si bête. La police n'est jamais là quand on en a besoin.

— Je veux ma fille. » — Non. Entre hommes. Laisse-la. Si c'est une bagarre que tu veux allons plus loin. Sur le Boulevard Raspail. » — Vas-y je t'écraserai d'une chiquenaude. » Et l'autre, reptile ou non, il ne savait plus, et que savoir sous ces trombes de pluie froide, le harcelait et le faisait reculer, tourner le coin. Frapper ? Il l'eût battu à mort bien volontiers, mais pas ici ni maintenant, car à présent, il ne savait pourquoi, l'autre avait le dessus, l'autre était comme une bête hérissée, tête et épaules en avant, voix rapide et rauque, et à travers les éclaboussures et giclures de l'eau dans la lumière inégale du bec de gaz il ne connaissait même pas ce visage — et c'était comme s'ils nageaient en plein délire tous les deux, la nuit, dans les flaques d'eau, et descendus du trottoir sur la chaussée de la rue Vavin ils étaient brutalement happés par un feu jaune et un klaxon rageur, et passaient d'un bond sur le trottoir d'en face — la voiture les éclaboussait d'eau jusqu'aux genoux.

Abrités sous l'auvent d'un magasin fermé, à grille de fer en losanges, ils soufflaient un instant, et ne se regardaient pas. « Salaud. » — Je t'en dis autant. « — Salaud. » Vladimir tourna les yeux vers le visage blafard. Sur ce visage brillant d'eau mal essuyée, deux yeux troubles qui, même noyés d'ombre, irradiaient une étrange douleur.

Ce qu'il y avait, dans leurs rapports, de grotesque et de contre nature, ou du moins de contraire à leur statut d'hommes civilisés, les paralysait tous les deux, et les réduisait à l'automatique fraternité de deux hommes victimes, en plein mois de novembre à Paris, d'une pluie torrentielle ; et qui reprennent souffle sous un abri provisoire tout en regardant l'eau gicler et se déverser devant eux. Trop plongés chacun dans sa rancune pour échanger des injures inutiles. Klimentiev retire son béret changé en galette imbibée d'eau, et le tord rageusement ; humilié de se livrer à cette opération sous les yeux de l'ennemi, et en même temps satisfait de lui montrer par là à quel point il ignore sa présence.

Tous deux lèvent un regard sombre sur le rideau frémissant des fils d'eau qui se déversent à un mètre de leurs visages, avec un clapotis sifflant — on dirait même que ça devient plus fort. Des voitures passent, aperçues à travers le ruisselant tremblement noir et blanc, dans un éblouissement de lumière giclante. Plus personne sur les trottoirs. « Ecoutez, dit Vladimir, je veux savoir une bonne fois ce que vous me voulez. Alors ? » — Ça va, dit Klim, vous m'avez eu cette fois-ci. Je saurai où vous la cachez. »

— Ecoutez. je vous parle, bon. Mais vous ne me coincerez pas devant témoins. Et vous ne l'aurez pas. Je ne veux pas qu'elle soit maltraitée. Je ne fais aucune confiance à votre soi-disant amour paternel. » Il parlait d'une voix saccadée et brève, assourdie par la colère. « ... S-Ssalaud », dit lentement Klimentiev comme se parlant à lui-même. — Tant que vous voulez. Ça rime à quoi, cette persécution ? Vous m'avez déjà fait perdre mon travail. Et qui va en souffrir, vous croyez ? je ne roule pas sur l'or. C'est elle que vous privez. »

— Je vous aurai, dit Klim. Je l'aurai. Je n'oublie pas. Ce que vous m'avez fait. Vous savez bien ce que vous m'avez fait. » Il parlait entre ses dents, comme si, contractées par le dégoût, ses mâchoires se refusaient à lui obéir. Il ne regardait pas l'autre, il regardait la pluie. « La dernière des dernières des saletés. Vous croyez que je vais dire amen ? Je suis un homme. Vous n'avez pas pensé à ça, que je suis un homme ? » — Moi aussi. Et après ? La belle affaire. Des torts — bon. Moins que vous ne croyez. Si Vic... Victoria n'avait pas une telle peur de vous je serais venu m'expliquer il y a six mois. Et si vous la respectiez comme je la respecte, nous n'en serions pas là. »

— Facile à dire. Après en avoir fait votre putain. »

Là, Vladimir perdit patience. Une seconde après ils se prenaient par les revers des vestons, puis s'avançaient sur le trottoir inondé dans un bref corps à corps, puis se séparaient, chacun cherchant à atteindre l'autre au visage ; mais comme le trottoir était glissant, Vladimir se retrouvait à genoux par terre et Klimentiev était projeté vers la chaussée, où une voiture arrivait qui stoppa dans un fracassant grincement de freins et une trombe d'eau. Et cinq minutes plus tard ils s'expliquaient au Commissariat de la rue Delambre.

Donc, lorsque Vladimir se retrouva dans la rue, il était onze heures et demie, la pluie s'était arrêtée, les grands cafés étaient illuminés et les enseignes lumineuses couraient encore sur le mur de la maison face à *La Coupole* ; et Klimentiev était retenu au poste pour un quart d'heure de plus car il était, des deux, le plus décidé à continuer la bagarre. Vladimir, lui, pensait surtout à retrouver Boris et Victoria.

Au poste, il avait eu au moins le temps de se

réchauffer près du gros poêle en fonte, de s'éponger les cheveux et le col avec un mouchoir vite trempé. Des policiers en vêtements secs, impassibles et narquois, avaient écouté les deux hommes ruisselants présenter des versions différentes des causes de leur dispute — histoire d'une fille mineure séduite que le prétendu séducteur affirmait connaître à peine. Affaire banale et empoignade sans gravité qui ne justifiait pas de garde à vue ni de nuit sur les planches du poste de police, et aucun des deux hommes n'était ivre. Grelottant de froid car il avait laissé au *Sélect* son imperméable et son chapeau, Vladimir déambulait sur le Boulevard Montparnasse, d'un café à l'autre, presque tous étaient encore ouverts. Il s'y arrêtait, le temps de goûter une bienheureuse sensation de chaleur, et de faire des yeux le tour de la salle.

Ce fut chez *Dupont-Montparnasse*, face à la gare, qu'il les découvrit. Sur la banquette de cuir rouge au fond du grand *Dupont*, sous un mur de miroirs qui venait de lui renvoyer sa lamentable image — qu'il reconnut à peine — il vit Boris et Victoria, côte à côte, serrés l'un contre l'autre, le bras droit de Victoria passé autour du cou de Boris, et il n'eut guère le temps d'étudier les expressions de leurs visages.

Il vit, comme on dit, rouge — un étourdissement, une sorte de malaise — une terreur, ou une stupeur, telle qu'il balança un instant sur place, puis tourna les talons et sortit du café et se remit à marcher le long du Boulevard, en direction du carrefour Vavin ; essayant de se tenir droit et enfonçant les mains dans les poches. Un tel vide dans la tête qu'il lui semblait que sa tête était grande comme le Boulevard et de tous côtés parcourue d'énormes courants d'air ni chauds ni froids.

Il ne savait quand, ni où — en fait c'était après le carrefour Vavin devant les volets toujours baissés du club *Vénus* — il fut rejoint par Boris, un Boris si essoufflé et pantelant d'avoir couru trop vite qu'il ne pouvait parler, mais haletait comme un phoque. Un Boris qui le secouait par les épaules. Bon. Vladimir le regardait, se souvenant à peine : « Ah ! c'est toi ?... » et, le souvenir lui revenant, il se raidit, sur le coup d'une souffrance aiguë qui était presque de la colère. « Toi ?! » — Mais dis, ça ne va pas, dis ? Tu n'es pas tombé sur la tête ? C'est le bouquet. Tu es encore plus cinglé que l'autre. » Vladimir ne disait rien parce que son cœur battait trop fort. Et devant cette face hâve d'homme torturé Boris maudissait les amis, l'amitié, et sa propre serviabilité, et pour qui, grand Dieu ? un rival... il avait pitié quand même. « Espèce d'idiot, tu me prends pour qui ? Qu'est-ce que tu as cru ? »

Il s'explique. Tout finit par s'expliquer. Comme dans une comédie. Pas de sa faute si la pauvre petite, affolée, se serrait contre lui, s'accrochait à lui comme à un vieux papa, elle était folle de peur, elle voulait courir au Commissariat — et si je ne t'ai pas rattrapé plus tôt, c'est parce qu'elle s'était trouvée mal après ta belle scène de jalousie muette, donc allons vite la retrouver au *Dupont* car elle est dans un bel état de toute façon. « Mais, bon Dieu ! elle s'est trouvée mal ? et tu l'as laissée seule ? »

— Tu ne vas pas encore m'engueuler pour ça, au moins ? »

Le *Dupont-Montparnasse*, tout neuf et rouge, est déjà presque vide, les garçons commencent à ranger les chaises et à balayer sous les tables. Dans le coin du fond, Victoria est assise sur la banquette rouge, et, entourée des énormes glaces qui prolongent la salle en largeur et en profondeur, elle paraît petite et perdue, avec sa tête rejetée en arrière contre le mur-miroir, vue à la fois de face et de profil. Si pâle, dans son vieux manteau rouge foncé, le chignon à demi défait roulant sur l'épaule. Elle est si lasse que son regard ne cherche rien, elle n'a vu les deux hommes approcher que lorsqu'ils sont à un mètre d'elle.

Elle lève des yeux d'abord affolés, puis agrandis par la peur. Puis ses joues deviennent rouges, puis ses paupières, son nez, son front — par plaques, elle est si rouge qu'elle fait mal à voir, elle éclipse le cuir de la banquette. Boris murmure, discrètement : « Bon, alors à bientôt, je file. » Elle supplie, d'un air égaré : « Non... restez. »

— Messieurs-dames, on ferme ! » Vladimir prend son porte-monnaie. Ah non, dit son ami, pas question. » — Non, il n'y a pas de raison, c'est moi... » — Fais pas l'idiot — » — Non, tu me vexes sans blagues — » et, devant cette dispute à voix étouffées et rapides, Victoria serre les lèvres, puis éclate d'un rire d'abord léger, enfantin et sonore, puis plus sonore encore et qui se mue en larmes. Et elle se lève sans regarder les hommes, et sort du café la première — et les garçons balayeurs et les derniers clients se retournent : la belle fille. Car elle a une démarche de reine, surtout dans les moments de colère ou d'émotion.

Elle refuse de regarder Vladimir. Ils sont tous trois debout au milieu de la place de Rennes. « Bon, je rendre chez moi, dit Boris. — Non. Attendez. Vous allez lui dire. Dites-lui, dites-lui, je ne veux pas lui parler. » — Mais j'ai dit. » Elle fronce les sourcils. « Dit quoi ? »

... Et, dans leur chambre non chauffée où traînent les moutons sous les chaises et les chaussettes sur la cheminée, ils restent assis, face à face, elle sur le lit lui sur le fauteuil-crapaud ; tête basse, coudes sur les genoux. Victoria est un ciel d'orage, une maison en flammes à demi écroulée : ruine fumante. Elle ne peut même pas parler. Elle regarde l'homme devant elle, l'homme plus bas que terre et déjà rentré sous terre, même pas une ombre d'homme, le pur néant. Incapable de parler, lui aussi, tant il se fait horreur.

Horreur à tel point qu'il a déjà oublié la pluie, le commissariat, les coups et injures et sa haine dérisoire et la dérisoire grossièreté de Klimentiev. — Vi. Je vais te faire du thé ? » Elle ne répond pas, il se lève quand même, met l'eau à chauffer.

— Viens. Tant que c'est chaud. » Comme elle ne bouge pas du lit, il lui apporte la tasse, qu'il met devant elle sur une chaise. « Bois, ça te réchauffera. » — Je n'ai pas froid, je brûle. »

Bon, puisqu'elle parle. ... Enfin, mets-toi à ma place, j'étais excédé, à bout, je voyais double... » — Double ? tiens. Tu as vu *quatre* personnes ? » Elle boit lentement le thé chaud et il lui tient la tasse parce qu'elle a les mains tremblantes. Après avoir bu elle pleure. Avec de grosses larmes qu'elle ne prend pas la peine d'essuyer, qu'elle avale et renifle comme un enfant désolé.

Elle parlera une fois la lumière éteinte. « Oh ce que tu as cru. J'ai bien vu que tu l'avais cru. Je n'oublierai jamais. » — Vi, mets-moi à ma place. J'ai eu peur. »

— Ah ! Peur ? Qu'en une heure, comme ça, je te change contre le premier venu ? je suis une prostituée ou quoi ? C'est ça ton respect ? »

— Mais enfin mets-toi à ma place, il te caressait... Tu sais, les hommes ont des réflexes idiots, c'est animal si tu veux... »

— Au lieu de courir me rassurer — Tu m'as regardée de telle façon que mon sang s'est tout glacé. Un regard comme ça, à quel point ça peut faire mal, tu y as pensé ? » sa voix pleure d'indignation et de pitié pour elle-même. — Je n'ai pensé à rien. » — Jamais tu ne penses à rien. »

Et c'est le début du pardon, et le pardon est le début de nouveaux tourments, car ce genre de blessure s'infecte et brûle avec une terrible facilité.

Et le début, plutôt nuageux, d'un Quatrième Ciel —
si l'on peut dire — car ce soir au *Sélect*, sous la pluie,
devait changer leur vie pour plus d'une raison.
D'abord, parce que les sorties et les rencontres avec des
amis dans des lieux publics (lesquels étaient en général
des cafés autour du carrefour Raspail-Vavin) semblaient être devenues dangereuses. Ensuite, après les
orageuses explications sous les trombes d'eau froide
Vladimir avait attrapé une bronchite qu'il ne pouvait
se contenter de soigner à l'aspirine ; il se trouva
immobilisé pour une dizaine de jours, et dut même
faire venir (sur les instances de Victoria) le docteur
Markov, qui, d'un air sinistre, lui enjoignit de se rendre
au dispensaire aussitôt rétabli.

Victoria jouait à l'infirmière, tout juste si elle ne se
parait pas d'une coiffe blanche avec croix de tissu
rouge sur le front. Elle était même allée jusqu'à
nettoyer la chambre, pour éviter au malade de respirer
la poussière.

Alexandre Klimentiev, par ailleurs, se trouvait au
lendemain des grandes pluies dans une situation simi-
laire, et c'était Mme Legrandin qui lui apportait des
tisanes et du bouillon chaud et de la viande de cheval
hachée. « Il faut vous nourrir M. Clément, que le sang
reprenne de la force pour tuer les microbes. » « N'est-il
pas malheureux qu'il y ait des gens comme ça, jamais
je ne l'aurais cru. »

Elle aimait bien ce locataire peu commode, qui, à
des péchés masculins (véniels) ajoutait la vertu, rare
selon ses idées à elle, de n'être absolument pas coureur.
Et elle le plaignait, car, par suite d'une méprise due à
l'habitude russe d'employer facilement le mot « prostituée », elle imaginait que la petite Vica avait mal

51

tourné et faisait la vie avec les peintres à Montparnasse. Que ce personnage douteux, plus ou moins maquereau, ait osé porter les mains sur le père, et soit allé jusqu'à tenter de le précipiter sous les roues d'une voiture — oui, si la police était bien faite il y aurait de quoi faire inculper cet homme de tentative d'homicide. « Car vois-tu, Blanche, ces gens-là ont leur *honneur*, je parle de M. Clément, ils veulent régler leurs affaires eux-mêmes, et puis, il faut dire — si tu t'en souviens, ce soir-là il pleuvait tant que personne ne pensait à rien, pas de témoins. »

« Alors ? tu vois le crève-cœur pour un père. Et l'autre est sorti du café pour le traiter de tous les noms et le frapper au visage. Et maintenant que l'homme a perdu sa place, M. Clément ne sait même plus où le chercher. » Même Blanche commençait à prendre Clément en pitié. Un homme violent — bon, pour un officier russe cela peut se comprendre. Sans être officier, le père de Luigi (son mari) n'eût pas fait moins d'histoires si un homme marié lui avait pris sa fille.

Grelottant de fièvre, toussant comme un tuyau de poêle engorgé, Klim se défendait contre la maladie par la vodka — que Chichmarev lui avait apportée car la fièvre lui rendait désagréable le goût du vin rouge. « Et je te jure, Martin c'est lui qui m'a attaqué. Il s'est mis à me frapper au visage comme un fou — tu peux comprendre ça, toi ? »

Depuis qu'il avait découvert l'identité de son ennemi il vivait dans le souvenir cruel de ce soir où ils s'étaient parlé, dans sa chambre à lui. Il ne connaissait pas l'homme, et n'avait gardé de lui que ce souvenir-là. La pire humiliation de sa vie, et il l'avait vécue sans le savoir. Rien ne pourrait jamais la payer.

Mais de cette scène ignoble il ne gardait qu'une image assez floue, il cherchait en vain à se rappeler les paroles de l'homme, il se rappelait surtout ses propres sentiments, et le ton presque chaleureux de sa propre voix, sa déférence, son humilité de brave homme simple que sa mémoire torturante se plaisait à exagérer encore... mais l'autre, l'homme capable d'une telle bassesse, il le voyait mal parce que sur le moment il n'avait guère songé à le regarder ; et il le regrettait à présent, sa haine se nourrissait de trop peu de chose, un reptile, très bien, le mot était juste mais insuffisant — quelque chose de gluant, de transparent, de fuyant, et faute de connaître l'ennemi on se bat dans le brouillard, on tire au jugé, on manque la cible, on tombe dans des mares...

... Il était bien convenu qu'ils devaient désormais traiter le pénible incident avec la légèreté que mérite une brouille d'amoureux. Il fallait redoubler de gentillesse envers Boris, lequel poussait la générosité jusqu'à rendre visite à son ami après son travail... Mais bien sûr mon vieux que je ne t'en veux pas. Sur le coup je l'avais mal pris, mais je me mets à ta place, tu étais un peu sonné... — Mets-toi à ma place aussi, vous étiez dans une pose compromettante, non ? »

... « Donc, tu n'y vas pas souvent ? Tu crois vraiment que mes parents t'en veulent ? » — Oh non, pas le moins du monde. »

Victoria, assise par terre devant le petit poêle de fonte, jouait avec le chat blanc des Tchelinsky. « C'est une chatte, vous savez. Dis, si elle a des petits, on en adopte un ? » — Même deux si tu veux. Mais elle est encore trop jeune. » — Oh oui, regarde-la comme elle est en train de me mordre les poignets ! Un vrai serpent ! Oh ! vilaine, veux-tu ! Tiens : Nathalie Andreievna m'a invitée à prendre le thé chez eux ce soir, tu veux bien ? Ils ont leur petite-fille en visite, la grande bringue, celle qui est en math-élém. à Camille-Sée. »

Et, Victoria partie avec sa chatte blanche, Vladimir

s'installait devant la table après avoir tiré du placard la bouteille de rhum et deux verres. « Or ça, buvons. A la liberté, mon cher, car ma Créature sans Défense ne me laisse pas quitter mon lit. Et je passe ma vie en robe de chambre comme un vieillard. »

— Bon. Que dit le médecin ? » Avec sa vieille robe de chambre marron et noir, et ses cheveux devenus trop longs pendant en mèches folles sur les tempes et les oreilles il a l'air d'un héros romantique, et Boris se demande — pour la centième fois — s'il a rajeuni ou vieilli, s'il est beau ou laid ; si ce visage mobile qui a pourtant quelque chose de la fixité des têtes de rapaces a vraiment de quoi inspirer à une femme une passion durable — car c'est presque avec des yeux de femme qu'il l'étudie à présent, ne sachant trop s'il l'aime ou s'il le déteste — s'il le juge durement ou si, au contraire, il éprouve à son égard une égoïste gratitude. « A la tienne. Victoria ne m'accusera pas de te dévergonder ? »

— Et comment ! Dis... tu as remarqué, tout à l'heure — avec le chat. J'aurais été peintre j'en aurais fait une Vierge à l'Enfant comme on n'en a jamais encore vu... » — Ecoute mon cher, tu ne deviens pas un peu ridicule ? La lune de miel, ça va, mais après plus de six mois... »

— Mais six mois — c'est très peu. Je ne suis pas comme toi un cœur d'artichaut. A propos, avec qui es-tu maintenant ? »

— Eh bien justement... » Vladimir, surpris, regarde son ami rougir. « Justement, cela fait un moment que je voulais t'en parler... » et, devant le regard incrédule, terrifié, et la subite rougeur de l'autre, Boris comprend et se dit : l'imbécile !... Dieu, à quel point l'amour vous rend bête.

« Enfin, pour tout te dire : je ne vais plus voir tes parents, en revanche je passe — aussi souvent qu'on me le permet — rue Lecourbe. Tu as compris ? » Et le visage, rasséréné par magie, surpris, heureux de Vladimir lui fait mal, et il pense encore une fois : l'imbécile... Même pas. Quel soufflet pour elle, cette joie presque impudique, vas-y mon cher, bon débarras...

— Tu... tu crois ? » demande Vladimir, comprenant sa maladresse. Il bafouille. « Enfin. Tu me prends au dépourvu. Je n'ai plus droit à la parole il me semble. Si c'est sérieux... »

— Tout à fait sérieux en ce qui me concerne. J'ai cru qu'il était correct de t'en parler. »

L'autre baisse les yeux. « Je comprends. Et elle ? » Haussement d'épaules. Vladimir se creuse la tête, se demandant de quelle façon il peut réparer sa gaffe. Il eût été décent de paraître jaloux, ou tout au moins contrarié, on veut te prendre un trésor sans prix sur lequel tu as (encore) des droits certains, et d'ailleurs ce n'est pas si plaisant, et d'ailleurs c'est même une pensée choquante, mieux vaut ne pas s'y attarder — il se penche en avant, coudes sur la table, sérieux comme un homme qui traite une affaire, mais une affaire très confidentielle, avec un ami intime. « Ecoute. Ne t'y trompe pas. Cela ne m'est pas indifférent. Mais je pense à elle. Si ç'avait été le fourreur (excuse-moi je n'envisage pas cela un seul instant) j'aurais été désolé, mais toi c'est autre chose, au contraire — »

— Tiens. Le cœur d'artichaut ? »

— Mais non, Boris, écoute je ne plaisante pas, et d'abord avec elle il n'y a aucune possibilité de cœur d'artichaut, et je te connais, je te fais confiance, et tu vaux mieux que moi, et elle est... elle était habituée à moi, il lui faut le temps de se retrouver, et elle a toujours eu de la tendresse pour toi... »

— Et tu n'étais pas jaloux ? »

— Attends. Ne sois pas agressif. Je vais t'expliquer. Elle est une âme fraternelle. Transparente, toute claire. Comme une source d'eau pure. On ne peut pas être jaloux d'elle. Toi, est-ce que tu l'es ? »

— Ce serait, dit Boris, du domaine des choses possibles. »

Dans quelle explication absurde nous sommes-nous lancés, se disait Vladimir, une bataille de nègres dans un tunnel car je ne sais rien de leurs sentiments à tous deux et me charge du rôle de marieur ? « Enfin... ton sentiment à toi ? Elle ne te met pas à la porte ? »

— Ecoute... Boris remplissait à nouveau les verres de liquide aux reflets de cuivre, à la tienne encore une fois, et allons-y comme si nous avions vingt ans, supposons que je sois d'humeur sentimentale. Tu l'as dit : une source d'eau pure. Et fraternelle, beaucoup trop fraternelle. Mais tendre. Je ne te vexe pas ? Disons : elle sait que je l'aime. Elle est une coquette. Elle aime être aimée. C'est déjà quelque chose. Et — pardonne-moi — avec la vie sacrifiée qu'elle a menée depuis votre mariage, il ne lui déplaît pas de redevenir, pour quelques heures par semaine, la jeune fille adulée. Nisboïm — pour ne pas le nommer — elle n'en voudra jamais, mais elle ne le décourage pas non plus.

« Elle et moi, c'est autre chose. Amitié amoureuse. Avec elle, cela peut traîner dix ans. Je n'ai pas envie d'attendre dix ans. J'ai laissé tomber Josyane, j'ai voulu la remplacer, je n'y arrive pas, je n'ai plus la tête à ça.

« ... Et ne va pas t'imaginer — car tu as tendance à voir dans l'amour physique l'Alpha et l'Oméga — ne t'imagine pas surtout que je tienne à elle de cette façon-là. C'est plutôt comme une fièvre de l'âme, une fêlure dans le cœur...

« Toi, tu ne l'as peut-être pas comprise parce que vous étiez jeunes — en somme tu n'étais qu'un gamin mal déniaisé et elle une oie blanche, disons une colombe blanche — alors que c'est maintenant qu'elle s'épanouit, qu'elle donne toute sa mesure — et comme il n'est pas de prophète en son pays tu ne t'en es pas aperçu... »

Tiens tiens pensait Vladimir. Il observait. Boris parlait d'une voix pénétrante, chantante, d'homme légèrement ivre et sincèrement ému, et avec ses joues et ses lèvres colorées (lui qui était de complexion lymphatique) il était tout à fait séduisant. Amoureux ? Combien de fois ! Comme on a du mal à croire en la réalité d'un amour dont votre bien-aimée n'est pas l'objet, Vladimir se demandait si son ami n'était pas victime de son imagination ; et, en l'écoutant, il devenait de plus en plus triste, il se sentait dans la peau d'un marchand de chair humaine ; en train de vendre Myrrha au plus offrant. Va pour Boris, il vaut toujours mieux que l'autre ? Ma bénédiction, et après ? Myrrha ne se vend pas, même pour que tu puisses dormir tranquille, elle ne trahira pas son cœur, Boris et les autres se contenteront de gentils sourires. Tiens. Il croit que je ne la connais pas. Personne, pas même son frère, ne la connaît comme je l'ai connue.

— ... Tu m'écoutes ou tu ne m'écoutes pas ? »

— J'écoute. Un peu déboussolé quand même. Tu avoueras. De toi à moi — cela crée comme une... rivalité, n'est-ce pas ? Des sentiments équivoques. Je veux son bonheur à elle, tu t'en doutes bien. Je ne pourrais rien lui souhaiter de mieux... »

— Dis : je ne veux pas de politesse. Je sais bien que je ne la mérite pas... pas plus que toi, tu ne la méritais, entre nous soit dit.

« ... Rue Lecourbe ? Oui, une drôle de vie. Toujours sur la balançoire. Pierre est content mais ses sœurs sont jalouses, Georges est content mais sa femme ne l'est pas du tout, ta mère semble filer le parfait amour avec sa Tassia, ton père est contrarié, la tête de Myrrha n'est plus que montagnes russes et courants d'air —

avec moi elle respire un peu. Parfois nous sortons ensemble, deux fois je l'ai emmenée au restaurant — je viens chez eux, jouer au whist ou bavarder avec elle pendant que Georges parle affaires avec des 'amis' et les dames font marcher leur phonographe — Nisboïm vient souvent, mais parle peu, et lui jette des regards incendiaires à peu près trois fois par soirée. Entre nous, Georges le traite de Caliban, mais en son absence. »

— Georges est poli avec toi, au moins ? »

— Tout juste. Il ne me voudrait pas pour beau-frère, mais comme sigisbée je suis assez convenable. »

— Un drôle de personnage. Tu sais qu'il ne donne pas un sou à Myrrha, et juste un peu d'argent de poche à Pierre ? Ce n'est pas à moi de l'en blâmer, mais tout de même — toi, tu comprends cela ? »

— Un grain de folie. Car il n'est pas mesquin. Un homme remarquable, même, et leur amitié est quelque chose de très beau... (le voilà reparti, se dit Vladimir)... en fait, c'est de lui qu'un homme qui l'aimerait devrait être jaloux. L'as-tu été ? » — Non, je ne crois pas. »

— Ce qui prouve peut-être que tu ne l'aimais pas vraiment. Moi, je le suis. En profondeur, c'est-à-dire en gardant toute mon estime pour lui, en essayant d'ai-mer... oui, ce qu'il y a de noble dans cette amitié née, comme elle dit, dès avant leur naissance. Mais comment ne pas être jaloux ? » Il parle, il parle, le sujet est inépuisable... « elle viendrait en aide à un cambrioleur qu'elle surprendrait en train de lui enlever ses meubles... c'est sa nature, aucune ostentation de 'charité' chez elle... »

— Ecoute : à qui parles-tu ? je le sais mieux que toi. » Boris avait tout le temps l'air de l'oublier. Il revenait sur des réflexions, des scènes, de menus incidents qui mettaient en lumière les vertus ou parfois les légers défauts de Myrrha, et Vladimir avait la sensation pénible de regarder le portrait d'une personne aimée, ressemblant mais faux dans l'ensemble, et c'était irritant, cela devenait même par moments une profanation (et de quel droit dit-il ce que moi seul aurais le droit de dire ?) et il se souvenait de confidences de caractères intime faites par lui à ce même Boris, quelques années plus tôt — confidences qui ne tombent pas dans l'oreille de sourds, alors que lui-même ne savait plus très bien jusqu'où avait pu aller son indiscrétion d'un soir de vague à l'âme teinté d'alcool. Idée cruellement déplaisante : être assis en face de l'homme qui (en termes bibliques) cherche à « découvrir votre nudité », et vous l'en félicitez parce que vous êtes des êtres civilisés tous les deux, et du reste, en homme intelligent qu'il est il ne parle que de pureté et devient platonique en diable... Boris dit : « Tu t'endors ou quoi ? Il est vrai que je t'assomme depuis une heure et demie — » la bouteille de rhum est sérieusement entamée — « et, je te le dirai, cela ne te fait pas honneur. Le coq et la perle fine. »

— Mon cher, au nom de Dieu — est-ce que les coqs se nourrissent de perles ? il n'est pas à blâmer. Je te souhaite de réussir. Très très sincèrement. »

Boris soupire et oublie de nouveau la présence de son ami. — C'est qu'elle est pieuse. J'admire cela, mais... c'est malgré tout un obstacle... » et Vladimir constate, pas fier de lui-même, qu'il commence tout bonnement à s'ennuyer, et à se demander ce que son intenable créature fait si longtemps dans le salon des voisins-propriétaires. Et après avoir contemplé ce diable d'homme deux heures durant, dans toute la splendeur de l'amoureux chantant les louanges de sa bien-aimée, on finit même par se dire que ce n'est pas un hasard s'il se met à chasser sur vos terres — sans parler du fait, qui est dè notoriété publique, qu'il est plus séduisant que vous...

— Tu regardes l'heure. » — Pardon, c'est machinal. » — Un cas désespéré, cette petite t'a jeté un sort, pas moins. »

— Eh dis, ne te fâche pas. Je t'ai écouté. Peut-être avec plus de compréhension que je ne devais. » Et tous deux entendent des rires de jeunes filles résonner derrière la porte, dans le petit vestibule.

« ... Alors ? de quoi avez-vous parlé ? » De quoi ils ont parlé. De Myrrha. « Ah ! bon... » les sourcils froncés. — C'est lui qui en parlait, pas moi. Il voudrait l'épouser. »

— Oh ! mais, s'exclame-t-elle, ce serait formidable ! »... puis, modérant sa joie : « ce serait bien pour elle, je veux dire. Il est tellement gentil ! » — puis, se modérant encore davantage : « Enfin, je veux dire, il est gentil. »

— Très gentil... », dit Vladimir en prenant des poses nonchalantes dans le fauteuil-crapaud, « et je lui ai donné toutes mes bénédictions. Et un jour, qui sait, nous formerons en tout bien tout honneur un ménage à quatre, car nous sommes tous gens de bonne compagnie — et tu vas oublier ta jalousie primitive, car vous êtes vous autres gens du terroir à principes fermes et passions ardentes, tandis que nous sommes des civilisés décadents... »

— Oh arrête, dit-elle, ça s'appelle du... persiflage, non ? Non, j'aime toutes tes façons de parler, mais tu as changé, oui tu as changé, depuis ce soir de la grande pluie et du Dupont, tu as changé... »

Après avoir remis du charbon dans le poêle et secoué les cendres, elle se plante devant lui, plus agressivement pensive que jamais. « Tu as changé. » — Il faut éviter la monotonie. » — Oh ! monotonie ! » elle est presque effrayée. « Alors c'est cela ? Je deviens monotone ? Je t'ennuie ? »

— Horriblement. Tant que je ne t'ai pas dans mes

60

bras je suis un homme mort. Et cette fois-ci ce n'est pas du persiflage. Viens. » — Non, pas de viens. » Et elle s'approche tout de même, hanches prises dans un étau de bras, tenant contre son ventre la tête de saint Jean Baptiste ; droite et raide, le cou à peine penché. « Perdu dans toi comme dans une forêt vierge. » — Oh arrête, tu me serres trop tu me fais mal. »

Et, délivrée, elle s'installait par terre près du fauteuil, les bras passés autour des genoux, lui penché sur elle à présent. « Je ne suis pas un satyre tu le sais bien. Et je sais que l'autre jour je t'ai offensée, mais tu n'as pas compris, tu es trop innocente.

« Et comme je suis loin de l'être — et toi, avec ta façon enfantine de sauter au cou des gens parce qu'ils sont gentils, et comme lui n'est pas de bois et que tu ne l'es pas non plus — tu ne l'es *vraiment* pas — tu n'as pas compris que, malgré vous, il a pu y avoir un désir — tout à fait naturel, et rien que d'y penser me donne le vertige.

« Tu vois bien que je ne suis pas jaloux dans le sens banal du mot, mets-toi à ma place, je vous vois presque dans les bras l'un de l'autre. Je t'ai dit : j'ai eu peur. ... Qu'après cela je ne pourrai plus jamais regarder un homme sans croire... » Et elle avait envie de tirer de toutes ses forces les cheveux de cette tête penchée sur elle — parce qu'il la regardait ainsi — paternellement — de haut en bas, il croyait que ses paroles étaient moins cruelles. « C'est que tu es si jeune. Si ignorante. Cela peut arriver sans qu'il y ait de ta faute. Pour moi ce serait la mort, tu comprends ? » — Tu voudrais que je vive cloîtrée ? » — Mais non ne le prends pas comme ça. » Et ce n'était pas la première scène. « Oh tu ne me respectes pas. » — Tu oses dire cela ! » — Tu me crois facile. Je me suis jetée à ta tête. »

— Vi pour l'amour de Dieu, ne nous enfonçons pas dans une casuistique de Courrier du Cœur. Et d'abord, fille intelligente, réfléchis : pouvais-tu faire autrement que te jeter à ma tête ? Et que crois-tu ? J'avais peut-être tout fait pour te provoquer... »

Elle ouvre des yeux effrayés et perplexes. « Oh ne dis pas cela. Tu me donnes le vertige. Je croirai que tu as une grande expérience dans la séduction de jeunes filles. » — J'ai une grande énorme expérience en séduction de Mlle Victoria Klimentiev. »

Tu es là tu es là tu es là. Dans la chambre petite et carrée, où par nuits claires la lune
s'étale en rainures blanches sur la table, en arcs de cercle sur le fauteuil-crapaud, et s'accroche à l'abat-jour de tôle peinte de la lampe suspendue au plafond. Tandis que le cylindre du poêle de fonte passe lentement du rouge foncé au rouge vif, et sortant de l'antre noir de la plaque de la cheminée projette ses lueurs rose-gris sur les chaises et le parquet terni par la cendre — et l'œil s'habitue à distinguer les contours anguleux de la cheminée, et au-dessus de la cheminée sur fond gris foncé le cadre noir où se cache le tzar-martyr — vers lequel la lune peu à peu avance ses zébrures blanches, balayant le mur, avant de disparaître comme par magie derrière le toit de l'immeuble d'en face. Et là, le poêle rougit plus violemment encore, et étale par terre une grande lumière rose coupée en morceaux par les pieds et barreaux de la chaise. Le lit pas tout à fait assez large pour deux ne reçoit qu'une faible lueur du cylindre rouge qui — au bout d'une heure tout au plus — va se ternir et reprendre une teinte lie-de-vin charbonneuse et qui n'éclaire plus. La fille dort, enfoncée dans le creux du milieu du lit, roulée comme dans une vague, la tête renversée ; et sa respiration est un ronflement régulier et très doux, pareil à un roucoulement assourdi, et

depuis six mois Vladimir appelait ce chant nocturne sa berceuse.

Et à présent, à cause de la douleur dans les côtes, il souffrait d'insomnies, et regardait la rougeur du poêle pâlir, et attendait le moment où il serait nécessaire de tirer la grosse couverture molletonnée pour en recouvrir les épaules de la fille endormie — car vers le matin la chambre devient glaciale. — Puis il se levait pour prendre un cachet de Kalmine, et se réchauffait quelques minutes devant le cylindre de fonte presque noir.

Et là, éloigné de la couche nuptiale, il se mettait à réfléchir sur la situation de cet être admirable et singulier dont il protégeait le sommeil. Non qu'il fût pris de doutes — il s'étonnait. Voilà : pour l'immense bonheur de coucher avec lui cette jeune fille avait sacrifié ses études, ses amis, sa réputation, sa sécurité, et vivait cloîtrée dans une pièce pauvre et mal chauffée, sur une allocation de chômage insuffisante pour deux personnes, usait ses vieux vêtements et ses vieilles chaussures, se nourrissait de pâtes à la margarine et de pommes de terre sans huile, et subissait pardessus le marché d'absurdes scènes de jalousie. Tu es là Victoria. Mais à y regarder de près, quel homme peut être assez fou pour être fier de faire mener une telle vie à la femme qu'il aime ? Et il en était fier.

... Et il y a peut-être là quelque chose qui cloche — parce qu'aux yeux d'une enfant de dix-sept ans tous les chats sont dorés, et un abus de pouvoir est commis contre elle, par un homme pris à quarante ans d'une fièvre sensuelle que lui-même jadis eût trouvée méprisable — car il y a bien là ce que certains appellent, peut-être par jalousie, déchaînement des plus bas instincts, qu'à dix-huit ans on réfrène au prix d'efforts et de luttes — et à quarante ans on se met à pavoiser ?

Toute la gloire d'Eros et des fureurs dionysiaques, orphiques, priapiques mille fois sacrées ?

Elle aimait les fraises Melba et les babas au rhum et les cafés viennois — et les *blinis* à la crème et au hareng salé, et la soupe à l'oignon — et rêvait devant les affiches de la Comédie-Française et de l'Opéra, et devant les grands cinémas des Boulevards et devant les grandes librairies. Elle tombait en arrêt devant les bijouteries, et surtout devant les bijoux exposés aux vitrines d'antiquaires, devant les parures monumentales qui sur des cous en velours blanc faisaient songer à des impératrices décapitées... C'est de vraies émeraudes, tu crois ? Ça m'irait ! avec une robe de velours noir à décolleté au ras des épaules...et des gants jusqu'en haut des coudes, blancs — non, verts ! — Oh ! des gants verts ? — Dis ! tu aimes les lis ? J'aimerais en avoir une *touffe* dans un grand vase chinois époque... Ming ? — ou, non, tiens une grande coupe plate à fond d'or, et dedans — des nénuphars. »

« Et tu m'achèteras une guitare... » « et le grand livre sur Léonard de Vinci... » « Tu sais que j'ai volé des livres, chez Gibert ? L'année dernière. Les poèmes de Louise Labé, ceux que j'ai donnés à Tala. Et puis *La Chartreuse de Parme*. Je ne le ferai plus. » — Ha ha, je suis là pour te surveiller. » — Une fois j'ai volé un petit collier de perles — fausses, ne crois pas ! — aux Galeries Lafayette. Je ne suis pas kleptomane oh non. Mais ça me prenait comme ça : des envies folles. Comme de manger un gâteau à la crème. » Des envies folles.

Et pas de bijoux et pas de guitare et pas de nénuphars, tout au plus des œillets et des anémones. Mais elle était si généreuse qu'elle ne craignait pas de faire étalage de ses envies. Il avait dit un jour : « Je comprends les gens qui volent pour une femme. » — Oh ! dis, tu ne dérailles pas ? tu me prends pour qui ?

pour une 'poule de luxe' ? Je bavarde comme ça, mais au fond j'ai des goûts très sérieux. »

Bourré de Kalmine, il se réveillait tard, et la voyait occupée à rallumer le feu après avoir extrait du poêle une montagne de cendres et de scories. « Dis. Fais attention. C'est mauvais de respirer les cendres. » Elle se chargeait de cette corvée depuis dix jours et prétendait avoir le don d'allumer les poêles. Le feu m'obéit. D'ailleurs c'est la femme qui est la gardienne du feu. « Merci. Ce n'est pas un travail de femme, je m'y remets dès demain. » — Vois ! les charbons rougissent déjà ! Tu sais, le feu est peut-être quelque chose de vivant ? Il y a des gens qui ne savent pas l'apprivoiser. »

Elle apprivoiserait les rochers et les océans — laisse, ne traîne pas tes mains douces dans les cendres, je les ramasserai, je vais te chercher de l'eau, je vais m'habiller et descendre chercher du pain frais, je t'achèterai même des croissants tant pis pour l'économie — ô te voir manger, cette volupté —, il lui parlait ainsi sans parler, s'étonnant de ses tristes réflexions nocturnes.

Vladimir était du nombre des gens qui, mettant la charrue avant les bœufs, croient que ce sont les médecins et les hôpitaux qui créent la maladie. Au dispensaire de l'hôpital Boucicaut le médecin n'était plus le même, mais le dossier Thal Vladimir était bien le même, ah oui, traumastismes de la plèvre et fêlure des côtes... du côté gauche voiles, lésions fibreuses, taches opaques peut-être traces de lésions anciennes... Mais dites donc ! Il est écrit : revenir dans un mois pour un nouveau cliché. Un mois : c'était le 20 août et nous sommes le 10 novembre. » — J'étais occupé. »

— Mais dites donc ! C'est que l'image a *drôlement* changé ! Drôlement changé. Je vois là des noyaux de pêche — et des opacités fibreuses, sous les côtes — que vous était-il arrivé ? Un accident, une chute ? » — Si vous voulez. »

— C'est que le traumatisme a l'air d'avoir déclenché une évolution assez rapide... oui, beaucoup trop rapide. »

— Rapide, demande Vladimir en remettant sa chemise, dans quel sens ?

L'autre, un jeune gros à lunettes et à visage rose, semble gêné. « Venez demain, quand j'aurai les résultats du cliché. Vous crachez ? » — Non. » — Cela arrive. Fièvre ? » — Je ne crois pas. » — Tâchez tout de même de m'apporter des crachats demain, je vous donne un bon pour le laboratoire. Passez demain pour le cliché, vous n'attendrez pas. »

Ce « vous n'attendrez pas » est inquiétant plus que le reste. Pour une seconde Vladimir sent ses mâchoires se crisper. « Cela signifie quoi ? que c'est sérieux ? » L'homme rose hausse les épaules. « Cela pourrait l'être. » Il lui demande de passer encore une fois derrière le petit écran. Lumière éteinte. Respirez. Ne respirez plus.

Lumière revenue. Murs d'un blanc grisâtre, rectangles noirs des rideaux, rectangle noir plus petit de l'appareil entouré de tuyaux et de câbles, rectangle lumineux sur lequel se détache l'image grise et blanchâtre d'une tranche de squelette humain : énorme insecte à longue tête blanche et plate et aux ailes striées de raies plus claires, et un beau thorax somme toute, pense Vladimir, large, presque athlétique. Le côté droit nettement plus clair que le gauche.

« Voyez, aucune transparence » dit le jeune homme à lunettes. Et il demande de but en blanc : « Vous avez de la famille ? » Tiens, pourquoi ? Vladimir hausse une épaule. « Ma femme. »

— Elle travaille ? » et quoi encore ? il répond, avec

une inutile mauvaise humeur : « Non. Elle ne travaille pas. »

Il sort dans la rue, il est midi, journée plutôt douce pour un 10 novembre, ciel léger avec petites traînées bleues. Vladimir marche droit devant lui, négligeant d'éviter les flaques laissées sur le trottoir par la récente pluie ; tête basse, épaules relevées, mains dans les poches — et, parvenu à la place du Pont-Mirabeau se demande pourquoi diable il a pris la mauvaise direction.

Et après ? et maintenant ? Réfléchir ? Somme toute — *ô l'imbécile, le sacré imbécile, le pauvre salaud, il a donc bel et bien réussi à l'esquinter...* et la rancune morose qui monte en lui n'est même pas de la colère. L'idiot.

Bon. Je prendrai le prochain autobus. Cas de conscience, véritablement cornélien : dire ou ne pas dire ? Revenir le lendemain pour les résultats du cliché, ou laisser tomber ? Récapitulons. Pas question de la laisser seule. Et, si peu que l'on soit familiarisé avec les us et coutumes des hommes de l'art, l'attitude du garçon rose était claire : hospitalisation. Et c'est ce qu'il faudrait éviter à tout prix. Mais ceci mon cher est la politique de l'autruche, car : avec ses « rapide, trop rapide » cet homme a réussi à te faire peur.

Et la Créature sans Défense deviendrait bel et bien sans défense, nullement par antiphrase, mais au sens propre du mot ? Un bon tour à lui jouer. Mais, raisonnons encore — matériellement impossible, et même impensable de la laisser seule pour aller se morfondre sur un lit d'hôpital, et l'hôpital est une usine à maladie où, allez donc le vérifier, l'état du patient s'aggrave souvent au lieu de s'améliorer, bref pas question. Mieux vaut tenir que courir. Ne pas lâcher la proie pour l'ombre. Une alerte, rien de plus.

La franchise totale, c'est très bien — mais il peut y

avoir des pudeurs de sentiment qui excusent certaines dissimulations ; et des sincérités cruelles, et même impudiques, surtout envers une femme, car elles ont — Myrrha était une exception à cet égard — un respect âpre et quasi superstitieux pour le corps. Elles s'affolent et voient des oracles dans les paroles du premier médicastre venu, et perdent confiance en elles-mêmes. Bref, pas de meilleur médecin que la nature, elle sait ce qu'elle fait, et à Dieu vat ?

Car Victoria Victa Albatros grand nénuphar, réfléchis un peu, s'il nous fallait ne fût-ce que pour deux semaines nous séparer et renoncer aux miracles, éblouissements et abîmes de notre couche nuptiale, autant vaudrait mourir tout de suite, je ne te laisserai pas dormir seule certainement pas...

... — Le malheur, c'est que je m'ennuie à travailler seule. Je ne suis pas stimulée. Maintenant je n'ai de goût que pour ce qui me plaît. Sais-tu quelle est la nature du plaisir ? »

— Un vaste sujet. »

— Et je parie que tu ne serais pas capable d'écrire une dissertation là-dessus ! Tiens, regarde ce qu'en dit David Hume... et puis, attends, William James... »

« Et après le bac, je vais faire une licence de psychologie. Mais il faudra peut-être que j'apprenne le grec ? » — Et moi qui n'entends pas le grec... »

— Oh ! s'écrie-t-elle, *permettez de grâce*
Que pour l'amour du grec, Monsieur, on vous embrasse !
Je t'embrasse pour l'ignorance du grec. » Et elle s'installe sur ses genoux à lui, jetant ses jambes pardessus l'accoudoir du fauteuil, et se met à l'embrasser pour l'ignorance du grec.

— Très dignement, sur le front, tu vois : comme une femme savante. Tu veux que je sois une femme savante ? » — Et comment. »

— Mais c'est sérieux : la psychologie. D'abord, j'ai

un grand avantage sur les autres, dans ce domaine. Je suis mûre — comme une femme de vingt ans. C'est beaucoup mieux, de connaître un homme tant qu'on est encore jeune. »

— Voyons ça. Tu me fais une dissertation sur ce sujet ? »

— Mais je parle sérieusement ! » Elle réfléchit, s'efforçant de ne pas appuyer sa tête sur l'épaule qu'elle connaît. « Voyons : l'expérience sexuelle est une chose capitale, n'est-ce pas ? Donc, il faut la faire au moment où l'activité cérébrale est à son apogée, et n'est pas encore encombrée d'idées toutes faites. Car quand on a cette expérience, on vit dans un autre monde, on découvre une vie à quatre dimensions, on sait qu'on est dans le *vrai*.

« J'ai compris cela : la présence physique, son rayonnement direct — qui peut durer plusieurs heures, quand on est sûr de se revoir le jour même — parce que la sensation de *vie* ne dure pas plus qu'un jour, et encore... quand tu travaillais, et que tu rentrais tard, vers le soir j'étais toute diminuée... Hé ! tu m'écoutes ? »

— Non je dors. » — Non, mais tu m'écoutes vraiment ? Tu ne penses pas à des choses frivoles ? tu es comme ça, je te connais », elle soupire, hésitante, comme étonnée — « ta façon de me dire que mes genoux, et puis mes chevilles, et puis mes seins, et que c'est quelque chose de transcendant — pour moi, si tu étais paralysé et défiguré, ce qui compte, c'est *toi*. Comme un aimant puissant : il peut être rouillé, ébréché, ça ne change rien. Je te jure. Rien. »

— Ça ne changerait rien pour moi non plus, Vi. Ne prends pas mon érotomanie au sérieux. C'est une forme d'autodéfense. »

Elle reste longtemps sans parler, yeux durcis dans la volonté de réflexion. « J'essaie de comprendre. Je crois que je comprends. Cela fait peur, de tenir à ce point à quelqu'un, et l'on se cherche des causes visibles... »

— Ce qui nous arrive n'est absolument pas normal ni raisonnable, car si je te dis que j'aime mieux mourir qu'être séparé de toi, ce n'est nullement une métaphore, et pourtant, à y regarder de près, n'est-ce pas une pensée criminelle ? Ou si l'on me donnait à choisir : cinq ans de vie avec toi ou trente ans sans toi — si tu décidais pour moi, qu'est-ce que tu choisirais ? »

— Ce n'est pas un choix. » Les yeux dans les yeux, et un regard perçant, chercheur, halluciné par l'effort intense de lire dans la tête de l'homme. Un regard qui peu à peu devient terrible et terrifié.

Elle est si pâle qu'il prend peur. « Oh je comprends », dit-elle. La voix essoufflée. « Tu ne m'as pas dit la vérité. L'autre jour. Ils t'ont dit quelque chose. Que c'était grave. Que tu n'en avais que pour cinq ans. C'est ça ? »

Il essayait d'expliquer. Non, rien de tel. Peut-être sérieux mais pas grave. Cinq ans ! on ne dit jamais ces choses-là. — Mais alors ? mais alors ? Demain tu y retournes. Et je vais avec toi. Je ne te fais plus confiance. Et s'ils t'expédient quelque part en montagne j'y irai aussi, je me débrouillerai. Je ferai des ménages. »

Et le Cinquième Ciel allait être l'Hôpital Boucicaut. Car Victoria avait insisté pour être présente à l'examen du cliché. Elle avait fait son possible pour se vieillir, une écharpe brune sous son manteau rouge, un vieux chapeau cloche, des bas de coton ; et elle examinait le médecin d'un œil de juge sévère, mais au fond des prunelles se figeait la terreur. C'était le jeune homme rose à lunettes, une fois encore. Mécontent. Il faudra faire un nouveau cliché. Il y a évolution rapide. Vous allez mettre vos papiers en règle, vous pourrez être hospitalisé dans... voyons, huit ou dix jours, je ferai mon possible.

— Et pour combien de temps ? » L'autre trouve la question naïve et ne répond pas. Victoria se met à poser des questions : « Mais qu'est-ce *au juste*, Monsieur le Docteur ? » Elle est indiscrète et harcelante, et ne se laisse pas intimider par la visible mauvaise humeur de l'homme rose. Lequel est, en fait, gêné et attendri par la trop évidente jeunesse de la « femme » du patient. « ... Cela risque d'être un peu long, Madame. » Long comment ? « On doit envisager une intervention... l'état général est bon, nous avons des chances... »

« Une intervention ? Quelle intervention ? » — Thoracoplastie, ou ablation partielle du poumon. Ne me faites pas le coup de revenir trois mois plus tard. » Il est tout à fait apprivoisé, la « femme » est à la fois si affolée et si sérieuse, et si autoritaire, qu'il n'a pas le courage de la remettre à sa place ; ce qu'il eût fait si elle avait eu dix ans de plus.

Entre ces deux autorités indiscutables Vladimir se sent devenu un enfant de dix ans que sa mère veut faire opérer des amygdales. Amusé, attendri, fier de l'aplomb de sa Créature sans Défense, car il mesure toutes les timidités qu'elle a vaincues, même pas vaincues, oubliées dans son héroïsme de petite lionne blessée. Et elle exige, elle scrute le visage de l'homme (ne me racontez pas d'histoires...) et elle n'a pas peur des mots : « ... et l'opération est dangereuse ? » « et s'il n'est pas opéré il peut mourir ?... »

« Tu vois, il faut toujours paraître un peu bête, avec les médecins — si j'avais pris mon air d'intellectuelle il ne m'aurait rien dit du tout. »

Elle parlait sans arrêt. D'une voix rapide, vive, sèche, Vladimir se disait : elle a la fièvre, elle est sous le choc, Seigneur, quelle brute je suis. Des plaques roses sur les joues. Elle l'avait saisi par le bras pour descendre de l'autobus, comme si elle craignait qu'il ne fît un faux pas. Elle se serrait contre lui avec précaution. Arrivée dans leur chambre elle s'était précipitée avec rage sur le poêle — pour une fois maladroite. Le feu ne voulait pas prendre. « Oh! ces ligots sont *humides*! je vais faire un scandale au marchand de couleurs! »

— Vi ma chérie, il n'y a pas de quoi t'affoler, c'est un contretemps mais en quelques mois ce sera fini, nous n'y penserons plus. Nous avons au moins huit jours de liberté, profitons-en. »

Elle ne l'écoutait pas, elle s'acharnait à faire flamber les ligots humides, et jetait par-dessus les charbons de bois, un à un. « O ce sacré poêle! Ils ne pouvaient pas nous donner un Godin! » Et elle pleurait, s'essuyant les joues de ses mains noires de charbon. « Regarde-toi dans la glace, beauté. » Elle se jeta sur lui, sanglotant contre son épaule. « Oh, toi, tu plaisantes, tu plaisantes toujours! tu mourrais en dansant! » Et après avoir longtemps pleuré, et après avoir couvert le visage de Vladimir de larmes et de traces de suie, elle s'était calmée; elle le regardait, nez à nez, riant à travers les larmes. « Un vrai charbonnier. Oh ne me fais pas rire, je n'en ai pas envie. »

... — Non, vois-tu, tu es frivole, à ne pas croire. Heureusement que je suis là. Je voudrais que tu sois déjà à l'hôpital. » — Merci. »

— Tu vois tu vois! Et si je n'avais pas deviné? Tu m'aurais fait ça? Tu es d'un égoïsme *monstrueux*.

« Non, reste assis. Attends. Je vais t'expliquer.

« Voilà ce que tu as dû te dire; que je suis une fille facile, et que je ne t'aimerai plus au bout de cinq ans, et qu'alors tu n'as pas envie de vivre plus longtemps, c'est ça que tu as pensé, non? »

Le juge sévère. « Tu vois comment tu es. Tu n'as pas

confiance. Parce que je suis jeune. Au lieu de penser le contraire : que plus je suis jeune plus longtemps j'aurai besoin de toi. »

— Ma Victoire, tu m'agaces presque à force d'avoir toujours raison. A cause des arbres on ne voit pas la forêt — et les arbres, c'est : mon allocation de chômage passe d'office à l'hôpital, et toi tu n'y as pas droit

« et ceci ma Femme Forte n'est encore que le plus petit des arbres, et l'autre est celui-ci : que j'ai faim de toi, et qu'un homme qui a faim raisonne mal et n'est pas capable de penser à ce qui arrivera dans six mois, il lui faut son pain quotidien pour survivre —

« ... *not wisely but too well*[1], tu comprends, et *too well* veut tout de même dire quelque chose, et quoi qu'il nous arrive tu t'en souviendras. »

— O pourquoi me parles-tu comme ça, pourquoi veux-tu me tourmenter encore plus ? »

Donc, ils font des plans d'avenir, ce n'est pas grave, ce n'est pas terrible, les Tchelinsky sont des gens gentils, les deux loyers peuvent attendre (cause, chômage), on touchera l'allocation de décembre, et il reste encore une partie des 980 F, et Hippolyte a promis de me donner son texte sur Pierre le Grand à récrire, ce que je peux faire même à l'hôpital —

« Et nous allons faire l'amour jour et nuit, jusqu'à en être morts d'épuisement et ne plus en avoir envie pendant un mois... » — Oh quel programme, dit-elle, et si tu me fais mourir d'épuisement qui te rendra visite à l'hôpital ? » et, devenant sérieuse : « C'est *dangereux*, tu sais. J'ai lu dans la biographie de George Sand. Comment elle se refusait à Chopin. »

— Penses-tu ! Un préjugé du XIXᵉ siècle. Faire

1. Cit. d'*Othello :* ... a man who loved, Not wisely but too well : qui a aimé non pas avec sagesse, mais trop bien.

l'amour n'a jamais tué personne. C'est quand on ne le peut plus que ça devient grave. »

Elle est quand même soucieuse. « Tu devrais demander à un médecin. » Ce qui est une provocation en règle. C'est presque drôle à force d'être attendrissant. « C'est bien le dernier sujet sur lequel je demanderais conseil à quiconque, et surtout à un médecin. Ne commençons pas ce jeu-là, Vi, je t'en supplie. Je ne veux pas dans nos rapports d'éléments étrangers, et la maladie en est un. Il ne faut pas qu'elle s'installe entre nous comme une pieuvre, et que tu la regardes au lieu de me regarder.

« Et nous irons au bal de l'Asssociation des Médecins et Avocats, le jour de la Sainte-Catherine. Le 7 décembre. » En principe, l'hospitalisation était prévue pour le 10. Et il fallait distraire Victoria et l'empêcher de s'affoler et de s'épuiser moralement.

*

Et pour le bal de la Sainte-Catherine Victoria n'avait, comme robe du soir, que son vieux fourreau blanc en crêpe marocain (autrefois robe de mariée de Blanche Cornille-Moretti, portée le soir du Nouvel An 1937 chez Georges, et au bal de la salle Tivoli), son petit collier de perles fausses (volé aux Galeries Lafayette) — et, à court d'idées et de moyens elle avait décidé de laver les rideaux de tulle (propriété des Tchelinsky) et de s'en faire un savant drapé autour de la taille et des épaules. Je les remettrai en place le lendemain, ils ne s'apercevront pas. « Une jeune mariée. » Oh non ! pas avec ce décolleté. Je vais faire fureur. Tiens, je mets cette rose en velours blanc au creux des seins ; et j'arrangerai mes cheveux en diadème. Ça me vieillira d'au moins trois ans. » « ... Ton costume — tiens. Je connais un moyen infaillible pour le délustrer. » Et elle était redevenue gaie. « Je serai jalouse, je ne te laisserai danser qu'avec moi. Tu as embelli, tu sais. Tu as des couleurs. » En fait, il avait l'air fiévreux ; mais ce n'était pas laid. Des yeux trop brillants, que leur éclat insolite rendait bizarrement jeunes.

La salle haute de plafond, lustre de cristal à centaines de pendeloques, larges moulures centrales et latérales faites d'entrelacs de roses et de feuillages ; sur les murs grands miroirs à cadres dorés, musiciens en vestes rouges sur l'estrade, buffet dans le vestibule avec rangées de bouteilles multicolores et pyramides de petits fours et de gâteaux — parquets couleur noisette brillant comme du satin, un homme sur trois en smoking... bref, Victoria toute surprise se rendait compte que c'était son premier *vrai* bal. Un bal si cher qu'on ne peut pas s'y rendre sans carte d'invitation gratuite ; et l'on ne voit même pas beaucoup de jeunes. La plupart des femmes ont au moins vingt-cinq ans, et que dire des hommes ?... « Oh ! regarde celle-ci, en étole à plumes noires et en robe de paillettes bleu nuit ! Quelle beauté ! » — C'est Mme Ginsberg. Sais-tu qu'elle a cinquante ans ? » Effrayée, fascinée, Victoria scrute le noble visage blanc, lisse et plein de la femme, ses épaules crémeuses, ses longs yeux bordés d'énormes cils d'un noir bleuté, ses lèvres qui font penser à une rose baccarat — sa haute coiffure toute en coquillages noirs et luisants — où donc est sa vieillesse, comment se cache-t-elle ? tout juste si Victoria ne s'attend pas à voir ce merveilleux visage s'effriter et tomber en poussière.

« Oh, tu te moques de moi. » Elle se sent perdue parmi ces êtres sans âge, ces visages déguisés, vernis, ces yeux brillant de gaieté factice, de gaieté réelle mais voilée, de lassitude vaincue, de dureté ou d'envie ou d'affection distraite ; pétillants parfois de malice ou d'ironie froide, ou allumés d'un désir passager, de curiosité détachée — ou ternis par un visible ennui. Des yeux d'étrangers. Elle cherche dans la foule les frères et sœurs, les jeunes, il y en a, et ils ont — comme elle — l'air désorientés et, quand ils ne se connaissent pas, se font de loin des signes interrogateurs... toi, je pourrai t'inviter ? toi, tu m'inviteras ?... à deux garçons elle a déjà renvoyé des regards vides. Vladimir semble connaître beaucoup de monde, des hommes et même des femmes l'accostent sans arrêt.

« Voyons, que devenez-vous ? » « Depuis combien de temps ?!... » « Et Ilya Pétrovitch ? » « Ah ! c'est votre fille ? elle a changé ! » — Mais non, que je vous présente à elle — Monsieur Untel, Mlle Klimentiev. » D'autres ne font pas la gaffe, mais prennent un visage volontairement dénué de curiosité en baisant la main de Mlle Klimentiev — une façon de faire comprendre qu'ils savent qu'elle n'est pas une demoiselle, et de se montrer polis à l'égard de Vladimir. Elle lui souffle à l'oreille : « Alors ? Tu n'oses pas me présenter comme ta femme ? » — Penses-tu ! Ce serait petit-bourgeois. Accompagner une demoiselle est beaucoup plus flatteur. »

« Vladimir, mon cher, vous n'avez pas encore vu mon fils ? » Irina Lounnaïa est là, plus belle que nature (comme le sont toutes les femmes présentes), ses epaules grasses émergeant d'un fourreau de satin vert emeraude à manches longues. Bernard est en smoking, le jeune homme roux a peine moins âgé que Bernard est en costume gris presque sport ; il rougit à la manière d'un certain type de roux, chez qui ces changements de couleur sont un tic, et pose sur Victoria un regard jeune et complice qui révèle qu'il la croit la fille de M. Thal. « Figurez-vous que mon mari est la, avec sa nouvelle femme ! Charmante. Devinez qui ? Galina Fédorovna... oui, Brunner ! » — Ah ! je ne la savais pas divorcée. » — Mais mon mari n'est pas divorcé non plus ! Tenez, il m'a offert un exemplaire de son dernier recueil de poèmes... la dédicace est jolie. » Le jeune homme roux cherche à profiter de l'attention accordée aux poèmes paternels pour s'incliner devant Victoria — l'orchestre joue un tango. « Oh ! non, Volia... » dit la mère, et Vladimir, vexé par ce « Oh non » dit : « Mais pourquoi donc ? » sur un ton qui signifie : va donc faire un tour avec ce blanc-bec, sinon je me rends ridicule. Tant les tics de la comédie sociale reprennent vite possession de vous.

Et Victoria évolue, dans les bras du svelte et rougissant Volia Landsmann, au milieu d'une foule déjà dense. « Je ne vous ai jamais vue à la Sorbonne. » — C'est que je n'y suis pas encore. » Ses études ont été retardées, pour cause de maladie, mais en octobre 1938 elle va s'inscrire à la Sorbonne, pour une licence de philosophie. « Et que pensez-vous de l'Exposition ? » — Oh ! quelle foire. Je n'y suis pas allée souvent. » Il se livre aux réflexions habituelles sur l'involontaire symbolisme des deux grands pavillons : l'allemand et le soviétique, dressés face à face comme deux navires de guerre prêts à foncer l'un sur l'autre, si étrangement pareils de forme et de conception... Tous deux d'un ennui mortel, d'ailleurs. Volia prépare une agrégation de littérature anglaise, et, à titre de violon d'Ingres, étudie l'influence de Dickens sur Dostoïevski. « Oh ! mais c'est passionnant ! » Ils côtoient des cheveux blancs, des crânes chauves, des dos nus en dessous de boucles brun rouge, platine ou noires ; des velours et du drap noir, des œillets aux boutonnières, des têtes brillantinées de jeunes gens, et des coudes de femmes moulés dans des gants blancs. « Un public un peu snob, dit Volia, moyenne d'âge quarante ans. » Les hommes à tempes grises dansent avec une grâce raide, tenant à bout de bras leurs cavalières élégantes et fanées. — Tenez : voici Ad... » — Comment ? celui des *Dernières Nouvelles ?* C'est encore un bel homme. » La question est naïve, et Victoria se sent très provinciale. Ad... danse avec une dame âgée coiffée d'une tiare de boucles or vif et drapée dans du velours d'un violet éclatant. « C'est sa femme ? » Le garçon pouffe de rire. « Pourquoi ?... » — Non, je ne peux pas vous dire pourquoi. »

Le public n'est pas vraiment snob ; mais conscient d'être la *crème* ou une des crèmes de la société émigrée de Paris — ceux qui sans être riches ont gardé ou acquis une position sociale en rapport avec leurs capacités, médecins, conseillers juridiques, ingénieurs, attachés de presse, organisateurs ou directeurs de diverses œuvres de bienfaisance, membres d'honneur de divers comités, gens de lettres nantis d'un nom, et gens de lettres sans nom mais possédant des relations, la moyenne d'âge est au moins quarante ans à cause du nombre de femmes qui veulent montrer qu'elles ne sont pas des ruines, des hommes pour qui le bal est une occasion de se prouver qu'ils font encore partie d'une société — alors qu'ils sont là, venus de provinces et même de milieux différents, n'ayant en commun, peut-être, qu'un vague passé d'intellectuels jadis plus ou moins progressistes, et aujourd'hui plus que jamais séparés par d'inconciliables divergences d'opinions politiques.

Et pour beaucoup le plaisir de danser, et de prouver que du temps de leur jeunesse on dansait mieux qu'en 1937, est encore assez fort pour faire oublier qu'ils sont venus là pour rencontrer Untel, pour faire la cour à telle dame influente, et du reste la vue de jeunes femmes et surtout de jeunes filles est toujours une fête. Il y a là des pères de famille qui accompagnent leurs « débutantes », et d'autres qui amènent leurs fils dans l'espoir de les attirer vers des jeunes filles russes de bon milieu...

« Ilya Pétrovitch ! Vous ici ! Et avec une rose à la boutonnière ! » Assis dans les bas-côtés de la salle près des quelques petites tables prévues pour les hôtes âgés, le vieil avocat fait de son mieux pour redresser ses épaules et pour retrouver ses airs depuis longtemps oubliés de grand seigneur. « *L'art d'être grand-père*, mon cher ! Je 'sors' mes jeunes beautés, nous voici de corvée, Tatiana et moi. Elle est en train de valser avec un de ses anciens admirateurs. Et je parie que les petites sont en train de faire tapisserie. » — Et qu'attendez-vous pour les faire danser ? » — ... Mes rhumatismes. Mais asseyez-vous, cher, nous parlions avec Mihaïl Ivanytch de l'affaire Navachine. Selon vous : est-ce un crime politique ? » — J'en suis persuadé. Comme je suis persuadé que la police française étouffera l'affaire et que la vérité ne sera jamais découverte. De même que pour Koutiépov et Miller... Car *leur* réseau d'espionnage est admirablement organisé, et ils ont des hommes partout. Je ne serais pas étonné qu'il y en ait une demi-douzaine dans cette même salle... » — Allons, allons, dit Ilya Pétrovitch, émoustillé mais voulant paraître sceptique, vous n'êtes pas guéri de l'*azéphisme*. » Le vieux ex-député de la Douma installe son corps volumineux sur une petite chaise à cannelures dorées, et allume une cigarette.

— Raisonnons, mon cher ami : *leur* tâche, ici, est infiniment plus facile que ne l'était celle d'Azev[1]. Lequel devait tromper deux organisations puissantes, aguerries, rompues à toutes les ruses de la clandestinité et du terrorisme politique : l'*Okhranka* et les comités révolutionnaires... Ici : une police à peu près

1. *Azev :* redoutable agent double du début du siècle.

normale, et des amateurs isolés ou de vieilles badernes qui jouent aux conspirateurs en chambre — et ne *les* comparez pas à Azev, un vulgaire aventurier : *ils* ont derrière eux les ressources d'un Etat souverain aussi fort que dénué de scrupules, et le support d'une soi-disant idéologie qui justifie d'avance toutes les trahisons... »

— Et savez-vous, intervient Mihaïl Ivanytch Bakchine (ex-avocat, à présent conseiller juridique d'une grande compagnie d'assurances) que des bruits plus que bizarres courent sur K. B. ? » — Tout de même pas ! s'écrie Ilya Pétrovitch. Les *Jeunes Russes ?* une organisation fasciste ? Ceci, mes amis, serait trop beau, pour une fois j'aimerais que ce fût vrai. » — Et croyez-vous qu'il y ait une telle différence entre *eux* et les fascistes ? Nos ' gardes-blancs ' se réservent d'étranges déceptions. »

La jeune fille brune admirablement svelte, sa petite tête à cheveux collants dressée comme une aigrette sur un mince corps moulé dans une tunique orange, court vers Ilya Pétrovitch, sa démarche rapide esquissant un pas de danse ; ses yeux noirs brillent comme deux scarabées sur son visage de pêche-abricot. « Grand-père. Oh pardon. » Elle fait une petite révérence puérile devant les vieux messieurs, et se penche sur l'oreille du grand-père. « Quoi ? » — Oui, oui, je l'ai vu ! » Le vieil homme est un peu troublé. « Après tout... rien d'étonnant. » Il est gêné par cet *a parte* de caractère familial. « Ma petite-fille, Galla. » — Qu'est-ce que nous devons faire, grand-père ? » — Mais rien du tout ma chérie. Etre aussi gentilles que possible. »

... Tatiana Pavlovna, qui à soixante-cinq ans est une de ces personnes dont on admire la fière allure et le visage étrange sans penser à son âge ni même à son sexe, se sent pour quelques heures transportée dans un monde intemporel, où quarante ou cinquante années de sa vie, confrontées, mélangées comme les pièces d'un *puzzle*, se présentent simultanément devant ses yeux... Celle-là... Emilia Grüber! Je ne la savais pas à Paris. Fédor Victorovitch a à peine vieilli... combien d'années? quinze ans déjà! « Mon cher, vous souvenez-vous de votre fameuse dispute avec Iliouche? au sujet de Kerensky comme toujours. » — En signe de pardon, accordez-moi ce moderne tango, j'espère m'en tirer sans trop de honte. » — Je n'ai jamais été bonne danseuse, mon cher, mais la danse est une invention géniale... seul moyen de se parler dans les réunions de ce genre sans être dérangés toutes les trois secondes. »

Elle laisse glisser, au rythme d'une musique à la fois langoureuse et saccadée, ses chaussures trop hautes sur un parquet dangereusement bien ciré. Et Fédor Victorovitch lui explique pourquoi il a, depuis 1933, changé d'attitude à l'égard de... « Oui, je sais, je sais, vous n'êtes pas le seul, et s'il en est ainsi vous feriez mieux de ne pas aborder le sujet devant Ilya Pétrovich, qui, au bout de cette salle, prend le bal pour un club de vieux avocats... » elle se mord les lèvres et fait un faux pas, manquant se fouler la cheville. « Oh! pardon! » — Qu'est-ce, chère amie? vous avez vu un fantôme? » — Non, rien. Je... ne critique pas votre attitude, je ne critique plus personne, j'en ai fini avec la politique, j'en ai trop vu. » — ... Oui, dit le vieux professeur en pensant à autre chose... Oui, dans ce genre de mondanités, surtout lorsqu'on n'a pas l'habitude ce qui est notre cas à tous deux, il nous arrive de tomber ainsi sur des 'fantômes' — des visages jadis familiers, et devenus presque méconnaissables. » — Méconnaissables... répète Tatiana, distraite. Oui, c'est bien cela! Et pourtant... et pourtant cela fait... combien? deux mois? « Oui — vous voyez cette femme? cette ex-blonde à visage de brebis et à cou de dinde, en taffetas rayé de noir et de pourpre? nous étions amies presque

intimes, il y a vingt ans. Emilia Grüber. » — Grüber ?
Krivtzov. Elle est la femme d'Apollon Krivtzov, le
pédiatre. » — Ah ! Grüber est donc mort ? » — Non,
parti en Amérique. »

... — Tatiana, chère ! Si je m'attendais !... » — Tout
arrive, tu vois. Et je n'ai pas, comme toi, changé de
nom. » — Eh bien ! dansons ! N'enlevons pas leurs
cavaliers aux jeunes filles. » Ta robe n'est pas vieille de
dix ans comme la mienne, pense Tatiana, mais je parie
que tu envies ma silhouette... et, Dieu te bénisse, je
n'envie pas ta robe. Contente de te voir malgré tout,
vieille lâcheuse. Elles s'enlacent et valsent lentement
sous le grand lustre, provoquant des sourires des
jeunes gens. « Oui, dit Emilia, figure-toi, quand j'ai
appris le malheur... ta fille... je n'ai pas osé, j'étais trop
bouleversée. Et après — j'étais gênée, tu sais comment
c'est, le temps passe. » — Oui. Dix-huit ans. » Et
Tatiana sent ses lèvres frémir d'une bizarre gratitude
devant cette femme avec qui, pour quelques instants,
elle revit la mort d'Ania comme un malheur récent. —
Oui, nous sommes à Paris depuis bientôt dix-sept ans.
On n'ose plus poser de questions. » — Mes enfants sont
mariés tous les deux. L'aîné à Boston avec son père. »
— Grand-mère ? » — Cinq fois. Et déjà un arrière-petit-
fils. Et ton fils... Vassili ? » — Vladimir », corrige
Tatiana, pincée. — Suis-je bête ! Je confonds avec
Vassili Spassky, le fils de Véra. » — Merci. »

— Oh ! toujours aussi rosse. Mais comme je me
souviens de ton Vladimir ! Un enfant superbe. Ces
énormes yeux de gazelle curieuse, ces boucles châtain
roux... » — Pardon, il n'a jamais eu les cheveux châtain
roux ! » — Mais je m'en souviens, chère ! Comme si
c'était hier. » Comme si c'était hier. La *datcha* de
Tsarskoïé Sélo, l'escarpolette sous le grand sorbier, des
enfants en vareuses bleues et cols marins, des ombres
vertes sur la table de jardin où elle et Emilia trient les

framboises pour la confiture. Ania. Ania. Ses cheveux raides et bruns le long de joues trop rouges un peu lourdes (six ans), le front et le cou ornés de colliers corail faits en grains de sorbier, Ania a peur du chien des Grüber et Vladimir la porte dans ses bras. Il a des boucles... châtain, non, *pas* châtain roux ! Comme il aimait sa sœur. O les cœurs inconstants. Les cœurs inconsistants.

— ... On m'a dit qu'il avait épousé la fille de ce... attends, cet archéologue, celui qui a viré de bord après 1905. Zarnitzine. » — Oui. Dieu sait pourquoi il l'a fait. Sa carrière en a été plutôt compromise, et il était un arriviste. Mais un arriviste maladroit. » — Sa femme, pourtant — Eléonore — elle était à demi italienne, était une personne charmante... timide, un peu exaltée, elle croyait au corps astral, à la réincarnation. Très jolie, une beauté un peu immatérielle... » — Je suppose, dit Tatiana sans enthousiasme, que sa fille lui ressemble. Excellente femme, du reste. » — Ah ! tant mieux ! et tu sais qu'Eléonore — en cachette de son mari — faisait tourner les tables et évoquait les esprits de ses ancêtres, les doges : elle prétendait descendre de la famille des doges Morosini. » — Tiens ! ma bru est si modeste qu'elle ne s'en est jamais vantée. »

Comme si c'était hier, Vladimir. Et nous tournons en rond comme deux vieilles toupies. Qu'ils continuent à tourner aux sons plus bruyants que mélodieux de cet orchestre de bal de province, qu'ils se balancent, s'enlacent, transpirent, rougissent, se poursuivent et se retrouvent dans ce flottement de corps pareil à des remous d'écume entre les rochers... la salle est si pleine que bientôt tous danseront sur place.

... Et que dirait Emilia si je lui montrais son bel enfant aux yeux de gazelle ?... Oh non, il a changé, des taches rouges sur les joues, ce n'est pas normal, non, ces lèvres sèches, non, peut-être n'ai-je pas bien vu ?...

Elle s'était trop rapidement détournée, blessée par l'impudique et grave éclat de deux yeux perdus dans une délectation cruelle...

Dans cette salle — où des dizaines de gens le connaissaient de près ou de loin — se donner ainsi en spectacle, de quel droit ? Elle ne danse plus avec Emilia, elle lui dit : « Tiens, allons chercher mes petites-filles. » — Oh ! je serai ravie... » Tala danse avec un sec et svelte homme en smoking, à tempes blanches et nez aquilin, qui la serre de trop près ; elle n'y fait pas attention, elle est très pâle sous son voile de poudre rose nacré, même ses yeux sont décolorés, deux morceaux de glace sur le point de fondre, si elle ne s'était pas peint les lèvres en rose cyclamen elle aurait eu les lèvres blanches. Et cette brute ne s'en aperçoit même pas ; il la serre, il a les prunelles vitreuses. « Oh ! excusez-moi... *monsieur*... » Il tressaille et se réveille, très contrarié ; Tatiana pince ses lèvres dans un sourire faussement poli pour justifier son impolitesse trop justifiée. « J'aimerais — j'interromps votre danse — présenter ma petite-fille à une amie. » Se voyant face à une grand-mère, le quinquagénaire en smoking reprend contenance, salue, s'efface sans demander son reste.

« O quelle ravissante enfant. Et savez-vous, ma petite Tania, que j'ai connu votre grand-mère, Eléonore Arkadievna ? Extraordinaire, comme vous lui ressemblez ! » Tala répond par un pâle sourire, Seigneur, ces gens n'ont que le mot « ressemblance » à la bouche. Emilia les quitte pour d'autres devoirs mondains, et Tatiana Pavlovna emmène sa petite-fille au buffet. « Cet homme dansait de façon incorrecte, ma chérie. Dans ces cas-là il faut dire que tu es fatiguée, et aller t'asseoir. » — O grand-mère, si tu savais ce que je m'en moque. » — Tala, je t'interdis, tu m'entends, de parler ainsi. Nous avons tous nos chagrins, mais la dignité passe avant le reste. » Un peu ranimée par cet appel à sa dignité, Tala boit devant le buffet de la limonade tiède, mais n'a pas la force de toucher au gâteau à la crème de pistache que sa grand-mère lui présente sur une soucoupe. « Dis, je l'ai déjà payé, tu ne vas pas le gâcher. »

Elle a toujours ses yeux vagues, élargis dans l'effort pour retenir des larmes, mais les larmes ne sont pas là. « Et ne me regarde pas comme ça, grand-mère. Qu'est-ce que tu t'imagines ? Ça m'est *tout à fait* égal ! » et sa voix est vibrante et fêlée. « Et tu n'avais pas besoin de gaspiller de l'argent pour ce gâteau. » — Sois polie. Tiens, tourne-toi que je t'arrange ta ceinture. » La robe de Tala est douce et vaporeuse : mousseline imprimée, bleus, gris, mauves, verts acides, « couleur du temps », cadeau comme toujours d'une des patronnes de Myrrha ; tenue à la taille par une large ceinture de satin rose violacé. Dans sa partialité de grand-mère, Tatiana se dit : la plus jolie de toutes les jeunes filles de cette salle. Fine, racée, une délicatesse « immatérielle » comme disait Emilia. « Savais-tu, ma chérie, que tu descendais des doges Morosini ? » Là, elle réussit à surprendre l'enfant, et même à l'intéresser. « Qui t'a dit cela ? »

Hippolyte Hippolytovitch danse avec la dame trop mûre à cheveux d'or et en toge violette, poétesse et mécène, platoniquement courtisée par beaucoup d'hommes de lettres célibataires ; on plaisante Hippolyte sur son goût pour les vieilles dames, car on ne lui connaît pas de liaison. En fait, il se contente de rencontres de passage, et dans le monde joue les chevaliers servants auprès de dames qui ont peu d'espoir de plaire aux hommes, ou qui préfèrent les personnes de leur propre sexe. — Oh, tiens ! Thal. Je parlais tout à l'heure de vos futurs poèmes à Sophie... Elle aimerait les connaître. » — *Futurs*, mon cher

Hippolyte. Ils ne sont pas encore au point. » — Ne les laissez pas mûrir pendant huit ans dans vos tiroirs, comme Gogol... » — Huit ans ? » la dame s'en va au bras d'un jeune poète. « C'est curieux, dit Vladimir, depuis quelque temps j'ai perdu la notion des années et même des mois : l'avenir est fait de jours, une semaine me paraît déjà quelque chose de trop imprécis pour être considérée sérieusement. » — Une forme de seconde jeunesse, peut-être ? suggère Hippolyte. Ou même de seconde enfance ? » — Autrement dit je retombe en enfance ? » — Ah ! si seulement nous le pouvions, mon cher ! Retrouver l'enfance tant que nous ne sommes pas encore gâteux, non pas 'retomber' mais 'remonter'. Et que vous soyez enivré par le contact avec une glorieuse enfance... Je vous envie. Cueillons les roses, seul l'éphémère est éternel. » — Ephémère ? Pourquoi ? J'entends bien que cela dure toute ma vie. »

— Votre mère, dit Hippolyte pour changer de sujet, votre mère me paraît être dans tout son éclat. » — Ma mère ? Vous l'avez rencontrée ces derniers temps ? » — Mais... elle est ici, vous ne le saviez pas ? »

— Dans cette foule... » Vladimir fronce les sourcils et se redresse, aux aguets comme un élève à qui l'on signale la présence d'un de ses professeurs. « C'est ce qui s'appelle une gaffe, je suppose. Car mon père doit être là aussi, et ils ne sont certainement pas venus seuls. »

Victoria est à l'autre bout de la salle, en train de danser avec Bernard Altdorfer. Vladimir l'y avait presque forcée, sous un faux prétexte (parler affaires avec certain éditeur), en fait il était simplement essouflé. Tala devait, à coup sûr, se trouver dans la salle. Victoria avait des remords à son égard, en la rencontrant elle risquait d'être troublée... mais, déjà, ce n'est pas Tala mais l'autre fille qui s'approche de lui. Dieu

merci, la fille rassurante. La fille forte. « Tiens, papa !
Je ne te savais pas ici. Bonjour, Hippolyte Hippolytovitch. » Diable ! se dit Hippolyte, quelle allure ! une
statuette égyptienne... et — ses yeux passent de la fille
au père — comme ils se ressemblent. Gala embrasse
son père sur les deux joues. « Viens, grand-père est là-
bas, aux petites tables. Il sera content. » Il se laisse
entraîner ; le cœur tiraillé, traqué par l'éloignement de
Victoria, par Victoria perdue dans cette foule mouvante et exposée à des rencontres dangereuses. Il la
cherche des yeux et croit apercevoir, entre des têtes
brunes, grises, rousses, dorées, le diadème de nattes
couleur paille. Il demande : « Tu as vu Victoria ? »
comme s'il attendait la réponse : oh oui, elle est
sensationnelle. Gala dit froidement : « Oui, je l'ai
aperçue. »

— Papa, quelle surprise ! Je ne vous savais pas si
mondains ! » Il s'assied à côté de son père et de Mihaïl
Ivanytch Bakchine. Ce dernier critique longuement la
politique du gouvernement français — relâchement
face à une Allemagne militariste et revancharde... car
le succès d'un Hitler ne peut s'expliquer que par une
farouche volonté de revanche, et, du train dont nous
allons, ils l'auront, — et se vengeront au centuple !...
Vous allez voir — La S.D.N. ? Une vaste plaisanterie.
Qui y croit encore ? Oui, du temps de Stresemann...
Cette plaisanterie sur la conférence de Stresa : *man hat
die Stresa, aber keinen Stresemann*[1]... » — Avec la
Russie dans leur dos... » dit Vladimir. — La Russie ne
bougera pas ! Après l'affaire Toukhatchevsky moins
que jamais. »

Elle ne me trouvera pas, elle se demandera où je suis

1. « On a bien Stresa, mais on n'a pas de Stresemann » (litt. :
« homme de Stresa ») Allusion à l'activité de Stresemann en faveur du
rapprochement franco-allemand.

passé. Quelle foule Seigneur. On étouffe. « Papa, Mihaïl Ivanytch... je vous apporte des rafraîchissements ? bière, limonade ? » — Oh j'y vais, dit Gala, et ajoute, toute fière : « j'ai de l'argent sur moi ! » elle exhibe un petit sac en perles de verre. « J'y vais, restez tranquilles. »

Bakchine a trouvé un autre ancien confrère. Ilya Pétrovitch pose sur son fils un regard involontairement affectueux. « Nous n'avons plus guère de tes nouvelles. Pas d'argent pour les timbres-poste, ou quoi ? » — Pendant quelque temps je m'en remettais à Boris... j'ai pris cette mauvaise habitude. » Ilya Pétrovitch fait la moue. « Oui, ton Boris. Cette histoire ne me plaît guère, mais je n'ai pas à m'en mêler. Tu le mériterais d'ailleurs. Perspectives d'un nouvel emploi ? »

— Oh non, pas exactement. »

— Tu as bonne mine, tu as repris des couleurs. »

Vladimir pense : mieux vaut ne pas lui dire. Mais, deux minutes plus tard, sa mère vient se pencher au-dessus de la petite table — son regard de faucon est chercheur, accusateur. « Tu as une mine *terrible*. Je parie que tu as au moins 38° de fièvre. Que ta petite amie ait envie de danser, j'admets cela. Toi, avec ces yeux que tu as, tu serais mieux au lit. » Et il sourit. A tel point replongé dans son adolescence que sa vieille adoration pour sa mère s'allume comme une allumette, flambe... Et devant ce sourire enfantin sur un visage usé Tatiana a envie de pleurer. « Mon pauvre garçon, je le dis pour ton bien. Va voir un médecin. » Et l'allumette s'éteint.

Il hausse les épaules comme il l'eût fait vingt ans plus tôt. « Bon, bon, j'irai », et se lève.

— Et d'abord maman, je te serais reconnaissant de ne pas appeler Victoria ' ma petite amie '. Je sais que tu ne la considéreras jamais comme ta fille, ce n'est pas la première fois que tu me fais cela, mais je veux du respect pour une personne que je respecte. » — Je t'en prie, pas de scènes en public. » — Ai-je élevé la voix ? Il me semble que c'est toi qui as commencé, avec tes exclamations au sujet de ma santé... » Devant ce reniement brutal du sourire qui lui avait, un instant plus tôt, rendu son enfant, Tatiana n'y tient plus. « Viens. Nous nous disputerons en dansant, ce sera plus correct. »

... — Tu cherches la dispute, tu y es dans ton élément. Pas moi. Tu ne t'es jamais donné la peine de vouloir connaître Victoria. Tu m'as asséné sur la tête tant d'accusations vulgaires et de maximes stéréotypées que j'ai vu que je n'avais pas droit à la parole. Si tu pouvais une fois dans ta vie comprendre que je ne suis pas un idiot... » — Vladia, je t'en prie... » ils tournent, au rythme d'une valse rapide, et elle se dit : mon Dieu, il va s'essouffler... — ... Ni un gamin ' aveuglé ' par la passion. Mais qu'il s'agit d'un être rare, qui pourrait apporter dans votre vie à tous deux encore plus de tendresse et de joie que Myrrha ne l'a jamais fait. Un être que tu devrais *aimer* au moins à cause de... de la confiance sans bornes qu'elle m'a accordée —

« ... en supposant même, maman, que mon rôle dans toute cette histoire mérite toute ta réprobation, ce n'est pas de moi qu'il s'agit, quand finiras-tu par le comprendre ? » — Mon cœur est vieux, Vladimir. Je suis lasse. Je porte sur moi le poids de tant de souffrances... absurdes, ou qui auraient dû être évitées, qui auraient pu l'être... »

— Ha ! la bigamie, n'est-ce pas ? Deux ménages. Ça existe. Figure-toi que Victoria était prête à l'accepter. Je ne l'ai pas voulu. C'est ce que je voudrais t'expliquer maman, et ne me ressors pas l'histoire de ton ' vieux ' cœur, il n'est pas ' vieux ' pour d'autres. Si tu m'aimais autrement que pour me dire que j'ai la fièvre (car c'est un alibi que tu te donnes), si tu m'aimais tu serais une mère pour Victoria...

— Tu as toujours été jaloux de ta sœur. Et il est un peu tard, n'est-ce pas, un peu tard, alors que tu l'as oubliée cent et mille fois, et que je ne parviens pas à l'oublier, et que le cœur me brûle encore, toutes les nuits, toutes les nuits, pour cette vie qui lui a été volée... oh! oui je suis lasse, et la tendresse que j'ai pour tes enfants est un rayon de soleil, et elle me réchauffe, et je voudrais leur éviter des chagrins... Une *mère*, dis-tu! demande cela à Myrrha, pas à moi. Je n'ai pas le cœur facile. Si, d'après toi, je ne parviens même pas à aimer mon propre fils... » — Je ne l'ai pas dit, maman. »

— Si, tu l'as dit! » — Dans ce cas excuse-moi. Il se peut que je t'en demande trop. » Ils terminent leur valse en silence. Lui, cherchant des yeux Victoria, elle s'efforçant de ne pas ciller, pour empêcher les larmes de déborder de ses paupières. A présent, elle essaie de ne pas lever les yeux vers ce visage durci, fiévreux, aux narines palpitantes et rougeâtres.

Victoria en personne se dresse devant eux, droite, digne, remerciant d'un demi sourire le danseur qu'elle vient d'abandonner. Et, voyant Tatiana Pavlovna, elle recule. — Eh bien, je te laisse à ta cavalière, Vladia. » La voix est affable, le sourire l'est aussi, les prunelles d'or fauve ont un éclat pénible — pénible par l'effort de dissimuler une émotion trouble qui ressemble à de la haine... qui eût été de la haine si elle n'était combattue par la honte de s'attaquer à un être aussi jeune. « Je te laisse, elle est meilleure danseuse que moi. »

— Viens, ma meilleure danseuse — il sera dit que je ne serai jamais toléré par personne, sinon par toi. Ça tombait mal, n'est-ce pas. » — Et pourquoi m'avais-tu envoyée danser avec Bernard? Il ne fallait pas nous séparer. » Elle a les paupières lourdes, les yeux absents. « Tu as vu Tala ? » — Oui, dit-elle. J'ai voulu lui parler, elle m'a tourné le dos. »

— Bon. Elle est butée. Comme sa grand-mère. » Elle dit : « Allons-nous-en. »

— Tu n'y penses pas. En plein milieu du bal ? Nous aurions l'air de fuir, ou quoi ? »

— Je me moque bien de savoir de quoi nous aurons l'air. »

— Eh bien, pas moi, Vi. Tant de gens qui me connaissent, et que je ne t'ai pas encore présentés. » — Et après ? » — Pense un peu à ma vanité. Je tiens à faire des jaloux. » Elle lève la tête vers lui. Des yeux tendrement sceptiques. « ... Si tu t'imagines que ma vieille robe et mes rideaux de tulle provoquent l'admiration... » En fait, dans ses drapés et nuages de tulle blanc elle est plus déguisée qu'élégante.

Victoria est belle mais tient trop visiblement à ne pas paraître jeune — hautaine, dédaigneuse, le regard en biais à la fois provocant et méfiant. Et ses épaules nues ont des rondeurs enfantines. — Cette fille-là, celle qui est avec Thal, dit le peintre Grinévitch, n'est plus tout à fait un *backfish*[1] et pas encore tout à fait une femme... âge unique, le plus ensorcelant de tous, et d'ici un ou deux ans ce sera simplement une belle femme. » — Vous la connaissez ? » — Vaguement. C'est la maîtresse de Thal — une pimbêche à cela près, mais si je la décidais à poser pour moi... Les doigts me démangent, à la regarder. On ne trouve que des modèles à seins tombants — ou sinon, ils sont hors de prix.

« ... Type nordique, à formation lente : voyez, elle est assez grande, bien découplée, pas maigre non plus, et le squelette est encore menu ; presque pas de clavicules, et, j'imagine, l'os iliaque à peine visible — et des seins que, chez le type latin, on ne voit guère qu'à treize-

1. Allem. « adolescente ».

quatorze ans, âge où la taille est encore épaisse... celle-ci a la taille déjà affinée, mais sans excès... » — Dis-moi : si Thal t'entendait... » — Pure rêverie de peintre, et Dieu merci il ne m'entend pas. Il est jaloux. On ne les voit plus guère à *La Rotonde*, ni au *Sélect*, il la cache, prétextant une histoire de père déséquilibré. Et je parie qu'il ne la gardera pas longtemps. » — Tu te poses déjà en successeur ? » — Pas moi, je ne suis pas libre. Tu serais amateur ? » — Qui ne le serait ? » — Tiens : il y a... trois, ou quatre ans, j'ai eu — comme modèle, s'entend — une Martiniquaise. Treize ans, peut-être. Un chef-d'œuvre. Une coulée de bronze — plus lourde que celle-ci, mais plus dense, plus expressive... je la vois, il y a quelques jours, à la Grande Chaumière — une catastrophe, plus rien, tout tombe... La jeunesse passe vite. »

Au buffet, Victoria toute blanche se tenait au milieu d'un groupe d'amis de Vladimir, comme Jésus parmi les docteurs, plusieurs de ces « amis » étant d'anciennes relations d'Ilya Pétrovitch ; groupe masculin réfugié près des hautes plantes vertes du long vestibule, à deux mètres du bar — tous tenaient des coupes de champagne vides ou à moitié pleines, savouraient la relative fraîcheur d'un lieu où, par une fenêtre entrouverte, l'air de la nuit passait comme un ruisseau d'eau fraîche dans l'air surchauffé ; la fenêtre donnait sur une cour intérieure éclairée par des lanternes en bronze doré suspendues au-dessus des marches du perron ; et le gravier du sol, lavé par la pluie, étincelait comme un tapis de pierreries. « Etonnant, étonnant — cet air doux, en décembre. On se croirait au printemps. » — Chez nous — la Sainte Catherine : des congères montant jusqu'aux fenêtres des rez-de-chaussée, les fleuves gelés — on installait déjà des rails de tramway sur la Néva. » — ... Et cet hiver de 1909 (ou

1910 ?) quand tout Pétersbourg (du moins, les habitants des rez-de-chaussée) s'est réveillé dans le noir ? deux mètres de neige, il fallait creuser des galeries, des fiacres ont été engloutis par la neige — il y a eu des chevaux morts sur place. »

— Un conte du baron Münchhausen... » — 1900 — toi, Vladimir, tu ne t'en souviens pas — j'ai vu les faubourgs du côté du Golfe à tel point recouverts de neige qu'on ne voyait plus que les cheminées et le haut des bouquets d'arbres. »

— Et cela s'appelle un hiver... regardez-moi ça : de la pluie ! A peine si vous sentez que la fenêtre est ouverte. » — Mademoiselle... n'a pas froid, j'espère ? » Les hommes n'ont pas les épaules nues. Elle sourit et accepte une coupe de champagne. — ... Tiens ! Mais voici Victor Lvovitch ! Venez ici, que je vous présente ma femme. » Un homme petit et gros, d'une cinquantaine d'années, à barbe grise et carrée et aux yeux bleu vif, se raidit pour ne pas montrer sa surprise. « Quoi, je ne vous savais pas remarié. Félicitations ! » Il s'incline, baise la main. « Victoria Alexandrovna, dit Vladimir. Nous sommes de vieux mariés de six mois... Dans la plus stricte intimité. » — L'homme heureux. Et il nous cachait cela. »

— ... Et — vous êtes, vous aussi, une Pétersbourgeoise, Victoria Alexandrovna ? » — Non, ma famille était de Koursk. Je suis née à Yalta. » — Ah ! la Crimée ! plus beau que la Riviera italienne !... la montagne Aï-Pétri, près de Yalta... » — Et ce bleu si particulier de la mer Noire — un bleu saphir, et en même temps verdâtre et violacé... » Ils parlaient des splendides jardins de roses de la Crimée, de ses palais blancs, des excursions en montagne à dos de mulet, de la beauté des femmes tartares et des fameux *guides*... — Voyons, Anton Loukitch, ce n'est pas un sujet pour les oreilles de... Mme Thal... » — Ah ! dit Victoria, curieuse, pourquoi ? » — Ne soyez pas vieux jeu, dit Vladimir. Elle a lu Tchékhov. *La Langue trop longue*, tu te souviens ? » Elle éclate de rire au souvenir de la nouvelle, puis pince les lèvres, craignant de paraître peu sérieuse.

Le champagne lui a fait oublier son chagrin, sa gêne, elle sourit à ces vieux et moins vieux messieurs avec une tendre franchise, comme s'ils étaient tous ses oncles ou ses grands-pères. Elle est prête à les admirer. Elle apprend que l'un d'eux a connu Tolstoï, qu'un autre a été député, qu'un autre avait passé dix ans sur le Yénisséi (en exil) — que celui-ci, qui a l'âge de Vladimir, enfermé aux Solovki par les Soviets, avait réussi à en sortir grâce à sa citoyenneté française... « Vous êtes français ? » — Pas plus que vous. Mon père parlait déjà le français avec un accent, mais avait gardé son passeport. Français comme vos futurs enfants seront russes. » — Peut-être moins encore, dit Anton Loukitch. Chez nous les étrangers s'assimilaient très vite : la fameuse hospitalité russe... » — Ah, ne dites pas cela : les Russes sont le plus xénophobe des peuples. » — Pas les Pétersbourgeois, Victor Lvovitch, dit Vladimir, nous sommes la fenêtre ouverte sur l'Europe comme on dit, je me demande si vous y trouveriez beaucoup de Russes pur sang... » — Dans les classes supérieures. » — Dans les autres aussi : Allemands, Finnois, Tartares, et les descendants de tous les commerçants, artisans, domestiques venus de tous les coins de l'Europe... » — Oui : je m'appelle De la Barthe, et à Pétersbourg cela ne faisait nullement l'effet d'un nom étranger, mais en province... » — Oui — comme Van der Vliet. »

— Tenez : votre oncle André Pavlovitch Van der Vliet, justement : vous n'auriez pas trouvé un Russe plus chauvin, tout Essère[1] qu'il était... condamné à

---

1. Essère : S.R. = Socialiste Révolutionnaire.

mort, et à la veille d'être fusillé, il pleurait encore sur la honte de Brest-Litovsk... A propos, savez-vous qu'il avait — aux Solovki (avec les nouveaux arrivants les nouvelles circulaient comme ailleurs et peut-être mieux) appris que son fils avait été fusillé ? Un homme comme lui — le style 'vertu romaine' — je l'ai vu sangloter comme un enfant, c'était assez terrible à voir. » — Ah !... Vladimir, saisi, revoyait le brun, osseux et austère visage de son oncle André. Je ne le savais pas. Pour la mort de sa femme il n'avait pas pleuré... » — La prison brise les gens. Un gentil garçon, Vania Van der Vliet... vous l'avez vu, je crois, peu de temps avant sa mort. » Au temps de ses fiançailles avec Myrrha, non, pas fiançailles, au temps où il se mourait d'espoir, et Vania venait de lui annoncer la mort d'Ania sa sœur... tante Tania est très courageuse...

— Mais, dit De la Barthe, Nathalie Delamare est ici, vous l'avez vue ? On ne l'a jamais encore rencontrée dans des bals — pas dans des bals russes, en tout cas. » — Au fait, demande Vladimir, on lui en veut de s'être si ostensiblement francisée, et je ne comprends pas pourquoi. Elle a été plus sage que d'autres. »

— Ou plus arriviste. Cette femme est un démon d'intrigue. Elle a joué sur le pro-soviétisme de son père pour se pousser dans des milieux universitaires plus ou moins communisants, comme elle joue maintenant (surtout après le *Retour de l'U.R.S.S.* de Gide) sur son auréole de martyr... Et je pense que même en Russie elle eût fait une belle carrière, et surpassé ses collègues dans ses louanges à Staline. »

— Non, dit Vladimir, vexé, non ne dites pas cela. Ambitieuse, mais pas arriviste. Elle n'eût jamais trahi personne. Quant aux louanges... quand tout le monde est astreint à cette corvée et que personne n'en est dupe (sauf dans notre naïf Occident)... des gens très bien en ont passé par là. »

— Vous, Vladimir Iliitch, vous en écririez ? » — *Ditinguo* : des poèmes, probablement pas. Quelques phrases dans une préface — sûrement. Quand on n'est pas candidat au suicide et qu'on a de la famille — c'est *sine qua non.* »

— Moi, dit Victoria, j'aimerais mieux mourir qu'écrire des louanges à Staline. » Et les hommes vieux et mûrs se sont retournés, se souvenant brusquement de la présence parmi eux d'une enfant. Des joues rouges de timidité et des yeux gravement indignés.

— Mourir, Victoria Alexandrovna, est une chose — mais risquer la déportation, et que vos enfants soient parqués dans des orphelinats avec de petits voyous... » — Mais ne peut-on simplement se taire ? » — Euh... comment dire ? Tout homme qui fait profession d'écrire, fût-ce des articles sur l'agronomie ou les machines à coudre — ou de parler en public fût-ce pour faire l'éloge funèbre de son grand-père, devient suspect s'il ne parvient pas à y glisser quelques phrases à la gloire du Cher et Unique, et cela fait boule de neige : car X a écrit dix lignes, et Y vingt, et ensuite écrire moins de vingt lignes est déjà preuve de manque d'enthousiasme, et comptez sur des confrères pour signaler le fait à qui de droit, donc Z se croira malin en se torturant le cerveau pour quarante lignes ; et le pauvre X, se voyant suspect à cause de ses dix lignes, en pondra soixante dans son prochain ouvrage sur l'acclimatation des cerisiers au-delà du 50e parallèle... » »

— Oh, dit Victoria, Anton Loukitch, vous me donnez le vertige avec vos lignes. A la fin il y en aura mille ? »
— Quelle importance, dit De la Barthe, personne ne les lit. »
— Je ne sais pas, dit Victoria, rêveuse — troublée

par le cynisme des vieux hommes —, c'est pour soi-même. On doit avoir honte. » Elle sent que ses paroles sonnent ridiculement jeune.

Tatiana Pavlovna et Tassia se tiennent devant la longue table à nappe blanche du buffet : deux raides silhouettes noires encadrant une presque aussi raide et plus svelte forme en mousseline couleur du temps et large nœud de ceinture rose. « Du sirop au cassis, pour la jeune fille... tiens, prends cette noix fourrée qui te sourit », Tala dégage ses bras de ceux de ses tendres geôlières : le verre de liquide violet dans une main, la noix marron et verte dans l'autre, les yeux fixés sur la glace derrière la table où parmi des reflets de lustres, de dos des serveurs, de hautes portes se brisant à angles bizarres, et de têtes et épaules mouvantes, elle voit la jeune Tatiana Thal, rose jusqu'aux épaules et même les bras roses, ses boucles anglaises couleur noisette défaites par la chaleur. A ses côtés deux femmes noires la couvent de regards soucieux et attendris. Elle pense au tableau de Manet, *Le Bar*, et sourit — car elle fait tache dans le tableau, tache de fraîcheur et de couleurs douces, elle ne vient pas de Manet mais d'un Botticelli revu par Claude Monet.

Elle plaît beaucoup ce soir, tous les jeunes gens de la salle se la disputent, elle n'en est plus à accepter les vieillards incorrects. Pour aller au buffet elle s'est accrochée à grand-mère et Tassia, afin de n'avoir pas l'air d'une flirteuse — trop sûre déjà qu'on ne la prendrait pas pour une « tapisserie ». Elle aime Tassia, oh oui, et la trouve belle en sa robe de velours noir à décolleté carré orné d'un clip d'argent. Pourquoi dit-on toujours qu'elle a le nez trop long ? elle a l'air d'une Géorgienne. Oh ! grand-mère n'a pas besoin de me regarder comme si j'étais un lapin blessé, je m'amuse, j'avais simplement soif. Oh ! ai-je un air d'Ophélie, avec ces cheveux tout en broussaille ! Pour une

97

seconde, le mot « Ophélie » rappelle quelque chose de douloureux et d'intolérablement doux, non, ce n'est rien. « Grand-mère, passe-moi ton peigne. » — Non, je t'arrange tes boucles pendant que tu bois. Quel succès, ma chérie ! Qui était ce jeune Français, si solennel, en smoking ? » — Il n'est pas solennel pour un sou. Un médecin. Interne à Laënnec. » Tassia fixe ses yeux graves et bovins sur le fin visage rose qui — comme cela grandit — est presque au niveau du sien. Elle ne sait pas, comme Tatiana, parler de succès, de boucles de cheveux, d'internes à Laënnec et autres frivolités.

Elle a raté tous ses bals, manqué ses bals, ils méprisaient cela dans leur jeunesse (danser quand le peuple souffre... non, Vladimir n'était pas de cette tendance-là), réunions d'étudiants où, entre camarades, on valsait en affectant de se moquer de ceux qui dansent et en improvisant des ballets extravagants — entre deux séances de lecture à haute voix —, ô ces nuits d'été, passées en discussions. Vérandas à vitres ouvertes sur des brassées de tilleul en fleur, sur des jardins sauvages où les pois de senteur envahissaient les lourds bouquets de pivoines, et où le chant aigu des rainettes montait du noir de la nuit, sur les bords marécageux d'un étang qui, la nuit, semblait profond comme le bout du monde —

et les nuées lumineuses de moustiques, phalènes et papillons suspendues en l'air autour de la lampe à pétrole, et ces visages, ces visages rouges du soleil de la journée, et tous ces yeux que la nuit faisait paraître noirs et étincelants, ô tous ces visages lavés, aiguisés, épurés par l'unique langue de flamme blanche... Nos fêtes à nous, Vladimir, combien plus riches, si cette douce fille rose et inquiète le savait — elle qui se regarde dans cette énorme glace pleine de pendeloques de cristal illuminées et de visages inconnus aux sourires sans gaieté.

Oh! j'ai eu ce qu'il y avait de mieux en lui — et le voici, au fond de cette glace, de l'autre côté du miroir, mêlé à la foule de ceux que jadis nous méprisions comme « attardés dans le siècle passé » et devenu pareil à eux, comme ses tempes se sont dégarnies, ses joues creusées et comme le reflet démasque cruellement l'asymétrie de son visage (je suis hypermétrope, je vois jusqu'à la courbure de l'arête de son nez) — de ses lèvres d'adolescent que reste-t-il ? Pareil à ces jeunes et vieux vieillards, digne, souriant, sarcastique, poliment intéressé, se composant le visage qui était il y a vingt ans celui de nos pères — et j'ai eu ce qu'il y a de mieux en lui, et il le sait si bien qu'il veut le retrouver auprès de cette poupée blonde qui n'a que cela, rien d'autre — ses dix-huit ans — et ne lui parlera jamais de Mandelstamm et de Goumilev par une nuit blanche au-dessus d'une petite rivière blanche, sur une passerelle faite de trois troncs d'arbres couverts de mousse noire.

Dans la glace les yeux bleu argenté de Tala se figent, effrayés d'abord, puis douloureux — non, de cette glace elle ne peut détacher son regard, elle voit loin, elle regarde tout au fond, elle a oublié ses yeux ils sont partis elle ne sait où, illuminés par un désir qui brise le cœur. Oh non, se dit Tassia, ce n'est pas son père qu'elle regarde ainsi. Tatiana Pavlovna cherche de la monnaie dans son petit sac de satin noir brodé de perles de jais, « Mais non, c'est moi qui t'ai invitée, Tania... » — Oh non... »

... Et pourquoi, dans cette nuit blanche toute crissante et haletante de rumeurs douces, dans cette nuit où sur un ciel blanc la demi-lune était si pâle et les saules de la rive inondés d'une brume d'argent, et le bois de pins ressemblait à un lourd nuage gris, pourquoi luttait-il ainsi, la voix saccadée, les yeux baissés, soupirant comme s'il voulait aspirer le ciel et la terre, et alléguant — pour expliquer son trouble — les incomparables sortilèges de la Nature ? et pourquoi luttaient-ils ainsi tous les deux, assis jambes pendantes au-dessus de l'eau laiteuse, sur les troncs d'arbres vermoulus et glissants ? et, sur la rive derrière les hautes herbes d'un blanc verdâtre, dans le bosquet de bouleaux, résonnaient des chants et des rires, qui donc était là ? la petite Ania n'était pas avec eux, mais Tolia Rubinstein et Maxime Barnev, et Mila Lenz et Koka Voltchansky et qui encore ?... *O vous tous paladins du temple d'émeraude*

... Gonzalve et Cook, De Gama, Lapérouse
Toi, le Gênois Colomb, ô toi, rêveur et roi !
Hannon de Carthage prince des Sénégambies
Sindbad le Marin, Ulysse le puissant
... Dans quel fracas de dithyrambe les vagues d'écume
Chantent votre triomphe en heurtant les rochers !...

Les jeunes aiment Goumilev. Rêvions-nous de devenir des « Capitaines » ? « *... et tous ceux qui osent, qui veulent, qui cherchent...* et qu'as-tu osé, toi, qu'as-tu trouvé, une fillette à joues trop roses... « A quoi rêvez-vous donc, mes enfants ? » Tatiana Pavlovna ne voit pas le groupe des hommes fanés entourant la fille blanche en couronne de cheveux d'or.

« Je me récitais *Les Capitaines* de Goumilev. » — Toi, dit tendrement Tatiana, tu as toujours le front au-dessus des nuages. Un Mont-Blanc. Je m'étonne parfois que tu ne dépasses pas toute cette foule de la tête. Je suis sûre que Tala meurt d'envie de retourner danser. » Parole maladroite, mais Tala ne l'a pas entendue. Elle pense, mon Dieu, pourquoi, pourquoi ai-je refusé de lui parler, elle le voulait, elle ne reviendra plus, je l'ai vexée, et Dieu sait qu'elle a l'air godiche au milieu de ces vieilles barbes car après tout papa est aussi une vieille barbe, elle a beau prétendre le contraire, pourquoi ne peut-on faire semblant que rien n'est arrivé ?...

oh non, c'est drôle, elle a du chagrin, il y a quelque chose de *perdu* dans ses yeux, elle est gaie mais l'on dirait que son cœur pleure, et pourquoi m'étais-je détournée, peut-être a-t-elle besoin de moi ?

... Et si — et si papa tombait malade, comme grand-mère semble le craindre, ça changerait tout, je viendrais l'aider à le soigner... toutes deux penchées sur son lit... Oh non, jamais de la vie, elle les revoit encore — tout à l'heure, alors qu'elle dansait avec le jeune homme roux, oui, derrière cette grosse femme brune au dos complètement nu, elle avait vu leurs têtes, rapprochées, face à face, et ces yeux qu'il avait, lui, penché vers elle et l'on eût dit un homme qui souffre d'un excès de bonheur... O il l'aime tant qu'il ne lui laisse plus rien, qu'il lui prend jusqu'au dernier battement de cils,

et de quel droit, pourquoi vouloir tout prendre à un âge où l'on devrait donner, et s'effacer, et laisser vivre ceux qui n'ont pas encore vécu, c'est injuste, c'est Kronos dévorant ses enfants, il a eu sa part... ô m'a-t-il si tendrement préparée à goûter au *banquet de la vie* pour m'enlever des mains *la coupe encore pleine*, et y boire lui-même ?

Elle danse à présent avec le jeune Bernard Altdorfer, le grand Bernard qui n'est pas si jeune que cela, dans les vingt-trois ans, et elle rêve de quelque accident providentiel : papa se trouve mal, Bernard dit : mais, justement, je suis médecin, et moi je reste à côté de Victoria, je la rassure, ce n'est rien, Bernard et moi vous ramènerons en taxi... elle dit ô ma Taline heureusement que tu es là... rien que pour ce « ma Taline », pour cette voix chaude, veloutée, on supporterait même ces regards fous d'amour qu'ils ont l'un pour l'autre — car ils ne s'aimeront pas longtemps, tout le monde le dit, une flambée de passion sensuelle, le *Démon de Midi*, et l'on revient à la raison, on se dégrise, tout le monde le dit. Et moi, je l'aime, mon amie folle, d'un amour où il ne pourra jamais y avoir de lassitude. Avec mon cœur, avec mon âme.

« Mme Landsmann ne travaillait-elle pas chez Bobrov avec mon père ? » car ce Bernard a été amené par Mme Landsmann. « ... Et que pensez-vous de... euh... enfin, de l'amie de mon père ? » — Elle est assez jolie. » — Mais comme caractère ? » — Elle est gaie. »

Les musiciens se reposent; et il y a beaucoup moins de monde dans la salle. Des femmes rajustent leurs coiffures devant les glaces, au buffet quelques hommes qui ont bu plus que de raison parlent trop fort, des jeunes filles s'éventent avec leurs petits sacs à main, il y a trop peu de chaises et des danseurs fatigués s'adossent aux murs. Tala. Vladimir — qui, en fait, est a bout de forces — est dans de telles affres de remords et de nostalgie qu'il a envie de traverser la salle et de serrer dans ses bras la cruelle sylphide en mousseline bleu-vert-mauve, ma Louli ma tête dure il n'est pas possible que tu m'en veuilles à ce point (ou alors ?... il ne veut pas y penser, il y a des choses qu'on *ne peut pas* penser)...

Victoria (Jésus enfant parmi les docteurs à moins que ce ne soit Suzanne et les vieillards) explique au vieil avocat, Victor Lvovitch, qu'il n'y a aucune raison pour que la peine de mort ne soit pas appliquée aux femmes, car les gracier automatiquement veut dire — les reconnaître comme inférieures et irresponsables ; et que Josépha Kurès et les sœurs Papin méritaient la guillotine tout autant qu'un Landru et un Sarret, et même davantage : une femme — étrangler une fillette de douze ans [1] — ... Peut-être vaudrait-il mieux ne pas guillotiner les hommes non plus ? » — Comment ! dit-elle, choquée, mais il faut ! » — Pourquoi donc, Victoria Alexandrovna ? » — Il faut qu'ils paient. » Le vieil homme tente de lui expliquer l'immoralité et l'inutilité de la peine capitale, survivance de barbarie archaï-que... et pourquoi pas la torture, dans ce cas ? La roue et le bûcher ? « Oh ! dit Victoria, si je tenais Staline et sa clique, je les aurais bien brûlés vifs. Vous, vous condamneriez Staline à la prison perpétuelle ? » Il hésite... peut-être pas Staline, en effet. — Vous voyez bien ! » — Il ne faut pas comparer : on ne peut laisser vivre un Staline, comme ils n'ont pas pu laisser vivre Nicolas II. Il s'agit plutôt de meurtre politique, néces-saire, que de peine capitale. » — Vous estimez, s'ex-clame-t-elle, les yeux brûlants, que le crime d'Ekate-rinbourg était une nécessité ! » — Pour eux, oui. » Victoria domine mal sa colère. « C'est de la casuisti-que », dit-elle, assez fière d'avoir trouvé un mot qui lui paraît à la fois juste et savant.

Car elle a une telle envie de faire bonne impression, et que les amis de Vladimir ne croient pas qu'il s'est entiché d'une petite gourde dont la jeunesse est le seul mérite. Elle revoit la majestueuse Tassia Delamare en robe de velours noir, coiffée de lourds bandeaux noirs, teint jaunâtre et long nez mais après tout pas laide ; cette femme jalousée par des hommes mûrs et secrète-ment admirée, et qui, debout devant le bar, sourit avec une hautaine déférence au vieux M. Thal. L'étrange fiancée noire dont Tala lui avait parlé : son papa était l'homme pour qui cette femme de haut mérite se languissait d'un amour sans espoir depuis vingt ans... mais un jour, pense Victoria, je serai peut-être profes-seur titulaire à la Sorbonne. Ou peut-être poétesse ?

« Mon cher, nous partons, dit Ilya Pétrovitch. Content de t'avoir revu. » Vladimir a un sourire las et qu'il eût voulu rendre sincèrement heureux. — Très, très content, Papa. Dommage, nous ne nous sommes presque pas parlé. » Vont-ils tous défiler devant lui avant de passer au vestiaire ? Ce serait la moindre des politesses. Maman et Gala l'embrassent, et ont de

petits sourires secs et gentils pour Victoria ; Tala, au
bras d'un long jeune homme brun de type arménien
qui insiste pour l'accompagner — les accompagner —
hésite, baisse les yeux, baisse la tête, se détourne, et
devient absurdement semblable à ce qu'elle était dix
ans plus tôt (certains soirs où elle avait du chagrin :
grondée par la maîtresse, négligée par une camarade,
et n'osant le lui dire pour ne pas lui faire de la peine, oh
non tout va très bien papa). « Eh bien ? la reine du bal ?
Tu me laisses t'admirer un peu ? »

Elle lève son regard traqué, avec un effort pour
redevenir ce qu'elle était dix ans plus tôt — pour croire
que dans cette voix tendre, dans ces yeux tendres ne se
cache pas un poison mortel (mais il est toujours le
même, mais je l'aime toujours...) et elle le voit à travers
un masque transparent, dur et lisse comme un vernis,
ils sont séparés par un masque qui a dans les yeux un
éclat inhumain. Le mal est en elle, non en lui, et que lui
dire ? « Oh oui, c'est dommage que nous nous en
allions déjà... » — *Mais restez encore un peu !* » Il est
déjà tout heureux. La réconciliation familiale, ou
quoi ? que pense-t-il ? Ils sont tous trop heureux : enfin
la fille têtue devient traitable ? « Oh non, je suis *si*
fatiguée. Si contente de te revoir, papa. » Un baiser du
bout des lèvres, ses lèvres à lui tremblent un peu.

*

« Tu ne leur as rien dit. »

— Chérie. Tu crois que j'aurais dû ? » Elle fronce les
sourcils — serrée contre lui dans un taxi noir, et la
lumière jaune des réverbères balaie leurs visages
toutes les cinq secondes, puis les replonge dans l'ombre. Elle dit : « Je me demande. Je croyais que tu étais
obligé. Mais tu as bien fait. »

— Ma Lumière. Tu vois, je m'imaginais — je te

voyais d'avance — comme la colombe blanche au milieu de corneilles et des centaines d'yeux braqués sur toi, et je ne sais quelle apothéose, je voulais que tu t'amuses et que tu ries, et que toute la salle écoute ton rire... Et c'était simplement une cohue, comme n'importe quel bal. » — Ah! Tu trouves que je n'ai pas été assez belle? »

— Ne te moque pas. Tu vois : ta beauté est d'un autre ordre. Sur un collier de Prisunic on ne remarquerait pas un vrai diamant, parce que les gens ne voient que ce qu'ils croient d'avance voir.

« ... Et je ne pouvais pas prévoir — ou je l'aurais dû ? — que justement mes parents auraient envie d'aller à ce bal et se procureraient eux aussi des invitations gratuites, et après tout c'est leur droit, ils veulent distraire les filles. »

— Tu l'aimes énormément, dit Victoria, ne dis pas non, je l'ai bien vu, tu l'aimes terriblement. »

— C'est toi qui l'aimes, Vi, je l'ai bien vu, comme tu étais triste parce qu'elle t'a tourné le dos. » Ils rêvent à Tala, épaule contre épaule, main dans la main, renversés en arrière sur le dossier en cuir du taxi.

— Comment veux-tu ? Tu n'imagines pas — je l'adorais. Elle était l'enfant le plus délicat, le plus confiant... elle n'avait pas besoin de battre des cils que je devinais tout, plutôt que de lui causer du chagrin j'aurais plongé ma main dans de l'huile bouillante.

« Et après — ce qui m'est arrivé tu le sais toi-même. Ce qui nous est arrivé. Une naissance. Est-ce qu'un homme peut choisir de ne pas naître ? Pas une renaissance ni une seconde naissance, puisqu'il n'y a rien eu de semblable avant. »

... « Mais elle est si jolie, dit Victoria. Si gentille. Elle devrait se fiancer avec un garçon *bien*, comme cet Igor Martynov, par exemple... » — Tu ne trouves pas que ce serait un peu tôt ? » — Tiens ! et pour moi ce n'est pas *trop tôt ?* »

Ils sont si fatigués qu'ils s'endorment tout habillés, s'enveloppant dans la grande couverture molletonnée à carreaux roses et bleus, il est cinq heures du matin. Et Vladimir est réveillé vers huit heures par son accès de fièvre. Aspirine ? Victoria dort si bien qu'il peut se lever sans la réveiller. Mais, pour une fois, elle est à tel point recroquevillée contre lui qu'au premier mouvement qu'il fait pour se dégager elle gémit ; s'étire — Oh, j'ai froid, tu m'enlèves toute la couverture... » Déjà assise — étrange, avec sa robe blanche à décolleté plongeant, son collier de perles et ses cheveux tressés en deux nattes comme ceux d'une écolière. Il en oublie sa fièvre. « Les lendemains d'orgies », et il l'enveloppe dans la couverture encore chaude.

« Attends, je vais faire du feu. Rendors-toi. » — Je n'ai plus sommeil. Je n'ai plus froid. Non, reste. Non, viens. » Il n'en a pas envie, pour une fois ; décidément brisé en mille morceaux. Elle dit d'une voix noyée : « Mais nous sommes tout habillés, c'est drôle. C'est comme un rêve. » Cette voix est un vin doux et fort, qui fait oublier la fièvre et la fatigue. « Oh oui, dit-il, comme un rêve. Réveillons-nous, nous allons effacer tout cela. »

« Oh non, dit-elle, non prends-moi avec cette robe, comme ça je l'aimerai, tiens, déchire-la, je l'aimerai encore plus. » Déchirée tout au long de la couture de devant, la vieille robe blanche — et découvrant la combinaison de rayonne « déchire-la aussi » — découvrant la croix et l'alliance blotties au creux des seins, ma jeune mariée, ma fleur ouverte, de plus en plus ouverte.

« ... Et — j'ai enfin compris ! Vi, tu sais ? cette coiffure d'hier ne t'allait pas bien. Tout est venu de là.

« Il ne faut jamais tresser tes cheveux en nattes, ni encore moins les empiler sur ta tête. »

Et quand ils se réveillent il est une heure de l'après-midi, et de la fenêtre sans rideaux un jour blanc et froid tombe sur une table où par-dessus des nuages de tulle blanc trône un chapeau d'homme en feutre bleu marine.

Elle est en chandail gris, et la lourde boule du chignon roulée sur sa nuque. « Alors, l'autre coiffure ne te plaisait pas du tout ? »

— Ce n'était pas toi, c'est pourquoi tout a marché de travers. Tu sais : comme autrefois on accusait les sorcières de provoquer la tempête en enlevant leurs bas. »

— Mais il n'y a pas eu de tempête ! » — Une sorte de tempête magnétique — courts-circuits et étincelles de tous côtés et à travers toute la salle. » — Non, mais — elle relève les sourcils, à la fois soucieuse et rieuse, tu n'as pas un peu de délire, ou tu te paies ma tête ? »

— Vi, tu sais bien que je me paie ta tête du matin au soir, que je n'arrête pas de te dire toutes les insanités possibles rien que pour rester avec toi cinq minutes de plus... Ça ne tourne pas rond, comme on dit — eux, ils tournent en rond, et nous, nous décrivons une trajectoire sinusoïdale, pas étonnant si cela crée des malentendus. » — Ah ! et mes cheveux, dans tout cela ? »

— Eh bien... ils ont essayé de tourner en rond autour de ta tête. » Elle finit par rire pour de bon. « Oh ! ce que tu peux être bête ce n'est pas possible ! Je voudrais l'être autant que toi que je ne te rattraperais jamais. »

PARADOXES
DE LA JOIE-SOUFFRANCE

... — Et, trêve de frivolités, tes parents doivent être
inquiets. » — De quoi donc ? Non, je ne les mets pas au
courant. Et, si possible, n'en parle pas à Myrrha. Je ne
tiens pas à créer de nouvelles complications sentimentales. Mon père excepté, ils sont tous des sentimentaux. »

Boris, choqué, hoche la tête. « Ta façon de laisser
tomber les gens. C'est assez monstrueux. » — Mais
non, je t'assure : je tiens à ne pas leur causer d'inquiétude. » — Et à propos : avec ton parti pris de tout
ignorer : savais-tu qu'Anna Ossipovna — Mme Rubinstein — est très malade ? Un cancer. Elle a maigri de dix
kilos, paraît-il. »

Anna Ossipovna est si maigre que de son visage jadis
plein et flou on ne voit plus que la charpente, que l'on
n'imaginait pas aussi frêle, à peine cachée par une
peau blanchâtre, mal tendue, ridée au petit bonheur ;
et les pâles yeux bleus sont devenus énormes. « Vladimir, mon enfant, quelle bonne surprise. Mais tu as l'air
en pleine forme ! et ta mère qui nous avait fait peur.
Elle a l'air gentille, ta nouvelle femme. Un peu jeune...
prends bien soin d'elle... Comment, pas encore d'enfants ? Ne tarde pas trop, sinon tu seras un vieux
père. »

Pour Anna, l'époque où elle n'était pas encore

malade a sombré dans un passé si lointain que les mois comptent pour des années. « Tu vois, ces piqûres me font un bien énorme. De la morphine, je crois, mais je n'aurai pas le temps de devenir morphinomane. » Elle dit cela avec un petit rire tristement espiègle. « C'est long, ô comme c'est long Vladimir, chaque minute, chaque seconde, vécue, savourée, épuisée en toute lucidité — Tolia a promis de venir en Europe pour le Nouvel An et, Dieu, comme cela me paraît long ! » elle baisse la voix, bien que Marc soit dans la cuisine, occupé à préparer le thé. « Il m'inquiète, il faudra beaucoup l'entourer, tu as vu comme il a maigri — il faudra peut-être que Tolia l'emmène avec lui à Washington... Les petits-enfants... qu'en penses-tu ? » Vladimir est trop ému pour parler.

— Oh ! j'ai tant changé ? » — Pour moi tu seras toujours la même. » — C'est une bonne chose... qu'Iliouche vive si près de chez nous. Il ne faudra pas le laisser seul. Marc, je veux dire. » Il arrive, avec son plateau et ses vieilles tasses de porcelaine bleue.

« Soyez gentille, Victoria, ma chère, versez le thé à ma place, on me défend de me lever... » Marc la laisse faire, il est devenu indifférent aux ennuis conjugaux du fils de son ami, il a maigri en effet et sa barbe blanche pend en mèches raides et sèches comme des poils de chèvre. « Oui, oui, merci d'être passé nous voir. Tu sais, Tolia viendra pour le Nouvel An. » Victoria pose une tasse de thé sur le guéridon près du fauteuil de la malade, et Marc suit des yeux ses mouvements précis et doux — il juge les êtres sur les imperceptibles réactions d'un corps sain au contact de la relique vivante qu'est Anna, et accorde à la fille blonde sa fugitive approbation : rien en elle qui le choque ou le blesse, c'est déjà beaucoup. « ... Je disais, Marc : n'est-elle pas charmante ? Il faudra que notre Vladimir prenne bien soin d'elle. Elle me rappelle, qui donc ? cette Koré du Parthénon... »

Dans le vestibule, Marc prend Vladimir à part, et s'agrippe au revers de son veston — oubliant cette différence d'âge qui lui a toujours fait voir un enfant dans le fils de son vieil ami. — Tu te rends compte ? Enfin, peux-tu te rendre compte ? Je joue la comédie comme je peux.

« ... Et ton père qui vient me parler de politique pour me distraire. Mais... » il secoue la main avec mépris, « mais... mais que le monde entier s'écroule, que cet idiot d'Hitler occupe toute l'Europe... mais je m'en moque ! » sa voix déraille sur une note aiguë. « Ce que je ne voudrais pas, mon cher, c'est *survivre* — nous vivons nos dernières lunes... de miel, si tu veux... » — Tolia... » Un petit rire amer. — Ils vont tous me dire cela. Eh ! à quoi bon parler ? Ne survis pas, si jamais cela t'arrive, non, ne survis pas. »

On croit — les médecins croient — qu'Anna Ossipovna peut encore traîner pendant deux ou trois mois, mais qu'elle souffrira toujours davantage. Ils en parlent avec le père Barnev. « C'est triste, c'est triste. Une âme pure. Presque chrétienne. Je dirai : une âme de chrétienne. » Victoria observe avec curiosité les longs cheveux bouclés du prêtre, rattachés par un ruban sur la nuque comme ceux d'une jeune fille, et son dessous de soutane en toile grise aux pans retroussés et coincés dans la ceinture, par-dessus un étroit pantalon noir. Il s'excuse, avec un sourire timide. « Je lavais par terre. Du thé ? » Sa petite cuisine carrée qui sert de salle à manger est propre et claire, mais les tasses ébréchées, la bouilloire ternie a le manche brûlé. « Voyons. Tu me places dans une situation délicate. Cacher aux tiens une chose qu'ils ont le droit de savoir. Je suis contre. » — Quel droit, Pierre ? Qui a des droits sur qui ? »

« ... Enfin, j'ai été bon pour un sermon, mais ne crois pas, c'est un ami. Et un homme cultivé. Je suis sûr que vous pourriez très bien vous entendre. » Victoria ne se voit pas très bien allant demander du secours au meilleur ami de Myrrha. « Oh oui, il est gentil, il a un bon sourire. C'est lui qui fait le ménage ? » — Sa femme a une mauvaise santé. » — Oh ! là ! je me rappelle : la scène qu'elle a faite, au Nouvel An, chez ton beau-frère. Les deux garçons étaient morts de honte. » — Tu sais : elle est devenue un peu folle après ce qu'ils ont subi en Crimée. Ils s'y trouvaient au moment de l'arrivée des Rouges. »

Elle s'intéresse très peu à Nadia Barnev. Elle rêve. « Tu sais : ce soir-là j'avais fait un vœu. Quand on buvait le champagne. A minuit. Tu sais lequel. »

— Oui. Mais dis-le tout de même. »

— Non, j'ai honte. J'étais si bête. »

... — Vi, franchement — très très très franchement : est-ce qu'il t'arrive de regretter ce temps-là ? » Elle se redresse, comme un oiseau qui va prendre son vol. Elle se jette sur lui, mains sur ses épaules. « Oh non, alors, oh non pas du tout ! Pas une seconde ! et puis ses yeux s'allument d'une petite flamme dure et inquiète — et toi, tu le regrettes ? » — Je serais un fou. »

— Oh si, tu le regrettes, avoue-le, sinon tu ne m'aurais pas posé cette question. Tu regrettes mon innocence et ma pureté. »

— J'ai tellement mieux maintenant. »

— Tu dis ça. Mais tu regrettes ! Oh je sais. Comment tu étais tout bouleversé de me trouver si innocente, comment tu pleurais... » — Parce que maintenant je ne pleure plus ?... »

— Oh, pas de la même façon. Maintenant c'est... dans un *paroxysme* de passion, presque sans te rendre compte, tu vois ? Avoue que tu me trouves trop... osée, maintenant, trop mûre... »

— Je te prends pour ma grand-mère. Et tu t'en aperçois : je deviens de moins en moins passionné. »

Elle soupire et se trémousse, et se débat avec l'élastique dureté d'un poisson hors de l'eau. « Oh non, ce n'est pas ça, je sais que tu me *désires* de plus en plus, mais tu regrettes ! tu te dis que je ne suis plus assez jeune. » Ses yeux accusateurs.

O chaleur insoutenable qui change le cœur en or liquide, est-ce que, pense-t-il, j'aurais supporté ce harcèlement, cette grêle vive de paroles, cette puérile et incessante agitation amoureuse — fier de sa propre capacité de détachement il s'étonne de ne pouvoir se lasser d'une telle servitude, et d'en vouloir toujours davantage, et de trouver son bonheur à répondre à cet absurde chant d'amour par des paroles plus absurdes encore. « Une chose m'étonne, Vi ; c'est le plaisir que je prends à te parler. Comme si je mordais dans toi avec ma voix. » — Ah ! ah ! tu aimes t'écouter parler. C'est de la vanité. » — Justement pas — je n'écoute pas ce que je dis, l'essentiel est de parler. »

Elle recommence à accuser, mais plutôt sur un ton de gentille taquinerie. « C'est ça. Je suis si peu intelligente qu'on peut me dire n'importe quoi, on ne se fatigue pas à réfléchir. » — Comme toujours, tu trouves le mot juste. On ne se fatigue pas : on trouve le langage qui est au-dessus du langage. Communion directe et non volonté de s'affirmer, donc, de se séparer de l'autre. »

L'hôpital reste encore, pour une nuit, un lieu mythique, blanc, froid, mais tout de même rassurant. Une prison où l'on vous enferme pour votre bien et il faut absolument croire à ce *bien*, mais une prison que l'on est libre de quitter n'importe quand, « tu sais, fusses-tu mourant, on ne t'y retient pas de force... » Jusqu'au dernier moment tout cela semble être une sorte de jeu.

La veille, Victoria avait empaqueté les affaires —

linge, livres, objets de toilette — avec une fièvre consciencieuse et méticuleuse d'épouse dévouée. « Et une photo de moi. Tiens, je n'ai que cette petite photo d'identité. » — Elle est affreuse. » Et au petit matin — il faisait nuit encore — ils s'étaient réveillés terrifiés. Alors c'est vrai ? C'est vrai pour de bon ? Mais nous ne l'avons pas voulu ! Mais nous ne le supporterons jamais ! Nous sommes complètement fous ! « Vi, qu'est-ce que tu en penses ? Laissons tomber, non ? » Tous deux enroulés dans la lourde couverture comme dans un cocon, et Victoria cachait sa tête et l'enfouissait dans le cou, dans l'épaule de son amant pour ne rien voir, pas même les pâles rayures des volets sur le plafond, et que le jour ne vienne jamais... « Oh oui, oh oui, laissons tomber, j'aime mieux mourir. »

Et ils en parlaient encore la veille tout froidement, n'étaient-ils pas fous à lier ?... Mais c'est la vie qui est folle. Inévitable, et pourquoi ? Parce qu'il faut lutter pour survivre et se tuer aujourd'hui pour pouvoir vivre demain. Faisons semblant, faisons semblant, c'est un jeu cruel mais ce n'est qu'un jeu, cela n'arrivera jamais nous avons encore trois heures devant nous.

La peur de voir le plafond blanchir. Et ils s'enroulaient, tournaient et se retournaient l'un sur l'autre, l'un dans l'autre, et c'était comme une lutte rituelle dont chaque geste à l'instant où il était accompli devenait prévu d'avance et fixé pour toujours, et oublié aussitôt, ô est-ce du plaisir, Vi, Vita Vida, Victa, Vie ma vie, c'est manger, c'est respirer vivre vivre, il nous faut vivre, nous trouverons moyen... et parce que la lumière au plafond devient blanche, elle essaie de voir, et de caresser impudiquement, des chevilles jusqu'aux épaules, le corps étendu près du sien — elle le caresse de ses mains et de ses joues et de son front, et de sa bouche avide, laisse-moi m'en emparer, je veux le prendre tout entier, et cette cicatrice sur la jambe et

114

ces poils sur la poitrine, et ce ventre creux et ces côtes saillantes

la cheville si forte, et ces pieds longs et osseux, voilà, je les tiens dans mes mains, tu n'as jamais su que tu étais beau à ce point, la beauté de ta main franche et fine aux jointures sèches, de ton long cou — et que tu n'oublies jamais pas un instant que tout cela est mien, mien plus que mon propre corps

et ce qu'ils te feront je n'ose même pas y penser et je ne serai pas là ! quand ils seront en train de tailler dans mon corps, et je ne le sentirai pas, je serai simplement assise dans la salle d'attente...

Debout sur la plate-forme de l'autobus ils regardent la longue rue d'Alésia, puis la rue de Vouillé, puis la rue de la Convention filer en sens inverse, sous une légère pluie grise. On approche, on approche, ô si l'autobus avait un accident. « Dis : et si je m'évanouis ? » Il a un choc au cœur, il se penche vivement. « Quoi, tu n'es pas bien ? il y a des places assises... » — Oh non, je le dis comme ça. » Elle est blême comme un navet, il ne peut s'empêcher de la serrer contre lui pour la réchauffer, si bien que leurs cœurs cognent l'un contre l'autre, et elle a un sourire distrait : « je ne sais plus si c'est le mien ou le tien, non, le mien ne fait pas ce bruit creux... Oh est-ce que tu aurais un cœur creux par hasard ? » son rire est presque gai. — Creux et tout à fait inconsistant. Regarde : nous sommes déjà sur le Pont Mirabeau. » — Oh ! fait-elle, effrayée, tirons le cordon ! » Le pont dépassé, ils descendent pour reprendre l'autobus en sens inverse.

Devant la grande entrée du nouvel immeuble en brique rosâtre, Victoria s'arrête pile. « Oh ! attends encore. Je voulais te demander... » — Quoi ? » Elle ne sait plus. « Oh, si. Attends. Est-ce que tu crois que les infirmières font des avances à leurs malades hommes ? » — Pas en salle commune, je suppose. » Elle hoche la tête. « J'aurais mieux aimé que tu sois en chambre seule. » — Tiens. Pour que je sois agressé par les infirmières ? » — Oh tu es bête. »

— Nous devions y être à neuf heures et il est dix heures et quart. » Elle a des jambes de plomb, elle se traîne presque vers le Bureau des Admissions, mais là elle se redresse et retrouve une vivacité soupçonneuse, et, penchée par-dessus le bras de Vladimir, examine les formulaires — yeux clignés, lèvres serrées, de l'air d'une femme qui redoute un piège et veut empêcher la réceptionniste d'abuser de la naïveté de Vladimir. « Bon, dit la dame, tout est en règle. » Et lui qui espérait presque être renvoyé pour cause de papiers manquants, comme cela arrive à la Préfecture. « Attendez ici, on va vous chercher pour le vestiaire » — et il n'y a pas d'attente, un petit homme maigre aux épaules de guingois et au long visage chevalin, en vêtements de grosse toile blanche trop grands pour lui, s'approche — une feuille de papier à la main. « *Thal, Ve-ladimir ?* » — Moi-même. » — Bon, suivez-moi. » Et, au bout d'un long couloir vert pâle une porte tente de se refermer sur Victoria.

« ... Je ne peux pas, vraiment ? » Elle est si désemparée que l'homme en calot blanc lui pose sur l'épaule une main qui rassure et repousse à la fois. « Allez, allez, vous désolez pas, vous le verrez à la visite, votre papa. A une heure et demie. » Elle pousse un cri de détresse : « Mais ce n'est *pas* mon papa ! » et pendant une minute ils restent soudés l'un à l'autre, leurs visages se meurtrissant l'un contre l'autre, deux rapaces se déchirant à coups de bec — et Vladimir offre au vieux garçon de service le spectacle gênant d'un homme qui éclate en sanglots.

Les séparations d'amants à cette même porte, le vieux en a vu beaucoup. Dans un couloir sans fenêtres, entre deux cloisons vert pâle qui paraissent gris foncé,

116

Vladimir marche aux côtés de l'homme aux épaules tordues, se mouche pour se donner une contenance et s'éponge les yeux, faisant semblant de le faire par mégarde.

Et son passage de l'état de civil à celui de malade, l'abandon de ses vêtements pour l'uniforme de l'hôpital, le laisse — à ce moment-là — indifférent. Le cœur attaché à une ficelle élastique, tiré par la fille qui sort de l'hôpital, qui tourne sur le trottoir comme un oiseau perdu, il la voit sans la voir, et c'est cela le tourment, il n'est pas sûr, peut-être fait-elle un faux pas en traversant la rue, peut-être est-elle prise d'un malaise, et il ne la voit pas, criminel, oui, criminel de l'abandonner ainsi, une folie criminelle.

Allongé — alors qu'il est en état de se tenir debout — dans un lit de fer, blanc, haut, à draps rêches, tournant le dos à une haute fenêtre à vitres en verre dépoli — une table de nuit en fer peint en blanc, près du lit, avec un urinal sur l'étagère inférieure, un verre et une carafe d'eau sur la supérieure ; et, à droite, à gauche, en face, des rangées de lits tout semblables. Des hommes allongés dessus. Atmosphère de caserne, d'hôpital militaire, et après ceux qu'il a vus pendant la guerre civile il juge que c'est un fort bon hôpital.

Il observe, décrivant déjà mentalement ses voisins, à l'intention de Victoria (effort inutile, elle les verra bientôt elle-même, mais en une heure son cerveau s'est déjà fait à cette activité quasi automatique qu'est le dialogue avec Victoria absente — forme nouvelle d'absence, différente des heures qu'il passait à son travail, parce qu'il sent dans tout le corps le froid et le vide de l'après-midi, du soir, de la nuit, du matin suivant). Une heure de vie sur vingt-quatre ; deux heures le dimanche.

Un homme jeune, plutôt gras mais maladivement pâle, vient s'asseoir sur son lit : « Vous n'avez pas de cigarettes ? » — Je ne fume plus. » — Vous venez d'où ? » — De Paris. » — De chez vous ? » — Bien sûr. » — Veinard. Et vous êtes ici pour quoi ? » — Thoraco. » — Combien de côtes ? » — Je ne sais pas. »

— Molinier, Georges. Moi, ça fait la troisième année. Extrapleural. Brévannes, puis Cambo, puis Paris encore, six côtes, deux mois qu'on me l'a fait et ça cicatrise mal, je suis trop gros. »

Ses yeux son inquiets. « C'est que la bouffe, ici... mieux vaut ne pas dire quoi ! Patates et fayots, bœuf bouilli, soupe aux choux, moins bien qu'au régiment (il paraît). Vous c'est quoi ? pas gazé au moins ? » — Ce serait un peu... ancien, non ? » — Ça arrive encore. Mon père a été gazé sur la Somme. Il traîne encore — à Brévannes lui. Il m'a passé ça. »

... « Marié ? » — Oui. » — Veinard. Faut pas attraper ça tant qu'on est trop jeune pour se marier. Et elle est bien, votre femme ? » — Très bien. » — Veinard... Faut pas les laisser seules trop longtemps non plus. Pour les jeunes c'est un problème, vous c'est pas pareil... Tenez : le gars qui est au bout de la salle, troisième lit de la rangée d'en face... sa femme, vingt ans, et lui qui est ici depuis sept mois, je vous promets qu'il se fait un sang d'encre, ils sont chiches pour les permissions, surtout rapport aux gosses, il en a deux — tout petits — mauvais pour les permissions : ça les rend positifs. »

— Positifs ? » Vladimir lève les sourcils, intrigué. — Oui : la cuti devient positive. ... Et pour tout dire, monsieur, ça sert à quoi, *une* permission tous les mois-six semaines ? Juste exciter la femme, et après ? et la sienne, c'est bien simple, on dit que c'est elle qui l'a esquinté, trop chaude vous comprenez, et pour cette maladie-là c'est mortel, et la femme restée à se languir toute seule, c'est pas de sa faute, moi je la blâmerais pas ! Pour elles c'est comme pour nous, et elle n'est pas malade. Et pas enfermée dans une salle. Ici ils nous

118

donnent du bromure, il paraît. Faudrait en réserver une ration pour les femmes ?... » Il n'arrête plus, c'est le pire bavard de la salle. « Vous, c'est pas pareil, passé trente ans elles sont plus calmes... et encore ! pas toujours. Celle du lit 14, tenez — quarante-cinq ans ! elle s'est mise avec un type, elle ne vient plus le voir. ... Et l'autre là — » Molinier Georges baisse la voix — » le 17, à deux lits du mien — celui qui a la moustache grise, un ancien mineur. Il se rend pas compte, mais il est mûr pour les paravents. Le râle, vous entendez ? Le souffle creux. Un de ces jours son fils va trouver le lit vide. Des fois ça leur fait un choc. »

Voilà, se dit Vladimir, des choses que je ne raconterai pas à Victoria. Plutôt déprimant. Le repas est bon. De la viande — bœuf bouilli, comme a prédit l'autre, une bonne ration. Et des pâtes à volonté. Je lui dirai : on mange très bien. Et il se promène dans la salle, évitant de jeter des regards curieux sur les malades. Trop ridicule de rester allongé quand on n'a pas de jambe cassée. Un grand type blond à lunettes perchées sur un bec d'aigle fume une cigarette, debout à la porte de la salle. « Nouveau, hein ? Promu dans la Confrérie ? Le 11 ? » — A oui, le lit 11. On a tout de même des noms, ici ? » — Eventuellement. Varennes, Gaëtan. Oui, Varennes comme la fuite à Varennes. Et Gaëtan, prénom parfaitement snob mais je n'y peux rien. Vous êtes quoi, au fait ? vous avez une tête de chargé de cours de faculté de province. » — Je ne le suis même pas. Thal, Vladimir, réfugié russe, sans profession définie... Et vous ? université de province ? » — Oui et non. Une longue histoire. Vagabond par vocation je suppose. Ha ! Vladimir — je comprends. Je me demandais ce que vous faisiez dans une salle commune. D'habitude nos pareils se débrouillent mieux, et j'en connais qui ne jurent que par le prolétariat mais si vous les mettiez dans une salle avec trente-cinq prolétaires, ils pousseraient des cris d'orfraie. Il faut avouer que nos prolétaires d'ici ne sont pas toujours drôles — avec leurs postes de radio. »

— Monsieur Trois, dit l'infirmière de garde, survenant du couloir avec l'air affairé d'une personne qui se sent en faute — monsieur Trois, si je vous reprends encore à encombrer le passage et à jeter vos cendres par terre.. »

... Mêlée à la foule des visiteurs Victoria s'avance, le long du passage médian, entre les pieds des lits où sont accrochées les planches à feuille de température, et jette sur chaque lit des regards perçants et vides, des regards qui s'éteignent pour plonger dans le néant les faces d'hommes inconnus. Puis, avec un soupir de saisissement, elle se précipite vers le lit 11. « Ah! j'ai eu peur. » — De quoi ? » — De ne pas te trouver. Oh! quelle usine ! Ils m'avaient bien dit : salle B... mais ils ont l'air si abrutis. »

Il craignait de la voir surexcitée, fiévreuse — mais non, elle est plutôt calme. Les cheveux sagement tirés, les paupières à peine roses. « Alors ? alors ? raconte. » Bon. On mange bien. Le lit est confortable. Il y a même un type genre intellectuel dans la salle. Elle se tourne, regarde avec intérêt. « A l'autre bout, le nº 3. » — Toi, tu es Onze. C'est bien. Un et Un. C'est toi et moi. » Elle est décidée à tout trouver bien. « C'est pratique, ces lits si hauts. Comme ça je peux appuyer la tête sur ton oreiller. Cette chaise est juste prévue pour ça. » Deux minutes après, elle dort. La joue sur le traversin, la tête calée contre le bras gauche de Vladimir ; blottie contre ces abris de fortune comme un enfant au repos dans son berceau. Lui, tant bien que mal accoudé de biais sur son traversin, n'a plus qu'à la regarder dormir. Tête penchée au-dessus de la bande lisse des cheveux paille, et n'osant effleurer de ses lèvres le front blanc et moite.

Elle dort, il écoute le chantant et léger ronflement par moments coupé de petits soupirs. Elle dort, ses bras retombent mollement, les mains sur sa jupe rouge, paumes en l'air. Les joues pâles sont redevenues fraîches et douces, les lèvres au début agitées s'entrouvrent dans un abandon confiant — sa bouche de sommeil, légère comme un papillon, si paisiblement insouciante qu'il avait souvent résisté à la tentation de l'écraser de ses lèvres. O Vi, Vie, Via, Vida, Vita, Victa, Vinta

Vita Via

Vita mia, Vivante vive vibrante, Victorieuse Victoria Victoire Victime Vive et à jamais vive

quel tendre sommeil,

et j'aurais pu te prendre dans les bras et t'allonger sur ce lit sans te réveiller, et rester à te veiller assis sur cette chaise — si seulement nous n'étions pas entourés de cette foule, presque un lit sur deux est un club plus ou moins gai, cet homme-là rit trop fort mais ne te réveille pas, Vi ce n'est rien, il n'y a personne ici. Que moi. Dors, tu ne glisseras pas, je te soutiens, je te cale avec cet oreiller.

« ... Mais, Monsieur Onze ! Votre visite est encore là ? Les thermomètres, messieurs... » — Vous voyez bien qu'elle dort. » La femme en blanc, jeune, brune, forte, ne semble pas s'attendrir sur cette jeunesse endormie. « L'heure des visites est passée, monsieur Onze. Vous ne l'avez pas entendu ? » — Non. Vraiment non. »

« O mon Dieu, fait Victoria en se redressant, qu'est-ce qui se passe ?... oh je crois que j'ai fermé les yeux. » — Il est trois heures moins le quart, mademoiselle ! » — Oh dites, intervient Vladimir, vous pourriez lui parler plus doucement. Vi, il paraît qu'on te chasse. mais ce n'est pas grave... » il ne sait ce qu'il dit, car en fait il croit que c'est très grave. « Oh mon Dieu ! et j'ai dormi ! j'ai dormi ! Oh !... et toi ? » — J'étais heureux, je te regardais. » — Oh je suis une brute. » — Ma brute. C'était si bon. »

— Oh Madame, dix minutes encore ! je ne lui ai presque pas parlé ! » — Je suis désolée, mademoiselle, mais si tout le monde en faisait autant... l'heure c'est l'heure. » Et Victoria parvient quand même à intimider la femme, à la forcer à une demi-retraite. Elle se dresse devant Vladimir, bras écartés, puis l'étreint, comme un marin sur un navire en perdition s'accroche à un mât. « Oh bénis-moi, donne-moi des forces. La première nuit. Les autres seront moins dures, j'aurai connu ce que c'est ! » — Te bénir, ma chérie ? Comment ? » — Tu dois savoir. » Il passe sa robe de chambre, et va l'accompagner jusqu'à la porte de la salle. « Je suis forte, dit-elle. Un taureau. Je rentre à la maison pour t'écrire une lettre. » Elle part. Non un taureau mais une reine : sa démarche ne laisse aucun doute là-dessus ; souple, fière et vive.

« ... Eh bien dites — vous, le Onze. » Georges Molinier n'a pas eu de visites. « C'est votre femme ou votre fille ? » — Ma femme. Ça se voyait, non ? » Bizarre, ce besoin de pavoiser, même devant ce petit jeune homme frustré et simplet. Varennes, le 3, qui, lui, n'a jamais de visites, demande : « Ah ! une *schiksah* ? » — Pourquoi ? je ne suis pas juif. » — Du pareil au même. Ce n'est pas une fille de professeur, je parie. » — Ecoutez : soyons polis, puisque nous sommes plus ou moins collègues par la force des choses. C'est ma femme. » — Sans alliance. Je ne suis pas poli. J'observe. Je parie que vous êtes un père de famille en rupture de ban. » Là, Vladimir éclate de rire. « Vous êtes fort. Sherlock Holmes, chapeau. J'ai l'air si père de famille que cela ? » — C'est votre façon de regarder dormir la petite. Autrement je n'aurais pas deviné. Se faire scier les côtes en pleine lune de miel, pas drôle. Faites attention, votre famille voudra vous récupérer. » — Je fais attention. » — Ces histoires-là se terminent toujours ainsi. »

— Dites. Encore une fois, soyons polis. » Varennes rallume une cigarette et jette l'allumette par terre. « Tant pis pour le dragon. Non, voyez-vous. Ça m'est arrivé. Il y a douze ans. L'hôpital — pas comme celui-ci. Et sanatorium de luxe. Pour universitaires. Ma femme était catholique pratiquante. Pas de divorce, donc elle faisait des prières. Consultait des psychiatres. Il y avait deux fils. Elle avait tous les droits de visite, et pas l'autre. L'autre a fichu le camp, je vous le donne en mille, avec l'abbé chargé de sa ' conversion '. » — Elle est raide ! dit Vladimir, mi-amusé mi-compatissant, comme l'exigeaient les circonstances. Un jeune abbé ?

— Plus vieux que moi ! Ça m'a fait un coup. Reprendre l'enseignement, après le scandale, pas question. Ma femme m'avait pris à sa charge, elle aurait tout supporté mais les fils n'ont pas voulu. Donc, j'ai filé à Paris. Moins dur que la province. »

— Et la fille ? » — Quelle fille ? » — Avec son abbé ? » Varennes éclate de rire. « Appelez cela une fille si vous voulez. Un drôle de gosse — un peu fou — il jurait qu'il se tuerait pour moi. Aucune idée de ce qu'il est devenu. Peut-être bien — marié et père de famille. Ils finissent souvent comme ça... Ça vous arrivera peut-être aussi. »

— Mon cas est un peu différent, non ? » dit Vladimir, plus agacé qu'il ne voulait le paraître (pas de « préjugés », bon, mais, attention, je suis un homme normal) — Différent ? Pas tellement, mon cher, pas tellement. »

*

Victoria se plongeait dans la nuit. Puisqu'elle l'avait elle-même exigé dans un élan d'héroïsme ou de raison ... Et à présent, il lui semblait que tout cela n'était que fantasmes et bavardages, et que peut-être les médecins mentaient, que les radios étaient fausses. Et que Vladimir allait par sa faute à elle subir une opération pénible, et qui sait si les chirurgiens de l'hôpital Boucicaut étaient bons, si un malade de salle commune est traité avec égards, et si les employés de l'hôpital, pour appliquer la semaine de quarante heures, ne le laisseraient pas seul sur la table d'opération... (elle avait lu cela dans un journal, l'an dernier : comment ils étaient partis, laissant un opéré s'impatienter à tel point qu'il est descendu du chariot et a voulu rentrer dans la salle à pied, et en est mort, oh il faudra lui dire, surtout, qu'il ne fasse pas cela, il est si impatient).

Elle voulait lui écrire une lettre et n'y parvenait pas. Elle ne l'avait jamais encore fait. Pourtant, Victor Hugo et Juliette Drouet s'écrivaient même en vivant ensemble et se voyant tous les jours. Et plusieurs lettres par jour.

Comme au Dieu des Hébreux, elle ne lui avait pas trouvé de nom, Toi, Toi, les prénoms étaient tous maigres, plats, ordinaires — quoi, « Volodia », « Vova », comme des gamins du groupe des Sokols ? ou « Vladia » qui fait penser à la famille, ou — horreur — « Milou » inventé par l'épouse, ou le solennel « Vladimir », un nom superbe mais tout le monde l'appelle ainsi, ou des surnoms qui signifient quelque chose mais aucune signification n'était assez vaste — Mon Amour, ma Vie c'est banal tout le monde le dit, c'est sentimental — quoi, je prendrais la plume pour écrire : « Cher Vladimir »... de quoi ça aurait l'air ?

En son absence elle se découvrait muette. Elle avait attendu cette première nuit comme une chute dans un précipice noir, elle se l'était figurée pleine de cris déchirants et de battements d'ailes noires, l'absence de caresses ne pouvant se traduire que par des tourments aussi violents que les caresses elles-mêmes.

Et la couche désertée devait se changer en lit de torture, car c'est une torture que d'être couchée à côté du *vide,* d'y tomber à chaque mouvement — les bras mutilés, le visage gonflé et informe comme celui d'un noyé parce qu'il n'est pas sculpté et remodelé par les baisers, corps noyé, corps de plomb, plomb fondu, corps liquéfié et tête brûlante — et il est là-bas sur son lit d'hôpital, arraché de moi comme s'il m'avait écorchée vive, couché inutile là-bas, tout brûlant, tendu, dressé, hérissé, comme un faucon pris dans des filets

à travers Dieu sait combien de murs et cette longue, longue rue essayant de voler vers moi, de se jeter dans moi, et moi qui tout entière par des fils d'ondes magnétiques brûlantes essaie de l'attirer dans moi et il ne vient pas.

Je l'attire, je l'attire, je l'appelle et il ne vient pas, s'il m'aimait il s'évaderait de l'hôpital il y reviendrait au petit jour, il trouverait moyen de ne pas me laisser seule. Epuisée à force de lutter contre le vide béant du lit. Elle se lève pour boire un peu d'eau, pour coller ses joues contre la vitre froide, rêvant d'un faucon qui viendrait battre des ailes contre les volets — et si j'ouvrais la fenêtre ?... oh oui, comme un faucon qui bat des ailes, un énorme énorme faucon, tout frémissant et se débattant sur moi, là, là-bas, sur ce lit étouffant, ce matin encore il était là sur moi, comment peut-il ne plus être là ? Et si je le lui demandais, il reviendrait demain. Il n'hésiterait pas, il m'aime trop.

Voilà, se dit-elle, revenue à la raison : chaque nuit je me dirais que je *peux* le faire revenir le lendemain. Ce ne sera pas vrai, mais je ferai semblant de croire que c'est vrai.

125

... Le toubib est passé ce matin. Bon état, dit-il. Ce sera pour lundi. » Elle a le souffle coupé. « Déjà. J'ai peur. »

— Voyons. Tu n'es pas rassurante. Peur de quoi ? »

— Oh non, je n'ai pas peur du tout. » Elle reste une minute sans parler. « Tu sais ; je vais prier. »

Elle va prier — dans l'église St-Christophe, parce que c'est la plus proche. Catholique, c'est vrai, mais Jésus-Christ est presque le même partout. Dans ce coin noir, derrière le premier confessionnal. L'église était vide, ce jour-là (un lundi de la fin mai). Ici même, et il l'avait prise si vite qu'elle en était restée toute pantelante, affamée et pleurant de colère ; mais une minute après ils entendaient les pas de la chaisière, quelle panique !... en sortant ils en riaient encore. C'était un sacrilège ? Bon, alors je fais dix saluts jusqu'à terre sur cet endroit-là.

Elle va mettre un cierge. Même deux. Mais pas trois, cela porte malheur. Voilà je vais prier. Que cela se passe bien. Et si cela ne se passe pas bien, je prendrai un couteau et j'irai tuer mon père. Mon Dieu, je jure que je le ferai si cela ne se passe pas bien.

Ainsi, ayant réussi à faire peur à Dieu — qui ne laisserait pas s'accomplir une telle horreur — elle se sent un peu rassurée. Mais en même temps, si tout se passe bien et s'il guérit vite (et à condition qu'il soit *complètement* guéri) elle promet de pardonner à son père, ce qui n'est pas facile, oh ! non, car tout est de sa faute, et mon Dieu tu le sais bien.

Mais si cela ne se passe pas bien, je jure sur ma croix de baptême que je tiens dans ma main, je jure que je prendrai un couteau et que j'irai le tuer.

L'amour est un remède à tous les maux sauf ceux qu'il cause lui-même, Vladimir avait passé les premiers jours d'hôpital, l'attente de l'opération, et même

— sauf quelques heures de douleur physique intense —
l'épreuve de la thoracoplastie dans un état de superbe
dédain à l'égard de ces graves ennuis. Il s'agissait
surtout de soutenir le moral de Victoria. Tu t'affoles. Je
comprends cela, je serais encore plus affolé si c'était toi
qu'on opérait. Mais c'est une question de discipline —
tu te forces : a) à te tenir droite, à marcher d'un pas
régulier, à respirer sans hâte... » — Tu te moques de
moi, non ? » — Je ne veux pas que tu me contamines
par ta nervosité. » Bon, elle est d'accord. Pleine de
bonne volonté. Mais butée, têtue, hyperémotive, il la
voit déjà s'évanouissant dans la salle d'attente, ces
rougeurs brusques, brutales qu'elle a parfois, ce cœur
qui bat à briser les côtes, ce cœur violent. « Je t'en
supplie, bourre-toi d'aspirine s'il le faut, je te connais,
tu as un tempérament sanguin, il faut savoir se
défendre contre son propre corps. »

Bref, jusqu'au jour cruel de l'opération, qui certes
n'avait pas été une partie de plaisir, il avait tellement
pensé à la santé morale et physique de Victoria qu'il en
oubliait la sienne, ou n'y pensait que comme à un
contretemps susceptible de perturber l'équilibre psy-
chique de Victoria.

L'anesthésie locale n'insensibilise ni les os ni la
plèvre, l'opération est donc, comme il fallait s'y attendre, une séance de torture, tant bien que mal supportée
grâce à des piqûres de cocaïne, et de caféine pour
empêcher le cœur de flancher, et de l'eau qu'on vous
jette au visage pour vous ranimer — la vue d'êtres aux
yeux sans visages, tout blancs, sous des faisceaux de
lumière blanche entre des boîtes et des câbles noirs,
ces êtres qui bougent avec une lenteur inhumaine,
flottent dans l'air, tantôt géants tantôt nains, portant
en procession des pinces brillantes ornées de grosses
fleurs blanches rougies de sang frais — et à travers

d'interminables tuyaux en spirales noires et hérissées de dents d'une intenable douleur on passe tout broyé sur les rives d'une conscience rouge et floue, noire et floue

entre la nausée et un froid mortel et la terreur du broiement et de l'arrachement, c'est ainsi que l'âme s'arrache du corps, c'est la mort, on râle, tout est noir plus rien, de l'eau froide sur le visage, des voix — le pouls, le cœur, une piqûre, non ça va, vous m'entendez ? syncope, étourdissement, le cœur est bon — bat trop fort... Il y a du sang partout, ces hommes sont couverts de sang, leurs mains de caoutchouc blanc pleines de sang, un effrayant, perçant, sifflant bruit de scie qui reste dans les oreilles bien longtemps après qu'il eut cessé, un interminable sifflement de tous côtés, le noir, plus rien.

Un chariot, des couloirs, des ascenseurs, des couloirs, la salle, vous sentirez encore les plaies pendant quelques jours, ça s'est très bien passé, très bien mais où suis-je ? Le lit 17 — plus proche de l'entrée. Le vieux mineur est déjà dans la pièce à côté, on le descendra en chambre froide tout à l'heure après la visite, le vieux est parti.

Vladimir est encore si faible — sous le choc — qu'il oublie à chaque seconde la question qu'il voudrait poser, et un jeune interne est près de lui. Et la surveillante. Il la reconnaît. Oui. Quelle heure est-il ? Une heure et quart.

Déjà ? Seulement ? le même jour ? — Le même jour. Je suis tout près de la porte. — Madame. Madame. » Madame je vous en prie. » — Ne parlez pas ne vous agitez pas. » — Madame. Pour ma visite. Vous lui direz. Qu'on m'a changé de lit. Vous lui direz. Vous lui direz, » (car les visites entrent par l'autre porte, elle passera devant le lit Onze, elle aura peur) « vous lui direz, Madame. » Elle a de bons yeux. « Oui, je dirai. »

— Merci vous êtes bonne. » Il tombe dans le néant. Une sensation de chaleur tendre le réveille, de sécurité bienheureuse, deux lumières douces posées sur son visage, deux yeux dont il découvre pour la première fois la couleur profonde, où le bleu-vert se teint d'un gris fer violacé qu'il ne connaissait pas encore. Violacé mais tout lumineux au fond, une lumière calme qui donne sommeil. Il éprouve une irrésistible envie de sourire, et ne sait comment s'y prendre, le sourire même demande un effort de conscience.

Une lumière de chair blonde. Les yeux parmi des taches rose pâle sont deux veilleuses vivantes. Il essaie de parler. Tu es là. Il voit les sourcils se rapprocher l'un de l'autre au-dessus du nez — dans un effort — pour entendre. « Tu es là. » — Ne parle pas. Dors. »

Il est couché sur le côté droit, le bras gauche on ne sait pourquoi suspendu en l'air; torturé par une douleur intense, chaque effort pour respirer brûle au fer rouge le dos et la poitrine, les yeux bleu-vert-violet se clouent à la douleur, s'accrochent à elle comme deux aimants. Tu es là. Vita mia — Vida mia — Via — Viens — Tu es là. Reste. « Ne parle pas. » Il ne sait combien de temps a passé.

Elle demande : « Tu veux que j'appelle ta mère ? » Il ne comprend pas. « Non, pourquoi ? » — Tout à l'heure en dormant tu disais : maman. » — C'est toi ma mère. Je ne veux que toi. » Elle lui pose un doigt sur la bouche. « Tu as du sang sur les lèvres. » Elle sourit doucement. « Tu es mal rasé. » Comme si elle en était fière.

« ... Mais je ne le dérange pas vous voyez bien, Madame, je suis tranquille. » « Mais je lui fais du bien si je reste. » « Mais je ne regarde personne, que lui. Je ne gênerai pas. » Elle plaide à voix basse. Mais sûre d'elle-même. Des yeux qui commandent plus qu'ils n'implorent. On la tolère jusqu'à quatre heures. Elle

129

est un puits de calme, un océan de calme, de temps à autre seulement elle lève la main pour la passer sur le front du grand blessé ; il sourit sans ouvrir les yeux. L'infirmière dit : « Vous pourrez passer pour cinq minutes ce soir. Vers sept heures. Pour cinq minutes. »

Et cette nuit-là Vladimir faisait l'expérience de la chute dans le vide, après des heures de demi-insomnie, de demi-délire causé par la fièvre, délire où il voyait autour de lui des linges sanglants et des os longs et rouges dépouillés de chair, un vrai festin de cannibales, souvenir d'hôpital militaire, une jambe à chairs noires et violettes coupée et pendant juste au-dessus de lui, des voix enrouées râlent, « Maman, maman ». Lui-même, avec sa pneumonie purulente couché dans cette salle basse et sombre où des hommes sanglants hurlaient, et sa mère n'était pas là. Il rêvait d'elle. Elle se penchait, jeune, pâle, fiévreuse, ses cheveux bruns lui pendant sur le nez « mon hérisson, mon tout bête... » et, avec un cri de douleur, elle s'enfuyait « *Ania ! Ania ! mon Dieu, Ania !* » quelque chose de terrible arrivait à Ania.

La chute dans le vide. En ouvrant les yeux, et la douleur pour quelques instants matée, il comprenait : il ne vieillirait pas. Il ne vivrait pas comme son père jusqu'à soixante-sept ans et au-delà il faut l'espérer. Il ne serait pas de ceux dont la vie à venir se perd dans un infini brumeux, symbole d'éternité, soixante-quinze ans et pourquoi pas quatre-vingts, et, quand on y est, pourquoi pas quatre-vingt-cinq ? et au-delà. Mon père y compte bien.

... Cette expression, d'un optimisme féroce « il nous enterrera tous ». Je ne les enterrerai pas tous. Même pas mes parents. Je ne suis pas un naïf, simplement une autruche. Ces mots du médecin rose. Rapide. Trop rapide. Ce qui veut dire : enlevons toujours les côtes pour retarder le processus, mais pas trop d'illusions.

Combien, monsieur ? cinq ans, dix ans ? Il est vrai que cette maladie-là réagit de façon imprévisible... et tu cherches, oui, tu cherches à te réinstaller dans ton éternité fictive, et à mendier (à qui ?) pour ce corps charcuté ses quatre-vingts ans.

Car tout est possible. Mais ce sursaut de peur, cette chute verticale et glacée dans la peur, ne s'oublie pas. Le cœur et le cerveau plongés dans de la glace. Fini, plus rien. Plus de Victoria. Plus une ombre, plus le moindre souvenir de Victoria, la glace incolore et informe à l'infini pour toujours. Et le mirage qu'est une longue vie s'effrite, s'efface, s'effiloche, tombe en poussière comme un vêtement pourri, de tous les côtés l'intenable désolation d'une absence à soi-même auprès de laquelle les flamboyants tourments de l'Enfer paraîtraient une consolation.

Le jour peut venir où il ne restera plus rien de moi qui sache qu'elle ait jamais existé, et quand ce serait dans vingt ans ? Et il sait — avec une certitude qui l'aveugle comme un immense éclair immobilisé et gelé à 1 000° au-dessous de zéro — qu'il n'est pas possible que Victoria vive et l'oublie, que ce serait une mort pire que la mort.

Elle est là, elle vient, les jours suivants, elle vient, elle est ferme et chaude et calme, elle examine d'un œil d'expert la feuille de température « c'est très bien, tu sais, la fièvre baisse. »

— J'ai eu des moments de cafard terrible. » — C'est la réaction. C'est normal. Ils disent tous que tu réagis très bien. » Elle a toujours son chandail gris et sa jupe rouge, et semble oublier de se laver la tête. Elle est pâle, les paupières fiévreuses, mais c'est la fatigue d'un combattant résolu à ne pas abandonner son poste.

*

... Vladimir Thal ? Il n'existe plus ! » En fait, ses amis s'aperçoivent que l'homme était de bonne compagnie, souvent drôle, interlocuteur aussi capable d'écouter que de parler, bref un garçon charmant. Disparu de la circulation. « Quoi ? un cas désespéré ? » Oui, jusqu'à l'automne encore, on l'avait vu dans des cafés de Montparnasse exhibant sa nouvelle conquête avec une innocente vanité de jeune marié, puis, après certain incident survenu par un soir de pluie diluvienne au début de novembre, il n'avait plus osé se montrer dans les cafés des environs du carrefour Vavin, avait cessé de travailler, s'était montré avec sa belle au bal de la Sainte Catherine pour disparaître définitivement : personne ne savait ce qu'il avait pu devenir, le bruit courait qu'il n'était plus à Paris.

Tant qu'il avait été un heureux et paisible père de famille, il était, semble-t-il, beaucoup plus disponible, plus libre, plus « célibataire ». — A présent : Voyons, Irina Grigorievna, à vous du moins il donne de ses nouvelles ? » Irina savait garder les secrets d'autrui. « Oh, il va bien, mais vous savez ce que c'est... » on devinait : l'amour.

« Il joue à la poupée ». Hippolyte Hippolytovitch affectait de n'estimer que les amitiés amoureuses ou les brèves rencontres. « Ça l'a pris trop tard — ou trop tôt — pour un homme en pleine vigueur c'est dommage. S'abêtir ainsi et tomber en extase devant les mots, faits et gestes d'une gamine plutôt simplette, à peine frottée d'instruction par quelques années de lycée... » — Et si encore c'était une *vraie* fille du peuple, une Française, midinette ou modèle, mais celle-ci a des prétentions intellectuelles et se met à discuter de politique. » — Comme je le dis : il joue à la poupée. Faust et Marguerite. Mais un Russe n'aura pas la simplicité d'un Faust, il a besoin d'idolâtrer, et voudra cultiver l'esprit de sa jeune vierge en même temps que ses sens ; il paraît que dans ce domaine-là la demoiselle est particulièrement bien douée et notre Thal en conclut qu'elle est aussi un génie dans tous les autres domaines. » — Ah ! ah ! si douée que cela ? Intéressant. »

— Est-elle aussi jolie qu'on le dit ? » — Très jolie. Grinévitch que voici chante ses louanges à tout venant, un corps de jeune nymphe — dit-il... » — Et ma femme, dit Grinévitch, projette déjà d'écrire une nouvelle sur cette jeune nymphe. » — Sophia Dimitrievna, nous le savons, est cynique et pessimiste... Mais s'il est vrai que cette demoiselle est, comme le laisse entendre le cher Vladimir Iliitch, la reine des ' jeunes bacchantes ', elle aura vite fait de changer de propriétaire. Pouchkine avait peut-être raison de préférer Nathalie. » — Pouchkine, mon cher, eût dégelé une statue, et — remarquez-le — Nathalie ' s'embrase ' — ' peu à peu ' et ' de plus en plus ' ; mais quand on n'a pas les talents érotiques d'un Pouchkine la jeune bacchante est tout de même quelque chose de diablement tentant. »

— Qu'il cherche à ce point à la cacher n'est pas très bon signe : jalousie morbide. » — Lui qui, avec sa femme, était le moins jaloux des hommes. » — Sa femme ? Il pouvait dormir sur ses deux oreilles. » — Eh bien, depuis qu'ils sont séparés, elle a déjà deux prétendants à la traîne et ne les décourage ni l'un ni l'autre. »

Haïm Nisboïm soupirait après la sœur de Georges Zarnitzine depuis une dizaine d'années — bel homme pourtant, et plus jeune qu'elle de cinq ans, mais fort timide et à cause de cette timidité obligé de se contenter de filles vénales qu'il payait plus cher qu'elles ne valaient. Il avait rencontré Myrrha Thal à l'atelier de tricots, où elle discutait avec la baronne des nouveaux assortiments de couleurs de laine pour les modèles de printemps ; et elle portait ce jour-là un vieux corsage blanc en broderie anglaise et ses longs cheveux blonds roulés en un chignon toujours prêt à s'écrouler ; et Nisboïm avait vu en elle toute la délicate poésie des demoiselles nobles qu'il admirait de loin, dans son enfance, à Varsovie, lui fils d'un petit boutiquier de faubourg, ambitieux et affamé — apprenti fourreur courant livrer des commandes dans les beaux quartiers, et les demoiselles russes et polonaises passaient dans la grande avenue avec leurs corsages en dentelle blanche, leurs ombrelles et leurs grands chignons blonds sous des chapeaux blancs en paille de riz.

Myrrha Thal avait leur finesse, leur teint de porcelaine, leur sourire doux à peine hautain. Haïm Nisboïm était à présent un homme riche. Il ne l'était pas encore dix ans plus tôt. Posséder cette femme-là était plus glorieux à coup sûr qu'acheter un château ou un yacht — et il faisait sa cour à Georges Zarnitzine en disant qu'un jour, qui sait, la sœur deviendrait veuve ou divorcée.

Georges s'amusait à la taquiner. « Eh quoi, elle est pieuse, la messe tous les dimanches *et* les vêpres du samedi, et toi tu es un youpin pouilleux... » — Je me ferais baptiser ! Parole. » — Et tu crois qu'elle voudrait d'un type qui se convertit par intérêt ? » — Par amour ! » — C'est de l'intérêt ou je ne m'y connais pas. Tu crois qu'on n'est intéressé que par l'argent ? » — Oïe ! toi, Georges, je ne vois pas par quoi d'autre tu l'es. » — Par beaucoup de choses mon cher. Dans dix ans tu verras. »

Donc, s'inspirant de l'exemple d'Othello, Haïm contait ses malheurs à la sœur de Georges Zarnitzine : les pogromistes, et les pierres que des gamins polonais jetaient sur le petit youpin, et ses pieds gelés en hiver, nus dans les chaussures trop grandes de son frère aîné, et les croûtes de pain ramassées dans la rue, et la puanteur des ateliers de tannage des fourrures — et une Dveïra Groïsman, fille du cantor, qui lui avait tourné le dos en public disant qu'il puait le jus de tannage... et Pétlioura, et comment ses parents et lui s'étaient cachés dans une meule de foin et des cosaques y avaient mis le feu, et la mère qui courait nue, sa perruque brûlée, le père et lui essayant de lui faire paravent avec leurs corps.

Et comment dans un train de marchandises, en plein été, serrés à ne pas pouvoir bouger, ils étaient restés deux jours près du cadavre de l'oncle Berka qu'on avait dû finalement abandonner en plein champ, pendant un des arrêts imprévisibles du train, et lui Haïm avait récité le *kadisch* et le train s'ébranlait, il avait tout juste eu le temps de s'accrocher au marchepied du dernier wagon — et le wagon fut détaché à la station suivante, il n'avait retrouvé ses parents qu'à Simféropol, un mois plus tard. La mère morte du typhus sur le bateau et jetée à la mer, le bateau renvoyé de port en port — à cause du typhus — et ils n'étaient qu'une dizaine de juifs sur le pont, et toujours à être les derniers servis en ration d'eau, et on leur crachait dessus, on leur disait : tout ça est de votre faute...

Myrrha écoutait, ses longs yeux couleur de gorge de pigeon si tendres et rayonnants que Haïm se croyait presque aimé. Un ange, pas d'autre mot. « Je ne comprends pas comment Georges permet que vous fassiez un tel travail », ses mains à elle, gercées, calleuses, et qui avaient dû jadis être si fines. « Georges me respecte, Haïm Moïsséitch, il respecte mon indépendance. » — Si, pourtant, vous étiez mariée avec un homme qui gagnerait suffisamment... » — Vous savez, Haïm Moïsséitch, je n'aime pas les *si*. » — Oh ! pardon. Je vous ai déplu. » — Mais non, vous ne me déplaisez jamais. » — Croyez-vous que j'aurais une chance ? » Elle avait son petit sourire mondain, insouciant et doux. — Voyons, à mon âge, mon ami... Il vous faut une vraie femme, non une épave. Je ne cesserai jamais d'aimer mon mari, vous ne voudriez pas d'une femme qui aime un autre homme ? » Eh bien, si, il lui jurait qu'il accepterait cela, qu'il comprenait, estimait, admirait une telle constance, qu'il ne demandait qu'à la protéger, qu'à lui assurer une vie convenable... — Ah ! vous trouvez que ma vie n'est pas convenable ? » — Elle est admirable ! mais vous avez des enfants... »

Il souhaitait la mort de l'homme indigne qui s'était permis d'outrager si cruellement la meilleure des femmes. — Franchement, Georges, tu crois qu'il lui reviendra ? » — Franchement, Haïm, je ne le crois pas. Ne te réjouis pas pour autant. Mais essaie tout de même de perdre trois ou quatre kilos, et de porter des cravates moins voyantes : si Pierre te prenait en affection, qui sait ? »

Pierre. Pierre méprisait son père. « Je n'ai pas de préjugés. La bassesse, vois-tu — la bassesse, de s'en aller comme ça, pour entretenir une autre femme avec une allocation de chômage, et mener la belle vie en crevant de faim. C'est mesquin, tu ne vois pas ? et ridicule. » — Et dis-moi, demandait Georges, a-t-il donc été un mauvais père pour toi ? » — Je n'en sais rien. Je ne sais comment doit être un père. Il est un tout petit bonhomme, voilà. Maman, et les vieux, et nous trois, c'était trop pour lui, il a laissé tomber. Par lâcheté. » — Enfin... disait Georges, pas trop mécontent, mais se croyant obligé de défendre la morale traditionnelle (et, tout de même, un peu vexé pour Vladimir), tu y vas un peu fort. C'est ton père. Ta mère serait choquée de t'entendre parler ainsi. » — Oh ! ma mère !... » Il la méprisait aussi un peu. Une femme. Une femme malgré tout. Depuis la rupture, depuis le jour où Pétia Touchine lui avait appris l'infamie de son père, il s'était mis à mépriser les femmes. Oui, même sa grand-mère, même ses sœurs (non, pas Gala tout de même), toutes les femmes. Pourquoi, il n'en savait rien. Parce qu'il ne pouvait penser sans rougir à ce que son père avait fait ?

Maman aussi avait couché avec un homme. Oh ! par bonté et douceur, et parce que la loi du mariage le veut ainsi — Pierre ne savait pas s'il croyait toujours en Dieu. Il voulait croire, il rêvait même parfois de devenir moine, mais un moine héroïque, défricheur de terres et défenseur des faibles... Non, il serait médecin, il irait soigner les lépreux et autres déshérités en Afrique, il serait un autre Docteur Schweitzer — et il ferait exprès, pendant des années, de paraître dur et cynique, pour que plus tard (comme dans le cas du « prince Hal » de Shakespeare) la surprise des autres soit plus grande... « Qu'est-ce que tu veux être plus tard, mon gars ? » ô tous ces gens qui ne pensent jamais qu'à « plus tard », aujourd'hui je ne suis donc rien ? « J'aimerais bien apprendre la médecine. — Bon, disait Georges, un métier sérieux, si j'avais pu je l'aurais peut-être fait aussi... J'étudiais la biologie. Je me suis fait flanquer à la porte de l'Université à vingt ans. Ne m'imite pas. » — Oh ! toi, c'était la guerre, la Révolution, tu t'étais engagé... »

« Oncle Georges, tu me paieras mes études ? » Georges clignait les yeux et croisait les bras, prenant son air de *gentleman-farmer*. « Trop tôt pour le dire, mon gars, je ne promets rien, mais si nous voyons d'ici un ou deux ans que c'est sérieux — pourquoi pas ? Pourquoi pas ? Je ne te vois pas très bien lancé dans les affaires. » — Ah ! et pourquoi ? » Brusquement, Pierre se sentait frustré — son oncle ne lui faisait-il pas comprendre que lui, un *Thal*, ne saurait pas se défendre dans la vie ?

— ... Maman. Tu es sûre — tout à fait sûre — que je ne suis pas le fils de l'oncle Georges ? » Ils se parlaient parfois, la nuit, dans leur « chambre d'amis » — la lumière éteinte, couchés sur leurs divans respectifs, et écoutant malgré eux les disques de chansons tziganes et les dures voix de Georges et de la princesse. « Pierre, voyons !... » la voix à moitié endormie de Myrrha résonnait d'une note alarmée, un peu rieuse. « Voyons mon chéri, à ton âge, poser de pareilles questions. » — Mon âge n'a rien à voir là-dedans. Je comprends beaucoup de choses. Tu sais, les Pharaons épousaient leurs sœurs. » — Mais nous ne sommes pas des Pharaons ! » — Maman. Je comprendrais, tu sais, qu'un frère et une sœur puissent s'aimer d'amour. Il y avait une pièce : *Dommage qu'elle soit une Prostituée...* »

— Pierre, je n'aime pas ce genre de pensées. D'accord, tu peux *tout* me dire, mais n'imagine pas de choses aussi... bêtes, pardonne-moi. »

— Maman. Je vous ai vus, une fois. Au Nouvel An russe ici même, quand Georges avait au salon le divan de velours rouge cerise. Vous dormiez ensemble sur le divan. » — Oh ! mon petit garçon ! je t'aurais scandalisé ? Quoi, il ne t'est jamais arrivé de dormir dans le même lit que Gala ? » — Nous étions petits. Maintenant je ne le ferais plus. »

— Pierre, sois tranquille, Georges et moi sommes toujours l'un pour l'autre comme des enfants. »

Pierre était déçu. Car maman était vraiment *trop* innocente. Pour elle, oui, il eût fait exception. Il eût aimé — oui, aimé — se croire le fruit d'un amour étrange, unique, défendu, secret, tout à fait différent de ce banal et honteux « amour » dont parlent les copains... comme si, avec Georges, maman l'eût conçu d'elle-même et toute seule, chair de sa propre chair, rien à voir avec l'homme débauché dont il portait le nom — avec l'*amant* (mot ignoble) de la fille Klimentiev. « Maman, j'ai si honte ! »

— Mon chéri, je te l'ai déjà dit. Ton père a tout mon

respect — il devrait avoir le tien. » — Jamais. Plutôt mourir. »

La pauvre maman croit que tout est simple, propre et digne de respect. « Oncle Georges, est-ce que tu as couché avec d'autres femmes que tante Sacha ? » — Quelle question. Je ne me suis pas marié vierge. » — Mais après ? » — Un *grrrand* secret entre nous, mon gars : ça m'est arrivé. » — Et... maintenant ? » — Qu'est-ce que c'est que cette enquête ? » — C'est que ni papa ni grand-père ne m'ont jamais parlé de ces choses-là. C'est important, pour un homme ? » — Pas tellement, mon gars. Pas tellement. Enfin, pour te tranquilliser, un aveu : Sacha me suffit. Non qu'elle soit très excitante. Je ne suis pas non plus un excité, j'ai autre chose en tête. Mais pour toi, dans deux-trois ans, ça va devenir un problème. Oh ! mais te voilà rouge comme une pivoine ! »

Autre chose en tête — voilà. L'oncle Georges est un homme, et un vrai. Autre chose — et pourquoi grand-père hausse-t-il les épaules en parlant de Georges, comme si c'était une honte ?... une honte de vouloir dominer, de vouloir être fort ? Il passe à l'atelier et ils se retournent tous, et se redressent et sourient, ah ! Gheorghi Lvovitch ! une belle journée, Gheorghi Lvo-vitch ! La commande est presque terminée, Gheorghi Lvovitch ! que pensez-vous du nouveau modèle de cendriers, Gheorghi Lvovitch ? Il ne sourit même pas, il lance un regard approbateur, ils sont contents, il pince les narines ils sont malheureux. « Eh quoi, Chmul, tu te relâches, tu te plagies toi-même ?... refais-moi tout ça ou il faudra que je commence à te payer au modèle et non au fixe ! » Chmulevis, un homme âgé (aussi âgé que Georges), se fait petit garçon, paraît tout honteux : « A vrai dire... tu as raison. Je n'étais pas en veine. » — Baronne voyons. Si vous laissez ces dames se reposer en fumant des cigarettes... » — Est-ce qu'elles se reposent, Gheorghi Lvovitch ? » — Je sens la fumée ! » »

— Haïm ? que penses-tu de Haïm ? » — Un abruti. » — C'est là où tu te trompes : c'est un excellent homme d'affaires. Parti de rien. Et honnête. Et je voudrais bien gagner ce qu'il gagne sur les trafics de fourrures de Sibérie. » — Dis, oncle Georges ? tu ne voudrais tout de même pas que maman se marie avec lui ? » Georges éclate de rire. « Cette blague. Avant d'accepter cela j'épouserais ta grand-mère. Je le laisse rêver, ça lui fait plaisir. » Il le laisse rêver et obtient de lui de meilleures conditions pour les ventes de lots de fourrures en sous-main à des clients américains.

« ... Vous n'allez pas me dire que Vladimir Thal reste jour et nuit enfermé dans sa chambre (adresse inconnue) à faire l'amour avec sa septième merveille ? » — Le fait est qu'il a *vraiment* disparu de la circulation. » Boris Kistenev hausse les épaules d'un air résigné et entendu. « Il a des *raisons*, je ne peux en dire plus. » — Voyons : il se cache de la police, ou quoi ? » — Il est en prison, peut-être ? » — Il m'a prié de ne pas en parler. » — Tout de même, mettez-nous sur la voie, ce n'est pas du jeu. » — J'en ai déjà trop dit. »

— Non : il s'est sûrement passé quelque chose, à ce bal de la Sainte-Catherine. Il y a eu une scène avec la famille. » — Chère Hélène Vadimovna, je l'ai vu de mes yeux danser avec cette blonde, et passer devant sa propre fille sans même tourner les yeux de son côté, comme s'il ne la reconnaissait pas... Atroce. Imaginez ce que cette enfant a pu souffrir. » — Vous ne m'ôterez pas de l'idée qu'il y avait eu *quelque* chose entre lui et Nathalie Delamare, vous comprenez quoi ; et que Nathalie est venue exprès à ce bal pour lui poser un ultimatum... » — De quel genre ? » — Sait-on le chantage qu'une ancienne maîtresse peut exercer ? »

— ... Non, Nastassia Fédorovna, ma chère, vous

vous trompez du tout au tout ! Et d'ailleurs, tout le monde se trompe : ce n'est pas *du tout* une histoire sentimentale ! » — Vous m'en direz tant ! Anna Séménovna, voyons, un homme ne s'affiche pas partout avec une ex-amie de sa propre fille sans ' histoire sentimentale '... » — Eh justement ma chère : il ne s'affiche *plus* : j'ai rencontré cette fille, il y a deux jours, rue de la Convention, seule, mal coiffée, portant un cabas, l'air tout affairé et préoccupé — seule, vous voyez ? » — Il n'est tout de même pas obligé de l'accompagner quand elle fait ses courses ? »

— Non. Je vous dis. Ça se voit tout de suite ; une fille je ne dis pas abandonnée, mais désemparée. » — Vous avez de bons yeux, Anna Séménovna. Vous la connaissez si bien ? » — Je l'ai bien regardée, au bal. Vous pensez ! donc, j'ai tout de suite fait le rapport : l'homme a des ennuis sérieux. Il ne veut pas qu'on en parle. Et... vous vous souvenez ? Les discussions que nous avions jadis avec Claudia ? Si cela se trouve, il se cache peut-être rue de Grenelle ? »

Plusieurs dames poussent des cris d'horreur. « Tout de même ! » — Non, il n'a jamais été soviétisant. » — Pour ce que nous en savons. Apolitique. C'est suspect. Et son ami Oleg Lubomirov, le fameux Goga, avec cette impressionnante Bulgare et ses gros colliers de perles rouges ? » — Ma chère, si même nos colliers ne peuvent plus être rouges... Ou nous faudra-t-il peindre nos lèvres en bleu ? » Rires. — Non, les colliers pourraient aussi bien être noirs, mais la Bulgare *est* communisante. Oleg est un « *vozvrachtchénetz* », un « homme du retour » presque déclaré. La Patrie sous n'importe quel régime. Et cetera. Passionné de littérature soviétique. » — Mais Thal ne l'est pas. » — Ma chère vous m'embrouillez ? Nous parlions de Nathalie Delamare. » — Tiens ! nous en sommes loin. » — Vous savez très bien qu'elle a des contacts avec des linguistes et philologues de *là-bas*, qu'elle reçoit lors de rencontres culturelles... même après l'exécution de son père ! »

— Ecoutez : Vladimir Thal, que l'on sache, n'est *pas* parti avec Nathalie Delamare. Vous ne direz pas que cette petite lycéenne est un agent soviétique ? » — Justement : elle est un paravent. Car — suivez mon raisonnement — la famille ne pouvait pas tolérer cela, Tatiana est une femme *loyale*... »

— Oh ! là, votre théorie ne tient plus : elle est positivement folle de la fille Delamare. S'il y avait anguille sous roche... » Anna Séménovna se mord les lèvres et cherche une nouvelle explication. — Les vieilles tendresses... C'est plus fort qu'elle, et sans doute cherche-t-elle — Tatiana — à démontrer à cette fille l'indignité de sa conduite, à moins qu'elle ne reste en contact avec elle pour déjouer ses plans... Mais lorsqu'il s'est agi de son propre fils, et qu'elle eut découvert ses... activités, l'honneur a parlé. Elle l'a mis en demeure de renoncer, ou de quitter la maison. Et, comme vous le savez, un homme pris dans cet engrenage ne peut plus faire marche arrière. Donc, il lui a fallu inventer cette histoire de fille mineure séduite pour justifier à la fois l'abandon de famille et l'abandon de son travail — car il a quitté son travail ! — et ses mystérieux changements d'adresse. »

— Tiens ! si tous les agents secrets avaient ainsi sous la main une fille mineure à séduire, le métier ne serait pas déplaisant... »

— Tous ne sont pas assez salauds pour cela (oui, même dans ce métier) car rien n'est plus facile à séduire qu'une petite fille... et vous voyez : une femme plus mûre serait dangereuse, elle devinerait, se révolterait, mais à une enfant on fait avaler n'importe quoi. »

— Eh bien, finalement, Anna Séménovna, vous avez peut-être raison... Toute cette histoire a commencé, si je ne me trompe, peu de temps avant l'enlèvement du général Miller... » — Maria Ivanovna ! voyons ! Thal ne connaissait ni Miller, ni Skobline, ni la Plévitzkaïa... » — Mais justement ! s'écrie Anna Séménovna, c'est pourquoi il n'était pas suspect. Mais n'oubliez pas que le général Hafner, lui, connaissait fort bien le général Miller et qu'il est un voisin des Thal, et vient faire sa partie d'échecs avec le vieux Thal deux fois par semaine ! » — Seigneur ! vous n'allez pas dire que le général Hafner, lui aussi... »

— Dieu m'en garde. Mais c'est un bavard gâteux, il n'a pas loin de quatre-vingts ans — et quant à sa femme... » — Ne dites pas cela ! Non, *plus* maintenant ! » — Elle s'est *encore* teint les cheveux en blond platiné pour Noël. Et vous avez vu la hauteur de ses talons ? Une femme qui peut encore très bien donner prise au chantage. Et là-dessus *ils* sont très forts. »

— Non — Maria Ivanovna — a-t-on jamais vu Vladimir Thal en conciliabule avec la générale Hafner ? » — Ils sont bien trop prudents, vous pensez ! Mais maintenant, voyez-vous, il est *compromis*, donc obligé de se cacher, et il se peut que la police française ait déjà l'œil sur lui. Or, un agent grillé ne dure pas longtemps : ou bien on le force à partir clandestinement en U.R.S.S. pour le liquider là-bas — ou bien on le liquide ici même, on simule un accident... » — Ou même un crime, resté inexpliqué... » — Comme l'affaire Laetitia Toureaux ? Le métro en première classe ? » — Je n'ose plus monter en première classe. » — Comme si vous le faisiez avant, ma chère ! »

— D'ailleurs, vous vous rappelez : ce que Grinévitch vous a raconté. Comment il avait brusquement quitté le *Sélect*, par une pluie telle qu'une baleine n'eût pas sorti le nez de l'eau, pour suivre un homme qui le guettait dehors... On prétend que c'était le père de la fille, mais ce ' père ' a bon dos — qui l'a jamais vu ou connu ? »

*

La plaie cicatrisée au bout de dix jours. La respiration devenue très supportable. Et Victoria, pâlotte, sourcils froncés, lèvres soucieuses, arrivant à une heure et demie pile — avec combien d'ardeur guettée. Un regard critique et méfiant sur la feuille de températures. « Qu'a dit le docteur ? » — Vi, si tu continues à t'intéresser au docteur plus qu'à moi... » Et il la forçait à cacher dans son cabas des morceaux de bœuf bouilli, de bœuf bourguignon ou ragoût de veau qu'il prélevait pour elle sur son repas de midi, nous sommes nourris comme des rois, j'en ai toujours plus que je ne peux en manger, à ton âge on a besoin de viande.

Georges Molinier n'est pas le seul à tenir des propos désabusés sur les femmes des tuberculeux. Le jeune Jean-Marie Mercier fait des scènes à sa femme ; sa femme pleure. Georges Molinier n'a pas maigri, mais crache du sang de plus en plus souvent. Sa plaie cicatrise mal et suppure. Ses voisins de lit échangent des regards entendus. Il parle de plus en plus souvent de voyage à Lourdes, un homme qui avait des cavernes grosses comme des pommes les avait vues se réduire à des noyaux de pêche après um pèlerinage à Lourdes. A ma prochaine permission... les autres hochaient la tête. Il n'y aura plus de permission pour Georges Molinier. Ahmed, le jeune Marocain, est mort le 1er janvier. Maigre comme un squelette et tout gris. Pas de famille. Un copain, un homme de son pays, grand, gros, muet comme une carpe, était venu chercher ses affaires. Et Gaëtan Varennes fumait des cigarettes roulées avec du tabac gris, en faisant des réflexions sur la politique du Front Populaire, sur la guerre d'Espagne

144

et l'Anschluss — et Vladimir n'arrivait pas à deviner quelles étaient ses opinions, car il se moquait de tout le monde, et voyait partout chantage, scandales et double jeu. « Je ne suis pas un moraliste. Mais je n'aime pas voir mettre dans le même sac bourreaux et victimes. » — Nous sommes tous dans le même sac, mon cher Vladimir — mortels et archimortels, c'est ce qu'on apprend dans notre vie de tubards, le reste n'est que détails. La victime est celui qui n'a pas eu la chance de devenir bourreau, demain le bourreau sera victime, les grands fauves mangent les petits... » — Etes-vous un petit fauve ? »

— J'ai été pacifiste. Professeur de littérature allemande, qui plus est. J'ai fait mes quatre ans de casse-pipe comme tout le monde. Au mess certains bien-pensants affectaient de ne pas me parler, et à cause de mon nez en faucille et de mes cheveux blonds me prenaient pour un juif allemand — je ne suis ni l'un ni l'autre — donc, bêtement, je me croyais tenu d'en faire plus que les autres, et de me porter volontaire pour les missions risquées — ce pour quoi je n'étais pas doué je vous prie de le croire. Une croix de guerre tant bien que mal gagnée et l'épaule droite labourée d'éclats de shrapnel, et en permission c'était la bagarre avec les beaux-parents et ma femme — les Boches, les Teutons et toute l'hystérie patriotique des gens de l'arrière — ma croix de guerre, je n'en étais pas fier. Ma femme l'était, mes fils aussi, tout gamins encore.

« *Vae victis*[1] ! c'est bien un mot de Gaulois » — parce qu' j'ai dit ça en 1919, pure référence historique, des collègues — sagement planqués jusqu'au jour de l'Armistice — insinuaient que ma croix de guerre avait été obtenue par je ne sais quelles intrigues ou pire — surtout après le scandale ils s'en sont donné à cœur joie...

1. Malheur aux vaincus !

Quand je suis monté à Paris comme on dit, 'monté mais descendu, même dans les plus minables écoles privées je ne trouvais pas d'emploi, l'allemand ne pouvait être enseigné que par des patriotes à tout cran propagandistes de la lourdeur et de la férocité germaniques... Et, il faut le dire, j'étais grillé pour d'autres raisons... »

Un brave homme, ce Gaëtan, mais amer. Il n'oubliait pas son Marcel parti avec l'abbé et disparu dans la fourmilière parisienne — et il avait voulu retrouver sa trace, engagé même un détective privé. « Et qui sait, il est mort, peut-être ? » « Je ne m'en cache pas. Et vous voyez, ici, dans notre salle B... je ne pouvais pas m'approcher du pauvre petit Ahmed, que déjà ses voisins se redressaient, de vrais chiens de garde, parce que le gosse m'aimait bien, je baragouine un peu d'arabe. » « ... Un petit Mouloud, que j'ai connu à Montmartre — tubard lui aussi. Quinze ans, il faisait le trottoir pour un vieux Turc, et je l'ai si l'on peut dire enlevé, installé dans ma mansarde ; soigné, rééduqué — et après j'ai passé en correctionnelle pour détournement de mineur. Un gosse charmant, des yeux énormes à cils de deux centimètres, le visage taillé dans de l'albâtre ; long, lisse, une vraie anguille, la peau comme de la soie... »

— Vous en avez pour longtemps ? demandait Vladimir. Je veux dire : à rester ici ? » — Ils traînent, ils traînent. Ce n'est pas bon signe. Il faut dire que Brévannes n'est pas drôle non plus, on y meurt tout autant qu'ici, mais quand on vous y expédie ça passe pour un brevet d'espoir. Non voyez-vous, je maigris trop, ils n'osent pas... en pleine évolution comme ils disent. Vous, vous en aurez bien pour six mois. » — Dieu m'en préserve. Je ne dépasse plus le 38°. Et presque pas de toux. » — Vous n'êtes pas un tousseur.

Et un de ces jours vous ferez une hémoptysie spectaculaire. La thoraco retarde le processus, mais ne croyez pas qu'elle l'arrête. »

Six mois ? et Brévannes ensuite ? sûrement pas. « Je partirai. Question de moral. A me ronger, sur ce lit d'Assistance Publique, bien au chaud et bien nourri, en pensant que la petite a faim et froid et sombre dans le cafard, ce n'est pas une façon de guérir. Je me soignerai mieux chez moi..» — Peut-être bien, dit Gaëtan, peut-être bien. L'Amour Médecin. Vous y tenez drôlement ou je ne m'y connais pas. Et je m'y connais. » Il avait quarante-neuf ans. Et plus d'amour — le petit Mouloud mort depuis trois ans, et Marcel à jamais perdu.

« ... Si vous saviez. Ses seins, s'il en existe d'autres aussi fermes je veux bien être pendu ; en forme de petits cônes à peine arrondis, les pointes dures, et roses comme du corail pâle, et le dos tout lisse et la chute de reins abrupte avec les deux fossettes bien nettes au-dessus des fesses, et les fesses comme une douce pêche blanche — et les jambes longues et d'une ligne si fière... que si vous la voyiez vous diriez adieu à vos jeunes éphèbes. Un ventre de fille jeune, ces ondulations à peine perceptibles, ces courbes de fleur... ni grasses ni musclées, ces lumières chaudes et blondes dans les creux, cette peau de soie toute moite et mate — et il m'a fallu vivre quarante ans pour comprendre ce qu'est un corps de femme, et Dieu sait que ma femme n'était pas laide, loin de là. »

Elle venait, enlevait son manteau rouge sombre, et s'installait sur la chaise de fer peinte en blanc, et posait sa tête sur le traversin. Abandonnée et affamée. Confiante. Un oiseau qui se blottit au creux de son nid. Et au bout de deux semaines de convalescence — après le grand choc — le Maître (comme ils l'appelaient tous deux dans leurs conversations très intimes) commençait à se réveiller, ou le Tigre ou le Vautour, la faim de plus en plus douloureuse, à tel point qu'il s'efforçait par moments à ne pas la regarder, et se mordait les lèvres, et se demandait comment il pourrait supporter un jour de plus.

Et comme il n'était pas question de se permettre des libertés, même innocentes, en présence de trente-cinq hommes plus deux douzaines de visiteurs, avec une fille jeune et pudique, il lui refusait même les baisers auxquels elle pensait avoir droit, cela brûle trop, la terrible la cruelle fille, la cruelle présence, et les pensées lancinantes, harcelantes comme des guêpes qui vous poursuivent, le soir surtout, la nuit — ces pensées — elle se lassera, elle se déshabituera, elle sera dégrisée à la longue, une flambée de chaleur juvénile et c'est tout ? Elle se lassera d'attendre, elle est ardente et s'enflamme vite, un autre homme lui tournera la tête, et ce n'est pas pour rien, pas pour rien qu'elle s'accrochait si tendrement à Boris, au *Dupont-Montparnasse,* elle a dans le corps tant de tendresse à revendre.

Des pensées sacrilèges. Mais les nuits sont longues ; avec des hommes qui toussent, râlent, crachent, pissent, gémissent, jurent — oh la ferme — oh merde — oh maman, oh saloperie. Sur trente-six il y en a toujours trois ou quatre pour faire du bruit. La veilleuse au milieu de la salle étale sa lueur bleutée sur les rangées de lits blanchâtres, les barres horizontales des pieds de lits ornées de leurs plaques carrées. Jean-Marie Mercier pleure la nuit. Il est jeune. Vingt-deux ans.

... Et peut-être, qui sait, est-il — lui Vladimir Thal — d'une naïveté sans nom et prend-il pour de l'amour le naturel attachement d'une fille honnête à son premier homme, et voilà qu'au bout de trois-quatre-cinq-six semaines va-t-elle comprendre que Boris ou Bernard ou le copain rencontré dans la rue possèdent aussi tout ce qu'il faut, il suffit d'un moment de vertige et le tour est joué.

Plus rien ne reste qu'un homme plutôt fané, pis que cela, mutilé (le thorax ridiculement asymétrique), réduit à une peu flatteuse et peu virile position horizontale sur un lit de salle commune, et à qui l'on doit une heure de visite par jour. Si cruelle et inimaginable que fût cette idée, elle revenait comme une tentation terrifiante, car si cela arrivait — si cela arrive je me tue le jour même Victoria, je ne te fais aucun mal à toi mais je me tue, Victoria, si tu n'es plus ma Vi ma Victime ma Victoire, si tu n'es plus toi, si tu laisses un autre se coucher sur toi.

Elle était là, perchée sur sa chaise de fer peinte en blanc ; son vieux chandail gris moulant ses deux fières petites pyramides, dont les sommets durs pointaient à travers la laine trop lâche. « Tu devrais commencer à porter un soutien-gorge. » — Mais je n'en ai pas besoin ! » — Ce sera moins... provocant. » — Tu me trouves provocante ? Tout le monde dit que je me néglige. » (Tiens, tout le monde, qui ?) — Moi, tu me provoques terriblement. » Elle, ses lèvres frémissaient de douleur et de plaisir, ses yeux se voilaient. — Et si tu savais ce qu'il m'arrive de penser. Et tu sauras, Vi, que tous les hommes du monde, tous les Apollons et tous les Hercules imaginables ne te donneront pas le dixième de ce que je te donne. Nous ne sommes pas des machines... même des animaux, tu sais, préfèrent mourir que changer de partenaire ; ça arrive. »

Un jour — un dimanche — elle n'est pas là à une heure et demie. Ni à deux heures moins vingt. Et Vladimir compte les jours : soixante-huit jours... et pendant ces dix minutes, ces vingt minutes, cette demi-heure qu'il passe devant la porte, appuyé au chambranle et gênant les visiteurs et les filles de salle, il cherche — et trouve — dans sa mémoire des signes, imperceptibles mais certains, de refroidissement, de lassitude (remarqués ces jours derniers, mais il sait bien qu'il ne les avait pas remarqués, il les avait simplement enregistrés, ils reviennent); un regard distrait, une façon de traverser la salle sans grand empressement, un rire un peu gêné « Irina et Bernard m'ont invitée à dîner » non je ne suis pas jaloux ma petite fille mais... Tiens, tu t'es *quand même* lavé la tête. Ses cheveux redevenus lumineux, doux comme de la soie, quel coup au cœur, on voudrait défaire ce chignon, cette torsade roulée sur la nuque, oh ne me touche pas le cou ça me donne des frissons ! — Mais j'y compte bien. » — Oh non, oh non. » Sur le moment il l'avait pris pour de la crainte devant un désir trop fort, à présent — une peur bizarre le glace : et si c'était — de la répugnance, de l'agacement ? — car le désir est chose capricieuse — et ne se commande pas — et peut s'évanouir en fumée du jour au lendemain.

et cette terrible volonté d'être brave, héroïque et fidèle, or Victoria rien n'est plus lassant qu'un amour auquel on est astreint par volonté de jouer un rôle et tu joues un rôle, oui parfaitement, vingt-trois heures sur vingt-quatre, et à ton âge c'est épuisant

à force de te monter la tête tu en auras assez, je comprends cela, tu vois *des amis,* le neveu des Tchelinsky, Boris, Bernard... tu rencontres tes camarades du lycée, cette Irène Sidorenko, et Françoise Légouvé laquelle Françoise a un grand frère tu me l'as dit « ... Mais je l'ai à peine vu... » tiens, tiens, pourquoi le dire si vivement. Bref — il est deux heures passées, et il la voit — courant le long du couloir. Rouge d'avoir couru. Ah ! pas trop tôt, c'est maintenant que tu rattrapes le temps perdu.

— J'ai rencontré papa. » dit-elle. Et, sur le moment, Vladimir constate qu'il lui est tout à fait indifférent de savoir qu'elle a rencontré papa. Le papa est un petit caillou sur la route. A côté du danger réel du *déclin* de son amour à elle, tous les Klimentiev du monde ne sont qu'un banal contretemps. « Bon, tu l'as rencontré. Et après ? » Elle ouvre de grands yeux. Sidérée.

— Mais il m'a *vue.* » Elle avait dû courir. Et faire je ne sais combien de détours par les petites rues. Elle avait eu très peur. Peur qu'il devine que je vais à l'hôpital, il m'a croisée presque à la grande porte. Je courais je ne sais plus où, je me suis égarée.

Il saura que je viens dans le quartier, j'avais mon cabas à la main. Tiens, je t'ai apporté des croissants. Il me guettera dans la rue de la Convention.

— Mais ma chère tu n'as qu'à ne plus venir dans le quartier ce sera plus simple. » Il a la voix si rauque qu'elle tressaille, bat des paupières. — Je ne comprends pas. » — Et chaque fois que tu viendras en retard tu auras un bon prétexte. Et s'il lui prend fantaisie de monter la garde devant l'hôpital tu ne viendras plus du tout ? » Elle le regarde, apeurée, comme s'il était devenu fou.

— ... Enfin, dit-elle, tu ne comprends donc pas ? Il a le *droit !* S'il m'attrape et appelle un agent, il peut m'emmener de force. Et m'enfermer. Et me séquestrer ! Et il a le droit. »

— Oh, nous ne sommes plus au Moyen Age... »

Dégrisé tout de même, et surpris de son propre égoïsme (après tout, elle aurait pu avoir un accident, être malade...), il se souvient de la brutalité de l'homme, et se dit qu'en effet, il vaudrait mieux ne plus exposer Victoria à des rencontres de ce genre — et c'est une malchance assez infernale : que l'hôpital soit si près du domicile paternel. « Je trouverai une solution, Vi, nous ne pouvons plus continuer à vivre ainsi. Je perds la tête. Une semaine de plus et je suis mûr pour Sainte-Anne. »

*

— ... *O béni et trente-six mille fois béni soit ton père ma toute chérie, dans les siècles des siècles !* Et Sacha Klimentiev se fût bien passé d'une telle bénédiction à un tel moment et dans un tel cri de triomphe. « Tu vois, il nous fallait cette alerte, pour nous décider. Nous étions fous. Jamais je n'aurais dû accepter cette séparation. »

Après soixante-dix jours — tu te rends compte, Victa Victoriosa Victrix Vincitrice, Vinta, Victorine, Victoriette, Victorinette Vita mia Victime, Vie. Ce que nous avons subi pendant soixante-dix jours. Et ce que je pensais te raconter, des nuits et des nuits, des jours et des jours, et que j'ai déjà oublié.

... Il est bien évident, Victoria Klimentiev, qu'il vous est absolument impossible de vivre seule, car je constate que la chambre n'a pour ainsi dire jamais été faite depuis mon départ, que les draps sont d'un gris jaunâtre, que votre linge n'a pas la blancheur Persil, que la casserole est brûlée et les livres traînent par terre à côté d'assiettes non lavées — et Mme Tchelinsky aurait dû, tout de même, s'occuper un peu de la petite orpheline. Je parie que tu attendais le jour où je t'annoncerais mon retour pour faire le grand ménage. Et j'ai bien fait d'arriver à l'improviste.

... — Et pour tout dire je considère cette histoire d'hôpital comme une folie, car ce que j'ai subi, moi, en te laissant seule, j'aime mieux ne pas en parler. Moralité : il nous faudrait avoir beaucoup d'argent, louer une villa avec des domestiques sur la Riviera ou, comme c'est la mode maintenant, en haute montagne, et nous y soigner et reprendre des forces dans le luxe, le calme et la volupté. Ou sinon, nous nous passerons de

152

luxe, tâcherons d'avoir un peu de calme, et aurons beaucoup de volupté. »

Victoria, assise dans le fauteuil, enroulait d'un air soucieux des mèches de ses cheveux autour de ses doigts. « Tu me fais peur. Ils avaient dit : pas avant le mois d'avril, et ensuite ce Sana à Cambo-les-Bains. Alors ? Ça prouve que tu es encore fragile. »

— Voilà le drame, Vi. C'est possible et même probable. Mais, à choisir entre deux maux : s'il y a le feu à la maison, on ne s'occupe pas à consolider les poutres... bref, maîtrisons le feu d'abord, ensuite nous verrons.

« Et pour l'amour de Dieu essaie d'oublier ma prétendue ' fragilité ', car cela risque de dégrader notre amour. »

— Tu fais l'autruche, tu fais l'autruche. » Victoria prenait des airs sceptiques et sévères, ne cherchant, au fond, qu'à se laisser convaincre. « Maman disait toujours : les hommes, pour la santé, sont de vrais enfants. »

Et Vladimir se demandait de quelle façon il parviendrait à liquider une fois pour toutes cette pénible question de « santé ». Epée de Damoclès. « ... Et Damoclès, ma chérie, était victime d'une sinistre plaisanterie de Denys, et savait fort bien qu'il n'avait nullement le pouvoir ni les privilèges du tyran — tandis que Denys, tu peux m'en croire, n'eût jamais abandonné sa place pour toutes les épées du monde, et figure-toi que je suis Denys et non Damoclès, et que je dispose de pouvoirs que je tiens à garder à mes risques et périls.

« Et, franchement, est-ce que tu me trouves tellement diminué ? Je te parie que je peux te soulever dans mes bras et te porter dans l'escalier jusqu'au rez-de-chaussée. »

Il reste allongé, bras derrière la tête, et s'astreint à l'immobilité en suivant des yeux la nymphe blonde qui se pavane en robe de chambre bleu nattier, remontant le phonographe, changeant les disques, secouant les cendres du poêle, repassant des chemises, jetant des coups d'œil sur son gros Cuvillier (chapitre : la Volonté) — Cure de silence. Je t'ai bien dit. » Le silence est difficile. Avec elle. « Vi, si j'étais un galant homme, ou seulement un homme honnête, sais-tu ce que je ferais ? »

— Vas-y. Je le devine. »

— Voilà : je tâcherais d'abord de te faire fréquenter beaucoup de gens intéressants. Et j'essaierais de te dégoûter de moi par une humeur mesquine et cha-grine. Et même de faire semblant d'être *considérable-ment* refroidi à ton égard ; et de regretter les vertus de ma femme. Et je ferais si bien que, par dépit ou par ennui, tu me quitterais pour un autre, à condition qu'il soit tout de même *très* convenable.

« Donc, voilà ce qu'un honnête homme aurait dû faire. Ou un autre, sinon par honnêteté, l'aurait fait par orgueil. Et je t'avertis, Victoire, que je ne ferai rien de tout cela. Mais je ferai tout le contraire. Car autrefois je croyais être honnête selon les exigences de la morale et du simple bon sens, mais je ne le suis absolument pas. Je ne te jouerai jamais la comédie de l'honnêteté, ni du sacrifice, et toi non plus tu ne me la joueras pas. »

— Oh si, dit-elle. Oh si, je la jouerai : je t'ordonne de te taire, puisque tu fais en ce moment la cure de silence. » — Parle, je me tairai. »

— Donc, pour vous, Vladimir Iliitch — elle s'assied à la turque par terre au chevet du lit, et renverse sa tête aux longues tresses défaites, l'honnêteté suprême consiste à séduire une jeune fille, pour la faire ensuite mourir de rage ou d'ennui. Et quand je vous verrai vous montrer désagréable, je devrai me dire que c'est honnêteté et galanterie, que je dois vous en être reconnaissante et vous en aimer encore davantage... »

154

— Mais c'est merveilleux, Vi ! Je suis paré de tous les côtés. Je vais à présent cultiver mes tendances jusqu'ici refoulées à... quels sont les sept péchés capitaux ? la gourmandise, l'envie, la colère, la paresse, la luxure, l'orgueil... » — Oh ! oh ! comme si *jusqu'ici* tu les avais refoulés !... » — Comment ça, fille vexante ? Tu m'accuses d'être avare ? gourmand ? envieux ? paresseux ? coléreux ?... » — Ça t'arrive. » — Pas souvent, avoue-le... Luxurieux ?... » — Là, tu brûles. » — Tu n'as encore rien vu ma chérie — »

*

A l'enterrement d'Anna Rubinstein il n'y eut pas de cérémonie religieuse, et le fils venu d'Amérique n'eut pas de prière à réciter sur la tombe. Elle avait dit qu'elle voulait mourir fidèle à ses convictions, ne pas renier sur ses vieux jours l'idéal de sa jeunesse. « De la musique et des fleurs, et si tu juges convenable de jouer sur notre piano la Sérénade Nocturne de Mozart au matin de la levée du corps, je crois que j'aimerais cela... et, Marc, si tu pouvais trouver des lilas blancs... et des perce-neige. Oui, des perce-neige, nous sommes en mars, on devrait pouvoir en trouver. » Elle avait à peine reconnu Tolia, venu se pencher sur la relique vivante, « Est-il possible, est-il possible... mon enfant, que t'arrive-t-il ? comme tu as changé ! *ô Gott*, tes beaux cheveux, tes joues roses ! » elle riait doucement, engourdie par la morphine. « Voilà que j'invoque Gott comme ma grand-mère ! Tolia, marie-toi, aie des enfants... ce sera une consolation pour Marc... Dis à Iliouche qu'il faut qu'il s'occupe de Marc. Qu'il l'emmène au concert. Qu'il ne le laisse pas seul le soir. »

Et sur le sentier des Jardies, par ce clair matin du 15 mars 1938, s'était rassemblée une foule d'hommes et de femmes en majorité d'âge respectable, ils étaient plus de cinquante échangeant à mi-voix des réflexions oiseuses, des regards entendus, des soupirs discrets, une femme charmante, une sainte laïque, la douleur de Marc Séménytch, une chance que le fils ait pu venir à temps, une délivrance elle souffrait trop, elle avait gardé toute sa lucidité, non elle délirait un peu, soixante-six ans encore jeune, le fils ferait bien d'emmener Marc en Amérique, non ma chère il ne voudra jamais — un homme fini, oui, un homme tué... je me souviens d'elle, à leur mariage, comme elle était jolie, son corsage tout simple en broderie anglaise et un bouquet de perce-neige dans les mains — ses cheveux étaient plus dorés que roux, des tire-bouchons d'or voletant autour de son front... vous l'avez vue ? déjà, des taches brunes sur les joues... ce nez si pointu, n'est-ce pas étrange ?

Elle sourit. Un sourire *déchirant*. Il faudrait tout de même décider Marc à laisser fermer la bière, les employés des Pompes Funèbres s'impatientent... — Quoi, dit Tolia, déranger mon père pour des croque-morts ? » — Il serait temps, Tolia. » Marc se tient debout près du cercueil menu dont le couvercle de chêne clair est lentement vissé par les hommes noirs. Il ne voit plus Anna, il est devenu comme aveugle. Il n'a devant les yeux que le frêle et étrange visage aux joues brunies, les minces lèvres violettes sourient, découvrant les bouts brillants des fausses dents. Ilya Pétrovitch entoure les épaules de son ami de son bras lourd, Marc, viens, il est temps. Personne n'a songé à se mettre au piano, à jouer la Sérénade, Marc s'en souvient et des larmes jaillissent de ses pâles yeux bleus, Tolia, tout de même. Le piano. Le piano. Il renifle, et trépigne presque. Comme un enfant. Tolia, de ses mains tremblantes, risque quelques accords. Non papa, je ne peux pas, et s'effondre en sanglotant, la tête sur le clavier. Le vieux pianiste Isaac Eichenbaum s'approche, écarte le fils, et malgré l'impatience des croque-morts se met à jouer.

Dans le petit salon du demi-pavillon où la table a fait place au cercueil posé sur des tréteaux, devant la porte grande ouverte sur le vestibule plein d'amis silencieux. Le soleil de mars se glisse à travers une fente du rideau de velours vert, s'étale sur le cercueil, accroche une lumière argentée sur les cheveux blancs d'Isaac. Et les vieilles mains précises et légères courent sur le clavier...

Le fourgon mortuaire ne peut passer sur le sentier, le cercueil est porté à bras d'hommes sur cent mètres, le long de haies de troènes, de grilles couvertes de vigne vierge encore nue, de murs où grimpe un lierre terne ; les trois croque-morts sont aidés par Tolia et par Vladimir Thal qui, en qualité de proches de la défunte, marchent devant, les pieds du cercueil posés sur leurs épaules. Le cimetière n'est pas très loin — avantage de vivre en banlieue — le convoi suit à pied, Marc, Tolia et Ilya Pétrovitch sont montés dans le fourgon, devant la bière sur laquelle, roulées dans le drap noir, ont été posées les brassées de fleurs, il y a là des mimosas et des chrysanthèmes, des œillets et des violettes, quelques roses et beaucoup de lilas blanc ; tous les perce-neige ont été mis dans le cercueil.

... Faut-il des discours sur la tombe ?... Descendu sur des cordes dans la fosse le cercueil menu paraît déjà perdu dans la terre jaunâtre dont les cordes font rouler des grumeaux sur le bois de chêne, et que les fleurs recouvrent. Faut-il en laisser de côté ? Non, non, dit Marc, jetez tout, jetez tout — la terre, la terre. Chacun jette sa pelletée. « Anna Ossipovna ! s'écrie Isaac Eichenbaum, tu ne nous quittes pas, tu seras toujours présente parmi nous. Nous tes vieux compagnons de lutte, nous les témoins de ta pure et noble vie, nous qui partageons la douleur immense de notre cher Marc

Rubinstein et d'Anatole, nous qui ne t'oublierons pas au cours du peu d'années qui nous restent encore à vivre... Que cette terre d'exil devenue pour nous terre d'adoption nous devienne chère et sacrée puisqu'elle donne asile à tes restes mortels... » — Vous tous mes amis qui avez aimé et admiré notre chère Anna Ossipovna, qui savez les épreuves qu'elle a subies, qui avez été témoins de l'amour sans bornes qui l'unissait à son compagnon, à notre vieux camarade... qui savez quelle lumière, quelle joie elle répandait autour d'elle... »

— Fidèle à la foi révolutionnaire de sa jeunesse, Anna a refusé jusqu'au bout les rites d'une religion en laquelle elle ne croyait plus. Mais que les rites plus purs qui sont ceux de l'amour, de l'amitié, de la vérité du cœur, nous soient autorisés, cher Marc, et que les paroles sincères prononcées sur sa tombe ne te choquent pas dans ta douleur ! »... Ilya Pétrovitch s'essuyait les yeux en parlant. Plusieurs autres hommes âgés prononcèrent encore des paroles semblables, et Marc, debout, mains pendantes, écoutait, remerciant d'un signe de tête avec un sourire perdu, chaque orateur — docile comme un mouton mené à l'abattoir.

Myrrha Thal se tenait, près de sa belle-mère et de ses enfants, sur le bord de la tombe, et disait mentalement des prières pour la douce Anna tant aimée du Christ et qui avait tant aimé le Christ sans l'appeler par son nom, oh non chère Anna ce n'est pas un manque de respect de prier pour toi qui n'as pas voulu de prières, tu es avec Celui qui est la Lumière véritable qui éclaire tout homme venant au monde... La bru, Sheelagh, la catholique irlandaise aux yeux de saphir, priait aussi, le regard fixé sur le visage défait de son mari.

... Et pourquoi Vladimir Thal a-t-il eu l'idée saugrenue d'amener à l'enterrement sa petite amie, et de l'afficher ainsi en présence de sa femme ? De retour du cimetière plusieurs amis de Bellevue et de Meudon faisaient des réflexions sur cet acte qui par son vague parfum de scandale déparait inutilement une cérémonie digne et mélancolique.

« Vladimir Iliitch, vous voilà ressuscité des morts ? Où vous cachiez-vous ? » — Je me découvre une vocation d'ermite. » — Mais votre fils a l'air en pleine forme ! quel beau garçon, voilà bientôt un an que je ne l'ai vu. » Vladimir faillit répondre : moi aussi. Pierre garde ses airs distants et distingués. Un profil de camée, un corps svelte sagement engoncé dans un complet bleu marine qui semble fait sur mesures... et ne dit-on pas que dans les sociétés primitives le rôle du père est souvent assumé par l'oncle maternel ? Et la tendresse timide d'autrefois se réveille, mon Pierrot le petit garçon à grand-père, le fils à maman, le fier petit faon aux yeux durs — ce jour-ci une décente tristesse autorise la froideur, et même les airs hautains qu'on prend en faisant semblant de ne pas voir son père.

Gala bavarde avec Lisa Abramian (lycée de Versailles, classe de Ire B) « Non, non, moi je trouve cela triste... un enterrement sans prêtre, sans messe ni cierges... » — Mais, dit Lisa, elle était juive. » — Ou sans rabbin, ni *kadisch* c'est cela qu'on dit ? la religion symbolise le respect pour la destinée humaine. » — Elle est quand même plus que cela ! »

— Oh ! c'était terrible à voir, n'est-ce pas ? Ce visage qui n'existe plus et semble quand même exprimer quelque chose... Tu as déjà vu des morts ? » — Non, c'est la première fois. » — Et toi, Tala ? » — Moi ? oh ! c'est vrai, j'ai vu la mère de Victoria Klimentiev. Elle était encore jeune, presque jolie. Je ne l'avais jamais vue vivante. » Quand ? Il y a eu deux ans en janvier — et combien vraie, combien vivante était la grande bringue aux nattes blondes en manteau marron à col de velours noir, la fille aux longues jambes qui, en salle de gymnastique voletait sur les espaliers et les barres parallèles, prenait sans mal les notes les plus aiguës au cours de solfège et se voyait régulièrement chargée du rôle d'Orphée... « *Larves...* » — *Non!* « *O-o-ombres terribles...* » — *Non!...* « *Soyez, soyez sensibles A l'excès de mes mal...* « *Non!!* » répond le chœur. O ce rire vainqueur, ô ces clins d'œil malicieux, complices et un peu vulgaires, ces « Ha! ha! », ces « Tiens, tiens! » ces « tu pa-arles! » ces tapes sur l'épaule et ce geste tendre de vous prendre par la taille, « viens Taline » et ces beaux sourcils d'or roux qui savaient devenir si graves « non, je n'ai pas peur de la mort » — « j'aimerais être alpiniste, ou, tiens parachutiste... » *la main dans la main restons face à face...*

O Iago what a pity what a pity Iago
ô what a pity Iago!...[1]

Votre cœur peut-il se briser à ce point pour une fille ? La voici, plutôt timide et à cause de cela faussement arrogante, droite dans son vieux (combien vieux) manteau couleur sang-de-bœuf élimé aux coutures, marchant seule, à l'écart, mains dans les poches, l'épaule gauche relevée pour maintenir son sac en bandoulière.

What a pity, Iago!... Strumpet, whore[2]*!...* On l'a calomniée, on l'a jetée en pâture aux chiens, ô ces femmes grossières qui la toisent avec mépris, qui ne comprennent pas qu'une enfant peut être *séduite*, être victime de sa naïve bonté, et ne dit-on pas qu'une fille peut perdre la tête pour un baiser sans qu'il y ait vraiment de sa faute ?

... Et je lui aurais dit tout cela et bien d'autres choses, si je n'étais pas lâche, si j'osais, devant mes amies, mon frère, m'approcher d'elle ; si devant ces

---

1. O Iago quel dommage, quel dommage, Iago!... *(Othello).*
2. Putain, prostituée! (id.)

vieux messieurs et ces vieilles dames j'osais renier
publiquement ma famille... Car *lui*, voilà qu'il la laisse
marcher seule à l'écart et parle tranquillement avec
Tolia, avec grand-père et avec Anton Loukitch. Lui, ses
yeux perfides, son léger sourire en coin que j'aimais
tant et que je ne peux plus supporter, oh oui, comme
un tableau que vous aimiez et dont on vous aura
prouvé que c'était un *faux*, il est toujours pareil mais il
vous écœure.

« ... Alors ? tu ne nous donnes pas souvent de tes
nouvelles. Tu vas bien ? » — Mais parfaitement bien,
papa. » — S'il faut des occasions pareilles pour se
rencontrer — la prochaine fois ce sera à mon enterrement. » — Tu ne trouves pas que cette remarque est de
mauvais goût ? » — A mon âge, mon cher... on y pense
malgré soi. Cette maladie d'Anna nous a pris au
dépourvu — il n'y a pas six mois... quand donc ? à
l'anniversaire de notre mariage (tu ne nous as même
pas envoyé une carte) nous parlions tous les quatre de
nos futures noces d'or. »

Dans la maison désertée, Sheelagh, Tassia et Tatiana
remettent les meubles en place, coupent le pain,
préparent le café, humbles et silencieuses comme les
herbes qui prennent doucement possession de l'édifice
en ruine — Marc, assis sur le divan entre Ilya Pétrovitch et Isaac Eichenbaum, suit d'un œil égaré les
mouvements de ces femmes qui disposent les tasses sur
la table. Des femmes dont aucune n'est Anna. Des
ombres.

Ceux qui l'ont connue jeune, ceux qu'elle a connus
enfants — cette grande et un peu lourde Tassia Delamare qu'Anna faisait jadis asseoir sur ses genoux pour
lui faire pianoter ses premières gammes... fa *dièse*, ma
chérie, fa *dièse*... la petite regardait le bouquet de
bleuets et de pois de senteur posé sur le piano, dans le
vase rouge... elles l'avaient cueilli ensemble, se prome-

161

nant ce matin-là le long d'un champ de seigle, et Anna portait une robe de cretonne blanche à pois roses. — Vois-tu, Iliouche — j'essaie... de me réfugier, de me bercer, avec des images : notre jeunesse, ce qui est si bien perdu que cela ne fait presque plus mal, c'est même doux, cela donne même envie de sourire, je n'ai plus que cela, j'en profite, elle me répétait... souviens-toi, souviens-toi, retrouve tout ce que tu pourras retrouver, le fil d'Ariane... »

— Du café, *Daddy ?* » il lève les yeux vers la femme étrangère qui penche sur lui son visage de Madone épaissie et courtoisement douce, oh ! après tout, Anna l'aimait bien. « *Thanks, Sheelagh dear* », ils sont tous tendres aujourd'hui, pas feutrés, regards voilés, voix éteintes, ils sont en train de l'envelopper dans des langes cotonneux et soyeux, pour l'empêcher de se cogner à chaque mouvement contre le vide — même les jeunes, assis par terre près de la fenêtre, bougent à peine et parlent à voix basse, il demande, distraitement : « Et Maureen, et David ? comme si, par politesse, il se souvenait de l'existence de ses petits-enfants. Oui, Anna les aimait bien. Dommage, ils n'ont pas pu faire la traversée.

« Oncle Marc » — Vladimir se penche sur lui pour l'embrasser. « Mais reste donc, mon cher. Reste encore. » (ce garçon est gêné à cause de sa nouvelle femme ? comme si je pouvais m'en offusquer). Myrrha suit son mari des yeux, s'efforçant de ne pas paraître inquiète, voyons est-ce que cela se voit, il penche juste un peu sur la gauche, et, oui, il paraît fiévreux — fiévreux, mais bizarrement détendu et sûr de lui, comme un homme qui, après un long séjour à l'étranger, se retrouve dans son pays et se remet à parler sa langue maternelle — cherchant encore ses mots et les retrouvant vite. Debout à côté de Tassia qui lui tend une tasse de café, il évoque leurs soirées chez les

Rubinstein, sur le Vassilievski Ostrov, tante Anna organisait des parties de « charades » et se déguisait en bohémienne pour prédire l'avenir.

« Regarde-moi, mon cher » — Tatiana Pavlovna avait entraîné son fils dans la cuisine, où elle préparait des sandwiches au fromage, « regarde-moi et ne te tiens pas de guingois, je me demande ce que tu as, je ne vais pas t'ennuyer avec des réflexions sur ta santé, non, mais pourquoi cette provocation inutile ? » — Maman, tante Anna a été bonne avec moi. C'est pour elle que je suis venu, et pour Marc. » — *Très* bien, j'ai compris. Tout de même. Le temps passe, ton père je te l'apprendrai n'a pas une santé de fer, et la... maladie d'Anna l'a terriblement secoué. Cela peut te paraître bizarre, mais tu lui manques. »

— Cela peut te paraître bizarre, il me manque aussi. Maman, toujours tes airs pincés. Trop facile. » — Je n'ai pas la tête à des conversations *difficiles* aujourd'hui... Eh bien ? qu'attends-tu ? prends le plateau, au moins, dispose les tartines, tu es devenu un pacha de harem, ou quoi ? » — Pardon, maman... » Il se met à couvrir de tranches de pain bis le vieux plateau ovale peint de fleurs roses et or sur fond crème craquelé, et se souvient du temps où ce même plateau, à Pétersbourg, était deux fois plus grand, les ors et les roses beaucoup plus vifs... lui et Tolia attendaient avec impatience la disparition des pirojkis — où les invités piquaient leurs minces fourchettes d'argent doré — pour voir enfin apparaître les fleurs. — Tolia a le visage un peu... bouffi, tu as remarqué ? » — Oui, dit Tatiana, il boit. Un vice américain dit-on. » — Nous n'avons rien à leur envier sur ce plan. Dis : c'est sérieux, pour papa ? sa santé ? » — *Tout* est sérieux après soixante ans. Ecoute. Vladimir. Tu ne crois pas qu'il serait temps de trouver une solution, de ne plus attendre les bals et les enterrements ? » — C'est-à-dire ? » — Si Victoria te concédait deux ou trois soirs par semaine, serait-ce trop demander ? Un *modus vivendi* provisoire — car, avoue-le, rayer purement et simplement de ta vie six êtres qui t'ont aimé est, pardonne-moi, une solution de lâcheté... et t'enfoncer dans la solitude à deux comme tu le fais de façon si spectaculaire que tes amis et ennemis commencent à croire que tu te caches de la police... t'enfoncer dans cette solitude à deux finira même par dégoûter de toi cette pauvre fille... » — C'est pourtant ce que tu souhaiterais, je suppose ? »

— Attends... ne nous éternisons pas ici, ne laissons pas refroidir le café. La vieille coutume des ' pominki ' n'est pas absurde — Anna était une maniaque du café tu t'en souviens, et les dernières semaines elle ne supportait plus que cela... Marc est encore *engourdi*, à force d'attendre ce coup il s'est déjà forgé une carapace, mais les premières nuits — oh ! ces premières nuits !... » — Le café, maman... » — Vladimir, tu ne nous refuseras pas — ne me refuseras pas — une heure, deux heures, au Café de la Gare si tu veux, cela ne doit pas continuer ainsi, c'est la situation de Pierre qui me préoccupe le plus, et Myrrha est de mon avis... » — Le café sera froid, maman. »

Victoria, adossée au piano, bras croisés, fixait un œil de plus en plus sombre sur le groupe de trois jeunes filles — les sœurs Thal et Lisa Abramian, qui, près de la fenêtre, se parlaient à voix basse en s'efforçant de prendre un air triste, alors que leurs propos ne l'étaient pas. Tassia, compatissante, s'approcha d'elle pour lui demander si elle avait bien connu Anna Ossipovna. « Non, pas très. Mais elle a été bonne avec moi. » — Oh, elle était la bonté même. Vous savez, Vladimir était presque amoureux d'elle, quand nous étions enfants. » — Ah ! tout petit ? » — Non, il avait bien douze ans. Vous êtes... en classe de philo, maintenant ? » — Presque. » Les vieux vous parlent toujours

de vos études. « Vous vous intéressez à... » ceci ou cela.
A la psychologie. « Une science *très* incertaine », dit
Tassia. — Passionnante. » — Une auberge espagnole. »
— La vie est une auberge espagnole », dit Victoria. Elle
se demande ce que Vladimir fait si longtemps dans la
cuisine avec sa mère. Il entre dans le salon, portant un
plateau de sandwiches. Tiens, va-t-il m'en offrir un ?...
« au saucisson ou au fromage, reine Victoria ? » Il
passe devant Myrrha, elle lève les yeux vers lui avec un
sourire tendre et hésitant comme si elle lui demandait
pardon, ô ces longs yeux fanés doux comme des fruits
trop mûrs, ces yeux de sirène maternelle — et —
Victoria le comprend : elle *sait,* elle sait tout, seule
dans cette assemblée, et lui fait comprendre qu'elle
sait.

Aujourd'hui encore c'est un regard de douce et calme
possession qu'elle a pour lui, n'est-ce pas Milou tout
ceci n'est qu'un malentendu, une fantaisie que je te
pardonne. Un jour ils diront tous : oui, il a eu une
passade, pour cette gamine plutôt quelconque mais
fraîche — le Démon de Midi — mais tout est rentré
dans l'ordre —

... et Victoria voit tout cela : la salle à manger-
cuisine du 33 ter, la porte ouverte sur un jardin où, à
l'ombre du vieux tilleul de l'Anglaise, on prend le thé,
les filles assises dans l'herbe sous les troènes font
tourner la manivelle du petit phonographe, Vladimir
joue aux échecs avec son père, Serge Rakitine et Igor
Martynov, en bras de chemise, rient et tentent d'attirer
l'attention des filles... Tatiana Pavlovna se penche par-
dessus l'épaule de son fils « attention à ta reine,
Vladimir ». Myrrha, en robe à rayures blanches et
bleues, sort de la maison, son fin visage plus fané
qu'aujourd'hui mais rayonnant de bonté heureuse, elle
apporte la grosse théière marron en faïence émaillée
« ma chérie, ne te dérange pas, dit Vladimir, c'est moi

qui apporterai les tasses »... et le long et mince Pierre aux yeux d'aigue-marine pose par terre son livre de géographie et se lève d'un bond, « non, papa, je le ferai, continuez votre partie »... et la petite grille grince sur ses gonds, le vieux M. Rubinstein arrive, sa barbiche complètement blanche, son dos un peu voûté... ou bien, le haut et sec général Hafner « une belle journée, Tatiana Pavlovna... » Tala fait jouer le disque des *Acacias blancs* — voilà comme cela devrait se passer.

La grande et noire Tassia traverse le jardin, offrant des sandwiches sur un plateau, « Vladimir, tu te souviens comme tu étais presque amoureux d'Anna Ossipovna ? » Il a des yeux rêveurs, perdus dans la lumière chaude des souvenirs lointains, oh oui, Pétersbourg, Tsarskoïé Sélo, la Néva blanche et argentée, et puis, tu te souviens Myrrha, la Crimée, Constantinople... Myrrha, ses mèches folles déjà argentées au-dessus de ce haut front étroit...

et Victoria là-dedans ? Victoria depuis longtemps morte, dommage, oui, dommage, une fille un peu folle n'est-ce pas — elle sent des larmes emplir ses paupières si brusquement que, voilà, un écran d'eau tremblante devant elle, tout vacille, elle ne voit personne, des ombres colorées qui bougent dans des frémissements d'arc-en-ciel, que fais-je ici ? oh non, ils ne me verront pas pleurer !

Mais à un enterrement — oui, pourquoi pas, je me souviens peut-être de ma mère... Maman ! ô égoïste que je suis. Je *mériterais* tout cela. Ma petite maman, viens chercher ta pauvre Vica !... et là, c'est un déluge dans les yeux : le nez, la bouche sont inondés, le seul moyen de ne pas étouffer serait de sangloter tout haut, elle se détourne et fait semblant de regarder les cadres posés sur le piano, en s'essuyant distraitement la joue du plat de la main. « Vi, qu'y a-t-il ? » Vladimir est à côté d'elle près du piano, et lui passe un bras autour des épaules.

Et elle, tout son corps lui fait mal, de l'effort qu'elle doit faire pour ne pas se blottir contre lui, la tête au creux de ce cou serré dans un col blanc par une cravate grise. « Oh rien, dit-elle, je pense à maman. »

— Tu veux qu'on s'en aille ? »

— Oh non, ce serait gênant. » — Je m'en moque. » — J'ai dit non ! » Ils sont là au milieu de quinze personnes qui peut-être les regardent, indécemment seuls, deux corps si proches l'un de l'autre que, dans la raideur naturelle imposée par la présence d'étrangers, ils semblent amollis et impatients à la fois. Autour d'eux des yeux pudiquement détournés, et d'autres durcis et curieux. Et un silence soudain, dans lequel le « j'ai dit non ! » de Victoria résonne comme si elle avait parlé très fort.

« Vi, sérieusement, partons. » Victoria eût sans honte perdu la face devant le Métropolite ou le Président de la République, mais non devant trois filles assises dans l'embrasure d'une fenêtre. Elle se dégage d'un coup d'épaule, et se met à examiner une reproduction du *Repos éternel* de Lévitan, accrochée sur le mur au-dessus du piano... une église solitaire à coupole d'or suspendue sur un promontoire au-dessus d'immenses étendues d'eau claire... ô paix éternelle, si je vivais dans un tel pays !... si un tel pays existait. — N'est-ce pas, c'est beau ? dit-elle. J'aimerais être peintre. » (Parole stupide : l'*autre* est peintre.) « ... Non, mais j'aimerais aller *là-bas*. Toi, tu as vu cet endroit-là ? » — J'en ai vu qui lui ressemblaient. » Il a tant vu. Descendu le Volkhov en bateau, en compagnie de Tolia Rubinstein et de deux autres camarades aujourd'hui morts. O qu'il aille parler de cela avec Tolia.

... Tu vois, disait Gala... les amis quittaient la maison mortuaire, s'égaillant lentement le long des sentiers et

167

des rues calmes de Bellevue, du Boulevard Verd aux vastes arbres noirs à branches brunissantes de bourgeons ; on s'arrêtait aux carrefours, échangeant les dernières banalités d'usage et les projets pour le lendemain. « Tu vois, disait Gala, je l'ai observée, et en fin de compte j'ai plutôt pitié d'elle. » — Moi aussi », dit doucement Tala. — Tu comprends : elle a, comment dire, perdu son identité. Elle n'est plus *personne*. Dans la vie il faut être quelqu'un, tenir un rang, si petit soit-il... »

— Tu crois qu'elle ne tient aucun rang ? » Tala trouvait qu'elle en tenait un, pas négligeable. Et Gala rougit. « Un rang équivoque. Entre deux chaises. Elle qui était si crâneuse. Et c'est bien fait pour elle. » — Oh non. J'ai changé d'idée, tu sais. Ce n'est pas de sa faute. Tu disais toi-même que ce n'est jamais la faute de la femme. » — Eh bien, moi aussi j'ai changé d'idée, à cause d'elle justement. D'accord, nous n'aimons pas à en parler, mais ce n'était *pas* la faute de papa. Elle lui courait après. Tu te rappelles comme il te demandait de ne plus inviter cette fille chez nous... »

Tala eut un petit rire dur. « Tu parles. La pauvre victime, non ? qui se laisse manger par la grande méchante ogresse ? Oh non, je ne vois pas d'excuses, n'essaie pas d'en trouver, il faut voir la vérité en face, ne pas tout édulcorer comme le fait maman. »

— Maman aime beaucoup papa. Il faut la comprendre. »

— Moi, si un homme me faisait ça, je le haïrais. Plus je l'aurais aimé avant, plus je le haïrais. »

— Elle est bonne. » — Oui, tendre l'autre joue, merci. »

« Une *déplorable* faute de goût, disait Ilya Pétrovitch. A un enterrement — donc, tout le monde a la bouche fermée, personne ne peut se retirer ni risquer une parole... et nous avions tous l'air ridicules, et ceci d'autant plus qu'au bal de la Sainte-Catherine il l'avait carrément présentée comme sa femme à la moitié des personnes présentes à l'enterrement, et Anton Loukitch m'a demandé quand avait eu lieu le mariage, et dans quelle église ? »

— C'est peut-être ce qu'il avait de mieux à faire ? dit Myrrha. Après tout — les us et coutumes de l'émigration russe étant ce qu'ils sont, on reçoit les couples sans leur demander de certificat de mariage. »

— Toi, Mélisande... dit Tatiana Pavlovna. Regarde ton fils. Il n'a pas l'air d'être résigné aux 'us et coutumes '. » Myrrha n'a plus qu'à baisser la tête. Pierre, de la journée, n'a pas desserré les lèvres.

Le couple scandaleux rentrait par la gare de Bellevue, pour descendre à Ouest-Ceinture et économiser ainsi deux tickets d'autobus. Serrés l'un contre l'autre dans le petit train électrique à deux étages ; silencieux et bizarrement bouleversés. Comme s'ils venaient d'échapper à une souricière qui avait failli se refermer sur eux.

« Vois-tu, j'ai eu raison : je n'aurais pas *pu* y aller sans toi. Je n'irai jamais nulle part sans toi. » — Je t'avais menti. Ce n'était pas à cause de maman que j'ai pleuré. »

— Je le sais. »

— Promets-moi. Jure-moi. Qu'ils ne te reprendront jamais à moi. »

— Est-ce que je suis un colis qu'on prend et qu'on reprend ? »

... Il la regarde, assise par terre à ses pieds — il admire sa façon enfantine de dédaigner les meubles, de s'asseoir tantôt sur la table et tantôt sur le plancher, de s'adosser aux pieds du fauteuil, de marcher sur le lit. Elle est assise, genoux relevés et les bras passés autour des genoux — elle le contemple de bas en haut, ses yeux couvant d'un feu âpre sous les sourcils raides.

— Oui. *Moi,* je t'ai pris. Tu l'as dit toi-même. »

— Bon. Je le jure. »

— Tu vois, c'est grave, dit-elle. Tout à l'heure, en te voyant, avec eux tous, j'ai compris que tu étais *un des leurs,* oh tellement des leurs, leur chair et leur sang, tu leur appartiens tellement que tu as les mêmes regards, les mêmes sourires, la même voix, tu fais partie d'eux comme une note de musique dans un air... »

Il se penche vers elle. « Mais Vi, c'est grave, ce que tu dis là. »

— Oh ne m'embrouille pas. Je t'aime tant que même en te regardant tourner au milieu d'eux, tu vois, ' oncle Marc ' et ' pardon Anton Loukitch ' et ' voyons, Tassia '... je te trouve si *charmant* que ça me fait peur, et je me dis que c'est cela ta vie — et que tu es tellement imprégné de ces regards, et des... moindres petits gestes de tes parents, et que tout cela est tellement fort, et que tu as déjà vécu si longtemps et moi si peu... » elle n'en aura jamais fini de récriminer, elle pourrait en parler pendant des heures. « C'est ça, dis que je suis un vieillard. » — Ne m'embrouille pas. Tu ramènes tout à cette vulgaire question d'âge. Pour ta mère tu es un bébé, pour Marc un jeune homme, pour Tassia un camarade, quoi encore ? Et moi, là-dedans ? Tu te sens *bien* avec eux, voilà ! »

— J'aimais bien tante Anna. » — Ah ! tu vois ? Tu aimes trop de gens. A ton âge c'est inévitable. Pour moi tu n'as pas de l'amour, mais de la *passion,* un beau jour ça passera et tu t'apercevras que tu es toujours un des leurs... » — Ne me rends pas fou. Tu me donnes mal à la tête. Car tu es une sentimentale, et tu t'inventes des romans comme une midinette, tu t'en fais un jeu, tu es prête à jouer tous les rôles, même celui de la pauvre fille abandonnée... »

170

Elle s'arrête, debout, face à lui, devant la table qu'elle débarrassait machinalement du tas de linge à repasser — pétrifiée, avec ses chemises et ses serviettes dans les mains. « Oh! tu es... diabolique, tu devines toutes mes pensées pour les tourner dans le mauvais sens! Je ne serai jamais la fille abandonnée, tu m'entends, *je serai la fille morte!* je te ferai le chantage au suicide, parfaitement, je le ferai. Si tu t'amuses à jouer avec moi au galant homme et à l'honnête homme... »

— Vi au nom de Dieu, est-ce que je le fais?!! Si je te jure de jamais plus les revoir *jamais plus* quoi qu'il arrive... »

— Non, dit-elle, royalement généreuse, je te laisse libre. »

*

Aux approches de Pâques Piotr Ivanytch daigna reprendre — pour deux mois en principe — son ancien employé. Sans le déclarer. « Je vous laisse libre aux heures où vous irez pointer pour le chômage, ainsi vous gardez l'allocation et ne perdez pas les assurances sociales. » « Et 1 500 F au lieu de 1 900 F, que voulez-vous, la guerre d'Espagne... » comme si la guerre d'Espagne coupait l'appétit aux Russes et aux Juifs qui veulent fêter Pâques, et même aux Français. Or Vladimir faisait le compte de ses dettes et constatait qu'il avait un découvert de 2 100 F... dus à divers amis et même à l'épicier du coin, bref c'est ce qui s'appelle vivre au-dessus de ses moyens, et même très au-dessus car les sommes promises à son père n'entraient pas dans ce compte et n'en restaient pas moins dues.

... Et si seulement il n'y avait pas eu ce jeune homme rose à lunettes d'écaille. « A vos risques et périls. Vos risques et périls, je vous le répète, et je suis obligé de mentionner dans mon certificat que vous avez quitté l'hôpital *contre* l'avis médical. Vous n'avez pas de jeunes enfants ? » — Pas que je sache, pas encore. » — Vous crachez peu, mais vous pouvez devenir contagieux d'un moment à l'autre. En cas d'hémoptysie faites-vous hospitaliser aussitôt. »

Et, dans la salle B... Gaëtan Varennes est toujours là ; mais Georges Molinier n'y est plus. Abcès à la plèvre, infection généralisée. On lui a tiré deux litres de pus des poumons. Rien à faire, il a fini par étouffer ; il était tout bleu... Il paraît que je ne suis pas encore mûr pour Brévannes, dit Gaëtan, je suppose que je ne le serai jamais. Passez me dire bonjour de temps à autre, je suis l'homme qui ne reçoit jamais de visites. » — ... Est... est-ce que vos fils sont au courant ? » — Pourquoi le seraient-ils ? leur mère est morte. Ils sont majeurs. Je n'ai pas d'héritage à leur laisser. » — Vous ne leur écrirez pas ? » — Ils me haïssent, dit Gaëtan. Cela fait tout de même un drôle d'effet. »

— Moi, je ne suis pas loin de croire que mon fils me hait aussi. Il a quinze ans. »

— Ecoutez-moi, l'homme heureux ; tant que vous n'avez laissé aucun abbé vous souffler votre conquête, moquez-vous du reste. J'aurais bien mieux aimé finir en beauté, il y a douze ans. Je m'étais laissé intimider par la Faculté. Pur conformisme. »

Pur Conformisme. Le galant homme et l'homme honnête se réveillaient parfois, surtout le matin — l'heure de la langueur douloureuse dans les bras et les jambes. Mais la vue de la jeune fille à moitié endormie, roulée comme dans une vague dans la lourde couverture gris-rose et les joues roses de sommeil, redonnait du courage. Si tendrement gaie, quand il posait sur le lit le plateau avec deux tasses de café chaud ; relevant ses épaules rondes, étirant ses purs bras moites qui portent les marques des plis du drap.

Les paupières encore ensablées, les cils collants, la

joue gauche plus rouge que l'autre, les cheveux tombant en brassées de mèches jaunes et verdâtres — à cette heure-là le soleil arrivait jusqu'au lit, parsemant de ses taches blondes et pâles, pêle-mêle, le drap fripé, les cheveux emmêlés, les tendres mains tenant la tasse bleue — ô le plaisir d'être déjà au mois d'avril et de n'avoir pas besoin d'allumer le poêle.

Donc, plus de galant homme — il ramène les franges noires du châle sur les seins insolents et candides — elle est si gaie depuis qu'elle mange mieux, elle dévore son pain beurré avec tant de joyeuse conviction, parlant la bouche pleine ; et pouffant de rire si bien que le café lui coule sur le menton. « L'heure de nous séparer. » — Oh ! attends, je m'habille et je t'accompagne. »

Au magasin, elle tourne en rond, jette des regards concupiscents sur les pirojkis, les gâteaux à la crème, les cornichons et les harengs salés, les rangées multicolores des pots de confitures. « Tiens, si tu achetais de la confiture de *roses !* de la confiture de tomates vertes ! » « Piotr Ivanytch, je peux vous voler une *tianoucka ?* » — C'est bien la dernière, Victoria Alexandrovna, bien la dernière ! » au fond, le vieux est ravi. « Piotr Ivanytch, vous ne voudriez pas de moi comme vendeuse ? » — Hé, hé, dit-il, cela ferait doubler le nombre de mes clients ! mais j'y perdrais, vous mangeriez en douce la moitié des gâteaux. » — C'est qu'ils sont tellement bons. » — Allez, allez, prenez-en un. » Et dans l'arrière-boutique où Vladimir et Boris déballent les colis et discutent avec les fournisseurs, elle cherche à se rendre utile en comptant les boîtes de thon et de maquereaux marinés, tout en fredonnant des airs de *Negro Spirituals.* « ... *I'll make Heaven my home... Halleluyah...* zut ! je me suis encore trompée, cinquante-cinq... Non, sans blague, Boris Serguéitch, est-ce que je ne ferais pas une bonne vendeuse ? » — Je suis ébloui par la diversité de vos talents, mais ce n'est pas la carrière que je vous conseillerais. » — Mais c'est sérieux. Piotr Ivanytch a débuté ainsi, et le voilà un homme riche. Je crois que je ferais une excellente femme d'affaires. »

— Tu ferais bien de rester tranquille et de réviser ta géométrie dans l'espace. » — Tu crois ? Je ne me présenterai pas encore au bac à la session de juillet. » Et elle se met à ranger et à classer — par dates, noms des fournisseurs et des clients — les piles de lettres qui traînent sur le bureau. « Mais laisse donc, je ne m'y retrouverai plus. » — J'y mets de l'ordre : regarde-moi cette pagaille, tu n'as aucune méthode. Oh ! regarde ! Tu as tapé : *en réponse à votre merveilleuse du 27 mars, nous vous faisons l'honneur...* Eh... bien ! ! si je n'avais pas été là... C'est du beau. Oh non, laisse-la comme ça, tu imagines la tête du client. »

Sur le fond sonore des rires des deux hommes, Victoria improvise : « en réponse à votre langoureuse du 1er janvier nous vous causons l'horreur... en réponse à votre plantureuse du 35 février nous vous cachons l'ardeur... » et Vladimir rit si fort qu'il est incapable de remettre une feuille nouvelle sur le rouleau. « Eh ? dit Piotr Ivanytch, attiré par le concert de hoquets et de hennissements auquel s'est déjà joint le rire en fausset du jeune Angelo — eh bien, c'est le spectacle, ici ? Victoria Alexandrovna, vous débaucheriez le Saint Synode. Venez plutôt donner un coup de main à August Ludwigovitch, j'ai quinze personnes dans la boutique. »

Vladimir n'a plus qu'à recommencer sa lettre, et, encore une fois, tape « ... votre merveilleuse » et laisse échapper un mot digne d'être censuré. Angelo pouffe toujours, les yeux tournés vers la porte qui vient de se refermer sur Victoria. « Eh ! l'Ange ! dit Boris, assez lorgné les jeunes beautés, range-moi ces caisses. »

Vladimir, lui, continue à lorgner. La porte refermée.
« ... Non, vois-tu — tu vois que j'ai eu raison. Elle
refleurit. J'étais inquiet. Sérieusement. »

— Je ne veux pas te décevoir mon cher, mais je l'ai
vue rire *aussi* pendant ton absence. » — Oui, tu l'avais
emmenée chez Zeyer et vidé avec elle une bouteille de
Juliénas. J'apprécie, ne crois pas, mais Dieu merci
pour toi et pour moi tu ne le faisais pas tous les soirs...
Et tu ne te rends pas compte à quel point elle a changé.
Elle commence seulement à retrouver son équilibre. Le
choc que toute cette histoire lui a causé... » — Je te
dirai qu'il y a une autre personne qui a, également,
subi un choc. »

— Bien sûr. Tu n'as pas tenu ta langue, je suppose
qu'à un amoureux on ne saurait tant demander, et je le
regrette car je n'aurais pas voulu l'attrister. Mais il y a
une *différence*, mon cher, Victoria est dans un âge où
ce genre de choc est plus grave, un âge fragile... de
plus, un tempérament sanguin, violent, émotif, et à
l'hôpital elle était presque tombée en syncope... »

— Ecoute : tu pourrais parler d'elle pendant des
heures, et tu as toutes ces lettres à mettre à jour, mais
un mot encore : est-ce que tu ne recules pas pour
mieux sauter ? »

— Ah oui, l'épée de Damoclès — » Vladimir relit la
lettre où il a réussi à taper : « en réponse à votre
honorée du 27 mars nous avons l'honneur... » et pouffe,
une fois encore.

A la terrasse du grand café des *Sports* à la porte de
Saint-Cloud, face aux nouveaux et monumentaux jets
d'eau — bases de colonnes géantes, déjà éclairées et
déversant dans un faux jour rosé leurs flots d'écume
blanche — nous en parlerons une autre fois, oui — une
soirée claire propice aux confidences après deux verres
de vodka vidés au magasin (malgré le Carême) pour

l'anniversaire du patron, et un verre de Saint-Raphaël, devant la petite table ronde sur la terrasse vitrée. — Tu comprends, je suis *peut-être* un peu fou. J'ai perdu le sens du temps. Si j'essaie de prévoir à plus d'un an d'avance, tout devient à tel point confus que mon cerveau se bloque. Toutes les familles heureuses, comme disait le vieux Tolstoï, sont heureuses de la même manière, et ce bonheur ' de la même manière ' est justement ce que je ne peux pas imaginer. »

— Tu l'as eu, dit Boris, durement, tu t'en es lassé ; ça manquait de piment. Et au moment où cela devenait un peu compliqué : les grands enfants qui posent des problèmes, la femme — pardonne-moi — qui commence à voler de ses propres ailes... tu lâches tout, tu t'en laves les mains et tu songes à une autre ' famille heureuse ' et ton cas n'a *absolument* rien d'original, je t'en citerai une demi-douzaine parmi nos relations. »

— On me l'a déjà dit. »

— Artémiev, Bergholz... qui encore ? Loubiansky — avec son petit rat de l'Opéra. Ravissante, je te dirai. Il occupe une chambre dans l'appartement des parents, gens d'esprit large, la gosse a seize ans. L'épouse vient faire des scènes, lui se frappe la poitrine, ' pardonne-moi Katia je suis un misérable '. Ils pleurent tous les trois, parlent de sacrifice et de suicide, drame à la russe, le père de la fille (joueur de balalaïka chez *Dinarzade*) vient les réconcilier en parlant de son glorieux passé de lieutenant-colonel sous les ordres de Koltchak, songez à tout ce que nous avons perdu ! la tête coupée on ne pleure pas sur les cheveux ! Tu diras : quel rapport ? Je te réponds — chez nous, les hommes mûrs se lancent dans ces entreprises érotico-sentimentales, parce que leur avenir est bouché. La fille jeune, vierge de préférence, est le symbole d'un *Graal* à conquérir, réalité intemporelle, alibi, revanche... »

— Ah ah ! tu commences, comme Goga, à chercher

des explications d'ordre social... un jour tu te réveille-ras marxiste. Et si l'amour est un *Ersatz* de brillantes carrières universitaires, littéraires, politiques et autres, vive le déclassement ! Mais je ne te parlais pas de Loubiansky ni de Bergholz, mais de Vladimir Thal. Je te disais : une sensation bizarre. Un mur. Noir, blanc, ou mur de feu, je ne sais plus... Et cela a commencé, je le comprends maintenant, le jour où je l'ai vue la première fois — tu t'en souviens, tu étais là, ce jour d'été, chez nous à Meudon, au temps des grèves — la première fois ou peut-être la deuxième... car cette certitude que j'avais alors de ne jamais la posséder s'imposait à moi, tout aussi implacable que l'impossi-bilité de revivre le passé.

« ... Donc j'ai vécu pendant près d'un an sur cette sensation d'avenir inexistant. Tu peux bien te douter que, si elle n'avait pas eu le courage de se déclarer la première, jamais au grand jamais je ne me serais permis un mot, ni un regard qui pût la troubler... Mais ce qui est plus bizarre, le jour où j'ai compris qu'elle m'aimait le temps s'est littéralement désagrégé, si bien qu'il me semble qu'elle s'est donnée à moi hier, que j'ai quitté l'hôpital Boucicaut il y a deux ans, que nous vivons ensemble depuis... je ne sais plus, *toujours*, disons, car les mois et les semaines n'ont aucune réalité. Ma raison me dit que je *devrais* penser à l'avenir, à son avenir. Et tout mon être s'y refuse. »

... Et que faire, pensait Boris, que faire s'il est impossible de parler franchement ? Si la facile lâcheté des rapports sociaux nous force à nous en tenir à des allusions voilées ? — et nous nous croyons amis. Ils sont là, dans ce grand café où ils ont passé — depuis six ans — plus d'une soirée à discuter de littérature ou à échanger des confidences (et quand donc, à cette même table si je ne me trompe, m'avait-il, l'alcool aidant, imposé d'assez indiscrètes révélations sur sa frustra-

tion conjugale, et m'avait presque demandé conseil ?...
toi qui es un homme d'expérience). Là, Irina, assise à
mon côté, collée à la vitre, guettait, fumant cigarette
sur cigarette, se redressant au passage de chaque
garçon grand et blond... Il fait déjà sombre et la place
est balayée par les rayons crus des voitures qui
s'étalent sur l'asphalte mouillé.

Sur le visage osseux et fin de Vladimir des phares
jaunes, à travers la vitre, tracent de profondes ombres
noires. Un fier visage de rapace rêveur.

Et si je pouvais lui dire : espèce d'imbécile, il n'y a
qu'un seul avenir pour toi, le Sana et encore le Sana,
Cambo, Brévannes ou autre, pour deux ou trois ans. Il
n'a pas besoin de parler, Vladimir devine. « Sais-tu ?
j'y penserai. Dans quelques mois — disons en octobre
ou en novembre. »

... Et si elle savait que l'homme le plus amoureux
peut être habité par un démon mesquin qui lui répète,
aux heures de fièvre ou d'insomnie, les horribles
banalités qui depuis Dieu sait combien de siècles
humilient et dégradent l'amour — sur des airs de
vulgaires chansonnettes, ou par la voix de poètes
grands et petits, de philosophes et de psychologues, ce
démon équivoque répète que l'indicible, ineffable et
irrésistible joie de la possession physique s'émousse
avec l'habitude, s'épuise, s'évente, se décolore — que
rien n'est plus vite oublié qu'un serment d'amour —
que le propre de l'amour est la fragilité, un *feu*, le feu
s'éteint, pas de buisson ardent qui brûle sans se
consumer.

Instantanément le cœur jeune
s'enflamme et s'éteint, en lui l'amour
s'éteint et revient de nouveau [1]... pour un autre objet —

1. Pouchkine (« Poltava »).

ô Dieu bénisse les cœurs jeunes — la sainte jeunesse, ses douces chaleurs, sa royale liberté, où *la vie afflue et s'agite sans cesse.*

comme l'air dans le ciel et la mer dans la mer et d'une lame de fond à l'autre son cœur généreux va plonger et déferler vers des joies nouvelles, vers des ardeurs et des fidélités plus ou moins durables mais non éternelles, à son âge un an est une éternité, la nature veut qu'elle aime encore, qu'elle aime à nouveau —

pour toi, mon avide et ardente, le temps passe lentement et je suis déjà le « vieux mari », l'ancien amant, qui te fait le chantage au grand sentiment abusant de ta belle droiture et de ton ignorance de la vie

... bref il est évident Victoria et plus qu'évident qu'un séjour d'un, deux ou trois ans à Boucicaut ou à Brévannes signifie pour nous deux l'abomination de la désolation, et les glaces de l'enfer, car si tu dois aimer un autre homme c'est la mort pour moi, mais pour toi une dégradation irrémédiable, et une profanation, et le viol de ton âme

car un autre homme peut très bien te donner à voir des soleils, toi ma brûlante. Comme un crapaud dans toi Victoria. Pour une femme qui a connu l'amour se laisser prendre au piège d'un désir sans amour est aussi cruel que manger de la chair humaine — et je ne permettrai pas que cela t'arrive.

Donc, il est des jours où ces criminelles pensées le plongent dans un océan de vertige et de nausée, combien de temps une fille peut-elle rester fidèle à un homme absent ? pendant soixante-dix jours elle a joué le rôle de la petite épouse dévouée qui vient à l'hôpital à une heure et demie tapant, est-il certain qu'elle eût tenu six mois ? A tel point heureuse de ne plus mener cette vie qu'elle a oublié ses affolements et sa naïve foi dans la science médicale. Dès qu'on en parle ses yeux deviennent opaques.

Elle a trop souffert, la prochaine fois elle ne souffrira plus.

Ne tente pas sa courte patience, elle ne te pardonnera peut-être pas une déchéance nouvelle, ni la répétition de la même comédie.

Elle n'est pas Myrrha, Dieu merci, elle a besoin de toi nuit et jour, et combien vrai l'adage « loin des yeux loin du cœur », le seul crime contre l'amour est la séparation.

III

PÂQUES ET TRINITÉ

Est-ce notre Cinquième Ciel — ou le Sixième ? Une chambre cédée par la Suédoise, Ragnid, qui du statut de peintre-modèle est montée ou descendue à celui de femme entretenue : un Américain, mauvais peintre mais fils d'un gros industriel, l'avait installée dans un studio près du Bois de Boulogne, où elle ne posait plus que pour lui seul. Le studio de la villa d'Enfer, situé dans un long passage, au rez-de-chaussée, était l'avant-dernier d'une série de studios similaires — pour la plupart habités par des peintres. Pourvu d'un escalier de bois menant à une soupente à balcon si basse de plafond qu'on se cognait la tête aux poutres, et tout entière occupée par un vaste sommier.

Ragnid laissait en héritage son vieux chevalet encrassé de peinture, une table pliante, des chaises, des caisses, des châssis, un grand rideau de laine bleu pétrole, une énorme jarre de grès couverte d'inscriptions et de dessins dont certains bravaient l'honnêteté, et une natte de paille verdâtre d'environ six mètres carrés.

Et Victoria était si ravie de cet ameublement sommaire et original, et surtout de l'escalier peint en rouge, qu'elle se découvrait une vocation de peintre. Nous allons repeindre tout cela à neuf, et inventer de nouveaux dessins pour la jarre. Et couvrir de fleurs la lampe et la balustrade — et peindre la table en vert et en violet. — « Il te faudra des kilos de peinture. » — Et après ? ce n'est pas si cher. Tu achètes des poudres, tu les dissous avec de l'huile de lin... M. Grinévitch m'a tout expliqué. » — Tiens, tiens, quand cela ? » — Je l'ai rencontré à *La Rotonde*... en janvier je crois. » — Tu allais donc à *La Rotonde ?* » — Je m'ennuyais tellement, tu sais. » — Je parie que c'est lui qui t'avait payé le café. » — Le *café ?* Tu parles. Des crêpes chez *Dominique.* »

— Tu ne me l'as pas dit. » — Tu parles. Quand je venais en visite à l'hôpital, si tu crois que je pensais à cela... » — Eh bien !!! J'en apprends de belles, peu à peu — tu te fais offrir des *blinis* par l'un, un dîner chez *Zeyer* par l'autre... »

Ce qui est magnifique chez elle, c'est qu'elle ne prend pas de mines contrites. « Oh ! si je te racontais tout... » « La *tentation*, tu comprends ? J'avais faim. Une fille a le droit, tu sais — pour remettre un type à sa place, on peut compter sur moi ! » Il la regarde, souriant des coins des lèvres, pressentant à l'avance des tourments qu'il n'éprouve pas encore, en ce moment il n'a envie que d'une chose, rire avec elle et trouver drôle ce qu'elle trouve drôle. Il est prêt à croire qu'elle mettrait dans sa poche Casanova et Don Juan. Si honnête que les malices enfantines ne lui coûtent rien. — Je veillerai *personnellement* à ce que tu n'aies plus faim, Victime. D'abord — Ragnid avait payé son terme à l'avance, donc jusqu'à la fin juin nous n'avons pas à nous occuper du loyer. Les dettes attendront. Tu veux que je t'emmène chez *Dominique ?* » Elle lui saute au cou. « Comment as-tu deviné ? C'est justement ce dont je rêvais ! »

Elle est si ingénument fascinée par le nouveau logement que Vladimir en est presque inquiet : elle se cherche des distractions, elle est avide de nouveauté, donc elle s'ennuie. La voilà qui se met à recouvrir la jarre en grès de peinture bleu nuit et violette trouvée dans des fonds de pot laissés par Ragnid. « On ne peut tout de même pas garder sous nos yeux des horreurs pareilles, non ? » (des dessins figurant avec une douteuse volonté d'humour des personnes des deux sexes en postures de *Kamasutra*). — Et sais-tu qu'aux Indes ces images-là font partie de la peinture sacrée ? » Elle pouffe de rire, puis s'indigne. « Quelle mentalité ! dis donc. Pas étonnant s'ils se sont laissé conquérir par les Anglais. Oh ! regarde ou plutôt ne regarde pas, voilà, je le badigeonne de violet, et, tiens, encore un peu de vert émeraude à côté... et ce sera très *artistique* tu verras... » — Je vais t'aider. » — Oh non, je ne veux pas que tu regardes ça, c'est trop honteux, et puis ils ont écrit des choses... tous les amis de Ragnid ont dû s'y mettre — des écritures différentes. Au fond, c'est une *poule*, non ? » — Pas du tout. Une femme libre. »

— Merci pour une telle liberté ! Au fond, tu es immoral. » Elle semble y voir plutôt un compliment, mais un de ces compliments décernés à contrecœur, hommage hypocrite rendu au vice par la vertu. Et après avoir fait disparaître les images érotiques sous un fouillis de zigzags, de comètes, de soleils, de croix et de palmiers bleus, noirs, violets et verts, elle recule pour jouir de l'effet. — Non, mais ! c'est de la peinture moderne ! Avoue que ce n'est pas mal ! Je pourrais gagner ma vie comme peintre. »

« Oh tu vas voir. Nous aurons une chambre formidable. Et nous allons fêter notre *premier* anniversaire, et inviter tous nos vrais amis, et je préparerai du *punch*, et une grande salade russe à la betterave... l'important c'est qu'il y ait beaucoup de haricots blancs et de filets de hareng. »

Le fait est qu'un atelier d'artiste est le symbole d'une sorte de promotion sociale. La vie de bohème, ma chérie... Victoria, drapée dans le rideau bleu pétrole, une serviette à carreaux roses nouée autour de sa tête en guise de turban, prend des poses langoureuses sur l'escalier à rampe rouge, laissant traîner les plis du rideau sur les marches. « Regarde-moi, est-ce que je n'ai pas l'air d'une odalisque ? » — Dans ces draperies ? plutôt une Vierge de l'Annonciation. » — Oh ne me provoque pas », et elle est déjà en haut de l'escalier, déjà dans la soupente, penchée par-dessus la rampe, balançant au-dessus de la tête de Vladimir une cruche en terre cuite accrochée au bout d'une ficelle. « Tiens. Attrape-la. » Et elle la remonte rapidement dès qu'il lève la main. « Attrape-la. » Elle la tient dans ses bras, contre sa poitrine. « Attrape-la, attrape-moi. »

— ... C'est si bien, cet escalier, n'est-ce pas ? Symbolique : on monte au ciel... Jamais vu de lit aussi large. Tu sais, il faudrait peindre ce plafond en bleu foncé, et acheter de la poudre de bronze et dessiner des tas d'étoiles d'or — toutes les constellations. *Le Ciel de lit* — ça se dit, n'est-ce pas ? Tu crois qu'on le gardera longtemps ? » — Qu'on gardera quoi, chardonneret ? »

— Oh tu dors ! Cet atelier, bien sûr ! »

— Toute notre vie, si tu l'aimes. »

— Je l'*adore !* On va le décorer... attends : suspendre des lampions sur la rampe oh ! et puis tu vois ce crochet au plafond ? on peut y accrocher une caisse de terre et y planter des fleurs, ce serait le Jardin suspendu — on le baisserait et le remonterait à l'aide d'une poulie... mais tu t'endors ! » C'est vrai. La tête égarée entre les plis du rideau bleu pétrole, et la blancheur rosée et ambrée des tendres dunes à peine tièdes, à peine moites. — Le bienheureux sommeil dans les bras de la volupté. » — Oh ! pas d'excuses galantes. Je t'ennuie, c'est tout. »

O puits de soleils je veux bien être écorché vif si tu m'ennuies, ô ta voix d'alouette toute vibrante dans l'éclat du soleil de midi. « As-tu jamais entendu l'alouette chanter ? » — Non, jamais, dit-elle. On dit que c'est joli. » — Une des plus belles choses au monde. » Elle soupire. Pourquoi y pense-t-il ? O tous tes beaux souvenirs que je n'aurai jamais. « Tu vois, tu vois, tu rêves de ta jeunesse. » — Mais non. C'est toi l'alouette. »

— Encore une excuse. Oh tu vois, tu n'es pas simple, tu m'habilles de toutes les jolies choses que tu as connues dans la vie, parce que je ne te suffis pas telle que je suis. »

Elle se blottit en lui, se roule, se glisse, s'enchevêtre. « Oh non, moi je n'ai besoin de rien ni d'alouettes ni d'étoiles, toi seulement, tes cheveux, tes dents ton nez... » — Et quoi encore ? et les lampions, et les plantes suspendues, et la poudre de bronze... » — Oh ! ce n'est pas pareil. »

O la plus avide des créatures. Tout manger à pleines dents. « Hypnotise-moi. » Les yeux dans les yeux, si proches que les prunelles devenues gris fer dans l'ombre, sont toutes floues, et floues les paupières alourdies.

... Et le soir venu elle allume des bougies trouvées dans le tiroir sous le réchaud à butane, les met dans des verres, les dispose sur le bord du chevalet et sur le couvercle de la jarre repeinte, et sur les marches de l'escalier, il y en a neuf en tout, de grosses bougies de stéarine blanche. De longues ombres flottent et s'entrecroisent sur la natte grise et sur les hautes vitres poussiéreuses, et Victoria en robe de chambre bleu nattier improvise une danse alanguie au son du disque... *La route lointaine...* elle rêve.

... « *La troïka avec des clochettes
       et au loin scintillaient les feux...* est-ce que tu as voyagé en troïka ? » — Ça m'est arrivé. »

— Et tu la conduisais toi-même ? »

— Oh non, je ne m'y connais pas, c'est tout un art. »
— Dommage. Mais tu savais monter à cheval ? » —
Moyennement bien. »

— Tu avais un cheval à toi ? » — Oh non, nous étions
des citadins. » — Mon père en avait un. Une jument
appelée Fatima. Il l'aimait beaucoup. C'est vrai, ce
qu'on dit, que chez vous il y avait des nuits *vraiment*
blanches ? » — En juin, oui. La Néva toute laiteuse, et
l'on voyait les couleurs des maisons, et pas d'ombres
portées, une lumière douce... » — *Et claire*, cite
Victoria, pensant au *Cavalier de Bronze,... est la flèche
de l'Amirauté...* Qu'est-ce que c'est que cette flèche ? »

— Tu vois : tu ne veux pas que je pense à mon passé,
et c'est toi qui me le rappelles. »

— Mais ça m'intéresse ! Je suis jalouse mais ça
m'intéresse. Je ne veux pas que tu y penses quand je
n'en parle pas. Tiens ; tu veux que je mette le *Danube
Bleu,* on va valser. A la lumière des bougies. Comme ça
les flammes danseront aussi. » — Et nous allons
prendre feu. »

— Oh nous avons déjà pris feu, nous brûlons. » Elle
fait tourner la manivelle du phono, chantonnant : « *la
valse tendre... et ce fut le premier aveu...* Viens ! » Ils
évoluent entre les flammes vacillantes et Vladimir
revoit la salle Tivoli, et la petite table et les verres de
limonade et la fille en robe blanche aux rubans roses,
vous m'accorderez cette valse, reine Victoria ? ... Brûlante et palpitante et perdant le rythme — ô la
Révélation brutale — à ce seul souvenir il a le souffle
coupé. « Je sais à quoi tu penses, dit-elle. Tu étais *très*
amoureux, dis ? Très très ? »

— Je ne sais plus. J'étais comme dans un rêve... non,
tout compte fait, je ne suis tombé vraiment amoureux
qu'à l'instant où tu m'as embrassé. L'homme foudroyé. »

— La Peste, Oh oui. La Foudre. » Le front blotti

contre l'épaule de Vladimir elle n'a nullement l'air d'un fléau terrifiant. « Le Léviathan. Le Monstre du Loch Ness. » A ce moment-là la musique déraille en de rauques et lamentables mugissements. « Vite, remonte-le, dit Vladimir, ça va rayer le disque. » Elle éclate de rire. « Non, laisse, c'est la voix du *monstre*! Regarde, la moitié des bougies est morte, il va faire noir et sinistre! Regarde nos ombres sur les murs, nous sommes des géants! »

Le mugissement meurt dans un long râle.

— Oh! Vite! s'écrie Victoria, ne laissons pas brûler *trois* bougies, ça porte malheur. J'éteins celle-ci, sur la jarre. Il n'y en a plus que deux : toi et moi. Ecoute — j'y pense vraiment — au Monstre du Loch Ness. Imagine ça : un lac, profond de *mille* mètres, et l'on ne saura jamais ce qu'il y a au fond, et le serpent est peut-être là depuis la Préhistoire. Et il apparaît de temps à autre et l'on ne sait même pas s'il existe. Et s'il te happait et t'entraînait tout au fond? L'amour, c'est peut-être ça? » Assise par terre, elle regarde les deux bougies posées sur le chevalet. Les deux flammes blanches, presque immobiles, semblent couler et ruisseler autour de leurs mèches rougies.

— Un peu sinistre, comme comparaison? » — Oh pas du tout. C'est peut-être très beau, ce gouffre jamais sondé, la grande grande nuit sans fond, l'oubli total, et ce serpent puissant qui y vit depuis dix mille ans et se moque du reste du monde... et qui sait s'il n'y a pas une lumière tout au fond, si ça ne communique pas avec les laves souterraines, de l'or et de l'argent en fusion?... si ça ne va pas jusqu'au centre de la terre? » Vladimir cherche à capter les reflets des bougies dans les prunelles bleu-noir brouillées par la danse des cils clignotants.

— O la belle leçon de géologie. » — Laisse. C'est de la *poésie*, j'imagine ce qui me plaît. La terre est un soleil recouvert d'une croûte, nous avons percé la croûte, nous sommes à l'intérieur. Tu vois ces bougies. Elles sont de même longueur, elles s'éteindront en même temps. »

— Elles sont déjà presque fondues, elles dégoulinent du chevalet. »

— Le chevalet..., dit Victoria. Est-ce que ce n'est pas, aussi, un instrument de torture ? »

— Nous voici dans le noir. »

— Non, n'allume pas l'électricité. Pas encore. Tu vois, elles se sont éteintes en même temps. Je les ai *conjurées* pour qu'elles s'éteignent à la même seconde. » Assis près d'elle sur la natte éclairée faiblement par de pâles plaques de lumière grise tombant de la haute fenêtre, Vladimir contemple la silhouette noire et carrée du lourd chevalet-instrument de torture, et songe aux soleils enfouis dans les abîmes du Loch Ness. « Tu es superstitieuse, dit-il. Je ne voudrais pas que tu le sois. Je n'aime pas tes histoires de bougies. »

— Je pensais, dit-elle, d'une voix soudain timide et brisée, que tu aimais tout en moi. Nous sommes si *bien*, ici. »

Si bien. Parce que c'est dimanche.

C'est la saison de Pâques. Victoria s'est improvisée vendeuse bénévole, bonne vendeuse même, habile à pousser à la consommation. « Oh ! mais prenez donc de ces cornichons *malossol* ils sont tout frais ! » (or ils ne peuvent être ni « malossol » ni frais en cette saison) « ... cette *zoubrovka* ? mais c'est la meilleure de tout Paris ! Il n'en reste presque plus ! » (ce qui est faux) « ...*Deux* kilos de fromage blanc pour une *paskha* ? mais c'est beaucoup trop peu, Madame, elle sera trop petite, il en faut au moins trois ! » « Mais non, Madame, si vous ne réservez pas vos *koulitchs* à

188

l'avance vous risquez de ne plus en avoir pour votre nuit de Pâques ! »

« Victoria Alexandrovna, à vous entendre on croirait que c'est vous la patronne. » En fait, Piotr Ivanytch la considère comme un bon élément. Désarmante de bienveillance et d'assurance ; jolie, ce qui ne gâte rien. Une gentille petite bonne femme bien de chez nous — qui eût gagné à être plus dodue mais ça viendra avec l'âge, eh, si j'avais vingt ans de moins... elle ferait une bonne commerçante, eh, une patronne, qui ne se laisserait pas faire, il la voyait dans une belle boutique de la galerie marchande de Riazan, les nattes enroulées autour de la tête, un châle noir à fleurs rouges sur les épaules, croquant des pommes et faisant les comptes sur un boulier derrière le haut comptoir — et il voyait une petite chambre avec fenêtre à meneaux et grand poêle de faïence, un lit à trois édredons bien gonflés et six oreillers, des veilleuses à huile dans le sombre coin aux icônes, des géraniums sur le rebord de la fenêtre, des tournesols dans le jardinet, rien à dire, la vie était meilleure là-bas, douce, calme et chaude, une bonne petite femme comme celle-ci — avec une dizaine de kilos en plus — en large robe de cotonnade à fleurs bleues, apportant sur un plateau des verres de vodka pour lui et ses clients, et saluant gentiment, ses joues roses pleines de fossettes... « Faites-nous l'honneur, messieurs... » « Ah ! ce grand malin de Bobrov quelle belle patronne il a su dénicher ! »

... Vingt ans de moins et pas de Révolution, et au diable leur Paris civilisé avec sa tour Eiffel et Notre-Dame et les maisons si hautes qu'on ne respire pas dans la rue, et les rues pavées et les voitures qui puent l'essence en lieu et place de bons chevaux, ni jardins ni verdure ni ornières ni crottin, et la grisaille sale de ces maisons en pierre que les gens n'ont même pas l'idée de peindre en rose, bleu ou jaune... L'argent, et à quoi il te sert ton argent, vieux pécheur, pour deux millions tu n'achèteras pas la plus minable petite baraque dans les faubourgs de Riazan, ni même une rangée de *boublit-chkis* aux pavots comme ma mère en faisait... C'est pourquoi les hommes perdent la tête pour de petites femmes, c'est du vrai au moins, il y a à toucher, ce n'est pas levé à la levure chimique, ni fabriqué en série à la machine — eh je n'ai plus l'âge de Vladimir Illitch, mais pour la santé — mes respects ! un homme de fer. Pensées frivoles, car Piotr Ivanytch ne songeait nullement à convoler, légitimement ou non, son rôle de vieux loup solitaire ne lui déplaisait pas, il y voyait même une certaine grandeur.

On faisait la queue dehors, et dans le magasin les vendeurs trouvaient à peine la place de circuler entre les clients chargés de paquets et de cabas, et les longues tables des étalages où régnait ces jours-là le luxe un peu barbare des rangées de *koulitchs* plats et des *babas* hautes et sveltes, décorés de coulées en sucre blanc, de fleurs de papier — et des *paskhas* blanc crème ornées de fruits confits multicolores formant les lettres X et B (Christôs Voskrêssé), des plats remplis d'œufs rouges, verts, violets et jaunes, frottés à l'huile et tout luisants. Des guirlandes de fleurs roses, blanches, rouges, en papier de soie, ornaient les hauts rayonnages remplis de bouteilles de tous les alcools du monde, et toutes les variétés de poisson salé s'étalaient sur la vaste table du fond, où le chef vendeur, August Ludwigovitch, officiait en blouse blanche, armé de son long couteau plat — et c'est à lui également que revenait l'honneur de peser les diverses variétés de caviar noir.

A la caisse, Irina Grigorievna trônait au milieu d'œufs en bois peint, bois gravé, porcelaine, onyx ; de pendentifs en forme d'œufs en cristal, opaline, mosaïque, argent ciselé ; de bonbonnières, de coffrets, de poupées gigognes peintes en babas russes — étalage bigarré qui jurait avec son teint pâle et mat et ses longs yeux las, et le sourire nerveux de ses lèvres cyclamen vif. Si encore, pensait-elle, le vieux radin se décidait à acquérir une machine à calculer ! Ces jours-ci elle tremblait à tel point de se tromper dans ses comptes qu'elle en attrapait la migraine. « Voyons, August Ludwigovitch, c'est mal écrit ! comment saurai-je si c'est un 5 ou un 9 ? » « ... Si vous croyez que j'ai le temps de faire de la calligraphie !... » « Victoria Alexandrovna, allez chercher un de ces messieurs de l'arrière-boutique, vous voyez bien que nous ne nous en sortons pas ! »

Vladimir vient aider à emballer les colis et cartons pleins de *koulitchs* et de *pirojkis*, saluant avec des sourires contrits et amusés des clients qui sont aussi des relations mondaines. « Ah ! mais vous voilà revenu, Vladimir Iliitch ! On vous croyait sur la Côte d'Azur. » — Pourquoi la Côte d'Azur ? » C'est un euphémisme commode — lorsqu'un homme disparaît sans explications on fait semblant de le croire en visite chez des amis installés dans le Midi. « On vous croyait même en prison, par les temps qui courent on ne sait jamais. » — Tenez, voici votre paquet, ne le renversez pas c'est fragile, et mes meilleurs vœux pour Pâques ! »

La princesse D. se fraie un passage parmi les deux rangées serrées de clients et va droit vers Piotr Ivanytch. En cape de renards noirs, et une toque de plumes bleutées perchée sur son diadème de nattes noires ; sa bouche sinueuse plaquée comme une longue tache de sang sur son lourd visage couleur bistre. « Bonjour, mon cher, je te passe une commande, je la ferai chercher ce soir. Je m'évanouirais, à attendre une heure dans une Sodome pareille, tiens, prends ton crayon, je vais te dicter... » Elle n'est pas une cliente, c'est à peine si elle vient une fois par an ; Piotr

Ivanytch, tel Napoléon, connaît le visage et le nom de toutes les personnes qui ont passé par son magasin. « Quel honneur, princesse ! Je vous croyais abonnée à Fauchon. » — Pas pour les *koulitchs*. D'ailleurs, ton caviar vaut le leur. Il est plus cher entre nous soit dit. » — Il est *meilleur*, princesse ! » — Ta-ta-ta, la même provenance, je suis au courant. »

— Toi, dit-elle à Vladimir, matou enragé — te voici réintégré ? Une bonne chose. Youri songeait déjà à te proposer une place au fixe dans son atelier de poterie... » Tiens, tiens, pour malaxer la terre, ou quoi ? » — La paperasserie, bien sûr. Déclaré et 2 000 F par mois, plus le mois double. Parole d'honneur, il y songeait. »

— Bien sûr. Mon beau-frère est le bienfaiteur public N° 1. Le coup de Chmulevis. » — Ne dis pas, Chmul n'est pas mécontent. Ne fais donc pas cette tête. » Vladimir a le feu aux joues et les coins des lèvres agités d'un frémissement qu'il cherche à réprimer. « Très drôle. Ce n'est pas une blague, princesse ? Il voudrait m'avoir pour deux mille francs ? » — Avoue qu'il ne serait pas décent de proposer cinq mille pour une place de comptable... Un drôle de garçon, mon gendre — » elle a un long sourire amer — « mais pas mauvais, je te jure. » Vladimir est presque sur le point de laisser glisser à terre un colis plein d'œufs et de fromage blanc, le rattrape avec l'aide de la princesse, et a quelque mal à reprendre son souffle. « Toutes mes amitiés et joyeuses Pâques à Sacha et à Myrrha — et à vous *a fortiori*, chère princesse... Voici, c'est prêt, Madame !... Princesse, écoutez — dites bien à Myrrha — enfin, entre femmes vous savez comment tourner les phrases — dites-lui que j'ai pour elle une tendresse qui n'a jamais changé d'un *iota*... » — Vous êtes tous des crocodiles. Va, je dirai, pourquoi pas ? »

... Victoria, les joues rouges car il fait dans le

magasin une chaleur lourde, pèse soigneusement deux kilos de fromage blanc dans un plat de verre. « Tiens, Vica, tu travailles ici, maintenant ? » Mme Chichmarev la tire par le bas de son chandail... « Attendez donc votre tour, Madame... Oh ! Nathalia Fédorovna ! » du coup, Victoria pâlit puis rougit, expédie son fromage blanc en vitesse. « Angelo, mon chou, remplace-moi. »

« On ne peut pas parler ici, Nathalia Fédorovna, sortons un moment je vous expliquerai. Je vous servirai en dehors de votre tour, tant pis. Je suis bien avec le patron. » Dans la rue un petit vent chasse des nuages déjà dorés au-dessus de la place de la Porte de Saint-Cloud. « *Bien* avec le patron ? » demande Mme Chichmarev, son épais visage à bajoues figé dans une expression de pudeur outragée. « Oh, qu'est-ce que vous allez penser ? C'est un bon vieux, c'est tout. »

— Nathalia Fédorovna, soyez un trésor, ne dites rien à papa. Je ne suis pas employée, je donne simplement un coup de main. »

— Mais tu es toujours avec le même type ? » — Mais bien sûr. Dites : comment va papa ? »

— Ce n'est pas bien, ce que tu as fait, Vica. Vraiment pas. Il a perdu son travail. Ça devait arriver, il buvait trop. Ce n'est pas humain. C'est ton père. Tu l'as démoli. Il reste couché dans sa chambre, sa bouteille de gros rouge près du lit par terre à côté de lui. »

Victoria fronce les sourcils d'un air malheureux, se demandant jusqu'à quel point elle doit avoir pitié de son père. « Oh ! mais il retrouvera du travail... Chez Renault, peut-être ? » — Sotte, à son âge, et un étranger ? Il a déjà cherché de l'embauche, chez Renault, mais tu penses !... La solitude. Ça ne vaut rien, pour un homme. Tu crois qu'il peut tenir le coup longtemps ? Ses amis viennent le voir, il dit allez au diable, qu'est-ce que vous avez à me regarder comme une bête curieuse ? »

193

— Nathalia Fédorovna. Surtout. Au nom du Christ. Ne lui dites pas que vous m'avez vue. » — Petite garce, c'est tout ce que tu as à dire ? pour ton père ? » — Au nom du Christ. Soyez bonne. Ne lui dites pas. Ça ne servirait à rien. »

L'après-midi du Vendredi Saint on ne travaille pas, au grand regret de Piotr Ivanytch (et les clients juifs, et les clients français, il faut tout de même penser à eux, non ?) mais il ne veut pas passer pour un mécréant, et puis quelque bonne dame n'irait-elle pas lui dire : alors Piotr Ivanytch, vous n'êtes pas allé vous incliner devant le Saint-Suaire ? Rue Daru il va toujours, dédaignant les petites églises de quartier. Rue Daru où Monseigneur officie en personne, où le Jeudi Saint il lave lui-même les pieds de douze prêtres. Là-bas autour du Saint-Suaire il y a tant de cierges et de fleurs qu'on ne peut quasiment plus respirer, aux pieds et à la tête du Suaire des cierges gros comme le bras coûtant cent francs pièce, et pour les chœurs ! à la cathédrale de Riazan on ne faisait pas mieux, un chœur qui donne des concerts dans toute l'Europe.

Victoria, n'osant paraître à l'église du Boulevard Exelmans, où elle allait jadis avec sa mère, s'était rendue rue Olivier-de-Serres, église du Mouvement des Etudiants. — Il faut bien, un Vendredi Saint, et toi tu n'y vas pas ? — Je n'ai pas l'habitude. »

A l'Exposition du Suaire les chœurs pleurent et se lamentent, et les fidèles défilent devant le catafalque bas et étroit entouré de monceaux de fleurs ; et se prosternent avant de se pencher sur l'image peinte du Crucifié, pâle et blanche et maigre, couchée à plat sur le catafalque, les bras repliés en croix et les yeux fermés sous le front constellé de taches de sang noir. Ils baisent les pieds, ils baisent les mains blessées, les femmes ont les larmes aux yeux et se signent sans arrêt. Victoria pleure, parce que les chants sont si douloureux et le corps peint sur la toile du Suaire si horriblement pâle, il est trois heures. Trois Heures, l'heure où Il est mort après avoir poussé un grand cri — le voile du Temple se déchire en deux, le ciel est devenu ténèbres !

A travers le rideau des larmes les flammes orangées des cierges se fondent les unes dans les autres, tout n'est plus que bûcher scintillant et tremblant, et le prêtre et le diacre en chasubles noires à parements d'argent annoncent la mauvaise nouvelle, la fumée bleue et âcre des encensoirs flotte au-dessus du Saint-Suaire, ô Seigneur te voici couché dans la tombe, ô Seigneur tu as tant souffert, ô Seigneur nous ne te reverrons plus, on fait semblant on fait semblant en attendant la grande joie de minuit dimanche, il faut croire qu'il ne reviendra jamais plus !

A la porte de l'église, dans le couloir étroit qui la sépare de la cour, Victoria, serrant son cierge dans la main, se heurte aux filles Thal et à deux autres filles du camp de La Croix — elle les salue, et toutes la saluent, avec la gravité muette qui convient aux jours d'enterrement — et, une fois dans la cour, rendues à l'air frais et bleu d'un après-midi de printemps, les voilà insouciantes, faisant semblant d'être naturelles. « Ah ! tu viens donc faire tes dévotions ici ? » — Comment va papa ? » demande Gala qui, elle, n'a pas peur des situations gênantes. « Mieux — c'est-à-dire, bien. » Tala a les yeux tristes, ou est-ce encore à cause du Saint-Suaire ? Oh non, ce n'est pas ce genre de tristesse, on ne pense pas au Suaire avec ces tendres yeux traqués. « ... Oui, ils chantent bien ici. » — A quelle heure, les Grandes Vêpres de ce soir ? » — Déjà quatre heures, dit Gala, pas le temps de rentrer à Meudon. On passera rue Lecourbe. »

— Nous sommes une drôle de famille, explique Gala, s'adressant à ses camarades avec un effort d'humour pincé. Maman habite rue Lecourbe et va faire ses dévotions à l'église de Meudon, nous vivons à Meudon et venons ici, notre frère va Boulevard Exelmans... un vrai chassé-croisé. » — Tiens ! dit Génia Mahler (une brune musclée et trapue, la meilleure « volleyballeuse » du camp) — et pour la nuit de Pâques, vous ferez comment ? »

— Toi, la philo, ça marche ? » demande Victoria. Tala hausse les épaules. « Ça va, j'aime ça. » — Elle a été Deuxième ex aequo au deuxième trimestre — en compote de philo ! » dit Gala, toute fière. « Oh ! dit Victoria, ça c'est chouette ! J'étais sûre que c'était ton genre. La psycho et tout ça... Et je parie que la Première était Hélène Bastide. »

— Eh bien non, figure-toi ! Tu ne devineras jamais qui ! » — Attends... Victoria réfléchit, sourcils froncés. Légouvé ? Kanto ?... Martinelli ? » — Tu n'y es pas, ma vieille ! Schlesser. » — *B-Ben* alors ! Victoria rit, secouant la main... Ben alors ! *Marthe-Marie* Schlesser ? Le monde renversé. Avec ses 2 en composition française... Tu vois : la philo, c'est tout autre chose. C'est une nouvelle façon de penser. »

La petite cour à balustrade dominant la rue Olivier-de-Serres se vide peu à peu ; des groupes de fidèles, jeunes et vieux, bavardent, ne parvenant pas à se séparer... vous allez vers le métro ? vous allez vers la Porte de Versailles ?... A sept heures et demie, ce soir ? non, à sept heures, les Vêpres sont si longues...

Tala — le cœur lui brûle, tant sa vieille camarade est toujours pareille à elle-même : mêmes rires brusques et un peu canailles, mêmes yeux francs, oui — et même manteau rouge foncé et même béret basque tiré sur le côté gauche de la tête, et elles sont là, cinq filles, bavardant à la porte de l'église, et il y en a quatre qui regardent la cinquième avec un trouble qu'elles font semblant d'ignorer (comment peut-on être persan ?), non plus fille mais femme, comment devient-on *femme*, où est le fluide redoutable qui la rend irrémédiablement différente ?

... et si nous ne savions pas que ce corps alerte, ce visage ferme aux couleurs fraîches, sont honteusement profanés — si nous ne le savions pas, si je ne le savais pas — comme la vie eût été plus claire et plus pure, comme je pourrais respirer librement, car en sa présence j'ai une telle envie de respirer librement.

Elles descendent dans la rue, marchant vers le métro ; Victoria aux côtés de son ancienne amie, ses deux mains serrées sur le cierge éteint transformé en boule de cire à la chaleur des paumes. Elle n'ose pas, pense Tala, elle n'ose pas me prendre par le bras comme autrefois, mais si seulement elle osait !... si elle osait, un miracle arriverait peut-être ! « ... Ta... Tala. Ecoute. C'est Pâques bientôt. Alors. Je te demande pardon. » Tala se raidit, c'est comme si quelque chose se refroidissait, se recroquevillait au creux de sa poitrine.

— Ah ! tu le demandes simplement parce que c'est Pâques ? » elle sent que sa voix est sèche comme un bruissement de feuilles mortes.

— Oh non, tu es bête. C'est parce que je t'aime bien. »

— Ah ! Tu m'aimes ' bien '. »

— Je t'aime beaucoup. »

— Ah ! ' Beaucoup '. N'en parlons pas, veux-tu. Je te demande pardon aussi, pour de ' mauvaises pensées ', c'est cela qu'on dit ? On est quittes. » O la stupide femelle. Ça joue la comédie en parlant de philo et de Marthe-Marie Schlesser, et ça ne pense qu'à l'homme. A quel homme, dis, Victoria, *quel* homme ? Tu vas lui raconter : j'ai vu Tala et...

Vous veniez de mon front observer la pâleur
Pour aller dans ses bras rire de ma douleur
Dans ses tendres bras. Ses bras paternels.

*

Klim passait sa fin de semaine sainte seul — ses amis allaient à l'église. De braves gens. Les braves gens veulent qu'on soit brave en retour. Mais vas-y, Klim, crache-lui dessus à cette fille, et n'y pense plus. De la dignité voyons, ce qui est tombé de la charrette est perdu — et pour tout dire, quel père étais-tu?... tu as un tempérament de célibataire, elle te gênait, laisse-la mener sa vie comme elle veut, pour autant qu'on sache son type n'est pas un maquereau, ni une brute, tu vois il a même quitté sa famille pour elle... Ça se tassera, elle n'est pas la seule à vivre sans être mariée, il faut se conduire en êtres humains... Et puis après tout, qu'est-ce que tu attends pour t'engager et pour passer en Espagne? C'est ça la vie d'un homme, se battre pour ses idées. Et encore! on t'aurait pris ta femme légitime, dont tu serais amoureux, ça se comprendrait...

De bons conseils, des conseils de Pilate. Lavez-vous les mains. Ils auraient bien voulu que je m'engage pour l'Espagne, que je leur fiche la paix. Et vous, qu'est-ce que vous attendez? Célibataires, ni manchots ni aveugles? C'est ça, il attend après moi, Franco, avec tous ces Allemands et Italiens et leurs bombes et leurs avions, je servirai sous les ordres d'un caporal allemand, peut-être?... Pour une femme légitime j'aurais haussé les épaules, mais ma fille, c'est mon sang.

Mon sang, ils disaient tous qu'elle me ressemble. Ah oui, crâne et dure. A qui aura l'autre. Maria l'a gâtée avec ses jolies robes et sa façon de tout cacher à papa. Elle gardait la monnaie, des fois un franc, des fois cinquante centimes.

Le chômage. C'est tout aussi bien. Fini le fracas des machines, on ne se crève plus, pour qui se crever? Douze ans de suite à mener cette vie de bétail humain,

198

le pointage, la cloche, les sifflets, les cris des contre-maîtres, les boulons, les boulons, toute cette lourde ferraille qui tourne, qui claque qui grince, ce fracas dans la tête qu'on entend encore, sorti dans la cour de l'usine, dont on rêve la nuit, fini tout ça, homme libre, dors jusqu'à midi si tu veux, personne ne t'attend nulle part, personne ne veut de toi...

La fille du boyard Orcha. Vers le soir cette fille venait le hanter. Et il ne pouvait détacher les yeux de la porte. Il savait qu'elle était derrière — Vica — couchée sur son vieux petit lit de fer, squelette encore grouillant de vermine, combien de temps faut-il à un corps pour achever de pourrir ? ça dépend du lieu, de l'humidité de l'air, au bout d'un an la pourriture se dessèche, devient de la glu noire, durcie, pendant sur les os en lambeaux, un petit squelette, il la voit encore petite avec ses cheveux d'un blond de lin comme elle les avait à Constantinople, elle a longtemps pleuré, papa, ouvre-moi ! ouvre-moi, j'ai peur j'ai faim ! — et il avait perdu la clef. Jeté la clef. Dans la bouche d'égout.

Et la tentation le prenait d'enfoncer la porte, pas difficile, casser la serrure à coups de marteau, casser le bois, que trouverait-il dans le cagibi noir ? La puanteur du cadavre, si pénétrante que pendant la guerre il lui arrivait de la sentir partout autour de lui alors qu'aucun cadavre n'était plus en vue à une lieue à la ronde... mais le corps de Vica ne sent rien, une petite fille, elle a vite fini de pourrir, il verra un petit squelette à cheveux de lin, elle n'est jamais devenue femme...

Il la revoyait certains soirs, là, devant la petite table du réchaud à gaz, toute nue dans la bassine de zinc, déjà grandelette, six ou sept ans peut-être et encore potelée, blanche comme de la crème fraîche, Maria la savonnait avec sa grosse éponge jaune, et la petite se tortillait, avec des gazouillis stridents... Maman maman, tu me chatouilles !... son rire gazouillant, l'innocence de ce petit corps pas encore féminin mais déjà doux, même lui qui Dieu le sait n'avait jamais été de ces pères efféminés qui bêlent de tendresse devant de petits cheveux blonds... non jamais de baisers sur le nez de caresses sous le menton, fille de soldat — même lui soupirait tant c'était joli. Sa petite fille en longue chemise rose, courant pieds nus vers lui, bras levés, bonne nuit papa !... potelés, ses petits bras, à Meudon, quand elle courait en bordure du champ de blé à la lisière du bois, cueillant des coquelicots « je veux te tresser une couronne, papa ». Les dimanches d'été. Cet énorme nuage tout rond, blanc à faire mal aux yeux, dans un ciel bleu comme les prunelles de Vica, un ciel de chez nous. Lui, couché dans les herbes folles du talus, la tête sur son veston plié, et la petite lui chatouillait le nez avec des épis aux barbes piquantes... veux-tu bien, petite garce !... ses fermes jambes nues, roses, la croûte noire d'une écorchure sur le genou gauche.

Car Klim oubliait les années et refusait la grande fille à qui des seins avaient indécemment poussé et qui, ô honte, perdait son sang, Maria en parlait crûment, la petite a ses affaires aujourd'hui, impudeur des femmes... Il était, lui, un homme chaste bien que marié, jamais pensé à sa femme plus qu'il ne faut —

et c'est pourquoi c'est pourquoi — c'est pourquoi le cœur lui levait de dégoût, sa belle fillette toute blanche et toute propre livrée aux gestes obscènes d'un grand corps velu — et l'homme en rut est plus bestial qu'une bête, sur une petite fille oser faire des choses pareilles, il faut n'avoir pas d'âme, un homme qui se dit un monsieur et parle de façon distinguée et pour cette saleté-là nous sommes tous pareils, même le tsar ne le fait pas autrement, son machin n'est pas fait d'or ni de pain bénit. A ma petite fille il fait ça, et il s'en vante.

Fini tout cela, Vica, tout est fini, car si je te reprends

tu verras... quoi ? pas de coups, non, on ne bat pas une femme, mais enfermée tu le seras à côté de ton petit squelette, là, reste là, pleure, aie bien honte, pense à ce que tu as été... Reste là, je t'écouterai pleurer je pleurerai peut-être aussi car j'ai de la pitié, j'ai du cœur pas comme toi, mais je n'ouvrirai pas la porte, je te passerai du pain et de l'eau par la petite lucarne. Il n'est pas, lui, le boyard Orcha.

Solide comme la mauvaise herbe. Elle va pleurer. Pour ça elle est forte. Fille pleine de jus, comme on dit, pleine de sève, et ça produit des larmes à remplir un gros verre à moutarde, bois-les tes larmes, bois-les va, ce n'est pas mauvais ma pauvre fille, de l'eau à peine salée, c'est pas comme l'urine — en temps de guerre j'en ai bu qu'est-ce que tu penses, nous sommes restés quatre jours enfermés dans une buanderie désaffectée, à user nos munitions jusqu'à ce que les Rouges nous prennent, ils voulaient nous avoir vivants.

La petite, elle, est morte de faim, étendue sur sa couverture rouge, les petits enfants qui meurent de faim ne pleurent même plus, ils ont des yeux énormes, étonnés, des têtes de petits vieux, et de longs cous décharnés ; ils ne peuvent plus relever la tête, ils ouvrent la bouche toute grande et ils meurent. Elle n'avait plus la force de pleurer et moi je regardais cette porte. La clef perdue.

... Et si ce salaud ne m'avait pas volé mon revolver — ô imbécile qui te laisses arracher une arme de la main, fallait le faire, on n'a pas idée, il m'a eu parce que je suis trop honnête, et que tirer sur un homme désarmé n'est pas si facile. — Noyé dans les eaux sales de la Seine, traînant dans la vase parmi les boîtes de sardines rouillées, les débris de bouteilles de vin, toi-même sali, enlisé, perdu dans la boue, enfoncé dans la boue à cause d'un salaud qui t'a sali la main en la serrant dans la sienne. — Et une telle lassitude le prend, le soir, après le troisième litre de vin, qu'il n'a plus envie de rien, sinon de regarder la porte fermée. Des pleurs, des pleurs derrière cette porte, et il n'a pas la force de bouger.

Voyons — aujourd'hui, dimanche de Pâques, l'épicerie Bobrov est ouverte, comme les pâtisseries... mais un tel jour, même lui, Alexandre Klimentiev qui ne croit ni en Dieu ni en diable, aurait quelque scrupule à venir faire du scandale, on n'est pas des bêtes, c'est gênant. Parce que la vieille à Chichmarev lui a dit : elle y travaille, sûr et certain, même qu'elle prétend qu'elle est « bien » avec le patron. — Natacha, dit Martin, qu'est-ce qu'elle t'a fait, cette fille ? — Sacha doit savoir, après tout il est un père. ... A cinq heures de l'après-midi, sa dernière bouteille vidée, et l'angoisse de rester sans boisson rendant plus impérieuse l'envie de boire, Klim prit son chapeau. Il s'arrêta pour boire un verre de rouge au café de la place Mirabeau puis monta dans le premier autobus 62 direction de la Porte de Saint-Cloud, on verra toujours. Les bourgeons commencent à éclater et à verdir sur les platanes, le ciel est bleu-gris, bleu-blanc, la Seine brille — ni plus ni moins qu'une rivière bien propre qui coule entre champs et bois — et le diable les emporte tous, tous ceux-là qui flânent sur les trottoirs en se disant : quelle belle journée.

Chez Bobrov ils vendent des *koulitchs*, gros et petits, longs et plats, couverts de sucre blanc et coiffés de fleurettes rouges, des femmes sortent du magasin portant leurs *koulitchs* dans des serviettes de toile blanche, elles vont les faire bénir à l'église... elles font bien pardi, la pâte a beau sentir la vanille et le safran, ce n'est pas chez le vieux Bobrov qu'elle gagnerait une odeur de sainteté, mais ces femmes, Russes dégénérées, ne savent plus faire leurs *koulitchs* elles-mêmes. A travers la large vitrine décorée de lettres à paillettes d'argent *Christôs Voskrêssé,* il regarde le grand premier commis à longue et lourde face d'Allemand découper des tranches de saumon fumé d'un tendre rose orangé, avec des gestes légers et délicats, qui croirait que cette brute-là m'avait carrément jeté hors du magasin ? profitant du fait que je ne tenais pas sur mes jambes — et aujourd'hui je lui revaudrai ça, mes jambes sont fermes —

et il se dit qu'après tout il n'est pas venu pour régler ses comptes avec l'Allemand (bien qu'on ait toujours raison de cogner sur des Allemands, même leur Hitler est une canaille) mais au Reptile — (et qui dira que je n'en ai pas le droit, après qu'il m'eut jeté sous les roues d'une voiture le jour de la grande pluie ?...) car il est sûr que si Vica travaille ici, le Reptile y est à plus forte raison — le *crapaud,* et peut-être même est-il juif, comment ne l'ai-je pas deviné, ces cheveux bouclés, ces yeux placés de travers... imaginer une plus sale gueule le diable même ne le pourrait pas — glissante, fausse, sèche comme celle d'un serpent...

On ferme plus tôt, c'est jour de fête, le grand Allemand recouvre de toiles cirées les plateaux de poissons fumés, la dame de la caisse fait tourner les clefs dans le tiroir — et — à travers la vitre, à cinquante centimètres de son visage, Klim voit Vica penchée sur les plateaux couverts de *paskhas* et d'œufs peints, ô ce décor pascal et joyeux, ces hautes *paskhas* crémeuses décorées de fruits confits et d'amandes, ces œufs violets, rouges, bleus, et la petite, avec sa sage coiffure à raie droite, en robe blanche à fleurettes bleues et mauves qu'il ne lui connaît pas, ses douces lèvres un peu lourdes couleur de baie de sorbier — éclairée, à travers la vitre, par la lumière orange du jour finissant — de ses mains roses elle ramasse les œufs pour les ranger dans une boîte en fer.

Et puis elle lève la tête. Ils sont nez à nez. A travers la

vitre. Elle entrouvre la bouche, dans ses yeux s'allume le petit feu vert de la peur, elle bat des cils, son regard fuit sans se détourner.

Elle n'est plus là. Elle a filé, elle est dans le magasin, la robe blanche à fleurettes disparaît derrière la porte du fond, et l'Allemand est déjà en train de tirer les verrous. Et, face à face, à travers la porte vitrée, ils se regardent un instant. Klim devine, dans les yeux bleus du vendeur, un agacement mêlé de joie mauvaise, va, espèce de cinglé, tu recommences ta comédie mais tu n'y gagneras rien — tu vois bien qu'on se paie ta tête.

O le joli petit serpent avec sa robe neuve et ses joues toutes fraîches, sa tête de fille sage, pas trace de rouge à lèvres — la même, non : les seins un peu grossis, la taille affinée, plus « féminine » n'est-ce pas Vica — petite prostituée, il te paie de jolies robes ton monsieur, il te nourrit avec des *pirojkis* de chez Bobrov, avec du caviar peut-être bien, c'est moi qui suis au chômage maintenant, pas lui...

Attends — et si je porte plainte à la police — comme quoi l'épicier Bobrov emploie une mineure, au noir, sans autorisation paternelle. Etant donné que le vieux a une dizaine d'employés et que tous ne sont sûrement pas déclarés, il aura de gros ennuis en cas de contrôle. Et si ça se trouve le Reptile n'est peut-être pas déclaré non plus ?... Pour ce que j'en sais, qu'est-ce que je risque de le dire ?

Ah mes amis, vous croyez que je vais recommencer à faire le pied de grue devant votre sale boutique, eh bien c'est la police qui le fera. J'écrirai au Ministre. Comme quoi le Russe blanc Pierre Bobrov se fait des profits illicites sur la main-d'œuvre non déclarée, pour ne pas payer d'assurances sociales, et peut-être bien ces employés-là touchent-ils une allocation de chômage, volant l'Etat français qui leur accorde une généreuse hospitalité (quand on écrit au Ministre il faut des phrases fleuries, et je ne me débrouille pas si mal que ça, en français — l'orthographe, seulement, l'orthographe, et Vica n'est plus là pour corriger mes fautes), il fouille dans sa poche, cinq francs, soixante centimes, allons-y, dans ce café, là, au coin, un verre de pinard, un, non, deux...

« ... Vladimir, dit Georges, a encore une fois perdu son travail. » Comment il l'a appris ? Une copine de Sacha a pour belle-sœur la cuisinière de Bobrov... Et ton Boris, au fait, ne te l'a pas encore dit ?

« Bref, Vladimir était très aimé dans le magasin, paraît-il, et y avait même casé sa petite amie. Mais, comme ses papiers n'étaient pas en règle... Pour tout dire, le beau-père a recommencé son manège. Le Commissaire de Police a montré à Bobrov, confidentiellement, trois dénonciations signées Alexandre Klimentiev, plus délirantes les unes que les autres — et puis, l'homme est au chômage, vient de temps en temps au magasin pour acheter deux filets de hareng, raconte aux clients qu'il a été, lui, torturé par les Rouges et presque brûlé vif, pendant que M. Bobrov dans sa boutique à Riazan cachait de la farine pour la revendre dix fois son prix (je ne sais où il a pêché cela mais c'est vraisemblable) et dit par la même occasion que Bobrov se fait le complice de la débauche — bref, Bobrov, le premier commis et un agent de police le jettent sur le trottoir deux ou trois fois... ' A présent, mes amis, Vladimir Iliitch peut aussi bien crever de faim sur un grabat que je ne le reprendrai plus — il n'avait qu'à ne pas se mettre sur le dos un énergumène pareil. ' Et voici toute l'histoire en beaucoup de mots. »

Myrrha et Sacha, à la petite table blanc et or du salon, font une partie de dames ; et la princesse, sur le divan, chantonne en pinçant la guitare. Ils ont tous l'habitude de veiller jusqu'à une ou deux heures du matin. Georges sert du champagne (la boisson nationale tzigane, dit-il) et devant la grande table couverte de papiers vérifie les comptes — de temps à autre pousse un grognement de rage, froisse deux ou trois papiers, en feuillette une pile, souligne, rature, ah ! ces *comptables !* moi qui ne l'ai jamais été il faut que je surveille tout moi-même. Malevsky devient gâteux, je le garde par charité et la charité commence à me revenir cher.

— Parce que mon cher gendre... la chanson s'interrompt, remplacée par un feulement rauque et las, la guitare joue toujours — parce que cher gendre la charité devrait te rapporter de l'argent ? » Georges ne lève pas la tête, trie toujours ses papiers mais répond. « Belle-maman, tu raisonnes bien mais — en affaires, je veux bien admettre un petit manque à gagner mais non y être de ma poche. » — C'est ça, dit Sacha, tu te ruines. »

— O femmes ! femmes ! » il se lève, sert aux trois dames du champagne dans ses coupes G.Z., se sert lui-même. « *Prosit.* » Et il arpente le salon, de son pas devenu lourd non sous l'effet de l'âge ou de l'embonpoint, car il n'est pas gros, mais par suite d'une constante volonté de jouer les messieurs imposants. — Tiens, Mour ! tu te laisses battre par *Sacha*, maintenant ? » Elle lève vers lui un visage gracieux et épuisé, avec un petit sourire doux et sans gaieté dans lequel se superposent le reproche (pourquoi être désobligeant envers Sacha ?), l'humilité (c'est vrai, je suis sotte), une timide excuse (je pense à autre chose), une tristesse réelle (j'ai mes raisons que je ne dis pas). « Je suis meilleure au whist — pas de notre faute si tu t'absorbes dans tes comptes. »

— O femmes, dit-il encore. Vous êtes là à me regarder comme si j'étais Harpagon ou le père Grandet, et vous n'y êtes pas du tout. C'est passé en proverbe, Zarni est un homme d'argent. Moi, je veux bien. Mais vous n'y êtes pas. J'ai des responsabilités — avec le nombre de mes employés et leurs familles j'ai plus de trois cents personnes sur les bras, non ? Même Chmul ou la baronne peuvent me quitter demain si ça leur plaît, et moi je ne peux rien quitter du tout. Et si j'attrape encore une amende au fisc, qui paiera ? »

— Ça va, dit la princesse, tu es le bienfaiteur N° 1, comme l'a dit Vladimir l'autre jour. »

— Ha, ha, le cher beau-frère. Puisque le re-voici au chômage — très sérieux, ceci, Mour — si je lui proposais la place du vieux Malevsky ? Il a acquis pas mal d'expérience, avec la comptabilité de Bobrov. Il fera l'affaire. »

— Oh ! tu y reviens... » elle hoche la tête avec une petite grimace.

— Mais écoute-moi, belle-maman : elle croit que je plaisante. Je te dis : c'est sérieux. »

— Tout juste, dit la princesse, s'il n'a pas explosé de rage quand je lui en ai parlé. »

— Toi et la diplomatie... Moi, je l'aurais peut-être convaincu. Monsieur fait le fier aux dépens de ses vieux parents et de ses enfants. » Myrrha prend son air le plus languissant. « Georges, je t'en supplie. Evitons ce sujet. »

— Evitons-le, très bien. En attendant, ta belle-mère use ses souliers (déjà archi-usés) à courir les bureaux de bienfaisance, et emmène promener les enfants Hinkis deux heures par jour en cachette de son mari — pendant que ce dernier corrige les fautes de français du manuscrit du général Lapchine et fait réviser son travail par Tala, et je veux être damné s'il y gagne vingt centimes de l'heure — et tes filles portent des chaussures usées données par tes patronnes et s'abîment les pieds... »

— Bon, dit Myrrha, pauvreté n'est pas vice. »

« — ... Mais, comme on ajoute chez nous, une grande saloperie. Et ton crétin joue les purs et les fiers. »

« — Sacha, dit Myrrha d'une voix plaintive, mettons un disque ! Le... le dernier, celui que tu aimes, la *Casta Diva* par Martha Eggerth. »

Sacha se lève lentement, puis se rassied devant la table de jeu, rappelée à l'ordre par un regard glacial de son mari.

Et la princesse se met à égrener, sur sa guitare, l'accompagnement de... *Matin brumeux*... Myrrha fredonne doucement la romance. « Tu savais, Sacha, que les paroles étaient de Tourguéniev ? »

« — Mais non, mais non, intervient Georges durement, elle ne le savait pas ! » Après deux ou trois va-et-vient de lion en cage, il s'adosse à la cheminée, bras croisés. « Vivre avec *trois* femmes. Vous connaissez la fable de Krylov : les juges, ne sachant comment punir de façon exemplaire un trigame, ont fini par l'obliger à vivre avec ses trois femmes à la fois — le malheureux s'est pendu au bout de quatre jours. Mais, blague à part, Mour, réfléchis bien. Je suis de bonne foi. Je lui offre une place sûre, et il peut être tranquille, je ne me laisserais pas intimider par un ivrogne comme l'a fait ce minable petit boutiquier... »

« — Oui..., dit Myrrha, heureuse de faire dévier l'entretien sur un autre sujet, étrange, n'est-ce pas ? Comme un cercle infernal : cet homme qui revient sans cesse, qui ne se lasse pas de rejouer la même scène, on se demande ce qui se passe dans sa tête. »

« — Un fou », dit Sacha.

« — Et vois-tu — Myrrha est lancée, pressée d'en finir avec la lubie de Georges et du reste déjà prête à se pencher avec intérêt sur le cas de Klimentiev — la répétition du même mot, du même geste plus de *trois* fois provoque le rire... mais si l'action est répétée dix, vingt, trente fois, ce n'est plus drôle du tout... »

208

— C'est ennuyeux », dit Sacha. — Exactement —
mais à y regarder de près, plutôt effrayant. La monotonie du mal. Non que cet homme-là soit méchant —
mais il s'est *égaré*, il est comme un disque abîmé qui à
chaque tour répète les mêmes deux ou trois notes ; ...
au bout d'une heure on deviendrait fou. »

— Peut-être, dit Sacha, pensive, sommes-nous tous,
un peu, des disques pareils. »

— Allons-y, dit Georges. La philosophie en
chambre. »

— Oh ! très juste, Sacha. Des disques... Pourquoi ne
pas inventer un système de symboles adapté à la vie du
XXe siècle ? au lieu de parler toujours de chevaux, de
charrettes, de tir à l'arc... Une vie est un disque qui
tourne en une longue spirale — une cantate, ou une
chansonnette, ou une rengaine de salle de garde, un
lied de Schubert, un hymne national, l'Internationale,
la Marseillaise... »

— La *Casta Diva*, dit Georges, la mort d'Isolde, la
mort de Boris, l'*Amour est enfant de Bohême*... » et il se
met à chanter l'air. Il chante si fort que la princesse, à
moitié endormie, sursaute et laisse glisser sa guitare,
qui atterrit sur le tapis dans un long bruit de cordes
vibrantes. « Tu es saoul, ma parole. » Et Sacha, sarcastique et sèche, ajoute : « Tu n'as pas peur de réveiller
ton neveu ? »

— Je suis saoul, hourrah ! Saoul de vos discours.
Continuez, Myrrha Lvovna, ça me rappelle le temps de
nos vingt ans, on verra comment tu vas t'en sortir. »

— Tu me coupes mes effets... » mais elle est revenue
elle aussi au temps de ses vingt ans — « Où en étais-je ?
voilà : le disque est neuf, le son impeccable, et on le
joue, on le rejoue... » — Ta vie est une répétition du
même disque ? » — Mais bien sûr, Georges. On ne
change pas. Un éternel retour. Le cœur revit à neuf la
même histoire intérieure. Mais les sillons se chargent

de poussière, se dégradent, s'effacent, surtout quand on ne change pas souvent d'aiguille — et puis, il reçoit des coups. Il est rayé. Par endroits il fait des clic-clac toutes les secondes. Insupportable, ça empêche d'écouter la mélodie mais on l'entend quand même.

« ... Et il arrive que la rayure, à force, soit devenue trop profonde, ou bien que le disque ait été heurté par un objet pointu — que l'espace entre deux rayons de la spirale soit détruit, et là, catastrophe ! le disque tournera des heures sans démarrer des mêmes trois notes, *pin-pon-pin-pon-pin-pon* comme les pompiers, *do-do-ré do-do-ré...* toujours, toujours pareil ! C'est cela que je nommais la monotonie du mal. Une blessure profonde, qui bloque le fonctionnement de l'âme. »

— A moins, dit Sacha, intéressée par le jeu — que tu ne déplaces le bras, pour poser l'aiguille sur le sillon suivant... »

— Très juste ! La main de Dieu peut sans doute le faire. Un secours extérieur. »

— Voyons, dit Georges, à son tour amusé et prenant des airs d'examinateur — si tu peux joindre les bouts de ta métaphore... l'aiguille, ce serait quoi ? » — Euh... la conscience, j'imagine. » — Et le moteur du phonographe ? » — La vie du corps. » — Très bien. On le remonte au moyen d'aliments et de boissons, le disque se met à bêler tristement quand la nourriture manque... Mais, tout de même ! J'aimerais jouer dans ma vie plusieurs disques et non un seul. Et, une fois usé et cassé, il devient quoi ? » — Eh ! la mélodie de toute éternité enregistrée, et qui demeure inchangée au Royaume des musiques célestes ? tu ne crois pas ? »

— Absolument pas. Je suppose que le bon Dieu en créant le monde n'a pas prévu l'invention du phonographe. Toute métaphore est boiteuse, mais, comme disques rayés nous en voyons autour de nous plus qu'il n'en faut. Et même comme disques enrayés — tu dis :

Klimentiev. Et ton Vladimir n'en est pas un ? Je crois qu'ils se valent. »

Myrrha secoue la tête. « Georges. Laisse-le tranquille. »

— Et comment qu'ils se valent ! Chacun sa rengaine. *L'amourl'amourlamourlamourlamourla...* (ça, c'est Vladimir) un peu moins sinistre que l'autre, mais, tu avoueras, ça commence à bien faire ! »

— Youra ! mugit la princesse. Tu es cruel. Laisse-la. La pauvre colombe. Vous n'êtes plus des gosses de vingt ans qui se taquinent pour des amourettes. »

— Oh ! chère Maria Pétrovna, vous êtes bonne. » Myrrha vient s'asseoir sur le divan à côté de la princesse et ramasse la guitare. « Ne vous inquiétez pas pour moi. Je suis solide. Retourne à tes comptes, Georges, ce n'est pas pour t'envoyer promener mais je vois bien que nous t'agaçons. »

— Vive la franchise, Myrrha Lvovna. Je vous laisse. » Sacha s'installe à son tour sur le divan, près de sa mère, ramassant sur ses longues jambes maigres les pans de la robe de chambre en dentelle de macramé grège. La princesse pose ses mains brunes sur les épaules des deux amantes tristes. « Allez, mes filles, allez, il faut bien les supporter. Que faire ? la vie ne serait pas drôle sans eux. Ton Vladimir te reviendra, ma petite, et si ce n'est pas vrai qu'est-ce qu'une Tzigane peut te dire d'autre ? Tu es trop bête, aussi : pourquoi l'aimer toujours ? Prends un autre gars, ça te changera les idées. » Myrrha rit et hoche la tête : « Peut-être suis-je moi aussi un disque enrayé ? »

... Lamourlamourlamourlamourla-mou-la-mour-la — ô Seigneur Jésus-Christ, moi pécheresse qui me complais dans les pensées cruelles, moi qui devrais prier pour que son pauvre bonheur menacé dure aussi longtemps que possible, pourquoi ces malsaines et sentimentales rêveries sur une tendresse morte ? moi qui l'avais tant négligé qu'il a dû chercher de la tendresse ailleurs — et si autrefois je l'avais aimé comme je l'aime aujourd'hui, jamais il n'eût jeté les yeux sur une autre. Lui que moi seule connais. Si facile ma fille de t'attendrir sur ton tendre cœur gelé, affamé. Oh ! oui je crois bien que Pierre me méprise pour ce servile attachement à un *homme* (le pauvre petit homme), j'ai des pensées adultères.

Seigneur, je convoite en pensée ce qui ne m'appartient plus, et ces étreintes que je subissais tendrement et patiemment, voici qu'un petit démon cruel me les fait paraître douces à fendre le cœur — car nous sommes bien, Milou, une seule chair, et le bonheur qu'une autre te donne rejaillit sur moi et me projette dans le cœur des étincelles, ô les « flèches de feu » — et au lieu d'être heureuse pour toi (mais je le suis quand même je te jure !) je me recroqueville comme si je recevais un coup dans le plexus solaire — ah ! tu es une *woman of property*[1] ? il est sans travail et malade et tu te ronges le cœur pour une tendresse perdue ?

« Mais non, Maria Pétrovna, cet homme n'aime pas du tout sa fille. Il rêve. On respecte la volonté de ceux qu'on aime. On aime ceux qu'ils aiment. » — Colombe, va. » — O comme je voudrais *ne pas* être une colombe ! C'est si fatigant. »

... si tu n'étais pas si sainte femme papa ne t'aurait jamais abandonnée ! Cruelle clairvoyance des enfants. Tala tient de sa grand-mère. Une langue dangereuse, cinglante. Mais elle n'a pas la bonté de Tatiana.

*

La vie devient une incohérence qui frise le ridicule. Convoqué à la Préfecture de Police, Vladimir Thal

1. Femme-propriétaire (par référ. à *Man of Property* roman de John Galsworthy).

s'entendait signifier qu'il était établi a) qu'il avait travaillé tout en se déclarant chômeur. b) qu'il ne demeurait pas, et ceci depuis juin 1937, au domicile dont l'adresse figurait sur sa carte d'identité ; qu'il n'avait du reste pas fait le renouvellement de cette carte : inscrit au commissariat du XVe arrondissement il n'avait pas fait transférer son dossier de Versailles à Paris. c) que la carte était périmée depuis quatre mois.

Comme toutes les personnes se trouvant en situation semblable, Vladimir Thal, réfugié russe passeport Nansen, né à Saint-Pétersbourg (Russie) en 1897, de Ilya (Thal) et de Tatiana Van der Vliet, affirmait — assis sur un banc de bois devant une longue table dans une salle où, à cette même table et à d'autres tables pareilles des inspecteurs en civil interrogeaient d'autres personnes coupables de menues infractions à la loi — affirmait, donc, qu'il n'avait pas occupé d'emploi rémunéré chez M. Bobrov depuis novembre 1937, date à laquelle il s'était inscrit au chômage ; que la chambre du... rue de la Convention était bien son domicile réel mais qu'il lui arrivait de passer la nuit chez des amis ou chez ses parents

qu'il ne demandait pas mieux que de se mettre en règle avec la Préfecture de Versailles et celle de Paris, et de payer l'amende pour les quatre mois de retard, et que ce retard était dû au fait qu'il lui avait été difficile de rassembler les papiers nécessaires, par suite d'un séjour de plus de deux mois à l'hôpital Boucicaut... L'homme en longue blouse de travail grise, et au long visage rougeaud et fatigué, écoutait ou faisait semblant d'écouter, prenant de petites notes sur une feuille de papier jaune. « ... En somme, si je comprends bien, vous êtes déjà fautif de quatre infractions à la loi... »

— Eh quoi, j'ai travaillé chez Bobrov pendant des

années, je venais bavarder avec mes anciens collègues, ce n'est pas un délit. »

— Vous dites tous cela. Il y a eu déjà plusieurs plaintes au sujet de Bobrov. » — Injustifiées, monsieur, injustifiées ! Vous connaissez le caractère russe : des gens viennent acheter une boîte de sardines et s'attardent à bavarder, ce qui fait croire qu'ils sont installés à demeure... vous ne devriez pas prêter attention à des dénonciations inspirées par la malveillance. »

L'inspecteur en blouse grise soupire, car il a déjà entendu cent fois la même rengaine au sujet du caractère russe, italien, polonais, arménien, etc., à les croire ces gens vivent de l'air du temps, et passent leurs journées à bavarder dans des locaux commerciaux, industriels, ou artisanaux, où ils eussent pu donner un coup de main à ceux qui travaillent mais ! attention ! si paresseux ou si respectueux de la règle qu'ils ne toucheraient ni à un plumeau ni à une aiguille... A l'autre bout de la longue table une Italienne explique que cette dame, à côté d'elle, Rossana Bicci, est une compatriote dans le besoin à qui elle, Luciana Padovani coiffeuse, rend par pure gentillesse le service de lui prêter une chambre de bonne et que *jamais* Rossana Bicci n'a fait le ménage chez elle ni nettoyé les vitres du magasin... Rossana, une forte brune aux yeux de génisse, et à châle noir sur la tête et les épaules fait d'éloquents signes de tête, de haut en bas, répétant : « *E vero signor, è vero!* » A la table voisine, un homme entre deux âges, aux allures de clochard et aux yeux pochés d'ivrogne, déclare qu'il n'a jamais travaillé à l'échafaudage de la rue d'Alleray n° 7, qu'il était venu sur le chantier chercher de l'embauche, car il est au chômage depuis deux ans...

« Donc, résumons : vous prétendez n'avoir jamais eu, depuis novembre 1937 aucune autre source de revenus que votre allocation de chômage ?... » — Je l'affirme, monsieur ! » — ... Et demeurer... rue de la Convention où vous venez les samedis chercher le courrier... » — Il m'arrive de découcher. » — Franchement : votre *véritable* domicile est-il encore dans le XVe arrondissement ? » — Oui : ... rue de la Convention. » L'inspecteur hausse les épaules. « Vous vous moquez de moi. »

— Bon, dit l'homme à face rougeaude, en feuilletant sa liasse de papiers. Je garde votre carte d'identité, et vous vous ferez délivrer un récépissé dans la salle d'en bas. » — Un récépissé de... carte de travailleur ? ! » — Votre cas sera examiné. » — On ne va pas me remettre en carte verte ? ! » s'écrie Vladimir. Mais on lui répond que, provisoirement, sa carte de travailleur (secrétaire-magasinier) lui est retirée. — ... Et le chômage ? je veux dire l'allocation de chômage ? » Eh bien, son versement est suspendu jusqu'à nouvel ordre, le récépissé est délivré pour deux mois.

— Eh ! Dites ! Et de quoi vais-je vivre ? » Ils sont là, côte à côte, coude à coude, deux hommes de même âge, de même carrure, tous deux de condition moyennement modeste, et l'un est le représentant d'une force immense et l'autre une non-entité — le regard des petits yeux sagaces de l'inspecteur balaie un instant la face mobile, frémissante d'anxiété, de son éphémère voisin de banc. Sur le même banc, devant la même table, comme deux écoliers. — Ça ! dit l'inspecteur — ce n'est pas mon affaire. Vous n'êtes pas le seul, non ? Vous ne voulez pas que l'Etat verse une pension à vie à tous les non-travailleurs ? en tant que travailleur étranger vous auriez dû être trop content d'avoir droit à l'allocation de chômage et vous vous débrouillez pour ne pas être en règle. Tous pareils. »

— Je suis en règle. » — Vous n'avez même pas d'adresse. Vous savez bien que le changement de domicile excédant trois semaines doit être signalé au Commissariat. » — Mais, tenez — Vladimir vide ses poches — tenez, la preuve : mon courrier, mes quittances de loyer... » il étale sur la table des enveloppes froissées — « Monsieur V. Thal, ... rue de la Convention... » hélas, une des enveloppes porte : Monsieur Vladimir Thal c/o Mlle Ragnid Eriksson, 11 villa d'Enfer. — Ah ! ah ! villa d'Enfer ! dans le XIVe ! » — Une adresse provisoire ! » — Ecoutez, vous avez fini de vous payer ma tête ? »

— Bon. Admettons. Je suis en instance de divorce. De quoi aurais-je l'air si je déclarais que j'habite chez une demoiselle Eriksson ? » — Mais... l'autre consulte ses papiers — n'y avait-il pas également une plainte déposée contre vous par un sieur Klimentiev au sujet du détournement de sa fille mineure ? » — Une plainte injustifiée. » L'autre hausse les épaules. « Donc, vous affirmez avoir abandonné le domicile conjugal pour vivre avec la demoiselle Eriksson ? » Vladimir serre les lèvres, réprimant son envie de rire. L'inspecteur est presque gagné par cette intempestive gaieté. — Non je n'affirme rien de tel. »

— Vous êtes drôle, vous. Voyez vos propres déclarations : vous êtes sans travail. Vous devez aider vos parents âgés. Vos trois enfants qui font des études. Votre ex-femme ne travaille pas. Vous passez deux mois à l'hôpital. Vous payez un loyer pour une chambre que vous n'habitez pas. Et avec tout ça vous prétendez encore entretenir deux femmes — la demoiselle Eriksson et l'autre ? Ou alors — vous vivez sur leur compte ? » — Elles ne travaillent pas. » (Ragnid, étrangère, n'a jamais eu de carte de travailleur.) — Vous reconnaissez donc avoir deux amies ? » — Je ne reconnais rien du tout. Le reste est vrai. Je cherche du travail, pas de ma faute si je n'en trouve pas. Passé quarante ans... Mais si l'on me suspend l'allocation de chômage je suis *vraiment* sur la paille. »

— Eh! bon Dieu, que voulez-vous que j'y fasse? Vous n'aviez qu'à être en règle. »

En descendant les interminables escaliers qui, du vaste et sombre bureau à plafond bas, devaient le faire atterrir sur le trottoir ensoleillé du Quai des Orfèvres, face à une Seine scintillante, Vladimir se sentait bizarrement léger — une légèreté sans joie aucune, plutôt la sensation d'être un ballon privé du lest qui peut lui permettre de retourner sur terre — dans sa poche un papier qui n'est même pas un récépissé mais une promesse de récépissé ; et dans sa tête la certitude de ne pouvoir compter sur aucune rentrée d'argent officielle pour un temps indéterminé.

Hippolyte Hippolytovitch, ô surprise, prête les mille francs espérés. « Prête » est une façon de parler. Une avance. Il se trouve justement que les éditions P. viennent de lui commander un ouvrage sur les rapports de Venise avec Byzance, l'ouvrage entre nous soit dit doit être signé par Marc B. Et Hippolyte de son côté s'est lancé dans la rédaction de ses propres Mémoires, donc mon cher je sers en quelque sorte d'intermédiaire parce que B. a confiance en moi, vous aurez pratiquement à rédiger le texte de ce *pensum*... — Et ceci pour mille francs ? » — N... non, je ne dis pas cela. Je n'ai pas encore touché mes honoraires... » — Urgent ? » — Avant le mois d'août. Tapé à la machine bien sûr. » — Je n'ai pas de machine. » — Louez-en une. »

— Vos Mémoires ? vous en êtes déjà là ? » — Vous me flattez, Vladimir Iliitch. Je suis vieux. Soixante ans bientôt. Vous ne le croiriez pas ? Le fruit sec — ou l'immortelle, pour être plus poétique. Et oui, je glane les épis... *de ce qui va tombant après le moissonneur...* comme disait le grand Du Bellay. Les épis de ma mémoire, engrangeons tant que l'incendie qui approche n'a pas encore réduit en cendres le peu qui a résisté à la faucille... » Vladimir se demande s'il est question de bouleversements politiques ou tout bonnement de la mort. — L'incendie ? » — Vous ne lisez pas les journaux ? La guerre est pour demain mon cher. Et, qui sait, la Révolution Mondiale pour après-demain. La guerre d'Espagne est la première fusée du grand feu d'artifice... La *terre* bouge sous nos pieds mon cher, et vous allez voir que nos Hitler et Staline feront, dans les siècles à venir, figure de petits typhons, préliminaires du grand raz de marée qui, venu d'Extrême-Orient, ne fera qu'une bouchée de notre Occident vautré dans son 'doux tourment '... »

— Ma parole, vous donnez dans l'Apocalypse. Depuis quand ? »

Hippolyte se plaisait maintenant à jouer avec des images d'un lyrisme de plus en plus grandiose et macabre. Bras croisés, yeux glacés.

« ...*Et nous ne bougerons pas en regardant le Hun féroce*
Fouiller les poches des cadavres
Brûler les villes et parquer ses chevaux dans vos églises
Et rôtir la chair de nos frères de race blanche... »

— C'est vieux, c'est vieux, dit Vladimir, vous revenez aux *Scythes*. Trouvez quelque chose de nouveau. »

— Pourquoi ? Blok était un prophète. On n'invente pas dix avenirs sous prétexte de chercher du nouveau — un seul avenir possible ! Nous tiendrons peut-être jusqu'à la fin du siècle — et lorsqu'ils seront cinq milliards et nous — Etats-Unis d'Amérique y compris — cinq cents millions... »

De la fenêtre de son petit appartement de la butte Montmartre Hippolyte contemplait un Paris aux toits gris et rougeâtres, aux horizons fumeux et bleutés semés de flèches et de coupoles. — Oui : mon luxe. Les hauteurs. Ça vous coupe le souffle. La ville énorme, la ville-cancer, pieuvre géante, haut fourneau broyeur de vies, j'aime la ville ! Vous aussi mon cher. Nous en sommes rongés jusqu'à l'os, nous ne supporterions plus la douce vie humaine des voitures à cheval, jardinets, rues non pavées... » — Elles étaient pavées, à Pétersbourg. »

— Enfant, j'ai vécu à Ivanovo. Je m'y plonge, dans mes *Mémoires,* avec des délices coupables mais combien vivifiantes ! Si j'y retournais, je mourrais d'ennui. »

— En somme, vous glanez pour remplir une grange qui va brûler demain ? » Le visage sec un instant réchauffé par l'éclat rêveur des yeux redevient celui d'un renard triste. — Eh ! qui sait ? la bouteille à la mer ? Entre nous : Marc B. est un salaud et j'en suis un autre, mais il faut vivre. Vous vous doutez bien que sur votre travail je me taille la part du lion, et je sais que vous ne m'en voulez pas, la loi de l'offre et de la demande — et vous avouerez que je ne vous ai jamais joué le sale tour de Holz, avec ses traductions... Encore mille francs (ou au moins huit cents) une fois le manuscrit livré, s'il l'est *avant* le 15 août. Je vous fais confiance. »

« ... Et, c'est sérieux ? Vous m'invitez à votre fête d'anniversaire ? » — Tiens ! et pourquoi ne vous inviterais-je pas ? » — Je voulais dire : cette fête, c'est sérieux ? Si officiel que cela ? »

— *Plus* qu'officiel. Amenez la dame de vos pensées, quelle qu'elle soit. » — Une Française, mon cher. » — Eh quoi, nous recevons aussi les Français et autres allogènes... Belle ? » — Jeune. Mais franchement peu sortable, autrement dit : *créature perdue mais charmante.* » Vladimir se sent pris d'une soudaine tendresse pour l'homme à face chafouine, pour sa robe de chambre en velours bleu nuit et son logement de célibataire, envahi par les piles de livres et de classeurs, sentant la poussière, la naphtaline et le vieux tabac. — Hippolyte Hippolytytch, mon cher! suivez mon exemple! Trouvez-vous une *vraie* femme! au lieu de vous noyer dans les douceurs du passé et les apocalypses de l'avenir! A vous qui êtes libre cela serait plus facile qu'à moi. »

— Vous me flattez! » Vladimir fronce les sourcils, surpris. — Pourquoi? oh non, cessez mon cher, cessez de poser au vieillard. Le cœur a toujours vingt ans. Il est temps que vous vous trouviez une vraie compagne, n'attendez pas d'être chenu et bossu... tenez, cette grande rousse qui s'occupe du courrier des *Dernières Nouvelles*, Véra Blumberg? elle se mettait drôlement en frais pour vous, au bal de la Sainte-Catherine... »

— Ha! ha! et vous feriez l'entremetteur? » Hippolyte promène un regard nostalgique et amusé sur ses rayonnages de livres, sur son bureau bien rangé où trône, en guise de presse-papier, un dragon chinois en bronze doré. « Charmante. Mais beaucoup trop vieille, elle frise la trentaine. Vous le verrez, quand vous aurez mon âge il vous les faudra de plus en plus mineures. Ne me comparez pas à vous. Les hommes mariés sont mieux faits que les célibataires pour attirer les très jeunes femmes. L'expérience d'un sentiment durable. Ça se lit dans les yeux. Le jour de notre première rencontre (il y a bien seize... dix-sept ans de cela?) vous étiez, si je m'en souviens, jeune marié, et passablement amoureux. Oui — au lendemain de la mort de Blok, et vous veniez comme de juste d'être congédié avec fracas par le même Piotr Ivanytch qui tenait alors un restaurant... je vous ai encore dit : bravo, jeune homme! »

— Et voilà : vous vous replongez dans le passé. Eh bien, trouvez-vous une ultra-mineure — et que vous l'ayez dans la peau jusqu'à la moelle des os. Un battement de paupières pèsera plus lourd que tous vos Mémoires et Apocalypses... Du vrai. De quoi manger et boire. »

220

— Eh ! que faire ? soupire Hippolyte — songeur — séduisante perspective, en effet. Que faire si j'ai l'estomac trop petit ? Calme rivage — je contemple les naufrages des autres. Avec envie, croyez-le. »

... « Non, mais — tu es cynique ou quoi ? Inconscient ? » C'est Boris qui parle. Dans un café comme d'habitude, car Vladimir ne remet plus les pieds au magasin. « Tu as mille francs en tout et pour tout... »
— Mon cher, le monde ne se réduit pas à *monsieur* Berséniev ni à *monsieur* Bobrov. »
— Tu t'es engagé envers Hippolyte ? Que chercher d'autre ? des traductions ? Tu sais bien qu'on en trouve de moins en moins. Avec tous les juifs émigrés d'Allemagne... Ecoute-moi : mille francs sont de toute façon une somme très insuffisante pour vivre trois mois, autant s'amuser un peu, non ? »
— Et là — tu deviens cynique. Car — amuse-toi tant que tu veux, mais sans publicité. Tout juste si tu n'envoies pas d'invitations à tes parents et à Georges Zarniztine. » — Eh, dit Vladimir avec un rire dur, bonne idée, je l'inviterais bien, avec ses deux Tziganes et mon cher fiston... »
— Tu dépenses tes derniers sous. Très bien, personne n'est obligé de le savoir. En attendant — tes parents n'ont pas de quoi payer les inscriptions des filles au baccalauréat, se font couper le gaz et l'électricité pour quinze jours tous les deux mois, ta mère se prive de pain (littéralement), Tala prend sur son temps d'études pour donner des leçons particulières payées trois francs l'heure, Myrrha fait jusqu'à huit heures de ménage par jour... à tel point *zierlichmanierlich* qu'elle n'accepterait pas que je lui prête dix francs — ce qui est, entre nous, une attitude peu chrétienne mais elle est un monstre d'orgueil... »

Vladimir, les lèvres serrées, les yeux vagues, fait ses comptes.

— ... Oui. D'accord. Ecoute. Voici deux cents francs. Devrais-je te les donner pour que tu les remettes à Myrrha, ou dois-je les envoyer par mandat à mon père ? Je suppose que le mandat serait plus correct. Tu es drôle. Tu crois que j'ignore ce que tu me dis là ? »

— Tu en donnes l'impression, dit Boris. Pour ces six semaines que tu as travaillé au magasin, tu ne leur as rien envoyé. »

— *Mea culpa.* Je remettais à plus tard, je pensais que le vieux me garderait plus longtemps. Et que crois-tu ? que je suis un homme frivole ? un homme désargenté, c'est tout. Je dois parer au plus urgent. Tu avoueras que le plus urgent est Victoria. »

— Ceci, dit Boris avec une sécheresse voulue, ne me paraît pas évident. »

— Ne dis pas cela ou je croirai que tu es un goujat. Même si je ne l'aimais pas, je serais tenu de penser à elle d'abord. » Ils gardent le silence. Face à face, chacun absorbé dans des pensées amères sur la dureté implacable du dieu Argent, et sur le rôle joué par ce dieu dans les relations humaines. Boris fume cigarette sur cigarette, allumant la nouvelle sur le bout encore brûlant de la précédente, et soufflant sur les cendres répandues autour du cendrier trop plein. Et Vladimir après une brève quinte de toux commande un autre café. « La gorge sèche. Ce n'est pas une allusion à ta fumée. »

— ... On prétend que Georges te proposerait du travail chez lui ? » Vladimir a dans les yeux une petite flamme rousse qui, l'espace d'une seconde, éclate et s'éteint. « Ah ! tu es au courant ?... » une voix sifflante. « ... Ce sssâlaud. » Bon. Il reprend souffle. « Enfin. Il faut de tout pour faire un monde... Il fait courir ce bruit pour qu'on dise que si je le voulais, j'aurais les moyens d'aider ma famille en acceptant une place à 2 000 francs par mois. Tu vois la perfidie ? D'ailleurs, ce que les bonnes gens peuvent dire je m'en moque. Mais mon père est plus susceptible que moi. Ça risque de le peiner. »

— Quoi ? je ne m'y retrouve plus. Qu'est-ce qui risque de peiner ton père ? » — Tête de bois. Mais — que les gens disent que je pourrais etc. etc., alors que je sais très bien qu'il irait mendier dans la rue plutôt que de me voir travailler chez Georges — donc Georges me joue cette comédie par pure méchanceté » — et là, Vladimir à force de parler trop vite bascule dans une quinte de toux et tire rapidement un mouchoir de sa poche. « Excuse-moi. Idiot. J'avale ma salive de travers. Je me mets en rogne, j'ai tort... j'aimais bien cet individu, dans le temps. »

— Mais bon Dieu ! Qu'avez-vous tous, dans votre famille, à vous signer d'horreur dès qu'on parle de ce pauvre Zarnitzine ? A croire qu'il est tenancier de bordel. »

— Ha ! guère mieux. Enfin — à chacun sa philosophie de la vie. Je suis tolérant. Myrrha est supra-tolérante. *Struggle for life*[1], les grands fauves dévorent les petits. Je ne suis pas un fauve, ni grand ni petit. Mais je peux comprendre. Ce que je n'admets pas, c'est le sadisme, et il y a du sadique en lui.

« L'affaire Chmul, vois-tu, c'était différent : il avait besoin de Chmulevis, il l'a eu. Donnant donnant, et entre gens de métier le plus fort roule le plus faible, mais au bout du compte ils s'y retrouvent. Mais pour moi, ce qui me met hors de mes gonds — c'est l'idée qu'il m'estime assez peu pour croire qu'un jour, peut-être... tu vois ? »

— Et pourquoi en faire un tel drame ? »

1. Luttez pour la vie.

— Tu ne comprends donc pas ? Tout ceci est une manœuvre pour me prendre mon fils ! »

Là, ce fut au tour de Boris de tousser — s'étouffant avec la fumée de sa cigarette. — Te... répète voir, c'est trop fort. *Te* — prendre *ton fils ?* Tu rêves. L'as-tu encore, ton fils, pour que tu puisses dire qu'on veut te le prendre ? »

— Très juste, très juste, très juste. A première vue j'ai dit une belle sottise. Je ne l'ai plus. Depuis bientôt un an. Le dernier mot que j'ai entendu de sa bouche (à travers une porte) est : 'va-t'en retrouver ta putain'. Gentil n'est-ce pas. Je n'y peux rien, c'est mon fils. Pas celui de Georges... Bon, je me suis laissé faire, je n'avais pas le choix, j'ai laissé les autres décider — tu sais comment cela arrive : 'provisoirement', 'pour le tirer de cette mauvaise passe', — comme c'était moi la mauvaise passe, je n'avais pas voix au chapitre. Maintenant ils sont tous d'accord pour estimer que c'était une erreur.

« Il faut dire que la question d'argent y est pour beaucoup. Et vois-tu Georges n'est pas un mauvais homme, mais il a le don de pourrir tout ce qu'il touche. Il le sait lui-même, il n'y peut rien. Car il adore ce garçon, et il est fou de jalousie, c'est pourquoi il voudrait me réduire à néant... »

— Oh, là ! oh là ! tu te montes la tête. Toi et ton père, avec votre culte de la misère noble et vos délicatesses de sentiment... Ce petit gars a une chance de faire ses études dans des conditions convenables, aidé par un oncle, ce qui n'a rien de déshonorant — et à t'entendre c'est tout juste s'il ne s'est pas vendu à un pédéraste. »

Boris craignait d'être allé trop loin, car son ami le regardait d'un air hébété, comme s'il ne comprenait pas très bien. « Enfin, excuse-moi, ce n'est pas mon affaire. »

— C'est... c'est drôle ce que tu viens de dire —

Vladimir parlait lentement, d'une voix hésitante — la part de sexualité qu'il y a dans toute attitude passionnelle : à la base, nous sommes tous homosexuels, incestueux, quoi d'autre ? — et si Georges m'agace à tel point, et s'il agace tant d'autres hommes, c'est peut-être parce qu'il est un individu fortement sexué mais dont la virilité se satisfait dans la possession morale et symbolique de ses semblables. Avec les femmes le jeu est trop facile, il cherche des mâles — et Pierre, je te dirai, est un petit mâle singulièrement coriace.

« Et j'imagine assez bien ce qui se passe là-bas — je te parie qu'il est en train d'enrouler son oncle autour de son petit doigt, et cela ne me plaît pas. Il est trop jeune pour ce jeu-là : ça va le rendre dur et cynique. Et comme il est, au fond, un tendre, il en souffrira. »

— C'est curieux, dit Boris — plus touché qu'il ne pensait pouvoir l'être — je te croyais plus attaché à tes filles qu'à Pierre. »

— Mais je leur suis attaché à tous ! Cela te surprend. Cœur de crocodile si tu veux. Tu le sais toi-même : celui qui ne donne pas tout ne donne rien. Tu vois le dilemme ?... Seul mon père n'a jamais rien exigé de moi, c'est pourquoi je l'estime tant. Pour les autres, je suis devenu le pire des menteurs. A Victoria, je sais que je ne mentirai jamais. »

... Oh ! Encore Victoria... pense Boris, lassé, et souhaitant que Mlle Klimentiev se fût noyée dans le Bosphore à l'âge de quatre ans, souhait absurdement généreux. « Généreux » ? non : que de tourments il se fût évités si le 33 ter de l'avenue du Maréchal J. n'avait pas brusquement cessé d'être cette maison heureuse où l'on vient passer une soirée avec de bons amis dans un petit jardin mal entretenu sous le tilleul dit « de l'Anglaise ».

Tant que cet homme vivra elle lui sera fidèle... Et quel diable m'avait poussé à lui raconter cette histoire

225

d'hôpital et de thoraco, à verser de l'huile sur le feu de sa tendresse déjà plus qu'il ne faut scrupuleuse et inquiète ? « ... Ai-je une chance ? » l'espoir, comme on disait autrefois, m'est-il permis ? « Boris, mon très cher, j'aurais tant aimé vous dire oui ! Je ne sais quelle inhibition stupide m'en empêche, ce ne sont même pas les scrupules religieux, car — pécheresse pour pécheresse... » La coquette sans cœur. « ... Si vous devriez aller à leur fête ? mais bien sûr ! vous lui feriez de la peine en refusant. Ne soyons pas si bourgeoisement conventionnels — moi-même j'irais si j'étais invitée. » Son sourire insouciant et vaillant de gamine qui se veut « à la page », son sourire à peine amer, à peine malicieux, ce qui est extraordinaire, chez elle, c'est la variété de sentiments contradictoires que ses sourires savent exprimer. « Un feu follet, Myrrha, vous êtes un ballet perpétuel de feux follets. » Là, elle a un sourire triste. « Mille feux follets ne remplaceront jamais un soleil. Vous connaissez bien cette jeune fille. Elle est... comme un soleil, n'est-ce pas ? » — Pas pour moi. » Elle hoche la tête. « Pour autant que j'aie pu l'observer, elle me paraît être une belle nature. »

Rendre les armes. Le salut de l'épée. « Vous n'avez pas eu de militaires, dans votre famille ? » — Oh ! non, je ne crois pas... à moins de remonter aux doges. » Les doges Morosini étaient pour elle et pour Georges un sujet de plaisanterie, mais de plaisanterie tendre parce que leur mère, jadis, en avait été fière — et ils disaient que ces ancêtres vénitiens étaient d'origine russe, témoin leur nom — dérivé, disaient-ils du russe *moroz* (gel), somme toute c'étaient des Morozov ! « ... et quand je vous dis que Christophe Colomb était originaire de Kolômna ! » Racine était Râkine, Lamartine — Martynov, Rousseau... un Russe de toute évidence (Rousski), le nom Schiller vient de Chilo (alène), et Shakespeare... ah ! c'est plus difficile — Chag (pas), Pir (festin) ? mais qui peut nier le caractère profondément *russe* de son génie ? non, rien à dire mes enfants, c'est nous qui *leur* avons tout apporté ! « ... et quand on pense au nombre incalculable d'esclaves (Slaves) exportés en Occident durant tout le Moyen Age, et honteusement oubliés par l'Histoire ! C'est sur notre prolétariat vigoureux et durement exploité qu'ils ont bâti leur civilisation capitaliste... » Comme des enfants, — le frère et la sœur — se livrant avec gravité à une surenchère de plaisanteries historico-littéraires dans le salon Louis XV de la rue Lecourbe, devant les deux princesses D. que ce passe-temps ennuie. Boris — amoureux — trouve cela charmant.

— Tu souris — à quoi penses-tu ? » Vladimir règle les consommations. « Non, je t'en *prie*. Je ne vis pas encore de la charité publique. » — Je pensais à Myrrha et Georges : au fond, ils sont tous deux restés très enfants. Surtout quand ils sont ensemble. » — Seulement quand ils sont ensemble. Pris à part, ils ne le sont pas assez. » Et, pour la centième fois Vladimir se demande s'il souhaite, ou s'il ne souhaite pas, un heureux dénouement à l'entreprise amoureuse de son ami. L'homme a-t-il à ce point l'instinct de propriété chevillé au corps ?

*

Le 20 mai. Victoria a peint des étoiles bleues sur les balustres de la soupente, et tendu à travers l'atelier des ficelles auxquelles pendent des lampions rouges en papier gaufré, elle a disposé par terre autour des deux petites tables tous les coussins et tous les traversins, couvert les caisses de couvertures et de serviettes, emprunté des verres aux deux voisins — le céramiste allemand et le jeune peintre hongrois « vous viendrez aussi, naturellement ! » — « Vous fêtez quoi ? »

— Notre anniversaire ! » — De votre mariage ? » — Non, de notre naissance. »

« ... Et Blanche ? oh je veux absolument inviter Blanche ! » — Mais bien sûr ! Invitons Blanche ! » Et Irène Sidorenko, et Françoise Légouvé, qui diront à leurs parents qu'elles vont ensemble au cinéma. Blanche viendra avec Luigi, bien sûr. « Oh n'aie pas peur, elle n'est pas une cafteuse, tu sais. » Ragnid viendra avec son Américain « elle verra comme j'ai bien décoré son atelier. » — Goga, avec son austère Bulgare, Irina avec Bernard... — Oh ! et si tu invitais Piotr Ivanytch ? » — Comment ? après ce qu'il m'a fait ? » — Mais justement ! Tu lui prouves que tu t'en moques. Oh ! si ! invite-les tous. Angelo, et August Ludwigovitch, et Anna Ivanovna... entre collègues, tu comprends ? Oh ! et Grinévitch. Je lui dois bien ça... Dis : tu crois qu'Hippolyte amènera sa *poule ?...* » elle le demande d'un air inquiet, comme si elle parlait d'un animal étrange et effrayant. — Non, je ne le crois pas. » Elle paraît soulagée. « Oh j'aime autant. J'ai beau n'avoir pas de préjugés... »

« Dis : j'ai inventé tout un système — des crochets pour faire descendre les ficelles avec les lampions et pouvoir les allumer... on les remonte, après, tout doucement. Je suis forte, hein ? » — Comme un éléphant. » — Oh tu es bête. Oh tu sais : les parents de Sidorenko lui ont *interdit* de me fréquenter ! Je suis la fille perdue. » — Ah ah, tu es en train de débaucher Sidorenko. Serais-je censé prendre la défense des parents ? » — Elle est *très* gentille tu verras. Mais il faudra qu'elle et Légouvé s'en aillent avant minuit, comme des Cendrillons. »

Dans des feuilles de papier de couleurs elle découpe de grands V en alphabet latin et en alphabet cyrillique, des V et des B enlacés, accolés, renversés, formant des arabesques ou détachés, mais toujours deux par deux,

tiens, il y en a qui font X, d'autres qui font losange...
Les V russes aussi, tiens : symétriques et inversés — et
elle pouffe de rire, devant son double B qui ressemble à
deux paires de fesses accolées et séparées par un trait
vertical, elle pouffe, elle éclate en petits rires excités :
« Oh ! dis ! ça fait *indécent* oh ! terrible ! » Il lève les
yeux. « Quoi ? je ne vois pas. » — Oh ce que tu es naïf.
Non, je ne les mettrai pas comme ça, c'est trop...
équivoque. Mais si je les mets autrement ils se tourne-
ront le dos », elle n'arrête plus de rire. « Oh c'est
affreux plus on se retient plus on rit — mais fais-moi
arrêter, dis quelque chose de triste !... » Mais elle a le
rire contagieux.

— Ton humour est d'un mauvais goût, ma chère... »
Elle dit : « Tiens, regarde : deux V superposés par la
pointe — cela fait un X. A côté, si tu mets un V russe —
tu obtiens XB — Christôs Voskressé. Comme sur un
œuf de Pâques. Au fait, nous sommes en saison de
pâques, l'Ascension n'est pas encore passée. Si je mets
des XB partout, ça fera très pieux. »

Il l'aide à découper ses lettres vertes, rouges, dorées
Ah ! demande-t-elle, curieuse, que fais-tu là ? » —
VIVAT. Symbolique : Vladimir Iliitch, Victoria
Alexandrovna — Thal. » — Oh ! Bravo ! *Vivat ! Vivat !
Vivat !* C'est curieux, je n'y avais jamais pensé. Ça porte
bonheur, non ? »

— On découvre des tas de choses dans les lettres...
Et dans les noms ? Attends.. Vladimir — Vladi-Mir :
Possède le Monde. Grâce à quoi ? à une victoire,
naturellement, donc Victoria. Noms prédestinés.

« ... Jamais su si le nom scandinave Waldemar était
une déformation de Vladimir, ou si c'était l'inverse —
la première hypothèse me paraît plus plausible. ...
mais il faut avouer que *Wald* et *Mar* sont des vocables
germaniques... »

— Et voilà ! conclut Victoria. Au lieu d'inventer des

devises d'amour tu te lances dans l'étymologie. Au fond, tu me trouves un peu fofolle, non ? »

— *Victoriette.* » Elle est toute saisie : il a la voix faible tant elle est tendre. Elle soupire de toute sa poitrine. « Oh tu me donnes envie de pleurer quand tu me regardes comme ça. » — Tiens, dit-il, alarmé, de pleurer ? Pourquoi ? » — Je ne sais pas, c'est bête ? *Pleurer d'amour.* Ça arrive. Même pas de joie, simplement d'amour. Par moments il me semble que l'amour est quelque chose de vivant — qu'on peut le toucher de ses mains. »

Assise par terre. La tête blottie contre une hanche dure, contre un lainage rêche — la tête relevée, tirée en arrière, serrée comme une coupe entre deux mains chaudes — on tient ainsi un objet fragile mais lourd que l'on craint à la fois de flétrir par un contact trop dur, et de laisser tomber — le front caressé, le front, les bandeaux de cheveux, les joues. Elle dit à mi-voix : « C'est drôle, je ne te vois pas. Comme un éblouissement. » Elle a peur de le voir, tant il a de rayons dans les yeux. Il a une voix cassée, mais non par le désir cette fois-ci — c'est comme si des lumières éclatantes et silencieuses lui secouaient le cœur et qu'il voyait de ses yeux ce cœur illuminé. Comme si le pâle visage serré entre ses mains était fait de radium — cette fulgurante découverte : mais *tu m'aimes !* découverte depuis si longtemps tenue pour une certitude et ne devenant réalité qu'à ce moment-là. Etats de grâce qui vous tombent sur la tête lorsqu'on s'y attend le moins.

Sans crier gare. Quand les yeux mangent et les lèvres regardent — lèvres devenues rayons, lèvres devenues cœur, sceaux appliqués sur les paupières, sur l'œil ouvert, les sourcils... baisers qui (comme des doigts légers arrachent la peau d'une pêche) dénudent le doux visage, emportant illusions, tristesses, pauvretés de la vie, je te reconnais je te trouve. Ils auraient pu rester une heure ainsi sans bouger de place, lui courbé sur sa chaise, elle tendue, oubliant tout sauf ces deux mains qui lui tiennent la tête renversée en arrière — ces deux têtes qui se frôlent mélangeant leurs cils et leurs lèvres — qu'arrive-t-il ? Lassitude ou peur ou pudeur ou prudence, ne nous épuisons pas trop vite, nous brûlons...

« Ce n'est pas vrai n'est-ce pas » (cela veut dire : c'est vrai, vrai, trop vrai, si vrai que la seule façon d'en parler est de dire le contraire).

Et ils jettent un regard perplexe sur les V et les B éparpillés par terre à leurs pieds. « Oh ! Nos invités ! oh à quoi bon ? C'est toi l'Invité, toi la Fête, toi ma Fête. N'ouvrons pas la porte. »

— Tout de même, dit-il, magnanime. Laissons-leur quelques miettes. Ce sont nos amis. » — Oh ! et la colle ? où est la colle ? » elle se met à coller les V multicolores sur les murs, les meubles, en vrac, au hasard « c'est même mieux, au hasard, de toute façon pas d'erreur possible, il n'y a que des V, nous deux, dans tous les sens ! Tiens. Dispose les verres. » Il dit : « Te rends-tu compte ? Un an ! Seigneur ! *nous avons vécu un an.* »

Et les voici de nouveau hors de l'espace et du temps. Assis sur les marches de l'escalier, épaule contre épaule. « Tu te rappelles tout ? Vraiment tout ? » — Chaque dixième de seconde. » « Et tu sais, dit Victoria, ce matin-là, quand je t'attendais, je me disais que c'est déjà beau si ça dure huit jours. »

— Ma fille bizarre ! pour qui me prenais-tu ? »

— Tu sais : les filles se font des tas d'idées sur les hommes. On leur raconte des bêtises. Quand j'ai ouvert la porte, je mourais de peur. »

— Pas tant que moi. »

— Ne dis pas. J'avais beaucoup plus de raisons

d'avoir peur. » Et ils se mettent à discuter, en énumérant toutes leurs raisons d'avoir peur, comme si la peur était, en amour, un singulier mérite...

Elle se retrempe assez vite dans l'ambiance de la fête attendue. « Voilà : ils arrivent, ils arrivent les uns après les autres, et quand ils seront tous là — je descendrai majestueusement l'escalier comme Cécile Sorel, avec le sari bleu que tu m'as acheté aux Puces, et tous pousseront des ah! d'admiration — mais tu allumeras les lampions avant, n'oublie pas de bien faire fonctionner mon système de ficelles... »

Le cœur obéissant bondit de joie comme un chevreau, et les yeux suivent la fille qui gravit l'escalier, enjambant une marche sur deux, avec une légèreté altière de porteuse d'offrandes. « Son système de ficelles » très ingénieux, pourvu que je m'y retrouve. Il a une envie folle de monter, lui aussi, dans la soupente, et de bousculer à sa façon la cérémonie du changement de robe, mais — l'heure passe, il est temps d'allumer l'électricité et — il ne s'agit pas d'oublier cela au dernier moment — de se raser, de mettre une cravate. — Là-haut, Victoria chantonne (quand elle ne chante pas à pleine voix son timbre est rauque et velouté) ...« *C'était une histoire d'amour*

C'était comme un beau jour de fête... Môme Piaf. Romance de faubourg — Vi, voyons — après cela tu te plains d'avoir des idées bêtes sur l'amour... « *Ça ne peut pas durer TOUJOURS !* » clame avec une conviction tout inconsciente la voix brusquement devenue sonore. Il regarde dans la petite glace carrée son visage à barbe et moustache d'un blanc cru, et fait glisser rapidement sur la mousse son monumental rasoir ; et le visage qui se dépouille peu à peu de sa parure neigeuse lui paraît — malgré son regard neutre et machinalement attentif d'homme qui se rase — assez présentable. Au fait, en quelle autre occasion se regarde-t-on dans une glace ? — C'est *moi* ? La pensée vagabonde. Pas loin. Elle plonge dans le sang qui bat aux tempes. Elle m'aime. Elle m'aime. Nous nous aimons. Une découverte sensationnelle, et qui vous foudroie parce qu'on ne sait pas trop ce qu'elle signifie. Je dis ce que je ne devrais pas dire je fais ce que je ne devrais pas faire. Je suis heureux.

Met-on le feu sous un boisseau ?... « *I'll make Heaven my Home !*[1]... » chante Victoria, à pleine voix maintenant, un contralto dont les notes basses résonnent si bien dans la poitrine qu'il croit — à travers le plafond de la soupente — sentir vibrer les seins. « *I'm tramping, tramping*[2]... » elle s'interrompt. « Tu m'écoutes ? Attends : quand je vais pousser le grand *Halleluyah !*... Dis : est-ce que ma voix peut briser des verres ? *I'll make Heaven my Home !* »

— Elle brise les murs de Jéricho. »

« ... *I'll make Heaven my HOME !*... Tu n'oublieras pas mes lampions, dis ? » O pas de danger. Vita. Quand même il y en aurait cent et que je serais en train de parler poésie avec Irina.

Les premiers invités sont Blanche et Luigi — gens timides et simples qui arrivent à l'heure ; et, gens timides et simples, sont gênés d'être les premiers. Blanche est une fille forte et pâle aux yeux à fleur de tête, de ceux qu'on dit pareils à des groseilles à maquereau, et ses cheveux blond cendré tombent en boucles floues sur le col de sa robe à pois bleu marine. Son Luigi est un beau garçon brun aux yeux en amande et chemise bleue à cravate rouge. Ils sont gênés, Vladimir aussi, Blanche lui rappelle un des jours les plus pénibles de sa vie ; et elle, bonne fille, le

1. Je ferai du Ciel ma maison !
2. ... Je suis un vagabond...

233

comprend et lui serre la main avec un sourire grave et complice.

« Oh! Blanche mon chou! je suis là-haut, monte vite! » et Blanche disparaît dans la soupente qui résonne aussitôt du gazouillis sonore de deux jeunes voix excitées. « Heu, dit Luigi, pas mal, chez vous ? » Il a connu Vica Klimentiev à l'école communale, il a trois ans de plus qu'elle, pas la même école, l'école d'à côté — Garçons — on était voisins, la maison d'en face. — ... Vos parents ?... » — Papa est chez Citroën, comme, heu, M. Clément, mais M. Clément n'y est plus... » il rougit, se mord la lèvre inférieure — « enfin je veux dire, Blanche et moi, on n'est pas d'accord, avec lui je veux dire, il menait la vie dure à Vica. »

Irina et Bernard arrivent deux minutes avant Hippolyte Hippolytovitch lequel a — pour ce soir-là — suivi le conseil de Vlad:.nir et s'est fait le chevalier servant de Véra Blumberg, la jolie rousse employée au secrétariat des *Dernières Nouvelles*, par malheur elle a une demi-tête de plus que lui. « Irina Grigorievna, chère ! combien d'étés combien d'hivers ! éblouissante comme toujours. » Il lui baise la main, cognant sa tête contre celle de Vladimir qui au même moment baise la main de Véra.

« Véra Séménovna. Très honoré. *Vraiment* ravi. Votre fille va bien ? » — Elle termine sa première année de maternelle. Et les vôtres ? » elle serre les lèvres, tout juste si elle ne dit pas : oh pardon. — Bien, pour autant que je sache. Les filles passent leur bac toutes les deux cette année. » — Comme le temps passe. » Véra Blumberg a vingt-huit ans et ne les paraît pas — casque étincelant de cheveux d'un roux vénitien presque naturel, la peau laiteuse rehaussée de fard rose fraise, bouche gentiment boudeuse ; mariage raté avec un violoniste célèbre et quinquagénaire, liaison avec un poète peu célèbre suivie de vocation littéraire, et il fut un temps où Vladimir Thal la trouvait jolie au point de changer de trottoir lorsqu'il l'apercevait de loin... « la fille aux yeux verts ». — Quelle langue parlons-nous ? demande Irina, constatant que Bernard n'est pas le seul « Français ». — Monsieur Moretti, enchantée ! nous sommes en quelque sorte collègues — vous travaillez aussi dans une épicerie si je ne me trompe ? »

Luigi ne se sent pas du tout le collègue de cette dame aux allures de bourgeoise du XVIe, mais encore moins compatriote du grand jeune homme blond en costume prince-de-Galles. Vica — pense-t-il — Vica avait toujours été une crâneuse (avec ses mensonges : mon père est prince *de* Klimentiev) elle s'est trouvé un type dans le beau monde. Le lycée et tout cela... Madame Clément qui lui disait : « observe bien les manières de tes petites camarades.. » une prétentieuse elle aussi, Madame Clément, Dieu ait son âme.

« Des étoiles *bleues*, mon cher ! » s'exclame Hippolyte en promenant son regard un peu myope sur la décoration de la balustrade. « Cela ne me paraît guère de circonstance. » — Au fait ! dit Vladimir. Victoria n'a pas pensé à Goumilev. N'y voyez aucune allusion déshonorante pour moi, elle avait simplement beaucoup de peinture bleue inemployée. »

Hippolyte déclame, sur le mode chantant et à mi-voix :

« *Les tourments d'un tout à fait indigne*
D'un tout à fait platonique amour... »

— Traduisez, traduisez ! »

— N'allez surtout pas, dit Irina, faire allusion à des étoiles bleues devant Kistenev... »

— Quoi ? Boris Kistenev ? Adorateur d'une Etoile Bleue ? s'écrie Véra. On aura tout vu. »

— Et pourquoi, demande Bernard, l'amour platonique serait-il forcément indigne ? »

« — Ah ! demandez-le à notre hôte, dit Hippolyte. En fait, la question a été maintes fois soulevée, d'autant plus que sous la plume de Goumilev une telle parole peut surprendre... 'Malheureux' a-t-on pu dire, oui, mais pourquoi 'indigne' ? Et — par voie de conséquence, l'amour courtois était-il, ou non, platonique ? Vladimir Iliitch ? »

« — Il ne l'était pas ! Il était désir ardent, l'amant se plaint, supplie, espère — l'amant courtois n'eût pas supporté de s'accrocher à une jeune fille amoureuse d'un Américain. Je vous défie de trouver un seul poème médiéval qui fasse mention d'un rival heureux... »

« — Hé, très juste, dit Hippolyte, mais connaissez-vous beaucoup de poètes non médiévaux qui le fassent ? L'orgueil masculin ne tolère pas l'idée du *rival*, à moins que ce rival ne soit un mari odieux, ou un amant méprisable avec lequel la femme aimée s'est dégradée, donc somme toute Goumilev a raison : en acceptant (tristement) l'existence de l'Américain, il renonce aux titres et prérogatives de l'*amant*, il devient voyeur. »

Boris est là, à présent, avec Goga et sa brune Bulgare nommée Ioanna, et le peintre Grinévitch accompagné de sa pâle et grasse épouse, Sophia Dimitrievna, ex-danseuse, à présent occupant un emploi de secrétaire et « hôtesse » (préposée au vestiaire bien qu'elle s'en défende) dans la boîte de nuit *Schéhérazade*, emploi qu'elle apprécie car il lui permet d'observer la faune humaine qu'elle décrit dans ses romans et nouvelles.

« Nous parlions de Goumilev, explique Irina — dites, Boris Serguéitch, le patron viendra-t-il ? Il avait promis une boîte de 250 gr. de caviar et deux bouteilles de vodka, donc j'ai peur qu'il ne se dégonfle au dernier moment... » — Ceci, chère... je n'en sais rien, mais je crois que le charme de Victoria Alexandrovna aura raison de son avarice. De Goumilev, disiez-vous ? Quel manque de courtoisie envers vos invités français. » Les deux jeunes gens — Luigi et Bernard — suivent avec peine une conversation dont Irina leur traduit ou plutôt résume des bribes, et prêtent l'oreille aux voix fraîches qui descendent de la soupente.

Ioanna Miloradovna déclarait que Goumilev était un poète *décadent,* qui exaltait les valeurs dites viriles pour dissimuler son propre manque de virilité, et que sa réputation bénéficiait surtout de son prétendu martyre. — Prétendu ? qu'appelleriez-vous donc un martyre réel ? » — Celui qui est subi *a)* volontairement, *b)* pour une cause juste... » — Pas de politique, supplie Irina, nous sommes tous des « décadents », Ioanna Miloradovna, vous y compris — n'êtes-vous pas, vous aussi, corrompue par les vénéneuses et byzantines séductions de la culture russe ? »

— N'oublions pas, dit Goga cherchant à orienter la conversation sur un terrain moins dangereux, que ce sont les Bulgares qui nous ont apporté notre culture, et que les civilisations slaves doivent autant aux Bulgares qu'aux Grecs... »

— Citez-moi un grand écrivain bulgare... », dit Véra Blumberg jouant les enfants terribles. — ... Et ce n'est pas parce que nous autres Russes nous sommes taillé la part du lion dans le monde slave, poursuit Goga... profitant de notre supériorité numérique, des richesses de notre sol, et considérablement aidés par des apports occidentaux greffés sur notre culture nationale — que nous avons le droit, aujourd'hui, de nous vanter d'une culture — raffinée, je le veux bien, mais orgueilleuse, intolérante, 'byzantine' vous l'avez bien dit, Irina Grigorievna — et qui nous fait à présent subir le sort de Byzance, justement ! car notre spectaculaire renaissance du début du siècle était en fait une dernière flambée, un éclatant coucher de soleil... »

— Oh ! trop facile, Goga, trop facile, s'écrie Vladimir — et il en est aussi qui disent que Mozart, Pouchkine sont morts jeunes parce qu'ils n'avaient plus rien à dire, n'est-ce pas ? Coucher de soleil !... Cette logique : le soleil n'est plus là, donc il *devait* disparaître. Et s'il était arrivé cet horrible prodige (car l'Histoire ne suit pas forcément la loi de la rotation terrestre) que le soleil à son zénith ait été précipité dans l'abîme ? Les dernières œuvres d'un Mozart sont-elles ' décadentes ' du simple fait que Mozart est mort à trente-six ans ? »

— Les *lois* de l'Histoire, quoi que tu en dises... » — Non, non, de grâce ! Hippolyte lève les bras au ciel dans un geste de supplication comique. Oleg Plato-nytch ! pas de marxisme, si nous ne voulons pas que la réception de notre cher Vladimir Iliitch se termine par un pugilat. Laissons ce docte amusement aux vieux enfants du ' vieux monde ' ou aux jeunes enfants du monde jeune ! Ioanna Miloradovna, je suis d'accord avec vous — pour le Brésil, qui sait ? ou le Nigéria, ce catéchisme-là en vaut un autre. » — Ne soyez pas agressif, dit avec mépris la grande femme brune, je n'avais nulle intention d'engager une discussion politi-que avec *vous*. »

Vladimir s'empresse de servir des boissons, choisis-sant les bouteilles au hasard, vin blanc, limonade, jus de fruits, Saint-Raphaël... « Monsieur Moretti ? ou un Dubonnet, peut-être ? » — Merci, un jus d'orange. »

Piotr Ivanytch apporte les victuailles promises ; il vient accompagné de son état-major : Angelo, August et Anna Ivanovna la cuisinière — exclamations, rires et embrassades, le vieux sait jouer son rôle de boute-en-train protecteur et débonnaire, il est le patron partout — « mais, mais, vous ne vous débrouillez pas mal *du tout* Vladimir Iliitch, compliments ! ah ! la vie d'ar-tiste ! au fond, vous avez toujours eu une vocation de bohème. Et notre chère Victoria Alexandrovna ? » — Mais je suis là-haut, Piotr Ivanytch ! crie une voix

claire, ce que vous êtes gentil d'être venu ! » Curieux,
pense Vladimir, cette attitude de tendresse enjôleuse
qu'elle prend avec le vieux, comme si elle se cherchait
un grand-père gâteau — ô le superbe cœur avide — elle
les veut tous... Voici les deux élèves de classe de philo,
charmantes toutes les deux, vêtues avec une correction
un peu sévère « Oh ! Irène ! crie Victoria, Légouvé
vieille branche ! montez, montez, je vous vois d'ici !
attention à la dernière marche, elle branle un peu ! »
Et la soupente devient un nid de rires claironnants,
stridents, cristallins, roucoulants... celui de Victoria a
parfois des notes rauques presque masculines. « Non,
mais, tiens-toi droite, comment veux-tu que j'y
arrive !... » — Aïe ! tu me piques ! » « Non, mais, sque
t'es *conventionnelle !* Ça lui va bien n'est-ce pas,
Sido ? » — Elles sont timbrées. Les pauvres petites.
C'est congénital. » Là, les rires deviennent si sonores et
aigus que dans l'atelier un silence se fait et les yeux se
lèvent vers la balustrade décorée d'étoiles bleues.
« Dites donc. Combien y sont-elles déjà ? Vous y cachez
un harem, ou un pensionnat de jeunes filles ?... » —
L'un et l'autre. »

— Joli à entendre », dit August Ludwigovitch, ses
lourds yeux bleu pâle, durs d'habitude, sont devenus
tendres, presque humides. « Comme ça nous vieillit. »
Le mot est si cruellement juste qu'Irina s'insurge.
« Espèce d'Allemand sentimental. Je comparerais ça à
une basse-cour en folie, sans le respect dû à Vladimir. »
Les rires tentent vainement de se calmer. « ... Arrête, a-
arr-ête, voyons, idiote ! »

Et Vladimir sent un coup de scie lui érafler le cœur
— un rire manque, parmi ceux-là, un rire mélodieux,
brusque et léger qui n'a rien de celui de Myrrha, non...
celui de maman, peut-être, mais plus cristallin. Louli.
Injuste — oh injuste — ce cruel jeu des cœurs où
comme dans la tragédie antique il ne peut y avoir place

que pour deux protagonistes face à face — sous les yeux d'un chœur qui juge et commente — rentrée dans le chœur, Louli, devenue juge, et juge sévère...

« ... Mais — nous attendons Ragnid ! Si elle n'est pas là dans cinq minutes j'allume les lampions. » — Oh mais en effet quelle installation spectaculaire, dit Bernard, on se croirait au 14 juillet. » — Et s'ils prennent feu ? » demande Véra. — Ragnid ? demande Goga, voyons, quel nom intéressant : au fait, c'est celui de la fameuse Rognéda, cette princesse si brutalement conquise par saint Vladimir. » — Exploit peu banal pour un saint, dit Bernard. — Oh ! mais mon saint patron à moi ne ressemblait pas au vôtre ! Renommé pour le nombre de ses concubines, pour ses beuveries, foudre de guerre avec ça et qui, bâtard, s'est débarrassé de deux frères légitimes pour prendre le pouvoir ! et passé à la postérité sous le nom de Beau Soleil. »

— Et... notez-le, ajoute Hippolyte, Vladimir est le premier prince Varègue de sang slave — par sa mère, Maloucha — et le premier à posséder un sens politique et des vertus d'homme d'Etat. Donc la théorie allemande selon laquelle nous serions un peuple né pour l'esclavage et colonisé par des Germains... » — Pas de quoi vous vanter, dit Ioanna, il n'y a pas eu plus colonisateurs que les Russes. »

— Ne soyez pas ingrate, nous avons versé pas mal de sang pour vous délivrer des Turcs, et n'avons jamais forcé personne à adorer la Sublime Porte. » — Oh ! mais vous y viendrez ! »

... « Mais, voici notre belle Varègue ! dit Vladimir, heureux de la diversion. Ragnid ! femme cruelle, vous voulez nous foudroyer tous ! » Elle laisse l'Américain retirer de ses vigoureuses épaules blanches une cape de loutre, et apparaît vêtue d'une robe en lamé d'or, sans épaulettes et à bustier raide découvrant la naissance des seins — belle de la beauté impersonnelle des filles nordiques, cheveux de lin haut dressés sur une tête déjà suffisamment haut perchée, dents éclatantes, yeux gris pâle, stature de Vénus de Milo — son Américain, par bonheur, est presque un géant. La trentaine, bâti en force, une moustache roussâtre et un teint d'un rouge suspect. « Oh ! *Gorgeous !* » dit Ragnid, promenant son grand sourire sur les décorations improvisées par Victoria. « Oh ! *just look at this, Frankie !*[1]... ne craignez pas, Waldemar, il comprend français. »

— Mais, *never mind*[2] nous sommes une assemblée cosmopolite... » Angelo et Luigi, assis à la turque sur des coussins près de la caisse couverte de noisettes et d'olives, découvrent qu'ils sont tous deux originaires de Toscane, l'un de Florence l'autre de Sienne, et parlent des crues de l'Arno — et constatent qu'ils ont des amis communs dans le quartier, du côté de l'avenue de Versailles. Tibor, le peintre hongrois, se précipite vers Ragnid et l'embrasse sur les deux joues. « La *déserteuse !* Pas d'offense, Frankie. Vous passerez tout à l'heure chez moi voir ma nouvelle toile. Pas tout à fait au point mais ça avance. » — Tibor fait quatre toiles par an », explique Ragnid. — Eh bien, dit Véra, Léonard a mis sept ans à peindre la Joconde. » Banalité qui force Hippolyte à froncer le nez. — Tibor, venez donc m'aider, dit Vladimir. Il s'agit d'allumer tous ces lampions — sans échelle ! »

— Quoi, vous avez des ailes ? » Les longues ficelles chargées de cylindres de papier rouge gaufré descendent lentement sur les têtes des invités, lesquels s'égaillent vers les murs avec des mouvements plongeants et des rires involontaires. — Celui-là ! dit Boris (avec plus d'amertume qu'il ne veut), il s'amuse comme

1. Oh ! regarde ceci, Frankie !
2. Aucune importance.

un enfant. Cette fille n'est pas sotte, elle se fait plus enfant qu'elle n'est, pour le distraire de son sentiment de frustration paternelle... » — Et pourquoi diable ? demande Hippolyte, froidement perplexe, se donne-t-elle tant de mal ? Verser de l'eau dans la mer. Contre nature : logiquement elle devrait jouer l'*Ange Bleu* ou *La Femme et le Pantin...* il n'est pas un Apollon, bon sang. » Boris, un peu vexé pour son ami, pense : tu ne t'es pas regardé.

La lumière électrique s'éteint, et au milieu de rires, et de oh ! approbateurs et inquiets, les guirlandes de lumières rouges montent en l'air et s'immobilisent à cinquante centimètres de la verrière noire où elles se reflètent de façon imprévue, faisant du plafond de verre une mer nocturne renversée où flottent de brumeuses flammes rouges. « Charmant ! Un peu sombre comme éclairage ? » — Voluptueux ! » dit Ragnid. — Et équivoque. » Vladimir allume les bougies dressées sur la jarre. Et des boissons aux couleurs difficiles à définir étincellent de reflets roses.

« Oh ! si c'est joli ! crie Blanche, de sa voix haut perchée, se penchant sur la balustrade. « Attendez, dit Victoria, que je fasse ma Cécile Sorel. Descendons. Toi d'abord. » — Oh non, toi ! » Françoise Légouvé, pouffant d'un rire timide, apparaît en haut des marches, vêtue de la longue robe blanche de Victoria, avec une écharpe orange en guise de ceinture. Le harem — ou pensionnat de jeunes filles — descend au complet, s'appuyant avec langueur et majesté sur la rampe peinte, Blanche dans son tailleur à pois, les autres en tenues de soirée improvisées — la lumière diffuse cachant les épingles et les coutures faites à la hâte au bâti. Victoria est enveloppée dans un sari bleu pervenche à pâles dessins gris et roses — une épaule nue, l'autre perdue dans les plis souples du drapé.

« La Reine de la Fête, bravo ! »

242

— *Que vois-je ?... Quel essaim d'innocentes beautés !* »
L'exclamation poussée par Hippolyte fait pouffer de
rire Sidorenko et Légouvé, Blanche rougit, elle se sent
à présent étrangère au milieu de cette fête. Avec les
trois filles du lycée Molière. Elle regarde presque avec
frayeur la belle et grande Suédoise en robe d'or jaune
et casque d'or pâle, star sortie de l'écran pour se mêler
à des humains. Piotr Ivanytch interrompt sa discussion
avec August au sujet d'un lot de harengs avariés pour
s'avancer (il est le plus âgé des invités, et se sent —
malgré les fâcheux incidents du début du mois — le
patron) vers la gracieuse maîtresse de maison. « ... Permettez à un vieillard, Victoria Alexandrovna ! à la
russe, trois fois ! » Ils échangent trois baisers sur les
joues, goulus et sonores. « Puisque nous sommes
encore en saison de Pâques, Piotr Ivanytch ! » — Eh,
vous empiétez sur mes droits, s'écrie Vladimir. Moi le
premier ! » Et Boris et Goga tentent, poliment, de
profiter des privilèges de la saison de Pâques pour embrasser Sidorenko et même les Françaises — Légouvé se laisse faire, se demandant tout de même si l'on ne
se paie pas sa tête ; Blanche se refuse, dignement.
   — Mais c'est la vraie ' cérémonie du baiser ', dit
Irina, moins ravie qu'elle ne veut le paraître... Vous
connaissez cette ancienne coutume russe, Ragnid ?
pour honorer ses invités le maître de maison leur
proposait d'embrasser sa femme — ils y passaient tous,
l'un après l'autre. Heureux encore si la dame était
jeune et jolie. » Bernard ne s'est pas approché de
Victoria, Irina se met à souhaiter cet échange de
baisers qu'elle avait redouté deux minutes plus tôt.
   — Eh bien, cher fruit défendu ? dit Grinévitch — je
n'abandonne pas tout espoir, mais en attendant, si je
pouvais faire un croquis de vous en ce divin sari
tellement plus gracieux que nos tristes robes occiden-
tales ? » — Je suis jalouse, dit Ragnid, il ne rêve que

d'elle — *don't look cross Frankie*[1], réflexion profession-
nelle, regardez ces poignets, ces chevilles, dans... cinq
ans ce ne sera plus *du tout* pareil ! »

Hippolyte se penche vers Victoria occupée à verser
de la vodka dans de petits verres en céramique, et
récite : « *Quel âge as-tu, Laura ?*

— *Dix-huit ans.* »

« — *Tu es jeune... et tu resteras jeune*
Encore cinq ou six ans... qu'en pensez-vous ? un peu
pessimiste, ce don Carlos ? »

— Je suppose, dit Victoria, que don Carlos n'avait
guère plus de vingt ans lui-même. »

— Bien répondu !... Mais, voyez-vous, le cœur de
l'homme a toujours vingt ans, tandis que celui de la
femme croît et mûrit. *Très* juste, pourtant... » il reporte
sa rêverie sur le *Convive de Pierre*, « Vingt ans ? je
dirais plutôt vingt-trois, vingt-quatre. Et don Juan pas
plus de vingt-cinq. Et Laura — à dix-huit ans — est
déjà actrice et courtisane. Une belle figure féminine.
Vous lui ressemblez. » — A une courtisane ?! » — Une
actrice ! »

... On boit, on fait circuler des plateaux couverts de
sandwiches au caviar, aux champignons marinés, aux
œufs durs, noix, radis... et au plafond des lampions
rouges se balancent paresseusement, frôlés par l'air
qui arrive de la porte ouverte — lumière d'alcôve,
d'âtre aux braises rougeoyantes, les innombrables V et
B et X et losanges scintillent sur les murs, se décollent,
tombent. Dans la verrière on voit se refléter, loin, sous
les flammes entourées de halos rouges, des taches
mouvantes, sombres ou claires, et la flamme dorée de
la robe de Ragnid — étrange, ce reflet en pente, nous
glissons à la dérive — le matelas du grand sommier,

1. N'aie pas l'air fâché.

244

descendu de la soupente, étalé au milieu de la pièce, sert de divan.

« Y a de l'ambiance, non ? » chuchote Victoria à l'oreille d'Irène Sidorenko. « C'est poétique ! » En fait, les invités se passent verres et plateaux avec de grands sourires — de plus en plus amicaux, l'alcool aidant — et forment quatre ou cinq groupes qui poursuivent les discussions animées, chacun ignorant les autres malgré les efforts de Vladimir et de la charitable Irina. « Chantons ! dit Victoria. Oh ! si l'on chantait ! »

— Chère hôtesse, dit Goga, pas très convaincu, mais poli — vos désirs sont des ordres. Messieurs ? » Elle se lève — rajustant les plis de son sari bleu pervenche (qui paraît mauve) — et comprend à ce moment-là qu'il est facile de faire chanter en chœur une bande de garçons et de filles autour d'un feu de camp, mais que devant cette bande-là elle risque de se ridiculiser. Tous les yeux levés vers elle. « Splendide ! dit Vladimir, quelque peu intimidé lui aussi, par mimétisme. Boris, voyons — toi qui étais jadis notre grand ténor... »

— Quelque chose, dit Victoria, la voix haut perchée, pour bien montrer qu'elle est l'hôtesse — que tout le monde puisse chanter ! » — Allez, proposent les invités, la Marseillaise, l'Internationale ?... « Touchez du bois ! » — *Otchi Tchôrnyia... O Sole mio ?...* — Oh ! oui, *O Sole mio* ! Luigi, entonne, toi qui es italien ! »

— Mais moi aussi ! » s'écrie Angelo. — Ça se chante en chœur ? » demande Bernard, sceptique. :

— Eh bien, solo ! décide Victoria. Chacun son tour ! Luigi ! » Luigi a encore plus que Victoria peur de se ridiculiser — il était déjà tout content de bavarder dans son coin avec Angelo et le Hongrois, tous trois s'intéressaient au prochain Tour de France. « Non, non, Victoria Alexandrovna, à vous de donner l'exemple ! » (une chipie, cette Véra Blumberg, pense Victoria). — Je me dévoue ! » dit Vladimir, il a l'héroïsme facile, il est récompensé par un regard adorant qui lui coupe le souffle, et entonne la première chanson qui lui résonne dans la tête.

... vingt ans plus tôt, vingt-cinq ans plus tôt ?...

Tombés dans la lutte fatale, victimes
D'un amour sacré pour le peuple !... l'air, pathétique et martial, lui faisait jadis monter les larmes aux yeux. Tous les Russes présents reprennent, en chœur, à l'exception de Piotr Ivanytch.

« ... *Pour lui vous avez tout donné*
Liberté, honneur et jeunesse ! !... »

— Hymne national ? » demande Frankie. — Hymne de notre jeunesse », dit Irina, assez émue. — Chant révolutionnaire », dit Goga. Ioanna Miloradovna tourne sur Vladimir ses yeux sévères où se lit une pensive approbation. — Voyez-vous, Iliitch, il y a encore du bon, en vous... si seulement vous ne cherchiez pas à l'étouffer sous votre affectation de frivolité. » — Qu'ai-je fait, Seigneur ? Non, je suis 'frivole' jusqu'au bout, Ioanna Miloradovna ! *Tout finit par des chansons.* »

— Tout commence ! » dit la jeune femme gravement.

— Piotr Ivanytch ! supplie Victoria. Vous ! entonnez les *bateliers de la Volga,* tout le monde le connaît ! »

Le vieux a une belle voix de basse, un peu cassée mais puissante. « Bravo ! un Chaliapine. » — Eh ! Chaliapine n'est guère plus jeune que moi, et il se défend encore. » Et Luigi n'y coupe pas de son *O sole mio* et l'imposant Frankie Anderson — fort éméché, et il l'était déjà en arrivant — chante d'une façon inattendue *Drink to me only with thine eyes*[1] d'une voix tendre, presque fluette, puis vient s'asseoir à côté de Piotr

1. Bois en moi rien qu'avec tes yeux.

Ivanytch et lui passe le bras autour des épaules.
« *Grand old boy !*[1] Vous voulez lutter ? »

— Lutter ? » demande Bobrov, pensant qu'il s'agit
peut-être d'un mot américain qu'il a mal compris. —
Qui est plus fort, vous ou moi ? » Des deux hommes
grands et forts présents dans l'atelier (Bobrov et son
premier vendeur) l'Américain a, Dieu sait pourquoi,
choisi le vieillard — August Ludwigovitch lui paraît
sans doute rébarbatif. August ne boit pas d'alcool ; il
est évangéliste. — Allez, allez, dit Piotr Ivanytch,
débonnaire. C'est vous le plus fort. » — *Let's try !*
Essayons ! » insiste Frankie d'une voix à la fois suppliante et menaçante. — Vladimir Iliitch ! »... le vieux
parle russe à présent. « Expliquez donc à ce gars — il
est complètement noir. » — Mais non ! s'écrie Ragnid
(qui en la circonstance n'a guère besoin de comprendre
le russe) *it would be fun !*[2] Ce sera drôle ! Il aime ça. » —
Pas moi, Madame, dit le vieil épicier, très digne.
Voyez : moustache blanche. » Les dames trouvent la
scène amusante, pas les hommes. Car Piotr Ivanytch
qui (une fois n'est pas coutume) se trouve lui aussi sous
l'empire de Bacchus, se dit qu'il ne serait pas désagréable de remporter une victoire (assez facile, étant donné
l'état d'ébriété de l'adversaire) sur cet énorme Américain de quarante ans plus jeune que lui... et, ce qui ne
gâte rien, riche et instruit.

— Un pugilat ! devant les dames ! Tenez, M. Anderson... » — *Frankie !* s'écrie l'autre. — Frankie. » Vladimir lui tend un verre de vodka. « A votre succès,
trinquons. » Les jeunes filles, pensant ainsi ramener
l'Américain à des rêveries plus douces, se mettent à
chanter en chœur « *O Shenandoah... ... cross the wide
Missouri !...* » Frankie mêle sa voix de ténor léger aux

1. Brave vieux !
2. Ce serait drôle.

trois voix claires que l'envie de rire fait un peu trembler. Et, du large Missouri, l'on passe sur la presque aussi large Volga, dans les flots de laquelle le cynique Stenka Razine précipite la princesse persane. *Toute la nuit l'a caressée*

   S'est réveillé femme le matin !...

Pour que ses copains ne se moquent pas de lui il la jette à l'eau. — Avouez, Messieurs, dit Irina, qu'un Stenka dort en chacun de vous. » — Pas en *moi*, Irina Grigorievna. » — Vladimir passe démonstrativement le bras autour de la taille de Victoria — « essayez de vous moquer de moi, vous verrez ! »

   — ... Victoria est très bonne nageuse », lance Irène Sidorenko — ce qui lui vaut un succès, mérité, de rires approbateurs. Et il est minuit moins le quart ! O mes Cendrillons ! Allons vite là-haut nous changer, *vous* changer, pauvres petites, on commençait à s'amuser vraiment, toujours comme ça ! Les deux élèves de classe de philo reprennent leurs vêtements corrects dans une soupente où un ouragan semble avoir passé, Victoria aide Légouvé à agrafer les barrettes de ses chaussures, puis recoiffe Irène. « ... C'était bien comme ça ? la raie sur le côté ? sinon, tes parents pourraient croire que tu t'es livrée à la débauche. » — N'empêche, dit Françoise, on avait l'air un peu cloche à côté de cette Suédoise... » — Penses-tu ! Elle épate les femmes, et les hommes ne la regardent pas. Nous étions beaucoup mieux... tu as tapé dans l'œil à Angelo. » Françoise fait la moue — un petit vendeur, un Italien — au fait, il était tout de même le plus joli garçon de la soirée. « La prochaine fois, dit Victoria, on va danser... » — La prochaine fois quand ? 20 mai 1939 ? » — Tu es bête. On fera une autre fête très bientôt. »

   « Je vous raccompagne au métro. Bien sûr ! » Blanche et Luigi s'en vont, eux aussi. « ... Nous nous levons de bonne heure, demain. » — Crâneurs. Vous croyez

que les autres sont de sales bourgeois ? » Et la jeune
génération disparaît — exception faite pour Bernard,
qui ne tient pas à rappeler qu'il appartient lui aussi à
la jeune génération. « Angelo et moi, dit Victoria,
revenons dans dix minutes. »

« Angelo, tiens tiens » dit doucement Véra Blumberg
à Sophia Grinévitch. « Pas de 'tiens tiens' », dit la
dame pâle. Elle écrivait des nouvelles d'inspiration
satirique, à la fois amères et scabreuses — elle se
vengeait de la perte de sa beauté en s'efforçant de
construire dans sa tête un univers de laideur. Les
modèles ne lui manquaient ni à Montparnasse ni dans
sa boîte de nuit. En ce moment, elle méditait sur
l'affaire Thal. « Ça finira mal. Comme cela doit finir,
naturellement. Donc, ma chère, ne versez pas d'huile
sur le feu, vous voyez que cet homme fait une tête de
somnambule depuis qu'elle est sortie... »

— ... Mais non, Goga, disait Boris — je te laisse ton
Maïakovski si tu y tiens — car moi, je n'y tiens
absolument pas, le 'talent' n'excuse pas tout — mais
Blok, mille fois non !! » — Blok n'a pas pu supporter
les contradictions internes de sa conscience bourgeoise, dit Ioanna — mais il a eu un moment de Réveil,
il a été touché par une lumière qu'ensuite ses yeux
n'ont plus soutenue... *Les Douze !* » — Non, je ne vous
laisserai pas *Les Douze,* Ioanna Miloradovna ! Ils ont
fait l'objet d'une monumentale escroquerie morale... »
— Que leur reproches-tu ? lance Goga. Toi ? Il a même
cru bon d'ajouter cette dernière strophe — très équivoque... » — *Plus* qu'équivoque ! *Les Douze* sont un chef-
d'œuvre, d'accord — vision fulgurante d'une Fête au-
delà du bien et du mal, et qui ne dure qu'un jour. Et il a
cru bon d'y ajouter l'évocation, fugitive, d'un 'bien'
factice, d'une promesse de bonheur factice, comme s'il

sentait la monstrueuse irréalité du rêve dont les Douze sont victimes ! »

— Là-dessus, d'accord ! s'écrie Ioanna. Une pirouette, une tentative de renouer avec le ' christisme ' slave... » — Mais, mille fois *non !!* (Boris donne un coup de poing sur la caisse qui sert de table) vous n'avez donc rien compris ? Mais son Christ à lui, ce pâle ectoplasme en ' petite couronne de roses blanches ' est très justement la négation du Christ russe — du Christ tout court — il est très exactement l'Antéchrist, inventé par un intellectualisme et un sentimentalisme occidental, sali par le sirupeux baiser de Judas d'Ernest Renan, fantôme paré de façon sacrilège du nom du Christ — dont la Seconde Venue ne se fera certes pas de façon ' invisible ', ' à pas silencieux ', mais comme un Eclair de l'Orient à l'Occident, le ciel fendu de part en part ! *Un seul* Second Avènement, et pas trente-six à la petite semaine... Oui, la dernière image des *Douze* est jolie — le Christ peut être tout ce qu'on veut sauf joli ! »

— Boris, voyons, mon cher ! s'étonne Goga, avec son éternelle et désarmante bienveillance. Que t'arrive-t-il ? quelle passion ! on croirait entendre Pétia Barnev. » Boris devient rose et se raidit. — Excuse-moi, je trouve cette allusion du plus mauvais goût. » Il se lève, et Vladimir s'approche de lui, lui met la main sur l'épaule avec une nonchalance jouée (cherchant à paraître un peu plus ivre qu'il n'est) : « Pas de quoi vous fâcher mes amis, ne charge donc pas Blok de tous les péchés... et le Christ du Grand Inquisiteur : qu'en faites-vous ? »

Boris se met à expliquer à Vladimir la signification du Christ du Grand Inquisiteur : celui de la *foi impuissante*, ou de l'*impuissance à croire* qui a toujours tourmenté Dostoïevski...

— Pourquoi diable a-t-il pris la mouche ? demande

Goga, tout penaud, à Irina Landsmann. Il est brouillé avec Pierre Barnev, ou quoi ? » — C'est tout le contraire, mon cher : ils ont à présent tous deux la même Egérie. » Goga se mord les lèvres. — La femme de... Ah ! je comprends. Il couche ?... » — Oh non. Pas plus que le père Pierre. » — Réponse équivoque : pourquoi être si sûr de Barnev ? Vous croyez que la soutane change un homme en pur esprit ? » Goga se raidit, un peu choqué par le manque de respect de sa compagne pour un prêtre russe... — Non, dit-il, la vérité est que le père Pierre adore sa femme. » — Ceci, dit Ioanna, me semble difficile à croire. » — Si, si. Myrrha est, pour lui, une sœur dans le Christ, mais Nadia... c'est le vrai 'déchirement' dostoïevskien, la passion-pitié à la russe, l'extase de l'immolation de soi, la volupté de l'expiation (car bien entendu plus elle se montre odieuse plus il se sent coupable)... et c'est curieux : un garçon qui, extérieurement, paraît si solide, si équilibré... »

— Et Boris n'en est pas moins jaloux de lui ? » — Qu'allez-vous chercher là ? dit Irina. Jaloux, mais pas de lui. »

— En général, dit Véra Blumberg, on reconnaît qu'un homme est amoureux quand il commence à se faire l'écho des opinions de la femme qu'il aime. Cette horreur du Christ *joli* — c'est tout à fait Myrrha. »

— C'est donc là l'Etoile Bleue de Boris... », dit Goga, au moment où Victoria et Angelo font irruption dans l'atelier : « Mais vous êtes cinglés ! vous laissez la porte ouverte ! et il pleut à torrents. » Ils sont trempés ; les boucles noires d'Angelo pendent comme des tire-bouchons, Victoria enlève de sa tête le veston gris — noir d'eau — du garçon, et tord d'une main le pan dégoulinant de son sari bleu. « Folle ! s'écrie Vladimir. Vous auriez dû vous abriter ! » Depuis deux minutes il écoutait avec angoisse le tambourinement de la pluie sur la haute vitre inclinée où les reflets des lampions rouges étincelaient dans le déferlement des filets d'eau.

« S'abriter... » Victoria et Angelo sous les auvents de la *Rotonde*, du *Dôme*, de la *Coupole*, serrés l'un contre l'autre, happés par les herses d'eau brillante, poussant de petits cris et riant aux éclats — les passants les regardent, attendris, le beau petit couple, si mignons tous les deux. — Trempée, naturellement, le bas du sari noir de boue mouillée, ses escarpins de satin perdus. Il a beaucoup de mal à dissiper une mauvaise humeur toute conjugale « mais va donc te changer — oh ! Angelo, je te prêterai une de mes chemises, tiens voilà une serviette pour tes cheveux » après tout, ils ont bien fait de ne pas attendre la fin de la pluie ; la *Coupole*, le *Dôme*, la *Rotonde*, le joli couple d'amoureux et — tant qu'à faire — ma propre dignité de propriétaire légitime et les regards entendus de mes invités. « Tenez, mes enfants, buvez du whisky, ça vous réchauffera. »

Victoria a mis la robe blanche portée par Irène Sidorenko une demi-heure plus tôt. Le châle noir sur les épaules, le petit collier de fausses perles (volé aux GL) au cou. A demi allongée sur les coussins, par terre, et buvant sagement son whisky. Les invités la regardent avec un attendrissement poli. Elle rit. « Ouf ! si vous aviez vu ces *flaques* d'eau ! Les gens couraient comme des fous. » — *Elle* courait comme une folle », dit Angelo pouffant de rire et désignant la jeune fille du pouce « elle a failli passer sous l'autobus. » — Ce qui n'a rien de drôle », dit froidement Vladimir, et Victoria, gênée, dit sur son ton le plus nonchalamment mondain : « Mais... nous sommes arrivés en pleine discussion littéraire, je crois... pardon pour cette *fâcheuse* interruption, vous parliez de l'*Etoile Bleue*, Oleg Platonytch ? » Goga dit : « Euh, pas précisément. »

— Mais j'adore ce livre-là ! » Elle constate qu'elle l'adore en effet, et se met à psalmodier, à mi-voix :
    « *Sans doute dans ma vie antérieure*
    Ai-je égorgé mon père et ma mère...»
Et les amis de Boris (par excès de discrétion) soucieux de ne pas la voir arriver à la strophe suivante, celle où il est question du *tout à fait indigne* amour platonique, fallait-il qu'elle choisît juste ce poème-là ! s'empressent de parler des vies antérieures. Se pourrait-il que notre sentiment de culpabilité nous vînt réellement de nos « vies antérieures » ? sa violence est parfois telle qu'il paraît ridicule de l'expliquer par un coup de pied donné à papa à l'âge de deux ans ?...
    — Piotr Ivanytch ! dit Irina, avouez ! Qui avez-vous égorgé dans votre vie précédente ? »
    — Je suis bon chrétien, Irina Grigorievna, et ne crois en rien à ces balivernes. » — Et vous ne vous sentez nullement coupable. Mais Hippolyte Hippolytovitch... »
    — Vous remarquerez, dit Hippolyte, que le poème ne parle pas de remords sans cause mais de souffrances imméritées. Notre génération en a eu pour plus que son grade. »
    — Nous aurions donc tous égorgé quelqu'un ?... suggère Boris. Allons-y : choisissons nos victimes... Victoria Alexandrovna ? »
    Elle rougit : « Non, non, les messieurs d'abord ! Laissez-moi réfléchir. »
    — Un thème intéressant — et révélateur, dit Goga. Voyons, le choix est vaste... Le roi Duncan ? Desdémone ? César ? Marat ? Le tzarévitch Dimitri ? Henri IV ? les Saints-Innocents ? »
    — Je choisis Holopherne, dit Ragnid, posant la main sur la tête de son Frankie à moitié endormi contre sa hanche lamée d'or — voyez comme c'est facile. »

— Il y a autant de types de meurtriers que de meurtres, dit Irina. Le meurtrier est intéressant, non la victime — réduite à l'état de matière inanimée car c'est toujours la matière inanimée que l'on frappe... sinon, il ne pourrait y avoir d'assassinats. Bien entendu, nous aimerions tous nous imaginer frappant d'odieux tyrans... »

— Mais là, on n'est pas coupable ! » — Bon : supposons que j'aie égorgé un mari infidèle, ivrogne de surcroît. »

— Quel manque d'imagination ! dit Vladimir — moi, voyons... » il se sent brusquement — et de façon cruellement imprévue — si « égorgeur » qu'il n'a pas le cœur de poursuivre. « Au fait, dit-il. Hamlet. Vous avez remarqué ? il *tue* au moins quatre fois dans le courant de la pièce, dont trois sous nos yeux. Et — reconnaissez que c'est le héros littéraire qui est le *nous-même* par définition — il ne tue jamais réellement... mais chaque fois soit par acte manqué, soit par procuration, soit par accident... » — Et le roi ? »

— Ce n'est même pas un meurtre : c'est le sursaut de l'animal blessé à mort qui donne son dernier coup de griffe sans presque savoir ce qu'il fait. Pour frapper Polonius (qu'il prend pour le roi !) il a besoin d'un rideau. En fait, il tue un rideau. Et par là Shakespeare nous explique que l'homme normal (car Hamlet est suprêmement normal) ne peut pas tuer. Il est porteur d'une force destructrice qui ne dépend pas de lui. »

— Normal, Hamlet ? on peut en discuter, dit Sophia Grinévitch. Je le dirais — pour le moins — névrosé, velléitaire et pour tout dire bizarre : cette idée de vouloir paraître fou... »

— Mais chère amie, l'homme normal *est* névrosé, velléitaire et même bizarre ; surtout s'il se heurte à des spectres, se voit dépouillé de son héritage et craint pour sa vie... vous direz que Laërte est plus normal parce qu'il est bête ? moi, je crois que l'homme moyen est plutôt intelligent. »

— Le défaut de nos intellectuels, dit Sophia, est de s'obstiner à croire que les hommes sont intelligents. C'est pourquoi les Hitlers et les Stalines et autres pères Ubu seront toujours plus forts que vous, ils misent sur la bêtise humaine. »

— Non, dit Boris, sur la lâcheté. » — Staline, peut-être — pas Hitler ! et lequel des deux a le plus d'emprise sur les foules ? »

— C'est une comparaison qui peut mener loin ! » s'exclama Ioanna, indignée. — Oh pas de politique, intervient Hippolyte. Ioanna Miloradovna, vous avez sûrement, dans vos vies précédentes, débarrassé l'humanité de bon nombre de tyrans... »

— Somme toute, un jeu ridicule, dit August Ludwigovitch — qui, se croisant les bras, contemple avec quelque ennui cette hétéroclite assemblée de buveurs d'alcool — le seul crime que l'on puisse décemment attribuer à son prochain est le tyrannicide, ou, à la rigueur, l'euthanasie. Donc, décidons avec Vladimir Iliitch que nous n'avons jamais égorgé personne. »

— Et pourquoi ? s'écrie Victoria, déçue. Ce n'est pas drôle ! Je ne suis pas opposée aux crimes passionnels. Ou à la vengeance. »

— Oh ! oh ! Vladimir, prends garde à toi. En cas de coups de canif dans le contrat, tu sais ce qui t'attend ! » dit Boris.

— Mais... je l'espère bien ! C'est à cette seule condition que je l'ai épousée. » Ceci est une gaffe et même une gaffe assez cruelle, il le sait et s'en moque un peu — un cri du cœur — après tout, il est à moitié ivre, les autres le sont aussi.

« Au fait, demande Véra à Hippolyte, à voix basse, je n'y comprends rien : est-il marié ou ne l'est-il pas ? » — Ma chère, qui donc *se marie* de nos jours ? » — Vous calomniez l'émigration ! » » Grinévitch, un grand carton de croquis sur ses genoux, couvre sa feuille de papier de menues et savantes hachures à l'encre noire, jetant toutes les secondes son coup d'œil avide, rapide et absent vers le groupe de corps vautrés sur le large matelas et les coussins, et vers le haut chevalet près duquel Vladimir se tient, négligemment accoudé à la barre horizontale, aux côtés du raide et solennel August. Ragnid trône au milieu du matelas, dans une pose de scribe accroupi, la tête de son Holopherne calée contre sa hanche. — Esquisse pour une scène d'orgie romaine ? » demande Hippolyte, se penchant sur le dessin. — Vous y voyez quelque chose ? » demande Anna Ivanovna (la cuisinière de Bobrov) jetant des regards inquiets sur les lampions dont les dernières bougies commencent à fumer et à vaciller, l'atelier est en train de s'enfoncer dans une pénombre rougeâtre, les fumées gris-rose de dizaines de cigarettes mortes flottent au-dessus des trous d'ombre que sont les coins et la soupente.

Anna Ivanovna qui s'ennuie et n'approuve pas beaucoup cette fête, en veuve respectable qu'elle est, regarde son patron, affalé près de la caisse couverte de bouteilles — occupé à en trouver une qui ne soit pas vide... Demain il sera d'humeur exécrable, et dira des grossièretés à cette même Irina qu'en ce moment il couve d'un œil tendre : — Allons-y, Irina Grigorievna, un petit verre... à la *Bruderschaft*. » (C'est peut-être le seul mot allemand qu'il connaisse.) — « Mais, mon cher ami, si nous nous mettons à nous tutoyer dans le magasin, que penseront les clients ? » — Eh ! dit le vieux avec un naïf sourire approbateur d'homme ivre — pas bête, ça ! pas bête ! Bon, je veux boire à la *Bruderschaft* avec la belle Américaine. » — Elle est suédoise. » — Oh ! du pareil au même ! A quoi ça engage, je ne la reverrai plus. Une reine ! une reine ! »

Au milieu de rires qui accompagnent sans nécessité une *Doubina* chantée par plusieurs voix d'hommes mal accordées ensemble, les trois dernières bougies s'éteignent d'un seul coup — laissant planer dans l'air trois faibles reflets rougeâtres. « Mes amis ! nous venions d'être éclairés par *trois* bougies ! Catastrophe ! » On entend les petits cris excités de Victoria. Et l'Américain se redresse brutalement, renversant presque Ragnid d'un coup de coude. « *What's the matter ? what's the matter ?*[1] Où est la lumière ? » Cris aigus et rires aigus. La voix de Frankie s'élève, plaintive, menaçante. « Qui a fait ça ? qui a fait ça ? » « Non, non, c'est drôle ! crie Victoria. Des voix ! rien que des voix ! jouons à nous dire toutes nos vérités ! »

— Un jeu qui est de votre âge, Victoria Alexandrovna, dit Hippolyte. Mais pour nous autres il est trop dangereux. »

— Mais c'est plus intéressant quand c'est dangereux ! »

— Non, non, assez plaisanté, dit Boris, mécontent. Vladimir, allume ! fais pas l'idiot. Ou dis-moi où est le commutateur. »

— Si la maîtresse de maison le permet... » — Mais au fait ! dit Victoria. C'est *moi* la maîtresse de maison. Vas-y, je permets. Allez ! Fermez les yeux, vous allez être éblouis ! »

Et la lumière électrique, qui en temps normal éclaire assez mal l'atelier, paraît étonnamment blanche, crue, dure, et les seize personnes éparpillées sur le plancher gris et le matelas parmi les coussins, les caisses, les bouteilles et les assiettes vides se regardent avec surprise... un peu comme si elles se rencontraient brusquement dans un hall de gare. — Tiens ! c'est

1. Qu'est-ce qui se passe ?

vous ?... Bernard s'est très résolument endormi, allongé par terre près du mur, la tête sur un traversin violet. — Oh, dit le peintre hongrois, compatissant, le Français était décidément dépaysé. » — Mais nous parlions français presque la moitié du temps ! »

— Oui, curieux, dit le céramiste (qui est un réfugié juif allemand), c'est pas question de langage — d'ambiance peut-être ? » Lui-même avait surtout parlé allemand avec le Hongrois. — De fatigue, dit Irina, maternelle et vexée. Il était de garde à l'hôpital la nuit dernière, et ses journées ne sont pas une sinécure non plus. »

— Rien d'autre à boire ? demande Ragnid. Oh ! Victoria. Je vous aide à laver les verres ? »

... — Mais bien sûr ! le champagne. Il faut que ça continue encore *longtemps* ! Changement de décor, troisième acte. Lumière ! tenez, j'allume encore cette lampe verte. Dites, Ragnid, vous avez vu comme j'ai repeint la jarre ? » — Merveilleux ! mais elle était plus drôle avant. » Ragnid rit de son rire hennissant, découvrant deux rangées de fortes dents plutôt chevalines et deux bandes de gencives roses — sa robe d'or est tout éclaboussée d'eau du robinet. — Oh ! votre robe ! »

— Laissez, *darling*, ça me souvient du bon temps. Vous voulez que je l'enlève ? » — Oh ! non ! » crie Victoria, horrifiée.

— Vous, moi — on le peut. Les autres... melons et œufs sur le plat. » Victoria bat des paupières à l'énoncé de cet étrange menu, puis comprend et se tord de rire.

— Eh, dites, on s'amuse bien, dans ce coin — et nos verres ? » Vladimir retire les bouteilles de champagne d'un seau d'eau moins fraîche qu'elle n'aurait dû l'être.

— Vi, et le gâteau ! »

— Dites : est-ce le début ou la fin de la fête ? » — La Fête permanente ! que Jupiter fasse durer cette nuit trente-six heures, si vous n'êtes pas tous trop las de notre compagnie. Frankie, vous êtes un très très gentil garçon — » et Vladimir tape sur l'épaule de l'Américain, pris de tendresse pour cet homme dont la femme rit de si grand cœur avec Victoria.

— Très gentil. Vraiment. La fête commence sans cesse. A la santé de Ragnid ! » Anderson, à demi tiré de son ivresse, rajuste les mèches gominées de ses cheveux couleur de marron glacé, remet en place sa cravate, et cherche à se souvenir de l'identité des hommes qui l'entourent. « Ha !... Waldemar !... Bôris... le vieux *what's his name*[1]. Tarass Boulba. » Il pense faire un compliment, mais Piotr Ivanytch y voit une raillerie déplacée dans la bouche d'un étranger, reprend pour quelques instants son rôle de sobre et correct M. Bobrov, et hoche la tête. « Aïe, aïe, pas sérieux, ce jeune homme — il était déjà rond avant d'arriver. »

Et Victoria apporte triomphalement un énorme gâteau fait de cinq pains de Gênes superposés, séparés par des couches de confiture et de chocolat, une grosse bougie rouge se dresse au milieu du gâteau. « Mais débarrassez-moi donc la table ! » — Ah ! symbole phallique », dit Irina.

— Symbole quoi ? » demande ingénument Piotr Ivanytch, Hippolyte lui parle à l'oreille, et le vieillard éclate d'un bref rire gras et bruyant, puis fronce les sourcils, scandalisé : une dame, tout de même... La bougie allumée fait assez pauvre figure dans la grande pièce passablement délabrée, avec ses décors d'un jour déjà fanés, ses coussins traînant par terre et ses caisses couvertes de bouteilles vides. La mousse du champagne déborde et coule sur les doigts. « A la santé de nos chers hôtes ! » dit Goga.

« ... Et puissions-nous, reprend Boris (avec mauvaise

1. Comment s'appelle-t-il ?

conscience) les voir souffler un jour sur dix, vingt bougies à cette même date. »

« ... Est-ce que cela se fait pour les anniversaires de mariage ? demande Sophia Dimitrievna à voix basse — c'est de l'enfantillage... » — Corde dans la maison du pendu », lui souffle Hippolyte, qui lève solennellement son verre. — A la plus belle des hôtesses ! » — A la plus gentille ! reprend Piotr Ivanytch, attendri. Voyez-la. Une rose, une vraie rose ! Et... » sa voix est nettement ramollie mais encore égale — « Vladimir Iliitch, laissez-moi vous dire — que malgré votre nom malheureux et même inconvenant je vous aime bien... et regrette... oui, regrette... qu'à cause des machinations d'un sinistre individu... » Boris le tire violemment par la manche.

Victoria en robe blanche (elle a jeté son châle noir à ses pieds), en sa vieille robe blanche recousue et trop collante qui la fait ressembler à une statue, se tient debout au milieu de la pièce à côté de la table au gâteau — un verre plein de champagne encore pétillant levé à hauteur de son visage — rose, tendrement rose, les yeux baissés, les lèvres à peine frémissantes, timide, solennelle, émue, grise, gaie, mélancolique, honteuse, fière — ... jugée, jaugée, placée devant une minute de vérité imprévue, offrant, à tous ces êtres qui ont vécu, le spectacle troublant de sa douteuse innocence. Ils sont tous là autour d'elle, qui s'efforcent par habitude de superficielle courtoisie mondaine de cacher leur trouble. — August Ludwigovitch ! pas même une goutte ?... un verre de limonade, au moins ? »

« ... Mes amis, nos amis, très chers, — Vladimir est ivre, mais d'une ivresse gentille, et légère, et attendrie — j'y vais de mon discours, tant pis !... Car vous êtes tous venus — et je salue aussi ceux qui n'ont pu rester si tard — pour cet anniversaire d'un... mariage célébré dans la plus stricte des strictes intimités seulement entre deux personnes... et... je vous remercie tous d'avoir bien voulu vous associer à ma joie — ma joie au souvenir du jour entre tous béni où Victoria Alexandrovna m'a fait l'honneur de me confier sa personne et de prendre en charge la mienne...

« Et telle que vous la voyez vous pouvez juger de la chance que j'ai eue, mais vous ne pouvez savoir... ce que sont ses mille vertus pour lesquelles nos langues n'ont pas trouvé de nom mais dont l'ensemble pourrait se traduire par *beauté de l'âme.* »

— Voyons, voyons, dit Goga (qui a très peu bu et comprend mal les débordements sentimentaux d'hommes ivres). Tu vas la faire rougir. » — Mais laisse-moi je sais très bien ce que je dis ! C'est important. Très important... Car ce qu'est cette *beauté* je suis seul à le savoir — mais il est important — que j'en témoigne — car il faut bien l'avouer je l'ai placée dans une situation qu'on peut appeler une situation fausse, et il ne faut pas que vous la croyiez fausse, c'est la situation *vraie* entre toutes parce que Victoria est le plus authentiquement vrai de tous les êtres humains... » il regarde Victoria, et oublie de quoi il voulait parler, elle semble désemparée, les joues lui brûlent comme si elle se tenait trop près d'un grand feu — il se réveille d'un songe, tous ces êtres qui les entourent font partie d'un rêve, pourquoi sont-ils là ? Ils lèvent leurs verres, ils boivent à Victoria et Vladimir. « Ah ! c'est amer ! c'est amer ! » ce que l'on dit aux banquets de noce.

Etrange banquet, et la mariée est sans voile. Et puisqu'il faut s'embrasser il lui passe le bras autour des épaules — et brusquement elle se blottit contre lui, la tête au creux de son cou. Avec une grâce maladroite d'ourson ensommeillé — réfugiée dans ses bras à lui comme si les autres lui faisaient peur, comme si la lumière lui blessait les yeux. Ils sont tous là, les autres, interdits, malgré eux touchés — à la vue de deux êtres qui ne peuvent respirer librement que serrés l'un contre l'autre. Seuls. Enfermés dans un cercle de feu, — seuls dans leur tour de verre — leur tour d'invisibles ténèbres où ne pénètrent ni son ni lumière, bout d'espace arraché au monde des apparences, et dont la présence est un instant perçue, hors du temps.

Parce qu'ils sont tous un peu hors du temps, par la grâce d'une ivresse encore légère — qui a par contagion gagné même l'anti-alcoolique August Ludwigovitch — et comme l'arrachement au temps ne peut durer, décemment, plus de trente secondes, Piotr Ivanytch, par droit de doyen des invités, s'écrie, de sa voix la plus gravement débonnaire : « Eh ! l'heureux fils de chienne ! Bravo, Vladimir Iliitch, j'approuve ! »

On repousse les coussins et le matelas contre les murs, pour danser. Pas de fête sans danse — mais Anna Ivanovna et Mme Grinévitch ne dansent pas, les hommes sont en surnombre et se disputent Irina, Victoria, Ragnid, Ioanna et Véra. — Eh bien, dit Hippolyte à Boris, nous, les mâles solitaires, allons-nous danser ensemble ? comme les demoiselles lasses de faire tapisserie ? » Le disque du plus beau des tangos du monde hurle à pleine voix puis se met à mugir, Vladimir occupé à regarder Victoria se balancer dans les bras du Hongrois, se précipite pour remonter le phonographe. « Il existe, dit August, des phonos que l'on branche sur le courant électrique et qui ne vous jouent pas de ces tours. » — Pratique, dit Vladimir, mais moins vivant. » Le tango reprend... *C'est celui que j'ai dansé dans vos bras...*

— Dans vos bras, cher Hippolyte Hippolytytch ? sans vouloir vous vexer... » — Eh ! j'en connais qui... pas dans les vôtres, peut-être, mais dans ceux de ce jeune Italien... serait-il un solitaire, lui aussi, ou un amoureux transi de la belle hôtesse ? » — Ni l'un ni l'autre, mais sa dame est mariée. Ce brave Thal fait tout à contretemps, il fallait danser tant que les petites jeunes filles étaient encore là. Sans elles, la pauvre Victoria paraît toute dépaysée — et ils n'en ont pas fini de subir les inconvénients de leurs vingt-trois ans de différence. »

— Et tout ceci, dit Hippolyte, parce que Thal est l'homme qui réagit à contretemps devant chaque situation donnée. Je l'aime bien, mais il se met — de plus en plus — à ressembler à son père : un homme *gâté* par la vie, et qui reste bras croisés, furieux qu'on ne lui apporte pas les clefs du Paradis terrestre sur un plateau d'argent... » — Ce n'est pas tout à fait le cas de Vladimir. » — Illusion, mon cher, son Paradis actuel est un bluff. »

Bernard reste adossé au mur, bras croisés. Boris fait tourner dans une valse assez rapide la sévère Ioanna. « Finalement, c'est petit-bourgeois, cette fête, dit la jeune femme. Un homme veut s'affranchir de tous les préjugés et même de toute morale, et ceci pour retomber dans les plus plats poncifs... j'eusse mieux compris une *orgie* — sans l'approuver. » — Songez tout de même à l'âge de notre hôtesse. » — Quand on respecte l'*âge* on laisse une fille tranquille. »

« ... C'est l'histoire d'un monsieur, dit Sophia Dimitrievna au céramiste — qui s'est laissé prendre de force par une gamine trop dégourdie, et qui se croit obligé de réparer ses torts... Je projette une nouvelle sur ce sujet ; Valentina (mon héroïne) est une nymphomane naïve, de ces filles très jeunes qui, ayant commencé à l'âge de quatorze-quinze ans, restent enfants toute leur vie. Sexuellement — de véritables volcans. Incapables de résister à leur sensualité ; aussi innocentes que des bêtes en chaleur. Le héros, donc, Vikenti Berg... » — Si

vous publiez cette nouvelle, il se reconnaîtra : Berg —
Thal. » — Quand j'ai trouvé un nom je ne peux plus le
changer. Berg est un naïf, presque un puritain... » —
Là, il ne se reconnaîtra pas. » — Vous ne l'avez pas
connu *avant*. Cas freudien : il était amoureux (tout ceci
est subconscient) de sa fille, s'est senti profondément
frustré lorsque cette fille a grandi et s'est mise à
s'intéresser aux garçons — donc le jour où Valentina
s'est offerte à lui (je vois très bien la scène : dans la
forêt de Meudon, la fille nue au milieu de taillis
d'aubépines, sur un lit de jacinthes bleues) il l'a prise
avec le désir subconscient de se venger de sa fille...
puis, croyant l'avoir séduite, il ne peut s'empêcher de
l'identifier (toujours dans son subconscient) à sa propre fille, et tente d'agir comme il eût voulu qu'un
séducteur imaginaire agît à l'égard de son enfant :
admiration, adoration, respect, etc. »

— Ce n'est pas une nouvelle, c'est tout un roman. »
— Une longue nouvelle. Valentina le trompe à droite et
à gauche — parce qu'elle ne peut pas s'en empêcher —
il ne s'en aperçoit pas justement parce qu'il est, en fait,
un *père*, et l'on connaît la puissance des inhibitions qui
rendent les pères aveugles à la sexualité de leurs
filles... »

— Et le dénouement ? » demande le céramiste, par
politesse plus que par curiosité. — Il la surprend dans
les bras d'un prêtre... dans l'église où elle est allée se
confesser. Il va fermer les portes et met le feu à l'église
— ils brûlent tous les trois au milieu d'icônes qui
s'écroulent, de dizaines de cierges qui fondent sur les
herses. Ils voient les Christs, les Vierges, les saints se
déformer, noircir, se tordre, à travers le rideau de
fumée... » — Ah ! une fin tragique. »

— Il y a, chez Thal, quelque chose de tragique, vous
ne trouvez pas ? Cette lueur inégale dans les yeux...
Non, la fin est plutôt tragi-comique, car on les sauve à

temps, mais ils sont dans un triste état, cheveux et vêtements brûlés (vous imaginez le prêtre glabre et chauve ?), mon Vikenti Berg, déçu et repentant, se fait moine, et c'est au tour du prêtre de subir Valentina... qui s'empresse de le tromper avec un jeune médecin. Vous avez remarqué, à propos ? ce jeune interne, l'ami d'Irina Landsmann, évite tout contact avec notre hôtesse ? Ils sont amants, ou sont sur le point de l'être. »

— Allons ! dit le céramiste en haussant les épaules. Cela aussi fait partie de votre roman. Je n'en crois rien. »

... — La valse, dit Vladimir. C'est à peu près la seule chose que je danse bien... de mon temps on dansait aussi la polonaise et la mazurka. » — Allons allons, lui dit non sans coquetterie Véra Séménovna, ne vous faites pas plus vieux que vous n'êtes — Hippolyte pourrait parler ainsi. » — Entre ceux qui ont été jeunes *avant*, il n'y a plus une grande différence. Quel âge aviez-vous en 1917 ? » — Question indiscrète ! J'avais sept ans. » Il pense : dix ans de plus que Victoria. Victoria, dans dix ans ? Charmante, fraîche, tendre, cette Véra Blumberg avec ses frêles épaules émergeant d'un drapé de velours vert amande. Sa peau laiteuse, ses yeux verts si brillants entre les cils chargés de rimmel, dans dix ans Victoria — dans dix ans éblouissante de jeunesse, sûre d'elle-même —

il était, une fois de plus — et cela lui arrivait de plus en plus souvent — saisi jusqu'au vertige par l'effrayante irréalité de cette notion sans objet qu'on a coutume d'appeler l'avenir. Un mur haut jusqu'au ciel, fait d'un impensable mélange de lumière trop vive et d'un abîme de ténèbres, cela n'*est* pas, cela n'existe pas. Cela n'arrivera jamais.

« Voyons, vous êtes tout rêveur ? » dit doucement Véra. — J'ai peut-être trop bu ? » Victoria, en ce moment, danse avec Angelo. Les sourcils lourds, un sourire distrait sur ses lèvres fiévreuses. Fatiguée, Vi ? Ou contrariée ? et impossible de faire disparaître tous ces gens d'un coup de baguette, se retrouver dans notre nid — comment accrocher au passage son regard ?

« ... Jalouse ? peut-on être aussi stupide ? » La vie revient en lui et court à travers les veines et jusque dans les racines des cheveux, comme l'eau dans une plante assoiffée — soucieuse, raide, les yeux baissés, Victoria s'efforce de danser sans paraître trop se serrer contre son partenaire. « Mais pas du tout ! Oh laisse. Tu vois, ils nous regardent » — car il lève vers sa bouche la main qu'il tient dans la sienne happant rapidement du bout des lèvres les phalanges des doigts repliés — ô de toutes les manières de baiser la main d'une femme faut-il que seules les nôtres soient telles que des yeux étrangers ne sauraient en soutenir la vue ?

Ils vont s'en aller. On leur prépare du café avant le premier métro. Les vitres deviennent blanchâtres et l'ampoule électrique répand sur les visages pâlis la lueur d'un tendre et mélancolique faux jour. Irina s'est endormie contre la solide épaule de Bernard — et Piotr Ivanytch ronfle, étalé sur le matelas à côté de sa respectable cuisinière. Ragnid, l'Américain, les Grinévitch sont montés dans la soupente et dorment à quatre sur le grand sommier — les jeunes femmes se sont affalées sur les piles de coussins et de traversins.

Boris et Vladimir, debout près du réchaud à gaz, gardent les yeux fixés sur une bouilloire qui ne se décide pas à siffler. Las et étrangement légers, comme on l'est à l'aube après une nuit blanche. « Ils auront froid, dit Boris, tu n'as pas beaucoup de couvertures. » — Le vieux — un vrai tuyau de poêle. » — Un cornet à piston. Curieux, je ne l'ai jamais vu dormir. »

— Et au fait, demande Vladimir, pourquoi l'aurais-tu vu dormir ? » et ils rient tous deux du rire à la fois irrépressible et distrait d'hommes qui à force de trop veiller n'ont pas tout à fait réussi à tuer en eux le sommeil. — N'empêche, dit Boris, tu tiens bien le coup. Quel paisible matin d'orgie. » — Dis : me suis-je rendu ridicule ? »

Boris réfléchit un instant. « Eh bien — somme toute, non. C'était incongru mais plaisant. Avec ce sommeil matinal pour conclusion — les gens se sentent *chez eux* là où ils ont dormi. Au réveil ils vont se demander où ils sont et se rappelleront cette nuit comme une sorte de rêve assez poétique... une nuit en dehors du temps, comme celles que l'on passe dans les trains et dans les gares. » — Merci. » — Non, pourquoi ? cela peut être beau... disons, une nuit sur un bateau en pleine mer, éclairé de guirlandes et de lampions, et où l'on chante et danse et boit et parle, où l'on divague un peu parce que sur l'eau on se sent libéré des soucis quotidiens. Maintenant ils voguent dans le sommeil — tu n'imaginais pas Anna Ivanovna dormant aux côtés du patron, la tête sur son épaule ou presque ? Le sévère August ronfler aux pieds d'Irina ? Hippolyte et Goga partageant fraternellement le même traversin ?... »

Sur un bateau en pleine mer.

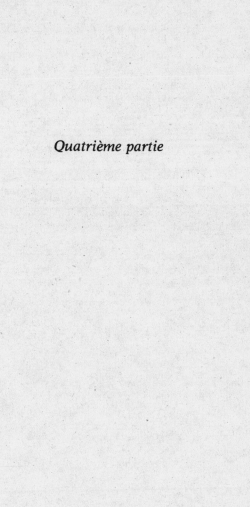

Quatrième partie

I

COUPS ET BLESSURES

Vladimir s'était colleté — pour la dernière fois, fallait-il (ou non) l'espérer ? — avec Alexandre Klimentiev dans les jardins du Palais-Royal, comment cet homme avait-il découvert que son ennemi travaillait à la Bibliothèque Nationale ? Il l'avait suivi et abordé dans le jardin, sous la statue de Victor Hugo. Vladimir était adossé au socle et grignotait un morceau de pain rassis, en faisant semblant de vouloir jeter des miettes aux pigeons — comédie bien inutile, il n'y avait personne de ce côté-là du square, des femmes avec des enfants et des landaus bavardaient sur les bancs lointains, des deux côtés de la vaste allée centrale.

Klimentiev avait surgi de derrière le monument ; sa tête longue et pâle en casquette grise à côté du pied de bronze suspendu en l'air — « Félicitations, dit Vladimir, maussade, vous êtes un excellent limier. » Et l'autre le regardait droit en face, mains dans les poches. Jamais encore Vladimir n'avait vu ce visage-là en plein jour. A la lumière d'un beau soleil d'après-midi de juin ; coloré par un hâle qui donnait à sa pâleur naturelle un reflet brunâtre ; visage que le soleil rajeunissait tout en soulignant cruellement les flétrissures de la peau, la dureté des longs plis des joues — visage d'homme jeune mais malade ou affamé, des soldats harassés par des semaines de tranchées ont parfois ces têtes-là, ces yeux durs et sans âge.

Il sentait le vin. Droit, mains dans les poches, il laissait peser sur l'ennemi le regard mort de ses yeux couleur d'acier. Mains dans les poches, et le revolver perdu était là, levé, braqué par une main invisible. Vladimir avait si faim que sa colère était décuplée par l'obligation de fourrer dans sa poche son morceau de pain. « Et alors ? dit-il. Qu'est-ce que vous me voulez, nom de Dieu ? » — Ordure. » dit l'autre.

— Bon. Si vous venez pour un casse-gueule, je vous préviens que je ne suis pas amateur. »

— J'te crois, dit Klim, avec un petit ricanement sec. Ordure. Tu crèves de peur. » Et Vladimir savait qu'il ne lui était pas possible de tourner le dos et de quitter le square ; mieux valait encore attendre une agression, physique ou verbale, de pied ferme adossé au socle de Victor Hugo, que traîner ce fantôme après soi à travers les rues de Paris.

— Espèce d'ordure. »

— Ecoutez, *monsieur*, dit Vladimir, perdant patience — il serait temps que vous compreniez à quel point votre attitude est absurde, et j'ai eu beaucoup de patience je vous jure, mais enfin, *une fois pour toutes*, qu'est-ce que vous espérez ? Elle ne vous reviendra jamais. Je n'y peux rien. Même si je n'étais plus là, elle irait plutôt coucher à l'asile de nuit que chez vous. Ce n'est pas de ma faute si vous n'avez pas su mieux mériter son estime... »

— Parce que vous, dit l'autre, vos filles vous estiment ? »

La remarque était de bonne guerre, mais Vladimir était décidé à ne pas se laisser démonter. « Laissez mes filles tranquilles. Moi, je n'ai jamais dénoncé personne au Commissariat ni à la Préfecture. Et ce sont là des méthodes soviétiques, *monsieur*, oui ! je ne dirai pas fascistes vous le prendriez pour un compliment. Soviétiques ! et vous seriez mieux à votre place là-bas qu'à Paris, car ici voyez-vous il ne suffit pas de quelques lettres à la police pour expédier quelqu'un en Sibérie. Et tout ce que vous avez obtenu est que votre fille crève de faim, oui, car à mon âge et au vôtre — et vous le savez — il n'est pas si facile de trouver du travail et vous m'avez fait perdre mon allocation de chômage, et perdre deux fois de suite mon travail, et je ne suis pas doué pour mendier ni pour voler, et croyez-moi je ne suis pas fier de vous avouer que Victoria se nourrit de pain sec et de purée de lentilles, et de feuilles de salade que je vais ramasser aux Halles le matin...

« Mais si par ce moyen vous pensez la décider à retourner chez vous, vous êtes encore moins intelligent que je ne croyais. »

Klimentiev haussa les épaules et cracha par terre. « Qu'elle aille au diable. Elle me supplierait que je ne la reprendrais pas. Chez vous, peut-être, on reprend ces filles-là, pas chez nous. »

Et Vladimir était trop excité par la faim pour garder, comme il l'eût dû le faire, un silence méprisant. Pris par une stupide envie de voir dans cet homme également fiévreux et affamé son semblable, et d'autant plus son semblable que cet homme, à sa façon, aimait Victoria et souffrait pour elle. — « Mais, espèce d'abruti que vous êtes, en avez-vous fini avec votre mentalité d'avant Pierre le Grand ?... Et d'insulter grossièrement votre propre enfant ? Un vrai père chercherait d'abord à comprendre, au lieu de se lancer dans cette comédie de vertu romaine et de revolvers et de scandales publics !

« Et si vous ne voulez pas qu'elle vous revienne, *pourquoi diable* venez-vous me harceler ? »

— Il y a une justice », dit Klim, entre ses dents, les yeux baissés.

— Ah ! ah ! Justice ? Cela veut dire quoi ? que vous avez envie de me casser la figure encore une fois, c'est cela ? »

C'était à peu près cela, mais dans ce vaste jardin public aux sages allées où des grand-mères, au loin, surveillaient des enfants jouant au ballon, il n'était pas facile de commencer une bagarre sérieuse. L'agent, au bout de l'allée, eût vite fait d'intervenir à coups de sifflet, et ce lâche savait trop bien que l'affaire se terminerait au Commissariat, parmi les hommes en képi et en pèlerines bleues, répétition de la scène du soir de la grande pluie — le Reptile expliquant au Commissaire de Police que M. Klimentiev était un agité, un déséquilibré, un ivrogne, etc. Un père. Je suis un père moi. Lui un chien qui a abandonné ses enfants pour aller se vautrer au lit avec une gamine dévergondée.

« T'es trop lâche, dit-il. On irait dans un terrain vague, tu verrais. »

— Lâche vous-même. Facile de dire : tu verras, en pleine ville. Et puis, vous ne m'y reprendrez plus. Je ne marche pas. Nous n'allons pas nous éterniser ici, non ? Fichez le camp. Vous avez peut-être du temps à perdre, moi pas. »

— Pressé d'aller baiser, ou quoi ? » cette voix soudain sifflante, cette petite flamme blanche un peu folle dans les yeux — oh ! très bien, il veut que je commence — comme l'autre fois. « ... Ecoutez, espèce de salaud, dit Vladimir, et sa voix éraillée se mettait à imiter celle de Klim — vous ne m'aurez pas. Je ne me bats plus. Depuis notre dernière... rencontre, j'ai perdu quatre côtes, en partie par votre faute du reste, et je ne tiens pas à me faire esquinter pour que Victoria reste seule, et ma santé ne tient déjà que sur une parole d'honneur, et je ne veux pas faire de blagues, et à notre âge c'est même tout à fait déplacé. Donc soyez satisfait, dites-vous que je suis un lâche, n'en parlons plus et fichez-moi le camp d'ici. »

... Et pour Alexandre Klimentiev c'était là une révélation désagréable, car elle brouillait l'image que depuis un an bientôt il s'était forgée de cet homme ; et il lui fallait quelques instants de réflexion pour raccorder la gamme de ses pensées sur une portée nouvelle, *primo :* il ment peut-être, *secundo :* un intellectuel dégénéré aux poumons pourris, *tertio*, même s'il ne ment pas c'est un ignoble chantage, *quarto*, c'est un salaud qui veut lier la vie de Vica à celle d'un malade... *quinto :* de quel côté les côtes absentes ? à gauche, car il penche un peu sur le côté gauche.

« Avec des salauds comme vous, dit-il, on ne se bat pas. On les corrige. Les reptiles, on les écrase. »

— Allez-y. Avec vos 'reptiles'. On croirait entendre le procureur Vychinsky. Bon. Reptile. Notez que je ne vous injurie pas, mais pour l'amour de Dieu finissons-en. Vous ne voulez pas vous coller à mes trousses comme un ange gardien ? »

— ... Et si je te cogne dessus, tu es toujours libre d'appeler au secours. »

— Et je le ferai, qu'est-ce que tu crois ? Quand on a affaire à un cinglé... » et tous deux commençaient à s'affronter, jambes et bras un peu écartés, épaules en avant, dans des poses de lutteurs prêts au recul et à l'attaque, esquissant le ballet préliminaire de deux coqs de combat sur le point de sauter l'un sur l'autre. — Et arrête donc, idiot ! dit Vladimir. C'est sérieux. Je ne me bats pas. »

— Tiens, dit Klim. Mets-toi à genoux et je te laisse. Parole. Je te laisse. » Il paraissait si décidé que Vladimir eut peur. — Mais, espèce de crétin, cria-t-il, tu sais bien que je ne le ferai pas ! »

L'autre fonça, le poing droit en avant, Vladimir eut juste le temps d'esquiver le coup, espérant l'intervention de passants ou de la police, mais la bagarre fut trop rapide, trop discrète, dents serrées et coups échangés — chacun cherchant à projeter l'autre contre les pieds de Victor Hugo et le socle de pierre. Et au moment où des femmes alarmées eurent réussi à provoquer l'attention du gardien du square, le combat était, si l'on peut dire, fini faute de combattants — car Klimentiev, assez honteux tout de même d'avoir cogné sur le poumon d'un homme amputé de quatre côtes, avait préféré se retirer ; tentant de se convaincre qu'il le faisait par générosité. Ce n'était pas une fuite, pensait-il, il quittait le champ de bataille le premier, abandonnant un adversaire qu'il était sûr de battre à plate couture

car l'autre n'était pas aussi désarmé qu'il prétendait l'être et avait même des poings durs — seulement, après ce coup dans la poitrine il s'était brusquement plié en deux comme un pantin cassé — bizarre même et trop facile —

il eût pu donner encore quelques coups. Il se privait du plaisir d'expliquer à l'agent et aux badauds du square quel ignoble individu il était en train de corriger. Il leur eût rappelé que l'honneur existe encore, et qu'il est encore des pères qui ne tolèrent pas qu'on déshonore leurs filles...Monsieur le Commissaire, on a le devoir d'écraser les reptiles, blessés ou non... il prouverait, il raconterait tout, et il dirait comment cet homme l'avait fait rouler du trottoir Boulevard Montparnasse, sous les roues d'une voiture qui a eu juste le temps de freiner — en attendant, il marchait le long de l'avenue de l'Opéra, boitillant car il avait mal au côté droit, et frottant d'un air distrait sa mâchoire endolorie. L'homme avait les mains maigres, les phalanges dures. Il se disait malade mais était encore assez agile — mais sous le veston, du côté gauche, la poitrine était bel et bien molle, pouah, écœurant, même pas un homme entier —

*

Vladimir se vit assis sur une chaise, dans un local étroit plein d'étagères vitrées où s'empilaient de petites boîtes en carton de couleur — et la lumière tombait sur lui à travers un énorme vase piriforme rempli de liquide vert. Devant lui, Myrrha vêtue d'une robe blanche lui appliquait un linge mouillé sur le front et portait un verre d'eau à ses lèvres. Il but, avidement. Réveillé par une douleur aiguë dans la poitrine. Un accident, bien sûr. Il dit : « Myrrha ». « Myrrha. C'est... l'adresse : 11 villa d'Enfer. Va prévenir Victoria. Que ce n'est rien. » Elle disait : « Ne vous agitez pas. Buvez. Buvez encore. » Pourquoi diable parle-t-elle français, et dit-elle « vous » ? ? « Onze villa d'Enfer. Préviens-la. Que ce n'est rien. » Il était heureux de constater que sa voix était audible ; mais Myrrha avait disparu, sa tête remplacée par celle d'une femme inconnue, au visage rond et brun.

Bon. Il se trouvait dans une pharmacie. Plusieurs personnes autour de lui. — J'ai eu un accident ? » Deux témoins — une vieille dame et un petit homme sec aux allures de retraité, se mirent à lui expliquer. Mais oui, se dit Vladimir, le salaud, le crétin. Le sinistre crétin. « Je me souviens, dit-il. Ma chemise ! »

Malentendu : la pharmacienne et les témoins croient qu'il s'agit de celle qu'il porte sur lui — tachée de sang en effet, sous le veston aux boutons arrachés. Or, celle où il rangeait ses documents était restée par terre aux pieds du socle — il l'y avait posée pour pouvoir manger son pain. Il se lève aussi dignement qu'il peut. Tordu comme un hémiplégique à cause de la douleur dans la poitrine.

Personne n'avait songé à voler la chemise en carton brun nouée par des élastiques, sagement posée aux pieds de Victor Hugo. Retourner au square n'avait pas été une expédition trop pénible, mais la seule idée de traverser à pied la place du Palais-Royal, la cour du Louvre, le pont, la moitié du Boulevard St-Germain, le Boulevard Raspail... donnait froid dans les cheveux. Il manquait dix centimes pour le ticket de métro (idiot que je suis : il fallait dire au pharmacien que mon agresseur m'avait volé mon porte-monnaie, il m'eût bien prêté un franc... trop tard.) Le *Ruc*. Un jeton de téléphone. Le plus simple : téléphoner à l'épicerie Bobrov. « Allô je veux parler à Boris Serguéitch. Mon vieux, une histoire idiote. En panne, oui. Force majeure. Au Palais-Royal, sur un banc du square. Je t'attends. » Ne pas avoir sur soi de quoi acheter un ticket de métro — faut le faire. En attendant, il récupère le morceau de pain perdu au fond de sa poche — manger peut redonner des forces. Mais il n'a pas faim. Très soif. Tout tremble devant ses yeux, comme sur une gravure en couleurs mal imprimée, la verdure des arbres sous le soleil roux, les arcades, la lumière d'or éclatant reflétée par les fenêtres de l'étage supérieur — Boris en arrivant dit : « Tu grelottes, tes joues brûlent. » — Pour l'amour de Dieu offre-moi une bière. » Mais, à la terrasse du *Ruc* il s'aperçoit que la bière est imbuvable. « De l'eau. » — Ne bois pas froid, tu as la fièvre. » — Mais non, ça va mieux » (de fait, la douleur s'est atténuée). « Il ne s'agit pas de ça. Quelle heure est-il ? » — Ta montre est cassée ? » — Non, au clou. D'ici, on ne voit pas l'horloge de la place. » — Et qu'as-tu besoin de regarder l'heure toutes les deux minutes ? »

— Ecoute : tu lui diras que j'ai été retenu par Hippolyte. » — Très malin : tu m'auras dérangé exprès pour que j'aille lui annoncer cela — elle le trouvera louche. » — Invente autre chose alors.. Il faut que je récupère un peu — et avec cette chemise dégueulasse — et si je passais chez toi pour emprunter une des tiennes ?... je t'exploite de façon *éhontée*, mais : l'amour, l'amour. Je ne veux pas lui causer de choc, tu comprends. » On pourrait croire que Victoria est une vieille dame cardiaque. « ... Je parie qu'elle se creuse déjà la tête... si je pouvais joindre au téléphone quelqu'un qui habite notre quartier... C'est une *très* sale histoire, tu sais. Très très très. » Il a un petit râle suivi de toux et crache dans un mouchoir déjà noir de sang. « Excuse-moi. Je te disais... » — Tu parles trop, repose-toi. »

— J'aurai *largement* le temps, comme on dit. Ecoute. A toi j'ai dit la vérité mais n'en parle pas. Parce que pour nous cet homme est un pauvre type, mais pour elle que veux-tu. Un père. »

Boris l'observe, un peu effrayé : surexcité, fiévreux, très mal en point — les avant-bras collés à plat sur la table de marbre jaune, poings serrés pour maîtriser le tremblement des doigts. « Ce que tu aurais de mieux à faire est de rentrer et de te mettre au lit. » — Tiens, tu l'as trouvé tout seul. Tout à l'heure tu iras me chercher un tube d'aspirine... Je téléphone à Grinévitch, nous sommes presque voisins. Que j'ai... des détails — à mettre au point — avec Hippolyte... au sujet d'Innocent III. » — Mais arrête bon Dieu, tu es à bout de souffle. »

— Pas du tout pas du tout. » Il descend téléphoner, cette manie qu'ils ont de placer le téléphone au sous-sol ! « Grinévitch ? c'est vous, Sophia Dimitrievna ? Soyez gentille etc. » Boris est de retour avec l'aspirine. — Merveilleux ! Tu es le plus chic des copains tu sais ? Ou tu ne le sais pas ? Tu ne sauras jamais combien je t'aime. Parole. Ecoute. Voilà le drame. Elle a besoin de moi. »

— Parle moins. » Boris pose la main sur le poignet de son ami, et se retient pour ne pas la retirer aussitôt tant ce poignet est brûlant. « Oh tu sais... Le salaud a cogné juste au mauvais endroit. Exprès, c'est ça le plus beau. Tout un poème, si je te racontais. Mûr pour Sainte-Anne. J'irai dormir chez toi — tu pourras sortir si tu as des projets — j'ai dit à la femme de Grinévitch — que j'en aurais peut-être pour jusqu'après le dernier métro... avec Hippolyte. Ça t'ennuie ? »

Boris comptait ce soir-là passer rue Lecourbe. Il calculait qu'en prenant un taxi, dans le meilleur des cas il arriverait chez les Zarnitzine vers neuf heures et demie. Et puis le diable les emporte, les deux hommes de Victoria et leurs stupides bagarres. « Ne t'en fais pas, dit Vladimir avec un sourire pâle mais tendre, vas-y, je devine où. Je ne suis pas sans-gêne à ce point. »

Dans la pénombre du taxi, Boris s'expliquait — moins pour se justifier que pour le plaisir de se confier à un homme qui connaissait à fond le sujet et l'objet de ses tourments. « ... Tu m'as toujours dit qu'elle était froide — donc coquette — et tu n'images pas, ou plutôt si, tu l'as su autrefois — à quel point cette naïveté, cette pureté d'âme unie à une inconsciente mais presque diabolique coquetterie peuvent te faire perdre la tête... car tu ne diras pas qu'elle n'est pas la plus raffinée des coquettes. Il n'est pas de jour où je ne passe par toute la gamme de l'arc-en-ciel, et — j'espère que cela ne te touche plus — j'ai la sensation que sa tendresse pour moi change de ton, devient — pour elle — presque un besoin... Tiens, l'autre jour, dans le salon de Georges, à je ne sais plus quelle boutade cynique de son frère, elle m'a jeté un de ces clins d'œil — tu sais, comme elle le fait, plissant les paupières, les narines un peu pincées —

« et, tu avoueras, cette façon innocente de me prendre pour complice... Dis-moi : t'est-il arrivé qu'elle fit, avec toi, de l'humour aux dépens de Georges ?... » — Vraiment, dit Vladimir, je ne m'en souviens pas. » Et, malgré la douleur dans la poitrine il tente de remonter dix, quinze ans en arrière — voyons, de l'humour aux dépens de Georges ?... « Nous étions tous très jeunes. Franchement, je ne m'en souviens pas. »

— Toi ! pour oublier les choses, tu es un champion. Je me suis toujours demandé si tu étais capable de sentiment. Au fond, tu n'es qu'un sensuel. Et — je te dirai — parce qu'elle ne parvenait pas à te satisfaire sexuellement, tu l'as plongée dans un tel abîme de complexes de culpabilité — pour tout dire tu l'as à tel point humiliée — qu'elle ne s'en est jamais remise. Et peut-être votre séparation va-t-elle enfin lui faire comprendre qu'elle est une femme véritable, qui a droit à l'amour... »

A travers les brumes rougeâtres et tremblotantes de la fièvre, Vladimir s'efforce de suivre le fil des confidences de son ami — il lui doit bien cela — quel gamin il est encore ! ce taxi qui roule vers le Boulevard Exelmans les éloigne de plus en plus du Boulevard Raspail, et d'une petite Victoria qui peut-être croit et peut-être ne croit pas à l'histoire que lui conte Grinévitch. Et il se sent un héros, un héros stupide, qui se prive du plus sûr des remèdes pour ne pas montrer qu'il est malade. « Vois-tu, poursuit Boris, il est des jours où je me dis que sa tendresse pour moi est intéressée... qu'elle s'accroche à moi comme à un dernier lien avec toi — et je me trouve dans la plus équivoque des situations, me demandant si je n'entretiens pas notre amitié (et, ne crois pas, je t'aime beaucoup) pour ne pas perdre à ses yeux le peu d'intérêt réel que je lui inspire... » Vi, Vita, Victa ? Victime ma pauvre petite victime, Victorinette ma vie quelle folie, te laisser seule, jusqu'au matin, jusqu'à quand ? Empêcher les dents de claquer. C'est de la quinine qu'il me faudrait.

La chambre de Boris est un logis de célibataire, assez bien tenu, le grand lit couvert d'un épais tapis marocain ; une natte de paille par terre, une petite table de bois blanc à nappe rouge, un lampadaire-candélabre à abat-jour en parchemin, des reproductions de nus de Renoir sur le mur, une étagère à livres fabriquée par le maître de maison, un vase à fleurs (vide) en faïence bleue, il fut un temps où Boris recevait là ses jeunes amies. Qui sait — Myrrha y viendra peut-être un jour ? O les roses splendides que Boris mettra dans ce vase bleu, ce jour-là. — L'autre jour — mercredi — j'ai senti sa main trembler, et elle m'a brusquement retiré son bras — elle s'appuyait sur moi, nous traversions la rue Lecourbe, et elle a eu un petit rire nerveux, que je ne lui connaissais pas... Tu sais, il y a encore de la très jeune fille en elle... » — Va, dit Vladimir, ne te mets pas en retard, aide-moi juste à défaire le divan-lit — » — Tu coucheras dans le grand lit ! » — Mais non mais non. Va. Pas un mot sur ce pénible incident, n'est-ce pas ? » — Bien sûr. » Bien sûr — et il n'a pas intérêt. Du thé chaud et de l'aspirine. Et la solitude.

La Solitude. Quelle folie. Car la fièvre chasse le sommeil, il est vrai aussi qu'elle amortit la douleur. Boris a une réserve de mouchoirs dans sa commode — et il y en a déjà deux d'ensanglantés, ce n'est pas une hémoptysie, juste des crachements de sang — c'est bien le cas de dire : « pardonne-leur ils ne savent pas ce qu'ils font » mais il est tout de même triste d'avoir affaire à un tel imbécile — et, Seigneur ! pourvu qu'il n'ait pas découvert l'adresse de la villa d'Enfer ! Dire à Victoria qu'elle n'ouvre jamais la porte sans savoir qui frappe. Il est dangereux, monsieur le Commissaire, pas d'autorité paternelle qui tienne, un individu dangereux.

La lumière éteinte il regarde les claires rayures

horizontales des volets, se demandant — dans un état de demi-délire — quelle signification l'on pourrait donner à ces quatre suites parallèles de lignes lumineuses, qui par moments deviennent plus vives et tracent sur le plafond des éventails de longues plumes qui balaient l'air pour disparaître aussitôt.

Et dire — et dire qu'il eût été si facile d'être en ce moment même étendu sur le grand sommier de la soupente — villa d'Enfer — aux côtés de la petite fille toute fraîche (elle serait fraîche comme un nénuphar pour un corps grelottant de fièvre) si fraîche, elle dirait : mais tu brûles ! « Ce sont les feux de l'amour. » Sa main fraîche qui se réchauffe trop vite au contact d'un front trop chaud. Un accident ma chérie. Mais non, Vi, mais non, ce n'est *pas* ton père, un accident, je te jure.

Ce n'est pas ton père ma petite chérie. La fièvre atténuait la douleur mais faisait pousser d'étranges fleurs blanches au plafond, et ces fleurs s'allumaient et bougeaient, emportées par de brefs incendies, et ces fleurs, longues, douces, étaient les jambes de Victoria, elles flottaient en l'air et descendaient vers lui — mais tes bras, où sont tes bras, où est ta tête ? les deux longs bras battaient l'air, comme des branches à la dérive, il tentait de les saisir et ils se dérobaient, tendus vers lui, emportés par une roue. Le chevalet est un instrument de torture. Attaché au chevalet tournant, le long corps blanc s'approchait et s'éloignait, et s'étirait comme un nuage par nuit de grand vent, sous une demi-lune étincelante qui, mauvais présage, se tenait sur le côté gauche du ciel noir. « C'est idiot, tes superstitions, mon cygne sauvage. » — Oh non, tourne-toi tourne-toi vite, tu la verras à droite ! » il tente de se retourner et la lune tourne avec lui, elle est toujours à gauche.

Elle descend sur lui, du plafond, blanche et balayée par des rayons de soleil couchant, les bras écartés en croix, les cheveux flottant au vent, elle n'en finit pas de descendre et n'arrive jamais jusqu'au lit. Elle dit : je viens, je viens. Et elle a du sang sur la bouche. Et il sait que c'est là un horrible cauchemar, sans comprendre ce que cette vision peut avoir d'horrible. Tu n'es pas là, Vi. Pardonne-moi. J'aurais dû rentrer, j'ai eu peur de t'effrayer. *J'ai douté de toi mon petit cygne je ne recommencerai plus. N'importe où n'importe comment pourvu que tu sois là.* Comme un moteur tournant à vide le corps parcouru d'un tremblement régulier et violent perd son poids et ses dimensions, car il n'est plus que tremblement et dents qui claquent et qui dansent leur monotone ballet que les muscles des mâchoires ne contrôlent plus.

O saloperie. Ma pauvre petite n'aie pas peur, ça passe, j'ai déjà eu ça, en Russie, sur le front, à l'hôpital militaire de Rostov-sur-le-Don, allonge contre moi ton tendre corps frais comme le sable d'une grève humide, sable mouvant, mes dunes mouvantes pleines d'eau fraîche, et mille soleils couvent en dessous, toi mon océan ma tempête ma grande paix n'aie pas peur surtout, ce n'est rien. Ce n'est rien. Ce n'est rien.

Reste. Mais non, elle est partie. Des oiseaux blancs tournent sur le plafond de l'hôpital, et Gaëtan dit : ils ont fini par nous avoir, mon vieux. Gaëtan, ses yeux pâles clignotants au-dessus de son nez en bec d'aigle, ricane sans méchanceté, tristement, mais non, ce n'est pas lui, c'est Marc Rubinstein, sa voix tremble, sa barbe tremble : ne pas survivre ! ne pas survivre ! « Vladimir ! crie Ilya Pétrovitch, Vladimir, mon petit garçon ! » Papa, ce n'est rien. Ils disent tous : Tania, Tania, il faut prévenir Tania. Il veut dire : mais non, Victoria... oubliant qu'il est à Pétersbourg, dans leur vieil appartement sur le canal, et que Victoria n'est pas encore née. Et il est terrifié à l'idée de vivre encore tant d'années, tant d'années mortelles, vides de Victoria,

terrifié à mourir, où est-elle ? attendra-t-elle si longtemps ?... Toute petite — comme Tala à cinq ou six ans
— mais avec son visage d'aujourd'hui, elle se serre
contre lui, lui entoure le cou de ses bras moites :
« Papa ! » il rit : « Folle ! tu te trompes ! tu as le
complexe d'Œdipe ! » elle rit aussi, elle est grande, ses
seins sont deux oiseaux sauvages, elle rit : oh prends-
moi prends-moi. Il tremble et défaille de désir, il est un
peu effrayé, mais rit : C'est un sacrilège, — Ne crois
pas, dit-elle, j'ai quarante ans. Et elle plane de nouveau, grande, très grande, blanche, nue, les bras
étendus en croix, entre le lit et le plafond. Non, reste,
non, reviens...

Et Boris, ce soir-là, dans le salon des Zarnitzine,
éprouvait la sensation désagréable de marcher sur la
tombe de son ami. Myrrha, tendrement soucieuse, lui
demandait : « Vous avez des ennuis ? » — Myrrha,
chère, avez-vous oublié — comme je l'ai oublié — que
nous avions jadis bu à la *Bruderschaft ?* Le jour où vous
nous aviez invités au *Patrick's ?* » — Pourquoi me le
rappelez-vous juste aujourd'hui ? »

Georges, sur son canapé Louis XV, jambes croisées et
nonchalamment rejeté contre les coussins brodés, discutait de politique avec Chmulevis et le modéliste, et
jetait de temps à autre des regards amusés sur le
couple Boris-Myrrha. Toi, disait Chmulevis, tu travail-
lerais pour n'importe qui : si nous avions un gouvernement fasciste, va pour les fascistes ! si Hitler entrait à
Paris, va pour Hitler ! » — Défaitiste, dit Georges. Je
n'envisage pas qu'Hitler s'empare de Paris. » — Mais
moi non plus, mon cher, moi non plus ! Simple
hypothèse. » — Je ne travaille pas avec les hypothèses.
Ni avec les fascistes, parce qu'ils sont à coup sûr
mauvais payeurs. Je suis *pour* le capitalisme, parce
qu'il est le seul système vivable... » — Ça dépend pour
qui... » intervint doucement Myrrha. — *Tu quoque,*

Brute ! Je dis : le seul vivable, dans la mesure où il admet la lutte pour la vie... *Trade-unions*, syndicats, etc. pour le capitaliste l'ouvrier est une force vivante ; pour les autres un outil. Et mieux vaut être tous les ans tondus qu'une fois écorché. Ton Espagne... » — Justement ! le fascisme triomphe. »

— Parce que les Espagnols ont voulu jouer aux apprentis-sorciers, et se sont laissé noyauter par des communistes, socialistes, anarchistes, et autres rêveurs éveillés car les communistes occidentaux ne sont rien d'autre. » — Pardon, dit Mihaïl, ils sont des cyniques. »

— Pas la base. Les chefs sont tous des cyniques à commencer par Hitler, mais la base... Rêveurs éveillés parce qu'ignorants, avec eux le menteur le plus habile sera le plus fort, et c'est pourquoi je dis qu'un Hitler est moins dangereux qu'un Staline car ses mensonges sont tout de même un peu gros et s'effondreront d'eux-mêmes... »

— Oui, mais *quand ?* demande Chmulevis — d'une voix aiguë volontairement comique. Ton défaut, Zarni, est de croire que les hommes sont intelligents — au moins aussi intelligents que toi. » — Mais dans les affaires, dit Georges, il faut toujours supposer que l'autre est au moins aussi intelligent que toi. »

— Tout le monde n'a pas la bosse des affaires, Gheorghi Lvovitch », dit le modéliste — avec sa démarche légère de farfadet il arpente le salon, remettant en place des objets qui n'ont nul besoin d'être déplacés, redressant les fleurs dans les vases. « Mais laisse donc, mon garçon, dit la princesse excédée, je ne t'ai pas engagé comme femme de ménage. » (Il faut être la princesse D. pour que ce mot « femme » n'ait pas l'air d'une allusion désobligeante.) — *Chère* amie, pardon — ma ridicule manie perfectionniste. Je vous disais, Gheorghi Lvovitch, que si l'humanité se composait d'hommes d'affaires (à tous les échelons) la vie serait peut-être un beau *struggle for life* darwinien et anglo-saxon : nous aurions en fin de compte une société plus simple et même plus juste, et je comprends les partisans du capitalisme... mais par malheur l'homme d'affaires — c'est-à-dire l'égoïste conscient, rationnel et dynamique — n'est qu'un des nombreux échantillons de la race humaine, et de loin le moins répandu... lisez Dostoïevski. »

— Voilà bien les Russes, dit Chmulevis, parlez-leur d'Hitler, de l'Espagne, des Ethiopiens, des Tchèques que sais-je ? ils vous ressortent Dostoïevski — quand ce n'est pas Pouchkine. »

— Chmul, Chmul, dit Georges, ce n'est pas de votre faute ni de la nôtre — ou, je l'admets, un peu de la nôtre tout de même — s'il est plus facile de se référer à Dostoïevski qu'à Sholem Aleikhem. Et tant qu'à faire, Dostoïevski avait tout de même la tête plus solide que Karl Marx, donc, allons-y, lisons-le — mais je vous disais, Mihaïl, que Dostoïevski, justement avait de l'intelligence de l'homme la plus haute idée, et peut-être méprisait-il l'homme d'affaires mais il exécrait et méprisait bien davantage les Piotr Verkhovensky, et les Chigalev, et les Fétioukovitch : les menteurs professionnels qui prostituent la pensée et misent sur la bêtise humaine, non parce qu'ils croient l'homme bête mais parce qu'ils sont assez diaboliquement habiles pour lui faire croire qu'il est bête... »

— Crois-tu vraiment, demanda Myrrha, qu'il méprisait le Grand Inquisiteur ? »

— J'en étais sûr ! dit Chmul. Tant qu'on n'a pas ressorti le Grand Inquisiteur... » Boris se redresse, outré par ce qu'il considère comme une grossièreté à l'égard de Myrrha. — Yacov Davydytch, si vous jugez la société de pauvres intellectuels russes indigne de vous... »

— Mais, Boris Serguéitch, qu'est-ce qui vous prend ?
dit Georges. Chmul n'avait nulle intention d'offenser
votre voisine, et la preuve : moi, le frère, je ne me sens
absolument pas vexé. Toi non plus, Mour ? » Myrrha
adresse à Chmul un petit sourire contrit et affectueux.
— Bien sûr que non. Vous ne vous rendez pas compte,
Boris, que c'est même un *honneur*, pour une femme,
d'être — au cours d'une discussion — traitée sans
façon, d'égale à égale... et il n'est que trop vrai que le
Grand Inquisiteur fait un peu *tarte à la crème*. Il s'agit
de s'entendre, messieurs. De quoi parlions-nous, ou
plutôt, parlez-vous ? D'événements politiques, de philosophie, de la nature humaine en général ? A partir de
quel moment voulez-vous *revenir à vos moutons ?* »
   — Nos moutons, chère Myrrha Lvovna, dit Chmulevis, sont toujours les mêmes, et du reste il s'agit
effectivement de moutons (et dans les deux sens,
français, du mot). Je disais à Georges que s'il fallait
choisir... »
   — Mais qui te demande de choisir, ballot ? Et tu te
moques des « Russes » ! Tiens, comme ça, entre les
millions de moutons stalinisés et les millions de
moutons hitlérisés, tu tiens la balance, et hop ! d'un
coup de pouce tu précipites dans l'abîme soit les uns
soit les autres ? Allons-y, choisis, appuie sur le
bouton. »
   Chmulevis hausse les épaules. « Idiot. Votre frère,
Myrrha Lvovna, est de ces hommes qui savourent
tranquillement un bon repas face à une maison en
flammes (pleine de femmes et d'enfants) sous prétexte
qu'ils ne peuvent rien faire pour éteindre l'incendie. »
   — Ah ! non, mon cher — *distinguo*, dit Georges en se
redressant — tu fais trop d'honneur à mon bon sens.
Regarder les gens brûler vifs dans la maison d'en face
m'eût certainement coupé l'appétit — mais s'il s'agit
d'une maison à l'autre bout de Paris... toi-même, me

288

semble-t-il, tu avais tout à l'heure trouvé le borchtch excellent, et pas uniquement pour faire plaisir à ma belle-mère. »

— Sophiste. »

Sacha, raide et svelte, assise dans un fauteuil sous le grand lampadaire, pique à petits coups secs son aiguille dans un écran de tapisserie. Lançant de temps à autre vers le groupe des parleurs un battement de ses longs cils trop noirs. Il y a beau temps qu'elle ne cherche plus à parler. Jadis, un mot d'elle — au cours d'une conversation animée et amicale — faisait passer une rapide flamme blanche dans les yeux de Georges — pourquoi, elle ne l'avait jamais compris, car leurs amis ne semblaient pas la trouver si sotte.

— Chmul, mon cher, dit la princesse de sa voix traînante, en se drapant pour la vingtième fois dans son châle de dentelle noire. Question d'habitude. Et il y en a qui mangeraient leur borchtch devant la maison en flammes, il suffit d'avoir faim et de voir des maisons en flammes tous les jours... Toi, tu grattes tes plaies : c'est un luxe. Profite de la vie, tu auras tout le temps de brûler à ton tour. »

— Laissez-nous notre luxe, princesse, dit le modéliste. Car, sans en revenir à Dostoïevski, la souffrance pour le malheur d'autrui, la ' tristesse civique ' comme disaient nos pères, est un plaisir et même une nécessité chez l'homme qui n'a ni faim, ni froid, ni peur — voyez nos braves intellectuels occidentaux qui écrivent et signent des manifestes et se lamentent sur les opprimés et les affamés en voyageant dans des trains de luxe — et — tenez! le cher André Gide. Avec sa spectaculaire déception. Vous croyez qu'il a été bouleversé par la *misère* des peuples soviétiques ? A première vue, ça en aurait l'air, et c'est exactement l'inverse : il est désolé de voir ces peuples s'embourgeoiser... si bien que nos journaux de droite ont presque pris la défense

289

de l'U.R.S.S. contre lui : monsieur Gide trouve que la vie *là-bas* est trop paisible, qu'on ne massacre pas encore assez... » — Oh ! les journaux de droite... », dit Chmul, avec mépris. — Mais non, le reproche n'est pas absurde : Gide eût apprécié un climat de luttes sanglantes, d'austérité jacobine, de sacrifices héroïques, un *spectacle* auquel on puisse applaudir — et ce qu'on lui montre le fait mourir d'ennui. »

— Vous êtes injuste, dit Myrrha, le seul fait d'avoir osé éprouver cet ennui prouve déjà une sensibilité assez fine... » — Je trouve, ajoute Chmul, qu'il a eu beaucoup de courage. » Georges se lève et se plante au milieu de la pièce, poings sur les hanches.

— Dites-moi : ne sommes-nous pas *formidables*, nous autres Russes, et je t'y inclus, Chmul, quoi que tu en dises — avec notre arrogance nationale ? Nous méprisons à tel point les ' Occidentaux ' que si l'un d'eux n'est ni entièrement stupide ni entièrement malhonnête nous applaudissons déjà : c'est très gentil, bravo mon petit ! »

— Que voulez-vous, dit Boris, le phénomène n'est pas si fréquent. »

— N'oublions pas, dit Myrrha, qu'ils ont un demi-siècle de retard sur nous. »

— Tu dis ça ! Et trois siècles d'avance. Non que je sois un occidentalisant. Ils n'ont pas de quoi être tellement fiers — mais nous non plus, nom de Dieu ! Tiens, tu parlais de Gide, Mihaïl — le bonhomme ne m'est pas sympathique, mais soyons justes, il ne nous doit rien. S'il lui plaît de bêler d'enthousiasme pour Staline et la Patrie des Opprimés, puis de s'offrir une belle crise d'amour déçu (ce qui est à la fois méritoire et payant, et puis que voulez-vous quand on se croit à tel point intelligent on est vexé d'être pris pour un imbécile) — si cela lui plaît, dis-je, qu'il écrive encore dix *Retouches* et *Antiretouches*, mais n'imaginons pas que le sort de notre pays, de notre peuple, ou de quelque peuple que ce soit le préoccupe le moins du monde. Exercice littéraire. Et nos braves émigrés qui sont toujours à guetter le vent et à dire : ' ça bouge, ça bouge ' — et après ? *D'eux* nous n'avons rien à attendre — ni de personne ! »

— Mais pourquoi t'emporter, Zarni ? demande Chmulevis. Notre luxe, comme dit Mihaïl. On cause. »

— C.Q.F.D. Chmul, tu manges ton borchtch. Moi aussi. Et ton copain Mohilevski, celui qui s'est engagé dans l'Armée dite Républicaine en Espagne le mange aussi, avec un peu plus de piment. » — Et le risque de recevoir une balle dans la tête. » Georges hausse les épaules. — Si ça lui plaît. Chacun ses goûts. »

— Ne l'écoutez pas Yacov Davydytch, dit Myrrha, il est beaucoup plus concerné par ces questions qu'il ne le prétend. »

— La chère sœur. Non, je n'irai pas en Espagne — à aucun prix, sous aucun drapeau. »

— Et si la France était attaquée par l'Allemagne, tu te battrais ? » — Forcément. Je suis citoyen français, fait mon service militaire, officier de réserve. » — Et tu te porterais volontaire en première ligne ? » — Eh ! je n'en sais rien, dit Georges, avec lassitude. Mais je trouverais plus juste d'envoyer en première ligne les gars comme nous — ceux de quarante ans — que les gamins. Tous comptes faits, s'il y a la guerre, j'aimerais mieux que ce soit maintenant que dans six ans. »

— Pourquoi six ans ? » demande (naïvement) Chmulevis.

— On voit bien que tu n'as que des filles. Moi, je n'ai ni fils ni filles, diras-tu, *mais*... » Curieux, pense Boris, cette petite grimace douloureuse, il faut croire qu'il tient vraiment à ce gosse — en cet instant-là Myrrha et son frère se ressemblent étrangement, Myrrha aussi serre les coins des lèvres en un rictus impatient, comme pour chasser une image pénible. Myrrha, si je vous disais ?...

(A l'instant même elle n'aurait plus d'yeux que pour moi, tout en oubliant mon existence — mais allons-y vite, c'est peut-être *grave*, il faudrait téléphoner d'urgence à un médecin — la nuit ? mais ils sont là pour ça ! vous ne vous rendez pas compte, cela peut dégénérer en abcès au poumon !... Mais non : sa colère. Comment ? vous ne me le dites que maintenant ? Et vous l'avez laissé seul ? Non. Trop tard pour lui parler, et du reste j'ai promis de ne pas parler. Je suis un Judas Myrrha, je vous trahis tous les deux, pour me repaître encore — pour combien de temps ? — de votre douce et pâle tendresse.) Elle lui pose la main sur le bras — ô sa maigre main calleuse — « Je ne veux pas être indiscrète, mais... vous êtes préoccupé. Si, si. Pardonnez-moi, je sais que cela ne me regarde pas... » — Savez-vous que vous êtes cruelle ? » Elle plisse les paupières, dans un sourire résigné et pensif. — Peut-être le sommes-nous tous, sans le savoir ? mais franchement, je risque sans doute de gaffer encore davantage ? Je ne vois pas pourquoi je suis cruelle. »

— Votre ' cela ne me regarde pas '. Préoccupé ? Non. Si. Une mauvaise nouvelle. Un ami malade. Non, vous ne le connaissez pas. »

Elle est plus fine qu'il ne le croit — ses longs yeux couleur gorge-de-pigeon se lèvent vers lui, hésitants, timides. « Euh... vous êtes sûr que je ne le connais pas ? » — Quelle idée. Pour tout vous dire, un ami de Russie. ' Malade ' — vous savez dans quel sens. Disparu sans nouvelles, mon oncle me l'a écrit. »

Elle est trop pure pour le soupçonner d'un mensonge délibéré, et hoche la tête, s'efforçant de dissimuler son soulagement. « Pardonnez-moi, cher, je deviens maladivement méfiante. » Il a envie de rentrer sous terre, de se jeter à ses pieds, ô ces belles âmes faciles à

tromper. Un ami très cher ? un camarade de lycée ?
« C'est... vous trouverez cela naïf mais dites-moi tout
de même son prénom. » — Vassili. » Elle répète, à voix
basse : « Vassili. » Il le sait : elle va prier pour Vassili à
la messe, inscrire son nom sur un petit bout de papier,
au bas d'une liste qui est, chez elle, déjà très longue.
Pierre Barnev la lira, avec les autres, à l'offertoire, au
moment de la Consécration des hosties. Le captif
Vassili.

— Vous avez fini, avec vos messes basses ? demande
Georges. Je vous ferai observer que le thé est servi. »
Sacha vient de poser sur la table un plat de gâteaux
aux amandes et au miel. « Je croyais... qu'il valait
mieux attendre Pierre. » — Oh ! toi et ton fils ! s'il lui
plaît de traîner jusqu'à minuit passé avec ses copains
— sais-tu, Chmul, qu'elle tremble devant ce gosse. »
En fait, Georges tourne ses yeux vers la pendule de la
cheminée plus souvent qu'il ne le veut. Le
« borchtch », pense Boris en regardant les gâteaux, car
il se rend compte que Vladimir se nourrit de pain sec
— cette croûte qu'il avait dans sa poche... eh ! dis ! ne
m'abîme pas mon pain quotidien !
... — Elle voudrait en faire un petit moine, Chmul —
moi, je dis qu'il vaut mieux qu'il s'en débarrasse de
bonne heure, — plutôt que de devenir un adolescent
attardé comme son papa... » — Georges je t'en prie. »
Il imite la voix de sa sœur. — ... ' Georges je t'en
prie '. Elle me fatigue, vous n'imaginez pas à quel point
Boris Serguéitch, j'entends cette phrase au moins dix
fois par jour, parce que ses ex-beaux-parents avaient
fini par lui faire croire que je suis un personnage
grossier et mal élevé. » — Il n'est pas facile de me *faire
croire* quoi que ce soit, Georges. » — Si, si, la vieille te
dominait complètement. Et maintenant, voilà le plus
beau, Mihaïl, elle vient leur rendre visite entre deux
ménages, leur donne pratiquement tout ce qu'elle

gagne — c'est dire, en fait, qu'elle les entretient, ne me foudroie pas ma fille — tout ceci pour voir sa place prise par la fille Delamare, qui a de l'argent mais dont les vieux ne veulent pas accepter un sou, et quand ils ont appris que les filles recevaient quelques cadeaux de ladite Nathalie, le vieux en a fait un tel drame que c'est tout juste si Tala ne s'est pas enfuie de la maison. »

— Enfin, Georges, tu as bu un coup de trop, ou quoi ? Quel intérêt pour Mihaïl, pour Chmul ?... »

— Un exemple de la belle mentalité de cette famille. Et là — question argent —, c'est le vieux qui mène le jeu, car sa femme, vous ne le croiriez pas à la voir, tremble devant lui — et cet homme trouve normal que Myrrha s'use les doigts jusqu'à l'os pour le faire vivre, et se croirait déshonoré si la Delamare, professeur à la Sorbonne, payait aux filles leurs livres de classe...

« ... Et je te dirai — Mour — qu'aimer l'argent est peut-être un vice, mais sur ce plan ton beau-père me dépasse, et de loin, car ses rapports avec le vil métal sont complexes, passionnels jusqu'au raffinement, pathétiques, tragiques, riches de mille symboles... » — Et quoi encore ? » — Tu dis qu'il est un homme fier. Pas du tout. Un homme envieux, aigri, qui depuis qu'il a émigré a tout fait pour griller ses chances de se créer une vie décente. Un homme mesquin, oui, mesquin, car il est beaucoup plus facile de dominer des êtres généreux par la faiblesse que par la force... » Eh oui, pense Boris, il est fou de jalousie, comme dit Vladimir — il n'avait jamais encore vu Georges Zarnitzine déballer ses rancunes privées en public. Chmul et le modéliste prennent congé après avoir baisé les mains de la princesse, de Sacha et de Myrrha — et Boris sait très bien qu'il devrait en faire autant — mais il n'a pas le courage de quitter une Myrrha inquiète.

« C'est que, voyez-vous, dit Myrrha (pendant que

Georges, dans le vestibule, explique aux deux hommes la nécessité de créer de toute urgence quelques modèles évoquant l'amitié franco-britannique, à l'occasion de la visite des souverains anglais)... c'est que voyez-vous — il a quelques camarades qui ne me plaisent pas... genre camelots du roi ou pis encore, il est agressif, nous ne sommes jamais tranquilles. » — Et à quoi lui sert son *jiu-jitsu*, alors ? demande la princesse. Il sait se défendre. »

Pierre rentre à une heure du matin, les vêtements fripés et une écorchure sur la joue, sur le Boul'Mich dit-il ils se sont heurtés à une bande de *cocos* et sont allés ensuite s'expliquer au commissariat — emmenés dans un panier à salade ! — il est fiévreux, gai, et cherche à donner à son visage l'expression d'une colère martiale. Le comble ! se faire arrêter parce qu'on crie : « Vive la France ! » — C'est comme ça que tu vas voir *Horizons perdus* ? » demande Georges. Un rire dur. « Tes *Horizons perdus* ! — tiens, j'ai encore l'argent du billet, je ne te le fauche pas. » Pour un peu, Georges lui eût donné un soufflet — il se raidit et enfonce les mains dans ses poches.

— *Vive la France !* scande-t-il. Voyez-moi le beau petit Français. Tu ferais mieux d'être coco, ce serait plus logique. Mais la logique, dans votre famille... »

— Ah ! dit Pierre, brusquement tout pâle. Parce que c'est *votre* famille, maintenant ? »

— Mais non, mais non, dit l'oncle — à présent il file doux —, Pierre, je t'en prie. Crie vive la France, le roi, Ferdinand Lop ou la Blancheur Persil, je m'en contrefous, mais pense un peu à ta mère. Tout le monde n'a pas la chance d'être orphelin. »

— Oh ! Ça va. Toujours le même chantage ! Maman comprend très bien. »

— Ta maman comprend tout *trop* bien. » Georges se mord les lèvres, se demandant si le garçon ne va pas

voir dans cette phrase une allusion à sa situation
familiale — et puis quel diable m'a poussé à m'atta-
cher à cet énergumène. — Vous deux, avec vos scènes...
dit Myrrha avec un soupir résigné. Tiens, bois ton thé,
je viens de réchauffer l'eau, et passe-moi ton veston, je
crois que j'ai encore un bouton qui pourrait aller... »
Pierre boit son thé, lançant, d'en dessous ses sourcils,
des regards sombres et perplexes sur Boris. Cet individu *s'incruste*. Maman se rend ridicule à force d'être
trop gentille. Il faut que je lui en parle. « A un de ces
jours, Boris Serguéitch... » C'est drôle, devant ce garçon elle ne m'appelle plus Boris. Elle prend le veston
froissé, son dé, une aiguille, tiens, pense Boris, l'*autre* a
aussi perdu des boutons dans la bagarre — plus le
temps passe moins il a envie de rentrer, je me suis
fourré dans un beau guêpier, « gueule de bois dans le
festin d'autrui » comme dit le proverbe.

« Mais non, ne vous excusez pas, dit Georges sur le
pas de la porte, je crois que vous êtes *presque* de la
famille. » Ce « presque » est plus ironique qu'encoura-
geant.

Hippolyte Hippolytovitch est en train de verser du
lait dans son café et un coup de sonnette brutal fait
tressauter sa main, si bien que le lait se renverse sur la
nappe. Et il pousse un juron malsonnant. Qui diable ?... il va à la porte, rajustant les plis de sa robe de
chambre. C'est Mlle Klimentiev, raide, essoufflée et
pâle — ils se regardent, les yeux au même niveau car
Hippolyte n'est pas grand — « Voyons, à sept heures
du matin ? » Elle demande : « Vladimir est encore
chez vous ? » Il est si ahuri qu'il n'a pas le temps
d'inventer un mensonge. — Non, pourquoi le serait-
il ? » puis ajoute : « non, il est déjà parti. » Elle porte
la main à son front, chancelle, les lèvres si blanches
qu'il prend peur et la force à entrer, à s'asseoir dans le

fauteuil. « Voyons, ne vous inquiétez pas, il est parti il y a une demi-heure. » Remise de son émotion, elle se redresse et le cloue sur place d'un regard accusateur.

« Ne me mentez pas. Il n'était pas chez vous. » — Mais... pourquoi ? » — Les hommes se soutiennent entre eux. Vous n'étiez même pas au courant. » Sévère comme un juge. Dangereusement pâle. Il lui propose du café. Elle dit : « Que faire ? que faire ? je ne sais où le chercher. » Et accepte le café, et se précipite sur les tranches de pain grillé qu'elle enduit d'une épaisse couche de beurre. « C'est vrai, j'ai faim. Oh ! ça va mieux. »

Et elle rit nerveusement, la bouche pleine. « Ça va mieux, on se fait des idées noires quand on a faim, n'est-ce pas ? » il pense : c'est beau la jeunesse. Déjà toute changée, les joues roses, l'affolement est toujours là, au fond des yeux, mais voilé par le plaisir de boire un bon café. « C'est qu'il est *vraiment* bon. Ouf. Je me sens mieux. »

— Et dites-moi : qu'est-ce que c'est que cette histoire ? Il vous a dit qu'il passait la nuit chez moi ? Ai-je la réputation d'avoir des mœurs spéciales ? » Elle éclate de rire. Elle s'explique. « Je pensais que vous étiez au courant. Mais voyez-vous — Grinévitch m'a dit qu'il a téléphoné *lui-même*, ça me rassure, ce ne doit pas être un accident grave... »

— Un accident ? pourquoi voulez-vous ? » elle, beurrant sa quatrième tartine, le regarde droit dans les yeux, longuement — comme si elle cherchait à explorer les recoins les plus intimes de son cerveau — et lui, presque sexagénaire mais encore, du moins le croit-il, séduisant, se sent vexé et amusé par l'attitude de cette ravissante fille qui le traite à la fois comme un grand-père et comme un camarade, sans l'ombre de cette coquetterie instinctive de règle dans les rapports entre

297

individus de sexe opposé — et si Thal est jaloux, il est le dernier des imbéciles, ou alors je suis Mathusalem.

— Dites : c'est vrai, ce qu'on raconte. Qu'un homme ne peut *vraiment* pas résister si une belle femme se jette dans ses bras ? » — Hum... question scabreuse. Je dirais : affaire d'âge, de tempérament, et d'éducation. »

— Ah ! d'éducation ? comment ça ? » — Il peut arriver qu'un homme bien élevé n'ose pas froisser une femme... » — Oh ! oh ! quelle mentalité ! dit-elle. Vous voyez : des fois : je me dis que j'aimerais encore mieux ça, qu'un accident grave.

« Vous voyez : je ne suis pas égoïste. J'aimerais mieux n'importe quoi. Même qu'il retourne chez sa femme. » Hippolyte est frappé par le sérieux de cette face enfantine, par la fermeté du regard des grands yeux trop bleus. Elle ne le voit pas, elle parle pour elle-même. « J'ai dit que je me suiciderais — mais je ne le ferais pas. Je ne voudrais pas lui faire de la peine. »

— Mais Victoria Alexandrovna, je ne crois absolument pas qu'il en soit question ! Il vous adore. » Elle le regarde, surprise, elle avait oublié qu'il était là. — Oui, bien sûr. Je me demande... oh oui, s'il ne sera pas allé chez Boris, oui sûrement, si quelque chose n'allait pas il irait chez Boris... » Elle se lève. « Oh ! *merci* pour le café. Dites — Hippolyte Polytytch ! Prêtez-moi deux francs. Parce que, pour se taper tout le chemin à pied... de Montmartre au Boulevard Exelmans... » — Mais bien sûr ! Tenez, prenez dix francs. » — Eh ! ce n'est pas de refus. Vous êtes chic. Vous savez — c'est *pâs*sionnant cette histoire de Républiques maritimes — vous ne pensez pas qu'on pourrait écrire un bon livre sur Andronic Comnène ? » — Une idée, en effet », dit Hippolyte, surpris et touché par cet accès de politesse reconnaissante.

« *Adios !* je file chez Boris, encore une fois excusez pour le dérangement. »

Et il l'entend dévaler l'escalier quatre à quatre en fredonnant d'une voix décidée et rauque : « *Ah ça ira ça ira ça ira*
          Les aristocra-â-tes à la lanterne !... »

Il suppose, à juste titre, qu'elle ne l'inclut pas dans la catégorie des « aristocrates » et que le chant agressif vise les difficultés de la vie en général.

... Il n'était pas chez Boris. Boris non plus. La concierge finit par expliquer : « le monsieur est parti en taxi. Il avait l'air mal en point. » Bon, merci Madame. Le métro. Jamais elle n'avait remarqué que le métro avait cette allure de tortue et s'arrêtait un quart d'heure à chaque station.

Il est couché sur le grand sommier dans la soupente. Un vieillard maigre et sec, en pince-nez, se penche sur lui. « Le mieux serait de vous faire hospitaliser. Je vous signe un papier, vous allez faire venir une ambulance... » — Je n'y tiens pas, Docteur. » — A l'hôpital ils sont mieux équipés... » il regarde Victoria d'un air absent : « Mademoiselle va s'occuper de cela. Le plus tôt serait le mieux. » Elle, après un regard traqué à Vladimir, descend l'escalier de la soupente, presque accrochée au bras du docteur. « Qu'est-ce qu'il a, dites ? Qu'est-ce qu'il a eu ? un accident ? » L'autre hausse les épaules. « Il prétend avoir été heurté par une motocyclette. » — C'est grave ? » — Cela peut être grave. » Il rédige une ordonnance. — Je vous dois, docteur ? » — Six francs. » Elle les lui donne (merci, Hippolyte).

Victoria s'applique à déchiffrer l'écriture du médecin — assise par terre près du lit. Enveloppements de draps humides à 37°... Pyramidon... oh ! je cours à la pharmacie, a-t-on de l'argent ? » — Ma pauvre mouette affolée. Tu ne m'as même pas accordé un regard. »

Elle tourne sur lui des yeux vidés par l'angoisse. Elle ne peut penser qu'aux médicaments et aux draps humides. « Tu as mal, tu souffres ? » — Ma chérie, je vais mieux quand tu es là. » — Et c'est vrai, cette histoire de motocyclette ? » — Mais oui, c'est vrai. » Elle regarde l'énorme bleu sanguinolent sur la place des côtes absentes. Terrifiée. Comme si elle voyait une arme braquée sur elle. « ... Parce que si c'est encore mon père, dit-elle, d'une voix enrouée — je le tuerai. » et elle lit dans les yeux de l'homme un reproche suppliant qui est un aveu. « Oh ! dit-elle refusant encore d'y croire, alors c'est vrai alors c'est vrai. »

— Une motocyclette, Vi. Dis-toi bien. *Rien de plus* qu'une motocyclette. »

... Or, contre toute attente, la présence de Victoria était bel et bien un remède — au soir, le médecin parut presque rassuré, il semble que l'infection soit enrayée, c'est... même curieux, vous avez des réactions d'enfant de dix ans, 41° de fièvre le matin et 37,5° le soir, mais tout de même faites-vous hospitaliser le plus tôt possible.

... Vi, réfléchissons. C'est une épreuve. Le... sixième, ou septième ? Ciel en attendant le sept-fois-septante et unième — je n'étais pas fier l'autre nuit — de t'avoir menti. » — O ne parle pas tant. » — Tu vois, terrible fille. A quel point c'est une dure épreuve. Je parle et tu n'écoutes pas. »

On frappe à la porte. Boris vient aux nouvelles. « Mais ça va mieux mon cher, *beaucoup* mieux, dans deux jours je suis debout. L'homme increvable comme tu vois. » Assis sur le bord du lit Boris contemple l'homme aux pommettes rouges et aux cheveux collés sur le front. Des yeux entre les paupières brunies brillant d'un éclat qui fait mal à voir. Il n'a pas mauvaise mine mais il a *changé.* « Mais tu vas te faire hospitaliser ? » — Probablement. Ils te font toujours attendre deux ou trois semaines. »

— Franchement. Tu devrais peut-être avertir... »

— Ecoute, dit Vladimir. Je sais que c'est gênant pour toi. Si ça... devient grave, ils te diront : comment, vous saviez, etc., etc. »

— Pour quel égoïste me prends-tu ? »

— Mais non. C'est moi l'égoïste. Bon. J'y penserai. »

— Il me semble, dit Boris, en baissant les yeux — que lorsqu'on a la chance d'avoir encore sa mère... »

... « Tu vois : Boris me prend pour une brute. La vérité, la voici : ce qui me torture, c'est la peur de te laisser seule — c'est pourquoi j'ai l'air de prendre le reste à la légère. » Elle, les yeux agrandis par la frayeur : « Tu veux dire quoi ? Me laisser seule comment ? »

O enfant. « Comme l'autre fois. L'hôpital. Ça peut être long. » Et il la regarde, perchée sur le lit, les bras passés autour des jambes, les genoux au menton, recroquevillée dans une pose hiératique — si grave qu'il en a le cœur chaviré.

« Tu vois, je ne suis pas égoïste, dit-elle. J'ai vraiment mûri. Je supporterai même un an. Je dirai plus : même si tu voulais me laisser tomber et que je sache que tu es *bien*, je le supporterais. »

Il voudrait sourire et n'y arrive pas. « Ne te fais pas d'idées pareilles, Vi. C'est du roman. Je ne serai jamais ' bien ' sans toi.

« Et quand tu parles ainsi je me dis que tu commences à te lasser de moi, que tu joues à la femme ' honnête '... Tu sais. Pendant la guerre civile. J'avais un camarade. A l'hôpital militaire de Kharkov. Amputé des deux jambes. Il a écrit à sa femme qu'il ne voulait plus d'elle qu'il ne l'aimait plus. Sans lui dire la vérité au sujet de ses jambes, bien sûr. Et il était très amoureux. Un beau gars, un peu plus vieux que moi, dans les vingt-cinq ans. Les deux jambes au-dessus du genou. Il disait : ce serait une seule jambe, encore ! mais les deux — on n'a pas le droit d'imposer cela à une femme. »

— Moi, dit Victoria, je t'aimerais sans jambes ni bras. »

— Ne dis donc pas d'horreurs pareilles ! Tu vois : l'insondable générosité féminine. Les hommes en ont peur. Il n'y en a pas beaucoup qui l'acceptent. C'est un instinct animal : la bête blessée se cache. C'est pourquoi je t'ai fuie l'autre soir. Seulement je ne suis pas un galant homme, je retombe sur toi comme une pierre qui roule. »

— Mais je supporterai l'hôpital, dit-elle. Un an, deux ans même. Et je trouverai du travail. Je vais me discipliner, je mangerai à ma faim... » Il dit : « Bon, nous n'y sommes pas encore. »

Combien de nuits encore — de douleur dans la poitrine, tantôt aiguë tantôt assourdie — de fièvre montante et retombante, car il faut croire que le corps est étrangement résistant, pas de menace de pneumonie purulente, l'infection a cédé en quelques jours. Le processus évolutif ? voire. Jours de désir irritant ou triomphant, d'étreintes brutales et brèves, dans les larmes et les promesses délirantes, nous ne nous séparerons jamais nous mourrons ensemble...

« Tu sais, on dit qu'au Japon les amants, quand ils sont trop heureux — ou encore, menacés de séparation — vont se jeter ensemble dans un volcan. » — Ma Japonaise, dit Vladimir. Ma Samouraï. » — Tu voudrais qu'on meure ensemble ? » — Oui, si seulement cet escalier était le cratère d'un volcan. »

— Oh tu ris toujours. » — Avec toi, je ne cesserai jamais de rire. » Ils eurent, en ce début de juin 1938, une dizaine de jours et de nuits étrangement libres, vivant, il faut le dire, de la charité publique — sur

302

500 F prêtés par Irina, 100 F « avancés » par Hippolyte ; achetant du bifteck de cheval, du vin rouge et des fruits et du café, « Tu vois, pas de mal qui n'amène un bien, mangeons buvons et réjouissons-nous — l'hôpital ? et après ? on m'enlèvera encore deux ou trois côtes, et si tu avais vu la tête du jeune homme rose — il m'aurait pulvérisé ! » — Qu'est-ce que cela veut dire ? que tu vas mal ? » — Mais non. Il s'étonne que je n'aille pas plus mal. » La rassurer — l'apprivoiser — elle est si jeune qu'elle peut s'habituer à tout. Même à l'idée du pire. Ma petite lionne apprivoisée.

Et à vrai dire, il y avait des moments où il retombait des bras de Victoria aussi brisé que s'il venait de se livrer à un pugilat avec M. Klimentiev, car la fièvre, les douleurs locales et les périodiques accès d'essoufflement n'étaient pas un mythe. — Un matin (trois jours avant la date prévue pour l'entrée à l'hôpital) il connut même l'ennui de se voir interrompu en pleine action par une quinte de toux suivie d'un crachement de sang qui le força à prendre une serviette en guise de mouchoir. La pauvre enfant, pensait-il. Et c'était une très belle matinée, claire, douce, des taches de soleil frémissant sur les vitres poussiéreuses.

« Ridicule, disait-il, complètement ridicule. Excuse-moi. » Et elle qui s'était précipitée, toute nue, dans l'escalier, pour chercher de l'eau, réchauffer du thé. « Bois. Bois. Reste tranquille. » O misère, ô saloperie de vie, ce sang d'un rouge violacé mêlé d'écume rose et de lambeaux de tissu noirâtre. « Tu es toute pâle. Ma pauvre petite. Pas grand-chose, le sang. C'est mieux que du pus. » Le drap trempé de sueur, les oreillers humides. Victoria tire la couverture sur le corps brun amaigri et trop svelte. Sa tendre nudité est comme une parure royale égarée dans un taudis — souillée par le contact de la couverture grise et sale, de la serviette sanglante — Oh je te tue, dit-elle, je te tue. »

« — Vi pour l'amour de Dieu ne dis jamais ça. Tu vois c'est fini. Tu es toute belle, tu es faite de perle rose. Couvre-toi tu auras froid. »

« — ... Viens, je t'emmène... où veux-tu ? au Jardin des Plantes, au Parc Montsouris ? » Pauvres ressources de Parisiens par temps chaud. — Mais je ne veux pas ! » — J'ai besoin d'oxygène. Prenons un taxi, allons au Bois de Boulogne. » — Un *taxi ?* »

« — Vi. Ecoute-moi. Si je ne dévalise pas le tiroir-caisse de *La Coupole* ou de la boulangerie du coin c'est parce que je ne saurais comment m'y prendre. Il nous reste 260 francs. Pas mal. Nous irons manger une glace à l'orange au *Chalet des Iles.* » Et comment diable lui faire oublier la scène de ce matin ? Elle roule maladroitement sur sa nuque la torsade de son chignon. « Mais tu te coiffes de travers, ma parole. Tu es devenue gauchère, ou quoi ? Tiens, pique encore une épingle ici. Et mets le béret rouge, il va mieux avec cette robe. » La robe est bleu roi.

Sur la terrasse ombragée du *Chalet des Iles* Victoria mange une glace au citron, et regarde trois cygnes glisser lentement sur l'eau sous des branches de saules pleureurs. Un couple d'amoureux laisse flotter son canot à la dérive. « Oh ! dis ! regarde-les ! » elle pouffe de rire — « ils vont perdre leurs rames ! mais ça y est, elle a glissé ! ben dis donc ! regarde ! ils vont échouer en plein sous le saule. Ce que c'est que l'amour, quand même ! » — Ah ! ah ! dit Vladimir, si c'est pour faire comme eux moi aussi je prendrais les rames. » — Chiche. On loue un canot. » Il prend un air dédaigneux. — Ici ? ça s'appelle un lac ? Moi qui ai ramé sur le lac Ladoga. »

« — Ta manie des grandeurs. » Tendre et fière — elle l'est toujours quand elle se moque de lui. « Oh ! tu as un papillon dans les cheveux ! »

Il secoue la tête, et Victoria suit des yeux, attentive

comme un enfant, le léger battement de fines ailes blanches au-dessus des cheveux bruns emmêlés. « ... Oh, il revient. Juste au sommet de ta tête. »

— Il me prend pour une fleur. » Victoria se demande s'il faut, ou non, chasser le petit hôte silencieux qui agite paresseusement ses gracieux éventails blancs — elle dit : « Est-ce que ça porte bonheur, ou est-ce que ça porte malheur ? » — C'est signe d'élection », dit Vladimir, solennel. Il se rend compte brusquement de l'incroyable fragilité de la *toile peinte* qu'est l'ensemble de sensations, de pensées fugitives, d'images et de paroles dont chaque minute de la vie est tissée — maintenant surtout ! se dit-il, mais quelle différence ? — il peut suffire du vol d'un insecte pour vous précipiter hors du monde des apparences, dans un gouffre sans couleurs et sans forme mal caché par le voile bariolé mais transparent. La vérité : elle a peur. Il ne faut pas qu'elle ait peur. Il sent la grosse pierre lourde qui se forme en elle, envahit tout son corps, et qu'il faut faire dissoudre — car cela pèse sur lui, et l'empêche de respirer, elle le centre de gravité, le noyau radioactif, ô merveilleuse et miséricordieuse toile peinte, l'essentiel est de savoir cligner les yeux, d'effectuer le rétablissement de l'image, toile papillotante et scintillante et irisée, ondoyante et diverse...

— Tu ris ? » demande Victoria — et il s'aperçoit qu'en effet ses narines et les coins de ses lèvres frémissent dans un rire retenu. Victoria est un miroir charmant, Victoria rit aussi. « A quoi pensais-tu ? dis-le, dis-le. »

— A la fragilité humaine. Si je te disais que les robes bleues ou les glaces au citron portent malheur, tu t'en moquerais et pourtant une sensation de malaise te resterait... pour la vie, qui sait ? L'homme est un animal peureux, et, comme dit Faust — *Was du nie verlierst, das musst du stets beweinen*... ce que tu ne perds jamais, tu passes ton temps à le pleurer — en prévision d'une perte possible. *Du bebst vor Allem was nicht trifft :* tu trembles devant tout ce qui ne te frappe pas. Car le coup qui te frappe, qui t'a déjà frappé, tu n'en a pas eu peur du tout. »

Elle réfléchit. Les yeux clairs, les sourcils détendus. « Oui, je vois. Oh je vois. La peur est un vice. Et, dis donc, c'est cela qui te faisait rire ? »

— Non. Je pensais à mon beau-frère — qui avait peur de se voir refuser une commande d'écharpes peintes sur lesquelles il y avait des papillons. Et je te le jure, il mettrait des têtes de morts sur ses écharpes si les clients le demandaient. A chacun son genre de peur. »

— Alors, demande Victoria, hésitante, les papillons passent vraiment pour porter malheur ? » il éclate de rire. — Il paraît que les oiseaux sont encore plus mal vus ! regarde cette mésange qui picore des miettes sur le sable... et essaie d'imaginer qu'au siècle dernier un type dans le genre de Georges ait fait courir ce bruit sur les papillons pour discréditer un concurrent qui en peignait sur ses éventails — et voilà l'origine des mythes et des religions... » — Oh ! tout de même ! » elle est indignée.

... La torsade de ses cheveux déroulés, sa nuque laiteuse dans l'ombre verte où trempe un petit rond de soleil. « Lève la tête que je voie tes yeux. » Ils sont d'un bleu intense qui vire du vert au violet. Lumière chaude, sans pensée. Il se demande pour la centième fois pourquoi il est si nécessaire de mêler l'honnêteté aux choses de l'amour.

Cette nuit-là, elle dit : « Tu sais, je voudrais avoir un enfant. » Après s'être donné tant de mal pour ne pas en avoir — s'y décider au moment où elle restera seule — sans argent — combien de temps, il ne veut pas le savoir — et rien désormais ne peut être pur, entre eux, ni simple — l'enfant : assurance contre quoi ? dis-le, Vi. L'enfant-béquille, l'enfant qui t'aidera à te souvenir, l'enfant-relique, l'enfant-consolation — l'enfant-mythe, l'enfant-revanche, l'enfant-illusion de survie (tiens ! je survis en Tala ? en Pierre). « Quand je serai guéri », dit-il. « Oh non, maintenant. Maintenant. » Oh rien n'est plus facile, rien n'est meilleur tu penses bien. Puisque tu le veux.

Terrible sagesse des femmes. Tu as tout compris, Vi. Tu t'es trahie. Nous jouons à cache-cache. Avec nos papillons et notre Dieu. Et si cela pouvait t'aider, Vi — Oh oui, tant que tu veux — des jumeaux, des triplés...

A quel moment l'avait-il compris ? Au regard bizarre, distrait, gêné, du jeune homme rose ? A ce visible manque d'empressement (c'était lui, Vladimir Thal, qui avait dû insister : mais docteur, je veux être hospitalisé le plus tôt possible...) ? On devient soupçonneux, on se fait des idées, on cherche des explications et on en trouve toujours parce que cette vérité-là dépasse le mur du son, et d'ailleurs soyons francs, même le condamné à mort, devant le peloton, peut toujours espérer que les fusils tireront à blanc ou qu'une grâce arrivera à la dernière minute. Donc je n'y crois pas mes amis, absolument pas, même le jour où ils mettront les paravents autour de mon lit je n'y croirai pas, je me dirai : peut-être une fausse alerte.

Mais dans le cerveau cette mouche noire qui tourne presque sans arrêt, silencieuse notez-le mais rapide et froide, tournant en tourbillons qui créent des courants d'air et brouillent la pensée. Car pour bien faire — dans des circonstances pareilles — un homme devrait penser à beaucoup de choses. Eh bien, non. Il y a, d'abord, un mot (ou un groupe de mots) qui s'impose, et couvre tout le reste : probablement — vraisemblablement — sans doute — peut-être — mots merveilleux des langues humaines, tellement plus beaux que les honnêtes *oui* et *non*. Les seuls qui rendent supportable la fin brutale et absurde du grand banquet.

La fin stupide. Un film qui se casse au milieu, une panne de courant, une énorme machine lancée pleins feux pleins gaz qui ne s'arrête pas, ne se brise pas, non elle disparaît d'un seul coup, même pas une bulle de savon — narguant toutes les lois de la conservation de la matière et de l'énergie, si bien que notre cerveau euclidien s'en tire avec des « peut-être » qui en fait veulent dire : éternité — encore un an, un mois, une semaine un jour encore, rien n'est perdu —

rien n'est perdu mais le cerveau raisonne et prévoit, faisant semblant de croire que les mots ont toujours le même sens, et l'homme d'autrefois se faisait ensevelir entouré de cruches, de lances, de cadavres de chevaux et d'épouses... *et les prêtres immolèrent sur sa tombe toutes ses femmes, et son cheval préféré*[1].

Car il n'est pas mort.

... Cette incroyable bassesse : laisser une fille sans le sou littéralement, réduite à vivre de la charité d'étrangers ou de travaux clandestins. (Quoi ? le ménage ? chez qui ? voici tout ce que je peux offrir à mes femmes ? Myrrha, du moins, est un glorieux vétéran dans le métier, mais ma petite créature sans défense a été élevée par une mère qui s'est tuée de travail pour faire d'elle un Prix d'Excellence au Lycée Molière — et toi, Roméo de gouttière, après lui avoir promis septante fois sept ciels tu n'as rien à lui proposer que quelques heures de ménage qu'elle n'est pas sûre de trouver ?)

Situation si scabreuse que, depuis deux semaines, Vladimir en a contracté un tic : se mordre alternativement la lèvre supérieure et la lèvre inférieure — si bien qu'à la longue la peau des lèvres craque et saigne.

---

1 Cit. du poeme d'A. Tolstoï, *Le Tumulus*.

« Mais, non, chérie, je ne crache *pas* de sang, c'est mon tic ! » — Tu es agaçant, je n'oserai plus t'embrasser ! » — Pas de danger, je t'embrasserai de force. » Elle a du sang sur la bouche et court se regarder dans la glace. « Du rouge à lèvres ! si je l'étale bien... Non, invente-toi un autre tic, mords-toi les mains... » — Comme Ugolin. »

Et les Comités de Bienfaisance — pour une fille mineure, détournée, et sans papiers en règle, — se révèlent très peu efficaces.

— Tu t'en fais un monde, dit Victoria. On ne meurt pas de faim à Paris. Je donnerai des leçons. J'irai dîner chez des amis. »

Les amis — on en a vite fait le tour. Les messieurs qui paient des dîners — Victoria sait déjà ce que c'est. « Jure-moi que tu ne recommenceras pas, tu pourrais tomber sur un salaud. » Et de quel droit lui demande-t-il de jurer — si elle a faim ? « Je te jure. Tiens — elle fait le signe de croix — Tu vois : tu peux être tranquille. » Tranquille ?

Ils ont envie de rire tous les deux. Leur dernier repas avant le jour fatidique. Ils sont si nerveux qu'ils mangent peu, et pourtant ils ont du vrai bifteck de cheval avec des pommes de terre et du beurre — donc, tu me promets de manger toujours comme si j'étais là — je me débrouillerai n'aie pas peur, je vais finir de rédiger mon pensum sur les Républiques maritimes à l'hôpital — tu portes la tenture rayée et mon costume bleu au Mont-de-Piété. » — Pour ce qu'ils m'en donneront ! » — Le costume est en bon état. Vita chérie, de quoi parlons-nous ?!... Prends encore du beurre — » il pouffe de rire, et se mord — encore une fois — les lèvres. « Oui, voilà — que je n'oublie pas : écrire au secrétaire du *Zemgor* que, si ma mère revient le voir, ils ne lui racontent pas que je suis passé... ma pauvre mère — je crois que la dernière fois ils ne lui ont rien donné. Tu sais qu'elle passe ses après-midi à promener les petits-enfants de Boris Hinkis — un homme qu'elle déteste ? »

— *Encore* des questions d'argent ! s'écrie Victoria, tout à fait exaspérée. Moi, j'aimerais bien promener des enfants... » — *Encore* des questions d'argent ! mais au fait, — qui, parmi nos amis, a des enfants en âge d'être promenés ? » Ils rient tous deux, franchement cette fois.

— Ma petite fille — si je t'aimais moins je les enverrais tous au diable, je ne penserais qu'à profiter de toi le plus longtemps possible. »

La dernière fois — pour combien de temps ? N'y pensons pas. Il n'y a pas de dernière fois. Pas de comptabilité, Vi Victime, Vi Vita Vivace Vivante, ma Vitesse ma Vi-olente Vi de Samothrace Victorieuse Vibrante Virginale Vigne Vie, ma Vigne — Virage (dangereux) Virus, ma Virilité ô Vivifiante Vivante Viole Violine Violette Violée Violente, mon Violon, Violoncelle Victoriette Victorinette Victoria ma Vigne, mon Vin

jusqu'au fond des yeux mienne jusqu'au tremblement des genoux, tes tempes pures que je ne me lasse pas de caresser, tes sourcils de martre tes yeux de braise bleue

mais non ne t'imagine pas, quand même tu serais laide je t'aimerais, et pour quelle action héroïque dans une autre vie ai-je mérité — ce à quoi nul homme n'ose croire...

Mes mains sur ton front, sur tes joues, sur tes mains mes lèvres — à quoi nul homme n'ose croire tant il le désire, être regardé par des yeux comme les tiens Victoria, quoi qu'il nous arrive nous avons vaincu le monde, n'aie peur de rien.

Il est des jours où l'on comprend que les gestes mécaniques que la vie nous force à mimer sans arrêt ne sont que des images qui passent sur un écran de cinéma. La manivelle tourne. Nous regardons un film dont le scénario prévoit le départ d'un homme pour l'hôpital Boucicaut, en taxi, à neuf heures du matin. Nous avons déjà joué cette scène : on nous sépare sur le seuil d'une porte à vitre blanche non mademoiselle vous ne pouvez pas aller plus loin — ... vous verrez votre papa à la visite, à une heure et demie.

Elle ne crie plus : mais ce n'est pas mon papa ! elle ne s'évanouit pas, elle est farouche et pétrifiée, elle a des yeux menaçants. A des baisers frénétiques elle répond à peine — et lui, qui aurait envie de repousser le garçon de salle, et de claquer la porte, et de repartir avec elle — dans une rue de la Convention déjà devenue Paradis perdu... — Le film qui se déroule sur écran tremblotant en noir et blanc. La tache de couleur, la fleur de chair qui troue l'écran, le visage fiévreux, aux yeux d'animal qui souffre. « Venez, venez. » Sur le lit seulement — le lit 37 — il tombe pour un instant dans le précipice d'un réveil brutal.

Victoria errait dans les couloirs, les salles aux murs gris et blancs, les escaliers, les ascenseurs, et les couloirs encore, où sur des portes à vitres en verre dépoli s'étalaient des lettres blanches, et où derrière des portes ouvertes elle voyait des lits de fer peints en blanc, des tables de bureau, des étagères, des chariots couverts de médicaments et de flacons, des femmes en blanc, que faites-vous ici mademoiselle ? c'est interdit... « Oh je cherche... » elle ne sait quoi dire. « Le docteur... oh quel est son nom ? celui qui est *rose*, à lunettes. » — Le docteur Bardot. » — Oui oui. » — Il est dans les salles. » Elle manque se heurter à un chariot-civière ; sur le chariot, sous une couverture blanc-jaunâtre un corps incroyablement plat, une tête d'homme brune, hâve, osseuse, aux lèvres retroussées sur des dents jaunes. — Il est interdit de circuler dans les couloirs — elle marche vite, elle court, sa robe bleue et son béret rouge font partout des taches sur les murs gris et blancs. Je me suis égarée, explique-t-elle. « Le docteur Bardot ? »

Docteur docteur. Il est pressé. « Venez me parler à la consultation. Demain à partir de neuf heures. » — Non, une minute. M. Thal. Vous vous rappelez M. Thal ? » Il se détourna. Gêné, plus rose que jamais. — C'est grave, c'est grave ? » — Je ne peux encore rien dire. »

— Si, vous pouvez. A moi vous devez le dire. Je ne suis pas jeune. J'ai... vingt ans, je suis presque majeure. Il ne va pas mourir n'est-ce pas. »

— Mais non, mais non. »

— Vous savez je suis courageuse. J'ai vu mourir maman il y a deux ans et demi. » Silence. « Il *faut* que vous me disiez. Je dois savoir. » Il capitule. « Il n'a pas d'autre famille ? »

— Pas vraiment. »

— Il vient d'avoir un mauvais accident. Je ne veux pas vous effrayer. Nous ne pouvons plus faire grand-chose. Il vaut peut-être mieux que vous sachiez. Une question de quelques mois. Evidemment, il y a des rémissions imprévisibles... »

Elle a la tête comme un tonneau vide. Et elle sait bien que ce n'est pas vrai, que c'est un jeu, on joue à lui faire peur. Debout à la porte de la salle B... elle s'étonne de se voir entourée de visiteurs portant des fleurs et des paquets de gâteaux, elle s'étonne d'entendre sonner la cloche de une heure et demie. La porte s'ouvre, ils entrent, ils marchent entre les deux enfilades de lits blancs. C'est bête, moi je n'ai ni fleurs ni gâteaux. Il est

312

à l'autre bout de la salle, lit 37. Gaëtan Varennes, perché sur le bord du lit, raconte une histoire qui semble drôle, gesticulant d'une main cireuse qui tient une cigarette entre deux doigts jaunis. « Ah ! voici votre visite. La suite au prochain numéro, mon cher Vladimir. Mademoiselle, mes hommages ! »

— Vi, mon Dieu ! ma mouette ! que t'est-il arrivé ? » il a un regard si tendrement, si banalement inquiet que Victoria, à l'instant même, revient sur terre. Elle n'a plus peur de rien devant ce regard. Elle a presque oublié. « Qu'est-ce que j'ai ? J'ai une tête si bizarre ? »

— Tu as des cernes sous les yeux. »

Un long silence. Ils se regardent, ayant à peu près tout compris. Deux paires d'yeux reflétant l'une dans l'autre la même terreur animale. Etrange puissance du réflexe social qui tient en respect l'envie de hurler. A demi allongé, le dos calé contre trois oreillers, Vladimir tend la main pour la poser sur le genou de la fille en bleu, puis la laisse retomber. « Et après ? finit-il par dire. Et après ? Ces choses-là arrivent, il faut croire... Le diable n'est pas si noir. Peut-être que je m'en tirerai. »

Elle a dans les yeux la lueur un peu folle qu'on voit passer dans les prunelles de chats furieux. — Oh ! oui, dit-elle, la voix rauque. Oh oui, et comment ! *Sinon...* » Dents serrées, mâchoires en avant, narines pincées, elle a presque le visage de son père. Et un bref instant Vladimir se dit qu'il n'a pas la force de supporter ce spectacle. Comme elle va se débattre ! Mon enfant torturé. Il dit, avec lassitude : « Mais ils peuvent se tromper. » Haletante. Elle demande : « Mais *toi ? Toi ?* Qu'est-ce que tu penses ? » Que répondre ? Je m'en sortirai. Ne te mets pas dans ces états pour l'amour de Dieu. Bon. Tu auras un invalide sur les bras pendant... un ou deux ans. Après — Après ? » — Une vie à peu près normale. » — Oh! si j'étais sûre que tu crois cela! » Il veut lui prendre les mains, mais elle a les poings serrés.

— Qui ? le garçon rose ? Quel imbécile. » Elle a une douleur aiguë dans la poitrine, elle reprend souffle. « Oh oui, tu parles. Ils ne savent rien. Qu'est-ce que tu crois, que je vais te laisser ici à ne te voir qu'une heure par jour, et que tu vives avec cette bande de minables qui toussent la nuit ?

« Je me débrouillerai tu sais, pour te soigner à la maison, je ferai descendre le sommier en bas tu verras comme j'arrangerai la chambre... je ferai venir un *vrai* médecin qui te soignera et j'achèterai des médicaments et même de l'oxygène, je te jouerai des disques... L'argent, c'est quoi ? Rien. J'en trouverai. »

Là, il se met à lutter contre un accès de toux inopportun et saisit un verre d'eau. La fille tente de soutenir le verre et en reçoit la moitié dans la figure. Elle s'essuie avec le bout du drap, il maîtrise sa toux et rit malgré lui. « Quoi, nous devenons hystériques. » Elle se penche vers lui, lui brûlant le visage de son souffle rapide. « Tu ne comprends rien. Je ferais n'importe quoi. J'irais trouver ta famille, ton beau-frère... » — Surtout pas. » — Mais qu'est-ce que tu crois ? Ça m'est égal. Que tu reviennes chez les autres, moi pourvu que tu vives je guetterai devant la gare de Pont-Mirabeau pour te voir passer dans la rue... Mais je ne veux pas te laisser ici. »

— Nous verrons, dit-il. Nous verrons. Ne dramatise pas. Ne parle plus de ces histoires de famille. Pas derrière mon dos, tu comprends ? Cet idiot t'a fait peur.

« ... Tu crois que je n'ai pas peur, moi aussi ? On s'habitue. Comme pendant la guerre. Ou ça tombe sur toi ou ça passe à côté. »

— C'est vrai », dit-elle. Brisée, calmée — quand la douleur est trop aiguë on vit d'opium, le cerveau

314

miséricordieusement en fabrique tout seul au bout d'une heure. — Pardonne-moi, je te tourmente. C'est peut-être parce que je n'ai rien mangé. Je perds la boule. »

Gaëtan est l'ombre de ce qu'il était trois mois plus tôt, des joues flasques couleur de céleri-rave, des yeux entourés de poches fripées, un sac de peau grise sous le menton, le dos si voûté que l'homme paraît petit, de sa vie Vladimir n'avait vu de vieillissement si brusque. « ... Ça date de quand, votre dernière visite à la Confrérie ? Mais non, ce n'est pas un reproche. Donc, ils ont fini par vous avoir. » — Comme de juste. Je vous croyais à Brévannes. » — Fini, Brévannes. Je crèverai ici. Intransportable. C'est descendu aux intestins. Et je ne sais plus où. Cachexie. J'ai cinquante ans. Un peu tôt, tout de même. »

— Bon — puisque vous fumez toujours... » — Sans plaisir. C'est cela qui me fait enrager. Je tire et je ne sens rien, ça me fait tout juste tousser. Vous vous rappelez le petit Emile, le bougnat ? Parti il y a quinze jours. On ne s'y attendait pas. Il revenait de permission. Comme ça, la nuit, en quelques heures, on n'a pas eu le temps de prévenir la famille. » Emile avait trente ans. Deux fillettes qu'il se plaignait de ne jamais voir. Il accusait sans cesse son métier : la poussière de charbon... forcément. « Tiens, et comment se fait-il que tu sois le seul charbonnier de la chambrée ? »

— Comme nouvelles il y a plus gai, dit Vladimir. Parlez-moi des rescapés. » — Hassan est reparti dans son pays — pour y mourir, disait-il, mais peut-être qu'il s'en tirera : il était malade du mal du pays. Les orangeraies de Blidah. Pierre Le Troadec est à Brévannes, il paraît qu'il a repris cinq kilos. » — Une force de la nature ! Alcoolique, deux extra-pleuraux... Je l'aimais bien. »

— Pas moi. Un être vulgaire, brutal — une âme de

flic, et il se prend pour un syndicaliste — vous vous attendrissez sur l'homme du *peuple*, j'en ferais peut-être autant pour un paysan russe... de l'exotisme. Mais pour tenir l'alcool — je lui tire mon chapeau. Vous vous souvenez... la nuit du 1er janvier ? » Eh quoi, cela aussi était une *fête* — chants et gros rires et chahut qui rappelait le bon temps du régiment, l'interne de garde jouant timidement le rôle du sous-off — le garçon de salle, Hercule au visage raviné par la variole, menaçant de se plaindre à la surveillante... « Monsieur 20 ! (c'était Le Troadec) si vous faites encore boire votre voisin... Toi, le 12, si tu ne veux pas te retrouver demain aux Agités... » Le 12, un jeune homme roux, un peu bossu, un peu paranoïaque — mort depuis — dansait au milieu de la salle en chantant *Travajar la mujera*... Des vieillards poussaient des gémissements excédés, râlaient des injures, Gaëtan parlementait avec l'interne : « Le *Jour de l'An*, monsieur, songez à tous ceux d'ici qui ne verront pas celui de 1939... »

— ... Donc, ils ont fini par vous avoir. Vous me décevez — non que je ne sois heureux de jouir à nouveau de nos doctes entretiens. Rechute, si brutale que cela ? »

— J'ai été, dit Vladimir, en quelque sorte assassiné. Par un débile mental qui s'est juré d'avoir ma peau. Mis knock-out au troisième round. En toute logique, cet individu devrait être jugé pour coups et blessures ayant pour but d'entraîner la mort — car je l'avais prévenu. Donc, je le considère comme un criminel. Certains jours je me dis que je lui logerais volontiers une balle dans la tête. Ce qui est — bien entendu — signe de débilité mentale, car ça se gagne... Vous, à ma place, vous haïriez un homme pareil ? » Gaëtan étouffe un bâillement. « Je suis déjà — et depuis combien d'années ?... au-delà de la haine et de l'amour. J'ai pour ennemis les petits B.K. que je conserve précieusement dans ma cage thoracique et que je nourris de ma chair et de mon sang. Je parie que vous n'avez pas porté plainte contre votre débile. »

— J'ai d'autres chats à fouetter. Je passe mon temps à me dire 'peut-être' et à m'inventer des mois et qui sait des années de vie — on s'en fait une montagne, et, le moment venu —

« ... Si vous avez une femme qui s'accroche à votre vie comme un homme qui se noie s'accroche à une planche de salut — on ne peut même pas essayer de s'engourdir et d'oublier. »

— Tiens ! plaignez-vous. Quand on n'a personne... *Personne*. Ma mère est morte, dans une maison de retraite, il y a deux mois, et pour tout dire elle m'avait déjà presque oublié, à force de se dire que j'étais 'condamné'. Mes fils, n'en parlons pas. Vous savez — surtout quand il s'agit de cette maladie-là — ils vous ont déjà pleuré et enterré six mois, un an à l'avance, et le moment de votre *passage* est pour eux comme une dent arrachée. »

— Dites donc, vous êtes un *Job's comforter*. »

— Ah ! soupire Gaëtan — le plaisir de parler à un homme capable de citations en langue étrangère. D'ailleurs, les amis de Job n'étaient pas si bêtes : ils venaient l'enrager et l'exaspérer, pour le forcer à s'étourdir par des discours admirables... il en oubliait ses ulcères. » Les cigarettes de Gaëtan le font tousser. « On voit bien, dit Vladimir, que Job n'avait pas les poumons atteints. »

L'habit fait le moine, et dans cette salle nous avons tous notre habit, même si le pyjama n'est pas forcément fourni par l'Assistance Publique, et notre rôle est, somme toute, assez facile à jouer. L'homme — le mâle surtout — se trouve à l'aise dans la chambrée, la salle de garde, la prison, le camp, l'usine ou l'hôpital, et devient membre d'une confrérie peu importe laquelle,

317

même langage, mêmes intérêts, même soupe, même emploi du temps, par compagnie on se fait pendre

et dans cette salle où je reviens au bout de cinq mois près de la moitié des hommes sont de vieilles connaissances sinon de vieux amis, la salle B... a sa tradition et ses rites (éphémères) — ses vétérans et ses bleus, ses têtes de Turc, ses caïds, ses boute-en-train, ses minables — le tout réduit à la plus simple expression, car il s'agit il faut le dire d'hommes simples (Gaëtan excepté) et de situations horriblement simples. On guette celui qui va partir le premier, tout juste si l'on ne fait pas de paris, on envie celui qui prend du poids, a des crachats « négatifs » et attend de pied ferme sa place en Sana — et l'on distribue des *satisfecit...* Pierre Le Troadec, tous sont d'accord, ne méritait pas sa chance, le petit Ahmed eût mérité de guérir (trop injuste) — Georges Molinier — un cas tangent — dommage il était jeune, mais pour dire qu'on le regrette... lui, monsieur Vladimir, ils l'ont tous jaugé, d'un coup d'œil expert, il file un mauvais coton : les crises de dyspnée — mauvais, les pommettes rouges — mauvais, les grands zigzags de la feuille de températures... mauvais (ou *bon !* comme disait le Corbaccio de *Volpone*). — Eh dites, qu'avez-vous à étudier ma feuille ? » — Ben quoi ? elles sont affichées. Je vous défends pas de regarder la mienne. » — Merci, j'ai mieux à faire. » — Et qu'avez-vous à faire ? »

Ils l'ont jugé. Même Gaëtan — qui est au bout de son rouleau — n'a pas pour lui ce regard tristement envieux : toi, tu me survivras... Rechute visiblement trop brutale. « Vous êtes un agité, dit Gaëtan. Demandez des cachets contre les insomnies. Ils vous en donneront tant que vous voulez. » — Tiens et pourquoi ? »

— Dans un sens on est mieux chez soi (Albert Lajarrige, trente ans, serrurier, une femme, trois

enfants, une petite amie, une mère et une grand-mère).
On mange mieux. On ne vous réveille pas à cinq heures
du matin. Et puis... c'est plus gai. Mais les gosses. Tant
que je suis bacillaire... »

— Moi (Marle, Gaston, ajusteur, marié sans enfant,
thoraco de huit côtes) c'est surtout la nuit. On dort
mal. Et puis — on devrait isoler les grands malades,
c'est déprimant. Les vieux, passe encore, mais voir
partir de jeunes gars, ça vous démolit le moral. »

— Les vieux, mon cher, dit Gaëtan, c'est nous —
moi, en tout cas. Dites-moi : vous avez là des cheveux
qui ont blanchi sur les tempes — en huit jours ? »
Vladimir a un sourire en coin. « Je devrais les teindre.
Mais trop tard : Victoria l'a remarqué. Comment la
trouvez-vous ? » — Ravissante. » — Je ne vous
demande pas cela. Son moral ? »

— Eh ! je ne suis pas voyeur. »

— Que si. Vous nous regardez. Elle a l'air de bien
tenir le coup, n'est-ce pas ? » — Je la trouve un peu
survoltée. Une lutteuse, non ? » — Elle voudrait me
faire sortir d'ici. Elle dit qu'elle donne des leçons,
qu'on lui promet du travail dans un atelier de couture.
Je ne suis pas tranquille. »

— Tout de même... Vous ne pensez pas ? » Gaëtan
prend son air le plus incrédule et le plus scandalisé,
mais n'en pense pas moins. — Non, bien sûr. C'est la
fille la plus prude du monde. *Aucun* danger. Mais si
elle voyait un billet de cent francs mal placé... Je
n'aime pas ses yeux. D'autre part, je me dis : c'est une
idée fixe, ça l'occupe. »

— Vraiment — dit Gaëtan d'une voix traînante —
vous voudriez sortir d'ici ? »

— Eh ! plutôt dix fois qu'une. » ... Les moyens, pense
Vladimir, ne manqueraient pas. J'avertis mes parents,
Georges, Marc, Tassia et compagnie, ils me ramène-
ront même dans notre ancienne chambre (à Myrrha et

à moi) au 33 ter, fenêtre ouverte sur le petit jardin et le grand tilleul, des coussins, des fleurs, les filles marchent sur la pointe des pieds, maman à mon chevet vérifiant si j'ai bien pris les médicaments, papa assis sur une chaise près du lit, ses mains jointes entre ses genoux écartés, sa moustache cachant un sourire forcé : eh bien mon gars ?... (curieux : de tous les six c'est lui qui me fait le plus pitié)... Oh mais ils sont tous là, même le brave Georges avec son rire martial et cordial, mais voyons ! tu seras sur pied dans six mois ! Mobilisation générale des bonnes volontés, je ne suis pas Gaëtan Varennes, le très cher et très aimé Vladimir Thal ne manque pas de gens trop contents de s'occuper de lui et il reste là comme un enfant boudeur à les laisser en dépit du bon sens dans l'ignorance de sa triste situation, leur préparant sadiquement des remords et des regrets, tandis qu'une pauvre petite Victoria tourne en rond et se débat pour gagner quelques sous Dieu sait comment, et à laver les parquets et les murs de l'atelier à l'eau de Javel — seule au monde — harassée, à bout de forces, petit passereau qui a commis la folie d'accepter un énorme coucou dans son joli nid blond, rose et nacré, oh ! non, Vi, finissons-en, déclarons forfait, de quoi avons-nous l'air ? il y a des limites à l'extravagance n'est-ce pas, Boris me regarde déjà (depuis longtemps) comme une espèce de criminel.

et, dis-moi, le jour peut venir où il décidera de rompre un silence qui risque, à la longue, de lui faire du tort. J'aurai l'air fin.

Il s'aperçoit qu'il raisonne toujours comme un homme en parfaite santé, provisoirement handicapé par une mauvaise grippe — et qui Dieu sait pourquoi décide de jouer au moribond et spécule sur ce rôle peut-être peu flatteur mais pathétique, ils sont tous là autour de lui effrayés, consternés et même repentants (de quoi ? de vivre ?) et lui, profitant du malentendu, accepte une pitié, une tendresse, une bonté feutrée, un déploiement de douloureuse générosité qui ne lui sont pas dus

qui sont dus à sa mort (car ils espèrent contre tout espoir qu'il en réchappera mais ne le considèrent plus comme un vivant, il est dans une barque qui s'éloigne doucement du rivage, ils agitent des mouchoirs avec des sourires mouillés). Qui sont dus à sa mort alors qu'il ne veut pas du tout mourir, ils font la trêve, la fête, ils ont oublié orgueil, préjugés, convenances — il est, lui, un cas de force majeure, il n'est plus Vladimir Thal, il est une épée de Damoclès, un tonneau d'explosifs, le dernier rayon d'un soleil couchant...

« Mais oui, crois-tu que cela ne me tourmente pas ? Que je ne me sens pas un idiot doublé d'un salaud ? Tu crois qu'il serait plus simple de leur écrire ? » La pauvre Victoria est coincée entre deux portes, elle se raidit et serre les épaules comme si elle l'était vraiment.

— Peut-être que tu devrais. »

— Une situation fausse de quelque côté qu'on se tourne. » Elle le scrute du regard, attentive, tendre comme une mère qui cherche à deviner la souffrance de son enfant. « Mais dis-moi. Tu as vraiment, *très* envie de les voir ? »

— Si seulement je le savais ! La maladie rend égoïste. Si je leur écris — c'est inévitable — ils se mettront entre nous. Nous ne serons plus libres. »

— Oh oui, dit-elle, oh oui. » La pauvre liberté de rester assise sur une chaise basse près du lit trop haut, la tête blottie contre un pyjama rayé, les épaules entourées d'un bras maigre et lourd ; une main moite lui caressant les cheveux. La cloche sonne. Mesdames, messieurs, les visites sont terminées. C'est cruel dit Victoria c'est trop court.

321

« Mademoiselle ! La visite du Monsieur 37 ! » La visite du lit 37 a le corsage entrouvert, la surveillante est choquée et fâchée mais n'ose pas intervenir — de loin, elle répète de sa forte voix qu'elle s'applique à baisser d'un ton : « Mademoiselle ! » « Dis donc, elle est vexante, fait observer Vladimir, elle pourrait dire Madame. » Il sent la veine du tendre cou palpiter sous ses lèvres — le cœur cogner sous sa main. « Sais-tu que je te désire terriblement. » — Oh et moi encore plus. » La surveillante s'avance, poussant devant elle le chariot chargé de bocaux, de verres et de boîtes en fer-blanc. « Monsieur 37, les visites sont *terminées*. »

Le voisin de lit, un vieillard cachectique au visage couvert d'eczéma, se force à une quinte de toux coléreuse : « Y en a qui ne se gênent pas. » « Tu vois, dit Victoria dans un souffle, je te ferai sortir d'ici. Dans deux semaines. Le temps de mettre de l'argent de côté. » — Tu me rends fou, mumure-t-il. *Quel* argent ? » — Puisque je t'ai dit que je travaille comme repasseuse dans cet atelier de couture. » — Et ils te paient des millions. » — Je mange chez des amis. Je te l'ai dit. » La surveillante est une femme grande et forte, à mèches de cheveux blond-gris dépassant de sa coiffe empesée. La mâchoire lourde, la bouche agressive. « Monsieur 37, votre thermomètre. Vous n'êtes pas raisonnable, je vous signalerai au patron. » — Et que peut-il me faire ? il va me mettre aux Agités ? » Victoria reboutonne le haut de sa robe-chemisier à raies blanches et roses.

Victoria ne passe pas ses matinées et ses après-midi dans un atelier de couture. Mais dans des ateliers tout de même. Au lendemain de l'entrée de Vladimir à l'hôpital elle s'était rendue chez les Grinévitch, rue Bréa. « *Monsieur* Grinévitch, vous êtes un homme honnête ? » — J'ose espérer que je le suis. » — Je peux avoir confiance en vous ? Vous m'aviez dit que c'était un métier honorable. »

— Comment ! vous seriez décidée ? » il était surpris et ravi, mais Victoria n'entendait pas se dévouer à la gloire de la peinture. « Je sais que vous n'êtes pas riche. Je voudrais quelqu'un qui me paie *bien*. » — Il y a un tarif... »

— Ecoutez : vous m'aviez dit que je pourrais être *bien* payée. Au tarif, ils n'ont qu'à prendre des modèles d'Académies. J'ai jeté un coup d'œil à la Grande-Chaumière. Des femmes très quelconques. Moi je suis encore jeune, je n'ai pas beaucoup changé depuis l'an dernier. »

Tenté, Grinévitch avait proposé à la jeune fille de la peindre en compagnie d'un confrère. « Mais attention, dit-elle, vous payez chacun le plein tarif ! » — Bien sûr. » — Et si vous connaissiez un peintre *riche*, pour l'après-midi... » — Mais dites-moi : Vladimir Iliitch (j'ai entendu dire qu'il avait des ennuis de santé) pourrait voir cela d'un mauvais œil ? » — Je ne le lui dirai pas. Tant pis. »

Au moment où il lui fallut se déshabiller Victoria tremblait de tout son corps, et Grinévitch en tremblait aussi, de pitié. Elle n'avait même pas pensé à se cacher derrière le paravent. Elle s'était dressée devant lui, sur le fond d'une tenture verdâtre, sous le store vénitien qui changeait en pénombre lumineuse le soleil de midi, rose, brûlante et farouche, image d'une sainte Agnès dont les cheveux ne viennent pas miraculeusement couvrir les nudités ; les bras raides exprimant le refus héroïque de prendre la pose de la Vénus de Médicis. Et Grinévitch contemplait la tendre toison jaune sous la blancheur ambrée du ventre, avec un pincement au cœur, ô folie ô délire de l'abnégation féminine, pour un peu il l'eût renvoyée, ne vous imposez pas cette épreuve mon enfant, tenez, je vous prêterai deux cents francs... mais il était trop tard, il n'allait pas lui laisser l'amertume d'avoir fait un tel sacrifice pour rien.

« Vous savez, on s'habitue très vite, question de préjugés — voyez, les nudistes... » — Oh ne vous en faites pas, je suis *déjà* habituée. » Et il s'était précipité sur son carnet de croquis, tenez, relevez la tête, décontractez vos bras... — Attention ! vous me payez, aujourd'hui ? » — Bien sûr. » Puis il lui explique que, pour une toile — il pensait en faire une, un 10 paysage — mieux valait commencer par une pose couchée. « Ah !... couchée ?... » — Sur ce sommier. Prenez la pose de la *Maja nue*, par exemple. Adossez-vous au coussin rouge. Magnifique, magnifique. Vous avez déjà le sens de la pose. Encore un peu plus d'abandon dans les jambes, un peu de langueur, trouvez une pose confortable, il ne s'agit pas d'attraper un torticolis... » il était si pressé qu'il esquissait déjà la mise en place des lignes directrices sur sa toile. « Il faut que je reste *tout à fait* sans bouger ? » — En principe il y a repos tous les trois quarts d'heure, mais nous ne sommes pas en Académie, vous n'aurez qu'à me dire si vous êtes fatiguée. » — Et votre copain ? »

Un jeune Hollandais. « Si vous voulez — j'ai un modèle exceptionnel, moitié moitié, elle exige vingt francs de l'heure mais elle les vaut. » Le Hollandais constata qu'elle les valait largement, et que la pose était bonne. « Où diable l'avez-vous dénichée ? Elle pourrait poser pour Derain et pour Matisse. » — Oh ! une débutante. Plus tard... je la ferai de dos, debout. » — De dos, avec des nichons pareils ? Du gâchis. » — Vous n'avez pas vu son dos. » Remise du premier choc de la honte, Victoria restait allongée devant les deux hommes dans la pose de la Maja nue, indifférente, ayant compris que le costume d'Eve était bien un costume, et que ces hommes l'entendaient bien ainsi.

— Et, Vadim Fédorovitch, vous vous êtes renseigné,

pour l'après-midi ? » — Vous croyez que cela se trouve du jour au lendemain ? » — Mais vous aviez dit... » Pour dire, il l'avait dit, mais près d'un an plus tôt. Elle était fraîche et superbe mais n'avait plus l'innocence acide, inquiétante, de ses dix-sept ans — cette irremplaçable grâce animale d'un corps trop jeune dont la beauté est plus suggérée qu'affirmée. Il s'était renseigné. Un sculpteur, âgé (pompier entre nous soit dit) cherchait une jeune fille pour un groupe. « Un groupe ? » — Deux modèles posant ensemble. » — Oh non oh non, je ne poserai pas avec un homme. » Elle avait aussitôt imaginé le *Baiser* de Rodin. — Non c'est un groupe de deux femmes. » — Ah bon, j'aime mieux ça. » — Présentez-vous de ma part. Mais il est assez tatillon, il peut vous demander vos papiers. » — Aïe ! et si je disais que je suis française et majeure ? » — Allez-y, essayez toujours. »

Elle se présenta au sculpteur — un vieillard fort distingué habitant avenue de l'Observatoire — et prétendit s'appeler Blanche Cornille. « Bon, déshabillez-vous. » Elle surgit de derrière le haut paravent chinois en vieille laque noire incrustée de nacre — très rouge, car la honte l'avait de nouveau assaillie. Vague violente, imprévisible. Elle vivait un cauchemar elle avait envie de se réveiller, elle ne savait pas ce qu'elle faisait dans cet immense salon plein de tapis poussiéreux, de meubles d'Orient, de bronzes dorés — devant ce vieux Français au profil hautain. Il avait plutôt l'air d'un ancien diplomate que d'un artiste. « Bon, bon, dit-il, vous ferez l'affaire (elle le regrettait presque)... vos prétentions ? » — Vingt francs de l'heure. » — C'est beaucoup. » — Je n'accepte pas moins. » — ... Tournez-vous. Levez les bras. Vous avez fait de la danse ? » — Non. » — Allongez-vous sur cette ottomane. Très bien, Accoudez-vous — croisez les chevilles... » Elle demande, d'un ton rogue : « Dites. Vous m'engagez, oui ou non ? »

— Ce sera quatre heures par après-midi. Samedi aussi. Vous êtes majeure ? » — Oh oui. » Il fit la moue, alluma une longue cigarette. Il ne la regardait plus. « Vous pouvez vous rhabiller. Notez-le : je n'en crois rien. Cela vous regarde. Mademoiselle... Cornille, vous avez dit ? Venez demain. Trois heures. » Victoria descendait le large escalier à tapis rose et gris, éprouvant une sensation de fierté morose et agressive, ah ! ah ! ils filent doux — les salauds — un corps de nymphe — j'aurais pu demander plus.

Et le lendemain elle devait monter sur une estrade tournante par un escabeau de six marches — dans un atelier à plafond haut de cinq mètres, et dont le mur extérieur n'était qu'une immense verrière tendue de stores blancs. Une jeune femme à lourds cheveux bruns, à la peau couleur café au lait, était assise à la turque sur un long matelas rayé, et tricotait une manche de pull-over rouge cerise. « Ah ! c'est toi l'Hippolyte ? » Elle avait un beau visage rude, aux yeux noirs trop larges et trop écartés. « Pourquoi Hippolyte ? » — Nous sommes Delphine et Hippolyte. » — Mais Hippolyte est un homme. » — T'as pas lu Baudelaire ? Les femmes damnées ? » Au lycée on apprenait Victor Hugo, Musset et Lamartine... et, de Baudelaire, *L'Invitation au Voyage* et *La Vie Antérieure*. »Euh... je lirai. » Et elle passa ses après-midi à demi allongée sur le matelas rayé, appuyant tendrement sa main sur le sein opulent de Delphine, alias Lucie, qui, agenouillée devant elle, lui caressait les cheveux.

« Mlle Blanche ! le genou plus recourbé s'il vous plaît. Et ne redressez pas la tête. De l'abandon ! Mlle Lucie ! votre dos ! » Lucie, à chaque quart d'heure de repos demandait à Victoria de lui masser le dos. « Toi, tu as la sinécure, tu es couchée. Je ne sens plus mes jambes, regarde, elles sont violettes. » Lucie était à demi malgache, mais née à Paris. Etudiante. Le matin elle suivait des cours à la Sorbonne. « Et toi ? » — Moi, je n'ai pas pu passer mon bac. Raisons de famille. » — Ne te laisse pas faire par la famille. Inscris-toi à des cours du soir. Passe-le. Plus c'est tard plus c'est dur. Tu as quel âge ? » — Dix-huit ans. » — Tu vois, tu as tout l'avenir devant toi. Tu pleures ? qu'est-ce que j'ai dit ? »

Une fois rhabillée et payée, Victoria courait à l'hôpital et se faufilait vers la salle B..., se mêlant aux visiteurs du soir (ceux qui avaient permission de venir après dîner, ne pouvant le faire à une heure et demie). On la tolérait. Ce qui n'était pas très bon signe. Le soir, Vladimir était abattu et fiévreux, parlait à peine. « Ils éteignent les lumières si tôt. Je déteste la nuit. » — J'ai presque fini la réinstallation de l'atelier. Tu vas voir. M. Schwartz — c'est le céramiste — m'a aidée à descendre le sommier. Encore deux semaines, ils me paieront à la fin du mois. Ce sera épatant tu verras. J'achèterai de nouveaux disques. On ne se séparera plus. Ce sera *gai* tu verras. » Il se sent si mal qu'il n'imagine rien de gai. « Ma pauvre créature je te cause des tracas. » — Mais dis. Dis seulement. Tu seras content qu'on soit ensemble ? »

Une vague de douceur chaude se fraie péniblement un passage à travers des pierres froides et gluantes, il a des pierres sur la poitrine, la vague monte, envahit la tête et le cœur, mais oui la vie est retrouvée, la vie chaude, la tête contre l'épaule la plus sûre, les nuits rouges, les nuits de lave douce — oui, le poêle rouge dans la chambre de Tchelinsky « ... Tu allumeras le poêle n'est-ce pas », elle s'étonne : « En juillet ? » — Reste, ne t'en va pas. » — Mais je reste ! »

— Quand ils viendront te chasser dis-leur que je dors, que tu n'oses pas me réveiller. » Il se croit très malin, il est même fier de sa ruse, car la fièvre est si forte qu'il se rend compte que son cerveau bat la campagne. « Ne t'en va pas. » Les joues fraîches, les mains fraîches. « C'est curieux, tu as froid ? » elle n'a pas froid, c'est lui qui brûle. Il dit : « C'est la mauvaise heure. Si tu pouvais venir à minuit... » — Quand on sera chez nous... » Mais à neuf heures on la chasse définitivement. Victoria adresse des sourires enjôleurs à toute personne vêtue de blanc. Elle songe sérieusement à se déguiser en infirmière. Elle prend l'autobus 62 puis descend la rue Olivier-de-Serres, s'arrête dans un café pour manger un sandwich. Elle passe à l'église où les offices du soir sont terminés, mais des cierges brûlent encore et deux ou trois dames vêtues de noir font leurs dévotions, les yeux levés vers le Portail Royal fermé derrière lequel, au-dessus de l'autel, brûlent les sept veilleuses bleues et vertes.

Pardonne à moi pécheresse et guéris ton serviteur Vladimir. Ce ne sera même pas si grand miracle. Qu'il vive encore au moins cinq ans. Dix ans. Sinon je vais mourir désespérée. Seigneur je sais que tu es bon que tu ne me puniras pas... Combien de prosternations ? Sept ? Douze ? à force de toucher la terre avec le front et de se relever rapidement, le sang afflue à la tête, elle a le vertige. Une main touche son épaule. Une petite et maigre dame en noir éteint les derniers cierges.

Elle dort sur le matelas par terre. Le parquet sent l'eau de Javel et les murs passés à la lessive St Marc ont perdu par endroits leur peinture gris pâle et sont couverts de taches jaunâtres — ô il faut que cette pièce soit belle et gaie, je repeindrai... quand ? M. Schwartz va peut-être m'aider ? du vert partout — du vert, des feuillages partout, des platanes, des érables, des chênes-liège du camp de La Croix, la lumière pâle des grandes vitres s'éclaire d'un bleu de lune, Tala au clair de lune en chemise de nuit bleue, la pauvre Tala aux minces bras blancs de lune riant de son rire d'argent, sous le « frémissement argenté » des oliviers... et il vient vers elle, brûlant, brûlant comme le poêle de fonte chauffé à rouge — brûle-moi — il rit — de son grand rire nocturne, il lui pose la tête sur la poitrine, sur le ventre, sur les genoux, il rit de son grand rire de gorge qui ressemble à un sanglot, mais tu vois bien ce n'était qu'un rêve ce n'était pas vrai, et tu as eu peur ma mouette il ne faut plus jamais avoir peur !

Le supplice recommence le lendemain. Elle se réveille. Ce n'était pas un rêve. *Le jeune homme rose.* Elle a envie de crier et arrête en elle le cri intérieur, et remonte la machine comme on remonte un réveil, tout ira bien, j'ai prié, je prie, j'aurai bientôt deux mille francs, cette pièce sera belle et gaie, le jour où il rentrera de l'hôpital je mettrai de grandes branches vertes dans la jarre

elle rêve elle rêve...

La femme de Grinévitch est une personne bizarre — grasse et pourtant le visage tout en petits angles et petites pointes, narines pincées, coins de la bouche pincés, coins des yeux aigus et clignotants. « Mon mari fait ses courses. » — Un comble ! moi qui courais pour ne pas être en retard. Il me paiera l'heure entière. »

Sophia Dimitrievna la transperce froidement de ses yeux couleur de topaze. « Vous saurez vous défendre dans la vie. » — J'y compte bien ! »

— Buvez donc votre café. Pas si bien que cela ma chère. Nous autres femmes, nous sommes victimes de réflexes conditionnés sciemment fabriqués par les hommes depuis l'âge de pierre. Ils appellent ça l'amour. »

— Et vous, comment appelez-vous ça ? »

— La bête sauvage a faim et mange ce qu'elle trouve. L'animal domestiqué est parfois si bête qu'il mourra de faim plutôt que de manger la pâtée qui ne lui est pas servie par son maître. Réflexe conditionné. Des chiens meurent 'de chagrin' et nous admirons cela. Alors qu'il s'agit d'un pur automatisme. »

— Vous êtes méchante », dit Victoria. — Ma chère, j'ai mes raisons pour l'être. La vie m'a joué de drôles de tours. Les hommes aussi. » — Vadim Fédorovitch vous aime. » — Réflexe conditionné. Il est trop paresseux pour changer ses habitudes. Nous autres Russes sommes sentimentaux, idéalistes, et cultivateurs acharnés de rêves roses et bleus, mais si vous travailliez, comme moi, chez *Schéhérazade* vous verriez ce qui se cache sous ce joli vernis bleu et rose, le cochon intégral, je parle des hommes — car les femmes sont vernies à fond, presque toutes indécrassables, même quand elles se targuent de cynisme. »

— Comme vous ? » — Exactement, ma colombe. » — Je ne suis pas votre colombe. »

— Vous m'intéressez. Je vous observe. Comme vous ne l'ignorez peut-être pas, je suis écrivain — ni Teffi ni Tzvétaïeva, mais tout de même publiée dans des revues, quelques critiques aigres-douces car là aussi, les femmes... sois charmante et tais-toi — et certaines de nos consœurs, je ne les nomme pas, ont de bonnes critiques parce qu'elles ont eu le bon esprit de devenir les 'charmantes' de tel ou tel monsieur, laid ou âgé de préférence, possédant un *nom* en littérature. Et si j'avais commencé quinze ans plus tôt... j'étais plus jolie que vous oui ma chère ! Et fière ! Je vous observe — vous êtes un petit phénomène curieux, et dans ma nouvelle précédente je vous voyais beaucoup plus 'enfant de la nature', plus spontanée... »

— Merci ! vous m'avez décrite dans une nouvelle ?... »

— C'est le droit de l'écrivain. Vous êtes, Valéria... »

— Victoria. » — Mon héroïne s'appelle Valéria — une fille au tempérament fort, à la tête étroite — héroïque 'par amour' parce qu'on lui a fourré dans la tête des idées délirantes sur l'Amour avec un grand A... » Victoria, n'en pouvant plus, se lève et va se cacher derrière le paravent. Pourquoi être polie avec une telle vipère ? Sophia Dimitrievna la suit — après avoir rapidement avalé un petit verre de calvados. Sa faiblesse. Elle en a besoin dès le matin. A jeun elle ne peut pas écrire. « Eh ! dites ! je ne veux pas que vous me regardiez. » — Je peux vous voir nue sur le canapé pendant trois heures. » — C'est différent. »

Sophia imagine la fille cachée derrière le paravent — Valéria — descendant l'un après l'autre les échelons de la déchéance : modèle (elle l'est déjà) puis femme entretenue par un vieillard riche, puis — l'éclat de sa jeunesse terni — se vendant toujours à meilleur marché. Abandonnée par son premier amant (Vsevolod... Dolinine — Thal = Dolina = Vallée) — à moins que cet amant ne meure à l'hôpital... Se dévouant, car l'habitude est prise, à d'autres hommes, canards boiteux et crocodiles sentimentaux qui tous lui font le chantage au Grand Amour. — Un salaud fini, ce Vladimir Thal — un raté qui, pour faire oublier ses échecs sur le plan matériel et sur le plan littéraire, se met à jouer *urbi et orbi* la comédie de la Passion fatale — et, pour ce faire, se sert d'une fillette qui a, combinaison avantageuse, le feu au cul et des fleurs bleues dans la tête,

... car une femme plus mûre eût vite fait de démasquer le personnage, et, notez-le, il a fait le coup juste au moment où sa femme (une bigote, mais du talent et du caractère) menaçait de se faire un petit nom comme peintre mi-naïf mi-surréaliste (et la pauvre sotte en a fait une dépression et a cessé de peindre, faiblesse après tout excusable) — et le Roméo monté en graine se pavane partout avec sa conquête à laquelle il ne peut même pas acheter une paire de chaussures neuves — et pour couronner le tout laisse la pauvre Valéria (Victoria) gagner de l'argent pour lui en exhibant son corps nu devant des peintres en attendant de le faire autrement. « ... Surtout, Vadim Fédorovitch, ne me faites pas une *figure* ressemblante, si jamais Vladimir voyait ce tableau ! » Et comment croit-il qu'elle gagne son argent ? en faisant du tricot à domicile ?

... Il était assez séduisant jadis — dans les années 25-30 —, se prenait pour un poète, déclamait des vers, faisait (pendant des soirées entières, au *Sélect*) du lyrisme à propos de Pouchkine, de Blok, d'Essénine... amoureux de sa femme en ce temps-là, et, les rares fois où elle l'accompagnait à Montparnasse, la regardant avec des yeux d'affamé, et elle restait dans son coin, silencieuse, attentive, son long visage racé éclairé par un drôle de sourire qui plissait à peine ses yeux (et j'étais plus jolie qu'elle, on me comparait à Lilian Gish...)

*

— ... Pour autant que je sache. Myrrha, vous allez me détester. Il m'est pénible d'être doublement déloyal. Il y a des cas où l'on peut considérer un homme malade comme irresponsable ou tout au moins... » Ils étaient dans le grand café près du métro Convention, face au cinéma, et Myrrha à travers les larmes et à travers une vitre poussiéreuse étudiait les taches blanches, rouges, violettes, orange des bouquets du fleuriste voisin du café. Elle me tourne le dos, maintenant. — Myrrha ma chérie, je n'en sais rien. J'exagère peut-être. »

— Oh quelle dureté, dit-elle entre ses dents, sans se retourner — oh quelle dureté. Il y a des limites. »

— C'est pourquoi, Myrrha, vous devez me pardonner. »

— Mais oui. » Elle semble lasse à mourir. « Je vous pardonne, Boris. Je pardonne tout à tout le monde.

Non ne me croyez pas dure. Non, je le comprends. Il n'est pas irresponsable.

« ... Que dois-je faire, dites-moi ? Si j'étais seule en cause... » Et, brusquement, elle fait volte-face, pose sa main sur le bras de Boris, lève sur lui des yeux suppliants qui ne le voient pas. — Dites-moi. Conseillez-moi. Je me sens perdue. Je voudrais éviter de le troubler. L'amour est une chose cruelle : je voudrais pouvoir ne penser qu'à lui. Mais les autres *existent*, je ne peux pas les sacrifier, n'est-ce pas ? »

— Pierre Barnev, peut-être... » suggère lâchement Boris. Elle a une petite grimace douloureuse, hausse une épaule. — Il n'est pas Dieu, que je sache ? Le Christ n'a pas été 'placé pour être juge' entre nous — il n'a pas non plus établi de loi arithmétique des profits et pertes de la souffrance humaine.

« Attendez. Il est écrit : quiconque ne quittera pas son père et sa mère etc. n'est pas digne de Moi. Il a donc permis aux hommes de se montrer durs avec les pères et les mères ? »

— Vous croyez qu'on peut comparer ? »

— Ne soyez pas *bourgeois*, Boris. Bien sûr. On peut comparer. S'il sciemment décidé de nous oublier pour... quelque chose qui lui paraît beaucoup plus important que nous — quelle différence ? Il y en a qui suivent une vocation, s'engagent dans un combat politique. Ou entrent en religion par un choix qui n'est peut-être pas plus authentique que les autres... Boris mon cher, tout ceci m'a tellement bouleversée que je vois double.

« Qu'entre des êtres qui s'aiment (car il nous aime lui aussi) des fils soient tendus, invisibles mais incassables, et qu'en essayant de les briser on ne fasse que s'y enrouler comme dans un filet, et qu'il n'y ait plus un mot ni un geste qui puissent nous rapprocher les uns des autres ! » Jamais il ne lui avait entendu cette voix aiguë qui lutte pour ne pas tourner en cri. Et qui reste, on ne sait comment, mélodieuse... ô femme légère, femme qui ne pèse sur personne, si frêle dans son petit tailleur gris, élimé, son pâle visage fané frémissant.

— Mais non, Myrrha, mais non... » que lui dire ? pas si grave, pas si grave, — elle se débat entre les fils d'acier invisible. « Pas si grave, je vous jure... s'il y avait lieu de craindre... il n'est pas à ce point inconscient... »

Elle se révolte. « Mais c'est insensé. Je peux prendre l'autobus, tout de suite, en cinq minutes je suis à Boucicaut, j'insiste, on me laisse le voir, ce n'est pas la Guépéou — je le *peux*, n'est-ce pas ? et après tout c'est un homme que j'aime — mon mari — non il ne l'est plus mais il est encore permis d'aimer. Mon meilleur ami. Et je reste là, mais qui sommes-nous, sommes-nous des Méduses les uns pour les autres ? » elle serre de ses doigts étonnamment forts le bras de Boris. « Dites-moi. Il est *très* faible ? je risquerais de lui causer un choc ? Non, bien sûr, je suis folle, je n'irai pas. Mais c'est *tellement* absurde ! Ces hôpitaux. Comme s'il n'y avait pas déjà assez d'obstacles entre les gens. »

— Je sais que j'aurais dû vous en parler plus tôt. Vous m'en voulez beaucoup ? » il essaie de reprendre place dans les pensées de la femme ; et il y réussit — tant elle est courtoise et charitable. C'est bien à lui que s'adresse à présent la tendresse un peu hagarde de ses yeux bleu-gris. — Mon très cher, je vous tourmente. Vous en vouloir ? vous êtes la bonté même, la loyauté même, je respecte votre silence — et je vous suis très, très reconnaissante de l'avoir quand même rompu en ma faveur, c'est une preuve de confiance... 'Il est un temps pour tout ' et si vous l'avez jugé ainsi...

« Soyez gentil, commandez-moi encore un verre de... voyons ? du porto ? j'ai besoin d'un remontant. La cigarette ne suffit plus. Georges nous attend pour dîner, tant pis. » Elle avale le liquide rouge sombre d'un trait, comme un verre de vodka. « Merveilleux. Je comprends les alcooliques. Par malheur, je tiens trop bien l'alcool, il ne m'est jamais arrivé de rouler sous la table — je vous choque ? » Question de coquette ; Boris est éperdu de tendresse, d'admiration, de pitié, et même — folie — d'espoir.

Elle ne le regarde pas. Elle rêve. — Boris ! Dites. Et s'il avait envie de nous voir, de les voir, et se sent arrêté par quelque fierté mal placée ?... » elle s'arrête, la mâchoire tremblante « oh pardonnez-moi. Je crois que je vais demander conseil à Georges. »

Boris est surpris, presque scandalisé. « A Georges ? »

— Et pourquoi *pas ?* Que croyez-vous ? c'est l'être qui m'est le plus proche au monde, n'est-ce pas ? Oh ne le prenez pas mal, Boris, mon cher, je vous aime tant. »

Chez Georges ce soir-là il n'y avait pas d'autre visiteur que Boris, et Pierre était encore au cinéma(?) « ce gamin devient intenable » et Myrrha prit le taureau par les cornes dès le début du repas. Cela devient sérieux. Que faire ?... c'est évidemment son droit mais si Boris Serguéitch a pris sur lui de passer outre, enfin, de me prévenir, il nous faut regarder les choses en face — elle parle d'une voix égale, détachée, à peine un petit essoufflement trahit-il sa volonté désespérée de faire front. « Ne craignons pas les mots Georges. On ne peut éternellement jouer à cache-cache. D'abord et en premier lieu — s'il y a possibilité d'assurer de meilleurs soins — comme de nous tous c'est tout de même toi qui as le plus d'argent disponible, c'est à toi de t'en occuper sérieusement... »

— Tu crois, dit Georges non sans amertume, qu'il accepterait mon aide ? »

— Mais bien sûr, dit Myrrha, qu'il l'accepterait ! Il

le doit. Ne serait-ce que dans l'intérêt de cette jeune fille... »

— Permets-moi de te dire que je me moque royalement de cet aspect de la question. »

— Ne m'ennuie pas Georges, je suis déjà à bout de nerfs. Il s'agit de s'entendre sur la meilleure façon de — se mettre en contact avec lui. Lui écrire ? qu'en penses-tu ? » elle rougit jusqu'aux larmes, et pleure. « Oh ! et puis !... tout cela est trop cruel. Georges, c'est peut-être *urgent*. Peut-être une question que sais-je, de meilleurs soins, et enfin, l'ambiance, l'air pur, l'attention, *ça compte !* Tellement sinistre, les hôpitaux ! Si tu étais un homme, tu l'en ferais sortir dès demain ! »

— C'est bien de toi, dit Georges, de te décharger sur moi de tes responsabilités dans les cas d'urgence, après t'être toujours moquée de mes conseils. Moi, je veux bien. Encore faut-il que je sache *exactement* ce qu'il faut faire. *Primo* : voir les médecins de Boucicaut. *Secundo* : prévoir où le transporter, car je n'ai pas de clinique ni de grand patron à ma disposition du jour au lendemain. *Tertio* : les vieux doivent être prévenus, et de cela tu dois te charger toi-même c'est la moindre des choses... »

— Une *clinique ?* non, il serait mieux à la maison. En attendant de le faire partir en montagne... en Suisse peut-être ? A la maison, ou alors chez Marc, dans l'ancienne chambre d'Anna, elle est grande, ensoleillée, elle donne sur des jardins... Tania logerait dans la petite pièce à côté... »

— Voilà les femmes, Boris Serguéitch — dit Georges — dès que l'homme est *knock-out* elles savent exactement ce dont il a besoin, elles prennent la direction des opérations, elles le traitent en gosse de trois ans. Vous jetez allégrement par la fenêtre toutes nos vraies et fausses pudeurs, car les vôtres ne pèsent pas lourd quand il s'agit d'un danger réel c'est-à-dire physique... »

— Enfin, Georges, s'écrie Myrrha, tu as fini de me faire la morale ?... » Bref, l'entretien prenait un ton dramatique, les tomates farcies refroidissaient sur les assiettes, les deux bouteilles de bordeaux étaient vides et Sacha sonnait la domestique russe pour redemander du vin — Georges, Myrrha et la princesse buvaient ferme, coudes sur la table, joues en feu — essayant de s'étourdir, et de reconstruire à la hâte des murs isolants autour de la maison qui brûle. « Mais non, colombe, disait la princesse, tu n'as rien à te reprocher, et moque-toi de ce que dira ta belle-mère... »

— Mais enfin, Boris Serguéitch, demandait Sacha, avez-vous parlé *vous-même* aux médecins ? » Non, ce qu'il sait, il le tient de Victoria, qui projette de le ramener bientôt villa d'Enfer. « Il serait certainement mieux à Meudon que villa d'Enfer, dit Sacha — en plein Paris, sans verdure... » — Non, Davos serait mieux. La cure intégrale, décide Georges. Le fils de la baronne — et il avait vingt-cinq ans — a guéri ainsi. On le disait perdu. Phtisie galopante — parole d'honneur, Mour, je n'invente pas. Deux mille mètres d'altitude, et allongé sur le balcon, six mois, sans faire un mouvement. Sans parler. Le gars avait de la volonté, faut le dire. Six ans de cela. Elle est allée le voir à Pâques. Gros, les joues roses. Il fait des promenades dans les prés et flirte avec les jeunes filles. »

— Tu vois bien, dit Myrrha, tu vois bien ! Tu vas le voir et tu lui expliques... »

— C'est ça. *Qui pendra la sonnette au chat ?* Tu t'imagines qu'un *malade* accepte tout. Il le devrait, d'accord. Mais tu connais ton époux. Il n'est pas pour rien le fils de son père.

« Pour tout te dire, il m'a toujours un peu méprisé. »

— Georges! Ne va pas nous ressortir tes complexes...! » La troisième bouteille de bordeaux était vidée et Georges venait de faire basculer son verre à demi plein; Sacha et Myrrha se précipitaient sur les salières et les vidaient en hâte sur la large tache violette qui s'étalait sur la nappe damassée. La princesse agitait la clochette d'argent. — Capitoline Onouphrievna, du champagne! Si on le renverse cela fait moins de dégâts. Je crois bien, Youra, que nous ferions mieux de passer au salon pour que Capitoline puisse débarrasser la table... »

— Tu dis cela, Mour, parce que tu juges des autres d'après toi. Tu es la femme sans complexes, pour toi tout est simple... Moi, d'accord, c'est connu, le mauvais garçon, la honte de la famille, vous ne savez peut-être pas, Boris Serguéitch, qu'à dix-neuf ans j'ai été, avec fracas, expulsé de l'Université et chassé du même coup de la maison par mon vertueux papa... Et si vous croyez que j'étais le seul à me présenter aux épreuves écrites avec un aide-mémoire dans la manche?

« ... Et tu vois, Mour, pour ce que l'on pouvait se moquer, en 1915, de l'histologie et de la chimie organique, si je l'avais fait — cet aide-mémoire — c'était par bon sentiment, pour ne pas faire pleurer maman en échouant aux examens. Et, pour un étudiant pauvre, le Recteur eût étouffé l'affaire. Mais le fils du professeur Zarnitzine! Traduit devant le conseil de discipline, jugé et exécuté, et mon père, Boris Serguéitch, était un monstre de vanité, je lui faisais perdre la face devant tout Pétersbourg. »

— Enfin, Georges! qui songe encore à ton aide-mémoire? Je déteste le genre ' je suis un salaud et j'en suis fier.' »

— Je suis un salaud et je n'en suis même pas fier, Myrrha Lvovna, car je suis avant tout une victime des circonstances — nous le sommes tous, toi, Vladimir, belle-maman... Boris Serguéitch aussi. Et comment s'étonner que, dans une situation fausse, nous ne soyons pas tous dévorés par des complexes plus aberrants les uns que les autres ?

« Bon, d'accord, il ne me méprise pas — je retire mes paroles — mais il y a toujours eu entre nous une sorte de rivalité larvée — je ne dis pas jalousie, note-le — *rivalité*, c'est comme la loi de la nature qui dans une harde de cerfs dresse les mâles les uns contre les autres. »

— Il se prend pour un cerf maintenant, dit la princesse en s'installant près du guéridon doré et en battant distraitement un jeu de cartes. Le loup blanc, voilà ce que tu es, Youra. Tu l'aimes, ton Vladimir — fais pour lui ce que tu peux, sans chercher midi à quatorze heures. »

— Et qui te dit que je l'aime ? et que je *peux* faire quelque chose ? »

La princesse, de ses grandes mains aux longs ongles couleur de sang, étalait les cartes pour une réussite, et Sacha, penchée sur son épaule, suivait le jeu. « Ne triche pas, maman, tu en mets une de trop. »

— Oh ! non, pas de cartes, Maria Pétrovna, s'écrie Myrrha, le visage frémissant de frayeur, pas de cartes je vous en prie. » — Tu es superstitieuse, toi ? toi qui crois en Dieu ? » — Pas aujourd'hui ! »

— Tu veux dire, demande Sacha, surprise, qu'aujourd'hui tu ne crois pas en Dieu ? » — Mais non, je veux dire : pas de cartes aujourd'hui. » Et Georges, qui arpentait le salon, son verre de cristal GZ à la main, s'arrêta brusquement devant le guéridon. Ses yeux bleus crépitant d'étincelles verdâtres. « Un peu de tact, voyons, belle-maman ! » Au son de cette voix, brève et rauque comme un cri de cocher, Myrrha eut envie de rentrer sous terre. La vieille Tzigane, les mains tremblantes, brouilla les cartes, et l'as de pique tomba par terre, sur les pâles entrelacs gris et verts du tapis.

Et tous sursautèrent à cet instant-là, au carillon brutal de la sonnette de la porte d'entrée. Myrrha s'accrocha au bras de Boris. « Qui est-ce, mon Dieu ? » ils avaient tous oublié que Pierre devait, en principe, rentrer vers minuit. Pierre, bien sûr. Georges, à grands pas furieux, marcha vers la porte.

Le garçon, debout au milieu du salon, promenait ses yeux inquisiteurs et méfiants sur les visages mal recomposés des cinq adultes. « Quelque chose est arrivé ? Oncle Georges ! Dis-moi. Grand-père ?... »

Enfin, faut-il lui dire ? Non, assez de cachotteries. « Non, rien n'est arrivé, rien. » On lui explique. Et le fin visage encore insolent de l'adolescent se défait, frémit, devient tout d'un coup rose, flou, enfantin. « Oh ! non ! s'écrie Pierre. Oh ! non, ce n'est pas vrai ! Maman ! Il ne va pas *mourir ?!* » et il se précipite en sanglotant sur sa mère.

Il oublie qu'elle est une frêle créature qu'il dépasse de quinze centimètres. Il est serré contre elle, la tête blottie au creux d'une épaule qui, il ne sait pourquoi, est si basse qu'il doit se tordre pour pouvoir bien y caler son visage — oh oui mais ses bras à elle, ses mains à elle, toujours les mêmes. « Mais non mon oisillon, je suis sûre que non. » Il sanglote rageusement. « Oh je sais, je sais, tu veux me le cacher, je l'ai vu à tes yeux ! » Il crie : « Je ne le veux pas ! *Maman !!* » Il relève son visage rouge, mouillé, enflé, cherchant des yeux les yeux de sa mère — elle lui caresse la joue, l'embrasse sur la joue, ce baiser lui rappelle bizarrement qu'il n'est plus un bébé, il s'essuie les yeux des deux mains.

A peine s'il peut comprendre pourquoi il pleure. Quelque chose de trop cruel, il ne veut pas y penser. On

lui explique. A cet enfant. Ton père peut guérir s'il est
bien soigné. La tuberculose est une maladie lente. Il y a
des cures... Myrrha parle, Sacha parle aussi, les deux
voix voilées se relaient comme les répliques d'une
litanie à deux récitants, se mêlent et se confondent... ô
les femmes, bien sûr, c'est leur métier — les deux
hommes, debout près de la porte vitrée, mains dans les
poches, yeux baissés, prévoient d'autres scènes — dont
fort heureusement ils ne seront pas témoins. Et Boris
regrette de n'être pas parti plus tôt, *mais* cette femme
plus que jamais adorable et qui — il y a seulement dix
minutes — s'était si spontanément agrippée à son bras
(et non à celui de son frère...) (il est vrai qu'il était assis
près d'elle et que le frère était à l'autre bout de la pièce).

« ... Et pourquoi ne me l'a-t-on pas dit plus tôt ? »
demande Pierre redevenu agressif, et obsédé par l'idée
qu'à lui (le « bébé ») on cache toujours tout. « ... Et à la
maison, *ils* ne savent encore rien ? ! » Il semble horri-
fié. Il ne comprend pas, il lève sur sa mère des yeux
sévères, comment, elle n'a pas couru tout de suite à
Meudon... Mais, tes grands-parents sont âgés, il faut
leur annoncer avec ménagements. « Alors, tu vois, tu
vois ! » — Mais *non*, mon chéri ! » — Pierre, dit
Georges, s'avançant vers son neveu de son air le plus
décidé, ne tourmente pas ta mère et ne dramatise pas.
Tout ce qui peut être fait pour tirer ton père de là, nous
le ferons. »

Pierre ouvre un instant la bouche, reprend souffle,
puis saute debout et court vers son oncle, qu'il n'ose
tout de même pas embrasser. « Oh ! tu le sauveras,
oncle Georges ! N'est-ce pas ? Tu le sauveras ! » et tous
deux sentent que c'est déjà de la comédie, et du
cabotinage, un geste maladroit, faussement puéril,
destiné à faire oublier une double trahison — Georges
a son bref sourire de loup que l'enfant aime et craint à
la fois, car ce sourire révèle une timidité qui jure avec

l'image de l'homme fort et dur à laquelle Pierre veut croire et qui du reste n'est pas fausse.

— Va, Dieu le sauvera. » La voix de la princesse, un peu enrouée par l'émotion, rappelle plus que jamais les feulements des grands félins — cette voix pas tout à fait humaine qui quarante ans plus tôt, vibrante et profonde comme les notes basses d'un orgue, était louée par les poètes, comparée aux chants du Destin et aux philtres de mort et d'amour, Macha Demianov à dix-huit ans valait largement les cent mille roubles — ce soir-là encore, éteinte, brisée, la sombre voix surprenait, et imposait — pour un instant — le silence à des cœurs agités. « Nous sommes tous sous la main de Dieu, mon gars. Invoque-le. » Et elle serre les bras sur les manches de sa robe de satin noir, s'enveloppant dans un châle invisible, comme si elle cherchait à se rendre invisible elle-même pour se faire pardonner l'incident de l'as de pique.

*

« ... Parfait. C'est *parfait*. » Tatiana Pavlovna, lèvres pincées, attrape son petit turban de velours coq-de-roche accroché au portemanteau. « J'y vais. N'essayez pas de me retenir. » — Tu pourrais *au moins*, dit son mari, ne pas sortir en pantoufles. » Elle, avec un cri de rage, se déchausse et lance ses pantoufles en direction du lit, manquant les faire atterrir sur les genoux de Myrrha.

« Mais elle a raison, Tania. Calme-toi, reprends-toi. Attends qu'elle téléphone... » Ilya Pétrovitch, en bras de chemise et bretelles, les mèches grises trop longues pendant en désordre des deux côtés de son front dégarni, allait et venait dans la grande pièce encombrée de chaises couvertes de linge à repasser — traînant ses savates, les bras écartés dans un geste d'impuissance, les yeux vagues — trop occupé à calmer la lionne déchaînée pour se souvenir de la douleur sourde qui alourdit ses membres. « Tu n'es pas en état, ma chérie, reprends souffle... »

C'est tout juste si elle ne crache pas par terre. « Attendre qu'*elle* téléphone ! Merci ! Je n'attends plus rien d'elle. Ni de son cher frère. Si *monsieur* Zarnitzine se croit très généreux parce qu'il daigne s'occuper de nos affaires... » Elle tourne en rond, cherchant des yeux ses chaussures qui sont à leur place habituelle au pied du lit, mais elle ne veut pas diriger les yeux vers le lit, pour ne pas voir Myrrha — Myrrha assise sur le bord du sommier, genoux serrés, épaules rentrées, comme si elle se défendait contre une pluie torrentielle.

« Non, Tania. Non je m'y oppose formellement. Bois une tasse de thé — prends une aspirine, allonge-toi pour quelques minutes... » Il lui caresse maladroitement les épaules, elle rugit : « Ho !! Toi ! Toi ! toujours le même ! » le repousse, se jette vers lui, tombe assise sur une chaise et se met à marteler la table des deux poings. « Oh ! et vas-y, avec ta tasse de thé, ton aspirine n'importe quoi, je deviens folle. » Il renverse dans la théière le reste du paquet de 50 grammes — un thé *fort* pour une fois — prend sur l'étagère trois tasses, s'étonne de sa propre adresse, les tasses ne s'entrechoquent pas dans ses mains, il a même la présence d'esprit de chercher les petites cuillers.

« Enfin — Tania, ce n'est peut-être pas... » il verse le thé, il dit, timidement, à voix basse : « Myrrha ?... » et la belle-fille s'approche de la table, presque courbée en deux, osant à peine s'asseoir sur le bord d'une chaise — oh merci Ilya Pétrovitch, vous êtes bon.

— Non crois-moi Tania. Elle téléphonera, nous irons l'après-midi... » Tatiana pleure, les filets de larmes coulent le long des plis profonds qui des coins des yeux descendent en biais vers les coins de ša bouche, son visage marbré, bistre, marron et violacé, est un masque de tragédienne exposé aux vents, battu par la pluie, sous les lourdes paupières creuses les yeux d'or se noient dans l'eau. « Vaincue, je suis vaincue. Faites ce que vous voulez. Cet après-midi si tu veux... S'il me *hait* à ce point. »

— Mais non, Tania, il voulait nous ménager. »

— Je me moque de ce qu'il voulait !

« ... Et quant à vous, Myrrha... » Elle retrouve, presque avec plaisir, ce « vous » auquel elle avait dû renoncer quinze mois plus tôt — « je vous ai déjà dit ce que je pensais de votre conduite... inqualifiable, qui n'est plus de la tolérance, plus de la complaisance, mais, le diable seul sait quoi — un manque d'égards pour nous qui est peut-être une vengeance assez mesquine — bon, j'admets que vous ayez eu des raisons de vouloir vous venger, mais, étant donné vos convictions, je ne m'y étais vraiment pas attendue. »

Ilya Pétrovitch lui pose la main sur le bras — gêné, car à l'égard de Myrrha il éprouve au moins autant de pitié que d'amertume. Il soupire. « Tania — est-ce bien le moment ? »

— Oh Iliouche que me reste-t-il sinon le droit de parler ?... Que vous n'ayez pas eu la dignité de vous battre — au moins pour vos enfants si votre mari vous était indifférent — que vous lui ayez donné votre bénédiction, et l'ayez laissé, de gaieté de cœur, s'enfoncer jusqu'au cou dans une aventure qui n'était qu'une faiblesse passagère.

« Car il vous estimait tant qu'il ne vous eût jamais abandonnée si seulement vous aviez daigné lutter pour votre foyer — et vous avez préféré le laisser à la merci de cette gamine stupide qui l'a épuisé physiquement (pardonne-moi ce langage cru, Ilouche), l'a abruti et ridiculisé. »

344

— Tania, Tania... » — Je t'en prie ! 'Tania Tania'.
C'est du gâtisme, mon cher. Oui, ridiculisé, mais vous,
bien sûr, Myrrha, vous êtes si superbement indifférente
au jugement social — au fait, à quoi n'êtes-vous pas
indifférente ? — et tout cela, encore, tout cela, j'aurais
pu l'admettre... »

Sa voix accablée, brisée, est toujours mélodieuse, à
peine — à peine éraillée, et sur son visage les larmes
sèchent, couvrant les joues d'une mince pellicule mate.
— Cela, je l'avais admis, bref, j'avais confiance en votre
loyauté... Mais que, depuis sept mois — *sept* mois ! —
vous nous ayez laissé ignorer — mais... saloperie de
saloperie ! — un petit détail n'est-ce pas, une thoraco,
ablation de quatre côtes, et il sort de l'hôpital au bout
de deux mois pour reprendre sa vie *suicidaire* avec
cette fille — on sait que pour les tuberculeux rien n'est
plus nocif.

« Oh !... » Elle pousse un cri, avec une petite grimace
de douleur — « donc — quand nous l'avons vu, à
l'enterrement d'Anna, il était déjà ?... et moi qui
trouvais agaçante sa façon de se tenir penché sur le
côté ! Que *lui* ne m'ait rien dit, je le comprends, mais
vous, Myrrha ! Vous saviez — et vous avez eu la
cruauté de vous taire, des mois, des mois ! »

Myrrha, pâle mais calme, laisse le torrent déferler
sur sa tête ; presque heureuse de voir cette douleur
sauvage se trouver si vite — oh ! beaucoup trop vite —
une digue facile à rompre, un canal où se déverser. Et
une petite plainte enfantine monte tout de même, en
elle, quoi, moi aussi je suis un être humain...

— Vous ne pouvez rien me dire, Tania... Tatiana
Pavlovna, que je ne me sois déjà dit cent fois, je sais
que je mérite tous vos reproches et bien davantage. »

— Vous ne me touchez pas avec votre humilité
chrétienne. Si au moins elle se défendait !... Non, mais
tu te rends compte, Iliouche ? Si nous l'avions su — si...

ô mon Dieu, les *si* ! Que vous l'ayez su, vous, voici ce qui me dépasse.

« Votre... sigisbée, le charmant Boris, a tout de même eu la charité de 'trahir' le secret, et de vous avertir — parce qu'il vous aime, lui, et n'a pas voulu vous mentir — et vous ? Vous ne nous aimez pas, voici le secret. Nous, passe encore, mais vos enfants ? O quel manque d'amour, Myrrha, quel manque, quel manque d'amour ! »

Comme elle a raison pense Myrrha, je dois manquer d'amour, tout vient de là, ce n'est pas pour rien qu'elle s'est toujours méfiée de moi — mais quelle importance, Seigneur, quelle importance ?... Milou, lui, me comprend, nous nous comprenons lui et moi, lui ne me fera jamais de reproches, comme un enfant qui a donné sa parole d'honneur j'ai gardé son secret en ne pensant qu'à lui être fidèle.

— Le sujet est épuisé, Tania — dit enfin le vieillard, laissant tomber une main dure sur l'épaule de sa femme. Myrrha a peut-être péché par inconscience. Il se peut aussi qu'à son âge on voie les choses autrement. »

— A quarante-deux ans ?... Que Vladimir se conduise en enfant, passe encore, pour un homme c'est excusable. Pour une femme, non. »

Les filles sont chez des amis à Bellevue — la bande se réunit à présent chez les Rakitine qui ont un grand jardin. Après le 14 juillet elles s'en vont dans le Midi, en colonie de vacances, elles n'ont que cela en tête — le cap des examens heureusement franchi et déjà oublié — pas tout à fait ; Tala est doublement bachelière et parle de son inscription à la Faculté des Lettres, elle veut faire une licence de philosophie *et* une licence de français — Tatiana Thal, profession : étudiante, Tatiana Thal a donné, pendant tout le troisième trimestre, des leçons particulières à 5 francs l'heure et s'est acheté avec *son* argent une robe rose et bleu pâle en mousseline de rayonne — Tatiana Thal se rince les cheveux à l'eau oxygénée et est devenue blonde dorée.

« Elles ne rentreront pas avant dîner. » — Je n'aime pas, dit Ilya Pétrovitch, non, je n'aime pas le petit Rakitine. Je devrais dire le grand — l'aîné — Serge. » — Vous croyez ?... » demande Myrrha. — Oh ! ils sont toute une bande de garçons et de filles, donc pas de vrais *flirts* ; mais ce garçon-là a décidément mauvais genre. » — Dix-huit ans, je crois ? — Dix-neuf. Il porte des cravates et s'aplatit les cheveux à la brillantine. »

Tatiana Pavlovna regarde la montre. — ... La brillantine... dit-elle, pensive et amère — c'est ça, la vie, il faut bien parler de quelque chose. »

— Tala n'est pas vraiment coquette, elle est instable, elle ne sait pas ce qu'elle veut. Capable de se laisser entraîner par défi... Vous devriez lui parler davantage, Myrrha. » Il se rend compte que ce « parler davantage » est déjà anachronique. La vie se heurte à un mur aveugle — pour combien de temps ?

Le petit bistrot-bougnat de la rue des Ruisseaux n'a pas de cabine téléphonique, on téléphone au comptoir. Le patron connaît la dame russe qui vient lui acheter, en hiver, des sacs de charbon de terre. Il a vu grandir les trois enfants. Il s'inquiète un peu, en voyant trois personnes se déplacer ensemble pour un coup de téléphone. « Tout va bien, j'espère, M. Thal ? » — Je l'espère aussi, M. Riouffray. » Myrrha prend l'appareil, et les yeux des deux autres s'accrochent aux deux têtes rondes de la petite gondole noire. Allô allô, Sacha ? Georges est rentré ? » — Il y a cinq minutes. Je te le passe. » La voix de Sacha est un peu essoufflée, celle de Georges aussi.

— ... Eh bien... Ce n'est pas brillant brillant. Mour ! Tu m'entends ? » — Oui. » — Tu es seule ? » — Non. » Silence. — Georges ! » — Enfin, rien de plus que ce que

347

nous savions. Avec leur jargon... » — Tu as vu le docteur ? » — Même deux. »

— Alors ? » — J'ai fait mon possible pour les forcer à parler. Coriaces. J'ai dit que je connaissais le Docteur Manoukhine... Enfin, Mour ! Tu es là ? » — Bien sûr ! »

— ... Soins à domicile tout aussi bons s'il n'y a pas de jeunes enfants à la maison... » — La montagne ? » Elle entend un petit râle sec. — Du diable si je les comprends. Ils sont vaseux. S'en lavent les mains. T'en fais pas ma petite fille, t'affole pas... Je te dis ! tu m'entends ?... je t'expliquerai nom de Dieu ! »...

— Mais que dit-il, que dit-il ? »

— Mour. Pour moi, le mieux est que les vieux aillent là-bas à une heure et demie, tu connais ta belle-mère... » — Oh ! oui. » — La dent arrachée. Après, nous aviserons. »

— Georges ! tu l'as vu, lui ? » — Ecoute. En dehors des heures de visite, et puis... tu es là ?... Mais non mais non, pour autant que je sache moral excellent... »

« Donc, dit Myrrha, je vais à mon travail, je repasse à la maison avant d'aller aux Pompes Funèbres, vous serez sans doute déjà de retour... Si Pierre vient... »

... « Crois-tu, Tania ? » Ils faisaient les cent pas dans le couloir de l'hôpital. Deux heures. Oui, cela vaut mieux, Tania, ne pas le fatiguer par une visite longue... — Le fatiguer ! » — Enfin, comprends-moi, il n'est pas prévenu, ne vaudrait-il pas mieux... » — Oh ! non, *plus* d'intermédiaires mon cher, c'est fini ! Que *moi*, je puisse faire peur à mon fils ! tu ne le connais pas, tu ne me connais pas non plus. »

Le lit 37. Les deux époux, dignes, intimidés, traversent la longue salle d'un pas rapide, jetant de brefs coups d'œil inutiles sur les lits alignés, le 37 est tout au bout de la salle — et il est vide. Le père et la mère s'arrêtent, pétrifiés. Le lit est négligemment défait, et

348

sur la haute et petite table blanche, à côté du vieux petit volume de poèmes de Tiouttchev et d'une pomme à moitié mangée se dressent un quart de vin rouge et dans un verre d'eau, une rose thé d'un jaune très pâle. « Au moins, dit Tatiana, reprenant souffle — et, à la vue du Tiouttchev, saisie par la chaude, impatiente et innocente joie de revoir — enfin enfin ! — son enfant — au moins c'est *bien* son lit. »

— Vous cherchez le 37 ? » demande le voisin de gauche, un vieillard au visage couvert de croûtes rouges et purulentes — à sa vue, Tatiana pousse un « ah ! » consterné et indigné, quoi, son fils à côté de *cela* ! « Vous cherchez le 37 — il est à la fenêtre — vous voyez : la troisième sur votre droite, en face. » Il cligne de l'œil : « avec sa visite. » C'est que les fenêtres d'en face donnent sur le Sud, la troisième à droite est grande ouverte, il fait chaud, Vladimir, debout, s'appuyant au chambranle dans une pose involontairement nonchalante parle à la fille en bleu assise sur le rebord de la fenêtre. Elle, les mains passées autour d'un genou relevé et la tête renversée en arrière, le regarde en souriant ; n'eût été l'accoutrement de l'homme — assez minable pyjama trop vaste et mal boutonné — on les eût pris de loin pour des amoureux posant pour une scène idyllique chez un photographe. Mais de près — l'homme a des volutes argentées aux tempes, un menton mal rasé et bleuâtre, et il est si maigre que les parents (qui ne l'ont pas vu depuis quatre mois) sont médusés — et à quoi donc s'attendaient-ils ? les os des pommettes et de la mâchoire, la forte pomme d'Adam sur le long cou frêle, évoquent par leurs lignes aiguës la tête d'une momie — ou, peut-être, d'un oiseau non encore emplumé. Et pourtant, non, cette maigreur en une seconde s'atténue, le visage est toujours le même, ce frémissement des narines dans un sourire léger, l'œil gauche clignant un peu plus que le droit... mais que racontent-ils, tous tant qu'ils sont ? mais il est rayonnant de vie ! le seul être vivant de toute la salle !

ils sont là, debout devant le lit d'un homme étrangement immobile, au visage d'un jaune de cire ; d'un homme qui n'a pas de visiteurs. Il lève des yeux las, déçus. « Vous cherchez ? » et à ce moment-là Vladimir tourne la tête.

Son visage pris par surprise exprime en une seconde beaucoup de sentiments divers dont le plus fort est, tout de même, la joie — mais cette joie fait place aussitôt à une perplexité anxieuse, les sourcils se froncent, le nez devient plus altier. Désemparé, il jette un regard sur Victoria, comme pour lui demander ce qu'il doit faire ; puis reboutonne machinalement la veste du pyjama et remonte la ceinture du pantalon.

Il vient vers eux, un peu haletant. Gêné. « Ma...man. Papa. C'est gentil, oh oui bien sûr, merci d'être venus... » Et Tatiana lutte contre le désir de se jeter à son cou — pas au milieu de ces rangées de lits garnis de corps allongés et entourés de visiteurs.

Et puis... il est distrait, il est un peu effrayé, ses grands yeux interrogent, se méfient. « Enfin... papa... tout va bien j'espère ? les enfants ?... » C'est donc de cela qu'il a peur ? ô mon pauvre, ô mon tendre, ô... Tatiana pleure. « Mais non, n'aie pas peur. C'est de... savoir que tu nous as laissé ignorer... si cruel ! »

Il s'est repris. Il les conduit — suivi de Victoria — vers le lit 37. Je sais je sais. Papa. Je suis un parfait salaud, mais... c'est... par Boris que vous l'avez su ?... Mais je vous jure. Sans mauvaise intention. Je ne voulais pas vous inquiéter n'est-ce pas.

— Idiot, dit tristement Ilya Pétrovitch. Triple idiot. »

— Vi... Victoria, viens. Je vous expliquerai. Monsieur Jean — ma mère peut prendre cette chaise ?...

Voyez — pas brillant comme logement mais il y a pire. » Car Tatiana examine avec consternation le long lit trop haut aux draps rêches, les dalles grises du sol, mesure des yeux la distance entre les lits (moins d'un mètre), une salle où quarante hommes respirent, transpirent, crachent, toussent, parlent, rient, râlent, vingt-quatre heures sur vingt-quatre... Cette promiscuité, murmure-t-elle. « Maman, toi la socialiste... Voyons. Ce n'est pas la prison ni le *Konzlager*, nous devrions avoir honte de nous plaindre. Non, prends la chaise, papa, Victoria s'installera sur le lit. Entre nous — vous vous connaissez, je crois ? » Il lance cette petite flèche avec un sourire qui cherche à doser habilement le sarcasme, le reproche, la bonhomie et une vague prière de pardon — Ilya Pétrovitch, confus, se redresse sur sa chaise esquissant un salut courtois, Tatiana Pavlovna se raidit. « Mon ami, excuse nos sentiments... trop agités, Victoria ne nous en voudra pas. » Elle tend à la jeune fille sa maigre main machinalement cordiale et vive, son sourire est sec comme une coquille de noix fendue.

Réinstallé sur son lit où il ne sait comment placer ses jambes, Vladimir tente de jouer au maître de maison affable, et, tout de même, une étincelle de panique passe par moments dans ses yeux, quoi, leur a-t-on dit que j'étais mourant ? mais non, une sollicitude banale et naturelle... Boris eût mieux fait de me prévenir — ou peut-être pas ? content de les voir, bien sûr.

— J'ai su. Pour les filles. La mention Bien de Tala. » — Gala aussi, dit Tatiana Pavlovna, a une mention Bien. » Il sourit, maman, cette prédilection têtue... « C'est que je n'ai jamais douté de Gala ! » Il demande des nouvelles de Pierre, il regrette, oui, il regrette vraiment, rue Lecourbe, et cette *fausse* situation, après les vacances s'il était possible, il ne peut pas se faire indéfiniment entretenir par son oncle, Georges a de bonnes intentions je le sais bien, mais... Le père a envie de lui dire : mon cher, nous tirons le diable par la queue, ce ne sont pas les ménages de Myrrha qui peuvent faire vivre six personnes. Pierre a quinze ans, il dévore... — Tu t'agites », dit la mère, accusatrice.

« Non, non, je sais, vous allez dire, j'ai l'air malin, je n'ai plus à donner mon avis, mais, papa, je connais Pierre, il crâne mais je suis sûr qu'il est *très* malheureux loin de toi... de vous tous je veux dire... il ne faut pas le laisser... Boris m'a parlé, ses fréquentations, ses copains camelots du Roi. De la révolte enfantine dont il a honte lui-même... »

— Ah ! tu crois, tu crois ? » Ilya Pétrovitch se penche en avant sur sa chaise, s'anime, tout heureux « ... Il me semblait aussi — mais — le vil métal comme tu le sais, *bref* c'est aussi un cas de conscience, ne m'accuse pas de lâcheté, sois sûr que j'y pense jour et nuit — et lorsqu'il est tout simplement question que l'enfant mange à sa faim... »

— Iliouche ! » Tatiana, qui n'a d'yeux que pour le visage amaigri de son fils, ne comprend pas comment cette entrevue tant souhaitée et redoutée une demi-heure plus tôt a pu déboucher sur une discussion aussi platement familiale — il s'agit bien de Pierre ! — Iliouche, si nous parlions d'autre chose. Pierre a fait son choix. Si, plus tard, il change d'avis, tant mieux... » — Plus tard ! interrompt Vladimir. Plus tard ! quand ? Il est dans un âge critique... »

— Oh ! arrêtez ! je n'ai nulle envie de parler des problèmes de monsieur Pierre ! Vladimir, écoute ! tu ne peux pas rester ici. C'est de la folie. Question d'argent — nous nous débrouillerons. »

— Mais je ne resterai pas », dit-il se souvenant comme à regret de sa propre situation. Ce don qu'elle a, de remuer le couteau dans la plaie. Victoria, assise sur le bord du lit, jambes pendantes, tête basse, mains jointes. « Je compte bien — d'ici une ou deux semai-

352

nes... » (pourquoi ces « deux semaines » s'étirent-elles à ce point ? elle est fatiguée, elle a les paupières battues, elle en fait trop, je n'ai pas besoin de ses grands lessivages de murs...) « je compte rentrer villa d'Enfer dès que... » il ne sait que dire et lutte contre l'approche d'une quinte de toux. — Vi, un peu d'eau. » Victoria et Tatiana se précipitent toutes les deux sur le verre d'eau, la mère — assise plus près — gagne de vitesse. « Je te disais ! tu parles trop. » Il boit, suffoque, tire de dessous l'oreiller un grand mouchoir, saisit le crachoir en carton caché par le petit volume marron des poèmes de Tiouttchev...

« Ça fait mélo mélo, n'est-ce pas ? » il reprend souffle. « Marguerite Gautier. » — Tu craches souvent du sang ? » — Pas tous les jours. Ne fais pas ces yeux tragiques. Le gars là-bas — le 22 — a craché un bon demi-litre de sang l'autre jour. Dis-moi, Myrrha... non, les enfants — sont au courant ? » — Ne parle pas ! » — Alors, parle, toi ! »

Mesdames, Messieurs, les visites sont terminées. — Non, c'est intolérable, non dès demain, tu *dois* sortir d'ici, nous irons trouver le médecin-chef de ce service, Georges lui a déjà parlé ce matin... » — Ah ! tiens, Georges ? » — Et après ? Pas moyen de parler, ici. Ce n'est pas sain, cette salle, en attendant d'aller en Sanatorium — en altitude — tu iras à Bellevue... repos total tu m'entends pas question de te promener dans la salle je m'étonne qu'ils permettent cela... » les mots se chevauchent et se bousculent dans sa bouche, elle parle si vite, elle s'étouffe avec ses mots, Vladimir n'en comprend pas la moitié « Enfin, maman, tu te mets dans un état, pourquoi Bellevue au nom du ciel ? » — Mesdames, Messieurs, les visites sont terminées ! » — Chez Marc. » — Marc est aussi au courant ? il est d'accord ? » — Je suppose. » — Non pas question. Explique-lui, papa... » — Nous en parlerons

353

demain... » — Maman je t'en prie calme-toi, il n'y a pas le feu à la maison... » — Si, justement ! » — Madame. Madame, il est trois heures moins vingt. Monsieur 37... »

— Ah ! parce que tu es un *Monsieur 37 !* Mais pas un jour de plus, tu m'entends !? » — Tania... » — Quoi, Tania ? ô cette sempiternelle docilité des mâles ! on vous planque dans les casernes, les hôpitaux, les prisons, vous ne savez que marcher à la baguette ! Mais oui, Madame, mais oui, je sais ! Les visites sont terminées ! Je suis sa mère, j'ai le droit de parler à mon fils. » La surveillante a l'habitude. « Je n'y peux rien, Madame, c'est le règlement. Vous reviendrez demain. » — Un règlement *inhumain,* Madame ! qui ne devrait pas exister dans un pays libre. » Elle revient à la langue russe. « Ecoute. Réfléchis à tout ça, tu dois penser à ta santé, tu n'es pas un enfant... » — Madame ! » — Ma...man. » Vladimir retombe en arrière sur son oreiller ; à la fois excédé, épuisé, si nerveux que ses mâchoires tremblent. Elle l'embrasse impétueusement sur les deux joues, leurs maigres pommettes se heurtent à se faire mal. Ilya Pétrovitch serre la main de son fils. « Mon cher, ça a été un peu... brutal. Repose-toi. » Ils s'éloignent, presque entraînés de force par la surveillante, Victoria tombe assise sur la chaise près du lit. « Mademoiselle Thal ! Vous aussi. Ne me forcez pas à vous le répéter. » Plus un seul visiteur dans la salle, les roues du chariot de l'infirmière grincent, avec un bruit métallique, sur le carrelage gris.

*

« Ma pauvre Victoriette, j'espère que tu recevras ce pneumatique à temps. J'ai été terriblement mufle avec toi. Je t'en supplie comprends-moi. Tu as eu une mère.

Maman est un peu tyran, mais bonne. Surtout, les voyant tous deux si déboussolés j'étais forcé de faire bonne figure, et de ne pas trop montrer à quel point je trouvais leur attitude vexante. Nous serons obligés de tenir compte de cela, ma toute incroyable mon caneton sauvage, je leur expliquerai (puisqu'ils veulent venir demain, je n'y peux rien) il fallait bien en passer par là tôt ou tard, mais ne te fourre pas d'idées stupides dans la tête. A ce soir ma radioactive je t'en écrirais beaucoup plus et des choses tout à fait incendiaires, mais la feuille serait trop lourde pour le pneu et le temps presse. Baisers extravagants et dangereux. Ton (entièrement) Vladimir. » Le garçon de salle sortait à trois heures et demie. Le pneumatique pouvait donc être remis à Mlle Klimentiev avant six heures... à l'atelier de couture *Katryne,* en réalité comtesse Catherine de Hohenfels, dame qui, partie de zéro, avait fini par monter une maison de couture, et Victoria la connaissait parce que sa mère avait jadis travaillé pour cette comtesse.

« Et tu as quitté l'atelier à sept heures ? pourquoi payons-nous des impôts ? comme dit le Français moyen. J'étais sûr que tu le recevrais. On t'y connaît par ton nom, au moins ? Pas grave ?... Enfin, maman aurait pu avoir la délicatesse de partir cinq minutes plus tôt pour nous laisser seuls. Tu crois que j'aurais dû le leur demander ? » — Oh non. »

Vladimir était, ce soir-là, fiévreux et agité, si agité que la fièvre loin de l'abattre l'excitait. — Ne parle pas tant. — Non, ils m'ont bourré de codéine, je ne tousserai pas, mon chéri ça m'a causé un drôle de choc — ne les juge pas — de leur point de vue ma conduite est incorrecte... mon père a vieilli et même maigri ce qui ne me plaît pas... tu sais, dans le temps, avant la guerre... et même à Paris, au début — il était un homme plutôt corpulent — et grand, plus grand que moi, mais non Vi ne te fais pas d'idées. Je leur dirai de ne pas venir trop souvent mais il faut y mettre les formes. » Elle était lasse et préoccupée à ne pas pouvoir parler. « Oui, oui, bien sûr. »

— Mon oisillon, mon caneton, je ne me pardonne pas. L'homme est un être — qui marche aux réflexes. Tu sais — ce ne sera pas facile. Ils m'aiment bien. » — Et toi ? » — Vi ma chérie. Mais moi aussi. Mais. Une drôle de salade.

« Tu comprends, je ne veux pas qu'ils te fassent du mal. J'avale mon amour-propre, je demande à Georges de me prêter... quoi ? mille francs peu reluisant mais tu sais nous étions *vraiment* amis, dans le temps. Vraiment. A Constantinople. » Un accès de toux sifflante. — Tu parles trop. » — J'aurai toute la nuit pour me taire. Que je t'explique, tu t'esquintes. A ton âge — la combustion est plus rapide, il ne faut pas trop tirer sur la corde. ... Et tu mangeras en sortant d'ici, promis ? — Oh pas de danger. » — On boit du thé à quatre heures au moins, chez ta comtesse ? » — Oh oui, pause de vingt minutes, elle nous donne même des tranches de pain d'épice. »

— Attends, dit-il, pris d'une heureuse inspiration, donne-moi son numéro de téléphone, tu vois on ne peut pas compter sur les pneumatiques. » — Oh ! non, elle ne veut pas qu'on téléphone. » — Mais en cas d'urgence ? » — Je... ne me le rappelle pas. » — Bon, je trouverai dans le Bottin. Qu'est-ce qu'il y a, caneton ? Ça te déplaît ? »

Vladimir se voyait — à un moment où il était harcelé par des malaises physiques alarmants et par des accès d'angoisse nocturne presque intolérable — placé dans la situation d'une sorte de chef de clan — obligé de payer de sa personne pour aplanir des conflits familiaux et sentimentaux, car il ne pouvait refuser de recevoir ses enfants, ni ses parents, ni Georges ni

Myrrha — en principe, on ne lui accordait pas plus de deux visiteurs à la fois. Il faisait chaud. Fêtes du 14 Juillet. On se demandait si les enfants partiraient *quand même* en vacances. « Quoi, pense-t-on que je vais claquer avant la fin août ? » Sa mère lui lançait un regard de reproche tragique.

Il est tenu de trouver tout parfait. « Tu es belle, Tala. » Elle sourit — du coin de la bouche, comme lui — un déchirant petit sourire, amertume, involontaire coquetterie, insouciance, désenchantement d'adolescente. — Son grand amour englouti, flétri, bafoué, *broken blossoms* — par lui-même sauvagement bafoué. Cette fille au teint de perle aux soyeuses boucles floues dont l'or jaune jure avec la lumière délicate des joues ; et ce n'est pas à lui de dire : tu aurais mieux fait de garder ta couleur naturelle.

— Dites donc, quel défilé. » Gaëtan, vers cinq heures de l'après-midi, fait sa « promenade hygiénique » jusqu'au bout de la salle, accompagné de M. Vladimir, qui lui non plus ne tient pas à gagner des escarres. « ... Quel défilé. Je regarde de loin, j'admire et j'envie et vous plains par la même occasion. Fatigant n'est-ce pas. » — Non. Angoissant. »

— C'est votre femme — cette dame en tailleur gris ? » — Gris ? Je dirais bleu. Oui, ma femme. » — Elle a dû être jolie. » — Très. Elle l'est encore : deux hommes, plus séduisants que moi, se languissent pour elle. Banal de dire ' un ange ' mais quand on la connaît on comprend le sens de ce mot. » — Elle vous aime encore ? » — Malheureusement oui. » Elle était venue, à la fin de la visite de dimanche, pour dix minutes — laissant son tour aux enfants, puis aux parents. « Je ne sais si j'ai bien fait, Milou, mais je crois qu'il le fallait, n'est-ce pas ? » — Mais oui, dit-il, il le fallait. Assurance en cas de malheur. C'est dur de parler ainsi mais que faire ? Nous ne sommes pas les premiers ni les

seuls — c'est même plutôt banal. » — Tu vas guérir. »
— J'y compte bien. Maman prend tout au tragique, et
contamine les enfants, qui me regardent comme si
j'avais déjà trois pieds dans la tombe. Surtout qu'ils
passent de bonnes vacances. Je leur écrirai. J'ai été
content de les voir, tu sais. » — Eux aussi. »

— Myrrha, ça tombe mal. Encore une situation
fausse. » — Pas pour moi. Entre toi et moi il n'y a
jamais eu rien de faux. » — Toi et moi, oui. Mais les
autres. Tous les autres. Même Victoria. Ecoute-moi. »
— Tu t'essouffles, tu as trop parlé. » — Fallait bien.
Myrrha. Le code moral ne coïncide pas toujours avec le
code civil. Toi, tu sais qu'amour et devoir sont le même
mot. Que le devoir sans amour est sinistre et l'amour
sans devoir inconsistant... Je te fais mal ? »

— Oui, mais parle. Je sais tout cela. »

— Ennuyeux pour tout le monde, je sais, mais pour
elle surtout. Occupe-toi d'elle — si elle le permet, car
elle est ombrageuse et jalouse. » — Je tâcherai. »

— Fatigant — dit Gaëtan Varennes. Ma femme aussi
était — une sorte d'ange. Les idées étroites. Du sacrifice. Ivre de pardon. Mes fils prétendent que je l'ai fait
mourir de chagrin. Cancer de la gorge. Votre fils — ce
long jeune homme ? Charmant. » — Dites donc. » —
Espèce de Philistin. Même mes derniers regards ont le
pouvoir de salir ce qu'ils touchent. Nous sommes de
même race, collègues en élevage de bacilles, ne faites
pas tant le fier. »

— Cher collègue, j'étais *justement* en train de me
demander jusqu'à quel point il nous est encore permis
de faire les fiers. On nous impose un rôle — qui n'est
pas plaisant, et tout ce que nous pouvons dire ou faire
passe par le prisme de ce rôle ingrat, nous voyons
double, on nous voit double, quand mon fils me
regarde je me demande si c'est moi qu'il voit ou
l'image, qu'il s'est forgée dans sa petite tête, du ' père

mourant' — et cela me fait penser que, peut-être, il ne m'a jamais vu, mais a toujours regardé l'image d'un certain 'père' archétypal que, par respect des convenances, il cherche à ressusciter aujourd'hui. Le plus pénible est de lire dans leurs yeux ce dédoublement — et de se demander que savent-ils, que me cachent-ils, suis-je vraiment foutu ou ai-je des idées morbides

« et, voyez-vous, ma tendresse pour eux en est empoisonnée, il n'y a que ma mère, peut-être, ma mère — Dieu la bénisse une femme terrible, avec elle pas de double jeu, ah! non. Elle vous tape dessus, vous lui tapez dessus, c'est rassurant. »

— Alors ? Ils veulent vous emmener chez eux, à Bellevue ? » — Pas question. »

Pas question — quand la pauvre petite est en train de refaire le matelas... grand temps qu'elle quitte sa *Katryne* et ses séances de repassage et quoi encore ?

Et quoi encore. Le pneumatique revient, lundi matin « inconnue à cette adresse » elle n'y habite pas, c'est juste, mais la comtesse, elle, y habite et d'ailleurs n'ai-je pas écrit sur l'enveloppe : « *Maison Katryne, couture* » ? D'ailleurs, inutile de se creuser la tête : ce n'est pas pour rien qu'elle ne voulait pas donner le numéro de téléphone. Elle n'y a jamais travaillé. Elle arrive à une heure et demie accompagnée, cette fois-ci, de Myrrha et de Georges. Myrrha dit : « Tes parents veulent passer à deux heures. » Georges est plus *gentleman-farmer* et *matter of fact* que jamais, d'une élégance nonchalante et étudiée, sa moustache blonde taillée en brosse drue (et comment ce diable d'homme fait-il pour ressembler, même à quarante ans passés, à une gravure de mode masculine ?). Myrrha retire son chapeau, passe une main distraite sur les ondes folles de ses cheveux cendrés, embrasse Victoria sur les deux joues avec un sourire léger qui cherche à faire passer ce geste affectueux pour une manifestation de banale politesse.

Vladimir n'a pas le cœur en place — et se sent presque soulagé (pour une fois, c'est bien la première) lâchement soulagé, à tout à l'heure, à plus tard l'explication. Ces deux-là, ô Dieu, jamais encore il n'avait senti à quel point ils étaient légers et simples, et pour un instant comme un filet d'eau fraîche dans la mer salée sa jeunesse coule dans ses veines — le wagon puant et glacé, la fille pâle en toque d'astrakan noir, l'*Amour dans les Ruines* — et le soleil rouge sur le balcon, à Yalta, en ce soir tendre et cruel où il avait appris la mort de sa sœur...

> *buvons, compagne décrépite*
> *de ma jeunesse désolée...*

La voix de Georges est sonore, grave, faussement expressive comme celle d'un speaker de la radio, et — depuis dix-huit ans Vladimir n'a pas changé d'avis — irritante. Il s'agit de regarder les faits en face, mon vieux. Et d'abord laisse-moi te dire que je suis personnellement intéressé dans l'affaire, puisque ma sœur que voici a la sottise d'être toujours amoureuse de toi comme au premier jour, donc je te propose mon aide dans un but égoïste, et en toute conscience tu n'as pas le droit moral de refuser...

— Quelle aide, bon Dieu ? je te remercie mais je ne vois pas ce que tu peux faire. » Georges, perché sur le bord du lit, penché en avant, énumère — en comptant sur ses doigts — les diverses *aides* qu'il peut apporter — *Primo* un logement sain, une meilleure ambiance — meilleure nourriture il va sans dire, des soins plus *humains*, une discipline plus sévère (car la cure intégrale fait des miracles), et ici, en salle commune, ce ne sont pas des soins c'est la décharge publique, et c'est bien de toi, de te résigner à cela, du misérabilisme ou du masochisme ou quoi, je ne suis pas Crésus mais c'est un cas de force majeure, mon vieux, il y a des limites au laisser-aller... de la promiscuité, oui ! il faut avoir le respect de soi...

— Myrrha..., dit Vladimir. Myrrha, écoute. Dis à papa et maman... qu'ils restent cinq minutes, pas plus. Non. Ne leur dis pas que cela me fatigue. Mais ça tombe mal. Je *dois* parler à Victoria c'est important. »
— Oh, oui, je leur dirai. »

— C'est ça. Je parle aux murs. » Georges allume une cigarette et fait claquer son briquet d'un doigt rageur. « C'est de la monomanie, ta Victoria. Il faut te soigner. Pas les poumons, la tête. Je ne te parle pas des sentiments de Myrrha, mais devant moi tu pourrais avoir quelque respect pour elle... Je te disais donc : l'homme malade ne s'appartient plus, son *devoir* est de se soigner car s'il refuse de le faire il devient criminel envers ses proches... » — Georges, tes lieux communs. » — Et après ? C'est du bon sens, non ? Je te dis : ce petit médecin à lunettes m'a laissé entendre qu'à Boucicaut tu perdais ton temps. Et moi, je te dis : *bonnes* conditions de vie, discipline de fer — l'air de la montagne, une altitude modérée pas plus de 2 000 mètres... » — Bon, nous verrons cela », dit Vladimir, de plus en plus obsédé par l'histoire du pneumatique « inconnue à cette adresse ».

— Nous verrons cela, nous verrons cela. Je te vois venir. Dès aujourd'hui tu fais ta demande de sortie, demain on appelle un taxi ou une ambulance, on te transporte tout droit chez Marc Rubinstein, tes parents l'ont vu hier, il sera trop heureux... »

— C'est une plaisanterie n'est-ce pas. » — Bon, je sais, tu es libre. Par malheur la loi fait une différence entre les malades prétendus sains d'esprit et les malades mentaux, alors que la différence n'est pas grande, ton cerveau est affaibli comme le reste — et un gars en plein délire, il faudrait aussi l'écouter ? »

— Je n'ai pas le délire. Je suis plus calme que toi. »
— C'est ça ! et tu te mords les lèvres jusqu'au sang
depuis dix minutes. » — Parce que tu m'exaspères. »

— Aujourd'hui même tu fais ta demande de sortie,
et si j'insiste c'est pour Myrrha et pas pour toi, regarde-
la, un fantôme, on ne peut pas torturer une femme
ainsi, tu ne l'as pas assez fait souffrir ? » — Georges, dit
Myrrha, tu es ridicule. » — Moins que lui. Avec sa
Victoria. Eh bien, pour ladite Victoria *aussi* il doit
s'accrocher à toutes ses chances ; lutter, que diable... »

— Je ne t'ai pas attendu pour y songer. » Reviendra-
t-elle à deux heures ? Idiot que j'étais, de ne pas avoir
fait essayer de téléphoner ce matin, chez *Katryne*.

Elle est revenue. Et a salué avec un respect raide et
rogue les deux vieux époux Thal qui l'ont regardée
d'un air désapprobateur. Si saine malgré ses paupières
battues, rose, svelte, ses bras nus hâlés évoquant le
velouté d'un abricot — ô l'avide l'insolente jeunesse —
l'arrogante, la cruelle...

— Oh tu sais, dit-elle s'installant sur la chaise à la
tête du lit, j'espère qu'ils ne viendront pas ainsi *tous* les
jours... » Et il voudrait bien — lâchement — ne pas
soulever la question du pneumatique. Mais le cœur lui
bat trop fort. Ne pas vivre encore six heures dans
l'ignorance. « Vi. Tu n'as pas reçu mon pneu. » — Si.
Oh. Si. » Jamais encore il ne l'avait vue si rouge, elle
est faite de charbons ardents. — Il m'est revenu. Il est
là, sur la table. »

La face rouge, presque violette, commence à perdre
ses couleurs, par plaques, devient marbrée, les yeux sont
mats de terreur. — Vi ! ça ne va pas ? » Affolé, il prend
le verre ou se fane la petite rose thé, lui verse de l'eau
sur le visage, tente de la faire boire, la fleur tombe à terre.
« Mais, nom de Dieu ! Arrête de pleurer ! » elle
sanglote, la tête dans l'oreiller, oui tant pis, je pourrais

inventer quelque chose mais je te dirai tout. Je ne veux plus mentir tant pis. Elle dit tout. Puisque c'est un travail honnête. Ils sont très corrects. Ce n'est pas choquant, c'est de l'Art. Grinévitch est un chic type. Elle pleure à voix haute, comme un enfant, lâchant une phrase entre deux reniflements sonores. J'aime mieux. Oui que tu saches. Il n'y a pas de mal.

— Oh pas de mal, aucun mal, alors pourquoi ces mensonges ?... » il ne reconnaît pas sa propre voix, sifflante, glacée — une voix qui résonne de loin, qui ne sort pas de sa bouche, car il n'a plus de bouche, plus de tête — mais qui donc parle ?

« ... Ça ne m'attendrit pas. Tes larmes. Arrête cette comédie. Tu peux aussi bien t'en aller. Je ne veux plus te voir. » Bon. Il a un petit accès de toux qui arrache de la chair à vif quelque part sous les côtes absentes, boit une gorgée à même le carafon de vin rouge, retombe adossé sur les oreillers, ferme les yeux, les battements du cœur sont si violents qu'ils font clapoter et tressauter la cage thoracique —

une horreur, une horrible créature, qu'elle s'en aille grand Dieu, elle lui passe timidement les mains sur les tempes et ce contact est dégoût — il entend une petite voix mouillée : « Je vais appeler l'interne. » — Non, ça va, dit-il. Ça va. Va-t'en pour l'amour de Dieu va-t'en. »

Mais non, elle ne s'en ira pas. Trop effrayée. Elle ne voit que cela. Un homme qui respire mal. Bon, chère mademoiselle je tâcherai de ne pas vous faire peur. J'ouvrirai même les yeux au risque de devoir les poser sur votre ignoble joli visage.

Car la colère paralyse d'abord, puis redonne des forces. Eh oui, il se redresse, pose ses coudes sur ses genoux relevés, et tourne les yeux — assez sottement — vers la femme de son voisin de droite (qu'il n'avait jamais encore daigné regarder, une blonde à long nez en robe à fleurs rouges) — le voisin, André Martinez, et sa femme, se détournent pudiquement. A l'hôpital les scènes de ménage sont monnaie courante.

Victoria s'est rassise sur la chaise blanche dans la pose d'une visiteuse polie. Elle plaide. D'une voix plaintive mais vaillante. — Je savais bien que tu ferais des histoires. Mais il n'y a pas de mal, je te jure. C'est un métier honnête. Même une vraie profession. Avec tarifs syndicaux. Je te demande pardon je n'aurais pas dû te mentir. » — Va-t'en. » — Non. Regarde-moi. »

— Parce que tu crois que tout s'arrange comme ça. Bon. Je te regarde. » En fait, il n'ose pas le faire, par peur de se mettre à trembler. Du coin de l'œil il voit le profil au nez droit, la ligne sinueuse du grand chignon, le col entrouvert de la robe à rayures roses — odieuse robe, odieuse chevelure de soleil et, ces bras ô ces bras, nus, lumineux comme d'énormes fleurs — ô la stupide la vulgaire créature, il est pris par un découragement rageur.

« Et puis à quoi bon ? Va-t'en, je te dirais des choses dures. »

— Dis-les-moi. »

Oh il ne manquait plus que cela. Car à présent ses lèvres sont mordues et remordues à tel point que le sang coule. Oh non, il a retrouvé la parole. « Oui, la mansuétude féminine, et pour qui nous prenez-vous ? qu'est-ce que je suis pour toi ? Un morceau de viande ? Pour me nourrir, tiens, tu vas t'exhiber toute nue devant des salauds et pourquoi pas coucher avec cela aussi est une *profession* tiens — tu décides de faire de moi un maquereau ou quoi ?... parce que je suis en cage on peut me mentir tant qu'on veut, est-ce que je sais seulement si tu m'as tout dit ? »

— Oh oui, ça oui, s'écrie-t-elle avec une touchante bonne foi — je t'ai tout dit ! »

— Oh je n'en doute pas, tu m'en a dit assez. » O cette habitude de parler vite que l'on prend à l'hôpital, parce qu'on sait que la clochette va sonner — il s'étonne d'avoir retrouvé tout son souffle, un miracle — « Et tu n'as pas attendu trois jours, pour courir vendre ton corps car est-ce autre chose —

« *te vendre* au premier venu — et je revaudrai ça à Grinévitch car c'est lui qui a su profiter de ta sottise — et lui, tu le connaissais encore, mais l'autre ? l'autre ? tu savais ce que tu risquais... »

— Mais c'est un vieillard ! »

— Parce que tu crois qu'un vieillard ?... mais c'est encore pire, ne me rends pas fou — et vieillard ou pas, tu crois que ces hommes sont de purs esprits ? et que je te laisse servir de — je ne sais quoi — à de vieux voyeurs ? Un *sculpteur*, tu te rends compte ?... qui caresse ton corps dans sa terre glaise — faut-il être bornée, bouchée, grossière...

« et tu crois qu'après cela je pourrais mettre les pieds dans ton *atelier* que tu prétends si gentiment arranger au prix de cet héroïque sacrifice — ô ces dévouements féminins qui vous donneraient envie de vous couper la gorge ! »

La Créature sans Défense a tout de même trop de cran pour se laisser écraser sans rien dire. Elle cherche, avec des yeux lourds de reproche, un regard qui se dérobe au sien. « Tu es injuste. Je *t'assure*. Tu es cruel.

« ... Tu m'avais dit toi-même que je pouvais *tout* faire, que tu n'avais pas d'autre volonté que la mienne. »

— Ne me rappelle pas ce que j'ai dit. Ça fait plus mal encore — de penser à ce que tu as brisé. J'avais confiance en toi, j'avais pris une vessie pour une lanterne. »

— Tout de même, s'exclame-t-elle. C'est trop fort ! C'est *toi* qui dis cela ? » C'est vrai, se dit-il, cherchant à se réveiller d'un cauchemar, c'est moi qui dis cela ? Et le cœur se remet à cogner comme un marteau-pilon, elle cette fille qui se vautre nue sur le canapé de Grinévitch, elle ses deux petits bourgeons roses, son grain de beauté roux sous l'aisselle, les marques de vaccination sur sa cuisse droite

ses roseurs, ses duvets, et ce désir humilié, humiliant qui monte à la gorge et brûle le ventre, elle que des hommes regardent nue pendant des heures depuis des semaines — son décent et digne visage, ses yeux francs qui savent si bien mentir et quoi encore, la comtesse, et les dizaines de mètres de plissés à repasser et le thé au pain d'épice, et la « première » qui crie : Mlle Victoria à l'essayage ! (car elle était censée, à l'occasion, servir de mannequin) oh non Vi, c'est trop, trop pour moi, je ne marche plus — fini ma petite je ne pourrai plus te regarder dans les yeux — fini ton joli corps bazardé qui me fait, maintenant encore, voir trente-six chandelles —

— Vi. C'est terrible à dire. Je ne suis plus sûr de t'aimer encore. »

Elle s'est levée, lentement. Elle demande d'une voix blanche : « Qu'est-ce que tu as dit ? »

— Non, j'ai dit une sottise, je ne sais plus. »

— Ce n'est pas vrai, ce que tu as dit ? » La voix est un cri de détresse. Et la clochette sonne. Mesdames, Messieurs... Quoi en une demi-heure seulement un tel gâchis ? Il dit, avec lassitude : « Mais non, ce n'est pas vrai. »

Mesdames, Messieurs... oui, on le sait, les visites sont terminées. Victoria, debout au pied du lit, frémit et se débat sur place comme un oiseau serré dans un filet, prise entre l'envie de fuir et l'envie de se jeter sur l'homme qui la torture. « Ce n'est pas vrai ce que tu m'as dit. »

— Petite brute que tu es. Jamais de ma vie personne ne m'a humilié à ce point, et c'est toi qui joues les victimes. »

— Parce que tu ne m'aimes plus. Ils t'ont repris à

moi. Ils vont t'emmener à Meudon, ils sont des gens bien, tu seras mieux avec eux... »

— Oh pas de danger ma chère, pas de danger, je ne serai mieux nulle part. » — Monsieur 37 ! C'est l'heure ! »

— Allez vous faire foutre ! Laissez les gens vivre ! » il a crié si fort que sa voix s'est éraillée dans un grincement aigu comme un brutal arrêt de freins. « Pas de grossièretés je vous en prie, Monsieur 37 ! Ça ne m'impressionne pas. Vous êtes déjà connu comme le malade le plus indiscipliné de la salle, je me fais déjà attraper par le Dr Bardot, je ne peux pas être tout le temps après vous, vous êtes quarante ! On tolère les visites de Mademoiselle tous les soirs, mais à l'heure des soins, non ! » — Oh je m'en vais, Madame, » dit Victoria, raide, presque dédaigneuse.

Et, aussi droite, calme et majestueuse qu'elle peut le paraître, elle traverse la salle — marchant au milieu du long passage entre les rangées de lits sans regarder devant elle.

... Mais ce n'est pas possible, se dit Vladimir. Elle est partie. Non ! elle attend sûrement, dehors, là, à la porte de la salle B... Il se lève, enfonce les pieds dans ses espadrilles. Monsieur 37, le thermomètre. — Foutez-moi la paix. Il traverse la salle, non, elle n'est pas là, pas dans le couloir, disparue — il bat des paupières espérant faire ainsi apparaître au bout du couloir la svelte silhouette en robe rose et blanche — si vite, pas possible, elle a dû se sauver en courant (ce qui prouve qu'elle avait tout de même la force de courir, donc elle n'aura pas de syncope).

Et l'horreur de ce qu'il vient de faire lui apparaît dans sa noire et insondable nudité, ô mon enfant que j'assassine ô ma petite fille, ô Victoriette tendre et folle, adossé au mur, bras croisés, comprenant que la poursuite est inutile il recommence à se mordre les lèvres, s'efforce de conjurer l'horreur, de former des mots dans sa tête, de penser même à n'importe quoi.

Cette vie d'hôpital. Inhumaine. Atroce. Qui sur une plaie ouverte rabat le couperet, et au moment où vous êtes, tous deux, cœurs et entrailles arrachés, retrouvant votre chemin l'un vers l'autre à feu et à sang, à cor et à cri — ils baissent leur rideau de fer —, vous mutilant, laissant des tronçons de membres se tordre des deux côtés du rideau —

... mais quoi qu'elle ait pu faire — mais je te pardonne, Vi ! mais je ferai tout ce que tu voudras je ne veux pas que tu aies mal, mais ce qu'elle a pu faire est piqûre d'insecte comparé à l'horreur de son cœur écrasé à coups de marteau — d'irréparables paroles, qu'à une femme de quarante ans on oserait à peine dire et on les assène sur le cœur désarmé d'un enfant. — Une toux un peu vive le ramène pour un instant à lui-même et au souvenir d'une maladie dont on n'ose dire le nom et qui se trouve être un clou solidement planté dans sa chair — « un malade ne s'appartient plus » comme dit avec son tact habituel le cher Georges... est-ce une raison, Vi, est-ce une raison, c'est vrai que l'offense est grave, tu me préfères ma toux, avec une *toux* pas besoin de se gêner, avec... l'Innommable encore moins ? Je suis solide, pourtant — la preuve. O toutes les preuves possibles, tiens, je veux être pendu si je ne te désirais pas comme un damné tout à l'heure malgré ta méchanceté —

et tu as pu remarquer que j'ai parlé presque sans tousser, assez longtemps pour te désespérer mon pauvre ourson aux pavés. Il crache dans un mouchoir déjà trop plein. Du sang sur les mains.

Et l'horreur revient. Du sang sur les mains, un trou noir et glacé dans la tête. Mais c'est un crime ! la haine, avec la salive et le sang, lui monte à la bouche, la haine

pour l'être ignoble qui, sans égards, sans ménagements, abusant de son pouvoir d'aîné — et de la confiance innocente de cette pauvre fille... mais quand même je ne l'aimerais pas je n'aurais pas eu le droit...
— *Mais, pourtant, je l'aime.* Ah ? tiens. L'amour excuse toutes les saloperies ? Il y a du vrai, là-dedans, Vi, tu devrais le comprendre — et à quoi bon raisonner, l'horreur est là. Partie sans tourner la tête. Enfuie. En courant dans le couloir. Voilà bien... dix minutes, vingt minutes... que je guette à cette porte. Le couloir est vide. Non. La porte s'ouvre. Horreur, ce n'est que l'infirmière de service — celle de l'après-midi — « Mais Monsieur les malades ne doivent pas traîner dans les couloirs à cette heure-ci. » — Et après ? j'ai le droit. » — Non. Allez, en salle ! »

Une jeune femme, vingt-cinq ans peut-être — potelée, le nez retroussé, la bouche boudeuse. « Bien, adjudant. » — Je vous en prie. Ne soyez pas grossier. On vous fait des faveurs... » elle ajoute : « ça se fait soigner aux frais de l'Assistance Publique et ça se croit tout permis, non, tout de même. » Et l'homme 37 retraverse la salle et revient vers son lit, mais non pour s'y allonger.

« Mais non, vous ne pouvez pas ! crie la jeune femme. Monsieur 37 ! Voulez-vous ! J'appelle l'interne. » — Appelez qui vous voulez. » En chandail, en pyjama bleu marine et en espadrilles, il pourrait presque paraître dans la rue sans provoquer de scandale, car non, il n'a vraiment pas le temps de faire des démarches pour récupérer ses vêtements à la réception. Juste avec son portefeuille et l'argent — toujours assez pour un taxi — je reviens plus tard chercher le reste. Il s'arrête tout de même devant le lit de Gaëtan, lequel, couché à plat, à moitié endormi, ouvre ses yeux les enfoncés dans leurs plis comme ceux d'une tortue.
— Alors ? ça a bardé, tout à l'heure ? » — Je pars. »

La face à demi noyée dans la grisaille des plis de peau, frémit, fait un effort pour sourire. « Je ne vous dis pas *bonne chance.* » — Je ne vous le dis pas non plus. Sous-entendons le mot qu'il faut. Qui sait ? on se reverra peut-être ? »

Gaëtan cligne de l'œil. « *Johanna geht und immer kehrt sie wieder.* Mais ne tardez pas trop, la prochaine fois je n'y serai plus. » (Jeanne s'en va et jamais ne reviendra — et *toujours* — *immer* — revient... blague de classe d'allemand — Gaëtan avait été heureux de trouver un collègue en BK parlant allemand.)

« Mais non Monsieur 37 vous ne *pouvez* pas faire ça ! J'appelle l'interne. Monsieur 37 ! Monsieur Vladimir ! » la voix de la femme est affolée, suppliante. — Quoi, vous allez me mettre aux Agités ? » — On le devrait ! » elle lui court après, prend à témoin le garçon qui fait rouler les chariots. « Monsieur Paul, dites-lui qu'il *ne peut pas* faire ça ! » C'est un vrai cri de douleur. O le méprisable pouvoir que la maladie vous donne sur les gens, sur les femmes surtout. — Mais ne vous en faites pas, Mlle Rose, je partais de toute façon. » Elle lui court après, jusqu'au bureau de réception, au hall d'entrée, il n'a pas son bulletin de sortie, ne le laissez pas passer, il se faufile entre deux externes du service de gynécologie qui le regardent d'un air surpris, son pantalon bleu marine en finette usée est décidément trop informe.

Il fait chaud et lourd, le ciel est couvert, l'éternel problème des étés parisiens — le beau temps tourne à l'orage au bout de trois jours — assez chaud pour qu'un homme en espadrilles n'attire pas l'attention — ce qui est sûr c'est que Victoria n'est pas dans le café en face, ni dans celui du coin, donc il est urgent de trouver un taxi. Le chauffeur, un Russe comme par hasard, toise le client d'un air sceptique mais aux abords d'un hôpital les clients en pyjama sont moins rares qu'on ne croit. « Ne craignez pas, j'ai de l'argent, tenez, je peux vous montrer. » — Rousski ? — J'ai un tel accent ? — Moins fort que le mien. Montez. »

Und immer kehrt sie wieder ? pas de danger. Fini fini. « Villa d'Enfer. » — Ah ! ah ! vous allez en enfer ? » — J'en sors. » L'homme est bavard. En plus fin et plus menu il ressemble à Klimentiev, il a aussi la même façon de parler. Il parle de ses cinq ans de Légion Etrangère — ça, c'était l'enfer ! La guerre civile n'était rien à côté. Les officiers... des sadiques ! Le lieutenant Holz... il s'est fait descendre par un des gars, on a mis ça sur le compte des fellouzes — la belle virée qu'on s'est payée pour fêter la chose... Tenez : dans une embuscade, parole d'honneur — on est tous assis autour d'un feu, et je vois la tête du copain d'en face qui se détache du tronc, toute seule, et roule sur ses genoux... ils s'approchent sans bruit, on n'entend que les grillons et les chacals, un coup de sabre plus de tête le sang gicle en l'air comme un jet d'eau — il m'arrive d'en rêver.

... Une belle mort quand on y pense, le gars ne s'est aperçu de rien — rien de rien. Après la fusillade on a ramassé la tête. Toute calme. Parole d'honneur c'est pas des blagues. Les survivants ont eu peur, pas les autres.

« ... Vous êtes d'où ? de Pétersbourg ? » — Tout juste. » — L'accent. Je reconnais tout de suite. Le Moscovite, l'Ukrainien, le Sibérien... et ceux du Caucase, et les Cosaques... la sainte Russie — un *Empire !* Le plus grand Empire du monde c'était, oui ! Ah ! quelle honte, quelle honte ! J'écris des poèmes sur ça, mais pour publier, allez-y donc ! ils vous reprochent les fautes de grammaire ! et le *sentiment*, je leur dis — c'est du sang et des larmes, et vous parlez de grammaire ! Vous n'êtes pas journaliste ? » — Pas tout à fait. » — Intellectuel, donc. J'ai l'œil à ça aussi. Je les reconnais — les ministres, les généraux, les princes même, tenez, l'autre jour, un vieux, vêtu presque comme un clochard — mais prince ! et quand il m'a dit son nom j'ai failli rater mon tournant... Une tour de Babel, notre vie, Monsieur... heu... vous m'écoutez ?

« Enfin, nous voici à votre Enfer. Un Enfer bien tranquille hein ? Bon, j'espère que pour vous c'est le Paradis... vous habitez ici ? » — Exactement. » — A la prochaine si ça se trouve... Monsieur Jean on m'appelle — Kalouguine, Ivan Fomitch. » — Très heureux. Thal, Vladimir » (il n'ose ajouter le prénom du père).

Et j'espère que ce sera un Paradis. La clef sous le tuyau de la gouttière. Donc, elle n'est pas rentrée.

Dans l'atelier le matelas, énorme, boursouflé, tendu sur un cadre posé sur de hauts tréteaux, s'élève comme un catafalque prévu pour deux gisants — le sommier aux ressorts entortillés de ficelles est dressé debout contre le mur. Ficelles, bouts de tissu, flocons de bourre traînent sur le parquet.

Faute de pouvoir se coucher Vladimir s'installe sur une chaise, s'accoudant à la petite table de fer, et contemple ce Paradis inachevé qu'il est venu avec tant de sans-gêne violer, privant la pauvre petite de la joie de le recevoir dans une *belle* chambre — ô Seigneur, avoir piétiné tant d'amour, une si superbe volonté de construire la vraie Maison — à quelle destination impensable, peu importe — ... mais dis-toi, imbécile, que sa farouche pureté n'a pu concevoir le centième de tes ignobles accusations. Par ignorance. Par candeur.

Ma Catastrophe.

Quatre heures et demie. Et, déjà, l'hôpital oublié, on s'habitue à cette étrange chambre en chantier, haute haute monacale, assez ridicule avec son matelas-catafalque et son sommier adossé au mur comme un tableau géant. Il constate qu'il est beaucoup plus pratique de cracher dans l'évier que dans un petit crachoir en carton, et regarde s'étaler sur l'émail jauni des glaires mousseuses et des filaments sanguinolents, pas terrible (il a déjà le coup d'œil tristement professionnel)... il se résigne même à se préparer du thé, tant pis, question santé, et pourtant une gêne superstitieuse lui noue la gorge et l'empêche de boire

boire *seul* alors que la... la... erre dans Paris, Dieu sait où, avec un trou noir dans le cœur — *si* elle erre — si — grincements stridents de freins, éclats, cris, chutes vertigineuses dans un tourbillon d'inaudibles hurlements — mais non, folle mais pas à ce point pas à ce point —

Mais — l'autre danger lui glace les entrailles. Le pire. Ecœurée, révoltée, trop fière. Elle n'aime plus. Elle a tué l'amour. Il a tué l'amour en elle. Ces assassinats ont lieu, paraît-il. Un cœur trop délicat n'y survit pas, il devient éponge sèche. Souffrance plus horrible que la mort. Et le monde est sans couleur sans odeur sans poids plein de trouées sur le vide désolé comme un cachot souillé de vomissures, si elle n'aime plus — ô trahison. — Impossibilité qu'on dit possible et même banale (à cet âge surtout) spectacle plus effrayant que celui d'un visage qui sous vos yeux se désagrège et disparaît. La tête qui se détache du tronc et tombe par terre.

Il ouvre la porte toute grande — le ciel est de plomb, l'air chaud est traversé de frémissements qui font voleter la poussière sur la chaussée déserte. Si l'orage éclate elle sera trempée.

... Et aux premières grosses et lourdes gouttes elle arrive. Debout, immobile à la porte ouverte. Debout, droite, sa svelte silhouette à contre-jour semble traversée d'éclairs. Elle est pleine d'éclairs. Elle pousse un rauque et long hurlement de triomphe qui se perd dans le craquement du tonnerre.

Dans des bras frénétiques. Serrée, labourée. Oh! je *savais!* je savais! Tu as compris! j'en étais sûre! »
— Sûre? alors pourquoi n'être pas venue plus tôt? »
— J'avais peur. De venir et de ne pas te trouver. »

Et ils sont assis, par terre sur des coussins, devant la porte ouverte, respirant l'air chargé d'éclairs et la fraîcheur giclante de l'averse.

... Plus jamais n'est-ce pas plus jamais tu ne me diras cela. Elle est aussi ruisselante de larmes que les vitres et la gouttière en fer-blanc. « Je ne mens pas, parole d'honneur je me serais *tuée* si tu n'étais pas venu. »

« Une chose que tu m'as dite — une chose — qui m'a fait si peur. Quand tu as dit : je ne suis plus sûr de t'aimer. Tu as joué la comédie pour me punir. Mais c'était *trop* cruel. »

— Mais je ne jouais pas la comédie. » Elle se fane, s'éteint. « Alors tu le pensais vraiment? »

— Je ne sais plus ce que je pensais. » — Parce que si tu as pu le penser, même une seconde... »

La fièvre du soir approche, et il n'y a dans l'atelier ni pyramidon ni codéine, et Victoria dans son superbe abandon à l'amour a tout oublié, la maladie n'est plus qu'un mauvais rêve, un jeu cruel, il est là il est de retour, il se remettra elle sera sa chlorophylle et son oxygène, Victoria a lutté trop dur, elle vient de subir une torture trop cruelle, sa tête a éclaté.

« ... tu vois, l'orage fait du bien, on *respire*... oh tu verras, la chambre est presque prête, il faut si peu —

« Est-ce que tu souffres beaucoup? » — Un peu plus que je ne voudrais. Enfin, primo aspirine secundo Kalmine, tertio toi ou primo toi pour être plus exact — l'orage — a été un peu trop bref il n'a pas dégagé l'atmosphère. Nous en aurons peut-être un *vrai*, la nuit. »

— Oui, n'est-ce pas, c'est l'orage?... » Elle reprend si

vite son innocente insouciance que c'est presque inquiétant.

Et nous sommes chez nous dans notre septième (ou huitième ?) Ciel qui sent encore la peinture et l'eau de Javel et la pagaille du déménagement. L'approche des angoisses nocturnes ne débouche plus sur la perspective de la longue nuit solitaire partagée avec trente-huit solitudes — sur l'obscurité coupée de lueurs verdâtres, plongée dans les interminables couloirs remplis de lits blancs qui dans une brume ouatée prennent des allures de rangées de cercueils, cercueils vivants, ronflants toussants soupirants

dans notre Huitième Ciel le lit est large et bas et Victoria a installé près de la grande jarre la veilleuse à abat-jour rouge. Demain tu vas voir j'achèterai des fleurs. La natte tu vois je l'ai peinte en rouge et vert c'est plus gai. Elle a préparé de la viande hachée de cheval, de la purée. Demain j'achèterai des gâteaux chez *Dominique.* Tiens tu vois j'ai acheté ce *quatuor* de Mozart tu veux que je le fasse jouer ?

Tête de linotte, sur combien de pieds dansons-nous ? Tu crois ma chérie que tout va très bien et que j'ai piqué une grande colère parce que j'étais énervé par l'orage — et que je te reviens désarmé, vaincu, résigné à subir les derniers outrages pour t'éviter quelques larmes. « Bon, j'ai *posé,* c'est vrai — et quand un *docteur* t'examine ? c'est pire ! beaucoup plus honteux. Alors ? »

Non ce n'est pas si facile que cela, Victoria, tu m'as placé dans une situation plus que ridicule, je ne vois pas comment nous en sortirons car à parler franchement j'aime encore mieux l'Assistance Publique que ton argent volé — volé à moi, si de toi-même tu fais si peu de cas, espèce de pélican stupide que tu es, qui veux me nourrir de mes propres entrailles... » — Oh tu recommences, tu ne vas pas recommencer ! »

C'est idiot. Recommencer alors qu'ils sont allongés côte à côte sur le vaste matelas couvert de leur couverture rayée de rouge, et adossés sur leurs coussins multicolores.

« ... Tu croiras ma pauvre Victime que je suis revenu exprès pour jouer au galant homme et te dégoûter définitivement de moi, et pour être aussi cafardeux qu'un héros de Dostoïevski —

« Mais tu devrais plutôt être flattée, car j'avais oublié — complètement — que tu n'avais pas mon âge et qu'à ton âge à toi il est des *nuances* qu'on ne peut saisir. Et j'avais même oublié que tu étais femme, et incapable de tenir compte des extravagantes susceptibilités masculines — et tu vois que j'essaie de te comprendre... »

— Alors dis-moi, dis-moi ! » elle se redresse sur son coude, pour regarder l'homme dans les yeux. De ses yeux menaçants mais presque pas effrayés. « Dis-moi encore que tu n'es pas sûr de m'aimer ! »

— Est-ce que je serais ici ? Je devrais exiger que tu brûles cet argent n'est-ce pas. Peux-tu comprendre que pour te ménager je me vois obligé de jouer un rôle méprisable, et ceci parce que je n'ai pas la force nécessaire pour gagner ma vie ? Ce qui peut arriver à des gens très bien — c'était à toi d'y penser. »

Elle dit qu'elle va brûler l'argent — que de toute façon c'est fini, ça ne compte plus, rien ne compte, l'essentiel est de ne plus se séparer « ... et ta confiance en moi, et tout ce que tu m'avais promis et juré, est-ce que je suis devenue une autre ?... » Les querelles d'amoureux peuvent durer des heures sans que les amants se lassent de se répéter, avec la même passion, tu ne m'as pas assez aimée (aimé), tu as manqué à l'amour, tu t'es trahi (trahie) toi-même, ce que tu prends pour une bagatelle est un crime contre nous, il n'y a pas de bagatelle en amour et l'on coupe les cheveux en quatre en huit et en seize, et, défi aux lois biologiques que les amants partagent parfois avec les fous, maladie et fatigue ne semblent plus avoir prise sur le corps, on passe son temps à échanger des propos en apparence absurdes, à se disputer pied à pied un pouce de terrain, à sauter du coq à l'âne, à prouver gravement — pour s'entendre fournir la preuve du contraire — ce que l'on sait être faux.

« Car tu vois je le sens je le sais, depuis que tu les as revus tu n'es plus le même. Car au fond tu as avec moi une relation œdipienne, je l'ai compris l'autre jour c'est Tala que tu aimes et tu avais effectué un transfert sur moi dans ton subconscient... »

— Ecoute. A ton âge — et avec ta non négligeable expérience — débiter de pareilles sornettes ? Tu imagines une seconde que je pourrais traiter Tala comme je te traite ? » Là, Victoria fronce un instant les sourcils et pouffe de rire — et Vladimir a envie de rire aussi. — Oh non tu tournes tout à la blague mais c'est *sérieux !* tu ne connais pas ton subconscient. Tu as été si outré par ce que j'ai fait — parce que tu as imaginé Tala à ma place et qu'un père ne peut pas supporter ça. »

— Qui de nous deux est fou ?... donc — tu as une si piètre idée de mon désir — que tu ne conçois même plus l'existence d'une simple et normale jalousie, ou alors tu es de mauvaise foi — et, puisque te voici lancée dans le subconscient, que dire de ta tendance à l'exhibitionnisme, et à la mythomanie par la même occasion, parlons-en comme tu m'as merveilleusement fait marcher avec ta comtesse von Hohenfels j'en ris encore ou du moins je m'y efforce... J'y ai cru, fallait-il être idiot... »

— Oh tu ne comprends rien ! *J'aimais* te raconter cela — j'avais tellement envie que ce fût vrai, j'avais besoin de croire que c'est vrai ! » Que dire, il est désarmé, et même attendri.

— On peut aller loin, avec de telles envies. Et que me raconteras-tu encore, et comment saurai-je où s'arrête ton talent pour peindre la vie en rose. Et que crois-tu, c'est ce que tu as souffert, *toi*, qui me fait le plus mal, cette horrible violence que tu t'es faite... »

— Oh tu sais j'en avais pris mon parti je n'ai pas tellement souffert. » — O folle, voilà que tu aggraves ton cas, comment, pas souffert ? Cela te faisait plaisir, peut-être ? je l'ai bien vu — quand je t'ai montré le pneumatique — j'ai bien cru que tu tombais en syncope. » — J'avais si honte. » — Tu vois bien ! »

— ... Et quant à ce cher Grinévitch — s'il s'imagine que je suis définitivement mort et enterré... » brusquement il se mord les lèvres, ce « mort et enterré » lui paraît inopportun — pour le moins — et lui traverse tout le corps, l'espace d'une seconde, comme une flèche glacée — et après ? on ne peut même plus parler comme un homme normal ? « ... s'il s'imagine qu'on peut me jouer des tours pareils, derrière mon dos, avec une fille *mineure*, qu'il se permet de pousser à faire un métier qu'aucune fille ne peut exercer sans autorisation paternelle... » il bute sur le mot, pris d'envie de rire, ou tout au moins de ricaner, ah ! ah ! et si l'on demandait l'avis de M. Klimentiev, Alexandre ?... et, en fait, que dirait ce brave homme ? « Voilà où vous avez réduit ma fille ! » Pardon, mon cher, pas moi, *vous*, vous et personne d'autre, j'étais un homme tout à fait valide avant vos absurdes corridas —

et, du reste, que puis-je faire à Grinévitch ? l'injurier ? j'aurais bonne mine. Les arguments de Klimentiev sont encore les seuls valables entre hommes en colère, et, à moins de me munir d'un revolver, ce qui serait tout de même excessif...

Le jour s'est couché sur un ciel (après l'orage)

rougeoyant, et, au-dessus de l'immeuble d'en face, une traînée de rose violacé traverse un nuage gris fer. Je referme la porte, il va faire frais — la lampe verte allumée fait disparaître les dernières lueurs roses. La porte s'ouvre (on ne la ferme pas à clef) une belle fille trop brune en robe violette se tient sur le seuil. O Seigneur ! Lucie ! Son énorme chevelure noire tombe sur ses épaules en lourdes vagues à reflets bleutés. « Dis donc, qu'est-ce que tu deviens, le vieux est fou de rage. » Victoria court vers elle. « Dis-lui qu'il ne me reverra jamais plus ! Jamais ! »

Lucie, voyant l'homme maigre qui, de son lit, redressé sur un coude, dirige sur elle un regard étincelant, comprend et recule. « Oh je vois. » — Et Vladimir, pris d'un bref et rageur accès de toux, se sent gêné de faire figure d'épouvantail et de violer les lois de l'hospitalité. « Mais, Vi, est-ce une façon de recevoir ? Entrez, Mademoiselle. »

Elle a des lèvres couleur de betterave, une peau couleur de feuille morte et de superbes yeux en forme de noyaux de pêche. Toute jeune, pas plus de vingt ans. Lucie est étudiante, explique Victoria. On lui offre du thé et du pain d'épice. Elle parle de la Sorbonne, de manifestations d'étudiants du mois dernier, de la menace que fait peser Hitler sur la paix mondiale, des crimes de Franco — soucieuse de faire comprendre que son métier de modèle ne l'empêche pas d'être une fille sérieuse. Et Vladimir, bien malgré lui, la déshabille des yeux, sans désir, par curiosité, luttant contre une humiliante amertume. Un corps splendide — de la belle marchandise — ces fillettes comprennent déjà que c'est leur capital-travail ?

... Lancé malgré lui dans une discussion politique, il évite les regards de la fille noire, il croit encore entendre la voix presque désespérée (touchant, tout de même...) de Mlle Rose : « Vous ne *pouvez pas* faire ça,

Monsieur 37 ! » Ai-je à ce point l'air d'une ruine, ou me juge-t-elle simplement trop vieux pour Victoria ?

Il sourit : « Vous me rappelez les amis de mon père. » Elle lève ses sourcils à peine épilés, d'un noir de suie — perplexe : quel âge peuvent avoir les amis du *père* de ce vieux monsieur ? « Il est un certain vocabulaire socialo-marxiste qui garde une constance remarquable, il est à peine modifié par les modifications de la situation historique. » — Parce qu'il est *vrai !* » — En politique, seuls les faits sont vrais. » Lucie déclare qu'il est impossible d'évaluer correctement les faits sans une connaissance approfondie du marxisme.

— Tu as lu le *Capital ?* » demande Victoria, agressive. — Pas en entier. Nous l'étudions dans nos séminaires... je manque de temps, je dois gagner ma croûte — j'essaie d'expliquer à Blanche qu'elle devrait s'instruire, venir à notre groupe... » — Blanche ? » — C'est moi, dit Victoria. Elle me trouve peu évoluée, et encroûtée dans une sentimentalité petite-bourgeoise. » — Un point de vue qui se défend », dit Vladimir.

— Les hommes, dit Lucie, veulent nous maintenir dans l'ignorance des vrais problèmes, parce que le jour où la femme prendra conscience de sa situation d'exploitée, le mythe de la supériorité de l'homme s'effondrera de lui-même, car c'est un mythe destiné à maintenir la femme dans l'état d'esclavage. » — Moi, dit Victoria, je trouve naturel qu'on soit esclave de quelqu'un qu'on aime. Deux personnes qui s'aiment sont esclaves l'une de l'autre. »

— Voilà ! l'idéologie petite-bourgeoise. L'amour valeur suprême. Comme de juste, c'est la femme qui en a le monopole, les hommes se consacrent à des passions plus 'nobles'. » — Pas forcément, dit Vladimir, pas forcément. »

La noire, fauve et violette Lucie s'en va parce que le maître de maison est de plus en plus souvent secoué par une disgracieuse toux-jappement qui parfois se termine par une brève et adroite expectoration. — Tout de même, ta copine doit se dire... » — Si tu voyais son type à elle ! C'est un *Nègre !* » — Et après ? elle est un peu métisse elle-même ? » — Malgache. Mais lui, c'est un *vrai* Nègre ! » — Il y a des Noirs très bien. » — Oh, toi, avec tes idées larges. Elle est communiste. Tu te rends compte ? faut-il être bête. Pourtant c'est une chic fille. »

— Une communiste qui va poser nue chez des peintres ? » — Tu vois bien, tu vois bien. Dis : est-ce que c'est vrai, que pour les hommes l'amour n'est qu'un pis-aller ? »

— Penses-tu ! C'est tout le reste qui est un pis-aller. »

II

DÉSINTÉGRATION DU SOLEIL

S'il y avait eu, cette fois-ci, un nouveau scandale Vladimir Thal, il ne devait faire qu'une courte et dramatique flambée, en cette fin de juillet 1938, époque où les jeunes partaient en vacances et où les adultes fortunés suivaient leur exemple tandis que les autres, désœuvrés pour cause de vacances payées, se réunissaient chez des voisins pour bavarder... Cet homme, gravement malade, et même mourant, avait sciemment caché à sa famille son état, et au moment où cette famille — informée par des tiers — faisait l'impossible pour le sauver — oui, à ce moment même il retournait vivre misérablement dans un atelier malsain, inconfortable, sans autre garde-malade qu'une fillette inexpérimentée.

Mais oui ma chère, *le jour même* où Gheorghi Lvovitch est venu lui parler, lui proposer de le faire transporter — en ambulance ! — à Bellevue chez un vieil ami de ses parents... » — Et je vous assure, disait la baronne von Hallerstein, que Gheorghi Lvovitch avait du mérite, après la façon dont son beau-frère l'a traité — il était prêt à y mettre le prix, il m'a dit lui-même ce que cette histoire allait lui coûter, et ceci au moment où il loue un appartement de *huit* pièces, avenue Mozart, et y fait tout repeindre à neuf et installer *deux* salles de bains ! Et ceci en morte-saison, au moment où l'on prépare les collections et où il est obligé d'emprunter à 20 %. »

— Gheorghi Lvovitch n'est pas à plaindre, dit Mme Tchavtchavadze, son beau-frère ne lui eût pas coûté beaucoup plus cher qu'une salle de bains. D'autant plus qu'il paraît que c'est une question de semaines. — Oh ! ne dites pas cela, Katerina Youlievna ! les gens aiment dramatiser, et j'espère, pour la pauvre Myrrha... » — Vous espérez — quoi ? qu'il va traîner encore cinq ou dix ans, de sana en hôpital, les deux tiers du poumon droit complètement calcifiés, suite de lésions anciennes, le gauche détruit. J'en connais un bout, avec la maladie de Nicolas... On *peut* vivre avec un tiers de poumon, pourvu que l'autre poumon ne fasse pas d'évolution trop rapide. Mais c'est l'invalidité à 100 %, et pour Myrrha... de quoi s'user le cœur et les nerfs en pure perte, alors qu'elle est encore jeune et pourrait refaire sa vie. »

« ... Mais enfin, baronne ! est-ce que cet homme hait à ce point Gheorghi Lvovitch ? S'enfuir comme un fou de l'hôpital, une heure après une visite amicale, car Georges était plein de bonnes intentions ?... C'est de la paranoïa. » — Un malade ! Non, la vérité, c'est que Thal a toujours été jaloux de son beau-frère. » — Jaloux ? à cause de Myrrha ? » La baronne réfléchit, tout en examinant une série de nouveaux modèles pour tissus imprimés — Georges s'était, incidemment, lancé dans les impressions sur soie. — ... Oui, un peu. Un frère jumeau — c'est tout autre chose qu'un frère ordinaire, il y a toujours quelque chose qui cloche dans les ménages des jumeaux — voyez la pauvre Alexandra Alexandrovna... Non, jaloux aussi à cause de la réussite matérielle, on a beau affecter de mépriser l'argent — deux garçons arrivés à Paris nus comme des vers après avoir fait les débardeurs à Constantinople... et quinze ans plus tard, l'un dirige une entreprise à plus de cent

employés, roule en Packard, offre des visons à sa femme,
et l'autre est un petit employé dans une épicerie. »
— ... Tout de même. S'en aller de l'hôpital en
savates et en pyjama... Non, baronne — je crois que
chez certains tuberculeux la maladie se porte sur le
cerveau, et qu'il y a, dans ce cas précis, déséquilibre
mental, et là les services hospitaliers sont responsables, il aurait dû être placé dans la section des
maladies psychiques. » — Un tuberculeux au dernier
stade ? C'est ça, l'hôpital. On ne peut pas couper un
homme en morceaux, la tête dans un service, les
poumons dans un autre, les jambes dans un troisième
si ça se trouve... »

... — Parti — non, mais vous savez pourquoi, Nastassia Nikiphorovna ? Clair comme le jour : la fille. Vous
n'imaginez pas que, chez M. Rubinstein, ils lui
auraient permis de garder sa petite amie dans sa
chambre ? » Mme Touchine rangeait dans la valise les
vêtements de ses fils (qui partaient le lendemain en
colonie de vacances dans le Var). — Et pourquoi pas ?
A leur place... quand un homme est mourant, on ne
lui refuse pas — il n'y a plus de morale qui tienne. »
— Mais c'est que... dit, en baissant pudiquement la
voix, Maria Ivanovna Kalinine, (femme de ménage,
couturière à l'occasion, ex-épouse d'un ex-comman-
dant d'infanterie) c'est que, vous comprenez... pour un
homme malade... une jeune femme... » — Voyons, que
dites-vous là ? S'il est mourant ?... » — Vous ne
connaissez pas les hommes, ma chère. Pour ça ils ne
sont jamais malades à moins d'être paralysés. Je vous
jure ! j'ai été infirmière pendant la guerre, j'ai vu des
cas... Vous ne croiriez pas, des cadavres déterrés ni
plus ni moins. Une heure plus tôt il râlait, et le voilà
qui, pardonnez-moi, bouscule la fille de salle, la petite
Finnoise, sur son matelas ' la dernière fois avant de

385

mourir' qu'il dit. La fille s'est laissé faire, par pitié, imbécile lui dit le docteur mais tu l'as tué ! » — Il est mort ? » — Bien sûr. Trois jours après. Hémorragie interne. Comme des enfants, je vous dis — pire que des bêtes, parce que la bête a l'instinct de conservation. Et dans les sanatoriums, vous savez ce qui se passe ? » — Ils ne sont pas mixtes, tout de même ? » — Encore pire... dit Maria Ivanovna ouvrant des yeux horrifiés et baissant de nouveau la voix. *Entre eux*, oui, comme des *pédérastes* ! Je n'oserais jamais envoyer mon fils en sana populaire. Pas pour rien n'est-ce pas que les hommes vivent moins longtemps que les femmes. Il paraît qu'à chaque fois que... enfin vous comprenez... ils raccourcissent leur vie d'au moins une semaine — ils brûlent, comme des chandelles. Il paraît qu'il y a un roman de Balzac qui parle de ça, *La Peau de Chagrin.* » — Ah ! tiens, dit Nastassia, intéressée, vous l'avez lu ? » — Oh ! Non ! dit Maria, choquée. Et vous voyez : le fils Thal. Il s'y est usé en peu de temps. Un an ? guère plus. Vous vous rappelez ? Ce bal, à la salle Tivoli, ça doit faire un an, non, davantage, c'était au printemps, les lilas étaient en fleur. Un bel homme... » Nastassia fit la moue. — Oh ! il ne cassait rien. » — Ne dites pas, il avait ' du chien ' — on lui donnait trente ans — si, si ! ce soir-là, je le vois encore, valsant avec sa fille cadette, la petite brune, elle portait une robe orange trop décolletée dans le dos. Alerte, du feu, de la gaieté ! Un ' vainqueur '. Et maintenant ! L'homme est peu de chose, rien à dire. »

— Tout de même. Ce n'est pas parce qu'il aura trop... enfin... aimé cette jeune fille ?... » — Si, si, cela peut arriver. Un trop brutal... changement de rythme. Car sa femme, j'imagine, était un vrai poisson. » La vieille Anna Pétrovna Siniavine achevait de repasser les chemisettes de ses petits-fils et jetait des coups d'œil inquiets sur son mari plongé dans la lecture de

La Renaissance. « Tout de même, Nastia... Maria Ivanovna, ce sont des choses dont on ne nous apprenait pas à parler — de notre temps. Bon, vous n'aimez pas Myrrha parce qu'elle vous a remplacée chez les Kozlov, à qui la faute ? Vous n'aviez qu'à ne pas exiger d'augmentation et de congé payé... je vous demande un peu, 'congé payé' pour trois heures trois fois par semaine et sans carte de travailleur ! et cette pauvre femme avait grand besoin d'un ménage supplémentaire... » — Pauvre ! elle a un frère riche. » — Et alors ? Ça les regarde. La vieille Mme Thal a des bas si reprisés qu'on dirait une mosaïque. Et vous ne pouvez pas dire que Myrrha ait intrigué derrière votre dos. » — Si vous croyez que je regrette les Kozlov ! Mais j'estime que tout le monde devrait faire comme moi — si nous étions toutes solidaires, si des femmes comme Myrrha Thal n'acceptaient pas de travailler à l'ancien prix... bon, je l'admets, elle ignorait que je voulais l'augmentation — elle l'a su plus tard ! Bon — elle est une travailleuse, elle fait du zèle avec sa manière de frotter le linge jusqu'à y faire des trous ! J'ai vu les serviettes qu'elle étalait l'autre jour dans le jardin des Kozlov : on voit le jour à travers !

« Travailleuse, je veux bien, mais comme femme... je comprends assez que le mari soit allé chercher ailleurs ce qu'il lui fallait, vous me pardonnerez Anna Pétrovna — et j'ai toujours dit (souvenez-vous-en) que lorsqu'un ménage se brise, ce n'est pas celui qui part qui est le vrai responsable... »

— Une femme charmante, la jeune Mme Thal », dit distraitement le colonel.

— C'est ça ! tous les hommes sont à genoux devant elle, sauf comme de juste son mari. Il n'est pire eau que l'eau qui dort. »

— Mais il y en a qui disent que c'est le Sacha Klimentiev qui l'a, ou peu s'en faut, battu à mort... tu te souviens de Klim, Nika ? » — Ah ! oui, dit le vieux colonel, Vorochilov ? Un gars un peu sonné. Il parlait toujours de tuer quelqu'un. Sa petite était mignonne, avec ses grosses nattes presque blanches à rubans rouges, tu te souviens, Ania ? Elle s'appelait, comment donc ? Vica. Je me demande ce qu'elle est devenue. »

Les trois femmes se regardèrent en haussant les sourcils.

... Non, non, disait Piotr Ivanytch — adossé au comptoir de la caisse et écartant les bras —, Irina Grigorievna, vous avez positivement tort. Qu'est-ce que je pouvais faire ? Si j'ai prié Vladimir Iliitch de ne plus venir au magasin, c'était dans son propre intérêt. Il était en danger, oui, car August et moi ne pouvions pas lui servir de gardes du corps jusqu'au Jugement dernier.

« C'est que, vous savez, le gars était plus fort qu'il n'en avait l'air, car il est rare qu'August ne puisse mater un gêneur à lui tout seul. » Irina, les yeux baissés, faisait semblant de recompter la monnaie de la caisse. « J'estime, dit-elle enfin, que vous auriez dû le garder quand même. Savez-vous que cet été il allait aux Halles, le matin de bonne heure, pour ramasser des feuilles de chou et des légumes avariés qu'il disputait aux balayeurs ? Il mettait le tout dans son cabas avant d'aller à la Nationale. Pour un homme qui a des ennuis pulmonaires rien n'est pire que la faim. »

— Il faut s'entendre, dit August Ludwigovitch. Boris Serguéitch nous a bien dit que tout le mal est venu d'une bagarre. Quand à dire qu'il a reçu un mauvais coup parce qu'il était affaibli par la faim — non ! Piotr Ivanytch est témoin, l'homme est fort, il l'aurait eu de toute façon. »

— C'est ça, lavez-vous les mains. »

— Et quant à ce que vous disiez, reprit Piotr Ivanytch... que l'un de nous aurait pu, discrètement, avertir la famille... enfin, Boris Serguéitch, vous l'avez tout de même fait — trop tard, direz-vous ? Mais moi, Irina Grigorievna, j'apprécie les Français pour ça : ils ne se mêlent pas des affaires d'autrui. Ils respectent la vie privée. Vladimir Iliitch n'est pas un gamin. S'il lui plaît d'envoyer ses parents au diable, je ne l'en félicite pas, mais ça le regarde.

« Parce que je suis un homme âgé, et, disons, respectable, j'aurais dû intervenir ? Comment ? Faire le voyage jusqu'à Meudon... » — Ce n'est pas le bout du monde. » — Bon — aller trouver le vieux Thal pour lui dire : ceci et cela, votre fils... mais je ne les connais pour ainsi dire pas ! Mme Thal n'a jamais été ma cliente, son fils travaillait chez moi et elle achetait ses produits russes chez Aïvaz... »

— Vous ne vouliez pas qu'elle prît le train exprès, alors qu'Aïvaz est à deux pas de chez elle ? » — Elle pouvait en charger son fils. Et, Dieu le sait, pour le peu qu'elle pouvait acheter je m'en moque, mais c'était vexant... Les vieux avaient honte, oui : qu'un homme comme moi soit le patron de leur fils. Vladimir Iliitch lui-même je dois le dire n'était pas du genre hautain, et... ne croyez pas, j'avais de l'affection pour lui — mais me mêler de ses affaires, non ! »

— Nous voilà tous, dit Irina, en train de nous dire qu'il ne fallait pas nous mêler de ses affaires — et l'on voit un homme charmant, fin, loyal, bon camarade — se noyer sous nos yeux sans que personne fasse un geste... jusqu'à ce qu'il soit trop tard. » — Mais, Irina, ma chère, dit Boris (qui se sentait visé) *quel* geste ? La famille ? Vous avez vu le résultat : ils l'ont tous si bien harcelé qu'il s'est enfui de l'hôpital — non que cela change grand-chose. Dans ces cas-là les médecins eux-mêmes préfèrent envoyer les malades mourir chez eux. »

Irina fit une petite grimace douloureuse. — Je suis

peut-être stupide mais je n'aime pas entendre ce mot...
En est-il vraiment là ? Dites : vous croyez qu'on peut
aller le voir ? »

... Georges — dans son salon dont il n'était plus fier
du tout car il savait déjà ce que serait celui de l'avenue
Mozart — trouvait injuste de faire figure d'accusé face
à des gens qui — implicitement — exigeaient son aide
après l'avoir, des années durant, écrasé d'un mépris
non motivé. Et il était, bien que ce salon blanc, bleu,
doré, aux meubles Louis XV, lui parût étriqué et
bourgeois, gêné par ces signes extérieurs de richesse,
devant des gens qui comptaient leurs morceaux de
sucre et mangeaient du pain rassis.

Assis côte à côte sur le canapé inconfortable au siège
recouvert de satin bleu ciel, les époux Thal, en vêtements sombres dont les repassages trop fréquents ne
parvenaient pas à dissimuler l'extrême usure — en
chaussures à talons éculés et à pointes décolorées —
semblaient poser pour un tableau de la fin du XIXe
siècle : les parents pauvres en visite chez un fils
enrichi, et ingrat. Apparence trompeuse — leurs
regards douloureux et revendicatifs ignoraient le tapis
de Perse, le lourd satin des rideaux et le gracieux écran
du XVIIIe siècle où des bergers amoureux s'ébattaient
au milieu d'une guirlande de fleurs.

Sacha, hiératique et svelte dans sa robe de mousseline orange, plaçait devant eux un guéridon chargé de
tasses de thé et de petits fours secs, Myrrha tendait à
son beau-père un vaste cendrier de cristal — ce qui
n'empêchait pas le vieux monsieur de laisser tomber la
cendre sur le tapis (par distraction et non par volonté
de déplaire à son hôte).

Ils étaient là parce qu'ils vivaient depuis huit jours
dans un climat de catastrophe qui bousculait toutes
leurs notions de rapports personnels, et leur imposait
des liens de familiarité hargneuse avec le monde entier

390

et en particulier avec le fils Zarnitzine. — Enfin, vous voyez dans quelle situation vous nous avez mis... » Ilya Pétrovitch parlait du bout des lèvres, et semblait plus soucieux que fâché — car les colères de sa femme avaient depuis longtemps épuisé toute l'agressivité naturelle qu'il pouvait manifester dans des conflits de caractère privé.

« Je ne crois pas, Ilya Pétrovitch... », disait Myrrha, sûre d'avance de se voir rappeler à l'ordre par Tatiana Pavlovna. « Ma chère, votre frère est assez grand pour répondre ! et nous ne sommes pas des ogres. »

— Je vous l'ai dit, Tatiana Pavlovna... je ne crois pas, non vraiment, que j'y sois pour quelque chose. Il m'a parlé — amicalement. Je vous assure. Et — tenez — il m'a écrit ce mot. Qu'il s'agissait d'une dispute avec Victoria. Rien à voir avec nous. » — C'est peut-être une excuse polie, dit Ilya Pétrovitch.

— Mais non. Myrrha est témoin. Il a été tout à fait — normal. Il fait une fixation maladive sur cette fille. »

Tatiana Pavlovna redresse son long cou mince — les lèvres frémissantes comme si elle venait d'avaler une gorgée de fiel pur « ... S'il suffisait d'appuyer sur un bouton pour tuer... », dit-elle.

— Tania, il n'y aurait plus un homme vivant sur terre. Voyez-vous, Gheorghi Lvovitch, fixation morbide, je suis d'accord. Mais vous n'avez pas dû être assez — persuasif, ç'eût été plutôt à moi de lui parler... »

— A *moi*, Iliouche, dit Tatiana d'une voix brisée, involontairement tendre et chaude... Si seulement *on* m'avait laissée un instant seule avec lui ! Tu n'as pas vu comment il m'a regardée, le premier jour, quand il nous a aperçus... »

— Mais bien sûr, Tania, bien sûr — ce que je disais : vous avez eu tort de brusquer les choses — je ne méconnais pas vos bonnes intentions, mais vous n'étiez peut-être pas la personne indiquée... il y a, entre autres, la situation de Pierre, il m'a paru très... amer à ce sujet. »

— Pierre est libre, je ne le retiens pas de force », dit Georges d'un ton bref, relevant la tête dans l'attitude d'un coq qui se dresse sur ses ergots — mais, chaque chose en son temps, il avait aussitôt senti l'inconvenance, dans les circonstances présentes, de cette prise de bec avec l'homme dont il était si cruellement jaloux — « Ilya Pétrovitch, je vous assure qu'entre Vladimir et moi il existe — toujours — une vieille amitié, qui est tout à fait en dehors de nos... conflits familiaux. Je ne crois pas que mon intervention l'ait influencé de quelque façon... La preuve — c'est à moi qu'il a écrit. » Tatiana Pavlovna lui lança un regard méprisant — ce qui était injuste, car la dernière phrase de Georges n'était nullement une flèche. Georges eût sans doute pu dire : « il m'a écrit », et non : « c'est à moi... » mais fallait-il lui tenir rigueur d'une légère et involontaire bouffée de tendresse pour un ami resté plus fidèle qu'il ne le croyait ?

« Voyez-vous, sa décision était prise. Cette fille, c'est malheureux à dire, fait de lui tout ce qu'elle veut. En toute logique, c'est elle qu'il faudrait chercher à persuader. »

Tous les quatre se demandent de quelle façon on peut persuader Victoria. « Seigneur ! dit enfin Tatiana. En être là. Dépendre d'une telle... » le mot, qu'elle cherchait, ne lui venait pas aux lèvres, elle ne le voulait ni trop grossier ni trop faible.

... Elle revoyait leur brève visite à l'atelier de la villa d'Enfer, la veille — cet atelier à la fois délabré et agressivement propre ; avec des livres et des vêtements traînant sur les chaises, des bouquets de bleuets dans de vieux pots de confitures, et un Vladimir les joues en feu, en chemise déboutonnée et pantalon de pyjama bleu, à demi allongé sur le monumental sommier.

Vladimir se levait pour aider la fille à servir le thé — penché sur le côté, avec des mouvements légers et prudents rappelant la démarche du crabe. « Mais veux-tu bien te recoucher ! ou nous partons tout de suite. » — Je ne fais que ça. Rester couché. Pour une fois que je joue au maître de maison... » et cette phrase inoffensive sonnait comme un reproche — « pour une fois » ô mon pauvre enfant, pensait-elle, tu n'as jamais eu de maison à toi, par notre faute. Etait-ce là le secret ? Ce visage qu'il avait, ravagé et rajeuni en même temps, avec des yeux énormes perdus dans leurs cernes bruns ; et ce sourire qui voulait être gai, et hésitait entre la gêne, la tendresse protectrice et une incontrôlable frayeur (mais je vais bien, ou j'essaie de le croire, pourquoi prenez-vous ces airs désolés ?) ; ô si cette fille pouvait ne pas tourner en rond dans la chambre, arrangeant les bouquets de fleurs, ramassant les vêtements qui traînent. — Mais viens donc t'asseoir, Vi », cette voix au timbre assourdi, ce *Vi* un peu long, appuyé, qui résonne comme un appel, et les joues lisses et fermes de la fille.

Et la gentillesse distante du maître de maison, « maître », en effet, débonnaire, nonchalant, tout juste assez tendre pour ne pas paraître sec — il était en représentation, il était le fils qui reçoit ses parents après une brouille fâcheuse, cherche à faire oublier des torts réciproques, et surtout, surtout, à faire oublier la vraie raison de leur visite... cet Objet dont personne ne veut parler, dont les yeux et les voix s'appliquent sans cesse à ne pas trahir la présence. On tourne en rond autour d'un cratère profond qui s'élargit sans cesse, laissant de moins en moins de place de manœuvre à ceux qui se tiennent sur les bords.

Ce jeu épuisant et obligatoire. ... Car c'est un mensonge ! la mère pense, avec tout le sang de son cœur, c'est un mensonge ! Il est si vivant, il est plus vivant que jamais, comment osent-ils lui faire peur ? !

Ilya Pétrovitch parlait posément — penché en avant, mains jointes entre ses genoux. — Je comprends, nous comprenons, mais il y a des cas de force majeure, notre proposition était raisonnable, pas question de t'accaparer, personne ne veut empiéter sur ta vie privée mais il est des obligations... oh ! envers toi-même en premier lieu, Victoria... Alexandrovna est sûrement d'accord » (le lâche, pense Tatiana).

Elle disait : « Tu ne comprends pas — qu'après un si long malentendu — la nécessité de parler, vraiment, cœur à cœur, seul à seule, tu nous reçois comme des étrangers, ai-je mérité cela ?... Ou, si je l'ai mérité, ne peux-tu, toi que je *sais* généreux... » et Iliouche, comme toujours, cherche à arrondir les angles — lui le fonceur, le batailleur, et dans les rapports familiaux si pusillanime — mais oui, nous ne voulons pas peser sur toi... si les enfants pouvaient passer te dire bonjour. — Mais, dit Vladimir, ils partent en colonie, ils ne sont pas encore partis ? » — N...non, Tala a eu une extraction dentaire très pénible... » — C'est idiot, ils perdront le bénéfice du billet collectif. » Bref : c'est bien le moment de faire des économies sur le billet, bref : j'ai compris, ils s'imaginent que je vais claquer d'un jour à l'autre, il fronçait les sourcils comme pour chasser une mouche de son front

en colère, oui, il était positivement en colère, mais n'osait dire ce qu'il pensait, ce qu'ils pensaient tous — il faut être diablement prudent à présent, le mouvement d'humeur le plus anodin devient tout d'un coup porteur d'inguérissables blessures, abus de pouvoir scandaleux.

« Il est pénible, dit-il, de se retrouver dans un

moment... où je vous vois affolés, sans raison valable je l'espère bien croyez-moi. Je t'avais expliqué, maman, ma façon de voir. » Ce qui veut dire, Victoria, encore Victoria et toujours Victoria. Bon. Elle s'était mise à pleurer. « Maman ! je ne te fais aucun reproche ! tu ne m'as pas compris ! tu dramatises toujours tout, c'est lassant, à la fin ! » et là il avait été pris d'une quinte de toux si violente que Victoria elle-même (qui devait en avoir l'habitude) s'était précipitée vers lui dans un élan d'oiseau qui voit sa progéniture menacée — tenant d'une main un verre de thé, de l'autre bras entourant les épaules du malade. » ... Oh et puis vite, passez-lui le crachoir Ilya Pétrovitch, il est là sur le tabouret ! »

« Mais *non*, ça n'arrive pas souvent », il reprenait souffle, furieux contre lui-même. « Ecoutez : vous pouvez être tranquilles, j'ai avec moi une bonne infirmière. » — Ne parle pas ! »...

— ... Mais non, poursuivait Georges (un incurable optimiste, celui-là, et il croyait ce qu'il disait) vous allez voir. Cela peut très bien s'arranger. C'était une erreur, de retarder le départ des enfants — il faut *absolument* les faire partir si vous voulez mon avis. Ils vivent dans une atmosphère d'affolement, vous ne faites que vous énerver les uns les autres... » on eût dit un grand-père qui donne des conseils.

— Nous ne pouvions pas les forcer. » — Bon, si Pierre veut venir chercher ses affaires... à moins qu'il ne préfère revenir ici, en attendant... je vous assure qu'il serait mieux dans le Midi avec ses camarades. »

— Eh oui, dit Ilya Pétrovitch, si seulement... » ce qui signifiait — sans cette mélodramatique fuite en pyjama et sans papiers, qui, pensait-on, avait dû aggraver l'état du malade, les enfants n'eussent pas fait tant d'histoires... Oh non vraiment tu crois que nous aurons le cœur de nous amuser ?... oh non, nous pourrions vous aider (aider à faire quoi ?). Non, disait Gala, dans des situations pareilles on ne se sépare pas ! — Voyons chérie, papa serait désolé de vous voir rater vos vacances... » — Oh ! tu parles de vacances ! » — Et puis, il voudra peut-être nous voir. » — Mais Pierre, rends-toi compte : sachant que vous êtes restés à Paris à cause de lui il se croira plus malade qu'il n'est. » Ce regard hautain que le garçon avait jeté sur sa grand-mère : pour qui prenait-elle papa ?

... Ils sont restés à Paris, disait Tatiana Pavlovna — dans le train qui ramenait les deux époux vers leur désormais triste 33 ter —, pour attendre le bon plaisir de Mlle Victoria, et il semble bien que cette personne ne tienne pas beaucoup à les voir. » — Ne te monte pas la tête, Tania. Nous verrons. L'essentiel est de rétablir le contact. »

— ... Et — tu vois, Iliouche — je l'ai compris hier... non, il y a longtemps que je l'ai compris. Il n'aime pas cette fille. Elle le tient par le chantage à la jalousie, et lui, avec son don-quichottisme... » — Elle n'est pas Maritorne. »

— C'est bien de toi ! Donc, tu estimes si peu ton fils, que tu le crois capable de perdre la tête pour une paire de joues roses ? Oh ! pas lui ! Mais je le connais ! je l'ai toujours dit — un Van der Vliet jusqu'au bout des ongles — et, hier, il m'a si — cruellement rappelé le pauvre André, tu te souviens, en 1918 au moment de la famine, quand nous étions tous maigres comme des squelettes... Oui, fanatique et chimérique... »

Ils traversaient le pont au-dessus du chemin de fer, s'engageaient sur l'étroit sentier de la Gare, où les petites roses chiffonnées des rosiers grimpants et des volubilis déjà fermés pour la nuit se mêlaient, derrière les grilles des jardins, aux sombres feuillages des troènes — et dans le ciel, derrière la haute passerelle de fer et la Grande Maison, s'étiraient de longs nuages bleu d'acier coupés par deux stries de lumière rouge. Très haut dans le ciel les nuages d'un gris de fumée bordés de rose violacé flottaient et se défaisaient — un ciel de vent — dans les jardins les cimes des marronniers et des poiriers frémissaient ; et, en contrebas du petit mur — à gauche — le train électrique passait dans un rapide cliquetis de roues, projetant sur les rails des étincelles bleues, et les deux époux marchaient lentement — revenaient sur leurs pas — peu pressés de gravir la côte de l'avenue de la G. (maréchal J), de retrouver leur maison qui (les trois enfants les y attendaient avec Tassia) leur semblait froide et déserte comme un caveau.

Et Tatiana cherchait à s'évader et ne savait dans quelle direction tourner sa pensée, le vent, un beau ciel de vent, comme les nuages passent vite, on voit Vénus briller dans une déchirure claire entre de longues plumes violacées. André. Son frère. Dans une barque sur la Néva au coucher du soleil, du côté des Iles... André avait cinquante-six ans quand ils l'ont fusillé — jeune encore — et mon fils !... quinze ans de moins ?

« ... Non, vois-tu — s'appuyant sur le bras de son mari elle parlait d'une voix rêveuse, perdue — ... Cette façon qu'il avait, qu'il a, de porter aux nues les femmes qu'il aime, de crier leurs perfections sur les toits — c'est la preuve, n'est-ce pas, qu'il y a quelque chose de *voulu* dans ce prétendu amour, avec Myrrha c'était la même chose tu t'en souviens, par sens du devoir il cherche à se persuader qu'il aime — et, envers cette fille, il me l'a bien laissé entendre, il se sent surtout lié par une obligation morale. Et c'est parce que cette obligation lui pèse que, par délicatesse, il en fait trop. »

— Possible, dit Ilya Pétrovitch, sceptique. Possible. »

— Certain, Iliouche. Et c'est cela qui me révolte... Car je sais qu'au fond il n'a jamais aimé que Tassia, tu t'en souviens, comme il craignait de la voir, comme il se mettait en colère chaque fois que par hasard il la rencontrait. Oh ! toute cette vie gâchée ! »

— Tania, à quoi bon ? Ce qui aurait *pu* être ? Trop de choses, Tania. »

— Ah ! Laisse-moi. Tu te souviens, quand nous étions en vacances, près de Louga, cette nuit de la Saint-Jean — ils étaient toute une bande, à essayer de sauter par-dessus les feux allumés, et la robe de Tassia — en batiste blanche — avait pris feu, et lui s'était précipité pour éteindre, avec ses mains, et comme il tremblait d'émotion, oh je t'assure il était très amoureux d'elle, et cette façon de prétendre l'avoir ' oubliée ' — c'est une preuve de plus ! »

— Eh ! quelle importance, Tania ? »... L'homme était à bout de forces, exaspéré au point d'oublier qu'il avait affaire à une mère affolée, et moi, tout de même, moi, le père, elle est là en train de s'inventer des romans au sujet de mon fils, elle qui s'est toujours placée comme un écran entre lui et moi, et qui n'a jamais su le comprendre et l'aimer. Un instant plus tard la femme l'avait reconquis — d'un sinueux sourire vaillant et amer. « Mon pauvre ami, je deviens gâteuse. Tu as raison, qu'importe ? Rien n'importe plus. Une seule chose. »

Au bout du sentier la lumière crue d'un réverbère éclairait le mur blanc de la Grande Maison, le rideau de fer gris et gaufré du magasin de M. Aïvaz — rien ne change, mon Dieu, rien ne change ! Jusqu'à l'écœurement connue, cette rue déserte aux beaux jardins, qu'il nous faut gravir, vers la maison dédaignée, à jamais désertée, de quel droit refuse-t-on à une mère le droit de veiller près de son fils ?

« Qui nous défend de haïr, Iliouche ?... Tu l'as vu, j'avais même, au début, pris sa défense par loyalisme féminin, par stupide attendrissement sur sa ' jeunesse '

— comme si une jeune salope était moins odieuse qu'une vieille. Pire. Elle fait le chantage à l'innocence et à l'ignorance... Iliouche ! mais c'est criminel ! Il faut que je lui parle, que je lui fasse comprendre ! »

Tes cris, maintenant, pensait le mari, tes cris ta révolte, tes coups d'épée dans l'eau, pauvre amie — A quoi bon te torturer ? t'agiter ? pour rien. Tu te braques. Ecoute-moi, daigne pour une fois m'écouter. Ce que nous pensons d'elle n'a *aucune* importance. Nous pouvons encore gagner la partie... »

— Avocat — dit la femme, avec une amertume où il y avait un peu de tendresse involontaire. — Il faut que j'aille lui baiser les mains ? Je le ferai, parole d'honneur je le ferai. Mais je sais que c'est inutile. »

Dans la cuisine-salle à manger-salon du 33 ter, Tassia — toujours de noir vêtue, en sévère robe de toile — jouait au bridge avec les trois enfants — sérieux et gais à la fois — absorbés dans le calcul des honneurs déjà sortis — s'efforçant à se composer des *poker faces* pour ne pas compromettre leur dignité de joueurs, poussant des cris de rage devant un roi brusquement et triomphalement lancé sur la table par l'adversaire — Gala qui, partenaire de Tassia, faisait le mort, se penchait sur les cartes de son frère. « Tassia, dis-lui, elle n'a pas le droit, disait Pierre. Elle va te faire des signes. »

— Tu la prends pour une tricheuse ? dit Tala. Non, Gal, ne lui donne pas de conseils, ce n'est pas de jeu. Espèce d'idiot ! tu avais annoncé quatre piques ! et c'est elle qui avait le roi ! qu'est-ce que tu avais, alors ? » — Silence ! disait Tassia, Silence. » — Oh zut, zut et zut ! tu m'as fait tuer ma dame ! Oh ! oh ma pauvre dame de pique !... *Minus !* si j'avais eu cette levée nous avions tout le reste, maintenant nous perdons tout, autant ouvrir les cartes !... » et d'une main rageuse elle jetait sur la table la dame nommée

Pallas, pour laquelle elle avait toujours eu un faible. « *La dame de pique*, cita Tassia, *signifie malveillance secrète*. Je prends le reste, mes enfants : tous les autres cœurs sont déjà sortis. »

— C'est la chance du jeu sans atout, constatait Gala, triomphante. Il s'en est fallu de peu, hein ? » — Je ne joue plus avec Pierre ! » — Oh ! là là ! qu'est-ce que tu penses ? Chez l'oncle Georges je battais maman et la princesse, avec tante Sacha qui joue comme un pied... » — Du respect, du respect. » — Mais c'est vrai ! »

— Maman devait tricher exprès pour vous faire gagner ! » — Ah ! ah ! elle dit que maman triche ! » Tala prenait un air faussement apitoyé — toute au plaisir enfantin de taquiner son frère. — Par charité, oui ! » Il se penchait sur elle, par-dessus la table. Attends un peu, blondasse ! » Et Tala poussait des hurlements, protégeant ses cheveux des deux mains.

« L'oxygénée ! chantonnait Pierre. La jaunisse, la jaunisse ! » — Passe, disait Tassia, de sa placide voix grave. Passe. Tournez la page. C'est à Pierre de donner. » — Au prochain *robber* je joue avec toi, j'en ai marre des filles. »

Et les grands-parents, après être restés pendant quelques minutes debout, près de la porte ouverte, se décidaient à entrer. Par le courant d'air glacé de leur présence détruire l'innocent refuge où ces trois êtres légers tentaient d'oublier qu'ils étaient censés souffrir — et la grand-mère était partagée entre l'amertume et une maternelle pitié.

Les trois jeunes — ils n'étaient plus enfants — ramassaient leurs cœurs et leurs piques, leurs dames et leurs as, plus question (horreur) de s'empoigner aux cheveux, Tala plissait le nez d'un petit air agacé, les deux autres entraient plus rapidement dans leurs rôles. « Alors ? dit Gala. Est-ce qu'on a pu décider quelque chose ? » La grand-mère haussait les épaules et jetait sa toque coq-de-roche sur le lit. « *Basta !* mes enfants. Rien de nouveau. Et à propos, votre oncle estime que vous auriez déjà dû être à Cavalaire. »

— Et de quoi se mêle-t-il ? » demanda Pierre, d'une voix trop haut perchée. Plus il avait envie de retourner chez son oncle plus il se croyait obligé de se montrer inutilement ingrat — car ce n'était pas beau, non, pas beau du tout, il éprouvait un plaisir cruel à laisser entendre à grand-père : vois quel rôle déplaisant je joue pour que tu aies moins de chagrin... car il se rendait compte que grand-père ne lui montrait plus qu'une tendresse distraite, qu'il n'avait pas le cœur d'être heureux de sa présence.

— Et il n'a peut-être pas tort, dit Ilya Pétrovitch, las, préoccupé — avec cet air de penser à autre chose qu'il avait toujours à présent. — Tassia, ma chère, tu as lu les dernières élucubrations d'Hitler à propos des Allemands des Sudètes ? ça devient inquiétant, non ? » — Avec les *Volksdeutsch*[1], dit Tassia, il pourrait aussi bien aller jusqu'à la Volga — et vous compter vous-même, tant qu'il y est, parmi les sujets du IIIe Reich, Ilya Pétrovitch ? »

— Cesse donc de me taquiner, je ne suis pas plus allemand que tu n'es française, Mlle Delamare. Marc me reproche déjà assez mes lointaines origines, nous sommes tous en train de devenir des racistes. »

— ... Est-ce qu'Hitler nous considérerait comme juifs, grand-mère ? » demanda Tala. — Oh ! tu y penses ? je n'en sais rien. Pour un seizième... un peu loin mais sait-on jamais ? En Amérique, un seizième de sang noir suffirait pour te faire exclure de la bonne société. » —

1. *De race allemande* (expression utilisée par Hitler pour désigner les communautés d'origine allemande vivant hors de l'Allemagne).

Pouchkine avait un huitième de sang noir, n'est-ce pas ? »

— Grand-mère, demanda Gala, sérieuse bien qu'elle s'efforçât de ne pas le paraître — pour combien de générations le rabbin nous a-t-il maudits ? » — Pour l'éternité, ma fille. Et je crois que c'était verser de l'eau dans la mer — oh ! non, la vie n'est pas drôle, toutes les bénédictions du monde ne la rendraient pas plus facile. »

— Et maman ? demanda Pierre, associant naturellement le mot « bénédiction » à l'image de sa mère. Elle n'est pas rentrée avec vous ? » — Mais non, tu sais bien qu'elle est aux Pompes Funèbres. » — Et après ? elle viendra ? »

Non, elle couche toujours rue Lecourbe. *Persona non grata.* Tatiana le lui a fait comprendre. Oh oui, la femme de toutes les démissions. Qu'elle abandonne le fils, après avoir abandonné son mari, puis ses filles. « ... Tania, puisque nous acceptons son argent... » — Toi, tu évalues tout en termes d'*argent* ! elle travaille pour ses enfants, pas de quoi se prendre pour une héroïne. »

Elle est aux Pompes Funèbres. Comme tous les vendredis. En train d'astiquer les Regrets Eternels. A mon Epoux. A nos Parents. A notre Mère bien-aimée. Regrets, Regrets ! De Profundis. A mon Epoux Bien-Aimé. A notre Fils. Lettres d'or, lettres noires. Une colonne brisée, un angelot blanc qui pleure.

Myrrha n'a pas envie de rentrer rue Lecourbe — ni nulle part. Se coucher là, par terre, entre deux dalles de marbre. Il y a longtemps que ces symboles funèbres n'évoquent dans sa tête que la pensée de chiffons humides et de surfaces lisses qu'il faut faire briller. Le vieux cimetière de Meudon — derrière sa haute muraille d'où émergent des cyprès — est un grand jardin perdu au milieu d'autres jardins ; un beau quartier, si somptueusement calme en été. Elle ferme la porte après un dernier coup de chiffon aux contre-vents peints en laque noire.

Seigneur que ta volonté soit faite, pense-t-elle, toi qui es le Dieu des vivants et non le Dieu des morts, toi qui veux notre vie et non notre mort viens en aide à mon incrédulité. Toi qui nous veux vivants, car tu es Vie Seigneur, Vie si vivante que ton vrai et véritable corps de chair a su chasser de lui la mort et rendre chaud le sang figé de tes veines, et faire revivre ton corps dans le pain et le vin, Seigneur à notre incrédu-lité viens en aide

toi qui sais bien que nous sommes des vivants et que nous aimons cette vie qui est preuve de ton amour « Seigneur dis un mot seulement et mon serviteur sera guéri », Seigneur les petits chiens ont le droit de ramasser les miettes sous la table des maîtres, « dis un mot seulement », que notre faiblesse n'empêche pas ta volonté de s'accomplir, ta volonté qui est de donner la Vie —

ô mon pauvre cher Pierre Barnev — elle s'était assise sur le large parapet du pont qui enjambait la voie ferrée Versailles-Montparnasse au-dessus de la gare de Meudon — mon pauvre Pierre, *sacerdos in aeternam,* qui me dit qu'il ne faut pas exiger de miracles, mais je ne demande aucun miracle, Seigneur, j'espère en l'accomplissement de Ta loi sur terre « Seigneur je ne suis pas digne de te recevoir dans ma maison, mais dis un mot seulement et mon serviteur sera guéri » — voici venir le Prince de ce monde qui n'a nulle part en Toi, pourquoi lui sommes-nous à tel point livrés ? Apprends-moi Seigneur à vaincre cette peur mortelle qui est déjà capitulation devant la mort, toi qui as dit à Jaïre : « *ne crains rien* »...

Le Christ était là, près d'elle, montagne de silence, montagne faite d'un énorme bloc d'aimant sur lequel elle était aspirée, accrochée par tous ses nerfs, comme un paquet de fils de fer — accrochée dans une indicible sécurité alors que son cœur, oiseau plaintif pleurait et se débattait, ne crains rien même si le glaive te transperce le cœur, celui que tu aimes est entre Mes mains, rien ne peut lui arriver qui le sépare de Moi, crois-tu que Je l'abandonne jamais ?... Pleure — bienheureux vous qui pleurez, car vous rirez ! ni demain ni après-demain mais lorsque les temps seront abolis et ils sont déjà abolis, mais toi tu auras à pleurer amèrement et longtemps, car en vérité ceux qui pleurent ne sont pas des insensés, ils ont sur quoi pleurer !

... Et pourquoi — en prenant le train à Meudon-Montparnasse — ne pas aller tout droit, de la Gare Montparnasse jusqu'à la rue Campagne-Première et à la villa d'Enfer, non, ne pas frapper à la porte mais rester assise sur le trottoir, il ne fait pas froid, il ne pleut pas, rester assise à veiller jusqu'à l'aube... Comme une vierge folle avec sa lampe vide ?... Extravagant et mélodramatique, mais Myrrha Zarnitzine ma chère as-tu jamais eu peur de passer pour une extravagante ?

Dans l'atelier du 11 villa d'Enfer une lumière rouge pâle brillait à travers le verre dépoli de la haute verrière. Assise près de la porte, les bras autour des genoux, Myrrha écoutait le 5e Concerto pour violon de Mozart, qui, dans le silence du soir, lui parvenait à travers la fenêtre ouverte si distinctement qu'elle en fut gênée : ne risquait-elle pas d'entendre aussi bien des paroles ? Mais, le disque une fois arrêté, elle n'entendit que des voix indistinctes. Une question brève, un autre disque. *L'Ode funèbre.* ... Comme nous aimions cela — elle se revoyait, avec Vladimir, debout au balcon de la salle Gaveau, il n'y avait plus de places assises — elle était enceinte de Pierre et la tête lui tournait et la sombre et triomphante majesté du leitmotiv la faisait trembler ; elle s'était assise sur les marches — exactement comme elle était installée maintenant sur le trottoir devant la porte — et lui, penché sur elle, la protégeait de ses deux bras. — Oh ! formidable ! disait la voix de Victoria. On le rejoue encore ? » cette belle voix sonore qu'elle a — celle de Vladimir, un peu sifflante, semblait acquiescer « mais, disait-il, plus fort ». Perdue dans les harmonies de l'*Ode funèbre* Myrrha oubliait ce que sa situation avait d'incorrect.

Ils riaient aux éclats. Le rire de la fille — rauque et bruyant, surprenant car sa voix était plutôt mélodieuse —, le rire de l'homme, cassé, irrépressible, où des notes de l'ancien rire de Vladimir perçaient encore... mais au fait. A la maison il ne riait pas souvent ainsi, jamais avec cet oubli de soi, ce laisser-aller... d'ailleurs, le rire s'était mué en toux, et après quelques gargouillis et exclamations rageuses, la toux se muait en rire. Et le disque jouait à tue-tête le fameux air de Grémine : *L'amour commande à tous les âges...* air qui, malgré sa facile et sensuelle beauté, ou à cause d'elle, provoquait depuis des décennies des plaisanteries en société, et surtout dans les familles où il y avait des Tatiana

(Onéguine je ne le cache pas
Follement j'aime Tatiana !...)
... L'amour commande à tous les âges...
Et ses élans sont bienfaisants

il n'y avait tout de même pas de quoi mourir de rire, mais ces deux-là échangeaient, semblait-il, des remarques qui devaient leur paraître drôles.

... Le disque, une deuxième fois joué, ralentissait dans un gémissement lamentable au moment où Tatiana resplendissait comme une étoile « *dans les ténèbres de la nuit, dans un ciel pur...* » néééé-bé-é tchi-iiiis... Impossible de savoir ce que disait Vladimir,

405

mais la fille parlait fort. En riant. « Ce que tu es bête, non, mais ce que tu peux être *bête !* » Une voix triomphante. Alanguie et tendre. Mon Dieu, que fais-je ici ? Voyeuse ? ou plutôt « écouteuse » ? Quelle honte, Seigneur, *eavesdropper*, non je n'ai pas le droit, aucun droit —

je n'ai plus aucun droit,

je frappe à la porte du festin de noce avec ma lampe sans huile et le fiancé me répond : je ne te connais pas. Ils célèbrent leur fête, et toi tu venais avec tes voiles de deuil les mains encore glacées par les « regrets éternels » — toi qu'il avait réchauffée de son amour (oh ! ils auront beau dire, il m'a aimée !) avant de rencontrer la femme aux lampes pleines d'huile, et de s'enfermer avec elle dans la demeure illuminée.

Elle fait les cent pas, le long du trottoir, vers la rue Campagne-Première, où passent de rares voitures à feux jaunes, où les rectangles orangés des fenêtres encore éclairées se détachent sur des murs gris foncé. Par une fenêtre ouverte la voix de Tino Rossi clame :
Voulez-vous que je sois — Madame votre amant ?...
... Je serai, croyez-moi, fervent et caressant !
non, elle revient vers le fond de la villa d'Enfer. Elle pensait à des ménages à trois, car elle en connaissait plus d'un, de vagues amis ; ménages heureux en apparence, l'homme se partageant, avec affection et respect, entre deux femmes unies par une tendre amitié — oh oui, un cas, même, (Militza Antonov) de deux hommes, de même âge, amis intimes, acceptant le partage par amour pour Militza — sans cohabiter toutefois, à cause de la concierge... mais les Piatakov faisaient passer la jeune femme pour leur nièce, l'entouraient de soins, la gâtaient, car elle était de santé fragile.

Et ne sont-ils pas, pensait-elle — ces gens-là, plus

chrétiens que ceux qui se voilent la face au seul mot d'adultère, et font souffrir l'être aimé ?

Cette chose invisible, informe, qui n'est ni corps ni âme, et qui, logée en nous reçoit sans cesse piqûres, brûlures, pinçons, coups de poing, coups de fouet... cette chose qui se tord d'une douleur aiguë que le corps ne ressent nullement — et Myrrha, appuyant de toutes ses forces les bouts des doigts contre ses tempes, s'efforçait de comprendre *pourquoi ?* pourquoi cela fait si mal à cette chose impalpable de réentendre au fond du cerveau la voix claironnante et tendre de la fille, « chant de l'amour triomphant », et pourquoi pas, il n'est rien de plus beau, de plus saint sur cette terre. Et toi, rien que d'y penser tu te cabres de douleur comme si tu recevais un coup dans l'estomac.

Elle allume une cigarette — drogue, lâcheté. Dis-moi ce que tu fais ici, comme par un aimant attirée vers qui n'a pas besoin de toi. Tu voudrais te réchauffer un peu au soleil tant qu'il est encore là

et tu te dis qu'il devrait être généreux pour les injustes comme pour les justes ? La cigarette l'étourdit — mais c'est vrai, je n'ai rien mangé depuis... depuis ce matin — elle tire sur la petite flamme rouge, passant devant les vitres faiblement éclairées des ateliers dont les portes se suivent, toutes pareilles, il est derrière celle-ci, par la fenêtre ouverte les voix s'échappent dans la rue, les voix s'entrecroisent, s'entremêlent, chaudes et paisibles, anxieuses et tendres, graves, rêveuses « ... mais non, dit la fille, mais non, je vais t'expliquer, c'est *beaucoup* plus que cela... »

*

Dans cette vie nouvelle (leur Huitième, ou Neuvième ? Ciel) les événements se succédaient si vite que chaque journée devenait un épisode mémorable de leur vie. Le plus banal incident était ressenti comme un drame ou comme un bonheur inespéré, ou comme une extraordinaire découverte. Et les inconvénients de la maladie — toux, fièvre intermittente, sueurs nocturnes, douleurs aiguës et douleurs sourdes — devenaient sujets de plaisanteries d'un goût douteux, et se trouvaient emprisonnés dans un réseau compliqué de mots de passe, sobriquets et allusions saugrenues, qui n'était pas sans rappeler (avec plus de fantaisie) les vocabulaires d'hôpitaux.

« ... Car il n'est rien, Vi, à quoi ce salaud d'être humain ne soit capable de s'habituer, comme le dit le sage Dostoïevski, et nous nous habituerons à danser sur la corde raide sans perdre notre dignité — car vois-tu ma chérie je tiendrai bien jusqu'à l'automne comme je suis, et d'ici là — s'il faut *vraiment* me résigner à leur cure intégrale, je veux bien me transformer en végétal pour l'amour de toi, mais disons-nous que ce ne sera pas une partie de plaisir car on ne te laissera sûrement pas rester à mes côtés jour et nuit »

« Et puis écoute-moi bien. Si même un accident arrivait, je n'aime pas à y penser mais tout de même. C'est à toi que je pense.

« Vi. Il y a là-dedans quelque chose que je ne comprends pas. Mais je ne te laisserai pas seule. C'est comme une certitude que j'ai là — dans la tête — que je ne te quitterai pas. »

— Je ne veux pas, disait-elle, que tu me racontes des histoires pour me consoler. » Dix fois par jour elle se réfugiait dans des rôles connus d'avance qui devaient l'aider à fermer les yeux sur l'inacceptable. Il fallait la distraire de cet engourdissement de l'âme qui ressemble à l'état de l'oiseau fasciné par le serpent. « L'éventualité n'est pas pour demain ni après-demain, j'en parle parce qu'on ne peut s'empêcher de s'interroger là-dessus, mais dis-moi : peux-tu seulement imaginer ce qu'est une année-lumière? ou entendre un ultra-son? et sais-tu que les insectes vivent dans un monde dont nous ne pouvons concevoir l'idée, et voient des formes et des couleurs et des lumières si différentes des nôtres qu'avec des yeux d'insectes nous prendrions peut-être la musique de ce disque pour une forêt de palmiers, ce morceau de pain pour une cascade de soleils, ma main pour une vitre transparente... » — Et nous ne pourrons *jamais* savoir ce qu'ils voient? »

— Mon insecte. Te rends-tu compte qu'il y a deux ans à peine j'étais un homme qui ne t'avait jamais vue. Donc — je n'imaginais même pas que je te verrais. »

— Oh! ça... » elle retrouvait avec joie son lointain passé et la fierté d'avoir *vu* la première. « Moi, je t'avais vu. Ce choc que j'ai eu, quand j'ai vu ta photo au-dessus du lit de Tala! » Ils remontaient ainsi à leurs origines et se perdaient dans la nuit des temps, non par nostalgie du passé mais pour mesurer avec étonne-ment leur richesse présente et le chemin parcouru. Et ils passaient des heures, à demi allongés sur leur vaste sommier qui leur servait aussi de table (un plateau posé au milieu) et dont les nombreux coussins et traversins modifiaient sans cesse la géographie. Pre-nant tantôt la pose d'un sphinx, tantôt celle d'une orante agenouillée, tantôt celle de l'odalisque d'Ingres, Victoria secouait à tout moment la tête pour se rappeler qu'il ne faut pas trop bouger — s'immobilisait comme un lièvre aux aguets — pour quelques instants — puis s'étirait avec des gestes de félin, frottant sa tête décoiffée contre les genoux de l'homme. — Oh! dis, on est *bien*, ne me raconte pas le contraire » — Je n'en ai pas l'intention. »

Il avait tout pardonné sinon oublié, cet argent qu'elle cachait dans le tiroir du petit buffet, — oh non, elle l'avait payé assez cher — pour le meilleur et pour le pire, mon extravagante, nos comptes seront réglés

par d'autres et dans un autre monde. « ... un choc, Vi ?
et pourquoi donc ? » — Oh j'ai été tellement déçue ! »
 — Voilà qui est bon à savoir. Et qu'est-ce qui t'avait
le plus déçue ? la qualité de père de Tala ? l'état
d'homme marié ? l'âge ? » — L'âge, bien sûr ! » — Ah,
voilà qui est franc. Donc, en me remarquant si flatteu-
sement dans la rue tu me prenais pour un jeune
homme ? » elle fronçait les sourcils, pensive, intriguée.
« Eh bien, non. Bizarre, n'est-ce pas. Non, je te croyais
vieux, mais trente ans au maximum. »
 ... Depuis le soir béni où les lèvres chaudes de
Victoria avaient fait basculer dans l'irréalité ses quarante ans de vie passée, Vladimir Thal s'était si bien
habitué à cette vie incohérente, où tout marchait de
travers, midi à minuit toutes horloges détraquées —
*chênes poussant dans des tasses à thé, rames de métro
s'immobilisant dans des tunnels illuminés de feux d'artifice, impossibilité permanente de joindre les deux bouts
d'une corde dont la moitié serait faite de bois et l'autre de
métal en fusion*, bref une vie où, en s'efforçant de
marcher comme un homme normal il n'avait sous les
pieds que bouches d'égout ouvertes, ou corps de
personnes couchées par terre, ou goudron brûlant —
bref, une vie qui ressemblait fâcheusement à un rêve,
pour tout ce qui n'était pas la présence de Victoria... il
s'y était si bien habitué en ces quinze mois de quatrième dimension qu'à présent
 à peu près certain de n'être plus qu'à quelques
semaines ou quelques mois du moment impensable où
il n'existerait plus de Vladimir Thal, il ne s'en étonnait
pas vraiment — et ne connaissait plus que de brefs
moments de terreur glacée — et cherchait à combattre
l'autre terreur
 la « joie-souffrance » qui lui tordait les entrailles. A
n'avoir plus de place dans la tête que pour un long
hurlement *mais ce n'est pas possible* — l'enfant marty-

risée, l'enfant assassinée, je lui aurai tout pris, le bonheur d'aimer changé pour elle en horreur — je lui aurai tout pris pour lui laisser sur les bras un cadavre —

ô il eût mieux valu pour cet homme-là, que cet homme-là ne fût jamais né !... — Et sachant cela il l'oubliait, et l'oubliait en toute bonne foi, pour reprendre la longue conversation depuis quinze mois poursuivie avec délices.

Conversation par moments futile et où d'absurdes plaisanteries et taquineries avaient autant de poids que les discussions philosophiques — et pourtant, le rire ayant tendance à provoquer la toux, ils tentaient de limiter leur penchant réciproque à la surenchère dans l'humour extravagant — oh! non, oh! non, pensons à des choses tristes !... et cela donnait le fou rire. (Et, qui le croirait ? sans arrière-pensée.)

Elle avait pris l'habitude de ne plus rouler ses cheveux en chignon, et déambulait dans l'atelier pieds nus, soit moulée dans son sari de soie bleue, soit affublée d'une robe légère à même le corps nu, car il faisait chaud — orageux parfois. Depuis une semaine ils vivaient ainsi — non, dix jours — et les journées passaient vite alors que l'hôpital Boucicaut semblait englouti dans un passé très lointain (deux ou trois mois, au jugé). Lointaine, la cruelle dispute, perdue dans un temps indéterminé... croire que moi, Victoria Klimentiev, j'allais me déshabiller derrière les paravents mités du grand atelier où des femmes nues en plâtre et en bronze se dressaient dans tous les coins prenant des poses lascives — et j'appuyais ma main contre le sein de Lucie, y agrippant les doigts pour ne pas modifier la pose, et luttant contre le sommeil... oh si, c'était bien moi, mais un tout petit bout de moi, pendant qu'une autre *moi* maniait avec une dextérité de fée les ourlets, plissés et ruches dans les longues pièces sur cour de la maison *Katryne,* au milieu de monceaux de tissu, de robes de collection en lamés, tweeds, cloqués, crêpes marocains... ô si tu savais comme c'est délicat, repasser du velours frappé ! et les « petites mains » riaient et faisaient sauter les épingles vers le bout de leur aimant et la comtesse demandait à Mme Berthe de faire chauffer de l'eau pour le thé —

et c'était *plus vrai* que l'histoire du vieux sculpteur et de ses boules et saucisses en terre glaise bleuâtre, plus vrai mon amour puisque je te racontais cela, et que c'était vrai pour toi, et maintenant ni l'un ni l'autre ne sont plus vrais.

Ce corps redécouvert, ressuscité, régénéré, rendu aux rapports humains car il fallait absolument — et comment donc — et par quel moyen, quittant la salle B. et franchissant Dieu sait combien de portes à vitres dépolies, en espadrilles et en pantalon peu protocolaire, pensait-il retrouver sa voie royale — vers son bien qui avait subi un si cruel préjudice.

Le bien le plus secret qu'il fallait réintégrer dans son mystère, le rassurer, le restaurer, nourrir et abreuver et consoler et réchauffer et ranimer — dans une couche nuptiale quelque peu compromise, car il est bien évident que la maladie avec son cortège de trop visibles symptômes est un épouvantail et même un éteignoir, ô cette peur qu'elle avait eue le premier soir — cette timidité enfantine après la terrible journée, et ce recul vers le bord du lit et ces yeux où l'espoir d'un bonheur désiré était brouillé par une interrogation effrayée « oh mais c'est dangereux ! ce n'est pas dangereux tu crois ? » — Si tu savais ce que je m'en moque. » — Il ne faut pas. » — Je ne suis pas revenu pour jouer aux dominos. » — O ne me tente pas c'est cruel. » — Alors quoi ? tu me trouves trop affreux, je te fais peur ? » c'était un jeu, bien sûr, il n'y avait plus entre eux de mots interdits.

Elle était toute palpitante et inquiète. Et innocemment joyeuse. Alors c'est vrai, tu peux, tu me veux, ça prouve que je te fais du bien, n'est-ce pas ?

... Car en ces moments heureux ils oublient à quel point leur situation est précaire et parlent avec une liberté sans frein. — Il n'est pas possible qu'un autre homme te fasse jamais cela ? » — Rien que d'y penser, dit-elle, j'ai la nausée. » — N'y pense pas, je te le défends. » — Tu ne comprends pas. C'est toi qui m'en parles, ça me plonge comme dans un océan de nausée. Ce ne sera jamais possible. »

Elle avec son corps glorieux, ivre de sa jeune sève, avec ses jointures tendres qui n'avaient pas encore perdu leur indécision enfantine, ses chevilles lisses, ses clavicules à peine saillantes — compare ô mon amour regarde les ravages du temps (?) sur ce poignet couleur de parchemin aux os saillants et lourds — car le temps pour moi file à une vitesse d'avion, *ne s'en est point à pied allé*

n'à cheval — hélas, comment donc ?... par une injustice monstrueuse, car étais-je ainsi il y a seulement six mois ? un âge tel que l'on pouvait sans ridicule dire de moi « encore jeune » et que ma mère était presque la seule à crier au scandale —

et la nuit, aux heures d'insomnie fiévreuse — une haine aiguë et puérile lui étreignait la gorge, ô l'idiot, le lâche, le salaud — tout de même ! est-ce permis ? qu'il s'en tire ainsi, peut-être même sans savoir ce qu'il a fait ?... Ah non, Monsieur le Ministre de la Justice, Monsieur le Préfet de Police je tiens à vous signaler que le nommé Klimentiev Alexandre a commis ce qu'on peut appeler un meurtre, coups et blessures avec intention de donner la mort, car je vous jure que je l'avais prévenu tout juste si je ne l'ai pas supplié, c'est cela le plus bête !

un chien enragé. Je l'aurai. Il saura qu'on ne s'arroge

pas impunément le droit de vie et de mort sur autrui sous prétexte qu'on est un père.

L'ordure, l'innommable voyou, racaille fasciste, crétin, ô Seigneur, quel écœurant et lamentable crétin, sa place était dans les caves de la Tchéka, une âme de bourreau ! il a raté sa vocation. Car il est un meurtrier, je le dis bien, un meurtrier, et un reptile (oui c'est *lui* qui est un reptile).

... « Tu parles de reptiles ? » a demi éveillée elle se relève sur son coude, il sent son tendre souffle sur lui et une lourde mèche de cheveux lui balaie le visage — ... elle est *tiède*, pense-t-il, donc ma fièvre tombe déjà (mon thermomètre vivant) « ... Reptile ?... eh bien c'est l'auteur de tes jours que je gratifiais de ce nom, tu m'excuseras. » — Tu rêvais de lui ? » — Même pas. Tu es adulte n'est-ce pas tu peux te faire émanciper... » Elle se blottit contre lui, avide de sommeil. Et il oublie sa stupide colère. *Une motocyclette.*

L'heure du changement de chemise, voire de drap — en général vers deux heures du matin. Un cérémonial qui ne manque pas de charme — veilleuse rouge allumée, déploiements de serviettes sèches, de linge sec, enlacements rapides de quatre bras dans de maladroits mais efficaces efforts de prestidigitation, escamotage de la veste de pyjama « ... A tordre ! » dit triomphalement Victoria « ... et le drap serait à tordre aussi, mais tu *nages* ! » étrange sujet de fierté « ... mais tu avoueras. Ce n'est pas à la salle B... qu'ils viendraient t'aider à changer de chemise deux fois par nuit ! on fait du thé, non ?... Es-tu assez *pacha* avec ce turban sur la tête ! » une serviette rouge vif, une pénombre rose et Victoria en peignoir bleu, à même le corps nu — rose de sommeil — la tête penchée sur son bol de thé et soufflant dessus, tiens, bois, je t'ai mis *trois* morceaux de sucre. » — Je n'aime pas ça. » — Il le faut, c'est un remontant ! » Les coins de l'atelier sont noirs on ne voit pas le plafond, juste la barre rougeâtre de la soupente, et le chevalet qui se dresse comme un épouvantail, avec le pyjama trempé étalé sur sa barre horizontale.

« On devrait faire des pyjamas en tissu-éponge... et des draps aussi. Oh ! avec ce turban tu me fais penser au portrait du vieux monsieur en turban rouge de Van Eyck ! » — Merci. » — Non, chiche, je voudrais être peintre, je ferais ton portrait. Dans le genre de Rembrandt. Clair-obscur. Tu as une tête royale. » — Vive le clair-obscur. » — ... Non, ne ris pas. Tu sais : autrefois je te trouvais *intéressant*. Mais j'ai beaucoup évolué, mon goût est devenu plus sûr — maintenant je comprends ce qu'est la vraie beauté. Tu sais que tu es *extraordinairement* beau ? » Les yeux de l'amour, mais c'est toujours plaisant à entendre. Ces nuits colorées. A travers les mortelles lassitudes du corps la joie de vivre se fraie un chemin, légère et simple et si vraie qu'il devient indifférent de savoir qu'elle sera de courte durée, il semble si évident qu'elle ne cessera jamais — hors du temps — ce léger peignoir bleu nattier, ces deux mains aux longs doigts roses qui tiennent le bol de thé comme une coupe d'offrandes. — Tiens, bois — ils boivent dans le même bol à tour de rôle. — Je peux le tenir moi-même, voilà, c'est moi qui te l'offre, penche-toi. » Elle pouffe de rire, pourquoi, Dieu le sait. ... Je ne sais pas pourquoi. Pour rien. On est *bien*.

« Je veux que tu me promettes une chose. Tu sais laquelle. » Elle est assise face à lui sur l'escabeau, mains jointes sur ses genoux. Engourdie, il le sait, insensibilisée et s'appliquant à jouer son rôle d'amante courageuse et loyale. — Je vois. Je sais. Il y a des choses qu'on se dit. Qu'on doit se dire. Tu es un honnête homme n'est-ce pas. »

— Ne crois pas cela. Mais je ne suis pas un samouraï. »

« — C'est drôle, tu me fais la morale. N'en parle pas. Ça me rend folle. » — Ma chérie. Il faudrait que tout soit clair entre nous. J'ai peur. Je te le dis une fois pour toutes, je veux que tu tiennes le coup. »

— Mais je ne peux pas savoir d'avance... » elle avait une voix suppliante, désemparée. Puis elle se redressait, respirait à pleine poitrine, étirait ses épaules. « Tu sais. Je crois que cela n'arrivera jamais. Il y a des miracles. Plus grands que ça — tu sais, cet homme dont les os se sont ressoudés d'un seul coup — à Lourdes. » — Tu voudrais que nous allions à Lourdes ? » — Oh ! oui ! » c'était presque un cri de joie. « Si nous y allions ? » Fébrile, heureuse, excitée, on eût dit qu'elle se voyait déjà en train de faire les valises, de courir à la gare chercher le billet, ô pauvre enfant quelle joie cruelle, la joie de ceux qui n'ont plus aucun espoir raisonnable, eh bien oui, non que j'aie envie d'y aller, mais si cela te permet, pauvre compagne, de rire et de respirer, vive Lourdes.

Il y avait des moments d'insouciance où elle pouvait parler de cela, on s'habitue à tout Victoire nos journées comptent pour des mois maintenant, il est étrange qu'elles soient si courtes. Quand les autres viennent en visite ils nous ramènent vers le temps qui passe.

Etranges relations, mélancoliquement superficielles et mondaines — deux présences gênantes (pour les autres) : Victoria et L'Innommée. Tout le monde sait et tout le monde fait semblant. Mais Dieu merci ils ont renoncé à leurs projets de Bellevue et de Davos — un sage médecin, vieil ami d'Ilya Pétrovitch, leur ayant laissé entendre que leur malade en était à un stade où il valait mieux lui permettre de vivre la vie qu'il a choisie.

... Combien ?... que pensez-vous ?... Impossible à dire. A Myrrha, qu'il estimait moins vulnérable que les

416

autres, le Dr Kars avait dit : je n'y comprends rien,
c'est miracle qu'il ait si bien réagi au traumatisme,
après le coup qu'il avait reçu une pneumonie aurait dû
l'emporter en dix jours. Tel qu'il est maintenant, il
peut traîner des mois, ou être emporté en quelques
heures. Un tempérament nerveux et hypertendu, 20 de
tension. — Mais Ivan Dimitritch, il se dépense beaucoup — peut-être qu'avec un repos absolu ?... » —
Difficile à dire : un choc moral pourrait accélérer
l'évolution. »

Donc — la vie en suspens, pour « quelques mois »,
un peu moins ou un peu plus — et cela fait... dix-neuf
jours que nous *savons* et la vie continue et nous faisons
semblant de vivre et nous sommes entrés dans un
monde irréel, dans l'attente du coup décisif qui rendra
ce monde cruellement réel, ou plus irréel encore, qu'en
savons-nous ? fascinés par la vue d'un être aimé que
nous trahissons à chaque seconde car à son visage
vivant se superpose un trou d'ombre, une absence de
visage, une peur animale nous rend sa présence redoutable.

C'est injuste, pensait Myrrha — en ces jours nous
devrions tous être réunis, et le voir sans cesse, pour que
l'éclat de ses yeux et sa voix cassée mais toujours
sienne, et même ses soufffrances, banales comme toute
souffrance du corps, nous fassent oublier ce froid
mortel qui n'est pas en lui mais dans nos cœurs —
injuste de laisser ce privilège à un seul être, je n'irai
pas jusqu'à haïr cette privilégiée comme le fait la
pauvre Tatiana mais, Seigneur, quelle amertume —
l'amour ne donne-t-il pas des droits — un père, une
mère ?

Elle lui en avait même parlé — prenant sur elle le
rôle ingrat d'avocat et d'accusateur. Comprends-moi,
il est des responsabilités... Tous deux se lançaient dans
une discussion assez platement conjugale sur la meil-

417

leure façon de ménager les sentiments des parents, ils se creusaient la tête avec une candide bonne volonté, il faut, oui bien sûr, il faut trouver un moyen... — Ton père me fait de la peine. Il ne parvient même plus à se concentrer sur ses problèmes d'échecs. » — Tu voudrais que je joue aux échecs avec lui ? Disons, deux fois par semaine ? Ça n'aurait pas l'air un peu artificiel ? » — J'en ai peur, oui. La seule chose à faire serait de déménager — chez Marc, ou chez nous. » — Chez nous ? et les enfants ? » — Tu aurais la chambre de Pierre, Pierre en bas avec les grands-parents, moi avec les filles... » Curieux, comme ce projet fou lui semblait attrayant, dans quelle douce chaleur elle se sentait plongée, quel retour à un bonheur perdu que l'on n'avait jamais imaginé si beau, ô si c'était possible.

— Mais je comprends très bien, disait-il, si seulement c'était possible. Je ne suis pas une brute. Dis-leur que ce n'est pas de la mauvaise volonté. »

Voyons, disait-elle, et Bellevue, et Marc — terrain neutre ou presque — pourquoi sommes-nous tous si conventionnels ? on peut inventer des solutions insolites, qui rendent les choses plus faciles par leur étrangeté même... Il battait des paupières, sentant l'approche de la peur froide, et luttait contre une amertume égoïste mais bien naturelle. — Plus *faciles ?* Pour qui ? Mais non, évidemment, sujet tabou. Un autre dirait : je m'en moque après tout, *eux*, ils vivront, qu'ils se débrouillent comme ils peuvent. Marc. Il semble avoir assez bien « survécu ». Mais nous sommes des gens bien élevés. « Myrrha, tu crois que je n'y ai pas pensé ?

« Non, vois-tu. Tu pourrais me dire que je devrais au contraire tout faire pour la détacher de moi. Des hommes qui jouent ces comédies héroïques, cela c'est vu, et c'est même assez bien vu.

« Avec elle, ça ne marcherait pas. »

Myrrha pensait : il parle trop. Elle en oubliait

presque d'écouter ce qu'il disait, elle entendait la voix rapide, sèche, à laquelle il était difficile de s'habituer. Elle le regardait, adossé à sa pile de coussins — le cou d'oiseau surgissant d'une chemise déboutonnée, les joues et le menton bleuâtres, mal rasés, avec deux petites croûtes sanguinolentes au creux des joues. « Tu te sers toujours de ton vieux rasoir ? » — Toujours. Une manie — je devrais m'en procurer un moderne, je n'ai plus la main très sûre. J'attends d'être tout à fait impotent. » A la dérobée il jette un coup d'œil sur le réveille-matin placé sur le tabouret près du lit.

— Tu vois, quand elle sort, j'ai beau me dire que c'est par discrétion. Jamais tout à fait tranquille. Avec cette circulation. » — Oh ! début août Paris est plutôt calme. » — Justement : on ne se méfie pas. Des gens qui roulent trop vite. Je te disais... » — Milou. Vraiment. Tu parles trop. » — Tu deviens comme maman. Je te disais. Mets-toi à ma place. Je n'ai même pas pu lui assurer une vie décente. Elle aime les gâteaux. Les bas de soie — le cinéma — non, je m'embrouille.

« ... si j'étais croyant je hurlerais à l'injustice. Et puis, même sans être croyant — je te dis : c'est *injuste !* Ignoble. Atroce. »

Pour empêcher sa mâchoire de trembler — de colère impuissante, d'attendrissement fébrile — il s'était levé et s'était approché de la porte ouverte. Adossé au chambranle, bras croisés, Myrrha l'avait suivi et se tenait à ses côtés, appuyée au mur. « Je peux fumer — ici cela ne te dérange pas ? » — Mais ça ne me dérange jamais. » Réponse de politesse, il craignait la fumée. Elle s'était avancée d'un pas sur le trottoir. Le jour baisse. Au bout du passage bordé de portes d'ateliers le ciel est orangé. Il dit : « le fait est qu'on manque d'air, ici. Je rêve de l'odeur des pins. De grandes forêts de pins. Des lacs de Finlande. »

« Nous, dit Myrrha, nous allions plutôt en vacances

dans le Midi. Papa avait une villa à Théodosie. Un jardin avec des charmilles et des tonnelles, si pleines de roses grimpantes qu'on les cueillait par brassées. Un jour nous sommes allés en mer, Georges et moi, sur notre petit bateau à voile, et le vent s'était levé... nous avons été déportés si loin qu'on ne voyait plus la côte — et nous avons été recueillis par un *cuirassé*, tu te rends compte ? les officiers ont fait une fête en mon honneur, dans la cabine du commandant. » — Tiens, tu ne me l'as jamais raconté. Quel âge aviez-vous ? »

— Euh... dix-sept ans. C'était en 1913. »

Silence. Eh oui, nos dix-sept ans à nous — Tala n'a pas eu de jardin à tonnelles couvertes de roses, ni de bateau à voile. Victoria encore moins. « Je te disais : injuste. Il est des jours où j'ai presque honte, devant elle, de notre passé. »

Et les rares silhouettes de passants qui s'engagent dans la villa d'Enfer ne sont pas celles de Victoria.

« Le fait est, Myrrha, qu'elle est terriblement ombrageuse, un être en pleine mue, et avec cette cruelle timidité des jeunes devant la vie... » Timidité ? pensait Myrrha, avec une dureté qui l'étonnait elle-même — on ne le croirait guère. Et malgré elle, elle s'impatientait — (ô que cette fille revienne enfin !) tant il avait les yeux fiévreux, tant il était absorbé et absent. Mon Dieu, mais cet homme est malade ! Malade d'amour.

Et que fais-je là ?

Endolorie, engourdie, horriblement habituée — anéantie puisque l'homme que j'aime se permet d'étaler en long et en large son amour fou pour une autre devant mes yeux d'affamée, c'est Tatiana qui a raison, quel manque de dignité ma fille. « Bon, dit-elle, je m'en vais, il est tard. » Il se retourne vivement. — Non, reste. Pardonne-moi, je suis un mufle, mais avec tous ces... ennuis, je ne m'y retrouve plus. »

— Non, tu fais bien, dit-elle, avec une douceur

machinale, mais sincère — nous nous sommes toujours parlé franchement. Dieu merci. » Et il regarde ses mains, qui frottent prestement une allumette suédoise contre l'émeri brun de la boîte — ses maigres mains rugueuses aux ongles cassés — ô l'argent, le maudit argent. *Remets-nous nos dettes.* Elle qui a toujours tout remis à ses débiteurs, les débiteurs n'en sont pas plus avancés. — Tu sais Myrrha. Je n'aurais jamais dû permettre — jamais dû te forcer à vivre avec mes parents. »

— Voyons, pourquoi ? dit-elle, surprise. Je les aime. Nous avons été — très heureux. » — Il ne t'en faut pas beaucoup. Mélisande. » Elle se détourne. Tirant sur sa cigarette. Ce nom jadis tendre. Oh qu'ils ne disent pas qu'il ne m'a pas aimée, tout est de la faute de cette fille, *tout !* Nous étions heureux.

... Plus tard. En septembre, en octobre — mais Vi qu'as-tu à me poser des questions, ce que j'avais à lui dire ? je ne sais plus mais j'ai de l'affection pour elle, qui n'en aurait pas ? Je lui ai surtout (j'en ai peur) parlé de toi. « Oh ! quel manque de tact ! » au fond elle est ravie. « Je deviens un trésor qu'on s'arrache. Tu ne me croiras pas, c'est surtout à mon père que je pense, il a été sacrifié, tu sais, et cela justement parce qu'il était un homme ambitieux, agressif, sûr de lui, un égoïste pour tout dire. Et il avait une pudeur excessive dans l'expression de ses sentiments, ma mère avait tout pris pour elle —

« mais je te dirai : il adore Pierre. Cela me rassure. »

— Il te manque, dis ? il te manque ? » — Vi, en toute franchise, je ne sais plus. Les pots cassés. Du gâchis. Combien de fois j'ai voulu lui écrire — d'ailleurs j'écrirai. Leur écrire à tous. Et les jours passent si vite. »

Si vite. Existe-t-il un *devoir d'état* du malade « condamné » ? La petite Tala était venue prendre le thé (pas trop de visites à la fois) la petite Tala en robe de mousseline de rayonne bleue et rose « je l'ai achetée avec mon propre argent ! » Ma philosophe. Alors ? C'est la Sorbonne en novembre ?... Tout compte fait je commencerai par la licence de français. Et les deux filles se mettent à caqueter et à papoter, profs, surveillantes, salles de travaux pratiques, mauvaises notes et zéros de conduite, camarades poseuses, bûcheuses, flirteuses, lèche-bottes, chic, épatantes... Oh ! et Fernandez figure-toi qui s'est fait recaler à cause de 2 points à l'oral, la note d'*astronomie* tu te rends compte ? » — Oh ! mais elle passera en octobre. »

— Et la pauvre Sido qui s'est fait recaler à l'écrit. » — Oh, elle n'a jamais été une lumière », dit Tala. Victoria, coudes sur la table, poings sous le menton, sourcils sévères. « Toi, tu as toujours attaché trop d'importance aux valeurs intellectuelles. Sido est une fille épatante. Elle a, comme on dit, l'intelligence du cœur. Elle a été vraiment chic avec moi — ses parents lui ont *interdit* de me voir, et elle s'arrangeait pour me rencontrer dans des cafés et pour me passer ses notes de cours, ça m'a beaucoup aidée. » — D'accord, disait Tala, se forçant à ne pas prendre un air pincé — elle est bonne fille... je n'aime pas son genre, c'est tout. » — Ah ! ah ! quel genre ? » — Fasciste, 'sainte Russie', antisémite... tu savais que le père de Légouvé est Croix de Feu ? » — Je m'en moque. » — Eh bien pas moi. »

— Vous discutez donc souvent de politique au lycée ? » demandait Vladimir — et Tala se tournait vers lui, les yeux tendres, prise en faute, était-ce bien le moment de prendre ombrage de l'amitié de Victoria pour Sidorenko, oh ! *papa*... » Non, ce n'est pas qu'on en discute. C'est une question de nuances, tu comprends. On se tient par petits clans. Lesquels s'ignorent mutuellement et se jettent des coups d'œil méprisants d'un bout à l'autre du vestiaire... » O ma Tala toujours doucement sarcastique — et... c'est drôle, pensait-il, qui donc avait exactement ces mêmes intonations ? oui, cette voix affectée, nonchalante, pince-sans-rire ?... Ania ! Ania, blottie dans un grand fauteuil d'osier, croquant une pomme, et dissertant du bout des lèvres des opinions politiques de l'oncle André... « et tu sais, au fond il est *très* fâché qu'on ne l'envoie pas en Sibérie... » Comme tu me regardes, dit Tala. — Tu m'as fait penser à ta tante Ania. » — C'est drôle. C'est Gala qui lui ressemble. »

— Eh bien, non figure-toi. Gala est, trait pour trait, la grand-mère Sokolov. Ania lui ressemblait un peu mais elle tenait surtout de la famille Van der Vliet. »

— Papa, c'est drôle — ce jeu de ressemblances. On en vient à se demander : est-ce *moi* qu'on aime, ou une mère, une tante, un oncle à travers moi ? De moi on disait toujours : tout le portrait de sa mère ! je me figurais que tu m'aimais à cause de cela. »

— Mais non, Louli, tu ne te figurais pas. » Et ils avaient, à cet instant-là, échangé un bref regard complice et tendre qui les ramenait trois ou quatre ans en arrière (petite coquette — Mais oui, je sais que je suis une petite coquette). Seigneur, pensait Tala, vais-je perdre *cela ?* le perdre à jamais ? il est toujours le même ! j'ai toujours treize ans ! que nous est-il arrivé, c'était peut-être un cauchemar ? je ne veux rien d'autre, je n'ai jamais voulu rien d'autre ! Elle avait tellement envie de se serrer contre lui, ils étaient assis côte à côte sur le bord du grand sommier — Victoria séparée d'eux par la petite table, étrangère, ma fille, tu vois que tu n'es qu'une étrangère —

non, elle n'allait pas pencher sa tête sur l'épaule de son père, pas sous le regard lourd de ces yeux de faïence bleue, mais oh ! je te fais souffrir, traîtresse, voleuse, tu vois je me moque de toi, je ne t'aime plus.

— Papa, dit-elle, ce serait si *bien*. » Il sait de quoi

elle parle. « Ma chérie, nous en reparlerons une autre fois. » C'est vrai qu'il tousse très fort, une toux bizarre, sifflante, sonore — et elle lui en veut, c'est cruel, c'est trop facile, on ne peut plus penser à rien d'autre alors que nous aurions tant de choses à nous dire.

— Tu devrais refaire du thé », dit Tala — Victoria se dirige vers le réchaud à gaz, sans même s'apercevoir qu'on vient de la traiter en servante (oh ! non je ne suis pas si mesquine, pense Tala, mais elle avait eu un bref sursaut de triomphe), oh ! si je pouvais l'humilier pour pouvoir la consoler ensuite ! ô si papa pouvait guérir ! guérir et l'oublier ! « Et tant qu'à faire, dit Victoria, je vais chercher des biscuits au boulanger du coin. »

Tala n'ose pas s'abandonner à un heureux « enfin seuls ! », son élan de tendresse enfantine s'est dissipé, elle aime toujours beaucoup papa (pauvre papa — mais il *guérira*). Seule avec lui, elle est intimidée, il lui semble qu'il faudrait dire des choses importantes, profondes. Et il lui fait la morale : *très* sérieusement ma chérie, vous avez eu tous les trois une année difficile, le bac pour toi et Gala, le changement de lycée pour Pierre, il est absurde de vous priver de vacances, vous devez partir... bon, il vous reste quatre semaines, mieux que rien, oncle Georges vous paiera le billet... je serai beaucoup plus tranquille... « Tranquille, pourquoi ? » — Vous avez besoin de grand air, de bains de mer, de changement de décor surtout... tu es l'aînée, tu dois expliquer cela à ta sœur et à ton frère. » Elle baissa la tête, les cils tremblants. Nous le gênons, c'est tout.

— C'est notre affaire, tu ne crois pas ? » La voix vibrante, involontairement acerbe.

— Tu estimes que je n'ai pas voix au chapitre ? » — Oh je ne dis pas cela... Papa. Tu crois qu'il y aura la guerre ? » (bonne façon de changer de sujet). — Mais non, Louli. Pas avant quatre ou cinq ans. » Et il se met à lui expliquer que la guerre est impensable tant que la question de la frontière belge n'est pas réglée... « Car si la ligne Maginot ne se prolonge pas jusqu'à la mer elle n'a plus le moindre intérêt stratégique, tiens, regarde » — il esquisse sur la table un croquis imaginaire, « tu vois ça, une ligne de défense laissée à découvert sur cinq cents kilomètres ? L'ennemi rentre — par la Somme et la Picardie, et prend la ligne Maginot à revers. Ton armée est encerclée. » — Tant pis pour les Belges, dit Tala. S'ils tiennent tant à leur neutralité... » — Non, la situation est scabreuse. On aurait l'air soit de les livrer à Hitler, soit de vouloir, en quelque sorte, les annexer... et tu as pensé à la Hollande ? » — Mais si Hitler nous attaque ? »

— Avec les Russes dans le dos, il n'osera pas. Il prendra peut-être la Tchécoslovaquie — ce qui serait un camouflet pour les Alliés — mais ils ne feront pas la guerre pour autant. »

— Mais ce serait honteux, papa ! » — Moins honteux que de se laisser battre par manque de préparation. Or, pour prolonger la ligne Maginot jusqu'à Dunkerque, ou jusqu'à Knokke — il faut des années de travaux — et des crédits ! En attendant, Hitler espère obtenir le maximum par le chantage... »

— Il paraît, dit Tala, qu'ils ont des gaz asphyxiants, de quoi faire mourir tous les Français. » — Ecoute, Louli, sois logique. Les Français en ont tout autant, donc personne ne s'en servira. » — Et s'ils inventent une arme secrète ? »

Il la regarde, un peu surpris. — Ça te tracasse vraiment ? » — Oh non, dit-elle, pas vraiment. Il est des jours où je me dis que ce serait même intéressant. »

« ... Oh papa, tu sais. J'ai été méchante avec toi. Depuis que j'ai appris la philosophie, j'ai compris. J'ai été injuste, passionnée. Je confondais l'amour avec l'instinct de possession. » Elle lève sur lui ses longs yeux au regard fuyant et interrogateur qui n'est pas celui de la petite Louli, celle-là était toute insouciance et confiance, et cette pâle fille rose a tout au fond des yeux une peur inguérissable.

— Mais l'amour est inséparable de l'instinct de possession, Louli. Ne te fais aucun reproche. Nous sommes amis de nouveau, c'est cela l'essentiel n'est-ce pas ? »

— Oh ! dit-elle, tristement, amis en visite officielle... » Il sourit : « Instinct de possession. »

— Mais tu dis toi-même qu'il est inséparable de l'amour, papa ! et tu me repousses, alors que je m'en veux *tellement* de toutes les mauvaises pensées que j'ai eues à ton sujet, si seulement tu savais ! » Et, en évoquant les « mauvaises pensées » elle a retrouvé sa peur fascinée, et l'image qui — depuis quinze mois — usée, archiusée, fanée — la brûle encore. Elle baisse la tête, de plus en plus bas.

Elle ne savait pas que, par un malentendu inévitable et impossible à dissiper, son père était toujours dans l'incertitude au sujet du fameux après-midi d'un dimanche de mai 1937 ; et qu'il portait cette incertitude comme une épine dans sa chair, une épine énorme et plantée tout près des centres vitaux, et sur laquelle il parvenait, à force de mouvements prudents, à ne jamais appuyer — mais, bien qu'il se défendît d'y penser, elle provoquait chez lui un vague état de panique lorsqu'il se trouvait en présence de Tala. Car, très réellement, il n'y pensait pas — mais au prix d'une crispation de tout son être qui le rendait incapable d'éprouver pour son enfant autre chose qu'une superficielle bienveillance.

Il eût beaucoup donné pour savoir (tout en craignant de savoir) ce qu'elle avait vu en cet après-midi où elle avait faussement prétendu être sortie avec Victoria. S'il avait eu, au moins, l'idée d'en parler à Victoria il eût été, tout de même, grandement soulagé — car à Victoria Tala avait parlé d'une « porte ouverte », donc tout au plus de quelques baisers ; et c'était, il faut l'avouer, profondément choquant, mais ne dépassait pas les limites du supportable.

Et à ce moment-là, assis près d'elle sur la vaste couche conjugale à couverture rayée de rouge (qui, singulièrement, et il n'y avait jamais songé, rappelait l'autre, celle de la cuisine-salle à manger où dormaient ses parents) il se posait (malgré lui) la question de façon aiguë. Et pourtant, s'il avait été en possession de tout son bon sens, il eût compris que jamais la petite n'eût si candidement exprimé ses remords au sujet de « mauvaises pensées » si — à travers les fentes d'un rideau peut-être mal tiré elle avait contemplé l'horreur suprême.

Mais il était trop troublé pour faire ce raisonnement, car il était un père trop tendre, et trop facilement porté à ressentir dans sa chair un outrage fait à la pudeur de son enfant, et à mesurer toute l'horreur qui pouvait marquer au fer rouge le cœur de cette fille délicate — malgré elle devenue voyeuse, et peut-être fascinée, peut-être en quelques secondes pervertie irrémédiablement... car voyons... le malheur est qu'il ne se souvenait plus, et se voyait contraint de s'arrêter à la vulgarité de détails qui — d'un moment pour lui bienheureux et à tout jamais béni — faisaient (pour qui eût regardé par la fente du rideau) un tableau obscène. Et il était à peu près sûr d'avoir bien tiré les rideaux et rabattu le volet de la porte vitrée mais il était pressé et ne savait trop ce qu'il faisait, et n'y avait-il pas eu un rai de lumière sur la couverture, tout près des cheveux de Victoria, une mèche en avait même été éclaboussée comme une poussière d'or ?...

...Donc, soupçonner sa propre fille de l'avoir contemplé dans une situation aussi délicate était un de ces supplices ridicules comme la malchance peut vous en infliger. Sans se sentir en aucune façon coupable il se voyait criminel, et c'est sur l'innocente petite Tala que retombait sa rancune — ce qui était un comble — et elle était là, à demi allongée, accoudée sur deux traversins verts, étrangement frêle et fraîche.

Avec ses cheveux légers, flous et dorés (alors qu'ils auraient du être châtains), son svelte corps glorieusement sorti de l'enfance, ses seins (tiens, ils se sont arrondis, ils ressemblent à ceux de Myrrha) soulevant les plis mous de sa robe de mousseline rose et bleue, son cou délicat moite de sueur. Et il la désirait d'un désir poignant et lucide, que les caresses prodiguées à Victoria rendaient presque familier — même chair de fleur, tendre et drue, même grâce gauche d'un corps de jeune animal fier de vivre, mêmes odeurs et mêmes chaleurs — sienne, la petite Tala, sienne depuis le temps où il baisait ses petits pieds, ses petits bras blancs comme de la crème, au temps où elle avait ses longues boucles blond ambré — et la nostalgie qu'il avait d'elle et de son amour ancien s'égarait en désir douloureux.

Et quoi — après tout — étrangère ma Louli, devenue étrangère et même tes cheveux ont changé — et moi vieux pécheur trop bien accoutumé, mieux que bien, aux délices de fraîcheurs adolescentes, bref toutes les perversions sont dans la nature et celle-ci est diablement naturelle, rien de dramatique, donc (troublante, sa ressemblance avec Myrrha, sylphide, sirène, mais toi Louli mon sang plus ardente), rien de dramatique, mais pénible, elle devrait s'en aller, se lever, faire jouer un disque, que sais-je ? imagine-t-on situation plus grotesque ?

... Car il est certain qu'il y a quelque chose de trouble dans nos rapports et qu'elle le sait, et qu'elle est un jeune animal effrayé qui a pour toujours perdu sa pureté — de quelle façon Dieu seul le sait — ô va-t'en Louli car je ne t'aime pas, il faut bien croire que je ne t'aime plus, le cordon ombilical est bel et bien coupé — car c'est outrageant pour toi, outrageant au possible —

comme si les nerfs rongés par la maladie et la peur de la mort perdaient leurs moyens de contrôle sur un corps trop vorace encore et sur une imagination trop ardente, épuisée par l'attente de chutes nocturnes dans les précipices sans fond. « Tu dors, papa ? » Très bien, pas la peine de répondre. Elle retient le souffle, bouge tout doucement, oiseau qui lisse ses plumes. Elle glisse, se coule à terre comme un serpent, elle marche sur la pointe des pieds, tourne en rond, elle s'ennuie, elle attend Victoria.

Il voit à ce moment-là que le passé est transfiguré et retourné à l'envers et que c'est Victoria enfant, qui dans un temps jamais connu lui entourait le cou de ses petits bras vifs — voir ainsi un être se dédoubler sous vos yeux, et, en même temps, deux êtres se fondre en un seul, objet de désir sans frein, lampe à laquelle on se brûle — et comme il ne veut pas regarder cette créature chérie mais combien équivoque il garde les paupières fermées sur un brouillard rouge — au fait, est-ce possible ? Victoriette. Est-il possible de divaguer à ce point, est-ce digne d'un homme ? Victoria revient avec ses biscuits à champagne et une livre de raisin muscat « ô mes enfants j'ai marché jusqu'à la rue Saint-Jacques, toutes les épiceries sont fermées ! » « O chic, du raisin », dit Tala.

— Dis, tu me raccompagnes un peu. » — Mais vas-y, bien sûr, dit Vladimir, assez fâché contre lui-même, contre Tala, contre l'impossibilité d'oublier les questions d'argent et les humiliations y attenantes (le raisin...) — contre la beauté du soleil couchant d'une soirée d'été

et l'obligation de se souvenir à tout moment de cet

429

ensemble complexe de rapports de forces — amours, espoirs, jalousies, craintes, offenses, tristesses, ambitions — qui règle toujours la vie de ceux qui l'entourent et dont la malignité du sort cherche à l'exclure, lui, alors qu'il a envie d'y participer.

Victoria, salut, Gloire de l'Empire, je te revaudrai cela tout à l'heure, portes rideaux fenêtres fermés à double tour n'aie crainte. Je te promets de te faire voir mille soleils et la désintégration de l'atome — ma craintive qui te laisses hypnotiser par des mots qui n'ont pas de sens et commences toi aussi à me traiter comme si j'étais une boule de Noël en verre soufflé... Je les vois, marchant côte à côte sur le Boulevard, bras à bras, parlant, de quoi ? de profs, de bac, ou de la « maladie de papa » il va guérir oh c'est sûr, je ne supporterais pas de ne pas le croire. Les chères petites dindes, les chers petits cygnes sauvages, leurs robes légères, leurs jambes fringantes, leurs blonds visages lumineux, et les passants sur le trottoir devant *La Coupole* se retournent avec des regards concupiscents, le ciel vire de l'orange au rouge et sur les terrasses des cafés brûlent des feux pâles, et le journal lumineux déroule ses grosses lettres blanches et fluides au-dessus du coin de la rue Vavin, et des amis plus ou moins poètes boivent de la bière en hauts verres débordants de mousse sur la terrasse du *Sélect*, Boris y est peut-être... il ne serait peut-être pas difficile de s'habiller de façon décente et de faire à pied ces quelque cinq cents mètres et de commander un bock — Seigneur, ces *joies de la vie !* il suffirait d'un petit effort, et les deux petites demoiselles passent devant *Le Sélect*, on leur dit, mais venez donc vous asseoir on va vous commander des glaces...

Vie légère, vie gaie tant de bonheurs possibles, ma Victoria avec ses mille soleils dans le corps et son raisin muscat —

elle est là toutes portes décidément fermées vu que le sommier, à présent, trône au milieu de l'atelier comme un lit d'apparat, énorme autel où se célèbre le grand rite — pas assez souvent Victoria on l'en apprécie davantage — rose et fraîche comme un lit de pétales d'églantier, et, non, laissons la couverture j'y tiens elle est tout étourdie et engourdie par le plaisir et ils se partagent la lourde grappe dorée de raisin muscat — grain par grain, bouche contre bouche — dans l'état de relative euphorie qui précède la grande montée de fièvre. « Non, mais tu vois ça ? si nous avions une aide bénévole pour te relayer ?... » et elle rit aux éclats.

« ... Au fond, tu es *horriblement* immoral, tu fais des blagues équivoques sur des choses graves. » — Moraliste. Qu'est-ce qui est grave ? Nous sommes dans Sirius. Je peux tout te dire. Je peux même te dire que tout à l'heure j'ai eu envie de Tala, et cela me paraît moins grave que ce grain de raisin. » — C'est vrai, tu ne te paies pas ma tête ? » — Je te fais peur ? » — Oh non — » elle le prend aux cheveux l'attire à elle de telle façon que leurs cils se touchent — je ne te vois pas je vois une lumière jaune qui est au fond de tes yeux — et je te vois tout de l'intérieur comme si nous étions rentrés l'un dans l'autre — tiens, tu sens ma veine battre ? J'ai *vraiment* la sensation que c'est ton sang qui coule en moi et que le mien se promène quelque part dans ton corps, là, je m'y faufile, je redescends jusqu'au cœur puis je parcours tout ton corps comme toi le mien — tu sens la même chose, dis ? » — Non, je me voudrais tout entier à la place du Maître, parcourant tes cavernes de lumière et perdu dedans. Dans les explosions de soleils. Et que cela dure toujours. Par malheur c'est lui qui commande et pas moi, mais si seulement tu allumais la lampe que je te voie mieux, non ne bouge pas j'allume moi-même. » La veilleuse à abat-jour rouge paraît, un instant, étincelante comme un phare, et l'épaule de Victoria blanche comme du marbre « et sais-tu qu'en ces derniers jours ton visage a embelli de telle façon qu'il me fait peur ? »

« Peur, dit-elle, dans un souffle tendre, peur que les gens ne me trouvent trop jolie ? » — Quel esprit terre à terre. Non, mais parce que je me demande — si je ne deviens pas un peu fou. Cette — ligne des paupières et puis le dessin des lèvres, ces ombres autour des yeux, bouleversant — déchirant...

« Quand tu as ce visage-là j'ai presque envie de me couper la gorge. » — Oh ! dis ! pourquoi ? » — Comme ça. D'enthousiasme. Ça ne t'arrive jamais ? »

Il fallait supporter la souffrance comme un contre-temps assez semblable aux tracas quotidiens tels que les problèmes d'argent, la difficulté des rapports avec des êtres aimés et cependant irrémédiablement étrangers — égarés dans les limbes du passé. — L'incohérence d'une vie qui avait peu à peu perdu toute forme et vous imposait néanmoins l'obligation d'agir comme si ces formes existaient — décors en papier qu'il faut prendre pour des murs, des fenêtres, des arbres, des meubles, tout en évitant les mouvements brusques voire même les gestes quotidiens les plus naturels — vous vous appuyez au mur, il se déchire, vous vous asseyez sur la chaise et vous retrouvez le derrière par terre, vous regardez par la fenêtre et vous cognez le nez dans du papier peint — et les autres ne s'en aperçoivent pas.

Donc, cet après-midi (au lendemain de la visite de Tala), après une hémoptysie brutale — particulièrement « spectaculaire » comme eût dit Gaëtan (au fait, il faudrait téléphoner à Boucicaut prendre de ses nouvelles) — après une bonne heure employée à rassurer Victoria il fallait tout de même faire bonne figure à Boris. Il faut le dire, la camaraderie masculine est, en pareille circonstance, préférable à tout autre commerce humain... « Si tu vois Georges, dis-lui qu'il passe me voir. » — Occupé, ton beau-frère, terriblement occupé, il déménage (pas dans le sens français du mot, pas lui), il installe son nouvel appartement avenue Mozart — tout en mettant la dernière main aux collections d'hiver, avant les vacances payées. » — Ah ah, son fameux appartement avec *deux* salles de bains... les murs entièrement en céramique, comment dit-il ? l'une des deux est noire avec des miroirs au plafond, luxe de bordel, selon moi — je le lui ai dit. » — Tiens ! comment l'a-t-il pris ? » — C'est tout lui — il a ri. Avec bonhomie : ' tapé dans le mille '. Et fait une remarque plutôt désobligeante au sujet de ses dames.

« Et... c'est curieux, poursuivait Vladimir, il leur est très attaché, et éprouve sans cesse le besoin de faire parade de son mépris à leur égard — une diabolique perversion du sentiment, car les femmes en souffrent, orgueilleuses toutes les deux, et toutes deux hautement respectables. » Boris fumait, se rapprochant de la porte entrouverte et envoyant dans sa direction des bouffées de fumée. « Tu m'excuseras — mon vice », en fait, le visage de son ami, terreux, creusé, bizarrement coloré aux paupières et aux pommettes, lui faisait peur, un tel changement — en cinq, six jours ?

— Victoria semblait toute... perdue, aujourd'hui, vous ne vous êtes pas disputés par hasard ? » — Loin de là. Je lui ai fait peur. Craché une cuvette pleine de sang et autres saletés, bref, éternel dilemme. *N'attelez pas au même char*
Le coursier et la tremblante gazelle
etc. — je me fais l'effet d'un bourreau d'enfant. Scabreux. Très scabreux. Il faut dire — nous avons passé une nuit des plus exaltantes... » Curieux, pensait-il, cette petite gloriole plutôt vulgaire, je me figure qu'il va m'admirer ou quoi ? « ... et peut-être ai-je trop forcé

433

la dose » — (de plus en plus ridicule, se dit-il) « mais, écoute — mets-toi à ma place : *to be or not to be.* » (Plus idiot encore, il peut l'interpréter dans un sens macabre.)

— Eh bien ! ?... dit Boris, cherchant à se donner une contenance car il était assez effrayé. Tu te défends. Bravo ! » (ça a l'air d'une allusion sinistre) « Sérieusement — à l'hôpital, au moins, tu ne courais pas ces risques-là, non que je te conseille d'y retourner — non, franchement, je te trouve plutôt en bonne forme » (archifaux) « mais des soins médicaux — plus suivis... »

— Je me soigne. Ecoute mon vieux, arrête d'enfumer la rue et reviens vers mon lit de douleur car je n'ai pas envie de crier. J'aime bien te voir fumer. Pas comme mon père qui enrage de ne pouvoir allumer sa pipe. C'est pénible. Pas la pipe, non, mais tout le reste. Au fond, tu as fait une belle gaffe — » par malheur, il se remet à tousser, et Boris trouve cette toux vraiment trop creuse et sonore : bruit qui n'a rien d'humain, ni même d'animal, claquement de vieux cuir et de cuivres rouillés.

— Ton malheur, dit-il, est que tu es trop bavard. Pas la peine d'incriminer tes prouesses érotiques. Pour moi, mon cher, le plus grand miracle de ton aventure (prends ce mot dans son sens le plus noble) est que depuis... voyons... un an et demi, tu trouves toujours de quoi parler du matin au soir avec une gamine de dix-huit ans. »

— ... Tu dis : dix-huit ans. *Justement :* la différence d'âge aiguise le besoin de se connaître réciproquement, — excuse ma voix râpeuse — oui, et c'est même stimulant et fertile en découvertes... je te disais donc : tu as fait une belle gaffe, dont je ne te blâme pas — car il est des moments, dans la vie d'un couple, où les

' bruits du dehors ' brouillent un dialogue qui exige la plus grande attention... »

Boris — sa cigarette terminée — s'installait devant la petite table, bras croisés, assez exaspéré pour oublier (ce qui était la meilleure chose à faire) la toux inhumaine et le teint terreux.

— Ecoute-moi. L'égoïsme a des limites. Et je te dirai — bien que tu t'en défendes — que tu possèdes au plus haut degré, et cultives au-delà du permissible, le vice congénital des Russes, ce vice que les Occidentaux nous reprochent assez et non sans raison, et qui est une complaisance narcissique à l'égard de ce que nous appelons notre *âme,* complaisance qui à l'égard d'autrui se traduit par le sans-gêne le plus indécent... Songes-tu seulement à ce qu'est un ' bruit du dehors ', comme tu dis ? Ta mère, ou tes propres enfants ? Je n'ai pas à m'en mêler, d'accord. Donc, admets, jusqu'à nouvel ordre, que j'ai moi aussi mes intérêts à défendre, même s'il n'y a pas encore ' vie d'un couple ', et que je n'ai pas voulu jouer un rôle de faux jeton à l'égard de la personne que tu sais, et que c'est toi qui m'avais placé dans une situation équivoque sans que j'aie rien juré ni promis, avec ta manie de faire de ta maladie un secret d'Etat —

« et je te dirai que chez ton beau-frère on m'a déjà assez reproché ma discrétion, que tes parents sont brouillés avec moi — et avec Myrrha par la même occasion — ce qui prouve que ton attitude était hautement anormale et répréhensible, ce qui serait l'avis de toute personne douée de bon sens... »

— Oh ! là ! dit Vladimir, quelle diatribe, arrête-toi, reprends souffle ! Je te parle chinois et tu parles turc — ou l'inverse si tu n'aimes pas les Turcs, ça m'est égal — » il s'était, non sans effort, levé pour s'approcher du chevalet, s'appuyant des deux coudes à la barre verticale — comme s'il était plus facile de parler debout — « nous ne sommes pas sur la même longueur d'onde. » — Tu t'agites trop. » — C'est *toi* qui t'agites. Boris. C'est une idée qui me vient brusquement : tu es un excellent garçon, mais tu n'as jamais eu *charge d'âmes* comme disent les Français.

« Or, ce mot — et c'est très profond, remarque-le — implique l'obligation d'assurer le pain quotidien des *âmes* dont on a la charge. Tu ne diras pas — depuis que tu me connais — j'ai toujours gagné ma vie... tu te rappelles : quand nous étions tous deux figurants à l'Opéra russe, portant des costumes de *Streltzi*, et des hallebardes... »

— Tiens, mais c'est vrai » — tous deux retrouvaient leurs sourires d'hommes de vingt-cinq ans — un salaire misérable, du « rabiot », tous deux avaient alors d'autres travaux tout aussi précaires et Vladimir se plaignait (déjà) de la mesquinerie d'Hippolyte — dans les coulisses de la salle du Trocadéro, en hauts bonnets de fourrure et longues redingotes blanches à brandebourgs énormes, ils se peignaient réciproquement des moustaches et des barbes au charbon, et se plaquaient du rouge sur les joues et les lèvres, et se tordaient de rire au point de mettre du rouge sur le nez et du noir sur les bouches — dans le brouhaha des rires et des voix rauques et des voix claironnantes, et des claquements de portes — et des essais de voix de quelques malins qui parodiaient Chaliapine...

la vaste pièce aux allures d'entrepôt où sur l'envers de toiles de décors en treillis tachées de peintures et poussiéreuses grouillaient les ombres de personnages vêtus de costumes médiévaux grossièrement cousus mais impressionnants : longues robes de boyards en tissu à rideaux de couleur vive imitant le cachemire, hauts bonnets, fausses barbes, vestes de soldats en grosse toile bise bordées de fourrure, hautes bottes en toile enduites d'une épaisse couche de peinture rouge, hallebardes en carton, fourreaux d'épée en calicot peint, chaînes de verroterie, haillons de mendiants propres mais savamment enduits de peinture grise et marron et découpés à l'imitation de déchirures...

de la porte voisine donnant sur la salle d'habillage des figurantes, fusaient de petits cris aigus, des rires cristallins (ah! cette chère Anna Edouardovna!), des râles de colère et même des pleurs. « Sodome, Sodome! disait quelqu'un, Sodome! voilà ce que c'est — ramasser des amateurs! » « ... mais non, on ne vous l'a pas volé, votre sac, Hélène Andréevna! » — Quoi? vous *fumez?* »... Dans la salle des hommes un figurant âgé, vêtu en ecclésiastique, tousse d'une façon effrayante et crache du sang dans un grand mouchoir à carreaux bleus — un autre tire de sa poche une bouteille de vodka et boit à même le goulot — So- dome! — et votre voix, Piotr Pétrovitch? ils sont plus ou moins choristes, sans avoir le statut de chanteurs.

Et la toute petite Tala (moins de trois ans) installée sur une caisse et gardant jalousement le sac à provi- sions de son père — le nommé Thal, dont l'épouse vient d'accoucher d'un troisième enfant, apporte la petite à l'Opéra, le dimanche en matinée et pendant le specta- cle la fait garder par l'habilleuse. Fier comme la poule qui a pondu un œuf d'or. L'enfant était toute menue, des bouclettes d'or pâle rattachées par des rubans bleus au-dessus des oreilles, et une robe de cretonne bleu pâle si courte qu'on voyait sa petite culotte — des yeux bleus immenses, timides, sagaces, et, pour son père, un sourire d'ange — « l'homme heureux »... Quelqu'un lui fredonnait, d'une voix de basse guttu- rale... *Onéguine, je ne m'en cache pas*

Follement j'aime Tatiana...

Elle demandait : papa, c'est vrai que cet « oncle » m'aime follement? — Mais bien sûr. Tout le monde

t'aime follement. » Et elle regardait la face plus bar-
bouillée que maquillée de son père, sa hallebarde et
son chapeau de fourrure marron, et disait, apeurée :
mais tu ne vas pas *toujours* rester comme ça ? « Oh ! ce
serait magnifique ! dis — Kistenev — quelle libéra-
tion ! si tout le monde se promenait dans la rue en
costumes de théâtre ! on choisit à volonté — ce soir tu
es Roméo, demain tu es le moine Grigori, après-
demain la statue du Commandeur... » — Toi, je te vois
en Chantecler, disait Boris. — Papa ! qui est Chantecler ? » — Un coq. » — Papa, il se moque de toi ? » elle
parlait déjà si bien. Une voix étonnamment claire, trop
aiguë, gazouillis de mésange.

Et nous discutions du caractère de Boris Godounov,
scandaleusement altéré par Moussorgsky. — C'est vrai.
Diras-tu que c'était le beau temps ? »

— Les beaux temps, dit Vladimir — nous en avons
eu tellement que la tête me tourne. Le beau temps,
diras-tu, parce que nous étions plus jeunes et faisions
les fous en toute innocence — et, quand j'y pense, en
cette même période de ma vie je me mourais d'inquiétude pour Myrrha (elle était très malade après la
naissance de Pierre) et mon père était dans son humeur
la plus noire — claquait des portes et menaçait d'aller
vivre à l'Armée du Salut, tu vois ça ? » il s'interrompit
pour tousser et pour boire quelques gorgées de thé
refroidi — « Attends, ne me dis pas de me taire. Je ne
récrimine pas. Le beau temps, c'est juste quand même.
Mais — où en étais-je ? charge d'âmes. Je gagnais ma
vie et la leur.

« Tu vas me dire : et Myrrha ? mais j'ai presque
toujours gagné plus d'argent qu'elle — et c'est vrai —
pas fier *du tout* de la voir faire des ménages... non, en ce
temps-là elle en était aux tricots à façon, un bagne ! »
— Ne reste pas debout, au moins... » — Enquiquineur.

Où en étais-je ? Bon, Hippolyte et consorts étaient des exploiteurs mais je m'en tirais ! D'un mois à l'autre. De bonnes rentrées — tiens, pour le livre sur Savonarole —, j'ai touché le forfait *plus* la dactylographie. »

— Mais quoi ? est-ce que j'en doute ? Tu as toujours été un travailleur, et après ? Tu t'imagines qu'on te reproche aujourd'hui de te tourner les pouces ? »

— Et si au moins on me le reprochait ! Attends. Que je t'explique. Donc — non seulement je ne gagne pas — de quoi les faire vivre — mais je deviens cause de dépenses — et d'où vient cet argent ? mendicité. Force majeure. La maladie du Fils. Je me moque des ragots. Mais — tu vois — s'il y a charge d'âmes — et devoir d'état, comme dirait Myrrha — et simple amour, car je les aime — tout est archifaussé, tu dis père, mère, enfants et c'est juste — mais cette charge qui n'est pas matérielle, *uniquement* morale — devient écrasante...

« Bon. *Tu l'as voulu, George Dandin ?* Paie. Une fois encore — terme d'argent. »

— Bon, bon je n'ai rien dit. Tu as raison sur tous les plans mais ne t'agite pas. » Il n'en pouvait plus : cette voix rapide, sèche, sifflante, qui prétend à la discussion normale, et vous y entraîne.

Accoudé à la barre du chevalet et la tête appuyée à la haute planche, Vladimir monologuait — comme s'il croyait possible d'éclaircir une fois pour toutes la situation. « Tu as vu. Ma mère avec ses chaussures rafistolées au sparadrap et à l'encre — mon père triant dans sa pipe les bribes de tabac à demi brûlé — et sa manie du pain rassis. — Alors ? Myrrha, bien sûr. Mais il y avait le terme. Ils ont payé ce... médecin — qui est venu l'autre jour pour ne rien dire — ils s'endettent.

« Tu diras : Georges a des millions. Pas si simple. Il peut lâcher vingt mille francs et chipoter sur cent sous. Myrrha porte son petit tailleur vieux de six ans. Excuse-moi, je vais me recoucher, ce chevalet sent trop la peinture. » Mais il va s'asseoir sur le bord du sommier, coudes sur les genoux — et les coudes — trop pointus — font mal et il cherche une position plus commode, les cubitus calés contre les fémurs ; sacrée comédie, volonté de faire semblant d'oublier ce que les autres n'oublient pas, pour ce que cela leur coûte — garder le crachoir à portée de la main... « J'ai bientôt fini, ne t'énerve pas. Je te disais : tu ne comprends pas. Homme libre. L'homme seul n'est jamais pauvre. En quittant la maison j'avais promis à papa la moitié de mon salaire. Tu connais la suite.

« Ils empruntent, ou plutôt ils mendient. A qui ? Marc ? entretenu par son fils... Où en étais-je ? ce n'est pas de la mesquinerie, Boris, parole d'honneur. Quand je les vois je n'y pense pas. L'argent n'est qu'un symbole. Mais *drôlement* signifiant. Je les laisse tomber comme de vieilles chaussettes, maintenant ils ne demanderaient qu'à m'avoir à leur charge. »

— Je ne te savais pas si dur », dit Boris.

— Laisse ça. Je les aime — et après ? Contact coupé. Le courant ne passe pas. Hier — Tala est venue. Elle s'ennuyait, je te jure. Ils peuvent vivre sans moi. *Une seule* personne ne peut pas vivre sans moi. »

Il va recommencer à parler de Victoria se dit Boris, c'est lassant, mais à tout prendre — son raisonnement est juste. Qui aurait la cruauté de lui dire : elle est jeune, elle oubliera ? il ne regarde pas si loin. « ... Et, poursuivait Vladimir, un peu essoufflé — je me sens — parfois — le dernier des mufles — de lui imposer cela — ce sang craché ce matin, une vraie boucherie. Je tiens encore le coup — mais ça risque d'empirer et alors ? elle est, je te dirai — héroïque, mais il y a une limite. Héroïque — non. Nous ne pouvons faire autrement ni l'un ni l'autre. »

— Dis-moi... » Boris se dirigeait vers la porte

ouverte, avec une nouvelle cigarette — « Tiens, ça se couvre. Un temps lourd. Nous aurons encore de l'orage, pourvu que ça éclate. »

« ... Je te disais : je tiens le coup. Mais — plus tard — cela peut prendre des formes tout à fait — ignominieuses — on ne sait jamais. Il y a des limites. J'ai vu, à l'hôpital. Les uns s'en vont tranquillement, d'autres pas. Une loterie. Ce matin, elle a presque tourné de l'œil. »

Vladimir s'était affalé sur ses coussins disposés en pile — il n'avait plus envie de parler. Et, par nervosité, il parlait encore. « Ce qui est rassurant — et quand même terrible — c'est qu'elle est facilement distraite. Autodéfense.

« Boris. Je suis — comme un blessé — qui ne sait pas s'il doit retirer la balle de la plaie, ou l'y laisser. Les deux font mal. Sans cesse des courts-circuits dans ma tête.

« Je ne peux pas souhaiter qu'elle m'oublie, tu comprends ça ? »

Elle était de retour ; pâle, les yeux cernés, se forçant à sourire et à plaisanter avec Boris. « Et le cinéma ? » — Oh non, je n'avais pas envie. » — Vous devriez expliquer à cet homme, Victoria, qu'il est beaucoup trop bavard. Il m'a épuisé avec ses complexes au sujet de l'argent qu'il ne gagne pas, du pain rassis, et des souliers de sa mère. Expliquez-lui que c'est de la fausse grandeur d'âme mesquine et bourgeoise. »

— Nous gagnerons à la Loterie Nationale, dit Victoria, et ferons des cadeaux *extraordinaires* à toute la famille, et à vous aussi bien sûr, et à Irina et à Piotr Ivanytch, et même à Hippolyte ! Je vais acheter un billet, chiche ! Quel cadeau pourrait-on bien offrir à Hippolyte ? » Et les deux hommes se mettaient à imaginer des cadeaux saugrenus.

Pour Hippolyte un billard japonais ou un mannequin d'osier, pour Piotr Ivanytch dix kilos de caviar, un appareil de *télé-vision* pour Irina (non, mais, sans blague, il paraît que ça donne vraiment des images !), pour Pierre un manège de chevaux de bois — et pour Tatiana Pavlovna (non, mais c'est vrai dit Victoria, devenant à moitié sérieuse, quelque chose de *bien*, un manteau de loutre, par exemple — ça lui irait, elle est encore belle, tu sais ?) et Boris était désarmé — saisi — par le regard de chaude admiration que Vladimir avait posé sur sa compagne en cet instant-là, long regard dont un bref éclair s'égara vers Boris (n'est-elle pas un ange de bonté ?). Il pensait à ce qu'il y a d'infiniment paisible, de simple et même de simplet dans l'amour — et comment cet homme qui avait sacrifié une femme sur tous les plans supérieure à celle-ci pouvait ainsi faire parade des vertus de sa bien-aimée devant lui, Boris, l'amoureux avec faible espoir ?...

... et tu sais bien (ou peut-être ne le sais-tu pas) que je t'aime beaucoup mais pas assez — et que dans mes projets d'avenir je crains sa douleur à elle plus que je ne redoute ta mort, et que je pense à la meilleure façon de la consoler — de lui faire comprendre que j'étais ton meilleur ami, et, par toi, de me rapprocher d'elle et d'exploiter ton souvenir... peut-être cette même journée, qui sait ?

Et Boris devait longtemps encore se souvenir de cette journée.

Et d'une Victoria nerveuse et bavarde, de sa gaieté forcée qui sentait l'orage, de ses joues pâles, et de la lueur panique dans ses yeux. Elle l'avait accompagné jusqu'à la porte, ils s'étaient serré la main sur le bord du trottoir. « C'est fou ce qu'il fait lourd. Et il ne pleuvra pas avant demain. » A un de ces jours Victoria. » Elle avait une voix éteinte, des yeux absents. « Irina a le téléphone, n'est-ce pas ? » — Oui, pourquoi ? » — Comme ça, pour rien. »

— Il a raison, tu es trop bavard. » Vladimir pour une fois n'avait pas envie de parler. Ou plutôt il n'en avait plus la force. Allongé et adossé — il ne supportait pas la position couchée, il croyait respirer mieux en restant assis. Pendant les accès de fièvre il ressentait une langueur lancinante au creux des os, dans les bras et les jambes. « Eh oui, dit-il, un vrai cadavre (il ne pensait même pas à ce que ce mot avait de sinistre). Vanné. Je boirais bien. » — Du thé ? » — À-t-on encore du porto ? »

Elle remplit deux verres. « Après tout, c'est un fortifiant n'est-ce pas ? pour récupérer tout ce sang. » — Oui, une vraie hémorragie. » Il buvait lentement, prudemment, sans grand plaisir. Le liquide rouge était amer et acide. « Au fond, je préfère la vodka. Mais ça va mieux. » Il avait deux plaques rouge violacé sur les joues. Et des yeux d'un éclat de grosses billes sombres reflétant le soleil, entre des paupières charbonneuses.

Victoria préparait les chemises et les draps de rechange pour la nuit. Il la suivait des yeux, perplexe, se demandant ce qu'il voulait dire, et ce qu'il était important de dire, et ne parvenait pas à se le rappeler. Si. Voilà. « Mange. Tu n'as rien mangé. » — Oh je n'ai pas très faim. » — Ne te laisse pas aller. » Elle s'était assise près de lui au bord du sommier. « Comme ça, dit-il. Ta main. Elle est fraîche. » Mais en une minute elle devient chaude et moite, la fièvre gâte tout ce qu'elle touche. « Attends, je vais tenir mes mains sous le robinet, elles deviendront fraîches de nouveau. » Pour peu de temps.

« Est-ce que mes joues sont fraîches ? ou alors, je prendrai une serviette humide. » — J'aime mieux ta joue. Vi. Cela devient dur pour toi. »

Elle le regarde gravement. « Ne m'offense pas. »

443

— On ne peut pas ouvrir les fenêtres davantage ? »
— Tout est grand ouvert. La porte aussi. »

« Et si j'allais acheter à la pharmacie un ballon d'oxygène ? »

— Plus tard, mon chéri, plus tard. Quand je serai tout à fait. Ça coûte cher. » — Tu es bête. »

— Mange quelque chose. » Debout devant la petite table elle mâchonne sans conviction une tartine beurrée, égrène avec ses dents une grappe de raisin, l'appétit vient en mangeant. — C'est très bon, tu sais ! Tu en veux ? » — Plus tard. » C'est l'heure des frissons et du début du claquement des dents, Victoria l'entoure de châles et de pull-overs, inutilement, froid et chaleur sont à l'intérieur du corps, d'un corps qui éprouve la bizarre sensation de devenir grand comme la moitié de la pièce — ce que le témoignage des yeux contredit formellement sans détruire cette hallucinante sensation.

Une heure est passée, croit-on, et les aiguilles de la pendulette n'ont pas bougé, pas possible, trois minutes ? Il est sept heures moins dix.

« Bois. C'est du thé froid. » Il tient le bol des deux mains, s'efforçant de ne pas le trouver lourd, et bat des paupières, ne comprenant pas comment des mains grandes comme des tonneaux et floues comme du coton parviennent à agripper ce petit récipient de faïence bleue. Allonge-toi. Serre-moi la main. Parle. Elle sait parler d'une voix douce comme un filet d'eau tiède. Oh je voudrais que l'orage éclate. Le ciel est tout noir.

— Arrête de parler de la pluie et du beau temps. » — Dis. Et si j'avais *quand même* un bébé ? » — Mais — ce serait très bien, dit-il (sans trop réfléchir, mais il lui semble que ce serait bien). Une petite Victoria. » — Tiens. Moi j'aurais plutôt pensé à un garçon. » — C'est normal. On désire toujours le sexe opposé. » L'idée lui paraît séduisante, il s'anime — « non, j'aimerais mieux une Victoria. »

Elle s'anime aussi, se redresse sur ses coudes. « Tu aimerais ? Vraiment ? » Il se met à rêver — si forte est, à ce moment-là, l'image du ventre blanc et chaud de Victoria portant fruit, donnant la vie, heureux, généreux, paisible, source de vie, coupe pleine, tendre noyau fruit de vie, Victoria. « Bien sûr, j'adorerais cela — j'ai toujours regretté l'autre. »

— Pas vrai ? » elle se hisse encore et se relève, la tête tendue vers lui — dans la pose d'une sirène accoudée à la grève — et il voit dans la terne lumière d'un crépuscule de jour à ciel de plomb, son visage à elle, pâle, aiguisé, trop sérieux.

— Plus tard. Quand je serai sûre que tu vas guérir. Sans toi ça ne me dirait rien. Rien du tout.

« Quand tu seras guéri nous en aurons trois ou quatre. Je *sais* que tu vas guérir. »

... Il imaginait, dans un demi-délire, l'accomplissement de tous les bonheurs charnels que des dieux, dans leur corne d'abondance, gardaient en réserve pour eux de toute éternité, et qui restaient coincés au fond de la corne ; et sans former d'images précises il se voyait dans quelque maison claire et chaude dans la banlieue verdoyante de Pétersbourg, ou ailleurs peu importe, jardin ombre verte de feuillages lourds où flottent des ronds de soleil, rires d'enfants et vagissements de nourrisson, et la resplendissante et joyeuse maternité d'une Victoria à peine mûrie — ses grands rires calmes, sa joue rose corail pressée contre une joue d'enfant, son ventre noble s'avançant comme la proue d'un navire — balançoires, ours en peluche et petites barques de papier plié, et son propre amour fou, fier et insouciant pour cette vie enfantée, ces êtres inconnus mais glorieux, seul un idiot peut ne pas désirer cela s'il aime une femme — nous aurons vécu cela, Victoria, d'une autre façon, ne le sais-je pas — un mirage, et nous avons la réalité Victoria.

Les antipodes — marcher sur la tête — tout à fait à l'envers depuis ce premier soir sur le sentier de la Gare — tout à l'envers. Magnifique. S'il n'y avait pas cette fièvre qui brûle les os par l'intérieur, cette douleur inhabituelle du côté gauche. Quoi, huit heures seulement ? « La soirée est sombre. » — C'est que les journées deviennent plus courtes. Et les nuages sont bas. » Elle lui donne à boire et lui applique des mouchoirs humides sur le visage. « ... Oh tu *devrais* te raser, tu commences à avoir l'air d'un bandit corse. Tout piquant. Chiche que je me procure demain de l'oxygène si l'orage n'éclate pas. J'ai mal au bout des seins, tiens touche comme ils sont durs, c'est un symptôme, dis ? » — C'est possible. »

La grande lampe à abat-jour vert est allumée et Victoria tourne en rond, petit fauve habitué à sa cage mais nerveux. O quelle journée dit-elle, quelle journée. J'ai eu si peur. Mais maintenant je sais que tu vas guérir. Je le sais. »

Il se dit : cela signifie qu'elle sait le contraire. Elle se défend. Moi aussi je le « sais », je veux vivre.

Elle monologue, debout près du lit, passant à coups rapides un peigne dans ses longues mèches blondes qui crépitent et se soulèvent doucement et flottent en l'air. « Tiens, si j'éteignais on verrait des étincelles ! il y a de l'électricité dans l'air. Je vais te dire. J'ai décidé — de *pardonner*. Vraiment décidé. Sans... conditions. Enfin, presque. C'est bon signe, non ? »

Il devrait faire un effort pour sourire. Et Dieu sait pourquoi cette histoire de pardon ne le réjouissait pas.

Dans un demi-rêve il se sentait entouré d'une cloison de verre, comme on en voit dans certaines salles d'hôpital, un « box » mais la cage n'avait pas de porte d'entrée et était également équipée d'un toit très bas. Il pensait : c'est cela, le paravent ? Mais on me voit de tous côtés. Le paravent, c'est pour ne pas être vu. Et Klimentiev se tenait debout, le nez aplati contre une des vitres, et le guettait avidement de ses yeux morts.

Puis il s'apercevait qu'il était nu, et que Victoria était couchée près de lui, nue également — il pensait perle, c'est cela la chair de perle, nacre, cette lumière satinée,

le paravent, c'est un paravent qu'il fallait mettre autour du lit car Klimentiev était toujours là, raide comme une statue de bois grossièrement sculptée, ses yeux gris dirigés vers le lit, mais pensait Vladimir, c'est impossible c'est monstrueux ! Victoria, tout innocente, ne voyait rien, mais le souffle de l'homme derrière la vitre devenait rauque, sifflant, rythmé, puissant comme le bruit d'une locomotive qui démarre — si bien que les parois de la cage de verre en étaient secouées et vibraient — sonnerie stridente battant à un rythme vif qui ne coïncidait à aucun moment avec les halètement rauques de la locomotive... et si au moins cela battait au même rythme ! Il y a de quoi vous faire éclater les veines du front !... Victoria n'était plus sur le lit elle était tombée par terre... où ?... si la cage se brise elle sera blessée par les éclats ! Les éclats de verre. Il va faire voler la cage en éclats avec son revolver.

Il savait qu'il était nécessaire d'aller tuer cet homme mais — comme il arrive en rêve, il était paralysé et commençait même à étouffer. *Victoria !* Elle était là, penchée sur lui à contre-jour entre lui et la lampe verte, ses cheveux formant un halo scintillant autour de sa tête, le visage dans l'ombre, flou et défait.

... Il constatait, avec une énorme surprise, qu'il était tout bonnement en train de mourir — non que la douleur fût intolérable — bien qu'il souffrît de palpitations trop fortes qui écrasaient le cœur comme des coups de marteau — il savait, sans être vraiment au bord de l'évanouissement, qu'il était comme une pierre qui roule, projeté vers une fin imminente et rapide, et que c'était quelque chose d'extrêmement simple, mais par malheur il ne pouvait pas l'expliquer à Victoria.

Il voyait tout près du sien le pâle et trop jeune visage aux paupières enflées. Cygne sauvage. Il demanda : « Quelle heure est-il ? » — Huit heures et demie. » — Seulement ? » — Ça ne va pas, dis ? ça ne va pas ? » Sa voix haletante mais ferme — car il savait aussi qu'elle comprenait tout, à ce moment-là, et n'avait pas peur.

Il se leva, lentement mais sans trop d'effort (la preuve : je ne suis pas évanoui) et passa dans le petit réduit sous l'escalier, pour uriner, trouvant on ne sait quelle absurde dignité à cette innocente fonction naturelle (car il y en a dans les hôpitaux qui traînent pendant des mois avec bassin et urinal) et c'est curieux pensait-il en effet je tiens debout — je peux même approcher de la porte.

Grande ouverte, mais l'air n'entre pas, et dans le ciel au-dessus des toits des maisons d'en face s'étirent deux raies encore blanches et brillantes entre les traînées de nuages gris fer, presque noirs. Victoria est près de lui, le serre dans ses bras, mais tu es fou recouche-toi.

Elle lui passe la main sur le front... Mais... tu n'es pas brûlant et tu ne transpires pas, tout sec. Et il lui caresse les joues, et sent brusquement ses dents claquer et tout son corps trembler comme secoué par un courant électrique intermittent, et il sait que le corps tremble de peur et il ne parvient pas à ressentir cette peur.

« Ne t'affole pas, dit-il. Une crise. Ça passera. » Elle a des yeux clairs, interrogateurs (comment dois-je me comporter ?), elle sait tout et elle est — à ce moment-là — au-delà de la frayeur. « Ça... ça va mal, j'en ai peur, Vi. C'est idiot. Reste calme. » Oui. Elle restera calme. Il cale le dos contre les coussins, Victoria lui en met sous la tête — immatériellement légère et agile, il ne se rend pas compte qu'elle est hypnotisée par les battements trop sonores du cœur sous les côtes absentes. Elle lui donne à boire, il avale trois gorgées d'eau pour la rassurer.

— C'est bête. Trop rapide. » — Oh non dit-elle, oh non tu vas voir. Je te retiendrai. »

— Vi. Tu devrais. Va chez le céramiste. » Elle se redresse, toute prête. « Oui ? » — Dis-lui. De télépho-ner rue Lecourbe. »

Elle ouvre la bouche, dans un grand soupir. Les yeux cernés, agrandis, profonds. Un dernier reproche et le sacrifice accepté. — Ah je comprends. Tu veux les voir. » — Ce serait — plus correct, Vi. » Les yeux dans les yeux. Elle n'est plus qu'amour. Sans reproche ni crainte. « Oh oui, tu as raison. J'y vais. En une minute. »

— Reviens vite. »

Elle se lève pour courir à la porte. « Vi. » Bien qu'il eût parlé dans un souffle à peine audible, elle revient à l'instant, comme tirée vers lui par un élastique. « Oui ? » — Je veux te voir. » Elle reste devant lui, droite, inerte, le visage paisible, comme endormi, dans les yeux une insoutenable gravité. Il dit : « Tu as une bouche d'enfant. »

Et les lèvres, pâlies et enflées, frémissent — dans ce qui est presque un sourire, mais un sourire mécanique qui ne signifie rien, car son visage a déjà dépassé sourire, larmes, tristesse, douleur, il n'est qu'attention immense et sans pensée. Il lui dit : « Va. Va vite. Reviens vite. » Dans un élan brutal, égaré, elle fait volte-face et s'enfuit.

Sans bruit mais si vite qu'il a tout juste vu une ombre bleue et floue traverser la pièce comme un éclair. Par la porte ouverte sur le noir. Il entend des

449

coups de gong violents et rapides résonner au loin, contre la porte du céramiste.

... Il éprouvait à présent une peur froide et abstraite : celle de quelque intolérable souffrance physique qui n'était pas encore là, car il se disait — jusqu'ici ce n'est pas terrible, il constatait que sa respiration, bien que pénible, n'était plus douloureuse (un médecin ? pensait-il. De l'oxygène ? ils auront le temps ?) non, ce n'est pas cela. Respiration rapide, et, il le comprenait, bruyante, un soufflet de forge qu'on actionne vivement... oui, c'est cela, pour raminer le feu, la combustion, la combustion de l'oxygène dans les poumons... il s'étonnait d'être si lucide et de former dans sa tête des pensées aussi insignifiantes.

Car les pensées *signifiantes* étaient là, mais semblaient de telle nature qu'il ne trouvait pour elles de mots dans aucune langue, et Dieu sait qu'il avait été un homme à plusieurs langues,

> *ridir qual'era è cosa dura*
> *questa selva selvaggia ed aspra e forte*

Che nel pensier rinnova la paura[1]... la selva selvaggia d'un corps brûlé par l'intérieur, rongé jusqu'à l'usure et au mélange insolite de sensations, perte de contrôle, les picotements dans les jointures devenant des étincelles, la lumière de la lampe verte — sifflement — le râle léger et rapide sortant de la gorge semblait venir de l'autre bout de l'atelier, répercuté par des échos et terriblement amplifié, une tempête de grêle ?... Il était important de tenir jusqu'au retour de Victoria et il lui semblait qu'elle était partie depuis très longtemps et il gardait même assez de présence d'esprit pour tourner les yeux vers la pendulette-réveil, cadran carré entouré

---

1. ... redire quelle chose dure c'était,
   cette forêt sauvage, et sombre et épaisse,
   qu'à cette seule pensée la peur se renouvelle (Dante, *Enfer*, chap. I)

de métal blanc (carré, pourquoi ? une pendule doit être ronde, un cercle parfait, ce carré est une rupture de l'ordre des choses) neuf heures moins... vingt ? elle avait dit huit heures et demie, et tant de choses s'étaient passées depuis, que ce huit heures et demie était déjà enfoui dans un passé lointain, un autre monde *nel mezzo del cammin di nostra vita*[1]

Victoria pensait-il, Victoria, ce n'est pas possible.

En pleine fête, en pleines noces — la fête à peine commencée. Se séparer, la laisser à d'autres, abandonner cette douce confiance forte comme la terre, la laisser à la merci de n'importe qui. Il faut lui expliquer que ce n'est pas vrai.

Elle est là. Dans un effort de lucidité il comprend qu'elle lui entoure les épaules de ses bras et lui couvre le visage de baisers durs et chauds, c'est comme si — de son cœur à lui jusqu'à son cœur à elle — il vivait ces baisers sans les sentir vraiment sur ses yeux ses lèvres son front, où des lèvres humides se posaient comme des gouttes de cire chaude sur une feuille de papier qui serait placée sur le traversin près de sa tête... ça tombait droit sur le cœur sans passer par les lèvres.

ô non reste non ne pars pas ne me laisse pas seule mon amour mon soleil mon chéri mon petit enfant, ne t'en va pas je ne veux pas rester sans toi c'est moi, je suis là regarde-moi cette voix haletante et faible il sait qu'il l'entend malgré de terribles bruits — des sifflements, hurlements de rafales, sons de cloches qui emplissent l'atelier et montent même beaucoup plus haut, s'engouffrant vers lui d'un ciel ouvert (comme si le plafond s'était envolé) des sons de cloches qui se changent en chant aigu, et quelqu'un dit « il faut le ranimer le ranimer », chose étrange il reconnaît l'accent alle-

1. Vers le milieu du chemin de notre vie (id.).

mand du voisin céramiste... Le ranimer le rallumer le ramener, il faut ral-lumer... Eteint ?...

c'est — que — il faut se cramponner au lit, se cramponner aux bras de Victoria car il monte et va bientôt planer au plafond, il monte monte sans pouvoir dire à Victoria que ce n'est pas si grave que rien n'est changé mais non je ne m'en vais pas Vi Vita Vita, il sait qu'elle parle et ne l'entend plus, il fait noir la lumière baisse, il la voit même sans lumière, je suis là Vita je suis là —

et l'aventure terrestre de Vladimir Thal se terminait, alors que Victoria serrait dans ses bras un corps qui ne respirait plus et ne se débattait plus, et elle embrassait des yeux troubles et une bouche entrouverte d'où coulait un filet de sang, et des joues grisâtres couvertes d'une barbe de trois jours, elle tenait dans ses bras quelque chose qui n'était plus là

elle le caressait, le caressait avec une tendresse affolée, elle lissait de ses mains les cheveux secs et collants, elle tenait dans ses mains une tête lourde qui retombait en arrière sur un cou long et noueux d'où pointait une pomme d'Adam blanchâtre.

Un homme à côté d'elle. Un petit homme maigre et gris, tout tremblant, se penche, lui touche l'épaule, mais non ma pauvre enfant, mais non ma pauvre enfant.

Ne le secouez pas, c'est fini, il est parti. Pauvre enfant. Elle sait que ce mot « parti » n'a aucun rapport avec Vladimir, elle le regarde dans les yeux mais il n'a plus de regard, il a des yeux étonnés, figés, ce qui restait de regard se dissout à vue d'œil, la pupille est terne, très large ; ils ne cillent plus et ils ne cilleront jamais plus. Aveugles. Elle hurle. « *Mais non !!!* Il faut appeler un *docteur !* » et sa propre voix, stridente, puérile, lui paraît bizarre, ce n'est pas elle qui crie ? Elle veut se réveiller, elle secoue les épaules de

M. Schwartz. « Un docteur, un docteur. » Le Hongrois (Tibor) apparaît à la porte ouverte, il est très pâle. Qu'est-ce qui se passe ? Il ira chercher le docteur qui habite la maison du coin de la rue Campagne-Première. Pendant une minute Victoria tourne en rond, sur place, trépignant et se griffant les mains, oubliant tout ce qui n'est pas la présence du docteur. Vite vite vite vite vite —

quelqu'un vient qu'on dit être docteur

elle se jette, s'accroche, tombe, à genoux près du lit, docteur faites quelque chose docteur ce n'est pas vrai, il y a trois hommes autour d'elle qui hochent la tête. Elle ne détache pas les yeux des mains blanches et sèches qui touchent impudiquement les yeux immobiles les poignets osseux, de ces mains elle attendait le miracle. Mais elles se retirent. Elle ne sait plus ce que cet homme a dit. Le cœur. Le cœur.

« Il faut lui fermer les yeux », c'est le céramiste qui parle. « Un miroir ? » dit-elle timidement. Elle ne croit pas le docteur. Qui est déjà parti. Pourquoi ? Le petit miroir qu'elle a dans son sac. Elle sait qu'il faut le poser sur la bouche ouverte. Elle regarde le miroir, petit rectangle de lumière, elle n'y voit rien, elle n'y voit même pas son propre reflet — il doit y être mais elle ne le voit pas, elle voit seulement que le verre n'est pas terni.

Elle s'assied sur le lit, près des jambes raides en pantalon gris, et lève sur le céramiste un visage désemparé. Elle le prend à témoin, elle plaide, comme s'il était non pas un juge mais quelque greffier du tribunal, peu influent mais bienveillant. « *Mais ce n'est pas possible, Monsieur Schwartz. Ça ne fait même pas un an et demi que nous vivons ensemble !* »

Et pendant quelques secondes elle n'ose pas se retourner vers l'homme affalé sur la pile de coussins — comme si elle espérait qu'en attendant un peu... oui, en ayant la patience d'attendre un peu... elle pourrait se retourner et voir que ce n'est pas vrai, qu'il vit toujours qu'elle a rêvé

et pourtant elle sait qu'il y a déjà longtemps long-temps longtemps dans l'infini des temps ces yeux sont éteints, elle vit dans un autre temps — elle se retourne et voit la tête ravagée et cireuse, la fière tête lamenta-ble rejetée en arrière, bouche entrouverte dans un cri muet... elle a la sensation de pousser elle-même un cri et ne crie pas oh! oh! oh mon pauvre petit enfant qu'est-ce qu'ils ont fait de toi!!!

. . . .

elle sait qu'une longue intimité commence, pour elle, avec cet être défiguré et pourtant beau qui ne peut plus rien pour lui-même.

Les yeux fermés, et la mâchoire tombante remise en place, il le faut n'est-ce pas, mais ce n'est pas possible dit-elle encore, il lui semble qu'en lui fermant la bouche elle l'empêche de respirer, il le faut il le faut, dit M. Schwartz, il va se raidir.

Ils se trouvent ensemble — elle et Vladimir — quelque part elle ne sait où, sûrs de ne se séparer jamais, ensemble et rentrés l'un dans l'autre. Et il est beaucoup plus vivant qu'elle. Toi pense-t-elle

TOI TOI

M. Schwartz va fermer la porte, tirer avec les tringles de fer les vitres ouvertes de la verrière. Il dit : « La famille. Ils vont bientôt être là. Ils ont dit qu'ils venaient tout de suite. »

Elle reste debout devant le grand sommier regardant l'étrange être long maigre et pâle — terriblement hautain et tendre et amer et — oh! ce sang que je n'ai pas essuyé sur le menton, ce filet de sang qui avait coulé jusque sur la chemise elle veut chercher un mouchoir de l'eau et sent un sifflement dans les oreilles et ne voit plus rien.

454

La nuit bénie.

Tombée comme un arbre qu'on abat. La tête près des roulettes du grand chevalet.

M. Schwartz commence lui aussi à entendre des sifflements (comme si des robinets de gaz étaient ouverts) de l'eau, de l'eau (et pourquoi la ranimer, *das arme Kind ?*[1]) avec des doigts engourdis il défait les boutons et la ceinture de la robe bleue, verse de l'eau sur le front blanc, sur le cou dénudé. La pauvre enfant, ô si elle pouvait ne jamais ouvrir les yeux !

1. La pauvre enfant.

III

CIERGES POUR UNE FÊTE NOIRE

La Famille. M. Schwartz avait à neuf heures et quart téléphoné d'un café. Sur le comptoir. La radio marchait à plein... *Y a d'la joie!*... Deux hommes en chemises rouges buvaient du vin blanc. « Il y aura de l'orage. » « Allô allô ! M. Zarnitzine ? » Voix rauque, rugissante mais féminine : « Youri sorti ! Cinéma ! Rappelez demain ! »

— Madame c'est urgent. »

— Rappelez demain ! » — Madame... je suis voisin. M. Thal. Très urgent. » — Monsieur *qui*, merde ? » — Villa d'Enfer. M. Thal. Vla-di-mir. Urgent, très urgent. »

La voix rugissante déraille en un grand cri. — *Quoi ?!* Parlez mieux qu'ça ! Comprends rien ! » — Il va très mal, Madame. Prévenir la famille. » — *O Gôspodi ! O Gôspodi ! Da ! da ! Seïtchass !*[1] Tout'suite, tout'suite ! » et l'appareil est brutalement raccroché.

La princesse D. se redresse, les yeux brûlants, égarée, prête à la bataille et personne à combattre. Si, le Bottin. Le numéro du cinéma le *Caméo*. « Allô ! Madame ! » — Ici le *Caméo*. » — Allô Madame ! Monsieur Zarnitzine. Dans votre salle. » — Pardon ? » — Urgent. Très urgent. Accident. Appelez. » — Appeler

---

1. « O Seigneur ! ô Seigneur ! Oui, oui ! Tout de suite ! »

qui ? » — Monsieur Zar-ni-tzine. Georges. Dans la salle. Appelez. » — « — Mais Madame ce n'est pas possible... » — Madame c'est urgent. Il vous paiera. » Après quelques bruits indistincts le téléphone est raccroché. La princesse rappelle à nouveau.

— Allô. » La même voix. — Madame ! vous y allez ? » — Mais Madame je vous l'ai dit. Ce n'est pas possible. En pleine projection du film. Attendez l'entr'acte. » — Merde entr'acte ! Il paiera. Dites-lui. Cent francs ! » La voix au bout du fil s'éloigne. « ... Une cinglée... » et c'est le froid petit déclic et la princesse replace rageusement l'écouteur, s'écriant (en français, bien qu'elle sache n'être plus entendue) « Salope ! Putain de merde ! J't'en fous sur la gueule ! » mais son vocabulaire d'injures françaises est assez réduit. Pas la peine non plus de casser le téléphone, il peut encore servir.

Elle court mettre ses chaussures à hauts talons (on ne sort pas en chaussons), saisit sa toque de velours noir et sa cape de renard noir (bien qu'il fasse chaud) et après avoir griffonné quelques mots sur l'agenda posé sur la console dans l'entrée, se précipite sur le palier. Oubliant de fermer la porte.

Elle marche dans la rue Lecourbe d'un pas rapide et altier, ne sentant presque plus ses rhumatismes, la cape flotte comme deux ailes noires, emportée par la vitesse de la marche, les passants qui se retournent sur elle ne la prennent pas pour une folle.

Elle n'a pas l'habitude de sortir seule. Elle n'y comprend rien aux tickets d'autobus et trouve qu'il est au-dessous de sa dignité de héler — femme seule — un taxi. En prenant le billet à la gare de Pont-Mirabeau elle apprend avec stupeur qu'il faut attendre une demi-heure, le train précédent vient de passer. Une demi-heure sur le quai obscur et sale, assise sur le banc de bois peint en vert avec la plaque blanche « Allez

458

Frères », assise en fumant sa longue cigarette à bout doré, regrettant amèrement les cafés brumeux et éclairés de lampes jaunes de la place de Pont-Mirabeau — là-haut, derrière le mur gris et le grand escalier gris — cafés où elle eût pu, au comptoir, boire un ou deux verres de Pernod faute de champagne. Soif, tellement soif. Salopes, saloperie de vie cœur qui cogne yeux qui brûlent, il faut aller dire à une mère, il faut assener des coups de marteau sur le cœur d'une mère...

Myrrha la pauvre y est-elle ? Myrrha l'oiseau sans abri. Va ma pauvre fille je sais ce que c'est. « Monsieur le Contrôleur je peux sortir de la gare avec le billet ? J'aime pas attendre sur quai. » — Bien sûr Madame ! » Au café, au coin de la rue Balard, elle demande un Pernod — non ! un rhum ! — Un homme maigre et sec en costume gris fripé, debout à côté d'elle, boit du vin rouge. Il est pâle, un peu de bouffissure aux paupières et le long de ses longues joues, des yeux clairs clignotant sur le vide, eh ! un buveur se dit-elle, et un Russe, une gueule russe. Me regarde pas comme ça mon gars je ne suis pas une vieille putain. Un sorti du rang, caporal de gendarmerie peut-être. Sale tête, un meurtrier, je lui vois une croix sur le front... Et que m'importe ?

O que ce train ne s'arrête jamais ! Et elle ébauche, sous sa cape, un signe de croix rapide. La Croix, Myrrha. Porte-la.

... et quand ils sont venus — dans leur maison de campagne — ce jeune commissaire en casquette à étoile rouge, avec ses quatre soldats — quand ils sont venus Alexandre avait dit : « Ce n'est rien, une simple vérification, Macha », il est parti avec eux tout calme, et un des soldats restait là, à les garder, elle et Sacha. Sacha toute jeunette, les nattes dans le dos.

Mais elles s'étaient sauvées par la buanderie, le cellier, le potager ; avaient contourné les taillis de

459

framboisiers, couru dans le jardin. Et ils étaient là, les trois soldats et le commissaire, à tirer sur Alexandre qui se tenait debout dans la petite niche à voûte arrondie, adossé à la statue de la Vénus de Médicis. Elles couraient toutes les deux sur les massifs de bégonias et de capucines, sur les hautes herbes sèches des pelouses à l'abandon, elles couraient : « Arrêtez ! Frères ! camarades ! craignez Dieu ! » Y a plus de Dieu, citoyenne. Et Alexandre était tombé en arrière contre le socle de la statue. Les jambes de la Vénus rouges de sang.

Le commissaire n'était pas trop méchant, il avait dit à ses hommes de ne pas toucher aux deux femmes. Mais le corps d'Alexandre avait été traîné à travers le village et suspendu à la porte cochère de l'ancienne école devenue maison du Peuple. Puis, dit-on, jeté dans le marais. Et la princesse avait ressorti des coffres ses vêtements de tzigane, cousu dans son corsage ce qui lui restait de bijoux, frotté le visage de Sacha de chaux et de cendre, et elles avaient ensuite traversé à pied la Russie, de Riazan à Simféropol, à travers les *fronts*, disant la bonne aventure aux soldats. Et rien ne semblait amer, ni les engelures aux pieds, ni le hareng pourri, ni les paillasses à même le sol pleines de poux, ni la boue des routes, ni le crépitement des fusillades dans les rues des villes. Pour un verre de *samogon* mon gars, je t'ensorcellerai le bonheur — ce que ton cœur désire galons d'officier épaulettes d'or, cinq vaches dans ton étable, ta promise saine et sauve, prés gras et verts belles moissons ! et le *samogon* sent le pétrole et la punaise et la sueur de soldat — bois, la mère ! — jamais ivre la Tzigane mais l'eau de feu réchauffe le cœur, débride les larmes dans les yeux, rien ne me sera plus amer, Sacha, mon cœur est mort.

Elle voit les dernières traînées blanches dans les nuages noirs — derrière la passerelle et la grande maison. Lourd et chaud, ça sent l'orage, mais d'orage il n'y aura pas, pas avant demain. Et son cœur est si transi — depuis bientôt vingt ans — que jamais elle ne sait — s'il fait chaud ou froid. Sa cape de renard noir. Elle gravit la côte. De l'avenue de la G. (ou du Maréchal J.)

Jamais fait ce chemin — depuis dix ans.

Quand je frapperai à la porte — ils sauront pourquoi.

... Il y a quelqu'un dans le jardin, grand-mère !

Une pâle lumière tombe des fenêtres ouvertes sur les cendres du sentier, sur la petite table de fer à peinture blanche écaillée. La princesse noire se tient à trois pas de la porte, timide, s'emmitouflant nerveusement dans sa cape de fourrure, et la nuit est lourde et chaude.

Dans la maison, une belle voix de femme déclame — avec une conviction à la fois enfantine et solennelle :

Rome seule pouvait à Rome ressembler
Rome seule pouvait Rome faire trembler —

... qui donc ? eh ! la fille au long nez. Grand bien leur fasse. Dieu leur envoie une consolatrice. « Je t'assure, grand-mère, il y a quelqu'un dans le jardin ! »

Elle entre, ils la regardent, apeurés — six paires d'yeux —, la grande femme aux cheveux tirés en arrière a posé son livre sur la table. Tatiana s'est levée d'un bond, raide et frêle comme un chevreuil effarouché, laissant tomber à terre sa corbeille à ouvrage, rejetant sur le front ses lunettes... la princesse demande : « Myrrha est là ? » ils ont un petit éclair d'espoir, qui sait, peut-être un accident arrivé à Georges ?...

« ... Mais non très chère je ne sais rien... peut-être pas si grave. Dieu est grand. » — Ah ! Dieu ! s'écrie Tatiana, la voix vibrante de haine. Dieu ! »

Le vieil homme, les bras tremblants, ne parvient pas à trouver la manche de son pardessus, s'égare dans les doublures déchirées, Tatiana court à lui, attends, attends Iliouche, je t'arrange... Et les trois enfants, droits comme des cierges et les yeux écarquillés, se tiennent ensemble devant le rideau de toile cirée rouge — orphelins, oubliés, trop apeurés pour ressentir du chagrin et même de l'espoir. Tassia serre sa vieille amie dans ses bras, lui tient les épaules comme si elle voulait la forcer à se tenir droite. « Ne te laisse pas aller, chérie. Nous pouvons avoir le train de dix heures et demie. »

Mais bien entendu après avoir volé plutôt que couru, dévalant la côte de l'avenue de la G., ils voient, du haut du sentier, le train aux fenêtres lumineuses filer à leur droite dans le cliquetis des rails et les crépitements d'étincelles bleues. « Quoi ? attendre celui de onze heures ?! » Tassia et la princesse ouvrent leurs sacs nous avons de l'argent, on peut trouver un taxi — « mais il nous faut deux taxis ! » — la place devant la Gare est déserte, le grand café du coin déjà fermé. « Ces *vacances payées !* crache avec mépris la princesse. Des fainéants ! tous partis en vacances ! » et trois femmes se tordent les mains et tournent en rond sur la place déserte.

Ilya Pétrovitch, depuis l'arrivée de la princesse, n'a pas ouvert la bouche.

« ... Mais qu'est-ce qu'il vous a dit, ce voisin ? » demande Tala. — Qu'il *va très mal, prévenir la famille.* C'est tout. » Pierre dit, timidement : « C'est peut-être une *crise.* Ça passera. » — Mais bien sûr mon petit gars. Prions Dieu. »

Notre dernier voyage *heureux* pense Tatiana, elle songe même à se mirer dans la vitre noire du train, à arranger les mèches folles qui s'échappent de dessous son chapeau-turban, quelle tête de poulet plumé, de la dignité ma fille... « Bizarre, dit-elle (comme le train traverse les vastes terrains vagues de la *zone*), on dirait des campements de gitans, voyez ces feux, dans les jardinets — en plein été. C'est même dangereux. »

— ... Et que pensez-vous des derniers discours

d'Hitler, princesse ? » commence Ilya Pétrovitch, d'une voix absente, comme s'il se rendait compte, brusquement, qu'il faut (tout de même) se montrer poli. Il s'arrête, mortellement las, une douleur sourde dans la région du cœur, une brusque et lâche rancune : je suis vieux, que diable toutes ces émotions, ce n'est plus de mon âge, la paix ! la paix ! couru comme un fou, pourquoi l'émotion, pourquoi couru, si cela pouvait s'oublier, si le train pouvait ne jamais s'arrêter...

Myrrha était sortie avec Boris. Ils avaient passé la soirée dans des cafés. Buvant de petits verres de vin, et fumant beaucoup. Le temps lourd. Les rues tranquilles, beaucoup de Parisiens en vacances. Les banquettes rouges des cafés, les boules ou les tulipes mates des lampes, et les postes de radio graillonnant les nouvelles entre deux chansons de Jean Sablon ou de Lys Gauty. « S'il y avait la guerre, vous vous engageriez ? » — Trop vieux, peut-être ? tout de même : ancien officier. On m'avait un peu facilement bombardé capitaine, dans l'Armée Blanche. Soldat amateur. C'est *sale*, Myrrha. Horriblement sale. » — Donc, résolument pacifiste ? » — Je n'en sais rien. J'irais, s'il le fallait. C'est la fin d'un monde, Myrrha. »

— Nous avons déjà vécu une fin de monde. » — Il y en aura d'autres. Beaucoup de fins, et pas ombre de commencements de monde nouveaux. La chute de l'Empire romain. » — Elle a duré des siècles... » A travers les vitres du *Dupont-Montparnasse,* où se reflètent les banquettes rouges, les tables noires, les visages violemment éclairés, Myrrha regarde les lumières jaunes et rouges de la place de Rennes, les fenêtres haut perchées des autobus dont les passagers semblent, dans leurs cages jaunes, glisser le long des banquettes rouges du *Dupont...* ... elle se voit elle-même, loin, au fond d'une salle qui flotte quelque part dans l'air de l'autre côté de la place noire, elle voit son visage effacé par un feu rouge clignotant.

Et dans le reflet de l'énorme glace du fond de la salle elle se voit de dos, tout à fait pâle et perdue dans des à-plats de verre bleuâtre et le visage de Boris tourné vers cette femme grise qu'elle voit de dos... « Et savez-vous que nos ancêtres avaient peur des miroirs ? ... quel vertige — cette salle paraît non pas quatre, mais dix fois plus grande qu'elle n'est. Imaginez une église dont les murs seraient faits de miroirs — ce serait atroce, n'est-ce pas ? » — Pourquoi une église ?... » il est surpris et constate du reste que ce serait atroce en effet. — J'ai une telle envie d'être à l'église, dit Myrrha, que je dois lutter contre le désir d'y passer tout mon temps libre... la prière aussi peut devenir opium. Je me sens ce soir inconsistante et irréelle comme si j'étais ce reflet de reflet que je vois là, en face de moi, vous voyez — là où passe maintenant ce taxi rouge... le dos tourné, pas de visage. »

— Vous êtes toute pâle, Myrrha, ma chérie, pourquoi nous disons-nous toujours 'vous' ? malgré de multiples essais ? Si nous buvions, une fois de plus, à la *Bruderschaft* ? »

Elle eut un sourire léger, comme une faible tentative d'arc-en-ciel sur des nuages gris perle, ô mon ruissellement de lumière, pensait Boris. « Pas ce soir, cher, je vous l'ai dit : je me sens trop *irréelle*. Je plane. J'entends comme des grincements de roues et des sifflements de trains — on n'entend pas, d'ici, ceux de la gare Montparnasse ? » — Non, je ne crois pas, il y a trop de bruit sur la place. Vous vous souvenez de l'histoire de cette locomotive emballée qui a traversé les salles de la gare, a défoncé le mur et est restée suspendue en l'air au-dessus de la place de Rennes ? »

Elle rit : « Oui, j'ai même vu des photos... c'était avant la guerre, je crois. Le train qui ne voulait pas s'arrêter. J'aimerais, vous savez, être dans un train qui ne s'arrête jamais — un Transsibérien, un Orient-Express (mais eux aussi ont des gares terminus) — ce sifflement des jets de vapeur, je l'entends toujours. Les trains à longue distance qui vont on ne sait où. »

— Et... sans moi, n'est-ce pas ? » il le demande avec une tristesse tendre. — Non, pourquoi ? je me sens bien avec vous. » Elle semble bizarrement distraite. Elle tourne son verre dans ses mains, boit une dernière gorgée de vin blanc. — Très bien. Voyez, je n'ose plus aller au *Sélect*, à *La Coupole*, de vrais clubs. Vladimir est brouillé à mort avec Grinévitch. Et puis — d'autres amis qui vous regardent comme si vous étiez un bouquet d'orties... Il vous a parlé de *charge d'âmes*, tantôt, vous avez dit ? »

— Il était tourmenté par des soucis d'argent. » Elle dit, avec un sourire vague : « Tellement *masculin*... Je n'étais pas une âme à sa charge. Il avait besoin d'une âme entièrement à sa charge, c'est cela, peut-être ? »

Il voulait, pense Boris, une créature simple qu'il pût dominer, il n'est pas le premier homme à ne pas pouvoir supporter une femme supérieure à lui — si jamais elle consent à s'appuyer sur moi, aurai-je la force de supporter ? question absurde. Et n'avait-il pas rêvé maintes fois d'extase infiniment tendre avec tremblements et larmes, tout le cœur en lumières irisées, ces pauvres mains calleuses longuement, longuement baisées, ces yeux lumineux et las bus du regard, dans une ivresse d'adoration incrédule — il avait tant rêvé du timide recul de ce frêle corps chaste, et de caresses si légères, si savantes, et pudiques et patientes — que peut-être il verrait ces joues s'irradier de lumière rose et ces yeux trop lucides s'ouvrir de surprise effrayée et heureuse — ô émerveillement sacrilège. — Vous êtes une douce vierge, Myrrha, et vous ne le savez pas encore... »

465

— Ne me regardez pas ainsi, cela me fait mal », dit-elle.

— Mal ? Myrrha ma chérie, pourquoi ? » il avait dit cela d'une voix éteinte, comme si le souffle lui manquait, comme si — oubliant hier, aujourd'hui et demain et la salle rouge du *Dupont-Montparnasse* avec ses tables, lampes blanches, garçons et consommateurs répercutés de tous côtés dans les miroirs et les vitres noires — il se trouvait avec elle dans une chambre nuptiale nébuleuse et feutrée.

Elle dit : « Pardonnez-moi. Pardonnez-moi. »

C'était à elle de me pardonner. Il eut même un petit rire doux, triste et gêné. « Vous portez déjà assez de fardeaux, faut-il que j'en ajoute d'autres ? Dieu vous bénisse, n'y pensez plus. »

— Mais non, dit-elle. C'est seulement — ô ce sifflement dans ma tête. Vous dites qu'il ne se sentait pas *trop* mal ? »

— Non. Il s'agitait, il parlait beaucoup, mais de façon tout à fait raisonnable. Oui — agité. »

Elle se lève. « Onze heures passées !... Georges ne m'attend pas, il est au cinéma. Bizarre — cette espèce de vertige. Il faut dire — par ce temps lourd, frotter trois pièces de douze mètres carrés à la paille de fer... je sais que vous n'aimez pas que j'en parle... » — Je n'aime pas que vous le fassiez ! » — C'est la même chose. Boris. Dites. » Elle a un sourire hésitant et timide, presque enfantin. « Peut-être. Ce n'est pas si loin : la villa d'Enfer. Juste un coup d'œil. Vous croyez que nous pouvons ? »

— Mais — si vous voulez. Bien sûr. » Rassérénée, elle lui prend le bras, se serre contre lui. Ils sortent, ils marchent vite. Elle devient agitée. « Un coup d'œil. Je n'entrerai même pas. S'il y a encore de la lumière vous frappez, vous veniez juste en passant, dire bonjour... bonsoir plutôt. » Boris, se souvenant des confidences que Vladimir lui avait faites quelques heures plus tôt, se dit, d'abord, que cela pourrait être plus que gênant — et après tout, non, un homme aussi épuisé ne recommence pas de tels exploits le lendemain. — De toute façon, dit-il, avec ce temps lourd... ils laissent la porte ouverte le plus tard possible. »

La porte était fermée. Les hautes fenêtres aussi. La lumière allumée. Mais la porte de l'atelier voisin, à gauche, était ouverte, et un homme petit, pâle et frêle, en longue blouse grise, se tenait devant, bras croisés. Il semblait guetter ou attendre.

De derrière la porte fermée montait un long cri.

*

Prise, comme dans un bloc de glace, dans une brutale sensation d'horreur, et calme comme si elle avait su cela de toute éternité, Myrrha écoutait le petit homme aux traits mobiles et mous s'expliquer — avec un fort et irritant accent allemand. Ils étaient de la famille, n'est-ce pas ? Oui, oui, c'est vrai. Aux environs de neuf heures. Non, Madame, il a peu souffert. Brutal, oui. Le cœur. J'étais là... Oui, un médecin est passé.

« J'ai téléphoné... Rue Lecourbe. Une dame — à l'accent russe — a répondu. Vous ne saviez pas ?

« Mlle Victoria a voulu que je la laisse seule, elle s'est enfermée. » Ils écoutaient le cri.

Un cri par moments désolé, étonné — simple hurlement de douleur *Ha-ah ah haaaa-a-a a a a...* cri d'enfant ou de bête. Plainte, par moments, cris aigus, appels — mais dans quelle langue ? « Elle est... choquée », dit le petit homme allemand.

Choqué lui-même, et sans cesse sur le bord du tremblement nerveux, et gagné par une excitation presque joyeuse où il n'y a pas de méchanceté mais sensation aiguë de fraternité avec le prochain qui souffre, et rupture momentanée des pesantes routines du quotidien. — Effrayé, cependant, à l'idée d'affronter tour à tour parents, enfants, amis... devant cette porte fermée au verrou qui de l'atelier à hautes verrières par lui soigneusement fermées faisait un vaste sépulcre où la vivante était enfermée avec un mort.

Devant lui la femme mince au long visage pâle, ses frêles épaules ramenées en avant comme sous une tempête de neige. Les bras, contre la poitrine, frileusement serrés. Elle se tenait devant la porte le visage parcouru par d'invisibles vermisseaux — la bouche frémissante comme si le cri qui lui parvenait de derrière la porte lui causait un intolérable mal de tête. Elle murmura : mais c'est affreux, nous devrions entrer. Il faut l'aider.

Ils restaient, elle et Boris, le dos contre la porte. « Myrrha ma chérie. » Il n'osait pas la prendre par les épaules, la serrer contre lui, il était si désemparé qu'il devait faire un effort pour se souvenir : il y avait un cadavre derrière cette porte. Un poids lourd, la chose la plus lourde au monde, le scandale sans remède, le soleil noir. Et le tendre cœur de la femme tremble et se consume du désir de voir cela. « ... Myrrha, ne restons pas là, remettez-vous un instant, plus tard, tout à l'heure... »

« Entrez chez moi, propose Schwartz, Madame nous ne pouvons plus rien maintenant, ça vaut mieux... » Myrrha demande : « Est-ce qu'elle crie toujours ? » — Non, plus maintenant. » — ... Je ne sais plus je crois l'entendre. »

C'est le silence, on entend des voitures rouler au loin, une radio nasillarde jouer quelque part un air de tango. Le voisin de droite — le Hongrois — est sorti de son atelier et marche de long en large sur le trottoir. « Ah ! vous êtes... de la famille ? Je disais à Schwartz ; il faut appeler le médecin légiste. J'irai si vous voulez. Rue Delambre. C'est tout près. »

Boris recule sur l'asphalte de la chaussée et parle à voix basse avec le Hongrois. Oui, le Commissariat, bien sûr. Je l'ai vu — cet après-midi encore — je ne m'attendais pas. Il sait qu'à ce moment-là c'est le petit homme en blouse grise qui est aux yeux égarés de Myrrha le frère et l'ami. « Oui, dit-elle, avec douceur, tout à l'heure... Monsieur — ? « — Schwartz. » — Monsieur Schwartz. Il faudrait. Vous ne craignez pas ?... » — Non, dit-il, elle a promis que non. Elle m'a même laissé prendre le rasoir. »

Le rasoir. O ne pas y penser ; ce vieux rasoir à manche d'ébène plus vivant à présent que la main qui s'en servait — relique ? — « Oui, explique Schwartz, je l'ai aidée... à le raser — la — toilette — vous savez... » il ne sait comment évoquer ces détails cruels devant une veuve. Elle essaie de se faire à cette vie nouvelle, provisoire mais terriblement importante, les derniers devoirs les derniers adieux... Schwartz dit : « Vous allez voir. Il est *bien*. » Bien ?! quoi, même pas trois heures qu'il est... même pas une demi-heure que je sais — et nous sommes déjà si habitués à son nouvel état qu'il nous paraît naturel ? mais c'est une illusion pense-t-elle, mais il est là, il sera toujours là, nous le savons depuis le commencement des siècles, sinon comment pourrions-nous vivre ? « Je veux le voir », dit-elle.

Les mains rougeâtres, rongées par des acides, de ce petit homme ont touché son corps — aux miennes il y a longtemps qu'il a refusé ce droit. « Dites. Le rasoir. Vous me le donnerez... Si Victoria n'y tient pas, bien sûr. » Elle a toujours dans les oreilles les longues plaintes de bête blessée. « Ecoutez, elle crie encore. » — Mais non, elle s'est calmée. » — J'ai des hallucinations. »

A ce moment-là, la longue Packard noire de Georges s'engage dans la villa, s'arrête à mi-chemin (car il lui sera impossible de tourner) — les portières claquent, les phares s'éteignent. Georges s'avance sur le trottoir, en trois enjambées il est devant la porte, suivi d'une Sacha en robe de mousseline orange qui court en clopinant sur les hauts talons de ses escarpins dorés — ils ont déjà tout compris, le visage de Georges est hagard et figé, on eût dit un soldat qui vient de voir un obus tomber à ses pieds.

Mour. Comment. Quand.

Il la serre dans ses bras, lui attire la tête contre sa poitrine. « Là. Je suis là ma petite fille. » Il lui caresse les épaules de ses mains distraites, lançant autour de lui des regards perplexes, presque menaçants. « Qu'y a-t-il nom de Dieu. Boris ? »

Et ils arrivent tous... essoufflés, les enfants courant en avant, les deux vieux s'appuyant sur les bras de Tassia, il y a un attroupement à présent devant la porte fermée aux verres dépolis, des voisins d'en face ouvrent leurs fenêtres, car on entend des exclamations, des cris, des voix brèves et hâtives, les pleurs effrayés des filles, oh ! non oh ! non ! papa ! papa ! ce n'est pas vrai ce n'est pas vrai !

« Iliouche ! » dit la voix de Tatiana, bizarrement sonore, suppliante et tendre. Les jappements rauques des sanglots du vieil homme, effondré sur l'épaule de sa femme, soutenu par Tassia.

Les premiers cris. De désarroi plus encore que de douleur — à ce moment-là. « Trop tard. Oh de toute façon. De toute façon tout était fini avant neuf heures. » — Oui, très brusque. Il n'a pas souffert, Madame. »

« Vous étiez là, *vous* ? » Tatiana Pavlovna regarde le petit Allemand presque avec haine. Mais non, on ne pouvait pas prévenir plus tôt. « A six heures et demie, dit Boris, il était tout à fait bien. » — *Bien !* » répète la mère — la voix tranchante les yeux brûlants —

entouré d'étrangers, qui ne savent rien, ne comprennent rien, mon enfant, ils ne m'ont pas laissée ils ne m'ont pas laissée... — Eh bien ! Entrons », dit-elle.

Schwartz et Boris échangent un regard affolé. « La porte est verrouillée. » Ils ne comprennent pas. Verrouillée, par qui, comment —

comme s'il avait lui-même — de quelle façon — tiré le verrou —

Victoria.

Elle s'est enfermée, elle a voulu rester seule avec lui — « Et vous l'avez laissée ? » demanda Tatiana. Ses yeux de faucon, plus égarés encore que douloureusement indignés, brûlent de leur feu sec les visages de ceux qui l'entourent, s'arrêtent sur Myrrha, sur la face fripée de l'Allemand, quoi, ils restent là devant la porte — depuis combien de temps ?... ô de l'eau froide dans les veines ô sables mouvants Myrrha c'est bien de toi. — Nous venons juste d'arriver, Georges et moi, dit Sacha. Nous rentrons du cinéma et trouvons le mot de maman sur la console. Nous avons eu peur même avant de voir le mot, elle avait laissé la porte grande ouverte. »

« ... Un voisin est parti au Commissariat chercher le médecin légiste », explique Boris. Tala et Gala se collent à la porte, essayant de voir, on ne voit que le cercle blanc entouré de vert de la lampe et une grande tache claire, jaunâtre, qui doit être le lit... effrayées et ne croyant déjà plus à la réalité de ce qu'elles viennent d'apprendre, mais non ce n'est peut-être pas vrai, le médecin va venir et le ranimer ? — Prises d'une atroce curiosité, effrayées d'éprouver si peu de chagrin, le cœur déjà vidé. Elles ne savent pas ce qu'on doit éprouver en pareille circonstance, terrorisées d'avance par les cris, les larmes, les déchirements et affolements des jours qui vont suivre... on ne vivra plus, comment pourra-t-on vivre maintenant ? Et Pierre, timidement, cherche des yeux le visage de sa mère — si inutile, si oublié, même maman ne pense pas à lui maintenant, personne ne l'aimera plus jamais.

« Mais c'est insensé, dit Georges, il faut qu'elle ouvre. » Ils sont douze personnes à attendre — on ne sait quoi — devant la porte fermée au verrou.

Tassia, pâle, droite, les yeux grands ouverts et figés, serre le bras du vieil homme. « Mon ami, mon ami. » Cette porte fermée paraît être une injure gratuite et absurde.

Franchir le seuil et que tout soit dit. La peur devant le cruel objet qui les guette derrière cette porte épuise et paralyse la douleur même. Georges secoue brutalement la poignée, frappe des phalanges contre la vitre. Et Tala le regarde avec reproche et frayeur. Peut-on, a-t-on le droit, frapper ainsi, à *cette* porte ? comme un employé du gaz qui vient relever le compteur. « Victoria. Ouvrez ! » dit Georges, d'une voix énervée, irritée, qu'il s'efforce en vain de rendre persuasive. Silence.

« C'est sérieux. Ouvrez. » Et à tous, le mot « sérieux » paraît incongru jusqu'au grotesque. « Ma chère ! » crie la princesse, de sa voix rauque bizarrement rassurante « ma chère pour l'amour de Dieu ! »

Ils voient une ombre bleue remuer devant la grande tache jaunâtre du lit. Une voix crie. Sonore et fêlée.

« *Non ! Non ! Non ! Non !* »

Mais lorsque le Hongrois revient, avec un grand homme large et sec en costume gris foncé — le médecin du Commissariat —

l'ombre bleue se rapproche, se colle à la porte. Un instant immobile, aux aguets. Le médecin de la police. La Police. Elle tire le verrou, elle ouvre, elle recule. Elle recule toujours vers le lit, sans regarder personne. Comme une bête cernée, morte de peur.

Ils la voient tous. Lèvres gercées, joues marbrées, des cercles noirs sous les yeux. Elle paraît maigre comme si elle était restée huit jours sans manger — mais elle se tient droite, bras écartés mains en avant — comme si elle cherchait à protéger de son corps ce qui est là — couché — sur le grand lit —

les yeux méfiants, fixes, tournés sur le médecin — qui s'avance vers elle écoutant les explications confuses de Schwartz et de Boris. — Permettez, Madame... » Il est sec, digne, impassible, il ne manifeste pas d'inutile compassion, il se penche à peine vers le lit, baisse les yeux, s'incline avec respect.

Il s'assied devant la petite table — comme un médecin qui rédige une ordonnance. Griffonne quelques mots sur un petit papier — le permis d'inhumer — lève les yeux vers Georges. Vous ferez la déclaration à la Mairie, demain.

Vladimir Thal devenait un mort officiel. Il y avait beaucoup de monde dans l'atelier. Une des dernières fêtes pas tout à fait la dernière.

Ils étaient tous entrés, même le Hongrois, et attendaient, muets et raides comme des prévenus convoqués au Commissariat, le départ du médecin. Puis ils s'approchèrent du lit — en procession rituelle — les parents d'abord. Et Tassia, de ses bras puissants, soutenait le vieil homme et le guidait, bien qu'il n'eût pas de mal à marcher. Et la mère s'écroulait devant le lit, la tête contre les plis rêches d'un drap blanc, n'osant pas encore regarder ce qu'elle venait de voir — secouée par de brefs petits aboiements rauques...

Il y eut beaucoup de sanglots de surprise, de saisissement, de frayeur devant l'impossible et l'impensable — et ces paroles égarées et ces cris étouffés : ma chérie, mon chéri, oh grand-mère, non grand-mère ! maman ! mon pe-

tit Pierrot ! la voix de Tala s'élevait, frémissante et aiguë :
Comme il est beau, maman ! regarde comme il est beau !

Georges, debout aux pieds du lit, massif, menaçant,
était pris d'une crise de sanglots secs, brefs et bruyants
comme une toux.

Car l'homme trop long étendu sur le lit, enveloppé de
draps blancs souriait avec une royale douceur, ses
longues lèvres sinueuses nonchalamment fermées et à
peine contractées aux commissures. Et sous les larges
paupières bordées de cils collants les yeux semblaient,
on ne savait pourquoi, non pas endormis mais ouverts
sur quelque vision rassurante et même joyeuse.

Et, de toute évidence, il était beau, d'une beauté à la
fois raffinée et sauvage, avec des creux violents sous les
os des pommettes, l'arête hardie du nez qui on ne sait
comment avait perdu ce mouvement oblique qui
l'avait toujours fait paraître planté un peu de guingois.
Le front était lisse, les sourcils hautains, le menton
inégalement rasé se dressait avec défi au-dessus d'un
cou encore hérissé de poils noirs et seul ce cou était
douloureux — pitoyable — avec sa haute pomme
d'Adam presque aussi proéminente que le menton.

La tête renversée comme dans un élan, une tentative
d'envol. Et le visage prenait une pâleur cireuse, ambre
clair ou bois poli, matière inanimée inhumainement
ferme, mais la bouche souriait de ce sourire, ambigu
jusqu'au vertige, qu'ont souvent les faces des humains
à leur premier jour d'état de cadavre

sourire non terrestre mais terriblement vivant qui à
coup sûr avait de tout temps forcé les hommes à croire
en la survie du corps et de l'âme. Beauté aussi
éphémère que celle d'une fleur, grâce dernière et
miséricorde pour ceux qui restent. Ils étaient tous,
dans leur désarroi brutal, non pas apaisés, mais péné-
trés d'un amour nouveau, menacé, précaire pour cette

face impitoyablement fragile, qui à ce moment-là évoquait la pérennité d'une tête taillée dans l'albâtre.

Oh! non, ce n'est pas lui! Cela lui ressemble tellement que votre cœur se brise. Ils s'étaient inclinés à tour de rôle sur la maigre main jaune froide et osseuse abandonnée sur l'autre main — ces mains posées sur la poitrine, en croix, dans un geste frileux des bras. Ils avaient baisé le front glacé et les cheveux humides.

Assise au chevet du lit Victoria les laissait faire, gardienne jalouse et impuissante, sombre comme un oiseau captif dont on a coupé les ailes ; ses yeux de pierre guettant machinalement les gestes de tous ces inconnus qui s'agitaient autour d'elle — comme s'il lui fallait défendre son trésor contre quelque imprévisible agression.

Et, tristes, égarés, perplexes, brisés par un choc brutal et sachant que le pire était peut-être encore à venir — ils vivaient à ce moment-là la dislocation de ce qui avait été un corps vivant, une cellule vivante, le chaud et simple univers formé par un groupe d'êtres proches les uns des autres. Aimés, aimants ou même peu aimants ou jaloux ou blessés — mais inextricablement liés ensemble par des liens de vie plus forts que l'amour. Univers provisoire et mouvant et flou, cellule d'âmes interpénétrées, nid invisible, qui dans le bonheur et le malheur paraît aussi évident que le soleil qui se lève chaque jour.

et qui s'effondre — brusquement désagrégé, et même ressenti comme inexistant, et englouti sans retour par le temps. Et si sous une autre forme et sous d'autres cieux un monde semblable peut encore — pour eux — se reformer et rendre de nouveau possible l'innocente confiance en la vie... — à présent la seule pensée d'une telle métamorphose est infiniment absurde et pénible. Et il faut — dit-on — *vivre*, et rien n'a changé et ils sont tous pareils à ce qu'ils étaient une heure plus tôt, et s'accrochant les uns aux autres pour croire que le lien de vie qui les unissait n'est pas rompu, et qu'ils ressoudent une chaîne dont un maillon a été détruit — alors qu'il s'agit de la rapide et irrémédiable désagrégation d'un corps vivant

vie détruite, langage à jamais oublié, lumière décolorée, sons perdus dans le vide, tous les objets devenus légers et creux, privés de poids, et rien n'a changé. Désagrégation pareille à celle d'un cadavre, mais plus rapide encore et plus intolérable parce qu'on la ressent physiquement alors que ni les sens ni la pensée ne peuvent la saisir.

Mais en ce premier jour, cette première nuit, la volonté de vivre trouve des issues faciles, et se fixe sur la présence cruelle mais très forte encore de l'être définitivement humilié qu'il faut se hâter de protéger contre des humiliations plus terribles encore, qu'il faut accompagner, entourer, honorer, retrouvant des gestes et des paroles depuis des centaines de siècles semblables

amour plus ardent que jamais désormais inutile, dernière flambée peut-être ou début d'inguérissable nostalgie, mais à ce moment-là nécessaire comme le pain.

Sinon comment pourrait-on faire l'apprentissage de cette vie nouvelle — et là, ceux qui ont connu des épreuves semblables ne sont pas plus malins que les autres. — Le *monde* de vie vivante qu'est pour nous chaque être qui nous est proche est unique et ne ressemble à aucun autre monde. Et il faut un effort d'amour (toujours sincère ne fût-il que docile conformisme) pour faire écran — écran sur ce vide laissé par des yeux qui la veille encore déversaient avec tant de prodigalité leur mobile lumière — ces yeux qui sans cesse parlaient une langue si claire : colère, joie, crainte, tendresse, mépris doute désir gaieté, douleur, ennui... mille et mille dosages de toutes les émotions, toutes les pensées, et ébauches d'action, de sentiments, d'ordres et de refus que les mots n'ont jamais (et de loin) pu cerner. Ces fontaines de vie changées en simples galets qu'il faut cacher car ils sont des objets monstrueux contre lesquels la raison se brise comme un verre lancé contre un bloc de marbre.

Devant ce non-sens intolérable, étalé devant tous en pleine lumière alors que pour lui il n'y a plus aucune lumière (car si ces yeux en voient une ce n'est plus la nôtre), devant ce bloc de silence inhumain, de calme factice — un bout de bois n'est ni calme ni silencieux — on cherche le moyen d'apprivoiser la raison affolée et humiliée.

Et l'on parle (le pire est encore à venir, laissons-nous aller à l'engourdissement de l'habitude de vivre) on parle. « ... Comment ? de quelle façon ?... » Schwartz — le témoin, car l'autre témoin ne parle pas — « Juste deux ou trois minutes — de râle on dirait sifflant — mais il était calme — non, pas perdu connaissance. Jusqu'à la dernière seconde. » « La dernière ?... »

Mais... vous ne pouviez rien faire ? Un médecin ? Une piqûre de solucamphre, un massage du cœur ?... Tatiana Pavlovna ne comprend pas et cherche à lutter, un peu tard. « Madame tout était fini en dix minutes. » — On peut faire beaucoup de choses en dix minutes. Il fallait... » — Je vous assure. C'était trop brusque. » Elle pousse un cri de colère désolée. « Oh ! oooh ! *si seulement !...* »

« ... Oh ! chienne de vie ! jamais je ne me pardonnerai ! » Elle s'est éloignée du lit, dans un mouvement de désespoir rageur — pour ne plus voir l'odieuse créature qui même maintenant — même maintenant —, comme un chien de garde un geôlier, est installée sur le bord du sommier, près de l'oreiller où repose la tête morte, ne bouge pas, une bûche. De la *douleur*, ma fille ? si tu crois que j'ai pitié.

Pitié. Je n'ai pitié de personne, fini, fini. Si, Iliouche. A plus tard, cela.

Ilya Pétrovitch ne veut pas faire figure de *ramolli*, il sait ce qu'il se doit, ce qu'il doit à son fils. Avec Georges, debout près de la petite table, il discute — à mi-voix comme il convient — sur un ton assez calme, seule sa moustache tremblote un peu, nécessaire, oui, absolument, cette nuit même si possible, voyons il est à peine minuit et demi... les marbres... pour les avis de dernière minute... Milioukov peut bien me faire ça, enfin on me connaît au journal... Georges ne voit pas bien Milioukov dirigeant en personne la composition de la première page. « Vous voulez que j'y aille Ilya Pétrovitch ? Vous me donnez le texte. »

Ils le composent, penchés sur une feuille arrachée au calepin-agenda de Georges. « Non, mon cher, trop petit, pas d'autre papier ? » Il jette un coup d'œil circulaire sur l'atelier où tant bien que mal ils sont tous installés, sur les trois chaises, les coussins, par terre ou debout — où traînent encore des draps froissés, une chemise au col taché de sang —, une bassine pleine d'eau bleuâtre et une paire de chaussettes sales — là, grand-père, dit Gala. Elle a trouvé sur l'étagère aux livres un bloc de papier à lettres et l'apporte, comme une humble offrande, levant sur le vieil homme ses beaux yeux vigilants.

Ilya Pétrovitch prend le bloc — la première page n'est pas blanche, il y voit écrits deux mots : « Cher papa. » Et il se mord les lèvres et se met à trembler. « Tenez. Vous composerez vous-même. Surtout. Qu'il n'y ait pas d'erreur dans les noms et les prénoms. » Georges très secoué lui aussi par le « cher papa » renifle et se redresse. « Bon. Qu'est-ce que je mets ? brève maladie ? »

— Oh! ce que vous voulez! dit le père, avec un haussement d'épaules excédé... Ce que vous voulez! Pour le... lieu de l'inhumation, nous ferons passer une deuxième annonce demain. »

Et l'on organise le rituel de la veillée improvisée. Sacha — étrange, dans cette pièce sinistre, avec ses drapés de mousseline orange et ses hauts escarpins dorés — fait chauffer de l'eau, rince des tasses et des verres, glisse entre le lit et la table, la table et le chevalet, avec sa fière démarche de cigogne. Elle porte des verres de thé à Tatiana, à sa mère, au vieux Thal... Buvez, il le faut, vous avez besoin de forces... Le thé est noir, brûlant et amer (Sacha a jugé inconvenant d'y mettre du sucre) la pauvre Tatiana le regarde avec dégoût, avale une gorgée, du bout des lèvres, puis boit à longs traits. « ... Et Niobé mangea, c'est cela, n'est-ce pas ? » elle relève la tête avec défi ; elle est à présent nonchalamment assise sur la chaise, jambes croisées, le dos calé au dossier de bois blanc — et sa voix est éraillée et grésillant, — C'est cela, mes amis ? n'est-ce pas ? » et elle cogne la table, de toutes ses forces, avec le verre vide — elle a un long gémissement qui est à la fois râle et ébauche d'un rire dur, et cri de détresse et elle tressaille et se redresse comme réveillée par son propre cri, comme surprise, ses grands yeux un peu fous, désarmés, semblent appeler au secours. « Gala », dit-elle — d'une voix faible, douce, que personne ne lui connaissait. « Gala, chérie. Viens. Viens ici. »

Gala se tenait près du chevalet, ardente et aux aguets — naïvement avide de consoler, de servir, d'apaiser, oublieuse d'elle-même et de ce que l'Evénement signifiait pour elle. Elle était là, en une seconde ; son long et vif corps d'écureuil lové sur la poitrine, les hanches les bras de la grand-mère, ses frêles mains serrant à les broyer les tempes flétries, oui je suis là je ne laisserai personne te faire mal, oui je suis là grand-mère ma chérie mon soleil ! Pas besoin de parler tu m'aimes n'est-ce pas c'est cela qui compte.

Tu m'aimes. Pierrot. Maman. Pierre était assis par terre, blotti contre sa mère, devenu un petit enfant qu'il faut rassurer. Lui avait le courage de parler. Très bas. « Maman. Dis-moi. Papa m'aimait n'est-ce pas, il m'aimait ? » — Bien sûr. » — Oh ne dis pas 'bien sûr'. » O cruauté des enfants. Pauvre petit garçon, s'il savait, que même lui même lui est à mille lieues de moi en ce moment — tous les vivants sont à mille lieues, Seigneur Jésus-Christ ne me sois pas une occasion de chute, ce n'était pas Ta volonté et je n'accepte pas cette séparation, fais-moi comprendre comment retrouver le contact avec lui vivant.

Tala. Tala Thal. L'orpheline oubliée. On les caresse, on les appelle — les deux petits, Gala ma sœur, Pierre le fils prodigue à la manque. On les aime. C'était toujours ainsi. Chacun son amour. Tala est la fille à papa. Papa la prend sur ses genoux pour la consoler, elle a la meilleure part. O fille à papa injustement découronnée, abandonnée, ils l'ont oubliée tant pis pour elle, il l'avait oubliée le premier.

Elle essaie de ne pas regarder le lit — trop pénible — et, non, indiscret, impudique, cette incomparable beauté venue d'un autre monde, étalée sans défense dans cette morne pièce aux meubles dépareillés où traînent des linges sales et où treize personnes tournent en rond ne sachant que faire, ô ce n'est pas beau ce n'est pas digne de lui, ce grand abat-jour vert bon marché et cette vulgaire lumière électrique, et ces verres à moutarde que tante Sacha remplit de thé noir. Et ces voix lasses, par décence étouffées, et qui font tout de même trop de bruit, elles résonnent contre du vide.

Et personne ne songe que c'est mon grand, mon premier mon inoubliable amour qui dort sans dormir sur cet énorme lit, ils sont tous venus là pour lui et font exprès semblant de m'oublier moi la fille mauvaise

ô mauvaise Tala Thal, mauvaise, *cœur froid* comme dans le conte de Hauff, il est couché là, glacé — comme sa main était froide — et moi je suis capable de penser que je voudrais bien du thé moi aussi, et que grand-père a un trou dans sa chaussette gauche. Je suis capable de penser. J'ai déjà tari mes larmes. Je n'ose plus le regarder, de peur d'être incapable de me remettre à pleurer en revoyant son cruel sourire.

Elle ramasse, et tire vers le coin sous l'évier, les draps et linges qui traînent à terre — est-ce que cela se fait ? oui, sûrement — elle vide la bassine pleine d'eau savonneuse et trouble (oh ! *à quoi* elle a servi — cette eau — on « lave » les corps, comment fait-on ?) elle fait tout cela avec des gestes lents comme si elle maniait des objets terriblement fragiles — elle porte une robe, oui, une robe frivole, à fleurs bleues et roses. Et l'avant-veille encore, vêtue de cette même robe elle était assise, ici même, sur ce lit même, à côté de papa qui lui parlait. Il ne savait trop quoi lui dire, il s'est endormi, et elle qui avait tant envie de lui parler !

« Tâlenka » lui dit Tassia, de sa voix grave, plus tendre que d'habitude — elle lui pose timidement la main sur l'épaule. Pas caressante, Tassia, avare de ses mouvements. Elle aussi bat en retraite du côté de l'évier, des *utilités*, nous sommes toutes deux des utilités, Tassia, les oubliées qui essaient de se faire oublier — mais toi, la grande femme noire, tu es restée à jamais pétrifiée, une statue un roc. Gardé jusqu'au bout ta dignité outragée (tu l'as aimé n'est-ce pas tu l'aimes encore, toute sa vie Tala avait eu besoin de croire en cet immuable amour, tout passe en ce bas monde sauf l'amour de Tassia — preuve qu'une grande âme peut aimer sans espoir en silence, de l'enfance à la vieillesse, et traverser la vie la tête haute).

481

Elles ne se regardent pas, elles parlent du bout des lèvres, tout en repoussant dans un placard les draps roulés en boule ; elles s'efforcent, par pudeur, de ne pas regarder les objets qu'elles touchent, brosses à dents, blaireau, peigne d'os jaunâtre où restent accrochés quelques cheveux noirs et deux cheveux blancs. « Ne jetons pas ces cheveux n'est-ce pas. » (Tout cela fait partie du rituel.)

« Tu étais amie avec cette jeune fille n'est-ce pas. » Toujours la voix du bout des lèvres, à la cantonade. (Oh ! si je l'étais !) Je sais ce qu'elle me demande : que je m'approche du lit (là, devant eux tous) que j'embrasse cette jeune fille, que je lui propose peut-être un verre de thé, Sacha n'a pas osé le faire. Je n'ai pas, moi, le courage de Tassia.

J'ai peur.

D'elle.

Ils ont tous peur d'elle, mais ils ne savent pas. Que sa face torturée et transfigurée est un spectacle pour moi cruel, que c'est du fer rouge et du vitriol, que j'ai honte, moi l'égratignée, de m'approcher de l'écorchée vive, ô ces terribles yeux troubles qu'elle va lever sur moi, ah ! tu es là petit mannequin de carton, girouette, reste avec les tiens !

.... Victoria chasse les mouches, avec des gestes doux, pour ne pas agiter l'air au-dessus de la face de cire. Perchée sur le lit, jambes repliées et genoux découverts, dans une pose à première vue cavalière — mais elle s'est immobilisée dans cette pose comme les habitants de Pompéi surpris par la coulée de lave, elle ne bouge pas, elle lève juste un peu la main de temps à autre pour chasser les mouches. Elle regarde, elle regarde.

Nue. Mise à nu sans pitié. Surprise en pleine torture d'amour, réfugiée sur ce lit profané par tant d'yeux étrangers, je n'ai pas pu l'empêcher.

Puisque tu m'avais dit que c'était plus *correct*.

Elle se sent à tout moment sur le bord, sur le seuil
    d'un gouffre de soleil

à l'abri dans cette chaleur immense qu'il garde en lui
pour la protéger — toutes ses bonnes et tendres
chaleurs. Comme si ses mains vous caressaient le front,
on ne s'y trompe pas. Etre là, sur le seuil.

O mais tu es là prends-moi emmène-moi.

Du plomb dans le corps et cette horrible oscillation
entre une attente presque émerveillée et une terreur
sans nom, mais ce n'est pas vrai, mais il ne s'en ira
pas ! O ne me dis pas que je dois vivre, ne sois pas
galant homme !

Non je ne te laisserai pas je ne te quitterai pas, ô ces
mouches elles reviennent toujours, il lui semblait sans
cesse voir ces deux mouches revenir, et par instants
elle s'apercevait qu'elles n'étaient pas là, elle passait
doucement la main au-dessus des yeux fermés et
aucune petite tache noire ne s'envolait, et à la fin ce
geste devenait signe et caresse.

Quand ils s'en iront je te retrouverai. Ils ne vont pas
rester toute la nuit ? Ils ne peuvent pas comprendre à
quel point j'ai envie de t'embrasser ? Ses lèvres
s'étaient déjà faites à la froideur opaque, lisse, de cette
peau. Mais quel que tu sois, même enlaidi, je ne te ferai
jamais cela, avoir peur, te repousser, avoir honte de ta
chair froide . . . .

Personne ne songeait à rentrer chez soi, pas même
Boris. On *veille*, tout au moins la première nuit. ... Il y
a... deux heures... dans le train, dans le métro sur le
Boulevard, ils couraient encore, haletants ; terrifiés
par la certitude d'arriver à temps pour assister à une
pénible agonie — ô si seulement !... (moi, sa mère, il
m'aurait reconnue). L'horreur du dernier arrachement
leur avait été volée, horreur qu'ils avaient crue néces-

483

saire alors que la réalité se révélait froide et plate comme un télégramme envoyé par des bureaux d'hôpital.

Rasé, lavé par des mains étrangères — venez, vous pouvez jeter un coup d'œil. *Et la pierre roulée devant le sépulcre.*

La porte s'ouvre, se referme rapidement, Georges est là, involontairement agressif, involontairement affairé. « C'est fait. Ça paraîtra demain matin. » Et après ? la bonne nouvelle. C'est drôle, pense Tala, pourquoi grand-père est-il si pressé de faire savoir à tout le monde...

« Pour l'église et le reste, on annonce demain... »

— L'église ? » le visage las du vieux monsieur se force à une grimace douloureuse — « on ne peut pas s'en passer ? » Georges hausses les épaules. « Comme vous voulez Ilya Pétrovitch, mais... » il jette un coup d'œil sur sa sœur, qui est à ce moment-là assise par terre, les deux mains cachant son visage. « ... Sans parler du fait que les enfants aussi... » Bien sûr. Ilya Pétrovitch le sait bien. L'homme officiel. Le nombre des amis faisant parade d'anticléricalisme est de plus en plus réduit. Il tourne des yeux timides vers sa femme.

Elle s'approche des deux hommes, d'une démarche détachée et dégagée — examine le lambeau de papier-journal : deux annonces nécrologiques encadrées de bandes noires et le début de deux colonnes d'éditorial. « ... Mes lunettes... » ses lèvres se crispent. — La question de l'église ? » dit son mari. Elle regarde la veuve effondrée au pied du chevalet dans la pose de la *Derelitta* (elle n'a pas su le garder vivant et veut l'avoir mort) « Ne me demande pas mon avis. »

— Je crois que c'est plus *simple*, Tania... »

— Bon, qu'ils y aillent avec leurs salamalecs. Puisque c'est la coutume. »

— Quelle église ? Olivier de Serres, Lourmel ?... » — Rue Daru ? » suggère Georges. — Oh ! surtout pas rue Daru ! » dit Tatiana.

— L'église de Meudon ? demande Gala. Le père Piotr ? »

— C'est que... dit Georges, pour transporter le... corps en Seine-et-Oise il y aurait des complications... Notez, ajoute-t-il dans un élan d'active bonne volonté — que ce serait *faisable* — si vous teniez au cimetière de Meudon » — et les deux époux s'interrogent du regard.

... Pour une seconde projetés dans ce qui pourrait être le proche avenir — leur vie d'amputés rivés (comme ils l'étaient encore la veille) à la chaîne des routines quotidiennes. Pouvoir fleurir une tombe tous les jours, garder l'enfant perdu dans ce simulacre de terre natale ? Ania dont la tombe est depuis dix-huit ans engloutie sous d'autres dans le grand cimetière de Pétersbourg (ravagé par l'inondation de 1924)... Tatiana pleure, le mouchoir contre sa bouche. « Oh non, Iliouche je n'y tiens pas ! le plus simple. Nous avons dépassé tout cela, ça m'est égal ça m'est égal, quelle importance mon Dieu ! »

Myrrha s'est levée, essayant de comprendre de quoi il s'agit. « Toi Mour, qu'est-ce que tu penses ? » Elle dit, presque avec agacement : « le plus simple. » et s'accroche au bras de son frère. « Georgik. Il faut faire quelque chose. C'est trop pénible. »

— Qu'est-ce que j'y peux ? Ce n'est pas une affaire d'homme. »

Bien sûr. Il faut faire quelque chose. Car cela devient — dans l'état d'abattement et de tension où ils se trouvent tous — de plus en plus pénible. La grande pierre roulée devant le sépulcre, la pierre vive, pierre de lave solidifiée mais encore chaude.

Ils essayaient de ramener Victoria dans le monde des

vivants, distraits un instant de leur douleur par ce qui avait l'air d'une entreprise de sauvetage.

... Un peu comme dans un rêve, beaucoup de monde, on ne sait ce qu'ils font là, alors qu'il est tellement tellement tellement important qu'on nous laisse enfin seuls, *enfin seuls*. . . . .

Les enfants prient ou cherchent à prier. Même Tala. Tentative de retrouver son enfance. Il nous a pardonné à tous, mon Dieu, console grand-père et grand-mère soutiens-les dans cette dure épreuve... Elle est sûre que Gala prie de la même façon et tente de deviner encore d'autres bonnes et simples paroles qui montent vers le Seigneur du cœur de Gala (moi la dure, l'impure, l'inconstante, à mon incrédulité viens en aide)
... rien ne se passe comme on l'imagine, Tatiana Thal, et, dis-le, tu n'as pas eu de rêves sacrilèges, de ces histoires qu'on se raconte en essayant de neutraliser l'avenir ?... Nous étions toutes les deux devant l'ancien lit de tante Anna, sentier des Jardies, et la fenêtre était ouverte sur les poiriers du jardin et l'air sentait la pluie récente, et un soleil oblique brillait sur les feuilles mouillées des poiriers ; et de la fenêtre on voyait les lilas gris-mauve du jardin des voisins — et c'était d'une déchirante douceur — et sur le lit à montants de fer ornés de boules de cuivre... *papa*... était couché — le lit tendu de draps d'une blancheur immaculée, et lui-même, des fleurs près de ses mains croisées, ses sombres cheveux comme une tache sur l'oreiller — pareil, tout à fait pareil à ce qu'il est maintenant (je l'avais pressenti) seulement beaucoup plus blanc, et le sourire plus douloureux — et des gerbes de glaïeuls et d'iris disposées des deux côtés de sa tête. *Pleurez sur l'ange mort !*
Et nous sommes là, ma folle camarade et moi,

pleurant ensemble. Dans les bras l'une de l'autre, serrées l'une contre l'autre — déchirante douceur — nous sommes les deux filles qui l'ont le plus aimé — je sais que tu l'as aimé Taline — ils m'ont chassée mais tu m'as défendue, tu m'as amenée ici.

... Parce que vois-tu, Victoria, je me souviens — cette nuit au Camp de La Croix, juré « à la vie à la mort » l'amitié plus forte que l'amour, non je ne t'ai jamais reniée mais tu ne sais pas ce qu'est la *loyauté* envers la famille, envers ma mère... j'étais... comme dans une armure de fer, mes ancêtres Victoria étaient des chevaliers teutoniques, des doges vénitiens... oui, et même le rabbin qui n'a pas supporté le déshonneur, j'ai le cœur tendre mais bardé d'acier, aujourd'hui l'acier est brisé... Tout cela se passe devant la chambre de la douce et défunte Anna Rubinstein, près du lit blanc, devant la fenêtre ouverte sur un jardin qui sent la pluie et le jasmin, c'est le printemps, il va vivre jusqu'au printemps et les poiriers sont en fleurs, au soleil couchant des gouttelettes de pluie brillent encore sur les pétales, et sur les entrelacs de fer forgé de la fenêtre, quelle paix inhumaine dans cette chambre éclairée par les draps blancs du lit.

Epuisée par les pleurs Victoria s'assied sur le rebord de la fenêtre, son lourd chignon, son noble profil frangés d'or au soleil couchant, c'est l'heure de l'éternité — nous ne nous séparerons plus jamais Taline — j'ai souhaité cela.

Je l'aime, papa, je l'aime, mon cœur se brise de pitié pour elle.

Pierre, la tête calée contre le bord du sommier, s'est endormi — son fin visage tout enflé, les lèvres ouvertes comme celles d'un petit enfant, les sœurs le regardent sévèrement, les adultes avec tendre compassion. Cet innocent sommeil vivant à côté du terrible faux sommeil. Car l'homme couché sur le lit ne dort pas du tout, il se repose, il est un météorite tombé d'on ne sait quels cieux inconnus, il n'y a pas de place pour lui sur la terre, à peine tombé il va se désagréger.

Ce qui était Vladimir Thal est plus absent que les habitants de l'Australie. Déjà, en quelques heures, devenu sans doute possible une place vide. Nous avons tous accepté cela comme on accepte la tombée du jour, on s'agite autour d'un souvenir, et lui — tout ceci ne le concerne en rien.

*

« Eh Klim. Regarde ça. C'est *le tien.* »

Martin Chichmarev passait la feuille de journal à son ami. Ils étaient attablés — au café *le Muguet* place du Pont-Mirabeau — à la terrasse, après leur journée de travail. Klim arrivait en retard parce qu'à présent il travaillait chez Renault, à Billancourt. Embauché le mois dernier.

... Et il était temps. Ses amis faisaient tout pour l'encourager. Enfin, tu n'avais plus l'air d'un homme, pour un peu les gens te donnaient l'aumône dans la rue, et ta chambre une porcherie — Et puis avec tous tes états d'ivresse tu aurais fini par être mal noté à la Préfecture, gare à l'expulsion... Il buvait moins, il était content de retrouver sa dignité, ses réveils à cinq heures du matin... le long trajet en tramway à la fraîcheur de l'aube, le pointage, le fracas et cliquetis des machines, le casse-croûte au bistrot près du Pont de Billancourt, jamais été un paresseux ni un parasite — ni un ivrogne, un homme a vite fait de passer pour un ivrogne, c'était le chagrin — force majeure ! — « car voyez-vous Anton Loukianytch... j'étais chez Citroën, avant. Quinze ans jamais manqué un jour, et puis ma femme Dieu ait son âme, il y a de cela deux ans et demi.

488

« ... mais ce n'est pas tant le veuvage Anton Loukianytch — bien qu'elle fût une brave femme rien à dire —
c'est la fille ! Vous avez des filles ? » Anton Kachine
était célibataire, ex-colonel d'artillerie, ex-chauffeur
de taxi, lettré, joueur de poker et d'échecs, aussi
indifférent au beau sexe qu'un moine. « Vous avez une
sacrée chance ! J'avais — donc — une fille. Elle faisait
des études. Le lycée. Tous les prix d'excellence. Et
voilà ! Plus de fille ! »

— Morte ? » — Pire ! vous devinez ? pire ! bien pire !
Donc — depuis — j'ai mis une croix sur ma vie. Un
arbre foudroyé, voilà ce que je suis. »

— Eh oui... Paris... » — Et si *encore* c'était un
Français, bon, ils sont comme ça... Mais un Russe ! un
homme comme vous et moi ? pas plus jeune que moi !
Marié, père de famille ? faire une telle saleté ? un
reptile je lui ai dit, vous êtes un reptile, une ordure, la
merde est encore propre à côté de vous... à genoux, je
lui ai dit, vous devez me demander pardon à
genoux... » — Il s'est mis à genoux ? » Kachine avait
envie de bâiller.

— Il aurait dû ! Et c'est encore lui qui m'a traité de
crétin.

« Je ne me vante pas — j'ai flanché — descendu la
pente. Chômage, et, des fois, trois jours de suite sans
dessaouler... Parce que cette gosse, Dieu sait que je ne
suis pas un homme de famille, je disais : ma croix, un
boulet à mon pied ! je l'aimais bien quand même. C'est
mignon, quand c'est petit. Après !... je vous dis : vous
avez de la chance. »

Kachine s'en était depuis longtemps aperçu, à force
d'entendre les camarades de travail parler, entre deux
verres, de femmes infidèles, de petites amies incons-
tantes, de filles séduites, de femmes jalouses, du « meilleur ami » qui vous prend votre femme... ces malheurs
tenus en général pour être l'apanage des Français (non

des ouvriers, mais des petits-bourgeois du théâtre de Boulevard) étaient le lot commun des Russes réfractaires au célibat. Ils en accusaient leur pauvreté et leur penchant pour la boisson. Et pourtant, les femmes s'en allaient avec des types tout aussi pauvres et amis de la bouteille — à n'y rien comprendre.

Ils étaient trois, autour de la petite table ronde à dessus de marbre strié de vert, Chichmarev, Fokine et Klimentiev. Savourant, par une fin de journée d'été lourde et grise, leur repos bien gagné. En tout cas, ils étaient venus pour cela. Mais avec le journal. *Les Dernières Nouvelles.* C'était, pour eux, un événement, si usé jusqu'à la corde que pût être le drame familial de Klim. « *Le tien.* » — Eh! qui cela peut-il être, sinon lui ? Tout colle. Ilya Pétrovitch Thal, Tatiana Pavlovna... ses parents, Myrrha Lvovna son épouse, les enfants... avec une profonde affliction... et les grosses lettres :

VLADIMIR ILIITCH THAL

... Beaucoup de lecteurs du journal ont dû hausser les sourcils à la vue de « Vladimir Iliitch » — un nom prédestiné », dit Chichmarev, bien que la circonstance ne prêtât pas à rire... — Et que peut-on attendre d'un individu affligé d'un tel nom ? » Klim relisait l'annonce encadrée de noir, en clignotant car il commençait à y voir mal de près. « Eh, pas d'erreur, c'est lui. A chien mort de chien. »

— Tout de même, dit Martin — choqué pour la forme —, comment dit-on déjà, en latin ?... des morts — ou du bien ou rien du tout ? » — *Nihil bene* », dit Fokine. — Non : *nihil bonum*[1]. » Tous deux avaient

1. Déformation (par ignorance) de l'adage latin : de mortibus *aut bene aut nihil*, « des morts, dire du bien ou ne rien dire ». *Nihil bonum :* rien de bien.

assisté à la grande bagarre sur la berge près du viaduc d'Auteuil, et se souvenaient du revolver heureusement noyé — ce n'était pas, ce soir-là, un souvenir plaisant. La « brève maladie » ? voire — l'homme avait eu, paraît-il, des côtes brisées, et après ?... pneumonie, phtisie galopante ?

Et, il y a combien ? six semaines, deux mois de cela, Klim, tu l'as dit, tu étais allé le trouver, près de la Bibliothèque Nationale, pas pour le caresser. Tu l'as bel et bien achevé Klim. Salaud ou pas, ça doit te donner un petit froid au cœur tout de même Klim, ça s'appelle coups et blessures ayant entraîné la mort (à moins qu'il ne s'agisse d'une autre maladie mais comment savoir ? tu n'iras pas demander aux parents). Regarde l'annonce Klim. Une vieille femme qui pleure son fils. Des orphelins. Nous sommes tous des hommes, tous sous la main de Dieu.

Pas la peine de le dire à Klim — mais lui-même en parle le premier. « La famille ne peut rien prouver contre moi. Il n'a pas porté plainte, non ? Donc il savait lui-même que c'était justice. Et lui ? Il n'a pas failli me faire claquer la rate — la première fois ? Il ne m'a pas poussé sur la chaussée... cette nuit où il pleuvait tant, un miracle que la voiture ait pu freiner à temps ? Entre hommes ça arrive, c'est comme un accident, ils n'ont pas à me demander de comptes. »

Ce qui veut dire qu'il ne se sent pas très sûr de lui... Au début de juin ?... oui, cela va faire deux mois. On a plaisir à tuer un ennemi. Un serpent à demi écrasé est toujours venimeux. Une petite gêne, tout de même — eh quoi, il n'est pas militaire pour rien, galons de lieutenant, cœur droit, oui, et honnête. Abattre le salaud d'un coup de revolver en plein front — c'est autre chose. Tu paies. On t'arrête. Autre chose : tu plaides. J'ai vengé l'honneur. Mais si le type te dit attention je n'ai pas de côtes et tu frappes juste là où il n'y a pas de côtes, car tu l'as fait... bon, dans la bagarre, on n'y regarde pas — pas tout à fait exprès diras-tu —, dans la lutte aux poings il y a des règles, un reptile est un reptile, mais toi ? Les dés pipés, tu t'es servi de dés pipés.

C'est une pauvre victoire.

La preuve que je ne suis pas méchant. « ... Messieurs les jurés, vous êtes peut-être des pères. Vous avez une petite fille. Jolie, propre. Si, moi, je venais la salir, lui apprendre de vilaines choses, faire d'elle Dieu sait quoi ? — c'est même honteux d'en parler, et on l'a *fait* à ma petite fille. Ma colère est juste.

« ... Il y a des preuves que je *savais* qu'il n'avait pas de côtes, du côté gauche ? comment je l'aurais su ? Il n'y avait pas de témoins, devant la statue de Victor Hugo, la vieille femme est arrivée plus tard. L'agent aussi. Il n'a pas demandé mon nom.

« ... Détecter le mensonge ?... non, je ne veux pas. Je vous dirai : je savais. Il me l'a dit. C'est un lâche. Il m'a supplié. Ce qui m'a mis encore davantage en colère messieurs les jurés. Si vous avez une fille vous comprenez. C'était tout pareil, un reptile ça rampe. J'ai frappé sans savoir, je voyais rouge, c'est ça, je voyais rouge.

« Qu'est-ce que vous auriez fait ? Il faut défendre la morale. La propreté. La famille. Voyez : c'est sa famille qui m'accuse, mais moi j'ai défendu sa famille, oui ! il l'a outragée. Il a laissé ses parents dans le besoin, je le sais ! et ses enfants. Ce n'est pas comme s'il était 'soutien de famille', il n'était plus rien du tout ! »...

— Et après tout, dit Chichmarev — tu n'y es peut-être pour rien. Il a pu attraper un *virus*. Par ces chaleurs lourdes. » — Mais oui, Klim, regarde : brève maladie. C'est sûrement une infection subite. »

Il dit : « Ça m'est égal. Ça ne m'intéresse pas. Crevé et tant mieux.

« Et à tout prendre, qu'est-ce que ça change ? Elle est putain, elle reste putain. »

— Dis donc. Tu es trop dur. Tu peux pardonner maintenant. Ce n'est pas drôle pour elle non plus. Tu as beau dire, salaud ou pas, elle l'aimait. » Klim serra les dents, pris d'une forte envie de cracher.

« Aimer, tu parles ! tu l'as vu, le type. Il y a de quoi l'aimer ? Il l'a dépravée, Dieu sait comment et de quelle façon je ne veux pas le savoir — mais il fallait qu'elle soit vicieuse elle aussi, et l' ' amour ' tu parles ! je la connais. Un cœur de pierre. »

— T'emballe pas t'emballe pas, Klim, bois un coup. » Les deux amis sont attristés. Bien sûr — un père, quand même. Pas drôle : avoir fait une telle chose à sa propre fille.

Et au fait : il est mort.

Et Victoria ?

Seule au monde ? C'est tenter le diable. « Il y a de bonnes âmes partout. » Klim la laisserait vivre de la charité d'étrangers ? Et qu'est-ce que Klim peut bien faire ? Il faudrait consulter quelque pope ? Les deux amis de Sacha Klimentiev se livrent à un dialogue muet. « Enfin, tu sais, dit Martin Chichmarev, depuis que mon fils est marié il y a une petite chambre chez nous... ma femme aime bien Vica — » en fait, il n'en est pas très sûr.

— Eh quoi ? tu veux aller à l'enterrement ? et lui proposer ça ? tu serais bien reçu. »

Mais Klim n'imagine pas — il n'imagine pas du tout — ce qui peut bien se passer à cette adresse bizarre : villa *d'Enfer* — Où Ilya Pétrovitch Thal et son épouse Tatiana Pavlovna et l'épouse du défunt Myrrha Lvovna et ses enfants, et le beau-frère du défunt Gheorghi Lvovitch Zarnitzine et son épouse Alexandra Alexandrovna et sa belle-mère la princesse Maria Pétrovna D. — quelle annonce ! ils y ont mis le paquet — reçoivent les nombreux amis de feu Vladimir Iliitch. Pas mention (bien fait pour toi, Vica) de Victoria Alexandrovna Klimentiev, comment l'auraient-ils désignée, tiens ? La « maîtresse » ? Elle n'y est peut-être même pas ? Ils l'auraient mise à la porte ?

Possible. Des gens durs et fiers — après ce qu'elle leur a fait. — Oui, ça se pourrait bien, ça peut se comprendre. Chassée dans la rue. Fais tes paquets, ramasse tes frusques, plus rien à faire ici, petite traînée, de l'argent ? et quoi encore ? Soixante-dix centimes pour un ticket de métro. ... L'idée de Martin n'est peut-être pas si folle ?

Klim n'avait aucune envie de se laisser aller à des pensées pitoyables. Mais une telle pensée, une fois entrée dans sa tête, refusait d'en sortir. Encore un peu, et l'image de Vica chassée dans la rue — avec coups et injures peut-être — devenait aussi nette que le souvenir d'une scène à laquelle il eût assisté, et ses mâchoires se contractaient et la salive lui montait à la bouche, comment, ils oseraient faire ça ? ... eh oui, elle l'avait mérité !

Mais... mineure, tout de même ! Il la voyait, comme elle était quatre ou cinq ans plus tôt, les nattes dans le dos — la lèvre fendue, les genoux en sang, des voyous l'avaient poursuivie dans la rue et fait tomber, elle était rentrée tout effrayée. Elle pleurait, de colère et de peur... on t'avait dit de ne jamais te promener sur les berges !... Elle court en pleurant, la bouche ouverte, comme à son premier jour d'Ecole Communale, parce que des filles l'avaient battue et avaient arraché les boutons de son manteau. Elle court, la cheville gauche foulée, traversant les rues en dehors des clous, perdue parmi les autos qui freinent en grinçant ; et les chauffeurs l'insultent.

Sans être « tendre » on n'aime pas imaginer cela. Il oublie qu'il ne s'agit plus de la même fille — à six ans,

494

à treize ans, elle courait à la maison : papa, maman ! Celle-ci ne reviendra plus jamais à la maison. L'autre est dans le cagibi à la porte clouée de planches.

Et il se rappelle que l'homme est — les annonces nécrologiques ne mentent pas, on ne se permet pas ce genre de blagues — mort. Depuis la veille au soir. Il tombe — comme un homme qui, perché sur une balançoire, voit son partenaire sauter brusquement de l'autre bout de la longue planche — vous vous retrouvez par terre jambes en l'air, ridicule et stupide. L'autre a lâché. Le jeu est fini.

C'est comme s'il avait, une année durant, souffert pour rien. Pour un *défunt*. Et les prêtres vont l'encenser et chanter : *Repos avec les saints* et *Royaume des cieux.* — Et, devant les défunts, tout homme se retrouve un peu croyant, eh oui, *en un lieu de lumières, un lieu aux verts herbages, un lieu de paix, là où reposent les justes...* comme Maria, comme tous les vieux officiers décédés au cours de ces dernières années. Comme Sa Majesté l'Empereur Martyr, et le Grand-Duc Nicolas Nicolaïevitch...

Les sanglots sur la tombe en guise de chants... il y aura des sanglots sur sa tombe, et toi, ta pauvre chanson est terminée. Il faut dire *nihil bene,* il m'a lâché. Il n'est même plus un reptile.

Et lui, Klim, qui s'était si bien fait au rôle de saint Georges pourfendant le dragon — plus de dragon, mais un homme pour qui l'on chante *repos avec les saints...* les « saints » quelle comédie ! Mais cela se chante.

*

Victoria est en robe bleu marine, sa seule robe de couleur foncée. La porte de l'atelier s'ouvre beaucoup trop souvent — le long du corps et autour de la tête qui semble devenir de plus en plus lourde et s'enfoncer

495

dans les oreillers, on a disposé des vessies de glace enveloppées de serviettes blanches. Il fait lourd, l'orage n'a toujours pas éclaté, et il faut préserver la Face. Elle est encore belle. Rajeunie depuis la nuit dernière, la peau moins jaune, les joues moins creuses ; et le sourire figé exprime une insouciante et hautaine mansuétude.

Les visiteurs s'inclinent, posent des baisers sur les mains ou sur le front, quelques-uns se signent — honneurs rapidement rendus comme s'il était indiscret de s'attarder dans la contemplation, comme si chaque regard, tel un courant d'air, entamait la précaire beauté de ce visage qui, cette nuit, demain, ne sera déjà plus le même.

Susurrements, chuchotements soupirs et voix qui déraillent, résonnent, sonnent creux, tournent court, se reprennent sur une octave plus basse — autour des groupes en vêtements sombres, près de la porte, le long du mur qui fait face au lit. « ... Ici ?... je ne savais pas... » « Oui, je comprends, pour les enfants — il valait mieux... » beaucoup d'amis pensaient que cet atelier était provisoirement prêté, pour cause de maladie. « Comme les médecins ne laissaient aucun espoir... » — Nous ne pensions tout de même pas — que ce serait si rapide... » « Pas souffert... » — Ma *pauvre* amie ! s'exclame Emilia Gruber — cette *deuxième* épreuve !... je ne voulais pas croire ! — Cette fois-ci, dit Tatiana, tu n'as pas attendu dix-huit ans », elles pleurent dans les bras l'une de l'autre. « Ma chère, ma chère, je dis *passe*. C'est trop c'est trop. Comment vivre, maintenant ? » — Tes petits-enfants, ton mari... »

Des hommes âgés entourent Ilya Pétrovitch et Marc Rubinstein, assis côte à côte devant la petite table — ils rédigent la liste des noms pour les avis de faire-part. — Oui, je donne les noms, l'entreprise des Pompes

Funèbres s'en charge, je n'ai pas la force d'écrire moi-même... A Milioukov, à Pétritzki il faudrait, tout de même... au vieux Bergholz... » Les hommes gardent un silence accablé, soupirent, se raclent la gorge. « Oui... inattendu. Si jeune. »

On a renvoyé les enfants. Ils sont rentrés à Meudon pour se changer et se reposer. « Si, si, mes chéris vous aurez besoin de forces. » Tassia, à peine lasse, à peine plus pâle que d'habitude, fait le tri entre les amis *intimes* et les autres, laissant les premiers s'approcher des parents, répétant aux autres — pour la dixième ou vingtième fois — les phrases qu'elle sait déjà par cœur. « Pas souffert... Brusque... Oui, un voisin était là... avec la... deuxième femme. Oui, la princesse D. est venue nous avertir, hier soir. Hémoptysie foudroyante... le cœur a flanché. » « Non, les médecins ne laissaient aucun espoir... » « Oui, il a quitté l'hôpital. » « Cela valait mieux bien sûr. » « La veille encore son ami... Kistenev — était là. » « En pleine forme... Il a beaucoup parlé — après cette hémoptysie. » « Il valait mieux, peut-être ? plus rapide. Il a moins souffert. »

« Le plus dur, dit Tassia, est que les parents ne l'ont pas revu — vivant. » C'est peut-être mieux ? » — Non, il y a toujours cette sensation cruelle — d'avoir manqué, de n'avoir pas été là — une illusion sans doute. » — Il est beau, il a rajeuni de dix ans. » « ... Voyez-vous, même pour des athées convaincus comme le sont vos amis... c'est une sorte de consolation de le voir ainsi — malgré soi on croit à la *survie*. » — Quelle différence ? dit Tassia. Il n'est plus là. C'est un mirage. »

En présence de tant d'étrangers banalement compatissants, ils percevaient de façon moins intolérable cette sensation aiguë de diminution de vie, d'appauvrissement de toutes leurs facultés, qui rejaillissait jusque sur les sons, les couleurs, sur le poids et la densité des objets — comme si par leur nombre, leurs voix, leur souffle et le volume de leurs corps les visiteurs compensaient le *manque* de vie laissé dans leurs corps par le départ d'un être qui avait si long-temps fait partie d'eux.

L'effort pénible de répondre à des questions — toujours les mêmes —, l'irritation même devant la maladresse d'une sympathie de commande, tout cela, c'était encore de la vie, car les yeux les plus indifférents en une telle circonstance brillent de l'excitation d'un sentiment fort, et vous ramènent à la surface, et vous imposent du moins l'apparence d'une communion humaine.

O sans cette comédie trop humaine qui donc suppor-terait le désarroi de la chair mutilée et la tentation d'évoquer des souvenirs qui brisent le cœur ? Et il est encore là, et ils viennent tous, l'un après l'autre, vous dire : il est si beau... il dort paisiblement... il n'est pas changé... non, il paraît rajeuni. — Il est devenu un spectacle, une fête triste, :.. que sera-t-il demain dans le cercueil ?... La coutume ne veut pas qu'on voile la face, ses mains de bois sec, sa tête de terre glaise sont sans défense offertes. Ce n'est pas un homme qui dort c'est un objet rituel qu'il faut, en mémoire de l'homme, conserver intact jusqu'à la fin de la cérémonie. — Mais ils disent tous : *lui, il est,... comme il est...* affirmant symboliquement la réalité de sa présence.

Victoria. L'Impensable, *ce-qui-ne-peut-pas-être* était là. Présent. En dormant elle ne le savait pas. Sommeil banal, sans rêves. On ouvre les yeux. Il fait jour. N'importe quel jour.

Et ma vie est finie.

Tala, près d'elle, à demi allongée sur des coussins, la guette de ses longs yeux anxieux, une Tala blafarde, décoiffée, que fais-tu là ma fille ? Oh ! pas besoin de me dire, je sais, je sais ! tu pleures. Va-t'en. Je veux mourir.

Et après... le cœur bondit. Oh ! mais il est là. En bas, dans l'atelier. Il est là, on ne l'a pas enlevé, elle dévale l'escalier, glissant sur la rampe, elle se jette sur le grand sommier, mais oui tu es toujours là, ils ne savent pas, que je ne t'abandonne pas — toujours là mon pauvre petit mon soleil — ils ne savent pas — qu'elle doit le protéger le rassurer, qu'il a besoin de baisers et de caresses, qu'il a tant besoin de moi. — Tes lèvres faites pour m'embrasser et qui n'embrassent pas, je sais que tu n'y peux rien oh non je ne te trouve pas froid oh non, tu vois que j'ai toujours besoin de toi.

Devant tous ces *autres*, tout de même, c'est gênant, il sera le premier à le dire, gênant devant son vieux père.

Elle leur avait même — gentiment — dit bonjour. Mais mangez quelque chose, Victoria — ils ont acheté du pain n'est-ce pas et des croissants. C'est le matin, ils prennent le petit déjeuner. Discrètement, près de l'évier et du réchaud à gaz, et le long et mince garçon aux cheveux ébouriffés boit, debout, le nez rouge et enflé par les larmes et versant des larmes dans son thé. Viens, dit Gala. Victoria, viens il le faut. Elle ne peut pas manger mais boit un peu de thé. Elle demande : « Où est M. Schwartz ? » Rentré dans son atelier.

La vieille femme, recroquevillée près du lit et la tête posée à côté de l'oreiller où repose la tête morte, semble dormir les yeux ouverts, les boucles de ses courts cheveux bruns collés à la toile blanche de l'oreiller ; son visage est semblable à ce moment-là au visage du fils, rajeuni lui aussi, innocent, apaisé, infiniment las — ses yeux d'ambre et de jais sont lumineux et ne voient rien, ils regardent vers l'inté-rieur, ils se repaissent de soleils intérieurs, ils retrou-vent l'enfant aux longues boucles noisette, le petit garçon en col marin assis à ses pieds devant la table d'osier de la véranda, ses douces lèvres rouges et graves, la pluie printanière projetant des rayons d'arcs-en-ciel sur les buissons de lilas blanc...

Une petite fille toute chaude et rose comme une pêche (en sa robe à volants en linon blanc) blottie sur ses genoux à elle Tatiana — et les larges yeux sombres de l'enfant en col marin, si lourds d'adoration, de passion à peine jalouse. Il était — le garçon, l'aîné, pas de « tendresses » pas de sensiblerie.

Je l'ai mis au monde avec des cris de rage contre ma propre faiblesse : ne pas savoir retenir des gémissements de douleur — femmelette. — « Un garçon superbe ! neuf livres !... et *incontestablement* un Van der Vliet ! » Iliouche, tout honteux de pleurer, tentait de déguiser ses larmes en rire, et disait : « quelle calamité ! un Van der Vliet de plus dans la famille ! » et examinait tendrement gravement les minuscules doigts fripés « bravo ! il a au moins mes empreintes digitales ! » Iliouche, sa fière tête de jeune Romain de l'époque des Antonins (il portait la barbe en ce temps-là, courte, drue, brune à reflets cuivrés). Si fier d'avoir un *fils*, fier comme un coq et ne s'en cachant pas « ô comme vous êtes *primaires*, vous autres hommes ! » il soulevait dans ses bras le bébé qui agitait ses petits poings rouges « Ha ! ha ! mon primaire ! tu vois comme elle nous méprise ! » Bonheur bonheur bonheur, ô comme nous *savions* être heureux.

Notre bonheur finit dans cette grande chambre nue et pauvre, sur ce large lit étalé aux yeux de tous à quelques pas d'une porte donnant à même sur la rue, chambre où nous sommes des étrangers.

... Ils sont venus prendre les mesures. Allongé, terriblement — quoi ? un mètre quatre-vingt-sept ? plus de dix centimètres ? Pour l'*heure* de la mise en bière ? ... oui, s'il faut... prévoir la présence d'un prêtre... Myrrha est venue avec le père Piotr Barnev et sa femme, et les employés des Pompes Funèbres (L.T.)

s'inclinent poliment devant la soutane, la croix d'argent et l'opulente barbe brune.

« Non, décide Myrrha, la messe oui, mais pas d'absoute à domicile, une brève bénédiction suffira... n'est-ce pas, Pierre ? » Pierre Barnev comprend, c'est tout juste s'il n'a pas honte de sa soutane devant les trois vieux agnostiques, il est venu en qualité d'ami. La princesse D. hoche la tête, scandalisée. Même pas de cierges ? cela s'appelle veiller un mort ? pas d'encens, pas de prières ? Un enterrement à l'église juste pour la galerie ? « Mais Vladimir n'a jamais été croyant », dit Myrrha. — Et après ? *Maintenant*, il l'est, non ? Il est avec le Christ. Il a bien été baptisé. »

Les stores verts sont baissés, tirés les rideaux de toile bleu marine sur les hautes verrières, et comme le temps est gris l'atelier est si sombre qu'il faut, près du réchaud à gaz, allumer la petite ampoule sans abat-jour. Dans les lueurs bleues et jaunes du faux jour le visage souriant de Vladimir Thal semble fait de marbre gris. Sur l'oreiller trop blanc. Ses sombres cheveux comme une couronne (d'épines ?) déjà étrangers à la tête. Les mouches, il faut écarter les mouches,... (du Fly-Tox ? dans une chambre mortuaire ? et pourquoi pas ?) il y a les deux petites mouches noires et une grosse bleue, à présent, qui volent entre le corps et la lampe avec un grésillement aigu.

Hippolyte Berseniev, debout devant le lit, ne sait s'il doit s'incliner, plier le genou, se signer ? ses lèvres fines se contractent, il ne sait que faire de ses mains, esquisse un signe de croix. Encore un de parti — cette fois-ci un homme plus jeune que lui, Hippolyte a peur de la mort mais aime les cadavres — ce n'est pas moi, c'est passé à côté de moi, bon voyage vieux frère... vie future ? qui sait ? *perchance to dream*, tu dors ? Des picotements dans le nez. Il n'avait pas peur de la mort, celui-là. Trop occupé ailleurs. Fétiches et gris-gris.

Thal s'était trouvé un fétiche appétissant, un joli petit pain blond juste sorti du four.

Salut, petit Chaperon Rouge, petite chèvre de Monsieur Séguin, vous êtes tombée sur un loup qui vous a dévorée de façon la plus radicale. « Victoria Alexandrovna, navré, je ne saurais vous dire à quel point... eh ! que peut-on dire ? » — Vous êtes bon, Hippolyte Hippolytytch. » Il s'incline pour baiser la main mollement tendue ; un peu froide, mais, Seigneur, à quel point enfantine ! grande, lourde, les os du poignet à peine marqués, des fossettes au bas des phalanges.

M. Bakchine, près de la porte, jette un bref coup d'œil gêné sur Ilya Thal et Marc Rubinstein, qui, debout devant la petite table, reçoivent les condoléances d'une vieille dame. « A propos, dit-il à voix basse, ne raconte-t-on pas que Kistenev ?... » — Platonique, purement platonique ! ce... veuvage est plutôt un coup dur pour lui. » — A leur place — puisqu'il paraît que Zarni s'en occupe sérieusement... j'aurais fait chanter la messe rue Daru. Plus officiel, plus neutre. » — Non, Ivan Pétrovitch — trop démonstratif ! soit 'nouveau riche' soit comment dire, réactionnaire, bref pour des agnostiques déclarés comme le sont les vieux Thal... puisqu'ils acceptent le principe — il faut au moins une pompe plus intime... »

Vladimir. Les hommes se tournent un instant vers le lit, présence obsédante (il eût fallu, au moins, un paravent) le lit trop blanc, on eût dit pour un jeune homme — où la tête grisâtre, juste un peu renversée en arrière, sourit toujours de ses lèvres bleu-mauve, abîmée dans une dédaigneuse béatitude. « Assez horrible, tout de même... ce sourire qui n'est qu'un pur jeu de contraction des muscles, et qui vous obsède par sa puissance d'expression... » — Qui sait ? peut-être pas seulement un jeu de muscles ? » — Et que faire, en pareil cas, sinon s'enfoncer dans la plus fumeuse littérature ? Et nous nous demandons encore ce qu'il *eût* approuvé ou désapprouvé. »

Myrrha n'a même pas pensé à changer de vêtements — toujours en tailleur gris-bleu, plus immatérielle que jamais, et elle se déplace dans la pièce, répondant aux saluts, s'écartant pour laisser passer un visiteur, avec une légèreté raide et craintive, on croirait qu'elle cherche à se rendre invisible. Tout en elle est fané et fripé, le col blanc, les vagues aplaties de ses cheveux cendrés, ses joues imperceptiblement frémissantes — et ses prunelles semblent trop grandes, et une lumière bleutée y repose, comme tamisée à travers de la soie. Jamais elle n'a été plus belle, pense Boris et il n'est pas le seul à le penser. Il a le courage de s'approcher d'elle. Je n'accepte pas vos *Noli me tangere*, Myrrha mon Etoile bleue, vous savez bien que pour moi seul votre douleur est une plaie vive, *ma* plaie.

... — J'estimais énormément votre fils..., dit Hippolyte. Je dirai plus — je croyais en son talent alors même qu'il avait — provisoirement — abandonné... » il se rend compte que le « provisoirement » est inopportun, plus rien de provisoire pour Vladimir Thal. « Oui, il était en train de dépasser ce... découragement qui n'était qu'un sens aigu des exigences de sa vocation... » Ilya Pétrovitch l'écoutait d'un air chagrin, comme un homme qui entend jouer faux son morceau de musique préféré. — Vous... Vous m'excuserez, cher ami, mais c'est trop... encore trop... »

Il ne pouvait s'empêcher de se mépriser — pour la mesquinerie des pensées qui voletaient dans sa tête comme des retombées d'étincelles balayées par le vent, tandis que son cœur n'était qu'une pierre lourde et glacée. Il n'avait même pas la force de penser au chagrin de Tania. Elle ne l'a pas aimé. Elle a été toute sa vie l'admirable comédienne qui joue tous les rôles avec une égale maestria et se prend à son propre jeu.

Bien malin qui dira lequel de ces rôles touche aux fibres profondes de son cœur, elle-même ne le sait pas. Tous tant que nous sommes des comédiens, *mais Vladimir ne jouait pas la comédie —*

cet être rare, pensait Ilya Pétrovitch, que je n'ai pas su, pas voulu apprivoiser... sa jeunesse, son capital de vie, valeur trop sûre, donnait un sentiment de banale sécurité. Comme si je pensais : il sera toujours temps... et comme s'il faisait partie de cette « nature indifférente » qui après ma mort « rayonnera d'éternelle beauté ».

Dégoût de soi et des autres — même du bon Marc et de ses tristes yeux bleus et de sa barbiche blanche, il fut un temps où nous étions jeunes et regardions nos deux garçons patiner sur la Néva... son fils est vivant. Il demande, d'une voix distraite et lasse : « A propos, tu as eu des nouvelles de Tolia, récemment ?... »

Les enfants sont revenus. Timides, les yeux rouges, vêtus de leurs vêtements les plus sombres. Gênés de leurs corps chauds et avides. Eux la veille encore si sûrs de leur droit à la vie, si fiers de savoir que leur vie est — pour les adultes — la plus haute richesse, les voici découronnés

et jaloux de l'homme (déjà vieux) dont on dit qu'il *n'est plus* et que ce non-être rend infiniment précieux, et qui les rejette, eux, dans la non-existence... Ils mangent, ils parlent, ils ont pris le train et le métro, ils ont couru sous une pluie fine sur les larges trottoirs du boulevard Raspail. Pierre avait renversé du lait sur la robe de Gala, Tala avait abîmé la bouilloire en l'oubliant sur le feu, ils ont rencontré une dizaine de voisins et ont dit à chacun : « papa est mort cette nuit », avec une stupide fierté.

... « Non, croyez-le, disait Marc, cela vaut mieux. Venez. Il y aura des dispositions à prendre, et, Ilya mon cher, tu n'as plus vingt ans, deux nuits de suite debout, pas possible — nous rentrerons ensemble, venez passer la nuit chez moi si vous voulez... » Ilya Pétrovitch est tenté, mais... « Et les enfants ? » — Tassia viendra dormir avec eux. »

*

Elles sont seules.

Dans un train, la nuit. Le train file en silence à travers des campagnes désertes, sur des centaines de kilomètres pas une lumière à l'horizon. « Si vous vouliez vous allonger ?... je vous apporterai des coussins, de là-haut ? » — Non, merci. » — Vous permettez que j'allume la veilleuse ? » — Oui, faites. »

... mais non Victoria ne croyez pas, je ne m'arroge aucun droit, même pas celui de l'aimer encore, non Victoria je me suis effacée sans drame et sans phrases — ce n'est pas Dieu m'en garde pour profiter de cette heure où il ne peut plus me dire : va-t'en.

« Vous permettez que j'allume des cierges ? » Victoria dit : « J'aime mieux pas. » Elle se lève, tourne autour du lit, fait deux pas, revient, on eût dit une bête en cage que des barreaux invisibles empêchent de s'éloigner, fût-ce pour atteindre la table ou le réchaud à gaz. Et c'est effrayant à voir car elle a dans ses mouvements la gaucherie à la fois souple et lourde de l'ours savant.

Les sifflements des trains, la nuit, dans la campagne déserte, le long de fleuves noirs invisibles — le lit est grand, il y aurait de la place pour trois personnes, une de chaque côté de l'homme rigide couvert de draps blancs. Même à ce moment-là Myrrha frémit à l'idée sacrilège d'un tel partage, non tout de même il ne va pas dormir de son dernier sommeil entre deux épouses, celle qu'il a reniée n'y a pas droit.

« Je monterai là-haut, dit-elle, d'une voix si éteinte

qu'elle ne la reconnaît pas, je descendrai plus tard. » — Vous dormirez, n'est-ce pas, vous dormirez ? »

Dormir ? ! O quels incendies, quels éblouissements de flèches incandescentes, quelles spirales de flammes crépitantes et claquantes comme des étendards dans la rafale ! quand l'amertume devient douleur plus cruelle que les tortures de l'enfantement, ô fille cruelle qui me crucifies avec des clous chauffés à blanc, ô fille brûlée vive, folles toutes les deux ! Moi chassée comme les feuilles mortes que le vent balaie, de ta couche dernière, de ton dernier lit humain.

Moi qui t'ai vu dix-sept ans durant, nuit après nuit, dormir sur mon bras, le front dans mes cheveux, ô tant de confiance douce, tant de chaleur dans tes yeux ! Moi profanée, réduite en poussière, sur ce lit trop large où ils ont fait ce qui leur plaisait, combien de fois ? où cette fille a mangé ma chair et bu mon sang — ils ne sont plus deux mais une seule chair, plus trois mais une seule chair, et lui entre nous deux roide comme une barre de plomb — ô non je vais m'enfuir sous la pluie, me jeter hors du train et me coucher dans les champs noirs, couler, couler à pic — restez ensemble pour votre dernière nuit d'amour, de moi n'ayez aucune pitié, je n'aurai jamais pitié de moi...

Mais à la porte elle s'arrête — et il pleut très fort dehors, de longs vers noirs ruissellent sur les vitres, ô tant mieux. — Mais non, tu n'as pas le droit de la laisser seule, sais-tu de quoi elle est capable ? Myrrha gravit les marches de l'escalier, vers le réduit obscur, et s'allonge sur le dos, à même les planches. Les bras derrière la tête. La pâle lumière, entre les barreaux, vacille et siffle — le cœur bat comme les roues d'un train. Que fait-elle, ô que fait-elle sur ce lit blanc avec mon bien-aimé ?

Victoria depuis la nuit précédente vivait suspendue en l'air au milieu d'avalanches d'épingles, sensation d'autant plus cruelle qu'elle éprouvait un terrible besoin de repos. Seule avec Vladimir elle eût pu s'abandonner à cette chaleur incompréhensible, déroutante, mais perceptible.

Cette chaleur qui n'est pas dans le cœur mais — dans toute la pièce, nid invisible, plumes douces dans lesquelles on se blottit. Mais avec ce défilé de visages étrangers, cet amour si tendre qui entourait Victoria se troublait sans cesse comme l'eau sous une pluie battante. Et elle était restée des heures et des heures, près du corps, dévorée par une harassante impatience.

Cet amour l'appelait — exigeait, s'étonnait et ne comprenait pas, et il n'était pas *tout à fait* dans le corps délaissé, mais lui était lié de façon intime et douloureuse,

ô mais ils ne savent pas ils ne voient pas, qu'il a tellement besoin d'être seul avec moi, et que je l'embrasse, et que je le rassure, et que je presse sa tête contre ma poitrine

couchée contre lui, blottie, pressée, tu vois j'ai confiance, tu vois je te garde, ô n'aie pas peur — tes épaules, tes bras, et ton creux de l'estomac sous les côtes d'où la chaleur est déjà partie — ils sont toujours à moi.

Tu vois que je t'aime ainsi, que je ne te trahis pas que je n'ai peur de rien... tel que tu es maintenant je te connais par cœur, car tu as un peu changé, oh tu as même beaucoup changé, si long que tes pieds arrivent au bout du lit

Oh ce n'est pas vrai tu souris

une goutte de sang brun apparaît à la narine droite, s'aplatit et se met à couler vers la commissure de la bouche, mon Dieu, mais tu saignes !

tu vois je n'ai pas peur je sais que cela arrive, tu vois j'essuie le sang avec ma chemise mais je vais chercher un mouchoir !

... Et des cris désolés se mettent à traverser sa tête, comme des vols d'oiseaux tournant dans un incendie, *mais ce n'est pas vrai ! mais je ne comprends pas ce qui nous arrive ! toi non plus !*

Des cris dans la tête, si stridents qu'en hurlant à pleine poitrine on n'arriverait pas à les arrêter *mais ce n'est pas vrai*

mais je ne veux pas te voir ainsi mais je vais devenir folle, aide-moi ! Mais qu'allons-nous devenir, que nous arrive-t-il !

Elle ne dormait pas elle ne s'endormait pas, le cœur veille parce qu'il refuse un réveil trop dur. Mais épuisée par la fièvre elle avait des éblouissements — tout devenait d'un blanc fulgurant autour d'elle, des gerbes de flammes ruisselantes comme des queues de comètes, puis la nuit noire, et, les yeux ouverts, elle se croyait aveugle et elle était terrifiée

il va m'oublier, il ne m'aimera plus !

Je ne le laisserai pas, je vais tant l'appeler.

Je vais m'accrocher, qui d'autre essuiera le sang qui te coule du nez qui d'autre embrassera cette tache rousse qui est apparue sur ta joue

... de la rouille, tu te rouilles ?

mais puisque je te dis que c'est toujours *toi* toujours toi

Myrrha était descendue de la soupente à deux heures du matin, après un bizarre demi-sommeil où elle se voyait dans une sorte de cathédrale dont les balustres de la rampe étaient les piliers. A travers les longs vitraux en grisaille une pâle mais déjà rose lueur d'aube se projetait sur les voûtes. Et une voix, chantante et grave et qu'elle croyait reconnaître, disait : *noli me tangere* (pourquoi en latin, se demandait-elle, pourquoi en latin ?) et elle pleurait, et en même temps se disait : mais ce sont des paroles de Résurrection, je ne dois pas pleurer.

Et Fraülein Luise était assise à son chevet, si grande que sa tête touchait le plafond. Et elle chantonnait la petite rengaine douce, sur un air qui rappelait *ach mein lieber Augustin : Kleines Mürrlein komm zu mir, komm zu mir, komm zu mir...* au temps où Myrrha était un bébé, guère plus de trois ans — mais non, à présent Fraülein chantait : *Armes Mürrlein weine nicht, weine nicht, weine nicht...* Pauvre Mürrlein ne pleure pas. — Mais, Fraülein, je l'aimais, je l'aimais ! *Das weiss ich wohl, mein Schatz.* Fraülein savait tout. — Descends mon enfant, on a besoin de toi là-bas. « Oh non oh non, personne n'a besoin de moi. » — Descends, descends, petite mule.

La lampe à abat-jour rouge, sur le guéridon à un mètre du lit. Le lit au milieu de la pièce obscure et haute est un grand carré blanchâtre, seul le chevet est éclairé par la lumière oblique, on voit des oreillers plats et blancs, parmi les brassées de fleurs déjà fanées deux têtes sombres. A côté d'une forme longue et raide noyée dans le drap, un corps rose — à demi nu, en combinaison rose — les jambes nues écrasant des bouquets d'œillets et d'anémones. ... Il fait frais, elle va prendre froid, pense Myrrha. Et la pénétrante odeur fade monte vers elle et la fait chanceler. « Victoria, dit-elle, vous dormez ? »

A sa surprise, Victoria se redresse, s'assied, puis descend du lit et vient vers elle, et il y a une grâce animale dans ses mouvements trop vifs, et ses joues entre les mèches de cheveux blonds sont d'un rose intense. Comme si elle s'était longtemps tenue près d'un grand feu de bûches. Mais autour des yeux des cernes charbonneux.

« Mais vous voyez vous voyez, dit Victoria, il perd du sang — c'est vrai ce qu'on dit ? que ça arrive quand un homme voit son meurtrier, je n'y crois pas c'est des blagues... » elle parle français, avec une pointe d'accent faubourien, et sa voix est excitée, un peu trop aiguë. « ... je n'ai pas de superstitions, oh ne regardez pas ma tenue indécente, je l'ai fait exprès pour lui. O si vous saviez ce qu'il me faisait, tout ce qu'il me faisait, comme c'était bon comme il m'embrassait, partout, partout !... et pas plus tard que la nuit d'avant, je vous jure ! il aimait *tellement* ça, oh mais moi aussi ! Il faut qu'on le sache », et la voix devenait trop sonore, presque joyeuse, « mais oui il faut qu'on le sache n'est-ce pas ? ne croyez pas je ne déraille pas, la preuve j'ai donné le rasoir à M. Schwartz, vous voyez que je suis *très* raisonnable. Il l'aiguisait toujours sur son bout de cuir... vous savez, il se rasait si — adroitement, si vite, un plaisir à regarder, et il m'a même rasé les poils sous les bras — vous voyez ? impeccable ! »

et les paroles cruelles tombaient sur Myrrha comme des grêlons brûlants mais n'atteignaient pas un cœur palpitant d'angoisse maternelle, cette enfant est en train de délirer, elle a la fièvre, il faut chercher un vêtement chaud, une couverture — rien sur le lit, que des draps, Vladimir n'a pas besoin de couvertures, ô toutes ces fleurs froissées. Elle dit : « venez, vous grelottez. »

« Oh non, je suis bien. Dites, Irina Grigorievna... oh ! voilà que vous m'avez embrouillée. On ne veut pas me laisser seule parce qu'on croit que je vais faire une bêtise, mais voyez ! au Japon on trouverait ça normal. Alors ? Les Japonais sont très intelligents il paraît. Bon, d'accord, d'accord, je ne le ferai pas, seulement voilà, Irina Grigo... oh ! mais ce n'est pas vous !... oh, pour une gaffe c'est une gaffe, non ? » elle part d'un éclat de rire léger — « oh ! pardon ! ce n'était qu'un *lapsus* — vous êtes la maman de Tala Thal. Vous savez... Tala. Ne croyez pas. Je l'adore. Dites-le-lui. Elle croit que je suis la reine des vaches. Une gosse —

voilà. Elle ne sait pas. Que l'amour — ça ne pardonne pas ah! non! C'est le cas de le dire. » Et Myrrha a le vertige à force de suivre les modulations saccadées de cette voix aiguë qui passe de l'ébauche du rire au cri désolé.

« C'est le cas de le dire », répète Victoria, un instant tirée de son délire par une douleur si oublieuse d'elle-même qu'elle paraît presque résignée.

... Elle est couchée le long des barreaux de la balustrade peinte; enveloppée dans des chandails et des couvertures; on lui pose des linges humides sur le front, on lui fait boire un thé faible et tiède, après tout pourquoi pas? tout lui est égal. Elle parle elle parle. « Ça vous embête pas que je parle français? Avec Vladimir je parle presque toujours français, c'est plus facile. Je devrais dire *parlais* c'est drôle hein, non ce n'est pas ça. Mais si vous saviez, je mourais de peur depuis des semaines et des semaines... et pourtant je ne savais pas que ce serait si cruel — ô quel supplice, vous trouvez ça normal? vous trouvez ça normal? »

Oh pas normal du tout, la vie n'a rien de normal, elle est toute scandale et folie, il faut croire que nous ne sommes pas vraiment faits pour cette vie-là, pauvre enfant, un jour *nous connaîtrons comme nous sommes connus* — mais pas aujourd'hui!

— ... Oh! mais il est resté seul! Oh et moi qui déraille, qui perds la tête! lâchez-moi, il faut que je descende! »

— J'irai. » Non, elles descendent ensemble, Victoria enveloppée dans sa couverture rayée de rouge. « Oh non, dit-elle, il ne faut pas tirer le drap sur le visage, les mouches vont se glisser dessous. » Les mouches se sont posées sur le filet de sang brunâtre, elles sont quatre à présent; et, chassées, elles tournent en rond au-dessus de la tête qui ne sourit plus. « Eloignons la lampe, elle va les attirer », dit Myrrha.

Ils reviennent à l'aube. Georges et Sacha dans leur Packard noire. Tous deux saisis — à tel point qu'ils ont un mouvement de recul brutal — par l'odeur déjà lourde, qui les atteint en pleine face à peine ont-ils ouvert la porte. Sacha, les yeux écarquillés de frayeur, s'agrippe au bras de son mari.

« Terrible, dit Georges, sa forte mâchoire tressaute sur des dents qui claquent. C'est cette saloperie de temps chaud. Pauvre gars.

« Je voulais apporter le ventilateur, mais ici le courant est trop faible. » Il regarde les deux femmes assises des deux côtés du lit, immobiles, harassées. Entre elles, l'homme humilié au maigre visage jaunâtre couvert de petites taches marron. « Non, il n'est pas défiguré, dit Georges. Franchement, vous deux, vous devriez sortir — faire un tour — vous avez eu votre compte, nous allons vous relayer. Le *Dôme* est déjà ouvert. »

Myrrha se lève, épuisée jusqu'à l'indifférence... *Ah ! tout est bu tout est mangé plus rien à dire*... épuisée jusqu'à l'insensibilité. « Victoria, venez, habillez-vous. » Victoria se laisse faire. Elle ne sait plus elle-même comment elle en est arrivée à marcher dans la rue aux côtés de la mince femme en tailleur gris-bleu, et à lever les yeux vers un ciel d'un rose éclatant. Au *Dôme* elles s'installent sur la terrasse couverte et commandent deux cafés-crème et des croissants. « C'est drôle, dit Victoria, je ne peux rien manger. Juste boire. Ce café est infâme. »

— Mangez, forcez-vous. La fièvre est tombée, vous êtes affaiblie c'est tout. »

— Non, engourdie. Voyez, je ne sens rien. Comme si je n'étais pas là. C'est seulement cette odeur — vous sentez ? elle est peut-être restée sur nos vêtements ? »

— Non, c'est une hallucination olfactive. »

— Dites, Myrrha... Lvovna ? et les hallucinations visuelles ? ça peut arriver ? ça pourra m'arriver ? »

— J'espère que non. C'est très pénible. Forcez-vous. Rien que trois bouchées. » Victoria porte un bout de croissant à ses lèvres et hoche la tête. « Non. Je ne peux pas. J'ai peur. » — Peur de quoi ? »

— Je ne sais pas. Regardez : il a plu cette nuit. Les feuilles des arbres toutes brillantes. Ce sera même une belle journée. »

Myrrha se dit : c'est curieux, comme elle est encore belle. Les yeux perdus dans les cernes gris, les lèvres enflées, les sourcils lourds, la tête étrangement vacillante sur le long cou fin.

Grand ange passé par les hauts fourneaux.

Elle ressemble à ces enfants vagabonds mûris par la misère ; durs, désarmés, cruellement innocents (comme ces pauvres gosses jetés par milliers sur les routes froides et dans la boue des faubourgs, et qui se souviennent à peine d'avoir jamais eu des parents)... car il est vrai, Victoria, qu'en deux nuits et un jour vous avez oublié tout ce qui n'est pas le froid mortel de l'instant présent, Dieu merci vous l'oubliez, que Dieu vous préserve de la torture du souvenir ! Il m'a laissé cet être meurtri en héritage, ce petit du coucou.

Milou, quel détournement de mineure ! promettre à une enfant le bonheur éternel et au bout d'un an et demi l'abandonner de la pire façon !

Victoria est agitée, soucieuse, elle ne tient pas en place, elle se lève. « Dites. Ça ne vous fait rien. Je rentre. Il ne faut pas le laisser seul si longtemps. » — Mais mon frère est là-bas. »

— Ah j'oubliais. Quelle tête. Non, j'aime mieux. Tant qu'il est encore là. » — Victoria, ce n'est plus tout à fait lui. » — Oh si, vous ne savez pas. »

Et, devant la porte de l'atelier, elle s'arrête et fait un bref signe de croix.

513

Il est huit heures du matin. Dans trois heures ils apporteront le cercueil ? « Mais ils ne vont pas le fermer, n'est-ce pas ? » — Ils le fermeront demain. »

Sacha a allumé trois cierges et les a placés sur la barre du chevalet, aux pieds du lit. Dans sa robe noire, à genoux, mains jointes et tête baissée, elle ressemblerait à une nonne — n'eût été son épais fond de teint ambré et ses yeux sertis de mascara comme ceux d'une statue peinte égyptienne... « Et Georges ? demande Myrrha, un peu étonnée de se sentir déçue. — Il est allé à Meudon. Chercher les autres. Il a pensé... avec sa voiture. » — Oh bien sûr. » Georges pense à tout, et ils le disent égoïste.

« Je vous ai apporté des robes noires, dit Sacha. En attendant — les vôtres. Maman a acheté des voiles de crêpe. Si vous voulez... » Victoria prend une lourde robe en marocain à plis drapés, l'examine en fronçant les sourcils. « Celle-ci est à maman ; un peu large pour vous, mais avec quelques points... » Myrrha n'avait pas l'intention de porter le deuil — mais son tailleur est très défraîchi, et, surtout, elle se dit : c'est une diversion. Pour Victoria. On s'accroche à n'importe quoi. Elles se déguisent en veuves. C'est mieux, je vous assure — c'est mieux.

Victoria, perdue dans les flots de crêpe marocain et levant les bras pour laisser Sacha réduire les coutures à la taille, a un petit rire bref. « Mieux pourquoi ? » — Respect », dit Sacha, gravement, entre ses dents, laissant des épingles tomber d'entre ses lèvres pincées.

. . . .

Vi tu es mignonne. Un bijou rose et noir. J'ai toujours dit que le noir t'allait bien. . . . .

Elle tombe en arrêt — un instant — ravie — réveil après un long cauchemar, oh ! enfin ! *Ce n'était pas vrai ! Je le savais !* mais la voix n'est pas là elle n'est même pas sûre d'avoir entendu, la voix venait du fond de ses oreilles, *ô parle encore !*

... Maintenant elle pleure pour de bon, dit Sacha. Les deux belles-sœurs laissent la fille en robe noire s'effondrer au pied du lit sous les trois cierges dressés sur le chevalet ; elle pleure à présent à voix haute, la tête enfouie dans ses bras.

Les vannes ouvertes. Et Myrrha se sent elle-même emportée dans ce torrent de larmes chaudes, elle ne pleure pas mais les pleurs de la fille inondent son cœur — et cela fait du bien, c'est étrange — il faut la laisser, elle s'épuisera dans les larmes, elle s'endormira. Quoi, en plein jour, il est neuf heures et demie du matin — mais il n'y a plus pour elle de jour ni de nuit.

Sacha la silencieuse lui met la main sur l'épaule. Viens. C'est vrai. Il faut préparer le corps — à la rencontre nouvelle avec les parents et les enfants. C'est vrai, il faut tirer les draps froissés, arranger les fleurs fanées, essuyer une fois encore le sang qui coule, des coins des lèvres vers le menton et dans le cou. « Tu crois qu'ils le trouveront très changé ? » ô le visage qui se contracte et se fane, il a perdu de sa beauté, le nez devient trop aigu, dans le rictus des lèvres il n'y a plus que souffrance hautaine. « Sacha, il est vivant. Il est vivant et près de nous. Je le sens. » — On dit qu'ils restent neuf jours près du lieu où ils sont morts. »

Les sanglots de la fille se sont apaisés ; elle ne se débat plus elle renifle et gémit, Sacha se penche sur elle. « Elle s'est endormie. »

Les cheveux étalés sur les branches de laurier et d'asparagus qui couvrent les pieds du mort. Les trois enfants entrent timidement, Tala porte une gerbe de narcisses. Myrrha leur fait une barrière de son corps, n'ayez pas peur mes chéris, il a un peu changé... et vos grands-parents ? » — Oh, ils sont au *Dôme*, grand-mère a eu un étourdissement, ce n'est rien, ils arrivent tout de suite. » — O mon Dieu, tu es sûre que ce n'est rien ? » Myrrha croyait sa belle-mère solide comme un roc. « Je ferais peut-être bien d'aller voir... » — Oh ! pense à *toi*, maman ! » dit Pierre, presque avec humeur... s'il croit que c'est drôle de penser à soi... Elle cherche, par des regards suppliants, à exorciser la peur des deux filles qui s'agenouillent devant le lit. Gala voudrait baiser la longue main tavelée, et son visage d'écureuil est parcouru par un frémissement effrayé, oh ! oh maman.

« Venez. Venez, aidez-moi à déplacer la table, ils vont venir... » Victoria dort, presque paisible, son visage un peu enflé luisant de larmes séchées — elle en a tant versé que le drap sous sa tête est trempé comme si elle y avait renversé un verre d'eau. Tala se souvient. Une « pleureuse », Victoria Klimentiev — quand elle s'y mettait, un vrai déluge ! Elle pleurait même en récitant des vers. Une fille si gaie. Sa spécialité — rire aux larmes, elle étouffait de rire et s'essuyait les yeux. « *Ce que nous pouvons rire ensemble ! — Eh bien, ris ma fille !* » Et ils ne riront plus ensemble. Oh !

Maintenant on peut sans cesse éclater en sanglots, on cherche les pensées qui font pleurer — Tala, ma chérie, ne pleure pas... ils le disent, sans conviction, c'est le jour des larmes, nous avons encore devant nous — combien ? — de jours de larmes, on dit que ça fait du bien, on dit que la grand-mère de Lermontov est devenue aveugle à force de le pleurer, grand-mère a dû beaucoup pleurer cette nuit, elle a les paupières brûlées et le blanc des yeux tout rouge — *larmes humaines, ô larmes humaines*... papa a toujours son petit volume de Tiouttchev sur son étagère, il le lisait encore l'autre jour. *Et c'était avant-hier.*

Tatiana Pavlovna toise froidement sa belle-fille, vêtue d'une stricte robe de voile de laine noir, trop longue pour elle. Et la petite Marie-Madeleine blonde en marocain noir, endormie, la tête sur le drap blanc, sous trois cierges. Ils se divertissent. Divertissement. Pour échapper au dégoût de vivre. Echapper au mépris de soi — à ce vieux corps flétri, dégradé, qui respire, mange pleure. Cette bouche qui dit :... « il eût mieux valu... moi plutôt que lui. » Vivante, vivante comme si de rien n'était.

Tu as donné la vie et tu la reprends, tu la laisses reprendre, tu lui ôtes le pain de la bouche pour le manger toi-même, et tu pleures, quelles larmes de crocodile, tu lui as donné la vie pour le laisser enfermer dans une boîte de chêne, ce n'est pas cela qu'il attendait de toi ! O le seul semblant de justice, dans cette vie injuste, est que les parents meurent avant leurs enfants, et nous, Iliouche, nos deux enfants, tous les deux !

Les deux employés de la Maison L.T. aidés de Georges et d'Ilya Pétrovitch soulèvent lentement le corps rigide après avoir rabattu les draps dont il est enveloppé. Soulevé en l'air. La tête, entre les mains du père, ne bascule pas, le cou est raide ; sur la poitrine les mains restent agrippées. Et les femmes, serrées les unes contre les autres, poussent ensemble un cri étouffé — de saisissement, de pitié animale. On le transporte, il s'est déplacé, il gravit un nouvel échelon vers la séparation irréparable. Cireux et sec dans ses linges blancs il ressemble à un fakir en catalepsie sur sa planche à clous.

Non, ce cercueil n'est même pas trop long, les pieds arrivent au bout. Encadré par les montants de bois capitonnés de blanc, dans un lit fait à sa mesure exacte, son espace à jamais délimité. A jamais séparé du monde des vivants — Vladimir Thal —, ils sont quinze vivants dans l'atelier, à regarder l'homme-cercueil, mais la seizième personne vivante dort dans le coin près de l'escalier, allongée sur la couverture rayée, un coussin bleu sous la tête. Georges l'a transportée là, elle dormait si fort que rien ne l'a réveillée. Sur le lit, le matelas est creusé au milieu par un sillon profond et rectiligne.

Le père Piotr demande à Myrrha s'il lui serait permis — faute d'absoute puisque les parents s'y opposent — de prononcer quelques mots... Les trois cierges de Sacha ont fini de brûler sur le chevalet. « ... Oui, Pierre, allez-y, dit Tatiana Pavlovna, vous étiez un ami. »

Le sermon est bref, le père Piotr a la voix hésitante, cassée par les larmes, il parle de Résurrection, et du Christ qui est la Lumière de *tout* homme venant au monde, et de l'indissolubilité du lien d'amour qui unit les vivants et les morts, dans les siècles des siècles. Il s'approche de Tatiana Pavlovna.

« Je sais — dit-il, je sais. Croyez-le, c'est de tout mon cœur, de toute ma... trop humaine certitude... » — Je sais je sais, Pierre, vous m'avez même fait du bien. Vous parlez avec chaleur. » Il s'assied près d'elle.

— Si je pouvais — de quelque façon... vous aider — Ilya Pétrovitch et vous... Matériellement ou pour quelque démarche... pour faire partir les enfants en colonie... » — Matériellement ? mon cher, il n'y a aucune raison. Pour la colonie, oui, merci. Nous n'avons pas de quoi payer, bien sûr. Oh ! voyez, nous parlons *déjà* de notre petit train-train mais il faut bien s'y habituer, n'est-ce pas, s'y habituer... » elle se mouche nerveusement. « ... Que voulais-je dire. Pierre. La *petite* — enfin, vous savez qui. Si quelque organisation charitable pouvait s'occuper d'elle... vous êtes la personne indiquée — pour trouver une solution, question d'humanité après tout. »

Il jette un regard perplexe sur la jeune fille en noir étalée sur la couverture près de l'escalier. « Oui, un cas pénible. Etrange, comme elle dort. » — Oh! tant mieux, qu'elle dorme! jusqu'à demain, jusqu'au Second Avènement. Ce n'est pas moi qui irais la réveiller, mais n'ayez crainte : elle se réveillera *très* bien toute seule! »

— Vous la haïssez, n'est-ce pas? » — De tout mon cœur. »

Elle se réveille avec un cri. Comprenant brusquement qu'il n'y aura plus de cauchemars, le seul vrai cauchemar est le réveil.

Elle dormait avec Vladimir, qui lui racontait, de façon quelque peu confuse, que sa virilité n'était pas éteinte, mais plus vivace que jamais, et qu'il leur fallait absolument trouver un moyen de se rencontrer — de se mettre à l'abri des regards gênants — ... *je t'exige disait-il, je t'enveloppe je te couvre sois mon nid n'abîme pas mon bien ne saccage pas mon domaine, nous sommes l'un dans l'autre j'ai tant besoin de toi* — Oh c'est moi qui ai besoin de toi dis-leur de s'en aller. — Mais ils sont partis, Vi, il n'y a plus que nous deux. — ... J'ai eu si peur! » Mais moi aussi dit-il. Il rit. Tu vois, il n'y avait pas de quoi. Je vais louer un nouveau *studio* — et elle se demande comment, ils n'ont plus ni argent ni papiers d'identité, on va les expulser à la frontière... belge? Il rit encore : Non, hyperboréenne. — Oh, tu as de ces mots!... Elle sent des mains qui lui caressent le front — et c'est là qu'elle se réveille, effrayée, car ce ne sont pas ses mains à lui!

Tala, agenouillée, penchée sur elle. « Maman, elle ouvre les yeux. » Elle crie, elle crie. Où est-il? Le lit est vide. Un matelas nu avec le creux au milieu qui marque la place du corps. Où est-il, qu'avez-vous fait de lui? « Ne regarde pas, ma chérie, attends, remets-toi. » Tala essaie de l'envelopper de ses bras pour lui cacher — quoi? Un meuble insolite, une sorte de barque hissée sur des tréteaux de bois blanc. Elle voit, appuyée au mur, debout, une énorme planche en forme d'hexagone étiré — un bouclier de géant — avec une longue croix noire collée dessus.

Ils s'inclinent sur le cercueil avec des signes de croix, quel défilé, ne pouvaient-ils attendre — demain, l'église, l'office des morts, le cimetière, tout cela *demain*. Et il y aura aussi des après-demain.

Piotr Ivanovitch, August Ludwigovitch, Angelo, la cuisinière, Karp, Lévine. Et les employés de Georges : Mihaïl Belinsky (le modéliste), et la baronne Hallerstein, et Mme Tchavtchavadze, et Chmulevis ; et une fois encore Haïm Nisboïm. Et les voisins de Meudon : le général Hafner avec son épouse, et les patronnes de Myrrha Thal, et les Siniavine et les Rakitine et les Hinkis... et même le directeur des Pompes Funèbres de Meudon — Mme Thal est une employée modèle, il a tenu à témoigner son respect... il examine en connaisseur les parois du cercueil, les poignées de bronze, tout juste s'il ne s'informe pas du prix.

— Chère ! dit la baronne — mes collègues n'ont pas pu venir mais elles seront toutes à l'église demain, nous commandons une couronne de roses rouges... de la part de l'atelier... mais, s'il préférait d'autres fleurs... » — Non, il aimait les roses rouges. » — Quand je pense, dit Chmulevis... au temps où il passait à l'atelier — c'était alors rue de Cléry — livrer vos tricots à façon, et c'était la princesse qui tenait la comptabilité..., et je proposais à votre époux de se convertir à l'artisanat d'art, il disait : mais comment donc ! je vais faire de la dentelle ! Vous vous souvenez, baronne — quand à chaque coup de sonnette *simple* la princesse nous fourrait dans le placard... par peur du contrôle du travail ? » — Les temps héroïques », dit la baronne.

... 1925. Nous n'avions pas trente ans — Vladimir se

partageait entre les traductions, la figuration, des emplois temporaires de serveur ou de plongeur. « ... Et — vous vous souvenez, Chmul (la baronne avait un petit sourire nostalgique) de ce soir où ils se sont presque battus — Gheorghi Lvovitch et Vladimir Iliitch — parce qu'il n'y avait pas un sou dans la caisse, et Vladimir exigeait d'être payé, et disait que sa femme n'allait plus courber le dos sur ces tricots dix-huit heures par jour... » — Ils ne m'en ont jamais parlé » dit Myrrha.

— Si je m'en souviens, dit Chmulevis. J'ai presque dû les séparer. » Il revoyait la scène. L'atelier froid, mal éclairé — les vastes tables faites de planches, où traînaient des piles de pull-overs, des monceaux d'écheveaux de laine, des feuilles de papier millimétré — des factures, des cendriers pleins de mégots. Et les deux hommes jeunes — debout, face à face, excédés, harassés, le nez et les mains rouges de froid, l'hiver 1925-26 était dur... « et puis, si tu t'inquiètes pour sa santé il fallait commencer par ne pas lui flanquer trois gosses coup sur coup ! » — Tiens ! c'est une raison pour l'achever ? » — Répète, répète !... » — Mais bon Dieu, je comptais sur ces soixante-dix francs ! on va nous fermer le gaz. » — Et tu crois que je mange chez Maxim's ? nous, on nous l'a fermé il y a huit jours. Même pas de quoi acheter du charbon ce matin, Sacha reste dans le froid avec 39° de fièvre ! » — Désolé pour elle. Moi au moins je ne me prends pas pour un homme d'affaires ! » — Tu y aurais du mal ! Moi, je crèverais plutôt que de faire la plonge. » — Messieurs, messieurs !... » — Il restera toute sa vie un gagne-petit, baronne, je me tue à expliquer que j'*investis* — que c'est une affaire de dix mille francs, mais il faut le temps d'accrocher le client... » Fiévreux, nerveux, presque pathétique, le Gheorghi Lvovitch de ce temps-là, avec sa belle tête de dieu grec un peu maigre, sa voix trop expressive qui devenait grasseyante quand elle cherchait à persuader — le beau-frère était un jeune homme dégingandé vêtu d'un manteau trop grand pour lui, si mal coiffé que les plus jeunes ouvrières l'accusaient de se laisser pousser les cheveux exprès pour faire « poète ».

... « Poète » et bavard, toujours prêt à vous annoncer la dernière grande nouvelle : tel poème de Tsvétaïéva ou de Baltrusaïtis paru dans les *Annales Contemporaines*, tel récit de Bounine... tel poème clandestin attribué à Essénine, « et tu ne crois pas, disait Georges, qu'avec tes Myrrha — mir — myrte, myrrhe... tu vas sur les brisées d'Ossip Mandelstamm, tu sais, *Tristia*, Salomé — chalumeau... » — Il y a de cela, ma parole ! tu n'es pas bête. Mais... ce n'est pas du tout le même registre musical : ' chalumeau ' est fluide, ruisselant, nuit, fontaine de larmes... le mot ' myrrhe ' (ou *mir*) est solaire... » — Pardon ! il *peut* être funèbre : paix éternelle. La paix du tombeau. » — Ne joue pas sur les mots, la paix n'est jamais *triste* — » et puis, par cette soirée d'hiver, tous deux enrhumés, affamés, de mauvaise humeur, les voilà qui s'amusent à assumer leurs rôles d'hommes responsables et d'époux dévoués, et ils sont si jeunes encore (la baronne avait quarante ans à l'époque) et ces rôles ne leur collent pas très bien à la peau, et les gênent.

*

Les chœurs chantaient, dans la longue et pauvrement somptueuse église-hangar de la rue Olivier-de-Serres n° 91 — local aménagé sur les arrières d'un vieil immeuble pour servir de lieu de culte. Et, par tolérance, et non sans mal, on transportait les cercueils à travers l'étroit couloir donnant sur des pièces inhabitées mais habitables — à bout de bras, au-dessus des têtes des porteurs. Et le cercueil, massif, haut dressé sur des tréteaux, couvert d'un drap noir à franges d'argent, flanqué de herses circulaires où brûlaient des dizaines de cierges — entouré de gerbes de fleurs riches et de fleurs pauvres (roses, œillets, lis et anémones, et branches de lauriers et branches de sapin et d'asparagus) — le cercueil encensé par trois prêtres à tour de rôle avait l'air d'un autel paré pour une fête.

L'office était célébré par le père V. curé de la paroisse, mais le père L.L. secrétaire du Mouvement des Etudiants Chrétiens et le père Pierre Barnev assistaient (debout des deux côtés du cercueil, en chasubles noir et argent, encensoirs à la main). Et parce que la bière s'avançait jusqu'au milieu de la nef il y avait à peine assez de place pour les assistants. « On se croirait dans le métro à l'heure d'affluence. » Serrés si bien qu'il ne leur était pas facile d'allumer les cierges qu'ils tenaient à la main, et certains y renonçaient.

La porte sur le couloir ouverte, deux vitres de la grande verrière bleue du plafond relevées — mais l'air était sursaturé par les odeurs de cire fondante, d'encens brûlant, de fleurs, de sueur chaude, de parfums de femmes... de vagues relents de naphtaline, de cuir ciré ; d'haleines sentant le tabac. Torrent d'odeurs vivantes. L'odeur de mort était déjà enfermée, scellée, étouffée sous le couvercle de chêne.

... Avant la fermeture du cercueil le père Piotr avait déposé le morceau de ruban blanc, couronne symbolique, sur le front de quelqu'un qui ne ressemblait plus beaucoup à Vladimir Thal, car le visage terni s'était dangereusement déformé, sans devenir monstrueux — mais les chairs, comme aspirées vers l'intérieur ou tirées vers le bas, avaient fini par former autour de l'ossature une enveloppe floue qui ne rappelait que vaguement l'ancien visage — il suffit d'un si léger déplacement de muscles — et la tête qui jouait encore le rôle de celle de Vladimir Thal était celle d'un parent, un monsieur d'environ quarante-cinq ans, fatigué, préoccupé, dédaigneux, désabusé, et quelque peu bougon mais bon enfant... un visage pas déplaisant, mais effrayant pour ceux qui avaient connu Vladimir. En ce matin du Jeudi 13 Août.

... Mais ils s'étaient habitués à ce corps en ces deux jours et trois nuits plus longs que des semaines, et à cette cohabitation pénible, menacée, menaçante qu'ils souhaitaient en principe voir se terminer le plus vite possible — fatigue, énervement, crainte, « pourvu que tout se passe bien » comme si quelque chose pouvait encore se passer *mal* — jours conventionnellement placés en dehors de la vie, vides et neutres, car la douleur même est mise sous le boisseau à l'image du grand corps froid sombré dans l'indifférence de la non-vie. Et la vie, semble-t-il — dit-on — reprendra ses droits, et quels droits ? Lorsque *tout* sera terminé, et voici que tout se termine toujours davantage, par degrés, par étapes, et voici que la grande planche de chêne clair est placée par deux hommes en noir sur le cercueil ouvert où des bouquets de fleurs fanées et de fleurs fraîches ont été entassés — ce visage qui ne sera plus jamais concerné par rien, qui ne sait plus rien, qui a oublié de se ressembler à lui-même — faites de moi ce que vous voulez tout m'est égal —

et la planche s'ajuste impitoyablement, raie à jamais du monde des vivants ce visage porteur d'une vie factice mais encore puissante, et les femmes crient, les femmes se débattent, comment ! déjà ! on ne l'ouvrira plus, c'est fini ! les lourds écrous sont tournés, quoi, on ne les dévissera pas à l'église ? . . . .

Les chants graves. Les chants déchirants, les voix rauques, frémissantes, tendres, de la polyphonie rituelle, un chœur de trois hommes et deux femmes, chanteurs à demi bénévoles ; et à la messe du jeudi seuls assistent (en dehors des parents et amis du défunt) quatre ou cinq paroissiens zélés et une douzaine d'amateurs d'enterrements — il y en a qui viennent comme à un spectacle, une occasion de pleurer une fois de plus leurs propres morts.

Tout de même. On étouffe. Qui était-ce ? Un enterrement de Deuxième classe, la famille a des moyens... un journaliste, non, un poète, tiens Berseniev est là, le général Hafner, Krivtzov, vous connaissez, l'ancien procureur... tiens, mais, le vieux Bobrov en personne, avec son premier commis et sa caissière... elle a les yeux rouges ? mais savez-vous qu'elle est *aussi* une poétesse — quel âge ? quarante ans — eh oui, pour les vieillards il y a moins de monde. *Vladimir Iliitch,* drôle tout de même. Et pourquoi ?

Tout au long de la messe le prêtre encense respectueusement le cercueil avant de projeter la boule de métal ciselé incandescente en direction des fidèles ; et la fumée bleuâtre flotte au milieu des flammes orangées des cierges qui grésillent.

On chante le repos éternel du serviteur de Dieu Vladimir... *là où il n'y a plus ni maladie ni tristesse — ni soupirs — mais vie sans fin*

Accorde le repos avec les saints ô Christ à l'âme de ton serviteur .

et la voix sèche, scandée en récitatif, du prêtre, demande pour *Vladimir* le repos en un lieu de lumière un lieu verdoyant un lieu tranquille, là où reposent les justes, et dans le léger flottement des dizaines de petites flammes orangées et la brume d'encens bleu et le scintillement des veilleuses rouges et vertes, et l'étouffante et moite chaleur de l'étroite église changée en chapelle ardente, on demande, on promet la Vie sans fin et l'ascension vers d'éblouissantes lumières à l'objet muré dans le coffre recouvert de drap noir et de fleurs qui s'ouvrent et s'effeuillent sous la chaleur des cierges.

L'air rempli de soupirs, de sanglots, de pleurs étouffées, de reniflements, les chants qui promettent la joie sont des lamentations, les voix vibrantes et graves passent sans cesse de la sérénité triomphante à la plainte désolée... de ses péchés Seigneur ne lui tiens pas compte car il n'est pas d'homme qui ait vécu et n'ait pas péché ! — Les chants funèbres font pleurer. Fût-on agnostique. Le père, la mère et Marc pleurent, le visage caché dans leurs mouchoirs.

Myrrha — qui avait communié, seule de la famille du défunt à s'approcher du Calice — est immobile, statue de cire éclairée de l'intérieur ; elle a les yeux fixés sur la flamme du cierge qu'elle tient à la main et dont la cire blanche s'amollit entre ses doigts. *O Christ l'âme de ton serviteur !...* O Christ, entre tes mains ton serviteur qui t'aimait (car est-il un être humain qui ne t'aime pas ?). La chaleur, on étouffe — elle pense que Victoria et Tatiana Pavlovna risquent de se trouver mal. Elles devraient au moins se mettre à genoux, moins fatigant que de rester debout — mais, Tatiana Pavlovna, à genoux ? ô la pauvre, pauvre femme fière.

La chaleur. On étouffe. Quelqu'un dit : mieux vaut ne pas mourir en été. D'ailleurs, on meurt beaucoup plus en hiver. « ... Non, j'ai remarqué... les journées orageuses... Trois annonces nécrologiques dans *Les Dernières Nouvelles*... Des vieux, c'est la chaleur. — Non, l'émotion, les rumeurs de guerre... Chut ! *Seigneur aie pitié, Seigneur aie pitié Seigneur aie pitié !* Ponctués par des dizaines de *Kyrie* et d'*Alleluyas* chants et prières alternés conduisent l'âme du serviteur Vladimir, à travers la contemplation de la mer des tribulations terrestres et l'hommage rendu aux sanglots de ses proches, vers la paix éternelle dans la gloire de Dieu, aujourd'hui, toujours *et dans les siècles des siècles Amen.*

Et les assistants éteignent leurs cierges et vont une dernière fois s'incliner devant le cercueil — quels longs adieux, il y en aura d'autres, tout à l'heure, au cimetière,

enfermé, entouré, enveloppé — entouré de linceuls déjà tachés de pourriture, et de bois solide et de drap noir à larges plis, et de fleurs et couronnes, et de cierges et d'encens, et de dizaines de corps vivants ; et de murs couverts d'icônes. Encore tout entouré baigné, protégé, noyau de chair dévorée par la mort lové au centre d'un mouvant et ondoyant fruit de vie exubérante, de couleurs et de flammes et de chants et de larmes

et de riches odeurs et d'haleines et de souffles chauds

O les interminables adieux, avant la dernière descente, sur cordes et crochets, vers le trou profond, là où tout homme est seul à jamais — aujourd'hui même, dans une heure ou deux, abandonné donné offert livré à celle que l'on a coutume d'appeler notre Mère

la Mère humide la mère froide et lourde, où grouille la vie muette et où le bois des planches pourrit lentement, et la chair mangée de vers devient terreau ;... *poussière et tu retourneras en poussière*

ô Mort où est ton aiguillon où est ta victoire, Enfer ?

et Pierre Barnev voulait parler mais n'ose plus, voyant la mère debout aux pieds du cercueil, soutenue par son mari et par Tassia, hâve, hagarde, les joues terreuses, ses grands yeux suppliants et troubles pareils à ceux d'une bête qu'on va égorger.

Les têtes s'inclinent, comme des épis quand passe une brise, et les hommes en noir viennent déposer par terre les gerbes de fleurs, puis le drap noir. Les jeunes filles fatiguées de pleurer reniflent doucement et serrent dans leurs mains leurs mouchoirs trempés. Et le cercueil haut levé sur les bras de six hommes retraverse le couloir étroit, vers la cour, vers la rue, vers le corbillard.

Nous n'aurons pas fini avant une heure de l'après-midi. Il y a de la place dans le car — pour ceux qui veulent... Et pour quelques minutes la cour du 91, rue Olivier-de-Serres devient pareille à ce qu'elle est à la fin des messes du dimanche, on respire — ouf, il faisait une chaleur — on parle, on s'abstient de rire tout de même — ... Terrible, elle a vieilli de dix ans... Non, elle se tient droite.

— Je plains le père. »

— La princesse D. en cape de fourrure. » — Ne dit-on pas que les Tziganes, comme les sauvages, ne sentent ni la chaleur ni le froid ? » — Quelle bêtise. » — Irina Grigorievna ! J'ai justement rencontré votre fils, hier. » — Ah ! il va bien ? »... — Non, je ne suis pas d'accord : largeur d'idées, oui, mais les *deux* femmes, côte à côte devant le cercueil... » — Et après ? il était pratiquement divorcé. » — Trop de *pratiquement* chez nous. Le prêtre n'aurait pas dû tolérer... » — Que pouvait-il faire ? la montrer du doigt : cathéchumènes sortez ! ? » — Laquelle était-ce ? » — La blonde. Voilée de noir. » — Mais c'est un bébé ! Les hommes tout de même. »

— ... Rubinstein n'a pas mauvaise mine. Il s'en est bien remis. » — Au fait c'est vrai. Je ne l'ai pas vu depuis l'enterrement de sa femme. » — C'est vrai — on ne se rencontre plus qu'aux enterrements... celui de Chtilman. » — Je n'ai pas pu y aller. » — Il y avait un *rabbin*. » — Cette pompe orthodoxe... je ne comprends pas Thal, mais après tout — si. Respect des convenances, prestige social... il a toujours été ainsi. Improviser une cérémonie laïque est plus difficile. Pour Tatiana, c'était pénible. » — ' Pénible ' ! en un jour pareil... » —

La goutte qui fait déborder le vase — et c'était *long* ! avec mon ulcère variqueux... »

— Oui, chez le Russe, la piété n'est pas dans la tête, ni dans le cœur, mais dans les jambes — voyez l'allégresse de tous ces braves gens, les plus dévots ne peuvent s'empêcher de dire ouf. »

— ... Et à propos, Hippolyte Hippolytytch, ce procès littéraire ? » — Fin septembre, si nous n'avons pas la *guerre* d'ici là. Et alors nous nous amuserons à d'autres jeux... procès de — Benès, par exemple ? Adolf Hitler plaignant, Chamberlain et Daladier défenseurs... » — Et les juges ? » — S.D.N., bien entendu ! — Ça existe encore ?... Et vous avez remarqué à quel point un procès-spectacle attire le public ? je m'étonne qu'il n'y ait pas davantage de pièces-procès. » — *Le Procès de Mary Dugan ?* » — Justement : toujours fait salle comble. » — Effets faciles. » Le petit groupe d'hommes s'avance lentement vers le car où montent déjà les amis lointains et simples relations — par la porte arrière. « Dépêchez-vous, dépêchez-vous messieurs, le corbillard est déjà parti. » Derrière les vitres encadrées de noir et brouillées par le soleil Hippolyte aperçoit la large carrure de Georges Zarnitzine, et les têtes des filles coiffées de bérets noirs... tiens, c'est vrai, Victoria était la seule à porter un voile ; seyant d'ailleurs.

Boris Kistenev tourne en rond sur le trottoir, désemparé et les yeux vagues (comme s'il cherchait quelqu'un) « Qui attendons-nous ? » — Toujours pareil, dit Boris, avec humeur... notre éternel manque d'organisation... ils arriveront au cimetière un quart d'heure avant nous, si j'avais su j'aurais commandé des taxis — au moins pour la famille. » — Et d'abord, pour la *famille*, Zarnitzine eût très bien pu prendre sa Packard à sept places... » — Il n'avait pas envie de conduire. » — Mais enfin, Boris Serguéitch ! C'est *vous* qu'on attend ! »

Le car s'ébranle, et l'on entend des pleurs de femmes — à l'avant. Elles sont courbées sur les banquettes noires, leurs chapeaux sombres se détachant sur la large vitre à travers laquelle les hauts immeubles neufs du Boulevard extérieur s'avancent rapidement pour s'effacer sur les côtés et disparaître — « Nous les rattraperons », dit Boris. Il voit encore Myrrha penchée en avant, le visage caché dans les mains, coincée entre son beau-père et le père Piotr, toute ratatinée, son chapeau mis de travers — désespérément seule — sur cette large banquette où ils sont cinq en comptant le chauffeur (les deux femmes sont si minces) — *Derelitta* — depuis trois jours il n'a devant les yeux que ce long visage émacié à blancheur de fleur fanée, ces longs yeux perdus où la pitié pour autrui, comme le soleil à travers les brumes, luit à travers la douleur sourde, quand donc penserez-vous à vous-même Myrrha, ô ma solitaire mon abandonnée, coupe d'or dont on se sert comme d'un vulgaire saladier — Georges lui-même, Georges occupé, affairé, homme d'affaires, en cette circonstance il est assez semblable au monsieur solennel vêtu de noir, employé de la maison L.T. chargé de régler la cérémonie...

— Qui donc est cette Walkyrie en robe bleue ? » — Une nommée Ragnid Erikssen je crois, la locataire en titre de l'atelier villa d'Enfer. » — Un bleu qui fait mal aux yeux. Vêtue comme pour une noce. Tous ces bracelets à breloques. » — Elle est suédoise. » — Et après ? Au fait — Victoria garde l'atelier ? » — Avec quel argent ? » — Mais... où ira-t-elle ? » — Mystère. »

Sur la route de Fontainebleau le car prend de la vitesse, « tiens, nous rejoignons notre corbillard » — Non, ce n'est pas le nôtre. » Marc Rubinstein, assis à côté de l'ex-procureur Krivtzov, parle sans conviction de la réussite probable des démarches de Chamberlain. — Naïf ? non, machiavélique... » — S'il y a mobilisa-

tion, Victor, mon petit-fils... » — Quoi ? Victor ? déjà ?
s'étonne Marc. Comme le temps passe. « ... Je suis
inquiet — vraiment inquiet — pour Ilya. Désespéré,
bien sûr — qui ne le serait ? Mais... cette amertume à
l'égard de sa femme, en un tel moment... un couple si
uni. » — Une humeur passagère. Il est aujourd'hui
comme un enfant qui souffre et s'en prend à sa mère. »
— Oh, Ilya Thal n'a rien d'un enfant. Tania s'est
montrée intransigeante — jalouse. Mais elle le paie si
cher qu'il est cruel de l'accabler. »

Krivtzov regarde distraitement les jardinets,
champs de légumes et pavillons de banlieue qui défilent rapidement, le long de la route, sur un horizon
plat, légèrement brumeux. Brume de chaleur. « Nous
arrivons déjà aux Centrales Electriques ». Des rangées
de hautes grilles noires hérissées de spirales serrées se
dressent dans les champs à l'herbe jaunie. « Nous
approchons. » Ils ont plusieurs fois fait ce trajet,
depuis une dizaine d'années — Mme Altman, Alexis
Bernstein, le docteur Krauss... « Un cimetière triste. »
— Non, les arbres ont déjà pas mal poussé — très
verdoyant. » — Mais trop grand. Une usine. »

... Ils passent, les yeux baissés, suivant le grand
véhicule noir orné de deux gerbes de fleurs rouges qui
progresse lentement vers son lieu de destination : vers
les quartiers neufs de la nécropole parisienne, là où
l'herbe est rare et sauvage, le sol hérissé de monticules
de terre jaune fraîchement remuée, les allées entre les
tombes çà et là recouvertes de planches ; et où sous de
petites croix de bois noires se fanent des gerbes
autrefois somptueuses — où sept ou huit trous profonds sont alignés au bord d'un grand terrain vague,
attendant leurs occupants.

Porté le long de l'allée de planches par six hommes
— le prêtre marchant en tête, la croix levée — le

cortège suivant en longue file, deux personnes peuvent à peine marcher de front ; deux par deux sur les planches branlantes, la terre collante, terre malgré la chaleur de l'été humide, récemment arrachée des profondeurs où elle se gonflait d'humus depuis des siècles, terre jaune et boueuse de la campagne du sud d'Ile-de-France.

Paysage triste. Au bout de vastes étendues de ce qui n'est ni champs ni prés, ni terrain vague, terre remuée, puis terre vierge à l'herbe jaunie, fleurs sauvages et maigres buissons. Dans un bleu brumeux se détachent les maisons basses d'une bourgade de banlieue avec ses arbres fruitiers et ses jardins potagers — jusqu'où donc s'étendra le cimetière ?... au bout de vingt ans ?... Au bout de vingt ans et même moins on enterre déjà dans les vieilles tombes, les logements changent peu à peu de locataires, comme dans une ville de vivants ; et les locataires expulsés faute de pouvoir payer le loyer s'en vont dans les Catacombes de Paris.

Trois tombes vides plus loin, au milieu d'un groupe de femmes à lourds chapeaux voilés de crêpe, une dame âgée se débat et pousse des cris stridents : « ... *C'était son fils ! C'était son fils !* » il y a lutte ; les hommes en noir cherchent à entraîner les femmes vers l'allée centrale. Et la douleur d'autrui — en un tel moment — paraît théâtrale, irritante, la femme crie, crie toujours, elle a une crise de nerfs. Et le coffre de bois qui contient Vladimir Thal est posé par terre sur des cordes.

Dernière halte avant le repos définitif.

Repos de Vladimir Thal. Dernière demeure de Vladimir Thal.

Une petite croix (provisoire), faite de deux planchettes peintes en noir, est déjà prête. Près du trou. Avec des lettres peintes en blanc : *Vladimir Thal — 15 février 1897 — 10 août 1938.*

Ils sont tous debout au milieu du terrain vague, dispersés parmi les tombes fraîches et les gerbes de fleurs fanées. Le trou de terre jaune paraît très profond. Mieux vaut ne pas s'en approcher, la terre est glissante. Le cercueil des deux côtés maintenu par les cordes s'enfonce lentement dans le trou — et des femmes se signent, et des hommes baissent la tête, et les filles lasses de pleurer mordent leurs mouchoirs ; et le père et la mère, penchés en avant, d'un même geste étendent les bras comme s'ils voulaient retenir le cercueil ou l'empêcher de heurter trop durement le sol... « Tania ! » Etroitement embrassés, serrés l'un contre l'autre comme deux amants. C'est le mari qui, courbé en deux, sanglote sur l'épaule de sa femme, et elle caresse de ses mains décharnées les restes de cheveux gris sur le crâne dégarni. Tania, Tania, Tania, mon Dieu !

Il est au fond. Six pieds de terre. Cette lourde boîte de chêne à laquelle on s'habituait déjà — calée au fond du trou entre les hautes parois de terre jaune, et les cordes en se retirant font tomber sur elle des cailloux et des mottes d'argile. Les fleurs. On y jette aussi les fleurs.

Le repos, pour quoi faire ? Il ne voulait pas de repos.

Chacun sa poignée de terre. « Oh ! non, s'écrie la mère, cela suffit ! » Elle ne jette pas de terre, mais les autres défilent, soumis au rite ; avec la petite pelle ou à pleines mains. Il y a bousculade, les enfants ne peuvent se décider à s'éloigner de la tombe.

Victoria évanouie, Victoria absente, Victoria molle comme une poupée en sacs de sable, Victoria affalée sur la tombe voisine sur des genoux, des poitrines compatissantes et couvertes de tissu noir — et les hommes, après avoir jeté leur poignée de terre, passent devant le groupe noir des sœurs de charité, devant les longues jambes en bas noirs étalées près de la tombe étrangère. On l'a tirée à l'écart ; on ne risque plus, comme c'est arrivé tout à l'heure à Tatiana Pavlovna, de buter contre ces jambes. Le chauffeur du car apporte de l'eau dans un seau en tôle peinte et rouillée.

Tassia, Myrrha, la princesse D. secouent la fille absente, lui versent l'eau sur la tête... la faire boire ? Mais imbibez votre mouchoir ! La princesse dégrafe le corsage, découvrant une poitrine indécemment blanche que ses lourdes mains brunes tentent de cacher à la vue du ciel. Sur la poitrine brille, entre les deux seins, suspendu à une cordelière de soie noire, un anneau d'or.

(La croix de Victoria est dans le cercueil, entre les deux mains froides cachée, *Victoria 1920. Sauve et préserve.*)

... J'avais préparé un discours — oh! assez bref — disait Hippolyte. Mais — avec des femmes qui s'évanouissent, le caractère disparate de l'assistance... et notre tendance nationale à la pagaille et au piétinement — dommage tout de même. Une cérémonie plutôt bâclée, ce brave Vladimir méritait mieux. » — Nous devrions, disait Goga (il était venu avec Ioanna, sans toutefois entrer dans l'église) organiser une soirée — d'amis. Chez l'un de nous, ou au *Sélect.* » — Une soirée ? demandait Véra Blumberg. Comme on l'avait fait en l'honneur d'Halpérine ? » — Mais non, à titre privé... il n'avait pas un nom à réunir un public payant. Oleg a raison, chez l'un de nous — chez vous, peut-être, Irina Grigorievna ? » — Ce n'est pas grand, chez moi. » — Chez les Grinévitch ? » propose Ionna. — Oh! surtout pas ! » s'exclame Boris. — Moi, je veux bien, dit Véra Blumberg (pour elle c'est une occasion de se hisser à la hauteur de ses aînés et de faire comprendre qu'elle est capable de créer une ambiance et d'avoir ses *jours fixes*, et d'ailleurs elle gardait un tendre souvenir du temps où Vladimir Thal hantait les bureaux des *Dernières Nouvelles*). — Bonne idée. Participation aux

frais, bien sûr », dit Hippolyte. — Oh ! pas question ! »
— Si, si ma chère... Disons, dans trois semaines, à
moins que la situation internationale... » — Quoi ?
Déjà la Porte d'Italie ? Est-ce que le car nous ramène à
la maison mortuaire ? » — Demandez à Zarnitzine. »

« Pénible. Très pénible. »

Victoria. Assise, à l'avant du car, entre Myrrha et
Tassia.

Elle renâcle comme un cheval pris au lasso, elle se
raidit pour ne pas repousser brutalement les deux
femmes fortes qui la tiennent. « Il fallait me laisser là-
bas. »

— Vous n'êtes pas en état, dit Tassia. On s'est déjà
donné un mal de chien pour vous ranimer. »

— Oh ! Pour quoi faire ! Pour quoi faire ! »

« Vous ne pouvez pas *savoir*. » Elle tourne sur elles
des yeux désolés, accusateurs, comme si leur incapa-
cité de savoir lui causait un énorme chagrin.

Vous ne comprenez pas ? je suis tombée. A travers
une bouche d'égout, dans un endroit où il n'y a plus
d'air. Plus d'odeur sauf une seule. Je la sens toujours.

Il ne savait pas que ce serait si dur. On croit vivre —
et à tout moment on se cogne — l'air autour de vous est
comme de la pierre, on est emmuré. Crier, crier. Ne me
laisse pas, prends-moi ! Retrouve-moi !

Elles ont des corps, elles les serrent contre le mien, et
ce n'est pas toi et ce contact fait mal — comme si l'on
vous donnait à manger une éponge. Au lieu de pain.
. . . .
... « C'est vrai, Georges, où allons-nous ? Tatiana
Pavlovna ?... » Tatiana se détourne froidement.

— J'ai pensé, dit Georges. Enfin... rue Lecourbe. En
attendant. Si vous voulez. » — C'est... très aimable à
vous, dit Ilya Pétrovitch — distrait, bougon, plus
reconnaissant qu'il ne veut le paraître. Tania ?... —
Oh ! où vous voulez, où vous voulez mes amis ! là ou

ailleurs... Non, Gheorghi Lvovitch, ne croyez pas, c'est gentil. Je n'ai pas la force de rentrer à la maison. »

*

La domestique russe a préparé un repas improvisé, sandwiches, viandes froides et boissons diverses, car tous les amis qui n'ont pas invoqué l'obligation de prendre congé sont invités, il en reste une bonne vingtaine... qui s'excusent à la porte de l'immeuble, non, non nous vous laissons « Mais montez donc, dit la princesse. Vous reposer un instant. Vous excuserez le désordre. » Il y avait du désordre en effet, car une grande partie des meubles avait déjà été transportée avenue Mozart, les tableaux et les vases rangés dans des caisses, le grand tapis roulé, se dressant comme une colonne dans l'entrée ; disparus les grands rideaux de satin bleu pâle, l'écran du XVIIIᵉ siècle où les bergers s'enlaçaient au milieu d'une guirlande de roses, la lampe-vase de Chine avec son abat-jour à franges d'or — et Georges, en entrant, foudroyait la domestique du regard : « Vous auriez *au moins* pu remettre le tapis ! » — Oh ! tout de suite, tout de suite, Youri Lvovitch ! » — Vous vous payez ma tête ? »

Il y avait sur la longue table un grand nombre de verres, de toutes tailles et de toutes formes — du champagne à la vodka — Sacha se précipitait pour enlever les coupes à champagne (tout de même !). Et les personnes âgées s'installaient sur le vieux divan de velours rouge qui, de la chambre de la princesse, était (provisoirement) revenu au salon.

Les hommes, debout devant la table, mâchonnaient d'un air attristé des sandwiches au poisson fumé. « Décidément, dit Tatiana Pavlovna — lèvres pincées — il ne manque que la *koutia*. » — Désolé, Tatiana Pavlovna, j'avais cru bien faire. » Cette petite passe d'armes sèche et rapide tombait, par hasard, dans une minute de silence succédant au bruit de fond fait de voix étouffées, de raclements de gorge et de grincements de lames de parquet. Et Hippolyte Berseniev cherchait à dissiper le malaise en parlant, à la cantonade, de la sagesse des vieilles coutumes, des origines du plat traditionnel des repas de funérailles...

« ... On dirait un cocktail... » la baronne reprend un sandwich et jette un coup d'œil gêné sur les parents et Marc Robinstein, assis sur le divan rouge, muets et exténués. Ilya Pétrovitch, maussade, tourne entre ses mains un verre vide. Ils ont l'air de se demander ce qu'ils font là. A l'autre bout du salon, devant la table-buffet, les invités boivent du vin blanc, ou de l'orangeade, mordillant les *pirojkis*, et forment déjà des groupes banalement animés, et par moments des voix s'élèvent, presque gaies, presque vives... pas possible ! « Oui, c'est comme je vous le dis ! »... Et vous saviez que les Boutourline se sont *enfin* séparés ? »... Non, dans *Le Figaro* de ce matin la nouvelle est démentie. » — Les nouvelles ' démenties ' sont le plus souvent vraies. » — ... Quand on commence à dire : la mobilisation n'est pas la guerre... » — Oui, on l'a vu en 14. » — En 14 mon cher nous avons été victimes de notre pagaille administrative. » — Non, princesse, merci vraiment, j'en ai déjà repris. »

— Et *quand* déménages-tu ? » — A vrai dire — c'était prévu pour cette semaine, *mais...* » — Bien sûr. » Georges promène son regard sur les murs vides, les fenêtres sans rideaux, le parquet dénudé — gênant, pour une réception — horriblement triste, un goût de départ, d'adieux ; fin d'une vie, partir c'est mourir un peu, voir partir un ami c'est mourir un peu, et, le diable l'emporte, je donnerais beaucoup pour l'avoir moins aimé... ô l'imbécile, avoir tout gâché, si bêtement, pour une paire de jolies fesses !... il ne pouvait

537

pas se tenir tranquille ? Myrrha reste debout près de la fenêtre — le visage collé à la vitre — mince comme une statue gothique dans sa sévère robe noire (empruntée à Sacha donc trop longue) — il vient vers elle, lui met les mains sur les épaules. « Mour, nous étions trois, tu te souviens, dans le train, sur le bateau, à Constantinople. »

Ce n'est pas à la pauvre Mour qu'il allait dire — ce jour-ci ! — : « J'ai le cafard. »... — Si l'on sortait faire un tour, ma fille ? » Elle se retourne, elle a le nez et les paupières rouges, oh oui, elle en aurait bien envie. Elle fronce le nez avec une petite moue dubitative — en un temps très très lointain cette moue signifiait : papa va faire une scène. « Non, vraiment. Je n'ose pas. » Elle tourne les yeux vers le divan de velours rouge. — La prisonnière », dit-il.

... « C'est que tu vois, je n'ai pas encore vraiment *réalisé*. » — Moi non plus. » On parle de Vladimir au passé comme s'il était toujours présent. Oh oui, il faut si peu de chose pour qu'un homme qui était là il y a trois jours soit encore là — trois jours si peu de chose — le fil n'est pas rompu, ce qui est arrivé semble banalement irréel, cela n'arrive qu'aux autres.

Pierre. Elle avait essayé de le prendre dans ses bras, il l'avait repoussée. Il est un *homme*.

Debout, adossé au chambranle de la porte du salon, bras croisés, droit, le cou raide. Les filles sont deux (ou trois ?) il est seul. Ses camarades partis en vacances lui manquent cruellement. Perdu dans une foule de vieux. Il jaugeait froidement les minables acteurs de la comédie humaine qui s'agitaient dans le salon dénudé — pensant au jour où il serait assez grand pour dire à ce monde croulant mais dangereusement fort : *à nous deux maintenant !* oh ! mais Rastignac lui-même était déjà presque vieux quand il a dit cela. Aux vrais jeunes on ne laisse jamais la parole, même dans les livres. Il les jugeait hypocrites, mesquins, animés de petites vanités, de petites rancunes, de petits appétits — eux qui ont laissé un être qu'ils prétendaient aimer seul dans une fosse pas même comblée. Ils l'ont laissé et boivent de petits verres de vodka en parlant du divorce des Boutourline et des collections d'hiver et d'Hitler et de Daladier et de quoi encore — Georges a honte parce que Capitoline n'a pas songé à remettre le tapis, et grand-mère prend des airs pincés comme une grande dame égarée au milieu de « petits-bourgeois », et grand-père boit — de la *vodka* — d'un air dégoûté alors qu'il y prend plaisir, et voudrait bien que tante Sacha lui en apporte un autre verre, et maman... maman est un ange, maman ne compte pas —

ce groupe d'hommes près de la table est si bêtement, banalement vivant, à une noce, à un bal, une réunion de Nouvel An il eût été *exactement* pareil, mêmes gestes nonchalants, mêmes verres levés dans une main qui gesticule, même fumée de cigarettes et regards distraits à la recherche d'un cendrier, mêmes intonations... non, mais, vous croyez mon cher ?... — Et moi, je vous dis !... O dégoût et mépris ! Et, l'espace d'une seconde... il rêve... pas possible, oui, parmi eux, debout avec son petit verre, *lui aussi*, il a bien entendu son rire sonore et bref, reconnu entre mille ! — son rire, mais non, il est indécent de rire et personne ne rit, et je l'ai *entendu* ! Papa. Aurais-je des hallucinations ? Il n'est même pas troublé, rien, une impression fugitive, mais tellement douloureuse, car la joie d'entendre ce rire avait été vive et lui avait traversé le corps comme une secousse électrique avant qu'il ait eu le temps de comprendre que c'était bien le rire de papa.

O personne au monde ne l'entendra plus ! Ce n'était même pas un rêve — une simple erreur de la mémoire ! Ainsi croit-on désespérément avoir *vu* en tel ou tel endroit l'objet qu'on cherche en vain. Il voit son père

debout, entre Boris, Hippolyte et Goga, la tête légèrement penchée, les yeux brillants, le coin droit de la
bouche relevé dans un demi-sourire, un sandwich
oublié dans sa main levée... il parle — il était bavard,
mais jamais avec moi — ô cette chose incroyablement
vivante, mobile, un visage, avec toute la chaleur, la
finesse, l'éclat, le jeu si *incroyablement* subtil de nuances de sentiments... ce jeu pour chaque visage absolument différent. Et tout cela à jamais perdu.

Non il ne se tiendra plus à côté de ces hommes-là... Il
y a un vide entre eux, là-bas, près de la table, un vide à
côté de maman près de la fenêtre, un vide près du
divan rouge (pourquoi ne s'assiérait-il pas, sur l'acco-
toir, jambes croisées, se penchant sur l'oncle Marc ?),
un silence parmi le chœur indistinct de voix ternes où
la sienne manque comme le sel dans un plat qu'on a
oublié de saler — ô est-ce qu'ils l'oublient déjà, ou font
semblant ? Moi son fils unique. (Il y a des filles, mais
pas d'autre Fils.)

... Le cœur serré dans des pinces... eux tous ils
l'oublient et moi je donnerais... vingt ans de ma vie
pour le revoir, une fois encore, là, dans ce même salon :
« ah ! enfin, Vladimir tu es en retard ! » — Salut
Georges, mes hommages, princesse... » cette façon
affectée qu'il avait de baiser la main de la princesse, la
princesse est là, Georges est là, Hippolyte parle des
origines du pangermanisme — ils l'attendent et il ne
viendra plus jamais...

La seule personne *franche* somme toute — pense-t-il
— est la Victoria. Elle crie, elle s'évanouit, mais tout le
monde devrait en faire autant, car on ne peut pas
supporter cela, c'est horrible, c'est atroce, et nous
restons tous là à prendre des attitudes dignes. *Maman !*
Et si je mourais tu ne hurlerais pas non plus, tu ne
crierais pas que tu veux rester sur ma tombe ?... C'est
parce qu'ils sont tous si vieux. — Et parce qu'il est un

homme il n'ose pas aller se réfugier dans la chambre de Georges, près de ses sœurs (elles, elles comprennent quand même) et de la sanglotante Victoria.

*

« ... Non, Georges je vous *prie* de m'excuser... » Tatiana Pavlovna debout, dans son pauvre vieux petit jardin où le chiendent mangeait les soucis et les capucines, fouillait dans son sac posé sur la table et n'y trouvait pas ses clefs. « Vous avez été très bon. Mais j'ai une telle nausée, en ce moment, nausée de tout, tout ce qui est vivant m'horripile. Je me conduis comme une ignoble vieille garce, n'y faites pas attention... »

Marc Séménytch et Ilya Pétrovitch s'installent sur les petites chaises de fer à la peinture écaillée, et contemplent le ciel à travers les branches du vieux tilleul — ils ne sont pas pressés d'entrer dans la maison ; et Tatiana ne trouve toujours pas la clef. Pierre et Gala se sont réfugiés dans le fond du jardinet ; là, jouant à retrouver leur enfance, ils ont grimpé sur le vieux mur lézardé qui domine ce qui était autrefois un parc. — Oh ton costume, Pierre. — Oh merde pour le costume. Ils se sentent assez bêtes, perchés sur la brèche sableuse entre deux gros moellons à demi effondrés — fais attention ! ils se demandent (sans se parler mais chacun sait ce que l'autre pense) *comment* ils porteraient le deuil d'un papa qui n'eût jamais quitté la maison, le papa d'autrefois... et comme la douleur eût été à la fois plus déchirante et plus douce. Toute la famille, unie silencieuse, à genoux autour du cercueil, une grande paix dans la salle à manger-cuisine, dans le jardinet sous la pluie (cela se passe au printemps) — maman et grand-mère, vêtues de noir, enlacées... « Oh, il faut comprendre grand-mère », dit

Gala. « Le défaut des filles, dit son frère, est de vouloir comprendre tout le monde. Et résultat, elles ne se comprennent plus elles-mêmes. » — Oh, si, *moi* je me comprends. »

— Toi, oui. Tala ne sait sur quel pied danser. Elle est déjà trop vieille. »

— Nous aussi on deviendra vieux. » Pierre remue rageusement la grosse pierre à demi effritée sur laquelle il s'appuie. « C'est dégueulasse. On ne devrait pas vivre plus vieux que vingt ans. »

— Non — trente ans, dit Gala. A vingt ans on n'a pas encore eu le temps de faire grand-chose. » — Mozart, Rimbaud, Jeanne d'Arc... » — Ce sont *vraiment* des exceptions ! » Pierre, avec un soupir, tombe d'accord. « Mais pas plus de trente. Après, c'est la déchéance. » Papa avait quarante et un ans. Et comme déchéance, pense Pierre, on ne peut faire mieux. C'est vrai, bon Dieu, c'est *vrai* ! mais tel qu'il était, même avec ses petites mèches grisonnantes, sa petite ride sur la joue, oh oui, même avec sa *honte* s'il pouvait passer devant ce mur, s'arrêter près des groseilliers rabougris, eh les enfants, c'est dangereux, cette pierre bascule ! Il renifle — devant Gala il n'a pas honte de pleurer.

Tala est restée chez l'oncle Georges. « Avec maman » a-t-elle dit, et ils savent bien que Tala ne pense pas à maman mais à Victoria. Quelle salade. Est-ce que maman *devrait* s'occuper de cette fille-là, est-ce convenable ? Gala devine ce qu'il pense. « C'est ça qu'on appelle : aimer ses ennemis. Elle aime *vraiment* ses ennemis s'ils sont malheureux. » — Nous sommes tous malheureux, non ? »

... Et Tatiana Pavlovna ne trouve toujours pas sa clef. « J'ai dû la perdre. Faudra-t-il casser la serrure ? » — C'était idiot de fermer la porte à clef — pour ce qu'on peut voler chez nous, » dit son mari. Indifférent — car il n'est pas pressé d'entrer dans la maison doublement désertée par le fils prodigue. Tassia dit qu'il est tout de même dommage de ne pouvoir faire du thé. Georges n'ose pas s'en aller tant que la question de la serrure n'est pas réglée. « Cherchez dans vos poches, Ilya Pétrovitch... » — Et pourquoi diable voulez-vous ?... je n'ai jamais touché à cette clef. » C'est la femme qui est la gardienne de la maison. Elle cherche. Elle a vidé son sac sur la table. Porte-monnaie, papiers d'identité, lunettes, peigne, mouchoirs trempés, gants de fil roulés en boule, petit cadre en cuir rouge avec la photographie de deux enfants bruns et bouclés, la fille (encore un bébé) blottissant sa tête sur l'épaule du garçon en vareuse à col marin... « Comme les anciennes photographies étaient tout de même *belles*, dit Tassia, rêveuse. Ils avaient vraiment l'art du portrait. Ces yeux lumineux. » — Tu te souviens, Iliouche ? il avait encore les yeux verdâtres, à cette époque... après, ils ont décidément viré au marron. » — Ambre roux », dit Tassia.

« ... Dans ᴌᴧ doublure du sac, peut-être ? » — Ça y est ! J'en étais sûre ! Un trou. » — Tu l'aurais entendue tomber. » — Pas au cimetière, Marc. » Tous les quatre ont la brève vision de pelletées de terre tombant en mesure et projetant sur le cercueil, en offrande dernière, la clef de la maison paternelle.

... O si loin, si loin, pourquoi n'ai-je pas insisté, pourquoi ai-je refusé le cimetière de Meudon, et que je puisse y courir ce soir même, ô stupide orgueil, stupide mesquinerie, stupides préjugés de femme « affranchie », sa tombe, le seul coin de terre qui nous appartienne ! Elle se laisse tomber sur une chaise de jardin, coudes sur la table. Dans le petit cadre de cuir rouge deux paires d'yeux innocents l'interrogent gravement : sommes-nous bien sages, est-ce ainsi qu'il faut rester sans bouger devant le monsieur à l'appareil noir ? Non, Vladimir interroge, Ania est rêveuse — elle l'aimait tant, elle t'aimait tant Vladia, et toi !... avoir tout oublié, si cruellement !

Trente-cinq ans, pour le cœur, sont rapides comme un clignement d'yeux, elle pleure sur Ania, pour Ania, pour la douleur d'Ania — ma petite fille tu vois ce qu'on a fait de ton grand frère ! nous l'avons mis en terre, pardonne-nous ma chérie.

Georges s'affaire devant la porte, à genoux — il a pris dans sa voiture sa boîte à outils — il pousse (presque) un cri de triomphe. « Ça y est, Ilya Pétrovitch ! je l'ai eue. » Avec l'aide de pinces et de tournevis le pène a tourné. Au même moment de lourdes gouttes s'écrasent, lentement d'abord et solennellement, sur la table de jardin, le gravier mêlé de cendre, le petit auvent de verre au-dessus de la porte — Tatiana n'a pas encore eu le temps de ramasser les pauvres trésors de son sac à main éventré que déjà la pluie dégouline, dans un grand bruit d'eau qui coule et de frémissement de feuilles d'arbres. « Il était temps ! » dit Georges, les deux vieillards, protégeant des mains leurs cols et leurs chapeaux, entrent dans la maison. Et Gala et Pierre, descendus de leur mur, font le tour de la maisonnette et courent, presque joyeux, oh dites donc quelle averse !

« Viens, dit Tassia, serrant le bras de sa vieille amie, viens. »

— Non, rentre ma chérie. Laisse-moi, cette pluie me fera peut-être du bien. » Des filets d'eau lourde et tiède trempent sa petite toque de paille noire, lavent les larmes sur ses joues brûlantes — ruissellent dans son cou et s'infiltrent entre ses seins dérisoirement menus — ses seins jadis superbes qui ont nourri deux enfants — oh oui, je t'ai nourri moi-même, toi le premier-né, et tu oses me dire que je t'ai négligé, Vladia, est-ce qu'une mère oublie le premier enfant qui a mangé son sein ? nourri jusqu'à treize mois, Ania jusqu'à huit mois seulement — une différence énorme toute femme te le dira.

« Viens, » dit encore Tassia — Tassia grande et droite comme une statue, Tassia qui sous l'averse ne baisse pas la tête, ne relève pas les épaules, et laisse placidement les longs filets d'eau couler sur son calme visage. « Viens, ils vont s'inquiéter. » Tatiana laisse glisser sur sa face ravagée un sinueux et bref sourire : « Le sexe faible. Allons-y ma chérie, ne les inquiétons pas. »

« Tania, tu es folle, monte vite te changer. » — Essuie-toi les cheveux. » — Tassia, toi aussi ! » Deux naïades noires. — Curieux, on n'a pas vu venir cette averse. » — Un déluge. » — Est-ce enfin l'orage ? » Un pâle éclair frémit derrière les vitres ruisselantes, il fait noir dans la grande pièce basse, Gala court tourner le commutateur et l'ampoule sous son abat-jour de porcelaine blanche s'allume d'un feu jaune, vacille et s'éteint. — Flûte ! Une panne. »

Le tonnerre éclate, interminable et lointain, de lourds chariots chargés de pierres roulent dans le ciel. Il fait si sombre que Gala pose sur la table une bougie allumée, « non oncle Georges, attends qu'il pleuve moins, tu serais trempé avant d'arriver à la voiture ! » Dehors, les feuilles du poirier, le lierre et les glycines frémissent sous les torrents d'eau. Pleut-il *aussi* sur la route de Fontainebleau ? non, c'est local — non, c'est général, tu as vu tu as vu, tu as compté ? douze secondes ! plus de dix kilomètres ! et les vitres de nouveau pour un instant s'allument d'un feu pâle. « Merci, Nathalie Evguénievna, non, pas de sucre. » Georges, debout devant la porte vitrée, sa tasse à la main, calcule mentalement la distance entre la porte et sa voiture — vingt mètres au moins. Et il regarde Pierre et Gala, collés à la fenêtre, guettant le prochain éclair, « Oh dis donc ! *c'en est un !*... ça se rapproche ! »

545

On croit que le premier étage s'effondre sous une avalanche de rochers; un tel fracas que même Ilya Pétrovitch tressaille et lève la tête. Et les deux enfants poussent des cris. « Dis! et si ça tombait sur le grand tilleul? » — Oncle Georges! tu sais, on n'a même pas de paratonnerre. » — Pour une maison si basse, aucun danger. » — ... Mais si ça tombait, elle flamberait comme une allumette. » Oncle Georges. Pierre mon garçon. Moins que jamais Georges peut se permettre de sourire à son neveu, Pierre ne lui a pas parlé depuis trois jours, ils sont prisonniers tous deux d'une tendresse hargneuse et muette.

Georges, pour une seconde, revoit la feuille de papier blanc, avec les mots « cher papa »... mais, que le diable les emporte, si ce n'est pas de tout cœur et sans l'ombre d'une arrière-pensée, que je me suis occupé des funérailles et du reste, oui parfaitement, j'ai même négligé Myrrha j'ai pensé à eux d'abord...

« Bon, dit-il, ça a l'air de se calmer. » Tatiana Pavlovna se lève, va vers lui. « Merci encore, Georges. Pour tout. De tout cœur. » — Oh je vous en prie! » — Vous ai-je donc vexé?... Oui — dites à Myrrha... si elle veut — revenir... après tout, sa place est auprès des enfants. » (Georges a envie de répondre : tiens, première nouvelle! et pourtant, la femme le fascine, en fait elle l'avait toujours fasciné, Néfertiti momifiée, Sémiramis, sultane-mère, Sarah Bernhardt, la *Pieta* —) « Entendu, je lui dirai. »

Il ouvre la porte au moment où l'averse reprend de plus belle. « Oh! attends encore », dit Gala. — Mais non, je ne suis pas en sucre. » Les deux enfants courent à lui et se pendent à son cou.

« Reste encore un peu! » dit Pierre. Et ils se regardent. Ah, tu veux me faire fondre le cœur? pas difficile mon gars, mais j'ai de la tenue. « Non, il est tard. J'ai des obligations multiples. » Pierre se protégeant la tête

546

avec un vieux journal, accompagne son oncle jusqu'à la voiture, ils courent le long de l'étroit passage bordé de haies vertes giclantes d'eau froide. — Attention, tu vas attraper un rhume. » — Oncle Georges. Tu m'écriras quand je serai en colonie de vacances ? »

— Quoi, tu n'y vas pas pour six mois. » — Ecris-moi *quand même.* » — Je n'ai jamais été un épistolier. Bon, si tu veux. »

Pierre s'est abrité dans la Packard et n'a pas très envie d'en sortir. « Papa ne m'écrivait pas. » — Ce n'est pas à moi de t'expliquer combien ton père t'aimait. Tu l'intimidais, c'est tout. » — Ha ! elle est bien bonne ! » Pierre retient un petit rire bref, puis devient grave. « Moi ? c'est lui qui m'intimidait ! » — C'est comme je te le dis, mon gars. C'est comme ça que ça se passe, entre hommes. On se respecte et on s'intimide. » Il tourne la clef de contact, embraie. « Bon, va, cours. »

Les yeux fixés sur les essuie-glaces tournants et ruisselants Georges roule le long de la verte et résidentielle rue des Ruisseaux ; réprimant le sourire qui lui tord les lèvres. Mon gars, mon *fils* — et pourquoi pas mon fils ?... pourquoi pas moi plutôt que le vieux Thal ?

IV

UN JAILLISSEMENT
DE FLAMMES ROUGES

« ... Elle rit. »

— Quoi ?! » — Enfin — elle a ri. » *Elle*. Georges
commence à se sentir sérieusement agacé. Les femmes,
Seigneur. Le harem. Il rentre chez lui pour trouver
cinq — non, six avec la domestique — six femmes.
Dans sa maison qui n'est plus déjà tout à fait sienne,
sans rideaux, tapis, tableaux ni bibelots (déménagement définitif prévu pour le début de la semaine
prochaine). Et, parce que l'installation dans l'appartement de l'avenue Mozart coïncide avec la mort de son
beau-frère, Georges Zarnitzine ne ressent ni enthousiasme, ni impatience, ni fierté. Une dépense inutile —
surtout si la situation internationale... bref — s'il y a la
guerre (Dieu nous en préserve) un coup de frein aux
affaires pour six mois sinon davantage, perte presque
assurée de la clientèle américaine et anglaise, et qui
sait quoi encore ?... Ce que l'enterrement a coûté ? des
broutilles, somme toute, cinq ou six mille francs (pour
les Thal, une somme astronomique, voilà le drame)
mais le tout payé comptant, et sur de l'argent prévu
pour les matières premières, des trous dans la comptabilité à un moment où il faut avancer l'argent pour les
vacances payées — *deux semaines !* Et en période de
chute (provisoire il faut l'espérer) des marchés, pour
cause de rumeurs de guerre, s'il faut encore payer les

peintres, ébénistes, miroitiers, plombiers etc. ce n'est pas la ruine loin de là mais — tout de même — un casse-tête.

Il regrettait presque cette rue Lecourbe que, depuis neuf ans (au fait, il y avait passé neuf ans de sa vie) il jugeait indigne de lui. Déjà, la poésie du passé. On rétrécit, on s'effrite. La peau de chagrin. Qui peut calculer de combien la mort d'un ami ampute notre capital de vie ? notre vie n'est pas réduite à nos quatre-vingts kilos de chair et d'os.

Et dans la salle à manger-salon à la table recouverte d'une nappe tachée (orangeade, thé et porto) Capitoline Onouphrievna met les couverts pour le dîner. « Comment ? pas d'autre nappe ? » — Elles sont toutes emballées, Youri Lvovitch. » — Vous la laverez ce soir. »

Sacha et Tala ont de grands yeux alarmés.

— Bon, bon, dit-il, j'ai entendu. *Elle* a ri. Et où est-elle ? » — Dans la salle de bains. » — Diable. Et puis, ma petite Tala, ta copine commence à me casser les pieds. Elle couche ici ce soir, d'accord, mais à partir de demain... » Il aime jouer aux ogres avec Tala : ces longs yeux d'aigue-marine qui s'alourdissent d'indignation désolée et méprisante — c'est fou, comme les enfants se croient intelligents et supérieurs aux adultes. « Bon, Tatiana Vladimirovna, je plaisante — bien que ce ne soit guère le jour pour de tels mots. Mais je crois que le mieux serait de faire venir un médecin. » — Oh oui, peut-être », dit-elle, rassurée.

... C'est que Victoria, finalement, avait réussi à manger. De petits bouts de pain trempé dans du vin coupé d'eau — (elle avait dit, avec un sourire rêveur et sans gaieté : on dirait la communion...). « C'est drôle, j'ai même un peu faim. » — Il faut te réhabituer progressivement. » Me réhabituer, Seigneur ! De nouveau, les sanglots l'étouffaient. « Je veux rentrer ! » —

550

Où ça ? il n'en est pas question. » — Mais je ne suis pas chez moi, qu'est-ce que je fais ici ? »

Elle savait bien que Mme Thal et Mme Zarnitzine et la princesse D. s'occupaient d'elle parce qu'elles la croyaient en danger, et que, même au retour d'un enterrement il est normal de soigner un malade — elle était malade, oui, *mais* — voyez, je mange, voyez je reprends des forces, vous me laisserez partir n'est-ce pas. « Partir ? regarde, il pleut à torrents. » Un orage, des éclairs blancs font frémir la fenêtre inondée, transpercent la lumière grise de la chambre. Victoria est couchée sur un large lit au chevet capitonné de satin bleu ciel, au-dessus de sa tête pend une ampoule nue entourée de roses et de lauriers en plâtre.

« On la laisse dormir »... dit Mme Zarnitzine. Mais non, elle a peur, elle ne veut pas dormir, non, l'instant d'oubli est passé, que fais-je ici ? elle se lève, non non, il faut que je rentre — elle se lève, elle fuit la chambre où il n'y a plus de lustre à perles bleues ni de glace vénitienne, où tout est faux, et qu'a-t-elle à se prélasser sur le lit de l'oncle Georges, elle va dans le salon où elle cherche en vain l'écran peint devant la cheminée et le grand vase bleu chinois d'où jaillissait jadis une gerbe de roses thé et de tulipes noires,

ils étaient là, c'est vrai, devant la cheminée, devant ce vase, Vladimir, Boris, et le vieux jeune homme qu'on appelait le « modéliste », oh ! et comme ils riaient fort. Et elle s'était sentie toute petite, insignifiante, les hommes ont des rires vainqueurs, insouciants, rien à voir avec nos petits rires bêtes, oh *lui* surtout — ce hennissement sonore — de *quoi* peuvent-ils bien rire ensemble ?...

Myrrha Lvovna, debout devant la table, dispose les verres vides sur un plateau de laque noire. Elle paraît terriblement fatiguée. Noire elle aussi, elles sont toutes vêtues de noir. En deuil. Moi aussi en deuil mais la robe n'est pas à moi. « Je veux rentrer. » — Arrête donc, ma fille, dit la princesse D. de sa voix éraillée. Et d'abord, va prendre un bain, vois dans quel état tu es. Tu pues. » Victoria pensait que cela n'avait plus la moindre importance. Elle prit cependant la serviette et le peignoir de bain que lui tendait Mme Zarnitzine. « Oh ! tu veux que je t'aide ? » dit Tala. « Et quoi encore ? tu me prends pour un bébé ? »

La salle de bains était longue, étroite, carrelée de noir et de blanc. Une glace couvrait la moitié du mur face à la baignoire, et l'étagère au-dessus du lavabo était surchargée de pots et de flacons de toutes les couleurs. Le jour du Nouvel An, Tala et Gala lui avaient expliqué : tante Sacha se maquille terriblement parce qu'elle a la peau abîmée, on lui a fait ça quand elle avait quinze ans. » — Oh !... qui a fait ça ? » — Sa mère. Pour que des soldats ne l'attaquent pas. C'était pendant la guerre civile. » Et Victoria, se regardant dans la glace, se disait : tiens, si j'en faisais autant ? avec de la cendre et de la chaux vive, comme Sacha — ou de l'acide sulfurique ? mais le visage qui du fond de la glace ovale fixait sur elle des yeux hébétés, lui semblait déjà assez laid. Amenuisé et enflé à la fois, nez, yeux et bouche alourdis, peau gluante — et puis c'est vrai, il paraît que je pue —

s'enduire de colle et puis se rouler dans de la cendre, dans une terre pleine de crottes de chiens et d'éclats de verre, m'enduire de goudron — tiens, me tailler la bouche comme l'*Homme qui rit*...

Ha ! laide comme le péché mortel. Non, la figure qui me regarde d'un air étonné n'est pas si laide. Elle me ressemble encore. Et si je prenais cette lame de rasoir pour me tailler les joues ?... non, ils vont dire que je suis dingue et m'enfermer.

De sa vie elle n'avait encore pris de bain — les douches municipales étaient bien suffisantes, et les éviers des cuisines. Dans cette grande baignoire blanche l'eau coule, de deux robinets brillants, une eau qui devient verdâtre, la baignoire est presque pleine — et si l'on se met dedans, comment se savonner ? Le verrou est bien tiré au moins ? Gênée de se sentir nue dans cette maison étrangère, elle se résout enfin à enjamber le bord de l'énorme cuvette d'émail blanc, à se plonger dans une eau tiède, qui, horreur, atteint vite le bord, se met à couler de tous côtés sur le carrelage noir et blanc, que faire ? ouf ! elle a trouvé le bouchon, ça se vide, s'aspire, le niveau d'eau baisse — et, du même coup elle se dit : si je voulais me noyer, si facile ! je me couche au fond, cette baignoire est si longue, j'y serais allongée comme dans un cercueil.

Il paraît qu'il est très difficile de se noyer dans une baignoire, à cause de l'instinct de conservation. La tête sous l'eau, les mains collées au visage, Victoria songe que ce serait simple, qu'il suffirait d'un effort de volonté, on boit la tasse, on se crispe pour ne pas se redresser... et elle se redresse, elle s'assied, la tête hors de l'eau, les cheveux collant à ses joues, comme si brusquement elle se souvenait de quelque chose de très important, qu'il lui faut absolument comprendre — mais quoi ? dans le grand miroir elle voit le bord lisse et blanc de la baignoire et une tête dégoulinante d'eau sur le fond du carrelage noir et blanc et de deux robinets bizarrement brillants — oh ! mais quel luxe ! que fais-je ici ? une voix crie : « Victoria ! Ça va ? » on frappe à la porte. Oui, ça va, dit-elle.

Elle se met à se frotter les cheveux avec une savonnette verte, et regarde l'eau devenir blanchâtre et trouble, de la mousse grise flotter autour de ses bras, oh mais cette eau est sale, ce n'est pas beau de se laver dans de l'eau sale, il faut tirer sur le bouchon ! le niveau d'eau baisse avec des glouglous bruyants, elle joue à remettre le bouchon, à refaire couler de l'eau, chaude, froide, chaude, froide, à plaquer la main contre les robinets pour faire gicler l'eau sur ses cheveux, se demandant ce que Vladimir dirait en la voyant prendre un *bain*. Oh sûrement il adorerait ce spectacle. Elle passe la savonnette verte sur ses genoux, et sous les aisselles et entre les jambes, et autour des seins et le long des bras, et roule les cheveux en torsade sur sa nuque et se remet à savonner ses jambes passe et repasse le savon sur sa cheville, et puis — oh ! — ça lui revient — un jour, c'était encore chez les Tchelinsky après son premier retour de l'hôpital... et pourquoi donc la trouvait-il, ce jour-là, peu « réceptive », oui c'est cela, il était en colère et lui faisait des reproches — oh avoue-le avoue-le que ça ne te dit plus rien... — Oh arrête, quand cesseras-tu de me prendre pour un objet de plaisir ? » — Tes *phrases !* et pour quoi veux-tu que je te prenne ? pour une corvée ? » Journée grise, il pleuvait sur les vitres, la bouilloire chantait sur le petit poêle de fonte, et ils étaient réconciliés après des reproches passionnés et des larmes, et Vladimir lui jurait qu'il lui ferait désormais la cour de façon tendre et intellectuelle, et lui expliquait l'éloquent érotisme de la fable *Le Laboureur et ses Enfants*... un *trésor* est caché dedans... mais voyons, c'est l'évidence même !... *ne laissez nulle place*

où la main ne passe et repasse...

labour, semailles ont de tout temps été des symboles sexuels, et, de plus, constate l'implication freudienne... *le père mort*, les fils — bref, c'est la levée des interdits... *de ça, de là, partout...* Et elle rit, elle éclate de rire, elle ne peut plus s'arrêter — elle rit, oh pour les idées saugrenues tu es un champion ! — Saugrenues, pourquoi ? il rit aussi et la main passe et repasse sur la cheville, et le long de la jambe. Les lèvres qui passent et repassent sur la nuque et le front, se plaquent sur le creux de l'estomac, montent vers l'aisselle, oh non, tu me chatouilles! — Ah! il est dit : ne laissez *nulle place*... et elle rit encore.

Ô cet éclat et éclaboussement, ce jaillissement de bonheur tendre et pur contre lequel le temps ne peut rien, car c'est *vrai*, rien au monde n'est plus vrai! ce langage par eux et pour eux inventé, et l'on s'y retrouvait si bien qu'à travers des semaines des mois on reprenait une phrase interrompue, un reproche, un éclat de rire, on y répondait comme si le temps n'avait jamais existé — *je ne sais pas l'endroit...* Comment! tu ne sais pas l'endroit? — Ô fille provocante, du coup je n'ai plus du tout envie de rire — elle essaie de rire encore, prise de vertige, non, dit-il, ouvre les yeux « ... *ô le morne, trouble feu du désir* ». Ô Seigneur, non je ne ris plus je ne rirai jamais plus! Où suis-je?

Car c'est un rêve. Et même un rêve assez bête. Assise dans une énorme baignoire pleine d'eau tiède, accoudée sur le bord lisse et froid, et se mirant dans une glace embuée, par-dessus un carrelage inondé où traînent une robe noire, des bas noirs et une culotte rose plutôt sale, et la pluie coule sur une fenêtre blafarde où se reflète la boule d'une lampe jaune, et — quelque part, derrière la porte, on frappe, on frappe, Victoria que se passe-t-il ouvre-moi! Mais ce n'est pas la voix de Vladimir — c'est pourquoi il ne faut pas ouvrir la porte — elle est nue, comme dans un rêve. Nue, et elle se regarde, prise tout d'un coup de pitié pour ce tendre corps à fraîcheur de porcelaine, ces deux seins insolents et naïfs si inutiles désormais, ces longues jambes rosâtres, floues dans l'eau trouble et bleutée

ô toutes ces incomparables merveilles, ces nénuphars ces mésanges et tourterelles blanches, et nacres et marbres roses et nuages crème lait dunes sables mouvants, ô nacre et perles et ruisseaux de miel, odeurs de pain frais airelles bourgeons duvet mousse d'or pollen herbes douces — tout ce qui vivait et chantait et s'ouvrait doucement au soleil — Sésame, Ile enchantée, jusqu'à l'étourdissement jusqu'au délire adorée — perdue à présent, détruite, triste chair dégoûtée d'elle-même et de sa dérisoire apparence de fraîcheur, ô si elle pouvait se couvrir d'ulcères !

Honteuse de cette beauté qui se dresse au milieu de la salle de bains, lumière de chair rose et blanche entre ces carrelages et robinets chromés et flacons de parfums et de fards... aussi dépourvue de vie que la robe noire (trempée) qui traîne par terre — ils ne savent pas que tout, à présent, est dépourvu de vie. Les seuls yeux qui voyaient sont fermés — ô ne ferme pas tes yeux ô regarde-moi — et ils frappent à la porte et elle s'enveloppe dans le peignoir de bains de Mme Zarnitzine, très grand, très long, moelleux, d'un rose orangé étrangement vif et que Vladimir eût sûrement aimé — oh une idée, la prochaine fois achète-moi une robe de cette couleur — la femme en rose-orange, aux cheveux mouillés roulés sur le sommet de la tête tourne entre deux miroirs et s'y reflète plusieurs fois.

Elles la regardent d'un drôle d'air. Oh c'est vrai, j'ai ri, ils me croient folle. Non, dit-elle, je ne suis pas encore dingue, je me suis simplement souvenue de quelque chose de drôle » et du coup elle éclate en sanglots. Revenue sur terre parmi ses semblables, alors qu'elle sait qu'il n'y a plus, pour elle, de « semblables ».

Ils se mettent à table. Ils dînent. Ils parlent du temps — cet orage... Bon, il est fini — mais il a duré longtemps quelles trombes d'eau... Et ce n'est pas encore complètement dégagé... Le ciel est rouge — non, là, à l'horizon... Sacha se penche par la fenêtre pour apercevoir, le long de la rue Lecourbe, un semblant d'horizon — sous le couvercle gris fer on voit des traînées de feu, des charbons ardents. — Enfin, ça aura rafraîchi la verdure. » Ils se demandent — sans en parler — si les tombes ouvertes avaient été comblées avant le déferlement des grandes eaux. A Meudon, dit Georges, le courant a été coupé, je me demande s'il est rétabli. » — Oh oui, dit Tala, chaque fois qu'il y a de l'orage on a des pannes d'électricité, tu te souviens, maman, les pannes au Cinéma du Val ? »

Tu te souviens maman. Assises côte à côte, la mère et la fille, et, pense Georges, on dirait deux répliques de la même statue, l'une fraîchement sortie de l'atelier du sculpteur, l'autre usée par les siècles d'intempéries, et, bien entendu, la plus neuve a l'air d'une copie bon marché de la première, et Myrrha était plus fine, plus (comment dit-on ?) *quaint* à dix-sept ans. Tala, pense-t-il, Tala n'a rien hérité de Vladimir (sinon ces cheveux, châtain foncé, qu'elle a eu la sottise de teindre en jaune) et c'est peut-être cette ressemblance trop évidente entre la mère et la fille qui les a rendues si étrangères l'une à l'autre, on a tendance à fuir un miroir qui vous renvoie une image de vous à la fois fidèle et fausse, car la petite Tala possède bien le visage de sa mère, mais pour le reste elle est une Thal jusqu'au bout des ongles — et aujourd'hui, par un hasard pervers, elles se trouvent dans le même camp, et peut-être, qui sait, vont-elles s'aimer ? enfin, s'aimer davantage ?

Comme on ne peut sans cesse parler de l'orage, on ne parle plus. Un dîner de soir d'enterrement, où l'on ne joue plus aucun rôle, il n'y a plus rien à faire, le pénible travail est terminé, l'apparence de vie quotidienne va commencer demain, ce soir ils campent autour d'un feu de bois mort. La princesse, Sacha et Myrrha vident distraitement un verre de vin après l'autre, et Georges boit aussi, pris d'une forte envie de se saouler, mais — en compagnie de femmes ce n'est pas drôle.

Quatre femmes en noir et une en rouge couleur de

flamme (le peignoir de Sacha); ses cheveux dorés tombant en cascades sur les épaules; seule tache de couleur vive dans le salon aux murs nus et aux fenêtres noires — le joli visage, le long cou émergeant du large col de velours orange, ont la blancheur fade et languide des lis fanés, diablement séduisante tout de même pense Georges. Elle lui est aussi sympathique qu'un scorpion, mais il ne peut défendre à Myrrha de soigner les scorpions malades. Nulle complaisance malsaine, chez elle, la bonté pure. Pour Tala c'est une autre affaire : ces tendres yeux timides, effrayés, que la petite lève sur l'amie vêtue d'orange assise à ses côtés.

Femmes, femmes. Même Myrrha. Leur complicité dans de sirupeuses tendresses, leur fraternité (*sororité* faudrait-il dire ?) — et l'*Autre*, là-bas, dans le grand trou de terre jaune gonflée d'eau, mesdames ? car vous êtes toutes, plus ou moins, de la race des mantes religieuses et trouvez normal que l'homme paie de sa personne et jusqu'au bout s'il le faut, et paix à son âme et Royaume des Cieux, on peut compter sur vous pour le pleurer...

Elle rit, elle a ri — et pleuré, et enroulé la robe rouge autour de son joli corps nu fraîchement lavé, joli à rendre les hommes fous (ce que les femmes ne comprennent pas), payé trop cher, mille fois trop cher.

Morne, muette, lasse. « Dites, les filles, il est temps d'aller vous coucher, vous ne tenez plus debout. » Il veut bien, à l'égard de Victoria, adopter une attitude avunculaire, feignant pour la forme de ne voir en elle qu'une camarade de Tala. « Je ne veux pas vous déranger... » dit Victoria, maladroitement, car depuis trois jours elle les dérange déjà autant qu'il est possible de le faire. « Tu dormiras sur le divan de Pierre, dit Tala, et moi je coucherai par terre sur le matelas de maman. » Elle joue à la fille hébergeant une camarade qui a raté le dernier métro, sa voix hésite entre une tristesse effrayée et une banale gaieté... Ô ce rire, elle l'a encore au fond du cœur, ce rire derrière la porte de la salle de bains, éclatant, clair comme le chant de l'alouette (comme si elle n'était pas seule, comme si quelqu'un était en train de lui raconter quelque chose de drôle et d'un peu bête — et le rire était tendre, admiratif, surpris, troublé, — Oh tante Sacha, tu entends ? » Sacha s'était signée. « Ô Seigneur, la pauvre fille », elles étaient collées à la porte et ne savaient s'il fallait frapper, appeler. — ... Maman, qu'est-ce que cela signifie ? » — Elle rêve, dit Myrrha. — C'est grave ? » — Bien sûr, ma chérie, comment veux-tu que ce ne soit pas grave ? »).

Elles se retirent dans la chambre de Myrrha, Tala tire par terre le matelas de sa mère, étale des draps, cherche parmi les chemises de nuit la plus grande — Tiens, tu veux que je t'apporte de l'aspirine ? » Victoria se redresse, le visage un instant animé. « Oh oui, oh oui, je veux, et un verre d'eau. »

Et Tala, partie, elle court à la fenêtre, l'ouvre toute grande, la fenêtre donne sur une assez vaste cour carrée, des lampes jaunes brûlent dans les appartements d'en face, le ciel au-dessus des cheminées noires est d'un gris rosâtre, brumeuses lumières de Paris reflétées par des nuages bas. Et elle se souvient brusquement de l'histoire d'un enfant tombé du troisième étage et resté indemne... ici, c'est le quatrième, mais ce n'est pas assez haut.

Et Tala revient, avec son verre d'eau et son aspirine.

Hier encore je voyais son visage (mais hier n'existe plus) ce matin je l'ai vu, avant qu'ils ne lui vissent le couvercle dessus, ils disaient tous changé changé, mais j'aurais pu le regarder changer bien davantage, quoi, il peut le supporter et moi je ne le supporterais pas ? Ils me l'ont enfoui dans une terre lourde — et pourquoi croyaient-ils que je ne supporterais pas de le voir se

couvrir de taches plus sombres encore ?... Oh cinq
cents kilos de terre, peut-être même une tonne, ce trou
est si profond !

Cette pauvre fille qui s'accroche à elle, « mais laisse-
moi, Tala, Taline, j'ai mal à la tête. »

Elle avait dormi. Le réveil était un choc semblable à
celui qu'éprouve un homme insouciant qui se voit
brusquement condamné à mort — sans raison. Et il
pousse des cris affreux à entendre qui ne sortent pas de
la gorge mais des entrailles. Entourée d'yeux guetteurs
elle n'avait pas la ressource de pousser un cri — (qui
malgré tout soulage) — au cours de ces derniers jours
où le temps avait perdu son revêtement habituel
(heures, minutes, matin, soir) et s'était désagrégé en
bouillie informe sans couleur ni limite — en ces
quelques jours il lui semblait que depuis une éternité
elle connaissait l'horreur de ces réveils et craignait de
s'endormir.

Un sommeil presque sans rêve, aux côtés d'un
Vladimir fatigué, harassé par la toux, un peu bougon,
oh tes ronflements... tourne-toi. Il était brûlant, il se
retournait la repoussant vers le bord du lit, et c'était
bon et rassurant de le sentir si agité ; elle soupirait,
mais gentiment, et cherchait à enfouir son visage dans
le creux de l'épaule de Vladimir, ou contre les côtes
manquantes (il fut un temps où cette place vide n'était
pas encore dangereuse à toucher, et où il disait : c'est
fait exprès pour que je t'aie plus près de mon cœur) et
elle était à l'abri comme un poussin sous les ailes de la
mère poule. Tout en sachant que quelque chose de
grave était arrivé. Un malentendu. C'est cela : un grave
malentendu. ... Elle avait eu un choc. O si tu savais ! je
te raconterai tout demain . . . .

Et puis ce fut le réveil. Dans une chambre inconnue,
sur un matelas étalé par terre. Une chambre étrange,

sans rideaux aux fenêtres. Et le soleil à travers les volets projetait des rayures claires sur un mur où des traces de tableaux, d'étagères, formaient des rectangles jaune foncé sur un papier jaune pâle. C'est le réveil qui est un rêve ? je n'ai jamais vu nulle part de chambre pareille ? Serrée contre elle une mince fille à cheveux jaunâtres et ébouriffés, en chemise blanche à petites fleurs bleues, dort et renifle doucement dans son sommeil. Et tout le corps lui fait mal, de sentir cette chaleur étrangère, cette chaleur menteuse, une tricherie, ce n'est pas lui ! Et avant même qu'elle ait eu le temps de se souvenir l'épouvante mortelle lui a déjà glacé les entrailles.

« Que fais-je ici ? je n'ai rien à faire ici. » — Nous verrons, lui dit doucement Mme Thal, nous verrons, nous trouverons une solution. » Ils sont tous pâles et épuisés, Tala et sa mère ont les yeux rouges, même l'oncle Georges a les yeux rouges. Myrrha couve sa fille d'un regard où une maternelle inquiétude perce à travers la fatigue. « Bois ton café, il va refroidir. » Et Tala lui sourit tendrement, avec l'indulgence infinie des jeunes pour les vieux, maman le pauvre ange trop terrestre. Avec son café. « Oui, je vais le boire. » — Si tu veux que je te le réchauffe... » — Non, reste tranquille. » Elle lance un coup d'œil timide et furtif sur Victoria qui, assise en face d'elle, emmitouflée dans le peignoir couleur de feu, placide, examine les feuillages dentelés tissés en blanc sur blanc sur la nappe damassée.

Elle a déjà bu son café, en deux lampées, et tenté d'avaler deux bouchées d'un croissant. Toute honte bue. C'est vrai : ces gens devaient la détester. Elle leur avait fait du mal. Elle leur causait des ennuis, elle les gênait, buvait leur café, mangeait leurs croissants, portait leurs peignoirs, dormait sur leur matelas. Elle ne leur avait rien demandé n'est-ce pas ?

— Tala. Dis. Nous irons à l'atelier. Tu veux bien ? »
Car elle sent qu'on ne la laissera pas sortir seule. — Oh
non, dit Tala, effrayée. Pourquoi ? » — Chercher mes
affaires. » C'est une ruse. Elle le sait, Tala serait
contente. « C'est vrai, tu vas rester quelques jours chez
nous, en attendant ?... »

... Non, je ne veux plus de cette robe qui n'est pas à
moi. » — Comment, dit Tala, tu en mets une *rouge ?* »
— Quelle importance ? C'est celle qu'il aimait le plus. »
— Oh oui, je te comprends. »

— Tala. On va au cimetière ? » — Oh oui. Nous
prierons ensemble. »

— Tiens, je reprends mon sac à main. J'ai encore des
sous, je te paierai même l'autobus. »

— Mais j'ai aussi de l'argent ! » — Comme tu veux. »
Tala a presque peur de l'avoir vexée.

— Tu auras la force ? » — Oh oui, je me sens très
bien. »

Tala pleure, assise sur le lit. Le lit vide. Elle retrouve
brusquement l'horreur de la veille, le cercueil, les
tréteaux, les monceaux de fleurs enveloppés dans le
drap noir, le grand coffre de chêne passant par la porte
ouverte — *les pieds devant* — le saisissement muet des
femmes en noir, et les brefs sanglots de grand-père.
« Je n'y crois pas, je n'y crois pas encore. »

Et qui peut y croire ? Il y a *seulement* trois jours.
Quatre jours. Sur ce même lit allongée, près d'un corps
débordant de vie (et elle le savait « condamné » mais il
était plus vivant que moi, que le monde entier, puisque
aujourd'hui son absence de vie est la seule chose qui
pour nous soit vraie. Papa je n'ai même pas su te dire
que je t'aimais). Le chevalet. Boris Serguéitch qui ne
cessait de dire : trois heures *avant* il était encore
debout, accoudé à ce même chevalet !... Plaqué contre

le mur, le chevalet à haute barre verticale, sur ses quatre forts pieds à roulettes, la barre horizontale, en croix, à hauteur d'un coude d'homme — encore blanche de la cire fondue des trois cierges.

« Allez tu viens », dit Victoria. — Tes affaires ? » Elle bat des cils comme si elle ne comprenait pas. « Ah oui. Eh bien, on viendra les chercher après. »

« Tu veux bien, dis ? Tu es chic. » Car on leur avait dit, rue Lecourbe, de ne pas trop s'attarder. Oui, nous irons à la tombe. Ensemble. Rien que toi et moi, Victoria. Nous les deux qui l'avons le plus aimé. Je ne te lâcherai pas d'une semelle, je te garderai.

« Tu vois je suis calme, dit Victoria. Tu vois je ne pleure pas. » Elle a les yeux cernés de gris, et les prunelles bleu océan semblent trop grandes, comme si l'on avait mis dans ces orbites les yeux d'une autre personne. Mais sa bouche lourde et rosâtre est presque souriante. Un sourire machinal, avec un peu — très peu — de malice aux coins des lèvres. « Alors tu viens ? »

« Victoria. Je t'aime. »

Victoria repousse le bras qui veut l'enlacer, avec une douceur distraite, on écarte ainsi une branche verte sur un sentier étroit, elle passe, elle va vers la porte.

Et elles descendent l'escalier du métro Raspail, la fille en robe rouge corail et la fille en robe bleu marine, non c'est moi qui achète les billets — non, c'est moi ! — Ne sois pas bête, quelle importance ? Victoria paie. Tu vois : j'ai cinquante francs sur moi. Je suis riche, hein ? Elle a un petit rire sec.

O vivement, pense Tala — que nous soyons *là-bas*. Sur la tombe. Toute trempée après les orages d'hier. Puisqu'elle veut y aller avec moi. Nous y resterons jusqu'à l'heure de la fermeture du cimetière, tant pis si les autres s'inquiètent, ils n'auront qu'à nous y chercher. Et même s'il pleut encore, tant mieux...

... Et au moment où le portillon commence à glisser, Victoria saute sur le quai, et les deux plaques coulissantes se rabattent sur leurs montants en caoutchouc et la rame s'ébranle. Et, une seconde, Victoria voit à travers la vitre le visage de Tala, tout flou tout décomposé par la terreur, comme une face de noyé vue à travers une eau qui bouge. Ses yeux bleu pâle sont si fous qu'un instant Victoria se dit: misère, elle va tirer la sonnette d'alarme.

Mais la rame, dans le claquement des roues, s'éloigne, et ses feux jaunes disparaissent dans le tunnel noir.

Seule sur le quai et prise d'une peur soudaine, Victoria regarde les feux disparaître et suit des yeux la ligne des rails qui se perd dans le noir du tunnel entre deux ampoules pâles qui guettent à l'entrée. Et elle se met à courir. Pauvre Tala. Elle pense pauvre Tala. Je lui écrirai.

Il fait lourd sur le Marché aux Fleurs, les massifs de troènes, de lauriers-roses, de fougères sont tout frais et scintillent par endroits des gouttes d'une pluie récente, et les trottoirs sont mouillés, et dans de hautes boîtes de fer cylindriques, écaillées et rouillées, des bouquets de soucis, d'anémones, de glaïeuls, d'œillets, de pivoines, de bleuets, de reines-marguerites, de tous côtés vous assaillent parmi les jarres, les pots de fleurs, les petites chaises pliantes des marchands, les arbustes en caisses peintes en vert, les auvents de toile goudronnée soutenus par des bâtons.

Une énorme gerbe de lis étalée par terre au bord de l'étroit passage, sur un tapis de gros feuillages vert foncé. Hé mademoiselle, ne marchez pas dessus ! Une vieille femme toute sèche en tablier noir à petits pois blancs tresse une couronne mortuaire, elle pique dans un lourd cerceau de paille des roses rouges et des roses blanches.

Tant de fleurs, un vrai cimetière. Et Victoria passe devant la Préfecture de la Seine, ô le plus sinistre des bâtiments, c'est vrai ma carte d'identité est périmée depuis onze mois. Elle sait qu'elle doit *encore* faire quelque chose. Quoi ?

... Ecrire. Oui, rien à faire, il le faut. Tant pis. Le cœur si lourd d'impatience, le souffle coupé, comment trouver la force d'écrire ? Elle s'installe dans un café rue du Cloître Notre-Dame, entre deux magasins de souvenirs aux vitrines bariolées où des Vénus de Milo minuscules se dressent en files indiennes parmi des Joconde en petits cadres dorés, des Tour Eiffel en bronze cuivré, des écussons bleus et rouges « fluctuat nec mergitur » le petit bateau à trois mâts de Paris. Et par liasses accrochés sur des pinces les horribles gamins de Poulbot et autres, à nez rouges et grosses lèvres, et des femmes nues à seins et fesses roses comme des bonbons, et des vues de la cathédrale Notre-Dame.

Sous des auvents orange d'où tombent encore des gouttes de pluie. Garçon s'il vous plaît de quoi écrire. Un café. Un grand. Le garçon, homme sec et long à visage de tortue, en tablier blanc par-dessus sa veste rayée de noir et de gris, lui apporte un encrier en verre tout encrassé et un vieux porte-plume au bois imprégné d'encre violette. « Il me faut du papier ! » — Ah bon, dit-il, maussade, je pensais que c'était pour envoyer des cartes postales. » — Non, des lettres. ». De mauvaise grâce il va chercher derrière le comptoir quelques feuilles de papier jaunâtre à rayures et des enveloppes grises.

A la table voisine un groupe de touristes anglais. Ils rient fort et discutent et Victoria ne comprend pas un mot à ce qu'ils disent (moi qui croyais savoir l'anglais) ils ont la bouche pleine de bouillie, sont-ce bien des voix humaines ?

Que fais-je là ? Bizarre. Je ne pense à rien. Je ne sais rien. Je ne sens rien. Il faut tout de même me rappeler ce que je dois écrire.

« A Monsieur le Préfet de Police. Monsieur le Préfet, je déclare mettre volontairement fin à mes jours. Qu'on n'accuse personne.

Victoria Klimentiev. »

Cela, c'est encore facile. Mais à Tala ? O s'ils savaient ! Ces sifflements, ces courants d'air dans une tête plus vide que les millions de millions d'années-lumière ! Il faut me rappeler qu'il existe encore des gens sur la terre.

Et qui sait — si je m'attendris, si j'arrive à retrouver —
des souvenirs —
et retourner parmi eux —

« Chère Tala (non, elle barre) — Taline — ne m'en veux (non, *veuille*) pas. Je ne peux pas faire autrement. Je voudrais bien t'expliquer mais je n'ai pas le temps.

« Voilà : on ne peut pas *aux choses de l'amour mêler l'honnêteté.* Vivre en sachant que je ne le reverrai pas est tout à fait impossible. Tala (elle barre) Taline, dis à tout le monde que lui, il voulait que je vive. Qu'on ne dise pas du mal de lui. Il voulait, parce qu'il ne comprenait pas encore. Je ne suis pas lâche, je sais ce que je fais. C'est pour le mieux.

« J'essaie même de réfléchir. Tu vois, je ne suis pas un morceau de viande. Si tu savais comme je me sens libre maintenant ! Pardonne-moi de t'avoir menée en bateau. Je t'embrasse très fort.

Victoria. »

Et elle pensait que cette lettre était plate et vide, mais les pensées fulgurantes dont elle sentait la présence autour d'elle passaient au-dessus de sa tête, très loin, elle se voyait prise dans des faisceaux d'éclairs qui faisaient voleter des flammes sur les deux couples d'Anglais, sur les étalages bigarrés de la boutique aux Souvenirs, sur la pierre gris-noir de la tour — de l'autre côté de la rue — la tour, les marches, la petite porte noire. Des gens y pénétraient, après avoir gravi les quatre marches, et elle pensait que c'était drôle : ils s'engouffrent tous dans le grand précipice et ne le savent pas.

Une dame en robe bleue avec deux petits garçons en blazers verts et à joues rouges. Un long jeune homme en costume de tweed roux avec grand appareil photographique en bandoulière sur l'épaule.

Il faut payer un franc cinquante au petit guichet sale et gris, pour le droit de monter au ciel.

. . . .

Tala tournait en rond dans les couloirs de la station de métro Denfert-Rochereau, et ne parvenait pas à trouver la sortie. Direction Etoile, direction Nation, Ligne de Sceaux, Luxembourg, Porte d'Orléans, Porte de Clignancourt, la Sortie —

la sortie — et elle se retrouvait sans cesse sur des quais, et des portillons automatiques se refermaient sur son nez, et des barres de fer rabattantes heurtaient ses cuisses : elle voulait sans cesse passer dans le mauvais sens, comme un oiseau en cage elle voletait, courait, et partout des portes fermées et des couloirs ne menant à rien. La fille en robe rouge restée sur le quai. Droite, hâve, une vague lueur de triomphe dans ses yeux entourés de cernes noirs. Perdue à jamais, Tala le savait. A jamais. A jamais. A jamais. Pas la peine de courir, Paris est grand

mille chemins ouverts y conduisent toujours

les autobus, les quais de métro, la Seine, les tours de Notre-Dame, la tour Eiffel, les quais des voies ferrées, et même la rampe de l'atelier désert : les barreaux de la soupente au-dessus du grand sommier.

Appeler au secours, mais qui ? Elle n'avait presque plus envie de sortir du labyrinthe. Et elle se retrouvait, par magie, dans un escalier qui menait enfin à l'air libre, et devant l'ancienne Douane elle regardait les voitures filer sur l'avenue d'Orléans, et le Lion de Belfort se dresser, verdâtre et inutilement menaçant, au milieu de la place, sous un ciel de nuages gris fendus par des déchirures de ciel bleu. Et les arbres du boulevard Arago et du boulevard Port-Royal étalaient des frondaisons insolemment vertes après la récente pluie.

Un écriteau noir et poussiéreux signalait l'entrée des Catacombes de Paris et indiquait les heures des visites. Et près de la grille de la bouche de métro une grande femme à visage couperosé, devant son étalage-charrette calé par des bâtons, empilait sur le plateau de cuivre de sa balance de grosses pêches roses violacées verdâtres, deux francs seulement le kilo, *deux francs !*

« ... Vous cherchez quelque chose, Mademoiselle ?... » elle entend la voix, elle ne voit pas la personne. Un éblouissement ? tout se dédouble. C'est une femme qui a parlé, une dame en gris aux yeux compatissants. « Non, rien, dit Tala, rien rien », pour expliquer son allure étrange elle ajoute : « mon père — a été enterré — hier » — et en retire un poignant et mesquin plaisir, oui, qu'on la plaigne, mon père — a été enterré —

a Thiais. Je voulais. Nous voulions — aller à Thiais. Elle ne le dit pas, bien sûr. Ses lèvres remuent sans bruit. Et dire que c'est déjà un *vieux* malheur.

Quoi ? Courir vers cet agent debout au milieu de l'avenue avec sa pèlerine et son bâton blanc ? Au secours, M. l'Agent, faites chercher à travers Paris une jeune fille blonde en robe rouge clair, en escarpins noirs, avec un sac à main en toile cirée blanche !

Faites-le signaler, crier par tous les haut-parleurs à

travers tout Paris, il faut sauver une vie, on mobilise-
rait des milliers d'hommes on dépenserait des millions
pour sauver une vie, il *devrait* y avoir moyen ! Et je ne
sais même pas où elle est allée.

Elle court à tout hasard sur le boulevard Raspail,
elle court alors qu'il n'y a plus aucune raison de courir,
une petite chance une toute petite chance, elle est peut-
être retournée villa d'Enfer ? Elle veut peut-être se
pendre ? Sur les barreaux de la soupente ? Mais,
malheur, c'est elle qui a la clef.

Tala frappe à la porte de M. Schwartz, il la voit si
essoufflée qu'il prend peur. A eux trois — Schwartz,
Tibor (le Hongrois) et Tala, ils parviennent à faire
jouer la serrure, pas très solide. Donc, elle ne s'est pas
enfermée au verrou. Donc, elle n'y est pas. Dans
l'atelier déserté une valise traîne au pied du grand lit,
ouverte, pleine de robes, de combinaisons, de culottes
de femme pliées à la hâte. La robe de marocain noir de
la princesse est étalée en travers du matelas rayé de
blanc et de gris, qui garde encore, en son milieu, la
longue empreinte droite du cadavre. Par terre, quelques branches d'asparagus et de lauriers, des pétales
de fleurs fanées.

« Elle voulait aller au cimetière. » — Dieu le veuille,
dit Schwartz. Une fois sur la tombe elle s'apaisera
peut-être. Que peut-elle y faire ? Elle n'a pas le rasoir. »
A croire que le rasoir est le seul danger. « Non, dit
Tala, elle n'y sera pas allée. Que faire dites-moi ? La
police ? » — La police, dit Tibor, ne vient qu'après
coup. »

— Ne vous affolez pas, dit le pauvre céramiste, mais
son visage fripé frémit de tics. Vous savez : elle a
survécu trois jours. Quoi qu'elle veuille faire, elle
hésitera. »

La ville est immense — les mille rues, les tunnels des
métros, les dizaines de milliers d'escaliers menant à

des étages supérieurs, de n'importe quel escalier de
service on peut se jeter dans une cour, de n'importe
quelle berge, n'importe quel pont se jeter dans la
Seine — à n'importe quelle station de métro... et Tala
voit défiler tout cela dans sa tête, à une vitesse
effrayante, tout Paris à vol d'oiseau, les roues de
centaines de voitures, d'autobus, de tramways, de
rames de métro — d'Auteuil à Montmartre, de l'Etoile
à Vincennes — dans le fracas et les cris, ils freinent trop
tard... O faites quelque chose, supplie-t-elle, ô ce sera de
ma faute, je l'aurai tuée, je ne devais pas la lâcher ! —
Rentrez chez vous, lui dit Tibor, elle y sera peut-être. Elle
y reviendra. Elle n'a pas où aller. » — Moi, dit Schwartz,
je guetterai ici. Rentrez, rentrez. »

Tala, debout entre les deux hommes, si pâle et si
vieillie tout d'un coup qu'elle semble être une réplique
de sa mère (même Schwartz le remarque), se griffe les
poignets de ses longs doigts minces. Les yeux arrêtés
pareils à deux glaçons. Elle murmure : la tour Eiffel ?
Notre-Dame ?... le Pont Mirabeau ?...
. . . .
Victoria montait les escaliers à vis. Lentement, car
son cœur battait si fort que ces battements se répercu-
taient dans ses jambes et cela faisait mal aux genoux et
versait du plomb dans les chevilles. Et des touristes la
dépassaient, les jeunes enjambant les étroites marches
de pierre quatre à quatre, et la bousculaient au
passage, et elle serrait le sac à main en toile cirée
blanche contre son cœur pour calmer les terribles
battements.

Des cloches des cloches, tout le corps un énorme son
de cloche, cet escalier ne finira jamais, il lui semblait
n'avoir plus qu'un désir dans la vie : atteindre la fin de
cet escalier. Et de temps à autre par une fenêtre étroite
à profond rebord de pierre blanchâtre, elle apercevait
quelque chose qui avait dû jadis ressembler à des

bouts de nuages gris et de ciel bleu, et à de longues enfilades de toits gris ardoise se perdant dans un horizon bleu acier.

Où vais-je donc ? Cela s'appelle-t-il la montée du Calvaire ? « Dis donc, ce n'est pas fini ? crie quelqu'un. Je n'en peux plus, ils devraient faire des ascenseurs ! » « Jean-Pierre ! Attends-nous voyons ! »

Sur les longues et étroites terrasses à balustrades de pierre, où sur d'énormes socles se dressent des monstres suspendus au-dessus des abîmes, Victoria regarde les deux couples de touristes anglais tout à l'heure aperçus au café, les deux femmes en robes vertes et les hommes en imperméables couleur de pierre, et ils ont l'air ravis, ils parlent — dans leur langue qu'elle ne comprend plus — et elle se dit que bientôt elle ne comprendra plus jamais aucune langue. Le jeune homme en tweed prend des photos, quelle belle visibilité. « Toujours, après l'orage. » — Oh ! dis, regarde ! Le Sacré-Cœur, on le dirait tout près ! »... « Comme la Seine brille ! De l'argent. »

Que font-ils ici ? je veux être seule. Dans un encorbellement de la galerie haute, entre deux chimères — je ne les imaginais pas si grandes. O mon tendre amant mon bonheur, ne me quitte pas ! Tout à l'heure je serai comme toi, pareille à toi ; il ne me faut rien d'autre.

Vi tu ne vas pas me faire ça.

Victoriette.

O je t'aime tant, ne sois pas galant homme ! Nous ne vivrons pas séparés tu le sais aussi bien que moi.

Et à travers des cris stridents qui montent de tous côtés de grands trous béants elle entend le seul rire vrai, la seule voix. Ses yeux sont là ô ton drôle de regard un peu de travers tes yeux faits d'or roux et d'étincelles noires seule lumière au monde, à quoi me servirait de vivre sous des soleils morts ? Tous les soleils sont morts, tel que je te vois sans te voir tu es

571

encore lumière et rayons à côté de tous ces pâles écrans de cinéma qui me défilent sous les yeux.

Accoudée, coincée à la haute balustrade de vieille pierre poussiéreuse — si large qu'il faudrait grimper dessus, s'asseoir — pourquoi pas ? ces deux garçons l'ont fait, avec leurs blazers vert foncé. « Jean-Pierre ! Jean-Pierre, descends ! » Moi, personne ne me criera dessus. Je peux même me retourner et laisser pendre les jambes à l'extérieur, ils ne me diront rien. Je suis une adulte.

(Elle ne se rend pas compte qu'une des femmes anglaises la regarde avec surprise et inquiétude — dangereux, tout de même, ces jeunes Françaises, si *reckless*...)

Et ainsi installée, l'épaule gauche calée contre un monstre à tête d'énorme chat famélique qui dévore un bizarre animal long comme un os — les jambes pendantes au-dessus de ce qui semble être un précipice assez amical : de toutes petites vieilles rues grises, une minuscule place où des voitures-jouets et des grappes de petites poupées vivantes s'agitent autour de la petite statue de Charlemagne sur son cheval... Installée bien à l'abri et sûre d'elle elle commence à respirer.

Le monde à l'envers. Vertige. Car c'est vrai, je n'ai pour ainsi dire pas mangé depuis trois jours.

Les mains crispées sur le petit sac blanc. Contre les seins, ô nénuphars dunes chaudes oiseaux captifs, vivant encore et palpitant dans mes reins le puits de soleils, les jambes suspendues au-dessus du vide ont le vertige toutes seules, la langueur douce monte aux genoux, au ventre, et gagne le cœur

ô c'est effrayant n'est-ce pas mais je n'ai pas peur. *Pourquoi Victoria ? Pourquoi*, Victoria ? Je suis Jean-Baptiste prends ma tête.

Fais-en ce que tu veux. *Pourquoi*, Victoria ? Comme ça. Je t'ai vu dans la rue et je t'ai aimé.

Des cris stridents et des feux. Je ne vois plus que des feux, le brasier de mille cierges autour de toi, ta dernière fête et une tonne de terre jaune par-dessus toi. Je ne les laisserai pas faire cela, je ferai de telle sorte que cela ne soit plus vrai, tu vas voir. Tout à l'heure tout de suite.

Là sur moi dans moi autour de moi dans tes bras dans le soleil dans les mille cierges — *ô entendre ton rire encore une fois !*

O quel Vertige

    Vladimir

       rattrape-moi

O quels cris quels cris je m'envole je vais voler j'ai peur — tout est rouge et or trente-six chandelles ! ! ! ! !...

Sa tête a heurté quelque chose d'énorme et de dur son crâne éclate, bang ! *La Nuit.* Une seconde elle entend des hurlements terribles — là-haut — des hurlements d'horreur

. . . .

Evanouie, la tête en sang, elle culbute par-dessus des pierres rêches, le corps vêtu de la robe en mousseline de coton rouge corail flotte une seconde, soutenu par l'épaisseur de l'air, et se met — vite — vite — de plus en plus — en spirale — à gagner du poids à s'engouffrer vers la place du parvis.

Une seconde de plus et il file comme un bolide et de la place montent des hurlements

d'une centaine de bouches, en un seul cri de terreur comme si une seule bouche gigantesque criait. De terreur folle. Puis c'est un immense râle d'horreur

mais Victoria épargnée (par le coup reçu sur le premier contrefort) n'entend rien.

Les touristes, les agents, les passants, les chauffeurs des voitures pendant quelques interminables secondes voient la mince fille en robe rouge grandir monstrueusement et de frêle poupée d'arbre de Noël se changer —

passant en trombe devant la galerie des Rois, devant le Portail du Jugement Dernier — en grande fille vivante qui fonce comme un bolide vers le parvis

les pieds pendant en bas et la jupe légèrement soulevée en l'air, dérisoire parachute — et les groupes disséminés sur la place fuient, terrifiés, vers la Préfecture, vers le square, vers le monument de Charlemagne, des dizaines de mains se portent vers des yeux déjà fermés d'horreur, il y a embouteillage, des voitures klaxonnent.

En plein midi en plein jour — un inhumain craquement, clapotement sifflement giclant noyé dans cent cris stridents comme d'une seule bouche arrachés de cent bouches.

En plein jour sur le parvis une énorme étoile de sang. Autour de quelque chose qui a jadis porté une robe rouge. Et des agents de police — ils sont une quinzaine — pâles, mâchoire tremblante, écartent la foule qui, oubliant l'horreur, s'avance

atroce curiosité

Circulez circulez circulez nom de Dieu.

. . . .

Et ceux qui ramassaient les débris et les disposaient sur une civière rouge de sang constataient qu'il devait s'agir d'une femme très jeune, à longs cheveux blonds, et parmi les os brisés du thorax trouvaient une alliance d'homme suspendue à un ruban noir.

Seul moyen d'identification? A l'intérieur de l'anneau d'or sont gravés deux prénoms bizarres : Bragumip-Muppa, 1920. Un des agents dit c'est de l'alphabet cyrillique, ce doit être Vladimir-Mirra.

Puis quelqu'un rapporta un petit sac à main en ciré blanc, égaré au moment de la chute et échoué au pied de la tour. Là, il y avait des papiers d'identité, et deux lettres non timbrées mais portant des adresses.

Et ainsi les journaux du soir, en ce vendredi à la

veille du week-end de l'Assomption, annonçaient un dramatique suicide place Notre-Dame, et publiaient en première page la photographie (prise sur la carte d'identité) de Victoria Klimentiev, âgée de dix-huit ans, étudiante, réfugiée russe, née à Yalta —

Domicile — 2, rue A. V., Paris XVe, où des journalistes en hâte s'étaient rendus. Les parents ? — M. Clément n'est pas encore rentré de l'usine. Mme Legrandin pleura beaucoup, et se laissa, entre ses larmes, soutirer ce qu'elle savait de l'histoire de Victoria. Laquelle histoire était contée assez longuement dans *Paris-Soir*, *l'Intran*, *l'Ami du Peuple*, en attendant de l'être dans *Paris-Dimanche*.

Rassemblée par des mains expertes, lavée de sa gangue de sang séché et noirci, les os du crâne remis en place de façon à donner à la face brisée l'apparence d'un visage, et ceux des bras et des jambes étirés sans art

dans son long et étroit cagibi blanc et glacé, couchée sur un chariot blanc et recouverte d'un drap, la fille aux cheveux d'or tant bien que mal lavée reposait nue, sans autre parure que l'anneau d'or replacé entre deux seins pareils à des grenades éclatées, dont la peau par endroits intacte était blanche comme de la craie. Et le visage mutilé semblait être celui d'une femme battue à mort — de l'intérieur battu, par les bouts d'os éclatés ; couvert de plaies et de bleus noirs, nez brisé, lèvres ouvertes sur des dents par hasard intactes. Et c'est ainsi qu'on la tira de son cagibi blanc dans la longue salle froide aux cinquante autres portes basses derrière lesquelles d'autres corps refroidis reposaient sur d'autres chariots.

Parce que l'homme appelé, au retour de l'usine, à ce rendez-vous — accompagné de deux amis qui lui tenaient les bras — devait *identifier*, telle est la loi, la nommée ou présumée Victoria Klimentiev.

Les policiers en bleu marine et les employés de l'Institut Médico-légal en blouses blanches — qui avaient maintes fois assisté à de semblables confrontations, parfois à de plus cruelles encore — détournaient les yeux, pudiquement, comme ils en avaient l'habitude. Et l'homme se tenait debout devant le chariot recouvert de drap blanc, et c'était un homme jeune encore, au visage long, blafard et dur, et aux yeux de poisson mort. « Ça va, Klim, ne regarde pas. Nous reconnaîtrons. » Il regarda quand même.

Ranimé, installé sur la banquette du café face au Pont d'Austerlitz. Cognac. Rhum ? Bois, assomme-toi.

— Le salaud, il dit. Il me le paiera. » — Il a déjà payé. »

— Tu parles. S'il y a un Enfer je le retrouverai en Enfer. »

. . . .

« ... *Le secret de Victoria K. la jeune désespérée de Notre-Dame. Elle ne voulait pas survivre à Vladimir T.*

« Au lendemain des funérailles de l'homme qu'elle aimait, un jeune poète émigré russe, mort de tuberculose, Victoria a décidé de mettre fin à ses jours. Elle a couru se jeter du haut de la troisième galerie de la cathédrale, après avoir écrit une lettre d'adieux à Tatiana T., la sœur du défunt.

« La petite étudiante, dont ses amies Mme L. et Mme M. nous ont décrit la rare beauté et les dons pour les études, était la fille unique d'un Colonel de la Garde du Tzar, aujourd'hui modeste ouvrier. Ne pouvant épouser Vladimir T., déjà marié avec Muppa L. elle avait quitté la maison paternelle bravant la colère des siens... »

« ... Agée de dix-huit ans, Victoria Klimentiev s'est donné la mort par désespoir d'amour. Le père de la malheureuse nous a déclaré : cet homme (Vladimir T.)

576

l'a assassinée aussi sûr que s'il l'avait lui-même poussée du haut de la tour. »

« La jeune fille dont le spectaculaire suicide a ensanglanté en plein midi, presque à la veille de l'Assomption, la place du Parvis-Notre-Dame, était une étudiante d'origine russe, Victoria K. Son geste désespéré est attribué à un chagrin d'amour. »

Victoria eut droit à une vingtaine d'échos, de vingt-cinq à cinq lignes, dans tous les journaux de Paris et même de province. Et à un enterrement solennel, avec messe et déploration à la cathédrale Alexandre Nevsky, rue Daru — car frappés par la brutale horreur de cette mort à grand spectacle les anciens officiers d'artillerie et de cavalerie de l'armée de Koltchak, et les anciens de Gallipoli s'étaient cotisés pour offrir à Alexandre Klimentiev (que certains connaissaient) une somme de deux mille francs ; et l'accord du Métropolite fut obtenu sans peine, étant donné l'âge de la morte : il fut déclaré que la jeune fille avait agi en état de déséquilibre mental.

Son cercueil, couvert d'un drap blanc comme celui d'une vraie jeune fille, fut exposé sous la coupole de la cathédrale entre quatre herses où brûlaient des dizaines de cierges, et sur le long couvercle et au pied des tréteaux s'amoncelaient des bouquets de fleurs blanches. Klim n'avait pas beaucoup d'amis. Mais beaucoup de curieux et d'étrangers émus s'étaient dérangés pour rendre hommage à la petite suicidée de Notre-Dame.

En retrait d'une assistance nombreuse d'inconnus, Piotr Ivanytch Bobrov, Hippolyte Berseniev, Boris Kistenev, Irina Landsmann, Vadim et Sophia Grinévitch, Ragnid et son Américain, Georges Zarnitzine, se tenaient derrière le lourd pilier de l'entrée.

Mais près du cercueil Klimentiev se dressait seul, raide comme une colonne, de noir vêtu (on ne sait comment — quelqu'un lui avait prêté un costume) et malgré ses yeux rouges et sa longue face frémissante enflée de larmes il avait pour une fois l'air d'un grand seigneur.

De la famille Thal seule Tala était présente — tout au fond de l'église, à la porte, serrée dans une encoignure, sans fleurs ni cierge, ses yeux grands ouverts ardents et vides braqués sur les cent cierges crépitants dressés devant le cercueil.

Victoria Klimentiev fut inhumée au cimetière de Bagneux, à cent mètres de la tombe de sa mère.

Par tout Paris proclamés sur des dizaines et dizaines de milliers de feuilles de journal — le lendemain jetées et traînées dans les poubelles et les caisses des marchands de légumes — au monde entier proclamés les amours et les malheurs de Victoria Klimentiev qui n'avait pas voulu survivre à Vladimir T.

Inhumée le mardi 16 août au lendemain de la fête de l'Assomption, Assomption de Victoria Klimentiev, Victoire de Victoria Klimentiev, des glaces de la chambre froide de l'Institut Médico-Légal passée, enveloppée de draps blancs comme un nouveau-né, dans une bière de sapin rembourrée de toile cirée blanche, déplorée par les trois vieux chantres de service de la cathédrale (car louer le chœur entier eût coûté trop cher). Avec les saints accorde le repos ô Christ à l'âme de ta servante

en un lieu de lumière un lieu verdoyant un lieu tranquille, là où reposent les justes !

De ses péchés ne lui tiens pas compte car il n'est pas d'homme qui ait vécu et n'ait pas péché.

Mme Legrandin et Blanche Moretti pleurent tout haut, agenouillées au premier rang de l'assistance nombreuse, remplissant le rôle de mère et de sœur absentes, et toutes les camarades de lycée sont encore en vacances et auront peut-être pleuré quelque part dans le Var, en Auvergne ou en Bretagne, partout où l'on reçoit des journaux.

Le père, avec son cierge dans la main, ne laisse approcher personne de lui, comme s'il craignait qu'on ne le crût capable de tomber une fois encore en syncope. Il prie, il faut bien, pour une fois il est prêt à croire en Dieu, en n'importe quoi, la Vierge de Kazan, Alleluyah ! la Mort détruite par la Mort.

O venge-moi Seigneur, vers Toi je crie vengeance, il doit bien y avoir une Justice quelque part !

Et si j'avais mon revolver j'irais les tuer tous, les enfants, la femme et les deux vieux, et ce ne serait pas trop cher payé ! Ils auraient de quoi parler dans les journaux en grosses lettres sur les premières pages, on le saurait, Vica, que ton père ne t'a pas laissée impunément détruire.

Raide comme une barre de fer. Comme la main de marbre de la statue du Commandeur sa main broie les mains des amis qui à tour de rôle viennent le saluer. Il y en a beaucoup, il y en a trop, ils sont tous venus au spectacle.

. . . .

Elle tombe du balcon de la troisième galerie, elle vole, elle plane, avec sa petite robe rouge corail, elle tombe tombe tombe et la foule crie, comme des moineaux ils s'égaillent, la fille-flèche, la fille-bolide leur tombe du ciel pour exploser en fontaine de sang. Une lettre au Préfet de Police, et une lettre à la copine de Meudon, et à ton père rien.

Un anneau d'or volé, sur ton cœur Vica, dans ton cœur éclaté enfoncé dans les côtes brisées. Et tu vois je ne te l'ai pas pris. Je t'ai laissée enterrer avec.

L'amour perdu de Tatiana Thal, l'amour « damné » devenu flamme pure qui dévore la moelle des os et par l'intérieur pénètre dans les yeux et les change en puits de sel. Je l'ai aimée, maman, elle était toute ma vie.

Entrefilet en bas de première page des *Dernières Nouvelles* : « Suicide d'une jeune Russe. Victoria K. s'est jetée du haut de la tour de Notre-Dame. On explique son geste par une crise de démence temporaire consécutive à un deuil cruel. » Dieu merci ils n'ont pas mentionné Vladimir. Mais, comme les journaux français ne s'en sont pas privés... « A savoir, si c'est douleur véritable ou folle bravade d'adolescente ?... il y en a qui se tuent pour un examen raté, ou pour moins encore. » — Tania, quelle importance ? C'est cruel de toute façon. » — Et si elle l'avait *vraiment* aimé, elle eût songé — au tort qu'elle cause à sa mémoire,

« Oh ! lui qui eût tout donné pour qu'elle vive et soit heureuse ! Elle ne l'aimait pas. Une petite brute, rien d'autre. »

Georges, dans la semaine qui suivit l'Assomption, déménagea enfin dans son nouvel appartement, avenue Mozart. Avec la pénible sensation de bâtir une maison sur Dieu sait combien de tombes. Il s'était rendu à Meudon, la veille — à la petite église russe où le père Barnev officiait pour le neuvième jour de la mort de Vladimir Thal. Une trentaine d'amis étaient présents. Ni les parents ni Marc Rubinstein.

Myrrha avait exigé que le nom de la *nouvellement présentée* (à Dieu) *Victoria* fût inclus dans la célébration de l'office en même temps que celui de Vladimir (mauvais goût, ou audace de l'amour ?) — en général les amis approuvaient... *Seigneur les âmes de tes serviteurs le nouvellement présenté Vladimir et la nouvellement présentée Victoria !*... Journée lourde et pluvieuse, et sur les murs de l'église couverts des belles fresques toutes neuves de Julia R. représentant le Baptême et la Transfiguration, les lumières de quelques dizaines de cierges faisaient vaciller les ombres des assistants et Pierre Barnev en soutane noire et étole à parements d'argent faisait voleter vers les fidèles affligés les fumées bleues de son encensoir. Les yeux comme deux diamants noirs reflétant un incendie, son visage carré encadré de boucles brunes, douloureux, extatique et figé comme une face de martyr peinte par un primitif espagnol. Nadia, Anissime et le sacristain faisaient office de chœur.

« ... Que notre frère et notre sœur nouvellement présentés soient par le Christ accueillis non selon leurs mérites mais selon Sa miséricorde, car la miséricordieuse décision de Monseigneur notre Métropolite exprime celle de l'Eglise tout entière. Notre sœur est pardonnée et reprise dans le giron de l'Eglise par la prière du Seigneur qui a dit : ils ne savent pas ce qu'ils font. Du crime contre l'Esprit dont les apparences l'accusent elle est, en vérité, innocente. Elle a reçu (voici deux jours) une sépulture chrétienne. Prions pour elle comme nous prions pour ceux qui ont donné leur vie pour leurs amis !... Car il n'est pas de plus grand amour, même s'il nous paraît, à juste titre, insensé et sacrilège. »

Et la voix fraîche et grêle de Nadia, au milieu du *Repos avec les saints* déraillait en larmes. Dans les yeux des assistants brûlait une flamme bizarre ; ils avaient tous le goût de sang dans la bouche.

L'Ascension de Victoria et Vladimir, dans un bref incendie des cœurs pour quelques jours ou quelques heures ou pour longtemps contraints à une terreur où il y avait peut-être plus d'envie encore que de pitié.

Et Georges contemplait les hauts plafonds de son nouvel appartement, les vastes fenêtres cintrées à balcons en demi-cercle, les cheminées de marbre rose et les parquets de chêne clair en damiers, et les meubles d'acajou et les fauteuils de cuir noir de son bureau qui rappelaient à s'y méprendre ceux du cabinet de travail de son père, à Pétersbourg, rien n'y manquait pas même la lampe à abat-jour en porcelaine verte — le cœur chaviré par un mal du pays tel qu'il eût joyeusement accepté (pensait-il) toutes les tortures pour un seul coup d'œil sur la claire et autrefois ennuyeuse maison paternelle — là-bas — au bord du canal, avec ses trois marches et ses deux petits sphinx blancs sur le perron... Et qu'il y ait eu (dans on ne sait quel temps inventé par le cœur) un passé *normal* où Myrrha eût épousé Vladimir Thal à Pétersbourg après avoir fait sa connaissance sur le Vassilievski Ostrov près des jardins de l'Université.

Vladimir au prix du sang innocent parti dans Dieu sait quels Empyrées d'où son rire royal jamais ne nous atteindra.

Georgik, j'irais bien dans un couvent si quelqu'un y voulait de moi — tu es assez riche pour entretenir les enfants, et les vieux... auront Tassia et Marc. » — Et moi ? »

— Je dis des blagues, Georges, 'crise de démence passagère', je me vois mal en bonne sœur, trop 'intellectuelle'. Je me méfie des bonnes sœurs intellectuelles... Tu crois que j'aurais pu la retenir, Georges ? »

— Au nom de Dieu ne te fais pas d'idées ; il ne te manquait que cela. Elle a fait ce qu'elle voulait faire. »

— Tala m'a montré sa lettre. Elle dit que Vladimir n'avait pas voulu cela. » Georges dit : « Tu crois ? Je n'en suis pas si sûr. »

ÉPILOGUES
ET FEUILLES VOLANTES

... Etaient-ils Roméo et Juliette pressés de se rejoindre à la faveur de la cohue et de l'affolement ? Ou un gladiateur a-t-il profité de la bousculade pour violer une jeune servante après l'avoir attirée dans une maison abandonnée ? Une matrone trop ardente a-t-elle trouvé là un prétexte pour s'isoler avec un bel esclave ? Ou encore — un couple d'époux fidèles et épris a-t-il cherché dans une dernière étreinte un refuge contre les craquements de la terre et la pluie de flammes ?

Ou encore — brusquement excité, exalté par le spectacle d'un ciel changé en brasier un jeune aristocrate s'est-il précipité sur une courtisane fardée et à demi nue qui, échappée du lupanar, courait comme une folle sur les pavés tremblants et brûlants ? viens, nous serons à l'abri sous cette voûte je te donne mille sesterces, je t'emmènerai à Capri sur ma barque aux voiles d'or...

Noyés dans les coulées de lave et de cendre, pris peut-être par la langueur du sommeil après le plaisir, alors qu'autour d'eux il n'y avait que feux et flammes et cris et craquements de pierres qui s'effondrent.

... ou peut-être qui sait étaient-ils deux condamnés à mort échappés de prison — les murs s'écroulent, les portes se brisent — vive la liberté, offrons-nous la fête

583

ultime tant qu'ils ne nous ont pas repris ! On ne les a jamais repris. Une vestale arrachée du temple en flammes s'abandonnant à son sauveteur pantelant d'extase sacrilège — ou un jeune maquignon s'est-il dit que l'occasion est bonne pour entraîner dans une cave dévastée la petite marchande de volailles qui jusqu'à ce jour a fait la fière ?

On les a découverts au bout de dix-huit siècles, visages estompés, comme voilés de brouillard, mais les corps plus parlants que les visages, et des archéologues anglais se sont pudiquement détournés et des terrassiers napolitains, le premier choc passé, ont hoché la tête, dans leur barbe un sourire goguenard et complice. « ... Ils ont bien choisi le moment... » et les autres ? qu'ont-ils choisi ? tant d'autres, recroquevillés, tordus, face contre terre, tête dans les bras, ils couraient et sont tombés, ils se cachaient et le fleuve de lave les a trouvés, comme une neige brûlante les cendres chaudes les ont recouverts, dévorant les cheveux, la peau, les vêtements ;

et les deux qui sont morts enlacés, bras et jambes mêlés, ont été pris si vite qu'ils n'ont pas eu le temps d'esquisser un geste de protection (et peut-être succombaient-ils au sommeil à ce moment-là, ou à une extase trop brutale). Une belle mort stupide.

Ils ne l'ont ni cherchée ni fuie, ils l'ont ignorée.

... Une mort stupide. Et ils le disent tous. Pis que stupide. Atroce... Iliouche, fallait-il ?... Marc, fallait-il ?... que nous ayons dans notre malheur ce coup de grâce, cette tache de sang sur nos fronts, comme un énorme drapeau rouge notre deuil par tout Paris étalé, dans tous les journaux ce profil droit d'écolière sage qui nous accuse, au nom de quoi ?...

... Il ne l'a pas voulu, tu l'as bien vu, dans sa lettre à Tala elle l'affirme, il ne l'a pas voulu c'est elle qui a flanché qui a manqué de courage. Un acte de folie, n'est-ce pas ? La folie est une maladie, un accident, elle ne compte pas. Un accident terrible, rien d'autre. » — Tania, n'y pense pas. » — ... Tu crois qu'elle l'aimait à ce point ? tu crois que si elle avait été capable d'aimer, elle n'eût pas tout fait pour le détacher d'elle au lieu de s'accrocher comme une pieuvre ?... *Tu crois qu'elle l'aimait ?* » — Je le crois. »

— Tu es cruel. »

Et cette mort à peine acceptée, même pas acceptée — subie comme un froid intense ou une douleur chronique sont subis par le corps — se changeait en un étrange cauchemar. Oui, au lendemain même des obsèques ce bolide sanglant atterrissant sur vos cœurs. Les deux enfants, pétrifiés, blêmes, bouche ouverte — forgeant déjà dans leurs cœurs une légende noire et fulgurante, presque joyeuse à force d'horreur (car c'en est trop, oui, trop...) bête... les enfants de l'homme pour qui — une fille s'est jetée du haut — des tours de Notre-Dame... Tous les journaux. Et les journalistes indiscrets que grand-père met assez brutalement à la porte. Dans tous les journaux une célébrité, pour deux jours, en attendant la prochaine menace d'Hitler ou le prochain incendie de forêts dans le Var... « ... Elle avait quand même du cran » (dit Pierre). « Non, un accès de folie. » — Gal, tu le ferais, toi ? » — Jamais, jamais, jamais ! »

Ils ne sont plus que deux enfants maintenant — Tala n'est plus une enfant, elle a vieilli de mille ans.

Un brouillon de lettre, trouvé par Ilya Pétrovitch, feuillet égaré parmi des notes sur la destruction de Byzance par Venise —

Papa (le mot est barré) Cher Papa (des mots barrés) La nuit ; insomnie, fièvre. V. dort et ronronne doucement comme un petit chaton. Si cette lettre te paraît cafardeuse mets-le sur le compte de mes crises de cafard nocturnes. Il faut tout de même que je t'écrive. Papa j'irai bien à Bellevue à Davos ou au diable, je sais qu'entre gens bien élevés on n'en parle pas mais il faut bien. Envisager ce qui passe pour le *pire*.

Donc, comme les bêtes, se cacher, et ne pas risquer de lui offrir un spectacle trop cruel — (quelques lignes barrées, noircies, indéchiffrables) je recopierai cette lettre tant pis. Le *hic :* je n'ai *pas* à qui la confier, et Dieu sait elle apprivoiserait une armée de crocodiles, tant de gens seraient trop heureux, mais le temps m'a manqué.

Et puis, vu les circonstances, il faudrait *tant tant tant* de tendresse et d'attention — et, oui, je te dirai — d'amour, un amour vivifiant, et là je ne vois guère que maman — toi qui la connais, elle, la bonté même, elle s'amuse à jouer les ogresses mais que diable tu es avocat tu dois savoir t'y prendre, essaie pour une fois dans ta vie, dis-lui que ce n'est plus le moment.

(Quelques lignes raturées, d'autres à peu près illisibles)... mon crayon est mal taillé. Ce n'est pas Dieu m'en garde un « testament » pas encore. Je te propose : après le 15 août, ou au plus tard le 1er septembre, laissons Georges organiser sa « cure intégrale » je dirais à V. qu'il y a bon espoir, etc. Mais — ne me dis *pas* que c'est un chantage, c'en est peut-être un, et puis le diable emporte ces finesses de sentiment — que maman se donne un peu la peine —

Tu vois elle est — V. je veux dire — (des lignes barrées)... Il lui faut des piqûres de calcium — et une cure d'arsenic — des vitamines aussi, *beaucoup*, Pancrinol, Actiphos, de la viande saignante, des légumes verts — le grand air

Du repos. Mais la distraire beaucoup — surtout ne pas la laisser seule. ... Elle se remettra aux études, essayez de vous arranger avec Klimentiev pour ses papiers *il lui doit cela* tu sauras l'expliquer. Je lui dirai, à elle. Qu'il le faut.

Parce que si ça tournait mal (pour moi) il faudra la surveiller *tu m'entends* comme la prunelle de vos yeux, les premières semaines sinon j'ai (mots barrés)... telle peur, jusqu'aux sueurs froides. Comme un tourbillon noir dans ma tête. Quand je la regarde dormir ainsi, comme un enfant qui a trop chaud, toute étalée toute découverte (mots barrés)

Toi, oui, tu es (mot barré) — mais *maman,* elle ne comprendra donc jamais que si je l'aime ce n'est pas de la blague ? ! ! ! que c'est quand même sérieux —

Parce que si jamais il lui arrivait quelque chose (plusieurs lignes rageusement barrées)

Dans des retombées de cendres, étincelles vives. Peuvent-elles encore allumer des incendies — s'ils tombent sur de la paille sèche ? Paille sèche Tania. Il ne lui montra pas la lettre. Etait-ce miséricorde ou vengeance ?

Dans l'affolement lâche et trop humain qui aboutit à la crise depuis à jamais stigmatisée sous le nom de *Munich,* la vision de centaines de milliers (de millions) de corps d'hommes déchiquetés, éventrés, calcinés — de jambes en bouillie, de gueules cassées — de boue des tranchées mêlées de cervelles et de tripes humaines, à qui a connu cela qu'on ne jette pas la pierre, mais — rien n'est évité, vous allez voir, nous verrons, recul pour mieux sauter, recul nécessaire pour inventer les drogues et les stimulants que pendant un ou deux ans encore on tentera d'inoculer à des millions et des millions de cerveaux européens.

... Pendant un an (ou deux ou trois) Tania, nous vivrons sur quelque lâche et moutonnier espoir, ça passera à côté, et que les Russes, et les juifs et communistes allemands, et les communistes italiens, et les républicains espagnols — et les Chinois et qui encore? — paient le prix : la faim la peur le sang la honte —

notre Arche de Noé, *fluctuat nec mergitur,* jusqu'à quand? Tania sèche, brunie, racornie, les yeux si rouges de larmes qu'elle attrape conjonctivite sur conjonctivite — oh tu as osé dire que je ne l'aimais pas — tu vois, maintenant! — je ne vois rien du tout.

Remets-toi au travail, pauvre bête. Ton métier de femme. La lessive et le ravaudage. O une pile de linge sale, des monceaux de bas et de chaussettes troués, le carrelage crasseux, les vitres grises et opaques, Myrrha nettoie tout cela chez les autres, pas chez nous — la pauvre triomphatrice triste (mais ma fille tu y as aussi ta part, mauvaise gardienne, au lendemain de l'enterrement de ton mari courant prendre le train à Pont-Mirabeau, frotter les parquets de Mme Vogt).

Nous avons bien fait n'est-ce pas d'envoyer Pierre et Gala en colonie de vacances — pour deux semaines, mieux que rien — on les y aura regardés avec une équivoque pitié pendant deux ou trois jours, et après — le fil renoué : de tant d'étés bleus et brûlants, de feux de camp et de parties de volley-ball et de rires dans les vagues déferlantes ô ma Placidia mon caillou de soleil! Au fait, Iliouche, depuis combien de temps n'avons-nous pas vu la mer?

Notre tilleul, notre poirier rabougri, nos groseilliers — aujourd'hui les petites flammes âpres des capucines se fraient toujours le passage entre les orties grisâtres et les herbes jaunies (Vladimir aimait les capucines tu t'en souviens) *nastourtzii...* Ah oui... quand donc le jardinier devient-il l'ennemi de sa patrie?... quand il vend des capucines — *nastourtzii : nass Tourtzii* (nous, à la Turquie) comme les enfants riaient en répétant, bêtement, ce vieux calembour. Ania riait... et pourquoi pas *Nas-Anglii ?* Inventons une fleur nommée *Nassan-glia !*

Les feuilles jaunes brunes et rousses — or mat du grand tilleul, cuivres du poirier où ça et là se recroquevillent des fleurs presque rouges — et la porte ouverte. Gala est en classe de philo et me parle gravement de l'*épiphénoménisme* (notre corps est une machine, et la conscience, la pensée sont comme une lampe accrochée à la locomotive, simple témoin...) C'est idiot n'est-ce pas grand-mère ?

... Une machine sagement agencée pour monter trois cents (ou combien ?) marches d'escalier, et faire un plongeon ensuite — elle bondit elle file en trombe, loi de la pesanteur, son frêle corps devenu poids d'une tonne — lourde, lourde elle était l'aérolithe d'une planète où la matière possède une densité supérieure à celle des corps terrestres — elle aurait dû écraser les pavés et le ciment... Nous aurons bientôt la *guerre* ma fille, et ton grand saut sanglant (attends un peu) perdu comme une étincelle dans un incendie de forêt

ô les hurlements de millions de corps déchiquetés, explosés, brûlés, les mille soleils des bombes feux d'artifice de tirs d'obus

O si vous saviez, enfants

le froid et les ténèbres des jours qui viennent[1] *!...* ... Non, si vous saviez, enfants — quels incendies ! les horizons en flammes. Vladia le cœur me brûle trop fort, de cette fontaine de sang chaud qui a explosé sur toi pour toi ne me tiens pas rigueur.

Les yeux me brûlent tant que même avec mes lunettes je ne peux plus repriser les bas... Mes yeux — qui ressemblaient tant aux tiens.

....

1. Citation du poème de Blok : *Une Voix dans le Chœur.*

Parce que

si jamais il lui arrivait quelque chose — et Ilya Pétrovitch pour la centième fois s'efforçait de deviner ce qu'ont été les mots si violemment raturés, barrés, noircis, quelle menace, quelle supplication, quel cri de douleur ?... Mais dis-moi, fils, toi le premier, toi et l'Autre, l'homme aux yeux d'acier terni — pas nous, nous ne sommes que les témoins impuissants, pas même des Ponce-Pilate, veux-tu que je te dresse un procès ?

DU MÊME AUTEUR

Aux Editions Gallimard

ARGILE ET CENDRES

LA PIERRE ANGULAIRE

RÉVEILLÉS DE LA VIE

LES IRRÉDUCTIBLES

LE BÛCHER DE MONTSÉGUR

LES BRÛLÉS

LES CITÉS CHARNELLES

LES CROISADES

CATHERINE DE RUSSIE

LA JOIE DES PAUVRES

QUE VOUS A DONC FAIT ISRAËL ?

VISAGES D'UN AUTOPORTRAIT

LA JOIE-SOUFFRANCE

LE PROCÈS DU RÊVE

L'ÉVÊQUE ET LA VIEILLE DAME ou La belle-mère de Peytavi
  Borsier

QUE NOUS EST HÉCUBE ? ou Un plaidoyer pour l'humain

COLLECTION FOLIO

Dernières parutions

1327.	Marivaux	*Le Paysan parvenu.*
1328.	Marguerite Yourcenar	*Archives du Nord.*
1329.	Pierre Mac Orlan	*La Vénus internationale.*
1330.	Erskine Caldwell	*Les voies du Seigneur.*
1331.	Victor Hugo	*Han d'Islande.*
1332.	Ernst Jünger	*Eumeswil.*
1333.	Georges Simenon	*Le cercle des Mahé.*
1334.	André Gide	*Thésée.*
1335.	Muriel Cerf	*Le diable vert.*
1336.	Ève Curie	*Madame Curie.*
1337.	Thornton Wilder	*Les ides de mars.*
1338.	Rudyard Kipling	*L'histoire des Gadsby.*
1339.	Truman Capote	*Un arbre de nuit.*
1340.	D. H. Lawrence	*L'homme et la poupée.*
1341.	Marguerite Duras	*La vie tranquille.*
1342.	François-Régis Bastide	*La vie rêvée.*
1343.	Denis Diderot	*Les Bijoux indiscrets.*
1344.	Colette	*Julie de Carneilhan.*
1345.	Paul Claudel	*La Ville.*
1346.	Henry James	*L'Américain.*
1347.	Edmond et Jules de Goncourt	*Madame Gervaisais.*
1348.	Armand Salacrou	*Dans la salle des pas perdus, tome I.*
1349.	Armand Salacrou	*Dans la salle des pas perdus, tome II.*
1350.	Michel Déon	*La corrida.*
1351.	Stephen Crane	*La conquête du courage.*
1352.	Dostoïevski	*Les Nuits blanches. Le Sous-sol.*
1353.	Louis Pergaud	*De Goupil à Margot.*
1354.	Julio Cortázar	*Les gagnants.*
1355.	Philip Roth	*Ma vie d'homme.*
1356.	Chamfort	*Maximes et pensées. Caractères et anecdotes.*
1357.	Jacques de Lacretelle	*Le retour de Silbermann.*
1358.	Patrick Modiano	*Rue des Boutiques Obscures.*
1359.	Madeleine Chapsal	*Grands cris dans la nuit du couple.*
1360.	Honoré de Balzac	*Modeste Mignon.*

Impression Bussière à Saint-Amand (Cher),
le 23 août 1985.
Dépôt légal : août 1985.
Numéro d'imprimeur : 976.
ISBN 2-07-037667-2/Imprimé en France.